MICHAIL SCHISCHKIN ist einer der meistgefeierten russischen Autoren der
Gegenwart. Er wurde 1961 in Moskau geboren, studierte Linguistik und
unterrichtete Deutsch. Seit 1995 lebt er in der Schweiz. Seine Romane *Venushaar*
und *Briefsteller* wurden national und international vielfach ausgezeichnet,
u. a. erhielt er als einziger alle drei wichtigen Literaturpreise Russlands. 2011
wurde ihm der Internationale Literaturpreis Haus der Kulturen der Welt in
Berlin verliehen. Sein Roman *Die Eroberung von Ismail* wurde u. a. mit dem
Booker-Prize für das beste russische Buch des Jahres ausgezeichnet.

Die Eroberung von Ismail in der Presse:

»Michail Schischkin ist ein mächtig ausgreifender Erzähler und Wortgläubiger mit
Klassikerpotenz, wie man ihn schon lange nicht mehr sah in der russischen
Weltliteratur.« *NZZ am Sonntag*

»Der neue Tolstoi lebt in Zürich!« *Tages-Anzeiger*

»Michail Schischkin ist ein Sprachvirtuose.« *FAZ*

Außerdem von Michail Schischkin lieferbar:

Venushaar
Briefsteller

www.penguin-verlag.de

MICHAIL SCHISCHKIN

Die Eroberung von Ismail

ROMAN

Aus dem Russischen
von Andreas Tretner

 **PENGUIN** VERLAG

Die Originalausgabe erschien 2000
unter dem Titel *Wsatije Ismaila* bei Vagrius, Moskau.

Mit Unterstützung von Pro Helvetia, Schweizer Kulturstiftung

schweizer kulturstiftung

prohelvetia

Der Übersetzer dankt dem Verein Zuger Übersetzer für die großzügige
Förderung (Anerkennungspreis zum Zuger Übersetzerstipendium, 2015).

MIX
Papier | Fördert
gute Waldnutzung
FSC
www.fsc.org
FSC® C014496

Penguin Random House Verlagsgruppe FSC® N001967

1. Auflage

Agreement by www.nibbe-wiedling.com
Umschlaggestaltung: bürosüd nach einem Entwurf
von Lübbeke Naumann Thoben, Köln
Umschlagabbildung: Plainpicture / Bartels
Druck und Bindung: GGP Media GmbH, Pößneck
Printed in Germany 2024
ISBN 978-3-328-11022-4
www.penguin-verlag.de

Für Francesca

Siebte Lektion

Narratio est rei factae, aut ut factae, utilis ad
*persuadendum expositio.**
Quintilian

In der Sache Kramer errang der legendäre Advokat Urussow einen Freispruch für seine Mandantin – dem Geständnis derselben und einem unzweifelhaft vorliegenden Corpus delicti zum Trotz, das noch dazu ein Damenstrumpf war, der, aus der Tüte gezogen, als lebloses Wölkchen auf den für Beweisstücke vorbehaltenen Tisch sank. Als der Freispruch verkündet war, der Saal applaudierte noch tosend, trat die Kramer vor ihren siegreichen Verteidiger hin, doch anstelle von Dankbarkeit, wie man sie hätte erwarten können, verabreichte sie ihrem Retter aus der Not eine schallende Ohrfeige. Dies nun verhalf der bis dato niemandem bekannten Musiklehrerin zu Ruhm und brachte so manche Feder zum Glühen, nur vermochte die in unserer Presse entfachte Diskussion über die bei einer Strafverteidigung gesetzten moralischen Grenzen dem delikaten Gegenstand kaum gerecht zu werden. Und das muss niemanden wundern! Denn wer angetreten ist, die Menschheit zu retten, wird früher oder später der Gesetzlosigkeit das Wort reden

---

* Die Erzählung ist die Darstellung eines tatsächlichen oder scheinbar tatsächlichen Vorgangs zum Zweck der Überredung. (lat.)

müssen, der Unmoral beistehen, mag gar versucht sein, ein Verbrechen zu decken, der Rechtsprechung höhnen. Wie in diesem Fall, wo die Angeklagte selbst zugab, getötet zu haben, es am Ende aber so aussieht, als könnte sie es gar nicht gewesen sein. Und alles nur deswegen, weil der Anwalt die Geschichte der Kramer mit eigenen Worten erzählt hat. Worin das vorgebliche Ereignis unauffindbar war! Die ganze sogenannte Schöpfung ist labil und ätherisch, heute sind Sie hier, wischen sich die Schuppen von den Schultern – aber wo werden Sie morgen sein? Da hat das Wort doch ein ganz anderes Gewicht. Was das Fräulein wirklich auf dem Kerbholz hat, wird keiner je erfahren, und wen schert es – aber wenn Urussow zu schildern anhebt, wie die Angeklagte sich das Kleid über den Kopf zog und das Haar sich im Häkchen verfing, ist der Freispruch eine Frage der Zeit. Was will man ihm vorwerfen? Nullum crimen, nulla poena sine lege! Man kann nicht belangt werden für etwas, das zum Zeitpunkt der Verübung nicht strafbar war. Und dieses Etwas – nichts Geringeres ist es als die Erschaffung der Welt. Stellt euch nur mal vor, meine lieben jungen Freunde, es wäre nichts da. Absolut nichts: Es gäbe weder euch noch mich, noch dieses stickige Auditorium, man hat nach der letzten Vorlesung wieder mal zu lüften vergessen. Nicht dieses Stummelchen Kreide in meinen Fingern, das eben noch über die Wandtafel schabte, und eine Prise Mehl ist gerieselt. Nicht die Zeit in ihrem Sonnenlauf, die einen jeden am linken Handgelenk gepackt hält, als wie: Jetzt hab ich dich, du entkommst mir nicht mehr, ich werde dich allzeit longieren. Nicht den Schneesturm draußen vor dem Fenster, hören Sie ihn heulen? Es ist zappenduster. Leere und Finsternis sind die Voraussetzung, wenn eine Welt zu erschaffen ist. Ziehen muss es wie Hechtsuppe, rütteln und tosen wie im letzten Wagen der Belebeier Schmalspurbahn. Welch ein Stumpfsinn, welch ein Sehnen! Und da es also an allem fehlt, ist alles bereit für die Erschaffung der Welt, möchte man meinen – und dennoch fehlt da noch was. Irgendein Funke vielleicht. Also wird diese triste baschkirische

Finsternis urplötzlich von einem Funken durchblitzt. Der glüht auf und erlischt wieder. Dann eine Weile nichts, und wieder ein Funken, und noch einer, als suchte wer ein Streichholz anzureißen, irgendein Ursubjekt, göttlicher Funkenschläger, Perun oder so. Ritscht und flucht, die Hölzer sind feucht geworden, scheints. Und in diesem Moment entfleucht seinem Ohr – oder dem Oberschenkel, wie es in den frühen Mythologien zu lesen steht (höchlich naiv, aber desto rührender, finden Sie nicht?, jedenfalls viel interessanter als die ungeflügelte Dreifaltigkeit) oder, kann sein, aus dem Nabel, in der Dunkelheit ist nichts zu erkennen – entfleucht ihm sein Visavis, Nächster zur Nacht, göttlicher Gegenspieler, lebensfroh und trotzköpfig, mit einem Wort: Weles. Macht sich hüstelnd bemerkbar, räuspert sich, ächzt und seufzt, gebärt die Zeit:

»Geht schon auf sieben, denk ich mal. Nicht dass wirs noch verpassen!«

Perun indes reibt sich die Augen, reißt gähnend den Mund auf, scheidet das Licht aus dem Dunkel mit einem Wort:

»Gleich wird es hell.«

Danach ist die Erschaffung der verschneiten Steppe jenseits des eisverkrusteten Fensters nicht mehr aufzuhalten. Der Himmel lichtet sich. In seine kratzige Decke gehüllt, schaut Perun hinaus in die noch zwielichtige, noch unklare Welt, und dieser Blick genügt. Er äugt nach unten, wo prompt das Gleisbett hindurchhuscht, Schwellen flirren; äugt nach oben, wo umgehend die Telegrafendrähte aus dem Grau tauchen im schnellen Auf und Ab, als hielte eine Kinderhand den Stift und malte Wellen. Er denkt an ein Dorf, und schon hebt sich etwas Schwarzes ab im weißen Einerlei, Rauchsäulen steigen in den frostigen Himmel. »Jetzt ein Teechen!«, raunt er sehnsüchtig, denkt es mehr, als er es ausspricht, und sofort klopft es an die Tür:

»Hier kommt ein Tee für Sie, schön heiß!«

Der Untersatz zu groß, als sollte das Glas erst noch hineinwachsen, der Tee schwappt mutwillig gegen die Lippen, sie zu verbrühen.

»Wir halten!«, verkündet Perun, aus dem Fenster sehend; die Finger, zwischen denen das Zuckerstück klemmt, verharren knapp über dem heißen Tee, der Wagen schlenkert über eine Weiche, der Tee schwappt gegen die Raffinade, ein güldener Fleck breitet sich aus auf dem weißen Leib.

»Tschebyri«, entziffert Weles das Stationsschild. »Sieh an, auch hier lebt man.«

Der Bahnsteig verlangsamt sein Tempo, kommt ruckend zum Stehen. Dampfschwaden, in denen ein halber Mensch unterm Fenster vorbeigeht, gefolgt von weiteren solchen, die an das Ende des Zuges eilen, die Unterleiber abgeschnitten vom Fensterrand.

»Leben tät ich das nicht nennen, Grigori Wassiljewitsch«, entgegnet Perun, vom Tee nippend; zwischendurch pustet er, betrachtet den abziehenden Rauch so angewidert wie eine Milchhaut, die es zu entfernen gilt. »Genauso gut ließe sich sagen, dass einer hinterm Polarkreis lebt mit der Parascha an seiner Seite. Wen die Strafe trifft, der muss sich halt einrichten.«

Der Bahnsteig hat sich wieder in Bewegung gesetzt, kriecht unterm Fenster vorbei.

»Das wars schon. Tschebyri – passé!«, seufzt Weles. »Wie will man beweisen, dass es das wirklich gibt? Na, egal. Gedulden wir uns noch zwei, drei Jährchen, dann hat die Sache ein Ende. Ich mit vollen Bezügen plus Altersgeld und Ihr mit den halben. Damit können wirs uns wohl sein lassen ...«

Und das Spiel setzt sich fort: Einer murmelt etwas in seinen Bart, zum Beispiel: »Fluss!« – gehorsam poltert der Zug auf geharnischten Sohlen über eine Brücke, unter der eine Spur sich im Pulverschnee hinzieht wie ein Türkettchen, das die Ufer miteinander verhakt.

Oder: »Hosenträger!« – als hätten sie nur darauf gewartet, rutschen sie halb von der oberen Pritsche und schwingen sich zum Pendel auf.

»Die Welt – ein Kaff!«

In diesem Moment hat das neugeborene Licht den weißen Raum zur Gänze, bis zum kurz geschorenen Horizont ausgefüllt. Und hier kommt Belebei. Da wären wir.

Der Wagenschaffner schiebt sich den Rubel Trinkgeld in die Tasche, schlägt von den Treppenstufen sein Kreuz über den Ausgestiegenen: »Wie heißt es so schön: Wer nicht richtet, wird nicht gerichtet werden. Hals- und Beinbruch!«

Schnell ruckt der Zug wieder an, noch bei offener Tür. Sie wird eilends zugeschlagen.

Der Bahnsteig knirscht unter den Sohlen. Über Nacht hat es geschneit.

Aus der frischen Morgenluft schält sich Swarog, in ein Dampfwölkchen verbissen. Er ist mit demselben Zug angekommen.

»War das wieder eine Nacht, herrje. Man spürt jeden Knochen. Und ein Mitmensch ist mir untergekommen – so ein Schnarchen hat die Welt noch nicht gehört … Bestimmt hats nicht mal frische Zeitungen in dieser Einöde.«

Die Gerichtsverhandlung findet im Kaufmannsklub gleich gegenüber dem Bahnhof statt.

Der Saal ist überheizt. Das Kreuz auf dem Kirchturm vorm Fenster trägt Achselklappen aus Schnee. Der Gerichtsaufseher riecht nach Kölnischwasser. In den Facetten der Karaffe auf der purpurnen Tischdecke zerlegt sich die Kachelhaut des Ofens in viele salatgrüne Rhomben.

Bevor es losgeht, prüft Perun, ob alles an seinem Platz ist: die Brille im Etui, das Lämpchen brennend vor der Ikone, und ob das Bildnis des großen Justizreformers nicht schief hängt. Er wickelt die Glocke mit dem beinernen Griff aus dem Zeitungspapier.

Weles spitzt mit dem Federmesser seinen Bleistift an, schabt die Mine und pustet die Graphitschnitzelchen weg, während der Gerichtsaufseher seine Regularien herunterleiert.

Swarog bekommt die Liste der Geschworenen vorgelegt, damit

er sie nach Gutdünken zusammenstreichen kann. Großmütig verzichtet er auf dieses Anrecht.

Perun wirft die Billetts in eine Schachtel, mischt und zieht eins nach dem anderen wieder hervor, verliest die Namen kopfschüttelnd, mit hochgezogenen Brauen, als wie: Mit was für Namen die Menschen doch geschlagen sind.

Die Aufgerufenen werden zum Eid aufgefordert. Ein dissonanter Chor leiert das Ich-schwöre-bei-Gott-dem-Allmächtigen herunter.

Der Pope legt das Kreuz ins Evangelium, schlägt sein Epitrachelion darum, klemmt das Ganze untern Arm und verlässt den Saal.

Und da ist Mokosch. Sie hat ihre pralle Brust aus dem Mieder gezogen und säugt ihr Kind. Schaut dabei abwesend zum Fenster hinaus, wiegt sich, scheint ein Schlaflied vor sich hin zu summen. Richtet ihrem Bündelchen die Windeln. Grinst, als sie bemerkt, wie der strammstehende Rekrut mit den roten Kragenspiegeln der Inneren Abwehr heimlich zu ihr herüberschielt.

Inzwischen ist man so weit, die Anklage vorzutragen.

»Am dritten Munichion dieses Jahres ging die Zeugin Soundso, deren piepsige Stimme eine Zumutung ist, morgens zum Austreten auf den Hof, wandte sich zum Nachbarzaun und sah ...«

»Bitte die Seherin aufzurufen.«

»Nein, bloß nicht, ist doch sowieso alles klar! Dem Stier widerfährt nur, was seiner Stiernatur entspricht, dem Weinstock, was des Weinstocks ist.«

»Na schön. Dann übernimm du, Weles!«

Der stand auf, ließ den Blick über die Reihen schweifen, nahm umständlich die Uhr vom Arm und legte sie vor sich hin, stemmte die Fäuste gegen die Tischplatte und seufzte.

»Es wird in diesen materiellen Zeiten viel Aufhebens um die leibliche Unantastbarkeit gemacht, die Seele indes hat zu leiden. Was muss einer nicht alles hören und sehen, der unterwegs ist in der Belebeischen Ödnis! Calibane und Calibaninnen kommen beileibe nicht nur auf jener namenlosen Insel vor, wo Prospero das Sagen hat, o nein! Wer wie ich diesem Amte über zwanzig Jahre frönt, der wundert sich über gar nichts mehr. *Obscuri viri*[*]! Nie werde ich den Anblick jener Dämchen vergessen, die ihre auf dem Jahrmarkt erworbenen Regenschirme spazieren trugen, darunter einherwandelten im schönsten Sonnenschein, sie jedoch zuklappten, als es zu regnen anfing, damit sie nicht verdarben, und stattdessen die Rocksäume über den Kopf rafften. Barbaren, wie sie im Buche stehen: lebten wie das viehe / erschlugen eyner den andern / assen yegliches vnreine / kanten den ehstand nit / raubten vnd entfürten lustig jhre bräut / lebten gleych wilden thieren im walt / gossen schandt rede auß / vor vättern und schnurn! Wie ich noch im Orenburg'schen meinen Dienst versah, kam es vor, dass ich zum Tatort eilte, und statt einer Leiche in den erwartbaren Umständen und Gegebenheiten fand ich den Toten fein säuberlich gewaschen unter der Ikone liegend vor, die Hütte geputzt wie vor dem Feste. ›Wir haben die Wartezeit genutzt, Euer Gnaden, und gleich ein bisschen aufgeräumt‹, hieß es, ›das war ja nicht zum Ansehen!‹ Was soll einer dazu sagen. Einem zivilisierten Menschen will es freilich nicht in den Kopf und erst recht nicht ins Herze hinein, wie eine die eigne Mutter, blind noch dazu, in frostiger Winternacht unter freiem Himmel sich selbst überlassen kann! Man fährt Eisenbahn, liest etwas oder sinnt vor sich hin, während die Räder über die Schienenstöße rattern, tritt vielleicht einmal hinaus in den eisigen Vorraum, um frische Luft zu schnappen, da klebt der Reif fingerdick an der Türscheibe. Reibt sich mit einem Fünfer ein Guckloch zurecht und schaut in die Nacht, sieht irgendwo ein Häuflein Glutbröckchen in den Schnee geworfen und denkt, aha, da wohnt jemand und trinkt vielleicht just in dieser Minute seinen Tee, gemütlich am warmen Ofen – dort aber in der Schneewehe steckt Ihr, geblendet von zu viel Gesehenem, gepeinigt von zu viel Durchlebtem, unnütz und vergessen liegt Ihr da und verreckt unter dem Großen Wagen,

---

[*]   Dunkelmänner (lat.)

der sieht jetzt aus wie eine große Kelle, und man fragt sich, welch Barmherziger die Euch hinhält für einen letzten Schluck. Und es bleibt Euch nichts weiter, als zu warten und zu verzeihen, ein jegliches und einem jeden. Für den Muttermörder sah das römische Recht Ersäufen in einem Sack mit einem Hund, einem Hahn, einer Schlange und einem Affen vor. Kämpfen wir gegen den Bakterienbefall im Organismus unserer Gesellschaft, leisten wir solch gefährlicher *progéniture** keinen Vorschub, halten wir die Natur sauber und das Herz rein!«

»Die Verteidigung hat das Wort.«

»Ihr glaubt mir nicht und werdet es auch fürderhin nicht tun – nicht nur, weil ihr über meine Mandantin insgeheim längst den Stab gebrochen habt, sondern auch, weil ich in euren Augen, die mich heute zum ersten Mal im Leben sehen, von vornherein zur Gilde der Wortverdreher zähle. Na also, ich sehe schon das Lächeln in den Gesichtern der uniformen Magistratur, das will sagen: Jetzt hebt hier der Budenzauber an, jetzt drischt er sein Stroh, dieser Balalaikin! Mag sein. Schließlich muss ja auch ich mein Brot verdienen, muss ins Joch, da beißt die Maus keinen Faden ab. Geht man davon aus, dass die Kultur einer Person sich an der Fülle gewonnener Eindrücke bemisst, so ist man geneigt zu sagen: Je kulturvoller eine Frau, desto vielfältiger ihr Tun, in Sonderheit ihr kriminelles. Doch gegen diese weitverbreitete Ansicht hätte ich etwas einzuwenden. Vorletzte Woche hat man in Pereljub über ein Kindermädchen Gericht gesessen, das weder lesen noch schreiben konnte. Sie war entlassen worden, und bevor sie ging, hat sie den Herrschaften noch gedroht: Der liebe Gott wird es rächen! Und tatsächlich fing das Kind zu kränkeln an, kaum dass sie weg war, quälte sich vier Tage ganz fürchterlich, bis man bemerkte, dass ihm ein Fingerchen abgebunden war mit einem Haar, der Knoten sorgfältig verborgen. Das Haar schnitt in den Finger ein, der sich davon ent-

---

* Nachkommenschaft (frz.)

zündete, Wundbrand war schon im Entstehen ... Der Fall, der uns heute beschäftigen wird, liegt hingegen längst nicht so klar. Zwei Frauen in einem Haus, Mutter und Tochter, beide nicht glücklich, vom Schicksal gebeutelt, das Leben freudlos und ohne Sinn, beide träumen sie vom einfachen menschlichen Glück, das ihnen jedoch nicht vergönnt ist, stattdessen leiden sie, wie eine Frau nur leiden kann. Die Mutter ist im Alter erblindet, wenn sie vor die Tür will, muss Mokosch sie hinausführen. Das geht eine Weile gut, doch einmal kommt etwas dazwischen: Wehen, Fruchtwasser, Sturzgeburt und so weiter. Von wem das Kind ist? Was gehts uns an! Sei es von einem Zimmermann, einem römischen Legionär oder einem Lichtstrahl mit Goldstäubchen. Jedenfalls, als sie die Sache glücklich hinter sich hat, schläft sie vor Erschöpfung ein. Nicht jede ist es gewohnt, wie die Katzen zu hecken. Letzten Sommer war da ein Fall beim Bezirksgericht anhängig, Grigori Wassiljewitsch kann es bezeugen, er hat die Anklage übernommen, und ich war zum Pflichtverteidiger bestellt – so eine dralle, gesunde Maid im vollen Saft hat es vor den Eltern verheimlicht, einfach den Bauch eingezogen, und dann war die Zeit heran. Sie hat es tot geboren und vor lauter Schreck in den Ofen geworfen. Hat sich, so erzählt sie, auf den Küchentisch gestützt, und da kam etwas aus ihr hervorgerutscht. Sie hat es ins Papier gewickelt, das da von den Heringen lag, und ab ins Ofenloch damit. Die Mutter hat dann die Spuren vom aufgewischten Blut am Boden gesehen, den Ofen mit Wasser gelöscht, und so kam die kleine Leiche halb verkohlt wieder zutage. Die ärztliche Expertise besagte, dass der Säugling lebend ausgetragen wurde und auch noch eine gewisse Zeit nach der Geburt weitergelebt haben muss, denn in den Lungen befand sich Luft. Mokosch aber drückt ihr Söhnlein an sich und schlummert ein. Und die alte Frau, die ihre geplagte Tochter nicht wecken mag, beschließt allein austreten zu gehen. Tut das und findet nicht zurück. Stolpert über ein Holzscheit, schlägt lang hin. Ruft, aber keiner hört. Mit nichts als einem dünnen Jäckchen überm Nachthemd ist man im Nu erfroren. So hat man sie denn am anderen Morgen gefunden – in der Schneewehe hockend, die Hände flach gegeneinandergepresst, wie zum Gebet. Also ist es ein Leichtes für uns, diesem arglosen, minderbemittelten Geschöpf hier mit seinen Henkelohren, Hutchinson-Zähnen, dem hohen Gaumen, der Neigung zum Nägelknabbern und den verminderten Sohlenreflexen die Schuld zu geben. Aber wollen wir rechtgläubigen Menschen uns wirklich von diesem Signore Lombroso leiten lassen? Klagt sie nur an, dann sind ihr Heulen und Zähneklappern beschieden. Barmherzigkeit ist die Seele der Gerechtigkeit. Nehmt dem Körper die Seele, und ihr habt eine Leiche. Nehmt dem Recht die Barmherzigkeit, und ihr habt den toten Buchstaben. O ich Unglückseliger, dass ich zu schreiben vermag!, rief einmal ein römischer Kaiser, als er ein Todesurteil zu unterschreiben hatte. Doch bin ich gewiss, euer Obmann, wenn er den Freispruch unterschreibt, wird anderes fühlen: Ach, bin ich froh, schreiben zu können! Es werde Recht gesprochen! Ich bezweifle nicht, dass ihr werdet Milde walten und das dumme Ding in Frieden ziehen lassen, vielleicht sammelt ihr noch ein Sümmchen Geld zu ihrer Unterstützung.«

In der Pause hat einer von den Geschworenen am Büfett schon so ausreichend getankt, dass er zu grölen anfängt: »Wenn ich bloß will! Ich sperr sie ein! Ich sprech sie frei! Wie ich es will!«

Perun mahnt in seinem Schlusswort an, sich bei der Urteilsfindung ausschließlich von innerer Überzeugung, reinem Gewissen und dem gesunden Menschenverstand leiten zu lassen. »Gesetze haben weite Maschen«, sagt er, »das wisst Ihr selbst am besten. Auch schuldiges Blut naget einem das Herz, geschweige was das unschuldige tut. Kein Urteil ohne kühlen Kopf, hinter fremder Wange schmerzt kein Zahn.« Vor Großmut müsse man sich wahrlich nicht fürchten, sie habe noch keinen verdorben, doch selbst bösen Naturen veredele sie das Herz. »Bedenkt es!«, so schließt er.

Kaum ist das Schwurgericht aus der Tür, kommt es, sich gegenseitig schiebend, auch schon wieder herein.

Alles erhebt sich. Der Obmann schlägt vor der Ikone das Kreuz, räuspert sich und beginnt: »Ein jegliches Geschöpf sucht sein Glück und scheut das Leiden ...«

So fängt die Zukunft an.

Das Kind wird Mokosch genommen und in ein Heim gegeben, wo man nachts kräftig anzuheizen pflegt und die Kinder in ihren Bettchen nackt auf dem Wachstuch liegen lässt, um das Waschen der Windeln zu sparen.

Die Mutter vergießt im Gefängnis manche Träne, bis eine Kameradin sie darauf bringt, sich schwachsinnig zu stellen.

»Du wirst sehen«, sagt sie, »erst stecken sie dich zu den Tobsüchtigen, und anschließend berufen sie eine Kommission ein. Dann bleibt dir Kolyma erspart.«

So geht Mokosch dazu über, des Nachts zu schreien wie am Spieß, zu jaulen und zu keifen, sich unversehens zu entblößen, mit den eigenen Fäkalien zu beschmieren. Und tatsächlich steckt man sie ins Tollhaus, wo die Wärter keinen Ton von sich geben, ihre Filzstiefel auch nicht. Die Kommission bilden ein mit allen Wassern gewaschener Arzt und sein junger Kollege, eben vom Studium delegiert und überhaupt den ersten Tag im Dienst, den der Arzt flüsternd ins Benehmen setzt:

»Den Simulanten zu erkennen, Dmitri Michailowitsch, ist ein Kinderspiel ...«

»Dmitri Nikolajewitsch«, berichtigt ihn der Angesprochene zaghaft und errötet, da er Mokosch im Stehen mit gerafftem Rock auf den Teppich urinieren sieht.

»Ach ja, Pardon, nach so einer Nachtschicht gerät einem im Kopf bisschen was durcheinander. Eine Insassin hat heute Nacht Zwillinge geboren. Hat ordentlich gedauert. Ein Junge und ein Mädchen. Sooft es einem unterkommt, man freut sich jedes Mal wie ein Schneekönig. Wie sollen sie denn heißen?, hab ich die Kreißende gefragt. Sascha und Sascha. Ja, wie denn das, wer kommt denn auf so eine Idee?, wundere ich mich, darauf sie: Ist mir doch egal. Dem

Vater zu Ehren! Wozu ihm, wende ich ein, der doch einen Menschen umgebracht hat? – Das ist dem recht geschehen. So siehts aus, mein verehrter Dmitri Michailowitsch! Aber mit dem Dämchen hier werden wir ruck, zuck fertig, passen Sie auf!«

Und darauf mit lauter Stimme, sodass sie es hören kann: »Wir verabreichen ihr Chloroform! Dann schläft sie ein, und der Anfall geht vorüber!«

Und dabei drückt er Mokosch, die sich in Krämpfen auf dem Boden windet, einen Bausch mit Pfefferminzöl vor die Nase.

Ihre Zuckungen werden prompt schwächer, schließlich liegt sie still.

»So einfach ist das, mein lieber Dmitri Michailowitsch. Sie nennen das hier markieren: Jeder markiert den Irren, so als wären wir selbst die Idioten – denn natürlich hat keiner Lust, bei Polarlicht in ungeheizter Baracke Schnee zu fressen. Kommen Sie, ich zeige Ihnen, wie man das Gutachten ausfüllt!«

Und so würde Mokosch ins Lager nach Potma in Mordwinien verschickt, gelänge es ihr nicht die Nacht zuvor, sich mit dem Handtuch am Fenstergitter zu erhängen. Die Zellenkameradin wird auf dem Transport davon berichten, kurz nachdem der Hering ausgeteilt ist, draußen wischt gerade ein Bahnhofsschild vorbei: *Saraktasch.* Die Aufseherin, sagt sie, habe beim Anblick der Erhängten das große Zittern bekommen. »Ist doch klar, die müssen auch um ihre Stellen bangen, da gibt es bestimmt genug Anwärter.«

Swarog wird im Strandrestaurant von Pizunda unterm Strohdach seiner Frau beim Kuchenessen zusehen und wie sie beim Sprechen die Creme vom Teller auf das Gäbelchen stippt. Später wird man auf ihrer Datscha in Werbilki den Kübel mit der Palme ins Haus tragen, die den Sommer über deutlich an Größe zugelegt hat. »Ein Regenbogen!«, wird sein Sohn zwei Jahre später plötzlich ausrufen, als das Kindermädchen beim Bügeln den Mund voll Wasser genommen hat und über die Wäsche verspritzt. Noch ein Jahr später wird Swarog seine Mutter in den Sarg betten, und sie wird plötzlich lächeln, sodass er erschrocken zurückspringt und die Angestellte ihm erst erklären muss, dass das nichts Ungewöhnliches sei, manchmal würde ein Muskel des Toten noch zucken. Den Sommer darauf wird er sich, Hände an die Bordwand geklammert, von einem Boot über den Teich ziehen lassen, darin sitzt seine neue Frau, die ihm Erdbeeren in den offenen Mund steckt. Und seine letzte Verteidigungsrede beendet er mit erhobenem Zeigefinger, den er kreuzweise durch die verbrauchte Luft fahren lässt: »Kein Verbrechen, also keine Strafe!« Denn beim nachfolgenden Mittagessen sprudelt ihm plötzlich das Blut aus der Kehle, in den Teller hinein.

Weles hinwiederum wird einmal viele Jahre später schlaflos im Bett liegen und plötzlich den Gedanken haben: Lieber Gott, hab Dank für dieses Kind, das da in seinem Bettchen vor sich hin schnauft, und für die Frau an meiner Seite, und für den Streifen Licht an der Decke, und jetzt für die Sirene vom Güterzug, und für die zwei Sterne da im oberen Fenster ...

Während Perun sich mit dem Taschentuch den Schweiß aus dem Nacken wischt und sagt: »Von mir aus kann es gewittern!«

Worauf gehorsam ein Donner von ferne über den Dächern der Datschas grollt.

»Schau dir das an, Bello«, sagt Perun, mit dem Finger in Richtung Wäldchen deutend, »was für eine saftige Pflaume da hängt!«

Auf die Wipfel der Birken gestützt, walzt dort ein Weltuntergang heran: dräuend, grummelnd, flackernd.

»Als ich so klein war wie du«, wird Perun zu seinem Hund sagen, denn da ist keiner, mit dem er sonst reden könnte, »nur dass du schon ein alter Herr mit Hängeschwanz bist, aber ich war in deinem Alter wirklich noch klein und eine richtige Leseratte, da war in einem Buch von einem Hund die Rede, der zum Grab seines Herrn kam und dort blieb und auf ihn wartete. Los, komm da raus, schien er sagen zu wollen, wir wollen unsere alltägliche Runde gehen: erst zum Bäcker, dann Milch holen und zum Zeitungskiosk und dann

durch den Park – ich mit der Zeitung in der Schnauze! Den Fried-
hofsleuten brach es das Herz, als sie ihn dort sahen, sie legten ihm
Brotkanten vor die Nase und Eier und sonst was, aber der Hund
verschmähte das alles und ist aus lauter Treue und vor Entkräftung
gestorben. Begraben wurde er neben seinem Herrchen, sodass sie
nun endlich wieder beisammen waren und ihre Runde gehen konnten: Bäcker, Milchladen, Zeitungskiosk, Park, und jedes Mal trug er
die Zeitung zwischen den Zähnen. Da kannst du mal sehen, Bello,
was es für Hunde gibt! Wenn ich eines Tages sterbe, was wird dann
aus dir? Ich wüsste nicht mal, wer dich aufnehmen sollte. Du wirst
verloren sein, mein armes Hündchen!«

Zuerst überzieht sich das Dach von Nachbars Scheune mit dunklen Sprenkeln, dann ist es mit einem Mal gleichmäßig nass und
erglänzt in den düsteren Farben des Himmels. Die Pappeln hinterm Zaun beginnen hektisch zu werden, die Kiefern werfen dürre
Zweige auf die Straße. Vom Fliederbusch her Getrommel. Aus
der Dachrinne zunächst ein schütteres Tröpfeln, doch bald schon
ergießt sich ein satter Strahl, dann ein reißender Strom, in hohem
Bogen über das Wasserfass hinausschießend, mitten in den Phlox
hinein, ein Gemisch aus Staub, Ziegelgrus und Wasser.

In der Veranda will die Gardine mit einem Mal zum Fenster hinaus, Perun bekommt sie gerade noch am Saum zu fassen.

Und schneeballartig wird die Welt sich zur Hölle auswachsen mit
allem Drum und Dran, wird schnaufen und gurgeln und röcheln
und schmatzen und schnalzen und grummeln und lispeln und
näseln bis ans Ende aller Zeiten, bis einer das Buch zuklappt, sodass
man den Umschlag mit dem schönen Sternenmuster sehen kann.

Nun war die Ehre wohl auch an mir.

Freut euch, Athener!

An den hochwerten Hypereides vom muffigen Kompendium
für russische Gerichtsredner. Hiermit teilen wir Ihnen mit. Einge-
standnermaßen. Was bleibt uns weiter übrig. In Vorbereitung der

anstehenden Neuauflage hielten wir es für denkbar und in gewisser Weise sogar – wenn schon lügen, dann richtig – wünschenswert, einen Artikel über Ihre Wenigkeit in unser renommiertes Lexikon aufzunehmen und damit wohl oder übel Ihr langjähriges verdienstvolles Wirken auf dem Felde der Wahrheitsfindung gebührlich zu würdigen, so man die Wahrheit, wie in den Statuten verankert, als Ausfluss der Gerichtsrede definiert. Neider und sonst wie übelwollende Existenzen sind ja auch nicht allmächtig, nicht wahr, wodurch dir, Kamerad, in Anbetracht deines Dienstalters nun endlich ein Artikel dritter Klasse zufällt, lieber spät als postum. Von daher ergeht an dich, stachliger, aber großherziger Hypereides, der du Nachsicht auch gegenüber Schwerenötern mit angewachsenen Ohrläppchen hervorzukitzeln weißt, die Bitte, es auch uns nachzusehen und mit eingeschriebener Post ein photographisches Bildnis nebst zweiseitigem Lebenslauf zu übersenden, aus dem hervorgehen sollte, wie viele verirrte Fischlein aus dem Menschenmeer du vor dem Haken bewahrtest und ob du als Kind deiner Amme die Warzen zerbissen.

So saß ich, meinen Lebenslauf niederzuschreiben, doch die Feder, nach der ich gegriffen, erwies sich als stotternd.

Dies und jenes probierte ich aus, begann von hinten und von vorne – immer fühlte es sich wie ein Nachruf an. Ich nahm einen der Bände aus dem Regal und blätterte: Herrgott, das ist doch ein Friedhof und kein Kompendium.

Aber so ließe sich beginnen: Er braucht seine Ruhe. Hat mehr als genug erlebt.

Oder so: Der Entschlafene war ein Produkt seiner Zeit, die so verrückt und verbohrt war, Menschen unter ihrem Mühlstein zu zermahlen, wenn jemandem danach war ... Wer war dieser Jemand?

Ich trank Tee und sah zum Fenster hinaus. Ein Schwarm Vögel kreiste über den Bäumen wie Teeblätter um den rührenden Löffel im Glas.

Jetzt half nur ein Spaziergang. Ich ging zu Anetschka hinüber. Mein Engelchen reckte sich mir entgegen, freute sich und sabberte. Ich trug das Kind nach unten, setzte es in den Wagen. Wir gingen in den Snamenka-Park spazieren. Als wir ankamen, war es dort schönster Herbst. Guck dir das an, sage ich zu Anetschka, so sieht der September aus. Das hier ist ein Ahornblatt, greif zu! Das können wir zu Hause in eine Vase stellen oder in ein Buch legen und vergessen, oder wir lassen es hier, behalten es einfach in Erinnerung. Dieser Weg hier führt zur Wolga hinunter, die Wolga ist ein Fluss, der randvoll bis zu seinen sandigen Ufern mit Infusorien gefüllt ist. Die Wolga fließt ins Hyrkanische Meer. Dort drüben spielen die Kinder hinter den Bäumen Verstecken. Und da, sieh mal, die Sonne in der Pfütze! Das da sind Astern. Sie blühen gerade. Das ist eine Kiefer. Sie wirft mit Kienäpfeln. Und die Luft, riech mal, wie sie duftet. Dort oben zwischen den Ästen wohnt der liebe Gott. Und jetzt: Spürst du den Wind? Er nimmt die Vergangenheit mit … So schwätze ich vor mich hin, und mein Liebling lächelt selig.

Als ich zurück war, griff ich mich am Schlafittchen und zerrte mich an den Schreibtisch. Blätterte wieder im alten Kompendium. Warum bloß das Ganze, für wen und wozu? Abdrucken werden sie sowieso nur ein paar hohle Zeilen *petit* und daneben ein Photo, das ein Exponat aus dem Wachsfigurenkabinett zeigt. Was hat das zu tun mit diesem Zimmer, in dem die Bücher wie Ziegelsteine gestapelt sind und das mir zum Hals heraushängt? Mit meiner rapide welkenden Haut, dem Rechtshänder im Spiegel?

So plagte ich mich ein Weilchen, ehe ich es fürs Erste sein ließ. Kann warten, die Sache. Nächste Woche gehe ich dran. Und dann rückt gefälligst zusammen, ihr hochnäsigen Mitbenutzer des Alphabets! Ich komme mit meinem Bündel zu euch auf die Pritsche der Ewigkeit gekrochen! Der Buchstabenfresser, das im Archiv hausende Kerbtier, soll mich kennenlernen! Wenn ich mal tot bin, wird dies Buch mein einzig verbleibender Aufenthaltsort auf Erden sein.

Unter dem Buchdeckel werde ich mich verbergen, zwischen den Seiten ansitzen und warten aufs Jüngste Gericht: ob nicht irgendwer, um ein quengelndes Kind zu beruhigen, gerade diesen Folianten aus dem Regal nimmt.

»Da hast du, Manetschka, schau dir die Bilder an …« Und ich klappe auf aus der Versenkung, und der Kinderfinger tippt mir vorsichtig an den Bart – könnte ja sein, dass ich zuschnappe.

Wo bist du, Hypereides, erwacht in tiefer Nacht? Wie hat es dich hierher verschlagen? Was sind das für Stimmen, wer diese Leute?

Alles scheint verschwommen, schwankend und schillernd. Mal ein Wispern, unklares Raunen. Alles fremd und sonderbar. Die Menschen nicht gänzlich am Leben, die Toten nicht ganz tot. Ist dieser September womöglich der Hades? Dreh dich um! Sieh genau hin! Atme ein aus voller Brust! Ringsum ist asphodelisches Schwemmgebiet. Hinter dem Wäldchen erstrecken sich die stygischen Sümpfe, da tragen sie jedes Jahr eimerweise Torf- und Preiselbeeren raus. Rotbäckiges Laub rieselt in den eiskalten Acheron, von dem man nicht glauben mag, dass er einmal schiffbar war, so viel trübes grünes Geschling. Im Schilf ersterben die Kröten, da sie meine Schritte hören, im Wasserloch die Wolken. Pfeifend kommt mein Vater des Weges, die Schöße seines offenen Mantels verhaken sich im Klettenbusch. Jetzt ist er stehen geblieben, scharrt mit der Schuhspitze einen Kieselstein hervor, der, wer weiß warum, seine Aufmerksamkeit erregt, brummelt etwas, läuft weiter.

»Vater!«

Er hört nicht.

»Vater, warte doch!«

Er wendet sich um. Furcht die Stirn, äugt umher, lauscht. Hebt den Ast auf, der eben unter seinem Fuß geknackt hat, wirft ihn in den Fluss. Platsch. Das zieht Kreise. Auf dem schwarzen Wasser klebendes Laub kommt ins Schaukeln wie Kinder auf ihren Schaukelpferdchen.

»Mensch, Vater, deine Augen werden wirklich immer schlechter. Ich bins. Hier meine Hand. Lass dich umarmen.«

Ich will ihn anfassen, den verschlissenen, mit Birkensamen bestreuten Mantel berühren, doch die Hand fällt ins Leere. Diese Leere im Inneren meines Vaters ist wie Gallert.

Er lacht. »Sag ich doch die ganze Zeit! Der menschliche Körper besteht aus Fruchtsuppe, einer Suppe aus Atomen, die ihrerseits aus Buchstaben bestehen.«

Der Vater des Verblichenen war Direktor einer Schule, wo im Blumentopf auf dem Fensterbrett ein Apfelgriebs liegt, und aus der Toilette kriechen die Urinschwaden.

Aber horch! Was sind das für sphärische Klänge, die durch die abendlich leeren Flure hallen? Wes dreiste Schritte stören die Einkehr der Bildnisse und Zitate? Wem hinterher hüpft das Echo über das spiegelblank gewichste Parkett des Medwednikow-Gymnasiums?

Da schlägt ein helmblitzender Knabe die unsichtbaren Sarazener. Er selber ist geschlagen mit einer Schielbrille, deren eines Glas verklebt ist, und mit der krankhaften Furcht, eine Spinne zu verschlucken. Zum sechsten Geburtstag bekam ich vom Vater eine Ritterrüstung geschenkt, die seine Schüler im Werkunterricht gefertigt hatten: Helm und Harnisch in passender Größe, ein Schild, das einem Topfdeckel glich, ein Schwert, beidseitig geschliffen, und eine langschattige Lanze. Abends, wenn das Haus für die Nacht zugesperrt worden war, entfloh ich der väterlichen Dienstwohnung, die sich im Seitenflügel befand, und ging in die Offensive, fegte mit Gebrüll durch die dunklen Korridore und teilte kräftig aus nach links und nach rechts, Feinde zu Dutzenden niedermähend. Dies war mein Haus, das zu besetzen sie sich erdreistet, meine Burg, meine Festung. Köpfe und Turbane rollten, Stockwerk für Stockwerk ward die Schule gesäubert von der garstigen Brut.

Ich war der Einzige, denke ich, der meinen Vater nicht fürchtete. Obwohl, wenn ich ehrlich bin, auch mir bisweilen mulmig werden konnte unter seinem Blick, der einen jeden Rabauken und noch die in geschlossener Front rebellierende Klasse zum Einknicken brachte. Mein Vater gab Mathematik, außerdem Logik. Das Anzünden seiner Pfeife kommentierte er so: »Das Angenehme ist mitunter verwerflich, und alles Verwerfliche ist schädlich. Folglich kann es vorkommen, dass das Schädliche angenehm ist.«

Und wenn ich mich weigerte, die verhassten wollenen Leibchen anzuziehen: »Wollene Kleidung hält die Wärme im Körper. Dinge, die Wärme halten, sind schlechte Wärmeleiter. Folglich sind zu den schlechten Wärmeleitern wollene Kleider zu zählen.«

Derlei Sprüche machten schwindlig, und ich gab allen Widerstand auf.

Manchmal ließ er sich erweichen und erzählte mir vor dem Einschlafen unerhörte Geschichten von ganz wunderlicher Art. Sie spielten immer irgendwo in Indien oder Afrika. Da kam zum Beispiel eine Ägypterin mit ihrem kleinen Sohn zu den Ufern des Nil, und ein Krokodil sprang aus den Fluten und schnappte sich das Kind. Der Junge hieß selbstverständlich wie ich und war ebenso alt, sah auch so aus, trug eine halb verklebte Brille. Die Ägypterin brach in Tränen aus und flehte das Krokodil an, es solle ihm ihr Kind zurückgeben.

Ich spürte die schwere Krokodiltatze in meinem Nacken, roch den Odem des Todes aus seinem Schlund, hörte das Klacken der schiefen Zähne an meinem Ohr.

Und das Krokodil sprach: »Du kriegst ihn zurück, wenn du zuvor errätst, ob ich dir deine Bitte erfüllen werde oder nicht.«

»Du wirst es nicht tun«, riet die Mutter.

Darauf das Krokodil: »Ha! Nun kann ich dir den Jungen auf gar keinen Fall zurückgeben. Denn wenn deine Antwort zutrifft, so behalte ich das Kind, wie du es sagst. Trifft sie nicht zu, bekommst du das Kind nicht zurück, weil unsere Abmachung es so will.«

Doch an dieser Stelle geschah das Wunder.

»Ha!«, entgegnete die Mutter triumphierend. »Dann ist es ja so, wie ich es vorhergesagt habe, und du musst mir mein Kind zurückgeben. Ist es aber nicht so, gibst du es mir sowieso.«

Die Kinnlade des Krokodils klappte auf, und ich war gerettet.

Jetzt aber kann ich nicht einschlafen, weil ich immerzu an Vater denken muss. An unsere Wohnung, Mama.

Wie geschickt er beim Frühstück im Sonnenschein sein Ei köpft: mit einem Knack. Wie er zum Abschlussexamen in der Aula das Kuvert mit den Aufsatzthemen entsiegelt, und plötzlich springt ihm die Schere aus den Fingern und segelt lärmend übers Parkett. Wie er an Mamas Geburtstag ein Ständchen auf dem Klavier spielt, und in den Chopin mischt sich leises Kastagnettenklappern, weil er sich immer die Fingernägel spitz feilt. Wie Mama meine Hausaufgaben abfragt, während sie sich das Haar für die Nacht zu einem dünnen Zopf flicht. Und wie sie mir den Gutenachtkuss gibt, bevor sie ins Theater geht, dabei löst sich unbemerkt der Stecker von ihrem Ohr und fällt in mein Bett.

Sie passten absolut nicht zueinander: Vater, ein ewig nörgelnder Pedant – Mutter, zerstreut und vergesslich, die Finger immerzu fleckig von Chemikalien. Sie unterrichtete Chemie, obwohl sie keine Ahnung davon hatte. Das Fach war ihr zuwider, aber das mochte sie nicht gern zeigen. Experimente, die sie vorführte, gingen regelmäßig schief. Klappte es doch einmal, dass Weiß zu Rot wurde, Feuer zu Wasser und Stein zu Spänen, staunte sie selbst am allermeisten darüber. Solange der Versuch lief, murmelte sie vor sich hin – als betete sie zum Chemiegott, der in ihrer Ablusthaube wohnen mochte.

Sie brachte es fertig, im kreidebemehlten Jackett oder mit hervorblitzendem Unterrock durch die Aula zu spazieren. Ihre Nachlässigkeit machte Vater rasend, dennoch erhob er nie die Stimme, äußerte höchstens irgendeinen verschrobenen Syllogismus, den ich nicht verstand, Mama dafür umso besser, denn in der Folge herrschte zwischen ihnen eisiges Schweigen, das konnte tagelang so gehen.

Überall – am Esstisch, an der Kommode, unter jedem Stuhl, gar auch an meinem Bett – klebten diskrete Marken mit Inventarnummer. Selbst die Bilder an der Wand waren amtlich. Mein Vater legte keinen Wert auf Besitz, denke ich. Er fürchtete wohl, die Leichtigkeit, die an ihm war, mit Dingen zu beschweren.

Und wenn ich ihm als Kind auf die Nerven fiel, war er es, der den erstbesten Folianten aus dem Regal nahm und mir vor die Nase hielt: »Hier, Saschenka, guck dir die Bilder an!«

Auf denen waren sonderbare Menschen in Schürzen, mit Schakal- und Krokodilköpfen zu sehen. Gemessen an der Dicke des Buches gab es davon jedoch nicht viel. Aber sowieso war es der Text, der mich an diesen Erwachsenenbüchern interessierte, mehr reizte als alle Kaschtankas. Auch wenn das meiste über meinen kindlichen Verstand ging – ich las es und war hingerissen. Zum Beispiel Osiris: dass er mit seiner Schwester vermählt war, erstaunte mich nicht, wohl aber, dass die Hochzeit schon vor ihrer beider Geburt erfolgte. Genauso unbegreiflich war, dass eine Daunenfeder mehr Gewicht auf die Waage bringen konnte als ein Herz. Ein Kind von einem Toten empfangen, wie ging das? Und was war ein Phallus? ... Anderes wiederum kam einem bekannt vor: Wenn Osiris in einer Truhe in den Nil geworfen wurde, ließ das an Puschkins Märchen vom Zaren Saltan denken: Wolken ziehn am Himmel schwer, und das Fass schwimmt auf dem Meer ... Der Vogel Phönix schillerte gewiss nicht prächtiger als unser russischer Feuervogel, und die Särge mit den Mumien darin wurden gerade so wie Matrjoschkas ineinandergeschachtelt.

Ich wollte es genauer wissen und hing also bald wieder an des Vaters Rockzipfel: »Wird denn jeder Mensch, wenn er stirbt, ein Osiris?«

Er saß am Tisch und korrigierte Hefte.

»Jaja«, sagte er nur und nickte.

Ich ließ nicht locker. »Puschkin ist auch einer geworden?«

»Puschkin auch. Stör mich bitte nicht.«

Das ließ sich aber nun gar nicht mehr vermeiden. »Und du, bist du denn auch ein Osiris?«

Mein Vater stutzte und legte die Feder aus der Hand. »Ich? Nein, wieso, ich bin doch noch am Leben«, sagte er lächelnd.

»Aber wenn du stirbst ...?«

Da lachte er laut auf – um im nächsten Moment in tückischem Ton zu wispern: »Wo ist eigentlich die Zeitung von gestern?«

Das war das Signal für die glücklichsten Minuten des Tages. Wir falteten die Zeitung zu Fliegenklatschen zusammen und machten Jagd aufeinander, tobten durch die Zimmer.

Wasser war das Einzige, was er trank, die Karaffe stand immer auf dem Esstisch.

»Der Mensch besteht zu achtzig Prozent aus Wasser, wie man weiß«, pflegte er zu sagen. »Nicht etwa aus Tee mit Zitrone oder Kaffee mit Sahne.«

Ein Curriculum vitae wollte ich schreiben, und jetzt ist ein Karl Iwanitsch draus geworden.

Ein Mädchen kommt zu mir in die Sprechstunde. Tritt zaghaft ein, mit der Schulter voran, verschreckt und verheult, die Nase rot geschwollen. »Treten Sie näher! Nur keine Bange, kommen Sie, setzen Sie sich!«

Sie setzt sich auf die Stuhlkante.

Ich werfe einen Blick auf die Visitenkarte. »Sie sind also ... Pawel Petrowitsch Lunin, Mademoiselle?«

Der Scherz bringt sie noch mehr aus der Fassung, sie springt gleich wieder auf. »Das ist mein Vater, wir treten gemeinsam auf. Aber das ist alles ein Missverständnis, Papa trägt keinerlei Schuld, da muss ein Fehler vorliegen!«

Ich drücke sie zurück auf den Stuhl. »So beruhigen Sie sich doch, um Himmels willen!«

Sie schnäuzt sich und schnieft, scheint gleich wieder losheulen zu wollen. »Sie können sich nicht vorstellen, wie furchtbar das alles ist!«

»Ich kann Ihnen versichern, meine Liebe«, erwidere ich, »dass ich mir alles Mögliche vorstellen kann und auch dieses. Erzählen Sie, und wir werden sehen, wie Ihnen am besten zu helfen ist.«

»Mein Vater ... Er ist ... Man hat ...«

Na bitte, schon wieder Schluchzen.

Sie verbirgt das Gesicht im Taschentuch, die schmalen Schultern beben, die Ohren lohen.

»Jetzt ist es aber mal gut. Wie heißen Sie? Trinken Sie einen Schluck Wasser!«

»Anja.« Sie haucht es kaum vernehmlich.

»Sehen Sie, meine Tochter heißt auch so, Anja, Anetschka. Halb so groß wie Sie und heult längst nicht so viel!«

Erst lehnt sie zu trinken ab, dann leert sie das ganze Glas.

Ich sehe ihr zu, wie sie trinkt, mit einer Geste der Entschuldigung wieder aufsteht, um zum Spiegel zu gehen, die Nase frisch zu pudern, sie tut es wie eine Erwachsene; ihr Kleid liegt so eng an, dass das Gummi des Strumpfhalters sich darunter abzeichnet. Und ich weiß im Voraus, was sie mir jetzt gleich erzählen wird. Ich flehe Sie an, wird sie sagen, retten Sie meinen Vater, der an allem unschuldig ist, auch wenn er vorgestern unter ungeklärten Umständen, gerade als der Kurierzug in der Ferne tutete, einen nicht identifizierten Leichnam, vielleicht haben Sie in der Zeitung davon gelesen, es stand ja überall. Natürlich habe ich das. Vorgestern im Mittagszug, unterwegs zur Datscha, die Septembersonne schlug quer durch den Wagen, und längs des Damms eine Kette Pappeln, weshalb mein *Wolgabote* rhythmisch aufleuchtete und wieder erlosch, das reinste Seeleuchtfeuer: Punkt- Strich, Punkt-Strich, die Augen taten einem weh davon.

»Soweit mir bekannt ist, verehrte Anna Pawlowna, hat die ermittelnde Behörde keinerlei stichhaltige Indizien gegen Ihren Vater in der Hand. Alles höchst unklar und verworren. Weder weiß man, wer das Opfer war, noch kennt man die Motive des Verbrechens. Auf Mutmaßungen lässt sich keine vernünftige Anklage gründen, deshalb ist Herr Lunin bislang auch nur vorbeugend beauflagt worden, die Stadt nicht zu verlassen.«

»Er ist ein so wunderbarer Mensch, verstehen Sie, er wäre zu so etwas einfach nicht fähig!«

»Oh, meine Liebe, wenn Sie wüssten, wozu diese wunderbaren Menschen alles fähig sind! Aber nein, entschuldigen Sie – von der Unschuld Ihres Vaters bin ich felsenfest überzeugt. Selbstredend handelt es sich um ein betrübliches Missverständnis. Gewiss werden sich die Umstände dieser leidigen Angelegenheit in allernächster Zeit aufklären lassen, und die Polizei wird allen Grund haben, sich bei Ihnen zu entschuldigen. Und sollte die Sache wider Erwarten doch zu einem Prozess führen, so danke ich für das mir entgegengebrachte Vertrauen. Der Sieg ist uns sicher. Ich werde alles tun, um einen Freispruch für Ihren Herrn Vater zu erlangen. Warum ist er eigentlich nicht selbst gekommen?«

Gerade schien das Mädchen sich ein wenig gefasst zu haben, ihr zartes Köpfchen hatte freudig genickt, doch bei dieser Frage schrak sie auf, ihre Miene verdüsterte sich.

»Es geht ihm nicht gut«, stammelte sie erschrocken, »er ist krank. Hat Fieber.«

»Verstehe. In diesem Fall richten Sie ihm meine besten Wünsche für baldige Genesung aus.«

Und wieder war sie aufgesprungen, flammende Röte schoss ihr ins Gesicht.

»Was ist denn noch, mein Kind?«

Sie hielt mir ein Kuvert entgegen.

»Was ist das?«

»Da sind fünfzig Rubel drin. Mehr haben wir nicht.«

»Stecken Sie das weg!«

Sie legte es auf meinen Tisch, schob es unter die Papiere.

»Was fällt Ihnen ein! Augenblicklich nehmen Sie dieses Geld zurück!«

Ich ergriff das Kuvert, schob es in ihre Handtasche.

»Dann nehmen Sie wenigstens hier die Freikarten!«, sprach sie bebend. »Wir geben eine Vorstellung im Simin-Theater. Es wird Ihnen sehr gefallen. Bringen Sie Ihr Töchterchen mit!«

»Das ist ja nett. Für wann denn?«

»Zum Beispiel heute Abend.«

»Ach. Eben sagten Sie noch, Ihr Vater sei krank, mit Verlaub.«

»Sie wissen nicht, was es bedeutet, Künstler zu sein. Er muss auftreten, wenn die Vorstellung angekündigt ist!«

Ach Anja, Schniefnäschen, du denkst anscheinend, der Mann, der da vor dir saß, wäre edel, hilfreich und gut und vor allem mächtig. Dass das Publikum in Scharen geströmt käme zu seinen Reden, Eintritt bezahlte. Eine lokale Berühmtheit, die man um Hilfe bitten kann, wenn die Familie vom Leid betroffen ist. Die letzte Hoffnung … Dabei ist er das Schwarze unter deinem Fingernagel nicht wert.

Morgen:
Zum Zahnarzt
Photographieren lassen
Bei Tolbejew Bücher nach Kat. bestellen
Pfandbriefe im Fall E. einsehen
Abends – Simin-Theater (?)

Nirgends kann man hingehen, ohne Bekannte zu treffen. Heute im Theater schon an der Garderobe. Ein Geschiebe und Gedränge, nasse Schirme und Mäntel, tropfende Hüte. Theatergerüche aus klaffenden Handtaschen, staubigen Plüschsofas, klatschnassem Gymnasiastinnenhaar. Vom Büfett her duftete es nach geröstetem Kaffee.

Alles schaute auf meine Kleine. Stolz führte ich sie an der Hand umher. »Komm, Anetschka, gleich fängt die Vorstellung an.«

Da stand auf einmal K. K. vor mir. »Ah, Alexander Wassiljewitsch leibhaftig. Und die Kleine ist ja groß geworden! Das Engelchen! Schon fast eine kleine Husarin!«

Und er quasselt etwas mit vielen Ausrufezeichen in seinen bekrümelten Bart. Die Krawatte fleckig, da ist ihm wohl Suppe draufgetropft. Das wird seiner Seligen peinlich sein, wenn sie von irgendwo droben herabschaut. Wie sieht er wieder aus, wird sie denken. Kaum dass ich nicht mehr da bin, lässt er sich gehen.

»Was täte meine Werteste sich freuen, wenn sie noch unter uns weilte, Euch zu sehen, Alexander Wassiljewitsch! Sie hatte einen Narren an Euch gefressen. Aber seht nur, wie viele Leute gekommen sind! Es heißt, anfangs wären sie vor leerem Saal aufgetreten, jetzt ist es rappelvoll. Man kennt ja das hiesige Publikum. Alle wollen sie einen Unhold begaffen. Ein ehrbarer Mann lockt keinen hinterm Ofen hervor. Ihr kommt doch zur Gedenkfeier am vierzigsten Tag? Tut ihr den Gefallen ...«

Ich versprach es ihm, was soll man machen.

Wir hatten uns verabschiedet und waren schon in der Tür zum Saal, da winkte der Alte immer noch Anetschka hinterher, sie blies vor Vergnügen Spuckeblasen – und plötzlich eilte er noch einmal heran, drückte mir innig die Hand und raunte in mein Ohr: »Ihr seid ein Heiliger. Ich danke Euch.«

Ach, K. K., du guter alter Esel ... Keine Ahnung, warum sie alle denken, ich müsste darunter leiden, mich mit meinem kleinen Goldschatz an der Hand in der Öffentlichkeit zu zeigen. Und darüber aufzuklären lohnt nicht – fängst du erst damit an, schütteln sie nur den Kopf und bedauern dich noch mehr. Von mir aus. Sollen sie!

Der stickige kleine Saal des Simin war tatsächlich voll besetzt. Ich setzte mir Anetschka auf die Knie. »Pass mal auf, gleich kommt der Zauberer und führt uns Kunststücke vor!«

Das Publikum begann ungeduldig zu applaudieren, mein Sonnenschein klatschte mit gespreizten Fingern eifrig mit.

Der Vorhang bauschte sich von einem Luftzug. Ich hatte zu tun, meiner Prinzessin die Spucke vom Mund zu wischen. Endlich ging der Vorhang auf. Und kein Hindu mit Turban trat an die Rampe, auch kein Mephisto im Feuermantel – beides hätte mich nicht gewundert –, sondern mein alter Schönschreiblehrer Gromow: so quadratschädelig, gravitätisch und maulwurfsblind wie in alten Zeiten. Immer noch dasselbe gepflegte Kinnbärtchen, dasselbe ironische Lächeln im Mundwinkel, die langen rosa Fingernägel. Dass es mir kalt über den Rücken lief, wäre noch untertrieben. Augenblicklich fühlte ich mich wieder wie das am Boden zerstörte Schulkind von einst, dem der Professor, zwangsversetzt von der Universität an unsere Schule nach irgendeinem Vorfall, verächtlich das Heft auf die Bank warf mit den Worten: »Das da, mein Verehrtester, stammt nicht aus dem russischen Tintenfass.«

Wenn es keine Seelenwanderung war, so doch ein verblüffender Fall von Doppelgängerei. Auch die Stimme hatte sich weiterverpflanzt. Ebenso die Marotte, das Gesagte mehrfach zu wiederholen, damit auch noch die Dussel in den letzten Bänken es schnallten. Sogar seine alte Schultafel hatte mein verhinderter Professor dabei.

Lunin begann mit Rechenkunststücken. Eine gleichfalls neugeborene Scheherazade in grünen Pumphosen, mit nacktem Bauch und einem hauchzarten Schleier darüber, assistierte ihm. In dem anmutigen Wesen, das da mit klingelnden Glöckchen an der Hüfte über die Bühne trippelte, meine verheulte Mandantin wiederzuerkennen war nicht so einfach.

Jetzt malte sie mit Kreide eine Reihe fünfstelliger Zahlen an die Tafel, wie Freiwillige aus dem Publikum sie ihr aufs Geratewohl zugerufen hatten. Lunin wusste sie mit Leichtigkeit zu multiplizieren, zu dividieren oder ins Quadrat zu nehmen.

»Das ist nichts Besonderes, glauben Sie mir«, sagte er lächelnd, als der erste Applaus verklungen war, »gar nichts Besonderes. Ein jeder von uns bringt seine speziellen Fähigkeiten zur Anwendung, spielend sozusagen. Um ein starker Mann zu werden, muss man bloß seine Muskeln trainieren, Muskeln trainieren ist das Allerwichtigste.«

Man ging zu Sechsstellern über. Lunin legte die Hände flach an die Schläfen, konzentrierte sich einen Moment lang und warf dann lässig die Antwort hin. Einmal irrte er für einen Moment, korrigierte sich jedoch umgehend selbst.

In meinem pausbäckigen, asthmatischen Hintermann fand sich der ungläubige Thomas, der mit einer vorbereiteten Liste die Bühne erklomm. Argwöhnisch begutachtete er zunächst die Kreide, drehte plötzlich mit Schwung die Tafel so herum, dass nur die Zuschauer sie sehen konnten, und übertrug zwei Zahlenkolonnen von seinem Blatt, die der Vortragende zu multiplizieren hatte.

»Sie brauchen sie mir nicht zu zeigen«, sagte Lunin, »es genügt, wenn sie sie mir vorlesen.«

Den Blick zur Decke gerichtet, hörte er sich die Zahlen an, rieb nur die Fäuste leicht gegeneinander und verkündete geruhsam das Ergebnis; es handelte sich um eine Unendliche.

Verdutzt blickte der Thomas auf seine Liste, und ein Strahlen ging ihm übers Gesicht, er hob die Hände, als wie: nicht zu fassen! Das Jackett voller Kreidestaub, kehrte er an seinen Platz zurück.

Lunin behielt lange Ziffernkolonnen, die ihm nur für einen kurzen Moment offeriert wurden, memorierte sie von links nach rechts und von rechts nach links, vollführte noch einige weitere arithmetische Glanzleistungen, doch war all dies nur Aufwärmung, Präludium.

Endlich verkündete Lunin, er habe die einzigartige Gabe, Texte mit den Fingern zu lesen, sei mithin bereit und in der Lage, den Inhalt eines verschlossenen Briefes wiederzugeben, ohne dafür das Kuvert öffnen zu müssen. Währenddessen eilte die Odaliske durch die Reihen und verteilte Umschläge und Briefbögen an die, die sich beteiligen wollten. Auch bei uns kam sie vorbei, lächelte unter ihrem Gazeschleier hervor: »Greifen Sie zu!« – und war im nächsten Moment wieder davongegaukelt. Der Geruch von kindlichem Schweiß, übertüncht mit Parfüm, blieb in der Luft hängen.

»Ich bitte Sie, meine Herren, nicht in Druckbuchstaben zu schreiben«, mahnte Lunin. »Wir wollen das Experiment nicht unnötig simplifizieren!«

Ich prüfte das Kuvert – es schien kein Trick dahinter zu sein –, zückte den Füllfederhalter, wölbte die Hand gegen das Blatt, damit keiner der Umsitzenden Einsicht nehmen konnte, und malte in Großbuchstaben: TELEGRAMM. Darunter in kleinerer Schrift, so wie ich gewöhnlich zu schreiben pflege: »Totschlag ist nicht als Verbrechen zu ahnden, wenn ihm die zulässige, auf den Schutz des eigenen oder eines anderen Lebens oder der Ehre und Keuschheit einer Frau abzielende Notwehr vorausging.«

Ich speichelte die Klebefläche ordentlich ein und verschloss das Kuvert, hielt es prüfend gegen das Licht und fuhr mit der Hand darüber, bevor ich es der herbeieilenden Anja anvertraute.

Die eingesammelten Briefe wurden auf ein Tablett vor Lunin hindrapiert. Stille trat ein.

Er hob die Hände, schlenkerte sie ein wenig durch die Luft, als wollte er sie lockern und entspannen. Dann ergriff er den ersten Umschlag und legte ihn vor sich ab. Fuhr, die Stirn gefurcht, mit den Fingern darüber hin. Man sah die Anspannung in seinem Gesicht, sah die Venen an seinen Schläfen hervortreten. Eine längere Pause entstand. Schließlich sprach er: »Ein Augenblick ist mein gewesen … Wer hat das geschrieben?«, fragte er, in den Saal schauend. »Bitte sich zu erheben!«

Eine Jungfer in der dritten Reihe, uns gerade gegenüber, sichtlich außer Fassung, stand errötend auf und applaudierte. Lunin riss das Kuvert auf und wies dem Publikum das Blatt mit dem berühmten Puschkinvers vor. Beifall brandete auf, den er mit einem kurzen Wink zu stoppen wusste. Schon griff er nach dem nächsten Kuvert. Darin fand sich ein Liebesschwur, der erneut fehlerlos gelesen wurde. Im dritten eine lateinische Schulweisheit.

»Aber Sie haben das falsch geschrieben«, kommentierte Lunin mit abschätziger Miene, bevor er das Kuvert erbrach, »ad calendas graecas, muss es heißen, Sie vergaßen in der Eile das a.«

Schon langte Lunin nach dem nächsten Kuvert. Schloss die Augen, konzentrierte sich, während die Finger über das Papier strichen. »Na, das ist ja einfach: Telegramm! Wer hat das geschrieben? Zeigen Sie sich!«

Ich war verlegen. Der ertappte Schuljunge von einst erhob sich, auch mein Dummerchen schoss neben mir erschrocken in die Höhe. Der ganze Saal wandte sich nach uns um.

»Ich hatte doch gebeten, nicht in Druckbuchstaben zu schreiben«, mäkelte Lunin.

Ich wählte die Vorwärtsverteidigung. »Lesen Sie weiter! Einfach weiterlesen!«, rief ich.

Seine Finger wanderten ein paarmal über das Kuvert. Er drehte es um und wiederholte die Lektüre. Erneutes Umwenden. Währenddessen war das selbstzufriedene Lächeln aus seinem Gesicht verschwunden. Mir schien gar, als würde er blass.

Schließlich las er Wort für Wort vor, was ich geschrieben hatte. »Korrekt?«

Und wieder schaute der ganze Saal auf uns.

Mir trat der Schweiß auf die Stirn.

»Gewiss, gewiss. Vollkommen korrekt«, stammelte ich und ließ mich in den Sessel fallen.

Der Saal fing wieder stürmisch an zu klatschen. Ängstlich schmiegte sich Anetschka an meinen Arm. Ich strich ihr über den Kopf. »Alles ist gut, mein Engelchen. Alles prima!«

Die Pause wurde verkündet. Wir gingen hinaus ins Foyer. Mein Krümelchen spürte wohl, dass mit mir etwas nicht stimmte, und fing zu quengeln an. In diesem Zustand, so wusste ich, würde sie kaum noch zu beruhigen sein. Also ging ich mit ihr zur Garderobe. Wir waren dabei, uns anzuziehen, da hörte ich es in meinem Rücken rufen: »Da sind Sie ja! Ich suche Sie schon die ganze Zeit!«

Ich drehte mich um: Es war Anja, mit falschen Wimpern, Rouge auf den Wangen, in ihres Vaters viel zu großen Kittel gehüllt.

»Kommen Sie, ich mache Sie mit Papa bekannt!«

Wir gingen hinter die Kulissen. Dort war es finster, der Weg verstellt mit staubigem Gerümpel, es roch nach Getriebeöl. Vorbei an einer Reihe verschlissener Türen, vor der letzten blieben wir stehen. Anja klopfte.

»Was ist denn nun schon wieder?«, ertönte eine missmutige Stimme.

Anja lugte durch den Türspalt hinein. »Wir sind es nur!«

Mein wiederauferstandener Schönschreiblehrer saß, die Augen geschlossen, vor dem Spiegel und rieb sich eine Flüssigkeit in die Schläfen. Es roch streng nach Apotheke. Alte, welke Plakate an den Wänden.

»Erlauben Sie, meine Begeisterung kundzutun«, hob ich an. »Ich hatte nicht geglaubt, dass heutzutage noch Wunder geschehen. Um Mademoiselle Lenormand vollends in den Schatten zu stellen, müssten Sie mir nur noch mein Sterbedatum offerieren, vielleicht noch Ort und Zeit meiner Wiedergeburt, und außerdem das Geheimnis verraten, wie Sie es anstellten, das Äußere von Herrn Gromow, meinem seligen Pauker, anzunehmen.«

Lunin klappte die müden gelben Augen auf. Sein Gesicht war im spärlichen Licht der staubbeflockten Lampe aschgrau. »Was wollen Sie von mir?«

»Papa, untersteh dich!«, schluchzte Anja auf. »Das ist doch Alexander Wassiljewitsch!«

Lunin ließ die Augendeckel wieder fallen.

Anja setzte ein gequältes Lächeln auf, mit dem sie die Unhöflichkeit ihres Vaters wettzumachen suchte.

»Dann gehen wir wohl lieber!«, sagte ich. »Der Herr Zauberer scheint nicht in Stimmung zu sein.«

Da knallte Lunin unversehens die Faust auf den Tisch. Das Fläschchen mit der Tinktur hüpfte in die Höhe, fiel zu Boden und zerbrach, Splitter flogen nach allen Seiten, rasch schirmte ich Anjas Gesicht mit der Hand, damit sie nichts abbekam. Vor Schreck plärrte sie los.

Lunin sprang auf. Ohne mich anzusehen, mit einer Stimme, die so beherrscht klang, dass es sich schon wieder bedrohlich ausnahm, presste er durch die Zähne hervor: »Ich brauche keinen Verteidiger. Und hören Sie zu, was ich Ihnen sage. Sie verlassen jetzt diesen Raum. Augenblicklich! Ich bin es leid, noch irgendwem irgendwelche Erklärungen abzugeben. Und Ihrem hochnotpeinlichen Staatsanwalt Herrn Istomin können Sie ausrichten: Wenn er, dieser Milchbart, es noch einmal wagt, sich mit seinen sogenannten Beweisen in mein Hotel einzuschleichen, schmeiße ich ihn die Treppe hinab!«

Entgeistert starrte Anja ihren Vater an.

Ich zuckte die Schultern, nahm meinen plärrenden Sonnenschein auf den Arm, tätschelte ihm den Scheitel.

»Ich darf Ihnen versichern«, sagte ich im Hinausgehen, »dass keiner je in diesem Ton mit mir zu sprechen sich erkühnt hat. Zwar bin ich durchaus geneigt, auf Ihre Verfassung Rücksicht zu nehmen, fürchte nur, Sie unterschätzen den Ernst Ihrer Situation. Leben Sie wohl.«

»Ich pfeif auf Sie und Ihre Si-tu-a-tion!«, rief er uns hinterher. »Ich trage keine Schuld und sehe keinen Grund, mich zu rechtfertigen. Wüsste nicht, wofür!«

Als die Glocke zum zweiten Teil der Vorstellung schellte, waren wir schon auf der Straße.

Bloß gut, dass du bei mir warst, mein Spätzelchen. Welch ein Glück, dass ich dich habe! So kann ich an deinem Bett sitzen, dir aus deinem Lieblingsbuch mit den extragroßen Bildern vorlesen, dein schlafendes Fäustchen küssen, und die Geschichte kommt mir bereits wieder amüsant vor.

Du schnaufst im Schlaf. Was gäbe ich dafür, mich in deinen Traum zu stehlen. Was mag darin vorgehen? Wo bist du, bei wem?

Da ich gerade an dich denke, du mein Heil, werde ich wohl auch in deinem Traum vorkommen, es kann nicht anders sein.

Alle Welt tut so, als bedauerte sie dich. In Wirklichkeit haben sie Angst vor dir. Oder sie bedauern mich und haben Angst vor sich selbst.

Über dich gebeugt, um dir einen Gutenachtkuss zu geben, sehe ich, dass die Pupillen unter deinen Lidern flattern. Dein Atem geht schwer und schnell – als liefest du vor jemandem weg. Vor wem und wohin? Hab keine Angst, mein Herzchen, ich bin bei dir. Lauf her zu mir! Wir sind zu zweit, und keiner kann uns was.

Gedenkfeier für Maria Lwowna zum vierzigsten Tag.

Ich hatte schon befürchtet, als Einziger zu erscheinen, dabei ist so ziemlich das ganze Gericht versammelt. Erst recht das Anwaltskollegium, vollständig vertreten. Der alte K. K. ist eine Seele von Mensch, man muss ihn einfach mögen. Nur hinter vorgehaltener Hand, beim Anstoßen, wird so allerlei geraunt.

»Die Selige, mit Verlaub, war doch ein ziemlicher Drachen. Wie hat ers nur die dreißig Jahre mit ihr ausgehalten?«

Im Chor aber so: »Ihr ewiges Angedenken in Ehren! Und Ihr, lieber K. K., gehabt Euch wacker, sie ist ja doch nicht ganz gestorben. Den Tod, den gibt es bekanntlich nicht! Irgendwo da oben ist sie jetzt, Eure bessere Hälfte, und schaut auf Euch hernieder, kopfschüttelnd, aber doch froh, dass wir ihrer gedenken, anstoßen auf ihre streitbare Seele und eingelegte Pilze dazu schmausen. Denn so ist es doch, verehrtester K. K.: der liebste Mensch auf Erden nicht mehr da, aber seine berühmten Pilze knackig wie eh und je! Und wer weiß, offen gesagt, fällts Euch ja womöglich noch ein, wieder zu heiraten, das Herz zu wärmen an einem drallen Leib, das wäre doch was!«

Darauf K. K.: »Ach ja, so ists, meine Lieben, den Gedanken hatte ich auch schon, dass mit ihrem Tod was nicht stimmt! Wie sie da so im Sarg lag, dachte ich mir: eine Fremde! Ein Blick, und ich wusste, das kann mein Maschalein nicht sein, das ist wer anders. Nachts lieg ich wach und meine sie nebenan zu hören, wie sie Wäsche sortiert. Stehe auf und schaue nach – da ist keiner. Öffne den Schrank – und rieche sie. Ihr Geruch steckt dort drinnen, versteht ihr? ... Wo sollte sie auch hin sein so schnell. Wir reden miteinander die ganze Zeit. Das heißt, ich frag sie was, erzähl von mir, sie schweigt. Na, soll sie. Wird wieder schmollen, denk ich mir. Früher wars ja auch nicht viel anders: tagelang einander angegiftet, bis sie einschnappte. Bestimmt ist sie noch in der Nähe, hat mir irgendwas krummgenommen und versteckt sich, denkt nicht dran rauszukommen ... Alexander Wassiljewitsch, was hieltet Ihr davon, wenn ich Euch einmal meine Schätze zeige!«

Ich kam nicht umhin, zum hundertsten Male Begeisterung zu heucheln über einen Schokoladenmozart, Goethe, vom Grund eines Aschenbechers glupschend, Kant auf dem Bierseidel, meinen Salm dazuzugeben: »Jaja, über dieses Volk kann man nur staunen, fürwahr! Immerfort denken sie sich etwas Neues aus: Konzentrationslager, Verbrennungsöfen, Pogrome, Bücherberge, Pipapo, alles durcheinander. Nein, wirklich, bei diesen Teutonen weiß man nicht mehr, was oben und was unten ist! ... Aber da ist ja auch endlich Herr Istomin! Das gibt einen Straftrunk, junger Mann!«

Blondschopf, lang aufgeschossen, bis unter die Decke reichend. Nervös, weiß nicht, wohin mit seinen zehn Händen. Mit den Füßen zappelt er nicht minder, stellt sie mal so, mal wieder anders. Auf dem langen Hals zuckt ein Gockelkopf. Immerzu richtet er die Brille. Kommt in seiner Eitelkeit an keinem Spiegel vorbei und keiner Vertikoscheibe. Schnupftuch perfekt. Grimassiert beim Trinken, schmaust jedoch mit Appetit. Ist ja auch was anderes als das übliche Kantinenbüfett.

K. K. lässt nicht nach in seinem Eifer: »Bedient Euch, bitte sehr: hier der Zander in Aspik, da die Sülze, und Plinsen, leg ihm doch mal einer Plinsen auf!«

Und alle im Chor: »Salat Olivier! Nun nehmt doch die Hand

vom Teller, ich bitt Euch! Hier haben wir noch Hering im Schlaf-rock, bitte sehr!«

Istomin: »Danke, danke!«

Chor: »Was ich noch sagen wollte, Herr Staatsanwalt: Da haben Euch die Moiren als ersten Fall gleich eine harte Nuss aufgegeben, wie?«

Istomin: »Ach, wisst Ihr: Immer noch besser als eine gestohlene Gans oder veruntreute Kredite ...«

Chor: »Na, nichts für ungut! Wer wird denn gleich in die Luft gehen ...«

Istomin: »In die Luft, nein, wieso, wie kommt Ihr darauf?«

Chor: »Ihr seid jung und heißblütig, wollt es gleich allen zeigen, nicht wahr. Das ist ganz in Ordnung so, wir waren damals auch nicht anders. Doch sagt, gibts denn schon Fortschritte zu vermel-den?«

Istomin: »Ein bisschen weiter bin ich in der Tat, das will ich nicht verhehlen. Denke nur nicht, dass es im Interesse der Ermitt-lung sein könnte, mich hierüber zu verbreiten.«

Chor: »Nun ziert Euch doch nicht wie eine Jungfer zart! Hat die Befragung im Hotel etwas ergeben? Muss doch wer sein, der im Moment, als in der Ferne der Kurierzug pfiff, an Ort und Stelle war?«

Istomin: »Das Opfer fand man leider erst am nächsten Tag. Und da sortiere einer noch auseinander, was er vor vierundzwanzig Stun-den gesehen hat. Noch dazu gehts im Hotel zu wie im Bienen-stock. Und wer ist außerdem so blöd, sich einzulassen mit unseren Gerichten. Recht bleibt Recht, nur dass mans gern verdreht. Haben wir den Kopf, so finden sich auch Läuse. Wen Willkür sich zum Ziel erkoren, der bleibt nicht lange ungeschoren. Mit nackten Hän-den fängt man keinen Igel. Kurzum: War da was? Nichts gehört und nichts gesehen. Mein Name ist Hase.«

Chor: »Was Ihr nicht sagt!«

Istomin: »Nun erzählen Sie doch mal ganz ausführlich, meine

Liebe, hab ich zu dem Zimmermädchen gesagt: Was sahen Sie, wie Sie da reingingen, keuchend wie üblich, man ist ja nicht mehr die Jüngste und hat schließlich die ganze Etage am Hals, und die Leute haben nichts Bessres zu tun, als ihre Spuren zu hinterlassen, spucken überall hin, sauen und schweinigeln alles ein, also schrubbst du und schabst, bis es wieder aussieht wie geleckt. Hier, schauen Sie, erst gestern wieder hab ich mir den Fingernagel abgebrochen dabei. In Nummer 5 hat wer ein Loch in die Bettwäsche gebrannt – nicht gleich gesehen, schon hat man dafür geradezustehen. In Nummer 9 fehlt ein Handtuch. Außerdem wird auf Teppich und Matratzen gekotzt, ich bin alleinstehend, hab zwei Kinder zu versorgen, da kannst du dich ordentlich drehen. Ich hab angeklopft – keine Antwort. Und plötzlich schlug mir das Herz bis zum Hals, so als hätte ich was geahnt, und sofort musste ich dran denken, wie sich hier vor zwei Jahren einer erhängt hat, so ein ganz Junger, halbe Rotznase noch. Hatte sich mit der Mutter gezankt, hieß es. Musste ihr anscheinend unbedingt was beweisen. Hinterließ einen Zettel, von wegen, du hast es nicht anders gewollt. Hat sich am Lampenhaken aufgeknüpft und vorher noch einen Haufen auf den Tisch gesetzt. Aus Rache. Fragt sich: an wem? Wegmachen musste ich ihn. Also an mir, oder was? Hab *ich* ihm etwa das Leben vermiest? ... Na, so geht das zu, jeder leidet für sich allein, einer sitzt dem anderen wie eine Gräte im Hals – da kann man sich ja nur noch aufhängen!«

Chor: »Und die Mutter, was war mit der Mutter?«

Istomin: »Die wurde natürlich geholt. Gut, dass ich bis dahin wenigstens den Tisch reinegemacht hatte. Man hat sie nicht gleich auftreiben können, sie war nicht zu Hause gewesen. Als sie schließlich kam, war der Junge schon weggeschafft. Zeigen Sie mir das Zimmer, sagt sie zu mir, ich möchte sehen, wo es passiert ist. Ich den Schlüssel gezückt und sie hineingeführt. Stumm steht sie da und starrt auf den Haken. Steht und rührt sich nicht. Ich dachte schon, es wär was mit ihr. Ist Ihnen nicht gut?, hab ich gefragt, sie schüttelt den Kopf, nein danke, alles in Ordnung. Dann fragt sie noch, ob etwas von ihm hinterblieben sei. Hat die Polizei alles mitgenommen, sag ich, das kriegen Sie dort, stellen Sie ein Gesuch. Und beten Sie für ihn, sag ich, dann hat es seine Seele leichter, und eines sollten Sie wissen: dass er Sie geliebt hat. Gestern Abend hat er sich noch Tee bei mir bestellt, wir kamen ins Gespräch, ich fragte ihn nach den Eltern, und er sagte nur Gutes über Sie, war ganz zerknirscht, dass er sich vor Ihnen danebenbenommen hat. Aber er hat Sie geliebt, das ist die Hauptsache, davon sollte auch Ihnen leichter ums Herz werden. Da fiel ihr Kopf an meine Schulter, sie brach in Tränen aus. Wir sind zusammen zur Polizei gefahren. Ich kenne Sie gar nicht, sagt sie zu mir, und trotzdem steht mir in diesem Moment keiner näher als Sie. Ich streiche ihr über den Nacken und denke: Gott bewahre, dass mir meine eines Tages solche Scherereien machen! Der ihre war als Kind bestimmt auch ein Engelchen und hat sich um seine geliebte Mama besorgt. Und nun muss sie ohne ihn weiterleben. Sollte mit meinen so was passieren, ich täts nicht überleben, wozu auch. Oder am Ende doch? Kann sein, ich würd genauso weiterleben wie bisher: frühstücken, auf Arbeit gehen, putzen, Würfelzucker in den Tee ...«

Chor: »Wer kann schon wissen, was uns im Leben widerfahren wird. Darüber zu reden lohnt nicht. Hätte Maria Lwowna denn gedacht, dass sie eines Tages wohlgemut in ihrer Küche steht, in den Topf guckt – und plötzlich ist Schluss? So hats der arme K. K. uns berichtet: Wie er in die Küche kam, lag seine Frau darnieder mit dem Topfdeckel in der Hand. Die Finger so hineinverkrallt, dass man sie kaum hat davon lösen können. Aber was sah das Mädchen denn nun, als sie die Tür aufmachte?«

Istomin: »Erst hat sie eine Weile geklopft, ohne dass Antwort kam. Dann wollte sie aufschließen, aber ein Schlüssel steckte von innen. Was taten Sie da?, fragte ich. Ich erschrak, war die Antwort. Nun ja, die Frau ist etwas schwer von Kapee. Ich hatte sie nicht nach ihrem Innenleben gefragt – was gehts mich an? –, vielmehr war die Frage: Wie bekamen Sie, was Sie behaupten, gesehen zu haben, zu

Gesicht? Darauf sie: Ich hab Schritte gehört. Ein junger Herr kam daher, gut aussehend, ach, ein Bild von einem Mann, und auch noch frisch vom Friseur – das roch man. Blieb stehen und fragte: Darf ich behilflich sein? Aber mir saß ein Kloß in der Kehle, mir war schlecht. Nach der Geschichte damals denk ich immer, wenn eine Tür nicht aufgeht: Jetzt ist es wieder so weit! Ich war außer mir, wollt etwas sagen, er aber nahm mir den Schlüssel aus der Hand, versuchte aufzuschließen. Aha, sagte er, da steckt ein Schlüssel von drinnen im Schloss. Sieht an meinem Schürzenrevers die Nadel, nimmt sie – zack! – an sich, und schon hört mans drinnen scheppern. Na sehn Sie, sagt er und stößt die Tür auf, das war doch ganz einfach. Ich steh so, dass ich noch nichts sehn kann, seh nur das Gesicht von dem Mann. Der guckt in das Zimmer rein, und plötzlich fängt ihm der Kopf an zu zittern. Draußen bleiben!, sagt er. Besser gar nicht hinsehn. Besser für Sie. Rufen Sie die Polizei!«

Chor: »Das wird der Täter selbst gewesen sein. Ei, gewiss! Das weiß man doch: dass es ihn hinterher zurück zum Tatort zieht! Wir kennen unsre Pappenheimer! Wir haben Pferde kotzen sehen! Bestimmt war ers, der seinen Kumpanen abgestochen hat! Ein Täter hackt dem anderen ein Auge aus! Und als die Beamten schließlich kamen, war unser duftender Held über alle Berge?«

Istomin: »Versteht sich.«

Chor: »Und ist die Leiche denn identifiziert?«

Istomin: »Was glauben Sie?«

Chor: »Was ich glaube? Geh mir weg! So ists zu allen Zeiten gewesen: Ohne Papierchen bist du ein Tierchen! Man muss sich bloß mal ausmalen, irgendwo in der tiefen Provinz ausgesetzt zu sein, in Sysran oder Lipezk – ohne Dokumente. Und dann kommt einer, legt dir einen Draht um den Hals und zieht zu. Da muss er dir nicht noch den Kopf absäbeln, damit dich keiner erkennt. Fingerabdrücke? Nirgendwo kartiert. Die Photos mit den ausgestochnen Augen schick getrost um die ganze Welt – keiner wird dich identifizieren. So bleibt von dir nichts als ein protokollierter Mageninhalt. Wenn man klug war, hat man eine Visitenkarte unters löchrige Mantelfutter geschoben. Wenn nicht – prost Mahlzeit! Exitus incognitus. Habt Ihr unterm Mantelfutter nachgesehen?«

Istomin: »Nun lasst mich doch mal zu Ende kauen, Herrschaften!«

Chor: »Andere Frage: Was glaubt Ihr, kann ein Mensch einen Brief im verschlossenen Kuvert mit den Händen lesen?«

Istomin: »Ach, Ihr wart wohl auch im Theater?«

Chor: »Mit dem Töchterlein. War ganz amüsant. All die Zahlenkunststücke, das mag noch angehen, ein trainiertes Hirn bringt so was fertig. Aber wie liest dieser Mann durch das Papier?«

Istomin: »Vergesst es, Alexander Wassiljewitsch, das ist ein alter Hut. Trick aus der Mottenkiste! Den ersten Brief schreibt dir ein Eingeweihter, dabei öffnest du schon das nächste Kuvert, und immer so fort. Ein Kinderspiel!«

Chor: »Erlaubt, mein Freund, dass ich Euch ein Rätsel aufgebe! Stellt Euch einen Tag vor in Regen und Matsch, sagen wir: einen Donnerstag. Es ist Frühling, die Kastanien haben rosa Kerzen aufgesteckt, sind kurz vor der Blüte. Die Wege im Park verschlammt. Der Regen trommelt aufs Dachblech, füllt die Pfütze unten vor dem Hauseingang mit Krakeln. Verstohlenes Spähen nach dem Zeiger der Uhr, der partout nicht weiterrücken will, tröpfelnde Unterhaltung zum Thema: Was ist dran an dem Gerücht, dass die Milch, in der man die Patienten im Kurhaus baden lässt, anschließend zu Speiseeis verarbeitet wird ... Da kommt ein Mann zur Tür herein: gesetztes Alter, korrektes Äußeres, im guten Anzug. Dem Anschein nach etwas verlegen. Die Schuhe sind nass, vom Regenschirm tropft es. ›Oje‹, sagt er, ›das tut mir leid, dass ich Ihnen hier ...‹ – ›Keine Ursache, das wischt der Kalfaktor weg, und den Schirm geben Sie her, wir spannen ihn hier auf, da trocknet er im Nu. Darf ich fragen, in welcher Angelegenheit ...?‹ – ›Ach wissen Sie‹, druckst er, ›ich erkundigte mich unten an der Pforte, man hat mich zu Ihnen geschickt ...‹ Er hob die Schultern, als müsste er sich entschuldigen dafür, mich zu behelligen. ›Sie sind nicht zufällig Kunstmaler?‹, frage ich. ›Mir ist, als hätte ich Sie im Snamenka-Park malen sehen.‹ – ›Fachschullehrer am Ismajlow-Technikum. Ich unterrichte technisches Zeichnen. Das Malen ist mehr so ein Hobby. Nichts Weltbewegendes. Als Künstler sehe ich mich nicht … Hin und wieder Landschaftsstudien, wenn mir danach ist. In dem Park war ich tatsächlich öfter.‹ – ›Na, sehen Sie! Was nämlich meine Schwägerin ist, die arbeitet am Technikum als Bibliothekarin.‹ – ›Sagen Sie bloß! Nadeschda Dmitrijewna? Sehr erfreut. Die Welt ist so klein! Eine reizende Person, wenn auch nicht ohne Strenge. Ich leihe öfter Bücher bei ihr aus, und bringe ich sie zurück, blättert sie sie gründlich durch, steckt die Nase in beinahe jede Seite. Einmal ist mir beim Anrühren der Farben versehentlich ein Tropfen draufgespritzt, da ist sie schier aus der Haut gefahren. Seither hat sie mich auf dem Kieker …‹ – ›Nun nehmen Sie doch Platz, kommen Sie. Mögen Sie ein Glas Tee?‹ Man trinkt also Tee mit ihm. Er tunkt seinen Keks ins Glas, wartet einen Moment, bis er sich vollsaugt und auf der Zunge zergehen kann. Aber dann springt er so plötzlich auf, dass das Glas beinahe umkippt. ›Mein Gott, was tue ich hier!‹ Er fasst sich an den Kopf, fängt an, im Zimmer auf und ab zu gehen. ›Hören Sie‹, sagt er, ›ich muss Ihnen etwas sagen. Von höchstem Belang!‹ – ›Nanu, was haben Sie denn?‹ – ›Nein, wirklich, es ist überaus wichtig!‹ – ›Na, das klingt ja wie Mord und Totschlag!‹ Er stutzt, bleibt stehen wie vom Donner gerührt. ›Wie kommen Sie darauf? Woher wissen Sie …?‹ – ›Gar nichts weiß ich! Man sagt das so dahin, ich bitte Sie.‹ – ›Es ist aber so‹, sagt er und nickt. ›Ich habe einen Mord begangen.‹ – ›Ach, was! Sie sehen mir grad wie ein Mörder aus!‹ Doch er ist nicht zu bremsen. Haspelt etwas herunter, man wird nicht recht schlau: Er habe vor drei Jahren im Wald jemanden erwürgt und in einen toten Brunnen geworfen, so viel ist zu verstehen. ›Jetzt hören Sie mal zu, mein Lieber! Ich schlage vor, Sie gehen brav nach Hause und beruhigen sich erst mal, trinken ein Gläschen, schlafen sich gründlich aus. Einverstanden?‹

Der Vorschlag bringt ihn erst recht auf die Palme. ›Was denn, glauben Sie mir nicht? Ich kann Ihnen den Brunnen zeigen!‹ – ›Gemach, gemach. Im Wald wird Holz und vor Gericht werden Haare gespalten … Was fang ich jetzt mit Ihnen an? Na schön, wenn Sie unbedingt wollen, hier ist ein Blatt Papier, schreiben Sie den Hergang auf, dann und dann, so und so, unter Zuhilfenahme wovon und zu welchem Behuf.‹ Er setzt sich, zückt einen Federhalter mit goldener Kappe und überlegt. Draußen wettert es immer noch, peitschende Windböen, abnehmendes Licht. ›Hören Sie auf meinen guten Rat, gehen Sie nach Hause! Jeder hat manchmal so seine Anwandlungen. Besinnen Sie sich, ehe es zu spät ist. Wozu soll das gut sein? Wem nützt es?‹ Doch er hat kein Ohr dafür. ›Was soll oben hin? An wen ist das gerichtet? Oder gleich zur Sache: Ich ging zum Zeichnen in den Iljinsker Wald …‹ – ›Schreiben Sie, was Sie wollen! Nur muss man sich fragen, wieso das drei Jahre Zeit hatte, und auf einmal ist es sonst wie eilig?‹ Er aber hört nicht hin, schreibt mit kratzender Feder. So kommt die Sache ins Rollen. Anfrage hin, Stellungnahme her, ein Schriftsatz zieht den anderen nach sich. Erst einmal muss in dem Brunnen gegraben werden. Wer soll das machen? Anfrage ans örtliche Regiment. Eben haben die armen Soldaten ihre Fußlappen zum Trocknen aufgehängt, schon heißt es wieder ausrücken – in den Regen! Zum Graben braucht es anständiges Werkzeug: Spaten und Schaufeln, eine Pumpe. Also wieder einen Antrag stellen. Wie viele Leute sind nun schon damit befasst! Müssen, anstatt am warmen Ofen zu sitzen, bei Wind und Wetter hinaus in den Iljinsker Forst! Drei Stunden durch den Morast irren, pitschnass und grollend, man muss aufpassen, dass man nicht selber absäuft. ›Wo ist denn nun Ihr Brunnen, Verehrtester? Der Teufel soll Sie holen!‹ Er wischt sich stumm die Tropfen aus der Stirn, es rinnt ihm von der Hutkrempe und den Bartenden. Im Zickzack schnellt er hin und her, blickt um sich, kann sich nicht genau entsinnen. Man ist drauf und dran, die Suche abzubrechen, um noch im Hellen aus dem Wald zu finden, da ruft er auf einmal: ›Hier!

Hier ist es ja! Wir sind schon mehrmals dran vorbeigelaufen. Hier an der Weggabel!‹ Das Graben nimmt drei Tage in Anspruch. Zwischendurch abpumpen, weitergraben. Wie zum Schur nieselt es die ganze Zeit. Und tatsächlich wird man fündig. Nach drei Jahren freilich nur noch Knochen und Gestank. Der Haftbefehl wird ausgestellt – was soll man machen? Ihm ist es auch nicht einerlei. Hat eine Frau zu Hause sitzen, zwei Töchter, eine alte Mutter. Alles Geld ging für die Anwälte drauf. Die Töchter mussten sie aus der Schule nehmen deswegen. Konnten die Wohnung nicht halten, zogen um in irgendein Kaff. Ob auf Anraten seiner Frau oder der Verteidigung: Er stritt inzwischen alles wieder ab. Ich habe damit nichts am Hut, behauptete er. Schrieb aus der Haft in einem fort Beschwerden: Das Essen sei so miserabel, er habe doch ein Magengeschwür und benötige Diät, zudem seien die Zellengenossen grob zu ihm, klauten ihm Kleidung und Lebensmittel, und sowieso sei er vollkommen unschuldig. Vor Gericht flennte er wie ein kleines Kind. Die Frau war allein gekommen, ohne den Nachwuchs, saß die ganze Zeit schweigend da, blieb auch nach dem Urteil sitzen, als der Saal sich leerte. Saß da und starrte vor sich auf irgendeinen Punkt. Man sucht sie zum Gehen zu bewegen: ›Gestatten, hier findet gleich die nächste Verhandlung statt, wir müssen noch lüften!‹ Sie nickt bloß und bleibt sitzen. ›Gehen Sie nach Hause, Ihre Kinder warten auf Sie. Dem Mann können Sie ja schreiben und Pakete schicken! Schon jetzt sollten Sie ihm etwas mitgeben auf die Reise! Dort herrscht ein raues Klima, müssen Sie wissen …‹ Da ist sie endlich seufzend aufgestanden und gegangen. Versteht Ihr, mein Freund, was ich damit sagen will?«

»Nein.«

»Für Euer erstes schmales Gehalt habt Ihr dem kleinen Bruder die Eisenbahn gekauft, die er sich erträumte. Oder die Ihr Euch erträumtet, gebt es zu. Jedes Mal, wenn Ihr an dem Laden vorbeikamt, Chlebnoi, Ecke Bronnaja, seid Ihr vor der Auslage stehen geblieben und habt Euch in diese wunderbaren kleinen Lokomotiven, Waggons, Stellweichen und Prellböcke verguckt. Und nun ist der Traum wahr geworden. Ihr tragt die große Zauberschachtel vor Euch her bis nach Hause, setzt Euch hin mit dem kleinen Pawel und klappt sie auf. Die nächsten Stunden verbringt Ihr kriechend auf dem Fußboden und könnt Euch nicht sattsehen daran, wie der winzige Zug über die Gleise flitzt. Herrje, wie lange habt Ihr geträumt von diesem Augenblick! Wart hin und weg beim Anblick dieser hübsch und akkurat gefertigten, kunterbunten Zwergenhäuschen in der Auslage, krochet mit den Augen zu den Fensterchen hinein, in denen ein warmes Spielzeuglicht leuchtete, sogar einen Bahnhof gab es und nebenan eine Post und einen Kaufmannsladen und eine Gaststätte und irgendeine Werkstatt, wo eben der Meister vor die Tür getreten ist, müde, doch zufrieden mit dem Tageswerk, rekelt er sich und setzt ein Lächeln auf, da er seinen Nachbarn, den Bäcker, stehen sieht, ruft ihm etwas Aufmunterndes zu, wovon der ebenfalls lachen muss, und gemeinsam winken sie dem Zug, der in diesem Moment vorüberfährt, die Fahrgäste winken lächelnd zurück. All diese Bäumlein und Häuslein und Männlein und Züglein, so schien es Euch, lebten in einer eigenen Welt, in der alles anders ist. Wo keiner in den Büschen hockt und Steine in die Fenster des vorbeifahrenden Zuges wirft. Es gibt wenig Land, doch Milch im Überfluss. Hier muss nicht erst eine Abordnung aus der Hauptstadt kommen, damit der Besen in die Hand genommen wird. Nach der Straßenbahn kann man die Uhr stellen. Keiner pöbelt. Brauchst du irgendeinen Schein, stellst du einen Antrag und bekommst ihn geschickt – ohne Anstehen, ohne Inanspruchnahme eines wichtigtuenden Sekretärs, zu dem du gar nicht vordringst, wenn du nicht mit einer gewissen Banknote winkst. Da ist keiner, der dich am Kragen aufs Revier schleppt, weil ihm dein Gesicht nicht gefällt. Wie gern wäre man – und sei es für den Moment – selbst so ein Männlein gewesen, um in so einer sauberen und adretten Eisenbahn zu sitzen und in so einen gepflegten, blumengeschmückten Bahnhof einzufahren. Lächeln und winken.

In keinem Land leben, sondern in einem lebenden Spielzeugladenschaufenster. Postkartenlandschaften. Ein Großvater kann sich sicher sein, dass der Enkel einmal die Wiese erben wird. Märchenkönigreich, nach der Fasson von Gogols Mäntelchen geschneidert. Mit Akaki Akakijewitsch als properem, geistreichem, sangesfreudigem Präsidenten. Bis der Bahnhof auf einmal verschwindet, sich in Nebel hüllt – das kommt, weil Ihr gegen die Scheibe gehaucht habt. Da standet Ihr nun in diesem Glasnebel und wusstet nicht mehr, wo Ihr seid, gabt irgendwann auf und entferntet Euch … Nun aber hat sich der Traum erfüllt. Ihr habt die Gleise auf dem Fußboden verlegt – und schon ist das Brüderlein ein glückliches Kind. Er liebt Euch – und wie! Sonst tut das niemand, gebt es zu. Nur er. Am Gymnasium wart Ihr nicht sonderlich beliebt, an der Uni ebenso wenig, und auch hier liegt Euch keiner zu Füßen. Aber für den Jungen seid Ihr ein richtiger Held. Er ist stolz auf Euch, lässt gar nichts auf Euch kommen. Verzeiht Euch alles – jede Kränkung, jede Demütigung. Ebendarin zeigt sich ja die wahre Liebe: vergeben zu können. So hat er zum Beispiel längst vergessen, wie er gleich an seinem allerersten Schultag in der Pause hinauf in den zweiten Stock zu Euch in den Klassenraum lief, den er mit Mühe ausfindig machte, nur um Euch zu sehen und ein bisschen zu renommieren: Seht her, was ich für einen großen Bruder habe. Eure Mitschüler aber, diese elenden Missgeburten, picklige Hohlköpfe mit rauchgelben Fingern und dreckigen Redensarten, schnappten ihn sich gleich und hängten ihn an der Schultafel auf, Gürtel an den Haken, wo die Landkarten hingehören. Da hing er nun, ein Häuflein Unglück, rief nach Euch und war sich sicher, Ihr würdet ihm zu Hilfe eilen, die Schmach rächen, derweil sich alles scheckig lachte, wie er da hing und zappelte. Und tatsächlich wart Ihr drauf und dran, Euerm Bruder zur Seite zu springen, ihn aus der misslichen Lage zu befreien, aber etwas hielt Euch zurück – nicht gerade Angst, aber sagen wir: der Selbsterhaltungsinstinkt, denn natürlich hättet auch Ihr Euer Fett abbekommen, wie üblich. Also zogt Ihr es vor, mit den anderen zu lachen. Sah ja auch wirklich komisch aus, wie er da hing mit baumelnden Ärmchen und Beinchen. Bis der Haken nachgab, Euer Pawelchen zu Boden plumpste, davonhumpelte ... Selbst das hat er Euch verziehen. Sogar vergessen. Im Unterschied zu Euch. Jetzt starrt der Junge sehnsüchtig auf Euer Köfferchen mit den Scheren und Pinzetten und Gerätschaften zur Abnahme von Fingerabdrücken, den Gläschen zur Verwahrung entnommener Proben. In der Schule brüstet er sich: Sein großer Bruder fängt echte Verbrecher, klärt Fälle auf, von denen man in der Zeitung lesen kann; in der Schulpause erläutert er seinen Mitschülern, warum sich nur mit einer Lupe von Zeiss oder Busch feststellen lässt, ob ein Dokument gefälscht ist, und dass man für das Messen der Pralltiefe von Geschossen in Holz oder Metall einen Tastzirkel benötigt, außerdem Graphitpulver für das Auffinden von Fingerabdrücken auf weißem Papier, und Spuren im Schnee werden ausgegipst, *Plaster of Paris*, steht auf der Dose ... Für Euch ist er womöglich der wichtigste Mensch auf Erden. Was Ihr keinem erzählen dürft – ihm vertraut Ihr es an. Und natürlich möchte er in die Fußstapfen seines Bruders treten. Ahmt Euch in allem nach: stemmt morgens Gewichte, mag keine Milchhaut, säubert mit einem zerkauten Streichholz seinen Kamm. Und Ihr lasst ihn als Einzigen in Euer Leben ein, lasst ihn Eure Sammlung von Beweisstücken sehen, Euer Museum, Buch der Dinge, von denen ein jedes, gerade wie im Märchen, zu sprechen begabt ist – den Bösen im Weg, den Guten zu Diensten. In einem herrschaftlichen Wohnzimmer, so lehrt Ihr ihn beim Tee zu schlichter Brezel, werden wir den Anflug von Vergilbung an blütenzarter Spitze zur Kenntnis nehmen, sei es *point de Bruxelles* oder *point de Maligne*. In einer schmutzigen Hütte, einem verräucherten Keller richten wir unser Augenmerk auf einige mit Fliegenpunkten übersäte Bilderbögen aus Moskauer Werkstätten an den Wänden und darauf, wie das Werg zwischen die Bohlen gepicht ist, wissen die architektonischen Besonderheiten eines typisch russischen Fünfwändehauses, einer ruthenischen Kate oder einer kaukasischen Berghütte zu würdigen. Beim Warten auf den Zug an irgendeiner gottverlassenen Bahnstation folgen wir den Verrichtungen des Telegraphisten, kommen mit ihm, einem wandelnden Morsealphabet, ins Gespräch, lassen uns das Zugstabsystem erläutern, betrachten genauer, wie und zu welchem Zweck die Gleise mit Rippenplatten aus Stahl unterlegt sind. Des Weiteren machen wir uns in Porzellanmarken kundig, erfassen die Bedeutung eines unter Glasur gemalten Sternchens auf einem Teller sächsischer Provinienz; von den Gravüren eines Utkin oder eines Bartolozzi suchen wir auf UV-Strahlen und Quarz-Objektive zu kommen, vom Studium der Poststempel auf die Betrachtung eines typischen Beilrückens, nämlich aus dem Raume Welisch, oder eines neumodischen kubistischen Gemäldes. Beim ziellosen Umherstreifen, sagen wir, im Snamenka-Park bieten sich Aufgabenstellungen an: Sieh mal, Pawlik, die Spur im Sand, da hat ein Paar Herrenschuhe den Weg gequert. Man könnte achtlos daran vorübergehen, aber ebenso gut näher hinschauen. Ein gewisser Doktor Güse führt das Beispiel vorzüglicher Spurenlesefähigkeit bei den Sioux-Indianern an: Sie erkannten die Angehörigen ihres Clans an den Fußspuren wie wir die unseren am Gesicht oder anhand einer Photographie. Was den sogenannten Wilden derart leicht von der Hand geht, sollte einen erfahrenen und aufmerksamen Polizeibeamten nicht überfordern. Allein schon die Schrittlänge sagt etwas aus, siehst du: von Absatz zu Absatz desselben Fußes gemessen. Daran lassen sich bereits Alter und Größe ungefähr bestimmen. Zu erkennen ist ein gesetzter Mann in mittleren Jahren. Der es nicht eilig hat, spazieren geht. Schaut, wie die Bäume einzeln aus dem Nebel treten. Handelte es sich beispielsweise um einen Invaliden oder hätte er ein krankes Bein, wäre ein Schritt länger als der andere. Bei Betrunkenen zeichnet sich eine unregelmäßige Gangart ab, mit großen und kleinen Schritten, Drall nach allen Seiten oder wiederum auf der Stelle tretend. Wer gewohnt ist, Lasten zu tragen, geht breitbeiniger, außerdem wiegender, wovon die Spur etwas verwischt; so ähnlich geht man auch im Finstern, mit einer gewissen Vorsicht. Soldaten, insbesondere frisch rekrutierte, die noch nicht ans Bajonett gewöhnt sind, stellen das linke Bein etwas aus und kehren die Fußspitze ein. Kranke beziehungsweise nach schwerer Krankheit Genesende treten nicht mit ganzer Sohle auf, so wie hier. Eben aus der Klinik entlassen, würde ich sagen. Geht zum ersten Mal wieder spazieren, saugt die frische, würzige Herbstluft ein, horcht auf den Wind, das Rauschen der Bäume, sieht die Blätter fallen, hört das leicht scharrende Geräusch, mit dem sie auf dem Weg landen, denkt: Eben noch war ich, so schien es, am Ende, hab den lieben Gott um einen schnellen Tod angefleht, so unerträglich waren diese Koliken in den Nieren – und auf einmal ist das Leben, das Laufen, Atmen, Riechen, wieder so leicht. Mehr braucht es nicht als diesen Moment. Ich könnte ewig so dastehen und den Blättern beim Fallen zuschauen, bis zum Jüngsten Gericht. Dann komme von mir aus, was wolle … Aber wir schauen noch etwas genauer hin und sehen, die erste Spur ist von einer zweiten überlagert, die der ersten mehr als ähnlich ist, sie verläuft in gleicher Richtung, stößt aus der ersten ein wenig hervor. Wir schauen noch genauer hin und bemerken, die zweite Spur zeichnet sich um den Absatz herum deutlicher ab, der Sand ist rings um die Spurenkante etwas aufgeworfen. Dies lässt den Schluss zu, dass der hier Stehende sein Körpergewicht leicht nach hinten verlagert haben muss. Dadurch haben die Füße der zweiten Spur die erste etwas nach vorn verlängert. Selbstredend ist eine solche Körperhaltung nicht denkbar ohne eine Stütze von hinten. Und tatsächlich muss man nicht lange suchen, um hinter dem betreffenden Fußabdruck, in etwa einer Spanne Abstand, ein Loch im Rasen zu entdecken. Dieses Loch geht nicht senkrecht in die Tiefe, sondern leicht schräg gegen die Laufrichtung. Anderthalb Ellen neben der Spur gewahren wir ferner eine Zigarettenkippe nebst einigen abgebrannten Streichhölzern im Sand. Und dem nicht genug, sehen wir noch eine weitere Fährte, die aus der entgegengesetzten Richtung auf die von uns betrachtete zukommt und zwei Schritte vor ihr haltmacht. Drum herum gibt es einige Tritte in verschiedene, unbestimmte Richtungen, jedoch eine, die entschlossen nach links wegführt. Ebenso geradlinig biegt die unsere nach rechts ab. Aus alledem dürfen wir schließen, dass zwei Herren sich hier begegnet sind, einer von ihnen mit Gehstock, die einander kannten und ansprachen; dabei stemmte der eine seinen Stock hinter sich in die Erde und lehnte sich dagegen, worauf das Gespräch sich entspann. Vorwiegend Ersterer sprach, der andere hörte zu. Dabei steckte jener sich eine Papirossa an, die mehrmals wieder ausging. Zuletzt gingen die beiden auseinander und waren wenige Jahre später tot. Der Mensch ist flüchtig und unberechenbar, darum ist Spurensicherung so wichtig. Ist eine Spur unmittelbar von Auslöschung bedroht, so soll man sie mit Papier, einem Brett, Topf, Eimer oder Kasten, was immer zur Hand ist, abdecken. Um eine Spur auf lehmigem oder sandigem Grund zu sichern, gieße man Tischlerleim über den betreffenden Abschnitt. Um eine Spur im Schnee vor dem Abtauen zu bewahren, bedecke man sie mit einer Kiste oder einem Topf, die man ihrerseits mit Schnee kühle. Vater Pokrow im Himmel, decke die Erde mit Schnee und mich zarte Jungfer mit einem hübschen Bräutigam! Den Abguss einer Spur stelle man her mithilfe von Gips, Alabaster, Fensterkitt, Wachs, Speckfett, Paraffin oder weichem Brot. Dem Gips Sägespäne beizumengen verhindert, dass der Abguss bricht. Steht die Spur unter Wasser, nehme man ein Mehlsieb zur Hand, halte es über die Stelle und siebe ordentlich Gipspulver darüber, bis die Spur davon vollständig bedeckt ist; nach einer halben Stunde kann man dann, umringt von einem Haufen atemlos gespannter Straßenkinder, den fertigen Abguss vorsichtig abheben. Zur Sicherung einer Spur auf sehr hartem oder trockenem Grund trage man zunächst etwas Öl auf, bedecke die Spur sodann mit einem glühheißen Blech. Ist der Grund davon ausreichend erhitzt, gieße man flüssiges Stearin auf, welches nach Abkühlung die genauen Umrisse der gewünschten Fußspur aufweist. Handelt es sich um eine Spur im Schnee, verwendet man natürlich kein Stearin, sondern gelöste Gelatine. Und was besagten Stern unter der Glasur angeht, bringt mich das auf einen Fall, den ich vor Zeiten – trauernd damals um meine verflossene Larissa Sergejewna – in Cherson zu verteidigen hatte. Ach, diese unerfreulichen Eisenbahnzüge, mit denen im Frühjahr die Kranken zu Tausenden zur Kur in den Süden fahren! Ihre samtenen Sitzpolster in Beige sind wahre Bakteriennester! Da kann man noch so viel dozieren: Fahrt lieber zu den Baschkiren aufs Land und trinkt euern Eimer Kumys pro Tag! Nein, sie bleiben dabei, schaffen ihre Kochstäbchen lieber auf die Krim. Vergebens alle Versuche, in den Zügen der Südroute das Ausbringen von Borsäurelösung und Sublimaten auf den Fußböden durchzusetzen und die Anwendung von Karbolsäure zu untersagen, deren bestialischer Gestank in Verbindung mit der verbrauchten Luft in den Abteilen für die Passagiere eine Zumutung ist. Beharrlich wird mit trockenem Besen gefegt und Staub aufgewirbelt, damit es die Bazillen auch schön in die Lungen treibt. Einzig die Nacht sorgt für vorübergehende Erleichterung. Eine Bahnstation, unbeleuchtet bis auf die tanzende Laterne des Wagenkupplers, Rangierloks huschen hin und her wie nachtaktive, rauchzottige kleine Nager, jäh auffiepend mitunter, als würden sie von Blutsaugern gebissen. Eine große Lok schlürft gierig Wasser, kann gar nicht genug kriegen. So spülen Fernlokomotiven ihre Eingeweide. Endlich ein Pfiff, und es geht weiter. Schiefe Lichtgevierte aus unseren Fenstern gleiten über die Böschung, Funken schwirren durch die schwarze Luft. Kaum sind wir richtig in Fahrt, ist schon der nächste Halt angesagt. Wieder ein Rangierbahnhof, Lärmkulisse. Das Signalhorn des Stellwärters. Die traurige Antwort eines einsamen Lokführers. In Abständen rasseln die Puffer der rangierten Wagen gegeneinander. Zwischendurch ein paar Minuten Stille, dann ein neuer Stoß ins Horn, aus größerer Entfernung. Ampeln blinken zweihebige Verse aus der Dunkelheit: Choräen vom einen Ende des Bahnhofs, Jamben vom anderen. Am Morgen dann Nebel. Vor dem Fenster zähes weißes Gewöll, rein gar nichts zu sehen. Zwei zähnebleckende Perser sind zugestiegen, Tuman! Tuman! rufen sie, seltsamerweise russisch, können sich gar nicht beruhigen. Der Schaffner fletscht sein fächerartiges Gebiss: Noch nie einen Nebel gesehen?, wundert er sich. Ich döse weg, bekomme nicht mit, wie und wo sie wieder aussteigen ... Am übernächsten Tag ein neuer Mitreisender: deutscher Ingenieur, bei Nobel in Baku angestellt. Legte sich umgehend schlafen und schnarchte, dass die Wände wackelten; kein Räuspern, kein Händeklatschen brachte ihn davon ab. Deutsches Schnarchen und dazu das markerschütternde Gellen der Lok, die stickige Luft und zwei blakende Notlichter ließen an Schlaf nicht denken, ich tat die ganze Nacht kein Auge zu. Alles erschien sonderbar, kaum zu glauben, dass ich es war, der hier durch die Gegend fuhr. Um sieben graute der Morgen. Der Deutsche schlief immer noch. Ich sah nach draußen auf Sumpf und nasse Felder, wir waren gerade erst in den Regen hineingestoßen. Der Zug verlangsamte die Fahrt, beinahe im Schneckentempo fuhren wir an einer Herde nasser Kühe vorbei. Fröstelnd hielt der barfüßige Hütejunge sich etwas wie eine Bastmatte über den Kopf, sah uns hinterher. Ich fing seinen Blick auf, winkte freundlich. Er sah es wohl, winkte aber nicht zurück, stattdessen drohte er mit der Faust. Gern wüsste ich, ob der Junge sich heute noch dieses winkenden Reisenden entsinnt, so wie ich ihn vor Augen habe. Wäre doch schön, in jemandes Erinnerung ein warmes, trockenes Plätzchen zu ergattern und dort auch noch nach dem Tode auszuharren, um wie ein dressiertes Zirkusäffchen auf Abruf die eine einstudierte Nummer vorzuführen: freundlicher Graubart, aus dem Zuge winkend ... Am Bahnhof nahm ich eine Kutsche, die mich zur Pension Wolkowa brachte. Das Zimmer diesmal durchaus passabel, sogar mit einem sauberen Handwaschbecken – trat man ein Pedal, lief das Wasser. Ich zog ein frisches Hemd an und bemerkte, schon im Gehen, dass auf dem Jackettärmel die vermaledeiten Wachsflecken wieder zum Vorschein gekommen waren. Nachts im Coupé hatte die Kerze darauf getropft, was ich erst mitbekam, als der Deutsche nach dem Erwachen mit dem Finger darauf deutete. Ich gab mir Mühe, das Wachs mithilfe des Taschenmessers und der Fingernägel herunterzukratzen, während der Deutsche hochzufrieden schien, dass er seine Jacke auf die richtige Seite gehängt hatte, wo die Lampe intakt war. Ich lebe schon seit acht Jahren in Russland, sagte er selbstgefällig, hier muss man immer auf der Hut sein.* Zum Glück hatte ich einen der Zugdiener erwischt und gehofft, er würde mit einem heißen Bügeleisen aufkreuzen oder immerhin irgendeinem Fleckenmittel; doch dieser Schelm unternahm nicht mehr als den Versuch, mit seinem eigenen Jackenärmel auf meinem herumzureiben. Wovon das Wachs nach einer Weile tatsächlich zu verschwinden schien, zuletzt war nichts mehr davon zu erkennen … In der Chersoner Pension Wolkowa, Uliza Wosdwischenskaja, bestes Haus am Platze, habt Ihr vielleicht selbst schon einmal genächtigt. Asseln im Waschbecken, Wanzen im Bett, Motten flattern fröhlich durch das Zimmer. Das Licht löscht man lieber nicht, sonst kommen die roten Preußen aus allen Richtungen anmarschiert. Es begibt sich, dass das Zimmer nicht hergerichtet ist, ein Brief zur Post zu tragen verabsäumt, der Tee kalt gereicht wird, oder man klingelt vergeblich nach der Aufwartung. Die Vorhänge sind klebrig. Im billigen Spiegel schlägt das Gesicht Blasen, schillert sich übers Amalgam wie Sülze auf dem Teller, mal guckt dich einer an unter haushoher Stirn, mal wieder ein glupschäugiger Tatare. Ich verabscheue das Pensionsleben, wo einen die Glocke zu Tisch ruft. Da sitzt man tagtäglich mit wildfremden Leuten, die einem nicht unbedingt sympathisch sind, Besuch kann man nicht empfangen, ohne dass das ganze Haus daran Anteil nähme, und den Nöten des drangsalierten Leibes Erleichterung zu verschaffen, traut man sich am allerwenigsten, weil die Nachbarn es mitbekämen. Der Geruch des roten Wachses, mit dem der Fußboden gebohnert wird, ist allgegenwärtig.

---

* dt. im Orig.

Und des Nachts kann man öfter nicht schlafen, liegt da und schaut aus dem Fenster, sieht einen Seifenrest durch den Nebel schwimmen, von dem man nicht weiß, ist es der Mond oder die Bahnhofsuhr ... In der ersten Sitzung wird vereidigt. Es herrscht dicke Luft, die Fenster sind vergittert, und gleich darunter fährt die Eisenbahn, alle fünf Minuten kriegt der Löffel im Teeglas einen epileptischen Anfall, und der Ast vor dem Fenster schaukelt wild auf und ab, anscheinend muss er die Waggons zählen. Kommt unten ein Zug durch, ist im Saal kein Wort zu verstehen, noch dazu scheint es den Lokführern zu gefallen, ausgerechnet hier ihre Dampfpfeife gellen zu lassen, und denkt nur nicht, dass jemand wartet, bis der Lärm vorüber ist, nein, es wird einfach weitergeredet, alle reden sie und reden. Ihr wisst ja selbst am besten, meine Herren Richter, dass das russische Leben zu den absonderlichsten Phantasien begabt ist, weshalb wir alle es verlernt haben, uns über irgendetwas zu wundern. *Quid est veritas?*[*], die vertrackte Frage –, oder um sie in eine Sprache zu übersetzen, die die Herren Geschworenen auf den Bänken in ihrer Einfalt verstehen: Wo soll ich herwissen, was stimmt? –, sie führt nicht nur den Herrn Gromnizki beständig auf den Holzweg, der sich den heiligen Kühen unserer Jurisdiktion gegenüber im Ton vergreift, sie bringt die Kollegien der zweiten und dritten Instanz nicht minder in Verlegenheit. Was sollen erst wir arme Sünderlein da sagen. Hören wir nicht jeden Tag, den der Herr uns schenkt, jemanden psalmodieren: Ich schwöre und gelobe vor Gott dem Allmächtigen, vor der Heiligen Schrift und dem Heiligen Kreuz, die ganze, lautere Wahrheit in der Sache kundzutun, nichts Kenntliches zu verschweigen, niemandem zulieb und zuleid auszusagen noch aus Furcht, Freundschaft, Feindschaft oder um eigen Nutz, dessen eingedenk, dass ich allhierfür die Verantwortung trage vor dem Gesetz wie vor dem Allmächtigen und Seinem Jüngsten Gericht, so wahr mir Gott helfe an Leib und Seele, jetzt und immer-

[*] Was ist Wahrheit? (lat.)

dar; meinen Schwur zu besiegeln, küsse ich die Heilige Schrift und das Kreuz des Erlösers, schmatz. Wusstet Ihr, verehrter Herr Gromnizki, wie es die Tscheremissen zu tun pflegen, dass ein Schwur seine Wirkung verliert? Sie recken, wenn sie die rechte Hand heben, nur den Zeigefinger und knicken die vier übrigen ein, während sie die Linke, zur Faust geballt, nach unten strecken, und auch da wird der Zeigefinger lang gemacht. Solcherweise nämlich geht, ihrer ehernen Überzeugung nach, der vorgetragene Eid durch den erhobenen Finger in den, der ihn leistet, hinein, durch ihn hindurch und durch den gesenkten der anderen Hand wieder hinaus in die Erde, wie durch einen Blitzableiter. Darum muss unsereins bei diesen Schlawinern achtgeben, dass die Linke beim Schwur flach auf der Brust ruht. Ihr könnt Euch denken, warum? Weil die Welt von Wahrheiten so prall ist, dass sie aus den Nähten platzt. Zweimal zwei. Sechsunddreißig sechs. Im Anfang war das Wort. Ist endgültig und unterliegt nicht. Weißwein zum Fisch. Leben ist überall. Was den Russen stark macht, ist des Deutschen Tod. Eine Kakerlake macht den Kohl nicht fett. Dickdarm: Inhalt unauffällig. Bequem im Reiseschlitten liegend, waren meine Gedanken der Unermesslichkeit der Welt zugekehrt. Gruschnizki war ein Junker. Und möchte man wirklich von unseren einschlägigen Geschworenen, ausbezahlt seit Neuestem, Perikles sei Dank, mit 3 Oboli (18 Kop. in Assignationen) – Sklaven in dreißigster Generation, bar jeglichen Gespürs für die menschliche Würde, Schinder und Geschundene immer zugleich, Diebe und Bestohlene, von Kindesbeinen befähigt, ihre Nächsten zu hassen und sich für das monströse Vaterland zu opfern, wenn es heute den Karakalpaken den Garaus bereitet und morgen den Tschetschenen, übermorgen den Polacken, und nächste Woche geht es den Juden an den Kragen sowie den Karakalpaken, falls die schon wieder geheckt haben –, möchte man von diesen Auserwählten der Gesellschaft, unheilbar erkrankt an Illoyalität und Bestechlichkeit, aber ehrpusselig bis dorthinaus, diesen aus dem Munde riechenden Patrioten – möchte man von ihnen eine Antwort haben auf die vom hochwerten Vorsitzenden in den Raum, wo Schicksale besiegelt werden, hinein gestellte Frage – und draußen vor dem Fenster, seht nur, zanken sich die Hofgören, zeigen einander den Dreck unterm Nagel des aufrechten Mittelfingers – die Frage: Was ist Wahrheit? Wenn Ihr wüsstet, wie eifrig die Herren Geschworenen sich diese Frage vom Hals zu schaffen suchen: lassen sich Krankheiten bescheinigen, realiter vorkommende und solche, die die Wissenschaft noch nicht kennt, auch Dienstreisen, Hochzeiten und Begräbnisse, wahrhaftig oder fingiert, müssen herhalten, und es ist für niemanden ein Geheimnis, dass ein Schriftführer gegen geringfügiges Entgelt immer bereit ist, dich aus der regulären Geschworenenliste in die Reserve zu verschieben; gelingt es doch einmal nicht, sich aus der Affäre zu ziehen, so hat das Recht nur noch ärger darunter zu leiden. Erst werden eindeutige Mörder freigesprochen, weil man die Rache ihrer Kumpane scheut (wie auch nicht: wenn schon nicht um die eigene Haut, so darf man doch wohl um das Wohl seiner Kinder besorgt sein? Nicht dass so einem Kerlchen noch die Finger abhandenkommen, wie im Falle meines Vetters geschehen, dessen Sohn haben sie zwei mit der Beißzange abgezwackt, jawohl), und am nächsten Tag, um ihr Gewissen zu beruhigen, bringen die werten Geschworenen irgendein armes Schwein hinter Schloss und Riegel, Höchststrafe für nichts und wieder nichts, Bagatellvergehen. Großmütig und aufgeklärt geben sich die Herrschaften nur so lange, wie es um den Mörder einer wildfremden Schwester, Mutter oder Tochter geht, da lassen sie gern das Herz für ihn sprechen – aber wehe, der eigene Mantel wird geklaut, da hört der Spaß auf. Beisitzende Landwirte urteilen am gnadenlosesten über Pferdediebe, Kaufleute haben mit unglücklichen Bankrotteuren das größte Mitgefühl, und von Leuten, die mit Gesellschaftskunde befasst sind und gewohnt, sich in die Kausalitäten sozialer Phänomene zu vertiefen, ist überhaupt kein Schuldspruch zu erwarten. Bekanntermaßen am strengsten urteilt ein Gericht, in dem Mittelschullehrer das Sagen haben – inzwischen werden solche von den Anwälten systematisch abgewählt, und wenn das nicht geht, die betreffenden Fälle anderweitig ausgebremst, bis ein neues Schwurgericht besetzt ist, worin Lehrer nur unmaßgeblich vertreten sind. So weiß ein erfahrener Sekretär, ausgehend von der Geschworenenliste, jedweden Fall nach Belieben auf einen Freispruch oder eine Verurteilung hin zu prädestinieren. Schaut sie euch an, unsere glorreiche Heliaia: die personifizierte Ignoranz, Hasenherzigkeit, gespielte Einfalt und vor allem – Voreingenommenheit, mal devot vorgetragen, mal keck. Soll ich Euch, Gourmets der Jurisprudenz, noch einen Leckerbissen kredenzen? Neulich befand man bei uns im Bezirksgericht über so ein junges, hübsches Ding: angeklagt, jemanden zum Mord am eigenen Neffen angestiftet zu haben. Betrat den Saal mit wehenden Locken, im tief ausgeschnittenen rosa Kleidchen, duftend und nicht von dieser Welt. Was, glaubt Ihr, kam dabei heraus? Heraus kam, dass alle Beisitzer wie ein Mann für ihren Freispruch stimmten, während alle Beisitzerinnen sie verurteilt sehen wollten. Da habt Ihr den Triumph der geschlechtlichen Jurisprudenz. Die ach so hohe Gerechtigkeit, die sich nicht über das eigene Genital zu erheben vermag. Gewiss doch, der als Sachverständige hinzugezogene Professor wird seine Einschätzung des Vorgefallenen noch geben, doch auf den Wandelgängen, im kalten Dunst der Amtsstube ist das ominöse Wort längst gefallen: raptus melancholicus. Den physischen Fehltritt wird eine Frau dir vielleicht noch verzeihen. Den geistigen Verrat verzeiht sie dir nie. Du hast mit einer im Bett gelegen, Brust so prall wie eine Sofarolle, aber Lücken in den Zähnen und im Verstand, irgendwelche belämmerten Ideen geisterten ihr durch den Kopf: Wir seien doch alle nur Figuren in einem seltsamen Buch, Ihr und ich und der Junge, den ich gestern zufällig sah, als ich im Vorübergehen in ein Fenster schaute, er hatte Bücher vor sich auf dem Fußboden ausgelegt und balancierte darüber hinweg wie über Eisschollen – also, was ich sagen wollte: So ein Fehltritt – nun ja, schmutziger kleiner Makel – wird doch nur vorübergehend Abscheu erregen und ein bisschen Argwohn danach. Spürt aber eine Frau, dass jemand dem geliebten Manne in die Seele kriechen will, um ihn zu entführen, dann schreit sie: Hilfe! Räuber! Polizei! Wem von uns freilich gefiele es nicht, wenn eine Frau ihn beweihräuchert, aufs Podest stellt, Hände und Füße küsst, und sei es brieflich, mit eingesprengtem Parfüm, das auch nach langem Liegen im Gerichtsarchiv noch nicht verflogen ist, nicht umsonst heißt es ja, nur Zimmermädchen schrieben keine Liebesbriefe. (Was ist das: Mohn auf weißen Grund gesät, in alle Winde verweht, und wo ein Körnlein hinfiel, ging es auf?) Dabei sind die gewählten Worte meist nicht sonderlich aufregend, eher kühl, die Hitze steckt in den Zwischenräumen. Aus der Feder getropfte Perlen wie diese: Ganz die Deine aus tiefsten Innereien, wie findet Ihr das? Und versäumet Ihr auch nicht, hochwerte Heliaianer, einmal hineinzuleuchten in die Euern lüsternen Klecksaugen entzogene weibliche Vergangenheit? Finden sich da, in zarter Jugend, nicht vielleicht die Keime dessen, was wir im Ergebnis heute, zu dieser nachmittäglichen Stunde, als Corpora delicti vor uns auf dem Tisch liegen haben? Spürt Ihr nicht auf dem zarten kindlichen Flaum, der Kleinmädchengänsehaut, die ach so fürsorglichen Liebkosungen des Stiefvaters, der ewig Stielaugen machte nach der Tochter seiner Frau aus erster Ehe, bis zu dem Tag, da er, besoffen wie ein Schwein, unter den Zug geriet, der Lokführer hat ihn nicht einmal bemerkt, sodass die streunenden Hunde von der städtischen Müllkippe am Bahnübergang Rusajewka die ganze Nacht Zeit für ihren Festschmaus hatten? Jedoch, meine Lieben, selbst wenn man darauf verzichtete, in schmutziger Wäsche zu wühlen – und Ihr wisst, wie schwierig es ist, Wäsche zu waschen und zu trocknen, wenn man in einer überfüllten Zelle hockt mit stählernem Maulkorb vorm Fenster, sodass vom Himmel nur sechs heringsfarbene Streifen bleiben –, und selbst wenn man darüber hinwegsähe, wie sie mit dem Nachbarjungen Mischka hinterm Holzstoß hockte und zum Preise eines Lutschbonbons für ihn den Rock hob, da waren sie vier – eins

bleibt doch auch in diesem Falle gewiss: Verbrechen aus Leidenschaft waren und sind allzeit en vogue. Die Liebe, so hat ein in
Dunkelhaft schmorender, der Langeweile in den Rachen geworfe-
ner Mann einmal geschrieben, die Liebe sei ein von der Natur in
uns eingepflanztes Gefühl. Der Mensch kann nicht den ganzen Tag
Mensch sein. Denn das Fleisch gelüstet wider den Geist und der
Geist wider das Fleisch. *Non vitias hominis**. Ihr wollt die Sünde
verurteilen und trefft doch nur die Frau. Rotbraunes Vorjahrsblatt,
gespießt auf einen Pfennigabsatz. Augen, langsam und kühl. Ein
Odeur teuren Parfüms geht ihr voraus. Sie tritt ins Leben ein, ohne
anzuklopfen. Malt ihre Lippen nach, drückt sie gegen die Serviette.
Schlägt die Beine übereinander, die Strümpfe erzeugen ein flirren-
des Geräusch. Fragt sich, ob es nicht doch der falsche Lippenstift
war. Ihr Atem riecht schwach nach Champagner. Sie leckt sich die
vom Lokum klebrigen Finger. Verführerische Hoffnungen, trügeri-
sche Erwartungen. Marie Antoinette, als man sie zur Hinrichtung
holen kam, hatte sich schön gemacht, sogar eine frische Blüte angesteckt – das war sie sich schuldig. Witwen und liebende Mütter
gehen nicht in schiefen Pantoffeln hinterm Sarg her, sie nähen sich
ein schickes Trauerkleid – und das sagt nichts über das Ausmaß
ihres Kummers. Da Gott den Menschen schuf, nahm er von Erde
den Leib, von Stein das Bein, vom Meer das Blut, von der Sonne
das Auge, aus der Wolke den Gedanken, aus dem Wind den Atem
und das Licht aus dem Licht – der Geschwänzte aber ging hin und
beschmierte ihn mit Schlick und Schlamm und Schleim. Was soll
man dazu sagen! Geschrieben steht: So freue dich, Jüngling, in deiner Jugend und lass dein Herz guter Dinge sein in deinen jungen
Tagen. Tu, was dein Herz gelüstet und deinen Augen gefällt; aber
wisse, dass dich Gott um das alles vor Gericht ziehen wird. Sergej
Antonowitsch, Herzblatt, gehabt Euch nicht gar zu streng, lest vor,
was da steht in der Anklageschrift. Datum, Anschrift, neue Zeile:

---

*   Der Mensch kann nichts dafür. (lat.)

63

Der-und-der hat mich dann-und-dann da-und-da einen Drecks-
kerl genannt und dass ich seine minderjährige Tochter entehrt
haben soll, was eine vorsätzliche Beleidigung ist, weshalb ich Euer
Hochwohlgeboren den-und-den, wohnhaft da-und-da – Platz an
der Sonne und immer wie geleckt – gemäß §1178 des Criminal-
Gesetzbuches zur Verantwortung zu ziehen ersuche. Zur Bekräfti-
gung der Stichhaltigkeit meiner Klage bitte ich zu befragen die
Zeugen Soundso, wohnhaft da-und-da, insonderheit den jungen
Frauenarzt, so ein großer, schmaler Brünetter, vorbestraft vor circa
zehn Jahren aufgrund der Anschuldigungen einer schweigsamen,
trübseligen Dame mit dem Blick eines aufgescheuchten Rehs: Er
habe bei einer Untersuchung ihr Töchterchen defloriert. Dabei ist
dort unten doch alles so furchtbar zart und verletzlich, all diese
Häutchen und Grübchen und Dämmchen, beim Versuch, die ver-
klebten Läppchen mit dem beinernen Spatel zu ordnen und zu
richten, habe das Kind gezuckt, und dabei sei es passiert, abgesehen
davon, dass man, in Bezugnahme auf Reinier de Graaf, Entdecker
des nach ihm benannten Follikels, das Vorhandensein eines
Hymens generell in Zweifel ziehen darf, ganz der Ihrige. Datum,
Unterschrift – nein, Moment, irgendwas stimmt hier nicht. Ha,
hier hab ich das Richtige! Anfang März. Von den verbliebenen
Haufen schmutziger Eisbrocken an den Straßenrändern abgesehen,
war vom Winter schon nichts mehr zu merken. Unser Übeltäter –
fliehende Stirn, kräftiges Gebiss, der Mund lässt Starrsinn und eine
gewisse Spröde der Gefühlswelt vermuten – hält noch das verhäng-
nisvolle Messer gepackt – Klinge krumm als wie: Klammer auf! –
mit dem er seinem Opfer soeben die Gurgel durchtrennt hat, ein
sauber von Ohr zu Ohr um den Adamsapfel herumgeführter
Schnitt – bei der Aussprache des Vokals i hebt sich der Kehlkopf,
bei der Aussprache des Vokals u senkt er sich – nun zieht er ihm die
Stiefel aus und sich selber an, sie passen hervorragend, als nächstes
auch noch die Hosen, dann zerrt er den armen Sansculotten ein
Stück beiseite – die Spur bemerkenswert gerade, was dafür spricht,

dass er von zweien gezogen wurde, bei einem lässt es sich kaum vermeiden, dass der Kopf hin- und herschwingt –, worauf er sich, in Ermangelung von Wasser, mit dem eigenen Urin das Blut von den Händen spült; als er zur Leiche zurückkehrt, setzen ihn die wie aus der Umlaufbahn geschleuderten Augen in Erstaunen, und er berührt, nanu, das offene Hirn, nach Aristoteles das Organ zur Abkühlung des Blutes, in diesem Moment schaut die Mondsichel hinter der Wolke hervor: Klammer zu! Zuvor ist der Mann kaltblütig in die Küche hineinspaziert, hat der Köchin ein ›Grüß Gott, Matrjoscha, wie gehts?‹ hingeworfen, nach dem größten vorhandenen Bügeleisen gegriffen und die Küche wieder verlassen, sich auf den Weg gemacht zu jener, mit der er, wie man so sagt, im Dunkeln eins gewesen. Versetzt Euch einmal in diesen Menschen! Er ist mit der Frau vor dem Altar gewesen, Schwur und Segen verbinden ihn mit ihr, ringsum brannten Kerzen, die Familie ist zugegen gewesen, er hat diese Frau von Gott empfangen. Gut, man weiß, welche Eigenschaften gemeinhin von einer Choristin verlangt werden: Sie sollte jung sein und sich nicht ekeln. Für eine kleinliche, selbstverliebte Seele gibt es keinen schärferen Schmerz, keine ärgere Kränkung als der kalte, verächtliche Gleichmut einer Frau, die, einmal Sklavin gewesen, plötzlich unantastbar sein will. Und so stand sie da, trat dem, den sie in Wahrheit liebte, in den Weg: Von mir aus erschieß mich, nur bitte nicht ins Gesicht. Der Arm vom Rückstoß zur Seite geschleudert. Die Waffe: eine Jagdbüchse aus der Prager Waffenschmiede Lebeda, vom Onkel geerbt, der sie seinerseits aus den Händen von Iwan Sergejewitsch Turgenjew persönlich empfangen haben will. Drei Einschusslöcher – zwei in der linken Milchdrüse, eines in der linken Brustkorbhälfte – bei nur einem abgegebenen Schuss können einem verknöcherten, denkfaulen Geschworenen wie dem unseren Kopfzerbrechen machen. Ich darf erläutern: Die Geschädigte trug keinen Büstenhalter, die Brust hing ihr, sodass die Kugel sie einmal ganz durchschlug – womit schon zwei Löcher geklärt wären –, ehe sie in den Brustkorb drang –

Loch Nummer drei. Als der Pulverrauch sich lichtete, befand sich das Opfer in Agonie, das erlöschende Leben vor Augen, ein märtyrerhafter Moment. Er hat sie getötet, wie man eine Billardkugel einlocht. Aber nun sitzt sie vor uns, rutscht auf ihrem Stuhl herum, aus dem ein Nagel hervorsteht. Sie ist Frau, und sie lebt. Und hat der liebe Gott gemeint, es sei nicht gut, wenn der Mensch allein sei, so ist es der Frau gleich ganz unmöglich. Und was ist die Seele anderes als eine Drüse, deren Sekret schon die alten Griechen kannten: das Liebesbedürfnis. Wir sehen es an Homer, den Meeren – die Liebe, sie bewegt es. Selbiges wird bestätigt vom hl. Ignatius, den Apologeten Athinagoras von Athen und Minucius Felix sowie von Origenes und Methodius von Patara, nicht zu reden von Cyprian von Karthago, vgl. Franz-Karl Movers, Über die Relig. d. Phöniz., S. 684 f. *Naturae non imperatur nisi parendo**, das muss ich Ihnen nicht sagen. Moment, Sergej Antonowitsch, ich kann nicht ganz folgen: Was für eine Billardkugel und wieso eingelocht? Sie sitzen doch alle beisammen auf dieser Bank?! Hier der ehrbare Patron, treusorgender Gatte, Freund der Armen, mit gelegentlichen schmerzvollen Prostatitisanfällen, spuckt ein Teeblatt von der Zunge, zerrt nervös mit den Zähnen an den rötlichen Haaren auf seinen knochigen Fingern, kann sich an seine neue Rolle als Angeklagter nicht so schnell gewöhnen, von wegen das ganze Leben auf der anderen Seite der Barriere gestanden, auf einmal hockt er hier und muss sich jedes Wort verkneifen. Und da sitzt seine Frau mit einer Maske aus dünnen Gurkenscheiben im Gesicht, flachsblondem, säurevergiftetem Haar, an den lange nicht rasierten Waden sprießt ein Igelkleid, Knoten auf den Venen, die Bauchfalten von einer Totgeburt schillern wie Perlmutt; reife Olive sozusagen. Und dort sein Gehilfe, jung und von der Liebe enttäuscht, die durchgeriebene Stelle im Schritt seiner Hosen hat er erst heute morgen

---

* Die Natur ist nicht anders zu besiegen, als dass man sich ihr unterordnet. (lat.)

eigenhändig zu stopfen versucht; Linkshänder und als solcher ehrgeizig, hat Kappen von Arzneifläschchen auf die Finger gestülpt und trommelt damit auf den Tisch, entmutigt und mit verhärmtem Herzen, erinnert mich an irgendwen; sein Vater hat mit Ilja Andrejewitsch studiert, Freund der Familie, ließe sich sagen. Ihr habt doch junge Augen, Sergej Antonowitsch, schaut genauer hin und lest noch mal vor, was da geschrieben steht! Aber Konstantin Michailowitsch! Meint Ihr etwa, ich sauge mir etwas aus den Fingern? Was mir als Anklageschrift ausgehändigt wurde, das verlese ich, Ihr erlaubt, dass ich zitiere: Vnd der herbst trat heran / der Teuffel aber / welcher je und je das gute im Menschen gehasset / sandte eine geflügelte schlange zu des fürsten fraw / auff das er vnzucht treibe mit jhr / und die böse schlange bracht sie in jhre gewalt. Sie besieht sich gedankenverloren im Spiegel, während nebenan Samurai einem jungen Mann die Arme auf den Rücken drehen, und sein Kopf scheint so gut wie ab. Sie aber fährt sich mit dem Wattebausch übers Gesicht und denkt: Dieser Junge bin ja ich, meine Arme sind es, die sie gepackt halten, die längste Zeit hat mir der Kopf auf den noch jungen, drallen Schultern gesessen. Was diß für ein fraw war / gross aeugicht / schön lidrigt vnd schneeweiss / klug vnd verstendig / von lyblich angesiechte / die wangen seyn robin / die lippen seyn corall / aeugelein schwartz vnd riesen hafft, glentzend von liecht / der doppelt brawen schwang / üppig am leib / von milchener weisse vbergossen. Denn es begab sich, dass Ilja Andrejewitsch, der Patron, einen neuen Gehilfen hatte. Verzeihen Sie, Olga Veniaminowna, ich wusste nicht, dass Sie anwesend sind! Ilja Andrejewitsch bat mich, den Ordner Senatsurteile vom vorigen Jahr ... Nur zu, treten Sie ein, Alexander, das trifft sich, ich wollte Sie schon lange etwas fragen ... – Ja? Bitte, fragen Sie! – Ach was, eine Bagatelle nur, schauen Sie lieber aus dem Fenster, sehen Sie, dieses bezaubernde Baumgerippe vorm glühenden Himmel: als hätte das Abendrot da einen Sprung. Jenseits des Bahnhofs, auf den Ferngleisen, hatte der Winter eingesetzt, die toten, zertrümmerten

Waggons von Schnee überpudert. Wie bin ich das alles leid! Sie richtete das winzige Gesteck mit der lebenden Orchidee am Abendkleid. Ich sterbe hier vor Langeweile ... Bringt mich nach Hause, Alexander. Tauwetter, das Automobil schlingerte durch den nassen Brei, die Scheinwerfer rissen Zäune aus dem Dunkel, Plakatsäulen. Auf halbem Wege entließ sie den Chauffeur: Ich möchte mir noch die Füße vertreten. Die Grübchen von den Absätzen im Schnee liefen mit Wasser voll. Sie gab ihm den Schlüssel. Sperren Sie auf! Wenn ich spät nach Hause komme, wecke ich ungern das Dienstmädchen, die Nacht gehört ihr, ich fühle mich nicht im Recht, sie zu behelligen. Er schloss auf, betrat nach ihr die Wohnung. Sie schien ihn schon nicht mehr wahrzunehmen, warf den Pelz ab, der zu Boden fiel, lief durch die Zimmer. Er war unschlüssig, ob er gehen oder bleiben sollte. Durch den Türspalt war zu sehen, wie sie vor dem Spiegel saß und die Ohrringe abnahm. Und er schauete sie an / vermochte sich nicht loßzureissen von der schönheit ihres angesichts. Entflammet in fleischlicher begierde nach ihr / so sprach er: Gute Nacht, Olga Veniaminowna, ich gehe – bis Ilja Andrejewitsch zurückkommt, gibt es noch einiges zu exzerpieren ... Sie sagte nichts darauf. Die Teerosen in der Vase spreizten schamlos ihre Blütenblätter. Könnten Sie mir behilflich sein, bitte! Er trat hinzu, knüpfte ihr das Kleid am Rücken auf. Gott, wie ungeschickt er sich anstellte! Sey mir zu willen / stille meiner seel verlangen / vnd lass mich deine schönheit geniessen / deine lust sol mich zufrieden stellen. Das deine schönheit sinnloß zu schanden wird / das meines hertzens liechte loh / die mich verzehrt / erlischet / kan ich nicht ertragen. Wil mich erfrewen an mein gelust / vnd sterben vor begier. Sie schritt quer durch den Raum, so als wäre er nicht da, entledigte sich des Kleides, als zöge sie sich das Fell über den Kopf, nahm einen Kleiderbügel aus dem Schrank, hängte das Kleid darüber, zupfte es in aller Ruhe zurecht. Mit lockung wird sie jhn umspinnen / gefüge machen jhrer gier. Sie kehrte zurück zum Wandspiegel, zog sich die Nadeln aus dem Haar, schüttelte ein paarmal den Kopf, fuhr mit den Fingern in das über Schultern und Rücken fallende Haar. Querte noch einmal das Zimmer, strich sich mit den Händen über die Schenkel, wie in Gedanken versunken, nahm ihn gar nicht wahr. Saß auf dem Bett nieder, begann sich die Strümpfe auszuziehen. Es knisterte leicht, etwas Staub wirbelte auf. Durch den anblick entzündet / klebeten die augen an / berührten / was zu berühren vnmüglich geschienen / vnd jhn gelüstete nach jhr. Sie wischte es ihm ab mit feuchter Serviette, raunte in sein Ohr: Aufpassen, Liebster, nur ja nicht in mir! Am Morgen schnitt sich das Sonnenskalpell durch den Spalt in den Gardinen. Pfeifend rutschte Alexander das Geländer hinab. Unruhe in der Stadt, Streiks wurden angezettelt, patriotische Demonstrationen abgehalten, im Gotteshaus wurde gebetet dafür, dass dem Feind der Untergang beschieden sein möge. Ilja Andrejewitschs Gang war schleppend, so als wollte er das Parkett mit den Sohlen polieren. Er reiste viel, Schnee fiel und dämpfte das Fahrgeräusch, die Nägel wuchsen schneller, wenn man unterwegs war, an irgendeiner nächtlichen Bahnstation wurden mit viel Radau Güterwagen verschoben, ein Haus tauchte auf vor dem schlaflosen Fenster, in dem man saß und Erdbeersoufflé aß, wie gewöhnlich am Tag nach der Sahneeisherstellung, damit das viele übrige Eiweiß nicht umkam. Am nächsten Morgen in Abwesenheit des Patrons kam der junge Assistent wieder, die Korrespondenz durchzusehen, in Bergen blässlicher Worte zu wühlen. Kaum aber war er da, hieß die junge Fraw / so vom Teuffel angestifftet / jhn frewdig willkomm seyn / halset und küsset ihn brünstig. Trat von hinten an ihn heran, die karierten kaninchenfellgefütterten Pantöffelchen klapperten leise; sie trug einen Kimono aus raschelndem Atlas auf dem nackten Leib, dessen Schöße sie nun öffnete, um ihn legte, wieder straffte, wodurch sein Nacken zwischen die schweren Brüste gezogen wurde. Allso ward der jüngling eingefangen durch weiberlist / vil mehr durch teuffelslist / vnd ein newes mal im netz der vnzucht verfangen / hat nicht sontage noch feyertage gedacht / keine Gottesfurcht mehr gekennet / denn vnersättlich / vnablässiglich / suhlte er sich wie die schwein im kote der vnzucht. Gott, Saschenka, wie entzückend, du hast ja am ganzen Leib Sommersprossen, nein, wirklich über-überall! Nachts wurde auf den Straßen geschossen, der verloren gehende Krieg bewirkte ein allgemeines Tohuwabohu; die Datschas in den Siedlungen am Stadtrand brannten. Auf dem Korridor pfiffen nackte Fersen über das Parkett, es roch nach Bohnerwachs, dazu ein Anflug von Männerschweiß. Sie drehte sich auf den Bauch, stemmte sich auf die Ellbogen, die Brüste drückten sich ins Kissen. Dass der Geist Gottes auf dem Wasser geschwebt sein soll, ist ein Übersetzungsfehler, wenn du mich fragst. Wasser ist ein Ausdruck für die unbelichtete Materie, die noch Unberührten – zum Beispiel du und ich, gewissermaßen. Und ›schweben‹ ist bloß ungenau übersetzt, im Original heißt es ›sitzen‹, in dem Sinn, wie eine Glucke auf ihren Küken sitzt und sie ausbrütet. Er ist über uns, verstehst du, er wärmt uns und wartet geduldig, bis es so weit ist, gibt uns nicht auf. Auf dem Teppich war ein abgewetzter Pfad quer durch den Raum, von einer Ecke zur anderen. Sie legte Sofakissen dort aus und ließ sich darauf nieder. Sein Körper war kühl, weich und käseweiß. Sie kratzte mit den Zehennägeln darüber hin, ihre Augen verdrehten sich, bis nur noch das Weiße zu sehen war. In der Grube zwischen den Brüsten perlte der Schweiß, ein geschwungenes V. Nackt saß sie anschließend im Sessel, um abzukühlen, Beine gespreizt, die Schenkel vor Nässe schimmernd. Etwas Zusammengesunkenes, Eingeschrumpeltes, etwas wie eine Leimspur. In der Straßenbahn war von Pogromen die Rede gewesen. Ilja Andrejewitsch pflegte Mittagsschlaf zu halten. Danach erschien er mit strubbligem Haar, geröteten Augen und dem Muster des harten Sofakissens auf der rechten Wange. Der Rückzug nahm Formen an, die Armee floh mit fliegenden Fahnen, ließ Artillerie, Proviant und Verwundete im Stich. Deserteure tauchten überall in den Sorghumfeldern unter. Erlüstigend sich / am laster der vnzucht. Die gescheuerten Ofenklappen funkelten. Sie nagte an einer Praline, Hasenzahnspuren.

Puderte die Nase mit einem Büschel Schwanenflaum nach. Kämmte ihr Haar, gemach von den Spitzen her nach oben sich vorarbeitend, er sah ihr dabei zu. Der Kuss schmeckte nach Mundwasser. Was ein echter Salamander ist, Sascha, der hat es gern warm. Sie kredenzte ihm auf dem Tablett einen Bratapfel, verschüttet unter einem Häufchen Puderzucker, das Weinglas war birnenförmig geblasen. Ein Mohnkörnchen klemmte ihr zwischen den Zähnen, sie nahm einen Gänsekielstocher von ihres Mannes Schreibtisch. Das Wetter war sonderbar, der Winter schlug Kapriolen. Der Schnee war schon so gut wie weg gewesen, da gab es neuen Frost; alles von Eis bedeckt, sodass man sich auf einem Fluss wähnte, das hatte es ewig nicht gegeben. Auch die Bäume waren von einer Eisschicht überzogen, Äste brachen unter der Last. Er schmiegte sich gegen ihren duftigen, von einer rosa Spitzenstulpe umhüllten Arm. Sie mochte es, seinen Körper nach Pickeln abzusuchen, die sie ausdrückte, auch vor den Poren um die Nase herum machte sie nicht halt. Manchmal entnahm sie der Tischvase das kleine Obstmesser und schabte ihm das Schwarze unter den Fingernägeln hervor. Sieh mal, du hast schaufelförmige Fingerspitzen, das steht für den erfinderischen Geist, sagen die Chiromantiker. Weißt du, Sascha, manchmal komme ich mir wie ein Zirkustier vor. Die Gardinen blähten sich und fielen wieder zusammen, der Schatten des Fensterkreuzes waberte darüber hinweg. Ohrläppchen, vom anhängenden Gewicht in die Länge gezogen. Saschenka, sag mir, ob du mich liebst. Wenigstens ein bisschen? Von diesem vnersättlichen geylen / lange zeit dahin getrieben / wie ein vieh. Nanu, bist du das? Ich hab mich hier festgelesen. Jedes Mal sag ich mir wieder: Bloß keine Bücher aus der Bibliothek entleihen! Mal sind sie so verdreckt, dass man sie nicht in die Hand nehmen möchte, mal vollgekritzelt mit allerlei Ferkeleien. Das hier schien beim flüchtigen Durchblättern halbwegs sauber zu sein. Also dachte ich mir: Gut, das nimmst du mit. Dabei hat wer auf jeder Seite Pünktchen unter bestimmte Buchstaben gemacht – und liest man die hintereinanderweg, ergeben sich dir Sachen ... Sie schnürte den Gürtel ihres Hauskittels, legte eine ärztliche Verschreibung als Lesezeichen ins Buch und ging duschen. Er schlug das Buch auf und las die Stelle, die am Rand von einem Fingernagel gekerbt war: ›Aber um dieser Sünde willen, weil es das liebt, was weniger als Leben ist, nämlich den Körper, wird das Geliebte zur Flucht bewegt, es trennt sich, indem es entschwindet, von seinem Liebhaber.‹ Kam der Mann nach Hause zum Weib, welches er als jungfraw geehlichet: Die Aktentasche, achtlos aufs Parkett geworfen, klirrte mit den Beschlägen. Ilja Andrejewitsch aß gierig und viel, küsste zwischendurch die Serviette. Biss so forsch in einen Apfel, dass es knackte und die schwarzen Kernlein gesprungen kamen. Nach dem Essen war sein Spruch: ›Dem falschen Demetrius, mein lieber Alexander Wassiljewitsch, ist man dadurch auf die Schliche gekommen, dass er nicht nach Mittag schlief, wie es sich für einen russischen Menschen ziemt!‹ Nannte sich im Scherz ein Süßmaul, um sein Teeglas zur Hälfte voll Zucker zu schaufeln. Derweil gähnte sie und schlug vor dem offenen Mund ein schnelles, verschämtes Kreuz. Gemunkelt ward, es habe während des ungewohnt milden Jenner in Moskau Sieche, gar auch Sterbenskranke in beträchtlicher Menge gegeben, schier wie zu Zeiten der Pest, sodass mancher wähnte, selbige könnte wiedergekehrt sein, dies freilich nur hinter vorgehaltener Hand. Manchmal kam sie auch zu ihm, unangekündigt, eine verschleierte Fremde – das Abenteuer schien nicht ohne Gefahr und brachte sie desto mehr in Wallung. Sie war tropfnass, es hatte zu tauen begonnen, der Schnee wurde harsch und bekam Nüstern, mit denen er die warme Luft einzusaugen schien, das Kratzen des Schneeschiebers auf dem Asphalt drang vom Hof durch das offene Fenster herein. Wenn sie sich liebten auf den lange nicht gewechselten Laken, schrie sie und biss. Auf die Schreie hin erschien draußen auf dem Gesims eine räudige Katze mit pergamentdünnen Ohren, äugte durch das blasige Fenster herein. Saschenka, nun sag doch schon, dass du mich liebst, was kostet dich das? Wenigstens ein bisschen?

Es gefiel ihr, wenn er sie sich auf die Knie setzte, ihre Brüste küsste, die schaumigen, siehe bei Kantemir. Sie streichelte sich selbst, ihr festes Kraushaar, sagte: Jede Frau hat etwas von einer Negerin. Das aus der Achsel quellende Büschel. Irgendwo hatte sie gelesen, man solle einen Jungen zum Gemahl haben und einen Alten zum Geliebten. Sie griff nach einem Photo, das da lag: Wer trug denn solche Zöpfe! Der Frühling in diesem Jahr geriet freundlich und ausgeglichen. In der schmutzgrauen Schneewächte am Tor flatterte ein Regenschirm mit gebrochenem Flügel. Am meisten empörte ihn, dass Olga Veniaminowna heimlich Geld daließ – mal fand er es in seiner Jackentasche, mal in der Tischschublade. Die Nacht hindurch saß er über den Exzerpten aus den Senatsverordnungen, morgens ging er in die Teestube gegenüber, auf dem Hof vollzogen Kinder ein Katzenbegräbnis, es war die nämliche mit den Pergamentohren, sie hatten sie in einen Schuhkarton gelegt. Bei seiner Rückkehr wurde er erwartet: Saschenka, was ist los? Ich seh doch, dass du mir neuerdings aus dem Weg gehst! Ihre Ausdünstungen, der herbe Schweiß. Während sie sich anzog, hielt sie gedankenverloren inne mit dem aufgerollten Strumpf zwischen den Fingern. Erneut das Thema Pogrome als Straßenbahngespräch. Die Schlangen vor den Sparkassen und Lebensmittelgeschäften beschneit. In ihr war es wie altes Moos. Ein Mann mit Fuhrwerk, darauf ein Hahn. Vom Anblick seiner rotfleischigen Anhängsel, dem seitlich herabhängenden Kamm wurde ihm übel. Er markierte Unwohlsein, schützte unaufschiebbare Angelegenheiten vor. Sie schrieb ihm Billetts, flehend, fordernd: Komm! Was in dem brieffe geschrieben war / belachte er wol / vnd behertzigte es nicht. Darauff schickte sie jhm noch einen zweiten / gar einen dritten brieff / darin sie jhn einmal instendig bat / nachmals beschwor unter verwüntschungen. Ihren Gemahlen zu hintergehen, verehrte Olga Veniaminowna, einen Mann, dem gegenüber ich die größte Hochachtung empfinde, halte ich für meiner Ehre abträglich und unwürdig; sollten Sie das Bedürfnis nach einer Aussprache haben, geruhe ich zwecks letztgültiger Klärung der Angelegenheit am Donnerstag bei Ihnen zu erscheinen. Die Preise stiegen sprunghaft an. Die Anzeige der Mütter der gefallenen Soldaten erschien in den Zeitungen am Tag, als der Eisgang einsetzte. Unten schoben sich die Schollen wie zur Fortpflanzung übereinander, oder sie vermehrten sich durch Spaltung, mit heftigem Knall, um hinter dem Brückenpfeiler neuerlich die Reihen zu schließen; hier kam es Olga Veniaminowna für einen Moment so vor, als stünde sie am Bug eines Eisbrechers und führe mit ihm davon. Nach der ersten großen Schmelze und einsetzenden Wegeschäden, der Tag der vierzig Märtyrer war schon vorüber, kehrten Frost und Schnee zurück, und es stürmte. Am Donnerstag fiel der Strom aus, die Klingel funktionierte nicht, er musste klopfen. Ein Blick an den Kleiderständer sagte ihm, dass niemand zu Besuch war. Olga Veniaminowna trug etwas Durchscheinendes auf dem nackten Leib, ihre Rede war zügellos und albern. Er warf ihr seinerseits eine Menge dreister und garstiger Worte an den Kopf, wobei er es vermied, sie anzusehen. Ehrliche Scham im Antlitz einer Frau gereicht zur Zier, solange sie nicht schön thut bloß mit ihr. Den Ausweiß solcher Scham kennt man daran, dass nicht mit Blicken wirfft das Weib nach jederman, die Augen vielmehr züchtig hält gesencket, beständig so als wie am Boden angehencket. Auch hält es seine Zunge wohl im Zaum, wirfft keine eitlen Worte in den Raum. Den Frauen sollt das sprechen ungebürlich seyn. Mehr sollten sie dem reinen Wort ihr Ohr verleihen. Dein grilen wars / plagegeist / den samen der zwitracht zu säen! Sie lungerte auf dem Bett, vor sich eine Schachtel Pralinen. Nahm eine, biss ab, ergründete die Füllung, warf den Rest zurück in die Schachtel. Warum schweigen Sie, Olga Veniaminowna? – Ja, warst du denn schon fertig? Dann zünde mir eine Zigarette an! Rücklings hingestreckt, blies sie den Rauch in die Luft. Du bist noch zu klein, Alexander, um ein rechter Schuft zu sein. Kleinen Jungen gehören für ihre üblen Streiche die Ohren lang gezogen! Während sie es sagte, zog sie schmerzhaft an seinem Ohr. Und jetzt raus mit dir! Ich bin müde und mag niemanden sehen. Insonderheit merkwürdig war, dass des so farbenreich ausgefallenen Frühlingsanfangs ungeachtet das Gras just zum selben Datum zu sprießen anfing wie alle vier Jahre zuvor, nämlich den zwölften April. Alexander Wassiljewitsch stellte seine Besuche bei den Werschinins ein. Ein Demonstrationszug bewegte sich Richtung Bahnhof: Kriegswitwen in Wattejacken, sie forderten Vogelfreiheit, Eulen für Athen, Perlen für die Säue, Milch für die Kinder. Ilja Andrejewitsch, vollkommen ahnungslos, begegnete Alexander Wassiljewitsch in der Gerichtskantine und bekam ihn beim Westenzipfel zu fassen: Welch schimpff that ich dir an / warumb hast du verlassen mein hauß? Von nun an / des bitt ich dich / wohne wieder bey mir / denn auß freuntschafft mit deinem vater bin ich dir von hertzen zugethan / wie dem eignen sohn! Auf der Straße ein Ruf, irgendwer in der langen Schlange vor der geschlossenen Bäckerei: Denn es hat der Satan von Gott sich das liechte Rußland auserbeten / es roth zu ferben vom blut seiner Märtyrer! Im Westen ein lichter Streif am Himmel, schwacher Abglanz des lang schon verglühten Abendrots. Zu Ostern fuhr er ans Grab der Mutter, strich mit der Hand über den alten, schuppigen Anstrich des Gitters; nebenan waren sie dabei, Eier zu zerkrümeln und auszustreuen, die sie am Grabkreuz oder an der Pforte der eisernen Umfriedung aufgeschlagen hatten. Er hatte nur kurz vorbeischauen wollen, aber Ilja Andrejewitsch nötigte ihn, zum Abendessen zu bleiben: Keine Widerrede – schon Olga Veniaminowna zuliebe, die sich die Augen nach Ihnen ausweint, junger Mann, seien Sie nachsichtig uns Älteren gegenüber! Als er endlich gehen wollte, hallten Schüsse von der Parkseite her. Die Straßenbahnfahrer streikten, er hätte zu Fuß gehen müssen. Kommt nicht infrage, Alexander Wassiljewitsch, Sie glauben doch nicht im Ernst, dass ich Sie gehen lasse, Sie übernachten bei uns, Olja bereitet Ihnen ein Bett in meinem Kabinett, basta! Dabei fuhr Ilja Andrejewitschs Arm aufwärts, wie um auf eine höhere Instanz zu verweisen, wo aber nur der Dachboden war mit allerlei staubigem Plunder, einem Wespennest.

In dem nun schlieff der rechtschaffne gemahl / stund heimlich auff die fraw von jhrer lagerstatt / trat / vom Teuffel angestiftet / ans bett des jünglings / weckte jhn / vnd wollt jhn zu der garstigen sünde der vnzucht nötigen. Diesen aber hatte / obwol an jahren jung / die Gottes furcht getroffen wie ein pfeil. In seiner angst vor dem Göttlichen gericht dacht er bey sich selbst: wie könte nun eine sünde / grewlicher vnd abschewlicher seyn? Nach dergestalt reifflicher vberlegung / macht er sich loß von der fraw durch ein gelübd vnd sprach: Ich wil meine seel nicht vnwiderbringlich ins verderben stürtzen / nicht besudeln meinen leib. Die fraw aber / enttzündt mit girdt vnd vnersättlicher wollust / ließ nicht ab jhn zu bestürmen / theils mit zärtligkeit / vnd theils durch scharffe drohung / damit er jhr verlangen stille. Doch so viel an beweglicher vberredung sie auch an den tag gelegt / vermochte es jhn doch auff keine weise wanckelmühtig zu stimmen; eine göttliche krafft stund jhm bey. Wind – Pollenflug – die Liebe der Bäume. Die Tage zogen dahin, freudlos, in mäusehafter Betriebsamkeit. Der Gedanke an Olga Veniaminowna bereitete ihm Pein. Das Gefühl verließ ihn nicht, er habe sich ihr gegenüber etwas zuschulden kommen lassen. Der Flieder bäumte sich auf. Einmal, im hohen Sommer, erwachte er eines Nachts in größter Sehnsucht nach ihr, verging fast an dem Wunsch, sie neben sich zu haben, sich anzuschmiegen, in ihren Armen zu liegen, ihren Duft einzuatmen, in sie einzudringen. Dann die hohe Zeit der Ernte, die kurz war und hitzig; nach dem Korn das Heu. Der abgeblühte Buchweizen färbte sich rot, die späte Hirse mit ihren buschigen Wedeln mischte Gelb hinein. Nach dem Mittagessen machte er einen Gang durch den Iljinsker Wald, der voller Erdbeeren und Ringelnattern war. Von den Wiesen klangen die Sensen. Einmal kam er ab vom Wege, hörte ein Knacken, seltsame Laute. *Selva obscura**. Eynes Tags gieng er vor die stadt auff das freye feldt hinauß / der bittren schwermuth vnd des

*   Dunkler Wald (lat.)

leydes zu vergessen. Gantz allein lieff er durch die fluhr / sah keinen menschen weit vnd breit / weder vor noch hinter sich / vnd dachte an nichts dann an jene fraw / von der getrennt zu sein gremete jhn vnd bekümmerte. Der Abend brach herein, trocken und schwül, ohne Tau. Bald würden wohl wieder die Torffelder brennen – falls es nicht vorher regnete, der Himmel bezog sich gerade. So gieng er hin in währendem grübeln / als plötzlich hinter sich er eine stimme hörte / die seynen namen rieff. Er wandte sich vmb vnd sah einen soldaten eylends auff sich zu kommen / zeichen geben mit der hand / die sich zu verweilen auffforderten. Also stund er vnd wartete auff jhn. Demolierte Visage, blutüberströmt, Bluse zerfetzt: Bleib stehen!, brüllt er. Ein Deserteur, schoss es Alexander Wassiljewitsch durch den Kopf. So geht es zu im Leben, man denkt an nichts Arges, und dann das. Seine erste Anwandlung war, davonzurennen, um Hilfe zu rufen, aber etwas lähmte ihm die Zunge, nagelte die Füße am Boden fest. Der Soldat kam gerannt, stolperte über Wurzeln, Sonnenflecken tanzten auf seiner Bluse. Als er heran war, sprach der soldat / bruder / was läuffst du weg vor mir gleich wie ein frembder? / Seit langem wart ich / dass du kommest / auff dz wir die verwandtschafft pflegen. Ich kenn dich wol / vnd das schon lange. Denckst du etwa / du könntest mir entrinnen durch deine buss=fertigkeit? O nein / gleub nur das nicht / mit gantzer krafft wil ich mich auff dich stürtzen! Weissest du denn / wer ich bin? Woher sollte ich das. Der Teufel vielleicht? Ich bin das leben. Vnd kaum war das gesagt / so ward er vnsichtbar. Als Alexander Wassiljewitsch an der Bahnstation anlangte, fielen die ersten Tropfen. Er suchte Schutz unter dem Vordach des Schalterhäuschens. Ein Platzregen brach los, prasselnd, dampfend und hell. Alle Bäume rings um die Station suchten das Weite. Eine einzelne Pappel hielt noch eine Weile stand, doch als der Regen stärker wurde, ging auch sie. Abends im Sommertheater – die *Möwe* wurde gegeben – konnte er nicht an sich halten und fragte: Ilja Andrejewitsch, wo haben Sie denn Ihre Frau? – Ja, wissen Sie denn nicht? Sie ist nach Paris abgerauscht, gedenkt da einige Zeit zu bleiben, trinken wir doch ein Bier miteinander, das wird ein höflicher junger Mann wie Sie dem Greise nicht ausschlagen, der in schlaflosen Nächten vor Todesangst stirbt? In jenem Winter lag der Fluss rauchend und still. Röte, Bläue und Goldlack flammten über die Wächten. Der März ging zu Ende, da hörte Alexander Wassiljewitsch, dass Olga Veniaminowna zurück sei. Sogleich ging er hin. Ilja Andrejewitsch hatte einen Gast, er kam nur einen Moment vor die Tür: Olga gehe es sehr schlecht, sie liege im Alexejew-Spital. Was soll man dazu sagen, ergänzte er seufzend, meine Oljuschka ist sterbenskrank, Sie werden ja sehen, und jetzt entschuldigen Sie mich bitte, mein Klient wartet. Auf dem Platz, wo die Lastkutscher sich trafen, roch es nach Teer und Ruß. Ein Wald von Deichseln und Gabelbäumen. Er hatte Rosen gekauft und fuhr geradenwegs zu ihr in die Klinik. Jhre kranckheit war schwer / nahe dem tode / vnd ward von tage zu tage ärger. Sie erkannte ihn, doch ein Lächeln blieb aus. Ihr Blick glitt von den Rosen zum Fenster. Die Schwester setzte ihr eine Kampferspritze in das zerstochene Bein, das runzlig war wie ein alter Luftballon. Sie griff nach seiner Hand: Was für einen Kummer trägst du mit dir herum? Er: Olja, alles wird gut, du wirst gesund werden. Sie: Was verheimlichst du vor mir? Und lächelnd: Ich wusste es von Anfang an, verstehst du, ganz von Anfang, schon seit dem Winter. Nichts kann mehr helfen, kein Kampfer und gar nichts. Er fühlet sich geschleudert wie gegen die wand / gewürget / dass er röchelt halb entseelt / schaum vor den mund / allso gemartert mit vnterschiedtlichen plagen. Er saß neben dem Bett, drehte die Kappe eines leeren Arzneifläschchens auf dem Finger. Wie fewer beginnet es jhm im hertzen zu brennen / wie hellische gluth / so gremt und verzehrt er sich nach dieser fraw. Alles wird gut, Olja, schlaf, das ist für dich jetzt am allerwichtigsten. Ich komme morgen wieder. Vnd wie er so gesprochen / küssete er sie und gieng von jhr. Ende des Zitats. Sie haben gehört – und konnten es nicht fassen, wollten Ihren Ohren nicht trauen –, wie der Delinquent auf Befragen des

Herrn Vorsitzenden, zu welchem Behufe er denn an den Tatort zurückgekehrt sei, zur Antwort gab, er habe sich überzeugen wollen, ob die Leiche wirklich tot war. Einmal ganz abgesehen davon, was es zu bedeuten hat, wenn einer, den früher alle Welt duzte, plötzlich mit Sie angesprochen wird, weil er einen Raub oder Mord begangen. Die Zweifel, die das harte Herz des Sünders bewegten, sollte man indes ernst nehmen: Ein Toter ist nicht tot, solange die amtliche Bestätigung darüber noch aussteht, solange nicht ein mit allen Wassern gewaschener Landarzt nach eingehender medizinischer Inspektion den letzten Punkt dahintergesetzt hat; bis dahin gilt er als lebendig, selbst wenn das Hirn blank liegt. Wir, Sie und ich, sind ja gottlob jener pubertären Phase entwachsen, in der man den frivolen Maßgaben eines Tertullianus etwas abgewinnt, nach denen der Tod glaubhaft, weil eine Torheit, und die Auferstehung sicher, weil unmöglich sei. Festzustellen, ob ein Opfer noch lebt, bereitet an sich keine sonderlichen Schwierigkeiten; hat man keinen Taschenspiegel zur Hand, kann man dem Probanden ein Glas Wasser auf die Brust stellen, und wenn der Wasserspiegel in Bewegung gerät, ist das ein starkes Lebenszeichen, so wie auch der gegenteilige Fall uns etwas sagt. Oder man greift zu einem simplen Badewannenthermometer, führt es nach Einseifen der Spitze in den After ein, und liegt die Körpertemperatur unter 15 °C, so ist, was man den Tod zu nennen beliebt, mit Sicherheit eingetreten. Auch mit erhitztem Siegellack kann sich einer behelfen: Man tropft ihn auf empfindliche Hautbereiche, dann werden beim geringsten Vorhandensein dessen, was man das Leben heißt, Blasen entstehen. Mit besagtem Thermometer lässt sich übrigens auch der Todeszeitpunkt bestimmen. Dazu muss man es wiederum in den After einführen und von der Normalkörpertemperatur, die bei 36,6 ° liegt, 1–2 ° pro Stunde abziehen, was allerdings nur bis zur genannten Schwelle von 15 ° zu brauchbaren Ergebnissen führt. Die Totenstarre setzt nach 3–4 Stunden ein, und zwar vom Kopfe her, sie hält zwei Tage lang an, am dritten vergeht sie in selber Weise, aber das natürlich nur bei Zimmertemperatur. Ist die Totenstarre vorüber und noch keine grünliche Verfärbung zu bemerken, lässt sich mit einiger Gewissheit sagen, dass der Tod vor drei Tagen eingetreten ist. Bei einem jähen Tod kommt jedoch auch eine spontane Erstarrung infrage, nämlich derjenigen Muskeln, die zum betreffenden Zeitpunkt stark kontrahiert waren. Ein wichtiges Indiz stellen die sogenannten Leichenflecken dar, die, Sie werden es nicht glauben, sich durchaus verschieben können, über den Körper wandern, wenn man ihn dreht; diese Wanderung hört jedoch nach 5–6 Stunden auf. Fliegenlarven sind gleichfalls ein Anhaltspunkt, woran sich der Todeszeitpunkt mehr oder weniger exakt bestimmen lässt. Zuvörderst wird der Körper von kleinen, später von mittleren und erst dann von großen Fliegen verzehrt. Es empfiehlt sich, die Fliegenlarven zur Attestation des gesuchten Zeitpunkts in Gläsern zu sammeln, denn es gilt keine Zeit zu verlieren, der Fäulnisvorgang schreitet voran. Die günstigsten Temperaturverhältnisse für diesen Vorgang liegen bei 37 °; über 60 ° und unter 0 ° findet keine Fäulnis statt. Dabei spielt das umgebende Milieu eine maßgebliche Rolle: Ein offen liegender Körper fault binnen 2–3 Wochen im selben Maße wie ein luftdicht verschlossener Körper in einem halben Jahr. Im Wasser fault ein Leichnam achtmal langsamer als an der Luft. Am schnellsten verfällt das Hirn eines Neugeborenen. Eine nichtschwangere Gebärmutter fault am langsamsten. Grünfärbung tritt nach 4–5 Tagen, beginnend am Unterleib, ein. Fäulnis drückt sich am ehesten im spezifischen Leichengeruch aus, doch im Falle eines Schnupfens ist die folgende Methode geraten: Bleizucker oder Bleiwasser als Tinte gebrauchen, wozu sie sich normalerweise nicht eignen, da keinerlei Spuren auf dem Papier hinterlassend, doch legt man selbiges an die Nase des Toten an, dann wird das Geschriebene sichtbar und lässt sich unschwer lesen. Im Übrigen findet der Leichnam im Grab keine Ruhe, der dicken Schicht Erde zum Trotz dringt er in Form von Keimen und Miasmen in die Atmosphäre vor, schafft so die nötige Voraussetzung für neues Leben und sogar

Schönheit (beispielsweise geht das Azur des Himmels daraus hervor) und droht, wenn der Mensch nichts dagegen unternimmt, von der ganzen Erde Besitz zu ergreifen, all ihre Bewohner zu vertreiben, nicht zuletzt uns auszurotten ... Durch den Druck der Gase jedenfalls wird der After aufgetrieben, es kommt zur sogenannten Darmausstülpung, und mehrfach sind Fälle aktenkundig, wo Schwangere noch nach ihrem Ableben die Frucht ausgetragen haben. Ein einmonatiger Fötus ist wie eine Pflaume so groß, ein zweimonatiger wie ein Hühnerei, ein dreimonatiger wie ein Gänseei. Als Abtreibungsmittel gebräuchlich sind das Mutterkorn, welches – für den, der es nicht weiß – an der Roggenähre wächst, sowie der Sadebaum. Die Einnahme eines frischen Mutterkorns führt zu einem scharfen Schmerz, im gemeinen Volke auch Höllenfeuer geheißen, der eine Spontankontraktion der Gebärmutter bewirkt. Als ergänzendes Mittel, ohne das unter Umständen alles Trachten vergebens sein könnte, wird heißes Wasser verwandt, das mithilfe einer sogenannten Esmarch-Birne zum Muttermund eingefüllt wird. Ferner sei darauf hingewiesen, dass der Spleen gewisser Frauen, ihre Liebhaber mit Säure zu übergießen, von Paris auf uns überkommen ist und hier, wie Sie sehen, Fuß gefasst hat. Säuren, Gifte sind überhaupt vielversprechende Mittel, sie haben Zukunft, auch wenn sie schon eine reich illustrierte Geschichte hinter sich haben. Papst Viktor II. zum Beispiel bekam Gift in den Messwein gemischt, bei Kaiser Heinrich VII. war es die Hostie zum Abendmahl, Hamlet träufelten sie etwas ins Ohr, den römischen Kaiser Claudius tötete ein giftiges Klistier. Der berüchtigte Konsul Calpurnius Bestia tötete seine Frauen auf dem Wege über die Gebärmutter, schob ihnen den Zeigefinger mit dem Gifte des Eisenhuts in die Vulva. Adolph Henke in seinen überaus aufschlussreichen, wiewohl nicht unumstrittenen Abhandlungen aus dem Bereich der gerichtlichen Medizin erwähnt einen Bauern, der drei ihm Anbefohlene ums Leben brachte, indem er ihnen im Anschluss an die Copulatio Arsenikkügelchen einführte. Auch Dämpfe können Gift enthalten, so atmete zum Beispiel Papst Clemens VII. den Rauch einer Giftkerze ein und verstarb daran. An einem vergifteten Schuh ging König Johann II. von Kastilien zugrunde; an vergifteten Handschuhen soll Heinrich VI. gestorben sein. Heikler ist die Anwendung von Strychnin, da es sehr bitter schmeckt. Leichter geht es mit Arsen, das weder riecht noch schmeckt, nur dass es schwer löslich ist. Aus einem Zucker-Ei mit Rum ist es jedenfalls nicht herauszuschmecken. Ein Vorteil unter anderen liegt in der mühelosen Beschaffung, denn es wird allenthalben gebraucht: von Töpfern und Hutmachern ebenso wie in Färbereien und Polstereien, bei der Glas- und Farbherstellung, vom Einsatz bei der Mäuse- und Rattenvertilgung nicht zu reden. Die Anwendung erfolgt oxydiert – das sogenannte weiße Arsenik – oder als Schwefelarsen in verschiedenen Zusammensetzungen. Eine Arsenvergiftung zeitigt typische Symptome: anhaltender Brechreiz, unstillbares Durstgefühl, ein Brennen in Rachen und Speiseröhre, heftiger Bauchschmerz, Durchfall blutig oder wie Reisbrei, ähnlich wie bei Cholera, dazu Krämpfe, Schüttelfrost und ein extrem schwacher Puls. Seltener zum Einsatz kommen Schwefel- respektive Vitriolsäure, da ausgesprochen scharf und ätzend, höchstens im Falle deutlicher kräftemäßiger Überlegenheit des Täters, was zumeist nur bei der Vergiftung von Kindern gegeben ist. Selbiger Henke führt einen Fall an, wo eine Frau aus Podolsk, Angestellte der wohlbekannten Nähmaschinenfabrik, ihrem Kind einen Einlauf von Schwefelsäure bereitet in der Annahme, es wäre Leinöl. Manchmal will einer Wodka darin sehen und kippt es mit entschlossenem Schwung. Übrigens kann auch Wasser wie Gift wirken: Verabreichen Sie einer nervösen Natur eine Handvoll behextes Wasser, und sie wird daran sterben. Gift bleibt dabei außen vor, jeder harmlose Stoff kann diese Wirkung entfalten, einerlei, was man ihr in den Mund schiebt. Dem einen kann ein Gift überhaupt nichts anhaben, weil er sich daran gewöhnt hat – denken Sie an Senecas Qualen –, den anderen bringt die bloße Furcht vor dem Vergiftetwerden um. Ein Pferd ist selbst durch wiederholte Arsengaben nicht zu erschüttern, eine Ziege knabbert ungerührt Schierlinge, während ein Schwein an Pfeffer stirbt. Doch die Welt wäre weniger harmonisch, hätte nicht jedes Gift sein Gegengift. Am dringlichsten ist es, das weiß jedes Kind, einen Brechreiz zu erzeugen. Dazu zwickt man sich in den Schlund oder trinkt ein Glas lauwarmes Senfwasser. Wenn das nicht hilft, versuche man es mit Seifenlösung oder Lampenöl, ein Teelöffel pro Glas. Als probates Gegengift gilt in Wasser aufgerührtes Eiweiß (zwei Hühnereier auf eine Flasche Wasser), es ist jedoch nur für metallische Gifte geeignet. Gerbsäure (der wissenschaftliche Name lautet Tannin) zeigt insbesondere bei Pflanzengiften Wirkung, sofern das genaue Mischverhältnis – ½ Teelöffel auf ein Glas Wasser – eingehalten wird. Ist keine Gerbsäure vorhanden, sollte man ein Stückchen Kork auskochen. Im Falle einer Säurevergiftung hat sich in jüngster Zeit einfaches Holzkohlepulver bewährt. Nicht zu unterschätzen sind ferner Magnesium, Kalkwasser, Soda, Kreide, mit einem Wort: was zur Hand ist. Wer Lauge getrunken hat, sollte, auch wenn es unangenehm ist, Zitronensaft nachtrinken, auch Zitronensäure oder Essig. Mittel gegen Arsenik kann man in jeder Apotheke kaufen. Es nimmt also nicht wunder, wenn im Brief eines Anonymus – seinem letzten, wie zu vermuten steht – der Brüchigkeit eines Menschenlebens die größte Aufmerksamkeit zuteilwird: ›Enchiridion für Laurentius. Wir schreiben Euer Gnaden aus dem hohen Norden und bitten sich für das hierin Geschriebene zu erwärmen, beweint nicht bloß mit bittren Tränen, sondern mit schwarzem Blut, indem wir Proletarier aus dem Kreis Mogiljow zusammengefunden haben und beschlossen, nach unsern Anverwandten auf die Suche zu gehn. In der rauen Tundra angekommen nämlich im Bezirk Njandom, sahen wir die schuldlos aufgrund irgendwelcher persönlicher Rachegelüste Verbannten, sahen sie leiden. Sind nicht bloß verbannt an einen fremden Ort, sind Martern unterworfen wie die Welt sie noch nicht gesehn hat und das ausgerechnet jetzt wo wir die Sowjetmacht haben. Wir die wir da oben waren, wir waren Augenzeugen, wie 92 Personen am Tag gestorben sind. Sogar Kinder mussten wir begraben, Begräbnisse in einem fort. Wir fassen uns hier kurz aber weilt man dort über Wochen so wie wir, möcht man die Erde am liebsten ins Meer kippen sehen und mit ihr das ganze Universum, auf dass die Welt und alles was in ihr lebt zu Ende sei. Doch das Proletariat welches in den Dörfern wohnt ist von der Lage tief betroffen und nahe dran, die Arbeiter in den Städten entkulakisieren zu wollen, weil sie sich den Bauern zum Hohn verhalten. Wir bitten diesen Brief zur Kenntnis zu nehmen und sich von den blutigen Bauerntränen zu überzeugen.‹ Unterschrift unleserlich. Die Kommaschwäche lasten wir der schwieligen Feder an und lenken das Augenmerk auf das, was uns wesentlich erscheint, auch wenn Ignoranten und Rüpel uns dafür auszischen wollen. Unser Gericht hat die düstere Epoche der Aufgabenvermischung von Justiz und öffentlicher Moral schon hinter sich, die Erinnerungen daran sind schwer genug, und man kann nur hoffen, dass solches nie wiederkehrt, der Mensch wird nicht eher lernen, Gut von Böse zu unterscheiden, als er für Letzteres bestraft und für Ersteres belohnt wird. Wer arglos ist, kann nicht sündigen. Die Bemühungen der Gesetzgeber in allen Ehren, durch drakonische Strafen die Sittlichkeit zu heben, doch sie sind müßig. Bei den Sexualvergehen ist die Medizin anstelle eines pervertierten Willens eine abnorme Apathie zu sehen geneigt, anstelle eines verabscheuungswürdigen Täters einen bedauernswerten Kranken. Was will man verlangen von so einem einfältigen *stultus**, den ein mitleidiger Zirkusdirektor mit einem Besen bewaffnet und in den Pferdestall geschickt hat? Schon Moses im 1. Buch hat verfügt: Wer sich mit einem Tier paart, der sei des Todes; das Tier sei auch zu töten, wird im 3. ergänzt. Während sich die Römer, in Sachen der Ehre erbarmungslos, im Strafmaß hier eher zurückhielten, sah byzantinisches Recht vor, dem Früchtchen das sündig gewordene

---

*　Narr (lat.)

Organ abzuhauen. Die Karolinger drohten unvorsichtigen Hirten mit dem Scheiterhaufen. Wiewohl auch Kant den bestialischen Verkehr mit der sprachlosen Kreatur für strafwürdig erachtete, hat Feuerbach, Anselm, diese Sünde in seinem Bayerischen Gesetzbuch entsanktioniert. Doch kehren wir nunmehr vor der eignen Stalltür. Im Kodex Jaroslaw des Weisen ist für das ›Verlustieren mit einem Thiere‹ ein Entgelt von 12 Griwna nebst Bußaufträgen vorgesehen. Die Heeresstatuten Peters des Großen wiederum beschränkten sich auf ›harte körperliche Züchtigung‹ des armen kleinen Soldaten (hier zieht der frische Wind durch das Fenster von Europa herein). Katharina, die bekanntlich mit sich reden ließ, nur nicht, wenn es um die Macht ging, verfügte, wohl im Bestreben, den aufgeklärten Pariser und Berliner Korrespondenten Sand in die Augen zu streuen, fünf Jahre Klosterverbannung zur Reue für die privilegierten Stände – und gnadenlose Auspeitschung sowie lebenslängliche Verbannung nach Sibirien für die ›Gemeinen‹, wobei jeder enzyklopädisch Bewanderte weiß, dass die moderne Wissenschaft – siehe die neuesten Untersuchungen von Hüssy und Baumgartner – der Sodomie den durchaus positiven Aspekt abgewinnen kann, dass sie nicht zu debiler Nachkommenschaft führt. Aber ich sehe, der Kollege Staatsanwalt möchte dem werten Sachverständigen etwas erwidern. Ihr habt das Wort, Anton Michailowitsch. Vielen Dank. Meine Herren. Meine Dame. Mann und Frau! Stiefsohn der Natur! Isaak, Abraham und Sarah! Mischpoke! Alle mal herhören, meine Lieben! Wir beten zu allen möglichen Göttern, nur nicht den unseren. Liegen sonst welchen Idolen zu Füßen, bringen Opfer dar auf fremden Altären, treiben uns in obskuren Tempeln herum. Es hieß immer, wir gehörten einem Raubtier mit menschlichem Gesicht, wären Findelkinder in seinem Kohlbeet gewesen, die Schnüre zwischen den Bäumen wären auch von ihm, und wir sollten uns unterstehen, durch die roten Lappen zu gehen. Scharf seine Krallen, filzig der Pelz, worin es von Insekten wimmelt – aber das Gesicht hat etwas Mütterliches, und die Brüste sind prall von Milch: Trink,

Alter, oder stirb. Etwas wie eine Sphinx, rätselhaft und riesig. Du kommst in den Kindergarten, und sie ist schon da, dich zu begrüßen, den weißen Kittel notdürftig über die Brust gezerrt, streng riechend, eine Pranke hinterm Rücken. Rate mal, Kind, was ich in der Hand hab: Lebt es, oder ist es tot? Und du hörst es jämmerlich piepsen, so ein furchtsames Küchlein klein. Sagst du jetzt: es lebt, dann gibt es im nächsten Moment einen Knacks: falsch geraten! Dein Herz ist nicht aus Stein, also lügst du: Ich denke, es ist tot. Verloren!, kräht die Sphinx und zeigt das Küken vor, das tatsächlich am Leben ist, warm und winzig, ein bebendes Bällchen. Du setzt es dir an die Lippen und hauchst, die Federchen stellen sich auf. Verloren, na und, dafür lebt es. Die Sphinx gurrt: Ihr lieben Gänslein, guten Taag! Und du, automatisch: naag-naag! naag-naag! Darauf die Sphinx: Habt ihr Hunger, saagt? … Ja, was soll man da sagen? Oder gleich ausbüxen – aber wohin? Man hat ja schließlich auch noch Frau und Kind, und die Mutter liegt im Krankenhaus. Also trägst du weiter jahraus, jahrein Wasser im Sieb und rollst Steine auf den Berg, hebst dir einen Bruch. Es ist dir zuwider, du streckst den Rücken, drohst der Sphinx mit dem Fäustchen: warts ab! – und sie rammt dir dafür den Stiefel in den Bauch, während sie in dein Ohr raunt: Nicht wahr, mein Sohn, du bist so satt, du magst kein Blatt, und: Sei fein still, Töchterlein, wes Brot ich ess, des Lied ich sing. Streckt sich aus auf ihren Breitengraden wie auf einer knarrenden Dielung, platziert dich zwischen ihre Tatzen, küsst dich: Mich, mein Herzelein, spricht sie in mahnendem Ton und lässt ihren Schwanz dabei tanzen, versteht man nicht mit dem Verstand. An mich, Kind, muss man einfach glauben! Tja nun, da hockst du also und glaubst, und immer in der Gefahr, dass dir der Kopf abgebissen wird. Ist ja doch ein wildes Tier. Mein Gott, wir sind auch welche. Dazu noch der Zirkuspferdestall! Der Geruch von Pferdeseife, schweißigem Zaumzeug, feuchten Sägespänen, Fisch (dem Clown aus der Tasche gefallen); der Luftzug, der durch die hell erleuchtete Manege geht, die mit rotem Kattun bezogenen Holzbänke, ganz oben rüttelt der Wind an der Zeltkuppel, das Publikum klatscht ungeduldig, und da kommen auch schon die Rappen angestürmt in den zarten weißen Glacéhalftern und den hohen Straußenfederaigretten, ein barbeiniges Wesen springt dem einen auf die sattglänzende Kruppe, du hast die Reitgerte in der einen Hand und den Revolver in der anderen. Die übrigen Requisiten liegen noch in der Garderobe: eine Krawattennadel in Regenschirmgröße, eine Zange zum Zähneziehen, wie man sie für Gargantua benötigt, ein Korb voll Eier, eine Klistierspritze. Was noch zu erlernen ist: eine Ohrfeige zu fangen, einen hingeworfenen Apfel im Flug mit der Chambriere zu spalten, sich Zunge und Brusthaut und Bizeps zu durchstechen, kleine Gewichte mit Sicherheitsnadeln an die Brust zu hängen. Und so schminkt man sich zum Asiaten: Kleine Korkspalten weiten die Nasenlöcher, Pflasterstreifen ziehen die Lidwinkel nach hinten. Feuerschlucken ist das geringste Problem: Mundhöhle und Lippen werden mit Alaun gespült, was vor Verbrennungen schützt – jetzt kennen Sie das Geheimnis von Gaius Mucius Scaevola. In Acht nehmen muss man sich vor Freundschaftsdiensten; bekanntlich haben Neid und Missgunst nirgends so halsbrecherische Folgen wie in der Zirkusmanege. Nina Truzzi arbeitete am Trapez, unten war das Netz gespannt, wohin die Künstlerin am Ende zu fallen und wie ein Springball zu hüpfen hatte. Trommelwirbel, das Publikum hielt den Atem an, das Mädchen hechtete sich hinab, doch auf einmal riss das Netz. Die Ermittlungen ergaben, dass es in der Mitte von Säure angeätzt war. Man vergiftet sich gegenseitig Hunde und Pferde, keiner ist dem anderen grün. Einmal ging ein Pferd durch; anstelle von Kolophonium, welches vor dem Voltigieren über den Pferderücken gestreut zu werden pflegt, hatte jemand feine Glassplitter rieseln lassen. Juckpulver ins Trikot – noch so ein Racheakt. Kommt Schweiß hinzu, ist es die Hölle: Man wälzt sich am Boden wie ein Epileptiker. Was das Degenverschlucken angeht, so wird die Gurgel zuerst einmal mit einem schlichten medizinischen Spatel oder Bürstchen an den Kitzel gewöhnt, anschließend mit einer erwärmten Kerze trainiert, worauf man allmählich zu härteren, anfangs kürzeren Gegenständen übergeht. Die äußerste Länge des zu schluckenden Objekts richtet sich nach den anatomischen Gegebenheiten: Der Abstand zwischen Mund und Rachen plus Gurgel plus Speiseröhre kann bis zu einem halben Meter ergeben. Zur Vermeidung von Zuckungen des Halses wird der Gegenstand erwärmt. Dazu liegen Tücher auf einem kleinen Tisch bereit, mit denen man den Degen kurz und kräftig warm reiben kann. Um Verletzungen vorzubeugen, gibt es einen Trick: Man schluckt vor dem Auftritt als Erstes ein Rohr, in das der Degen oder Dolch dann glatt und schmerzlos wie in eine Scheide einfährt. Den größten Erfolg aber wird man als ›lebendes Aquarium‹ haben. Dazu schenke man sich 30–40 Gläser voll Wasser ein und trinke diese eins nach dem anderen aus. Sodann entnehme man einem Fischglas ein paar lebende Fische und Frösche und schlucke sie. Schließlich speie man das ganze Wasser wieder hervor und bringe im Zuge dessen – in beliebiger Reihenfolge, am besten natürlich nach Ansage des Publikums – auch die lieben Tierchen unversehrt wieder zum Vorschein. Ein behutsames und systematisches Vorgehen ist bei alledem das A und O. Die Trinkdosis darf nur in kleinen Schritten erhöht werden, damit dem Magen die Ausweitung bekommt. Auch die Art der Gläser spielt eine Rolle – es sollte nach mehr aussehen, aber zwanzig Glas sind vollkommen hinreichend. Schwieriger ist es, den Organismus zu animieren, die gesamte Flüssigkeitsmenge wieder von sich zu geben. Anfangs während des Trainings kommt ein schnell wirkendes Brechmittel ins letzte Glas, dessen Menge von Mal zu Mal reduziert wird – ein bedingter Reflex entsteht, der es erlaubt, auch ohne Brechmittel das getrunkene Wasser nach Belieben wieder abzugeben. Der Rest – Fische und Frösche bei lebendigem Leibe zu schlucken – ist unangenehm, aber nicht schwer. Es kommt vor, dass die Frösche in ihrer Panik sich im Munde des Artisten entleeren, auch das ist Gewöhnungssache. Die Bühne lehrt, das Gesicht zu wahren, selbst dem Tod mit einem

Lächeln zu begegnen. Gut, es hat Fälle gegeben, wo die Lurche das Spiel verdarben, indem sie verreckten und der Magen sie schon zu verdauen anfing – ruhig Blut! Von den Franzosen zum Beispiel weiß man, dass sie leidenschaftliche Froschesser sind. Das Ausspucken der Fische und Frösche bereitet erst recht keine Schwierigkeiten mehr. Sie schwimmen ja oben und kommen daher als Vorhut. Der Künstler entlässt das Wasser durch die geschlossenen Zähne und behält die Tiere im Mund. Was das Publikum jeweils zu sehen wünscht, sortiert die Zunge und stößt es nach draußen – Fisch oder Frosch. Dabei sollte man allerdings darauf achten, dass die Fische Kopf voran schwimmen, andernfalls kann man sich an den stachligen Flossen und Schuppen die Lippen zerschneiden. Die Arbeit mit Fröschen ist hingegen absolut gefahrlos.«

Von Marseille kommend, sieht man Nizza zuerst im Profil: links eine dreifache Reihe von Bergen, die Gipfel zuhinterst von Schnee bedeckt, rechts das Meer. Der Küstenstreifen gesäumt von Palmen, Phytolacca, Eucalyptus, Oleander, was das Auge angenehm reizt. Badeanstalten mit bunten Kiosken. Und da sind ja auch die Fischer am Schleppnetz mit ihren phrygischen Mützen. Jemand am Nachbarfenster sagt: »Cannes, Menton und Hyères, das sind alles Stiche. Hübsch zwar, aber doch nur Stiche. Das hier ist in Öl gemalt.«

Nizza, Nice, Nikaïa – Nikes Stadt. Stadt des Sieges. Mehr als dreihundert Jahre vor Christi Geburt von griechischen Kolonisten aus Massalia gegründet, an der Bucht der Engel gelegen, durch die Berge vor dem Nordwind geschützt. Die mittlere Jahrestemperatur beträgt 15,9 °–9,5 ° im Winter, 23,9 ° im Sommer. Mittlere Luftfeuchte: 61,4 %. Nur im März und im April sorgt der Mistral für eine Austrocknung der Luft. In meinem vorigen, im Januarheft abgedruckten »Riviera-Brief« hatte ich wohl schon erwähnt, dass der Strand hier von groben Kieseln bedeckt ist, auf denen der Fuß in der Sandalette leicht umknickt.

Hauptakteur in Nizzas Melopöe ist die Sonne, die sich durch die Lider brennt. Die Niçois wissen nicht, was Nebel ist. Im August liegt hier alles unter einer dicken Staubschicht, der steinige Boden dörrt aus, das Laub wird schwarz und rollt sich wie der Tee in den chinesischen Holzkästchen. Kleine unscheinbare Mücken – moustiques – stechen schmerzhaft wie Bienen. Meeresbäder erfrischen nicht, das Wasser ist zu warm. Die Feriengäste fliehen in die Berge oder sitzen bei offenem Fenster hinter herabgelassener Jalousie, begießen den Steinfußboden mit Wasser und schauen auf das Barometer, ob der Luftdruck vielleicht im Fallen ist. Der Paillon, ein kleiner Fluss, der, aus den Bergen kommend, Nizza in zwei Teile – Alt- und Neustadt – teilt, ist um diese Zeit schmutzig, übel riechend und träge.

An der Promenade des Anglais gibt es zahllose Cafés und Patisserien, wo man nach dem Baden ein Tässchen trinken kann und ein Gläschen Marsala dazu. Auf dem Corso steht der Tritonenbrunnen, den eine Tochter Michaels VIII. aus Konstantinopel hat herüberbringen lassen. General Masséna in Bronze: überdimensionierte Reitstiefel, auf massivem Rumpf ein winziger Kopf, blickt in Richtung des auf Reede dahindämmernden Panzerkreuzers. Irgendwo an der Promenade findet sich ein Wegweiser: »Do Sankt-Peterburga 3850 werst.«* Wir schlecken ein Eis mit Früchten auf der Rue de la Préfecture, 14, im Sterbehaus Paganinis, von wo seine sterbliche Hülle auf ruhmlose Irrreise ging ... Schauen wir auf dem Markt vorbei, wo Pflaumen aus einem umgekippten Korb und die Flüche der Poissardes auf uns einprasseln. An den Fischständen fährt einem der strenge Geruch der Austernfässer und sonstiger maritimer Kuriosita in die Nase; überall Kübel mit lebenden Hummern, Langusten, Anchovis und Wittlingen. Im Jardin public, wo ein Blasorchester die Backen bläht, werden wir von Lausbuben belagert, die ihre schlichten, kleinen Blumensträußchen loszuschlagen

---

* Nach Sankt Petersburg 3850 Werst (russ.)

sich mühen, sie plappern ohne Unterlass. Will man ihrer Herr werden, muss man eines kaufen, um es den Nachfolgenden vorweisen zu können.

Vor der kleinen Seebrücke riecht das Wasser nach Teer und Öl, zufällige polnische Zischlaute zwitschern uns ins Ohr, das Meer liegt stachelbeergrün.

Der Speisesaal ist in ganzer Länge verspiegelt, Hunderte Lichter unter mattierten Schirmen, Deckenfresken mit Göttern des Olymps nebst Putten, die Anstalten machen, sich an ihren Girlanden zu uns herabzuhangeln; allenthalben Blattgold, Marmor, dicker Teppichboden, blütenweißes Tischtuch, Kristall, Tafelsilber, Blumenvasen, Obstpyramiden, Diener mit Stehkragen. Mein Pensionsnachbar lässt schon den zweiten Teller Bouillabaisse kommen. Ein in die Jahre gekommener Basarow, der das Sezieren von Fröschen zugunsten des Präparierens von Libellen aufgegeben hat. Täglich unternimmt er ausgedehnte Fußmärsche und möchte mich zur Begleiterin. Bei jedem Wetter und an beliebigem Ort ist dieser dahergereiste Kasaner – Adjunkt mit Arbeiterhänden – in derben Bergschuhen und kurzen Lederhosen unterwegs, zeigt seine muskulösen Beine vor, deren flaumige Behaarung rotgolden in der Sonne glänzt. Mit Pypins Reiseführer bewaffnet, ist er schon in Antibes gewesen und auch in Menton. Die mittelalterlichen Städtchen hier bezeichnet er als pygmäisch, daraus spricht die für den russischen Reisenden typische Arroganz. Der Hauptplatz habe Wohnzimmergröße, feixt er, Häuser wie Vogelnester! Seine Begeisterung für die Altertümer hält sich in Grenzen, eher empört er sich darüber, dass nur ein wenig abseits von den Touristenwegen die Verwahrlosung einsetzt, Schmutz und Armseligkeit; streunende Hunde seien wohl die Einzigen, die sich mit der Beseitigung von Abfall befassten, außerdem sei die Riviera von Fabriken verunstaltet.

Einmal habe ich ihn abgeholt; wir waren zu einem Marktgang verabredet. In seinem Zimmer herrscht ein großes Durcheinander. Nikolai Alexandrowitsch – so heißt mein zufälliger Bekannter –

kollektioniert alles Mögliche: Steine, Käfer, Pflanzen fürs Herbarium. Für das Universitätsmuseum bestimmt, lagern all diese Schätze vorläufig unsortiert in Büchsen, Tüten, Streichholzschachteln. Ich war so unvorsichtig, ein Buch, das auf einer Blechdose lag, aufzunehmen, um darin zu blättern; wie sich herausstellte, hatte es den fehlenden Dosendeckel ersetzt, prompt kam mir irgendein winziges Viehzeug entgegengesprungen, das augenscheinlich noch am Leben war. Nikolai Alexandrowitsch robbte auf dem Fußboden herum, klopfte mit seinen Pranken das Parkett ab; meine Entschuldigungen quittierte er mit enerviertem Kopfschütteln. Hier aufzuräumen ist den Bediensteten strengstens untersagt.

»Für die ist das alles Abfall«, erklärte er mir, ein Glas gegen das Licht haltend, in dem etwas panisch herumschwirrte. »Die interessieren sich ausschließlich fürs Trinkgeld. Du sammelst dir die Finger wund – und dann war alles für die Katz.«

Er reichte mir etwas in der geschlossenen Faust:

»Hier, das bringt Glück. Nicht hinsehen!«

Ich hielt ihm die flache Hand hin.

»Keine Angst?«

»Wie könnte ich vor dem Glück Angst haben?«

Er legte mir einen Käfer auf die Hand.

»Was ist das?«

»Ein Skarabäus. Für die alten Ägypter ein heiliges Tier. Uns kommt so ein Glauben primitiv vor, dabei fuhren sie bestimmt besser damit. Wir habens nicht viel weiter gebracht ohne das. Sie hatten wenigstens den Mistkäfer, an den sie glauben konnten.«

Auf dem Tisch bei ihm steht eine gerahmte Photographie. Die übliche Familienpastorale: Hirt und Hirtin nebst kleinem Hammeltier. Nikolai Alexandrowitschs Gemahlin ist ein blutjunges, dürres Geschöpf, der stupsnasige Bub drückt sich einen Hasen ans Herz. Sie klammern sich an ihr Söhnchen wie an einen Rettungsring, so starren sie mich an. Der Junge schielt ein bisschen.

»Ein prächtiges Bürschlein«, höre ich mich sagen.

Nikolai Alexandrowitsch wundert sich über die winzigen Portionen auf den Tellern und mehr noch darüber, dass ich nichts davon anrühre. Wenn er wüsste, welch ekelhafte Plörre ich mir heimlich auf dem Spirituskocher braue und durch die Gurgel würge. Mit jedem Tag fällt mir das schwerer. Ich spüre förmlich, wie es – was mit klarem, kurzem Namen zu benennen ich immer noch scheue – mir Magen und Darm auffrisst, die Wände abreißt. Dass jetzt alles ganz schnell gehen würde, wusste ich und war darauf gefasst, so schien es – aber nein, Pustekuchen, die pure Lüge. Man kann sich einreden, drauf gefasst zu sein, doch wie sollte man. Es ist absolut unmöglich.

Ich denke daran, wie ich beim Arzt auf dem Boulevard de Grenelle aus der Tür trat, ohne noch begriffen zu haben, verwundert eher, begriffsstutzig, noch nicht schockiert, nicht deprimiert – doch schon verwandelt, zurückgeworfen auf Hören und Sehen: Vom Himmel rieselt feiner Graupelschnee, Taubenflügel zerstäuben die dünne Schicht, ein sanftes Kratzen der Federn auf dem Asphalt … Auch der Geruchssinn ist beteiligt an der Aussperrung des Denkens: Schon auf der Treppe zur Metro hinab wittere ich den Gestank der Clochards. Was ich befürchtet, in jüngster Zeit nicht einmal mehr bezweifelt, beinahe schon hingenommen hatte, ihm gar eine Art bittere Wonne abzugewinnen suchte – es war nun kein Nachtmahr mehr, sondern Realität. Ein Wort war gefallen und das Unsichtbare greifbar geworden, das Unsägliche, nur einen selbst Betreffende – gängige Normalität, ein Häkchen mehr in den ärztlichen Berichtsbüchern.

Die erste Anwandlung war, es schleunigst jemandem zu erzählen, sich zu erklären, mitzuteilen, jawohl: zu teilen das, was alles Gegessene wieder aus mir herauskatapultiert, es jemandem in die Hände zu legen, ihm zu sagen: Ich sterbe.

Aber dann musste ich erst einmal in einen Laden, denn ich hatte eine Laufmasche und brauchte neue Strümpfe, man lächelte mich an, ich lächelte zurück. Und steckte kurz darauf im Menschengewühl am Bahnhof, unter den verglasten, verrußten Bögen.

Koffer gepackt, und ab ans Meer.

Die Züge nach Nizza gehen vom Lyoner Bahnhof. Die französischen Züge taugen nichts, aber was macht das.

Der Winter wird zum Sommer von einem Tag auf den anderen, vor deinen Augen, wie im Märchen. Die Reisenden kriegen sich nicht ein, springen von einem Fenster zum anderen: »Seht euch das an!«

Felsen zogen vorüber, nackter roter Stein, Burgruinen, Weinterrassen, graue Olivenhaine, ferne Berge im lila Dunst, Palmen, riesige, dickpfotige Kakteen.

Das letzte Stück von Marseille nach Nizza hockte ich in der verriegelten Toilette, mein Innerstes auskotzend.

Nein, ich bin durchaus nicht hergekommen, um zu sterben. Wenn dieses Kurgastleben einen Sinn und Zweck hat, dann den, sich abzulenken, durchzuhalten, es hinauszuzögern: Man kann die heiße Januarsonne genießen, die Palmen, die sich wie Schwanenhälse über den Boulevard neigen, den Anblick des bildhübschen Polizisten im weißen Helm. Durchhalten bis zur berühmten Blumenschlacht. Die Proben zum Karneval sind schon in vollem Gange. Wäscherinnen, Stubenmädchen, auch Arbeitslose, für zehn Francs angeheuert, mimen Ritter und Edelfräulein, Wilde und Schäferinnen.

Heute nach dem Frühstück hatten wir, Nikolai und ich, uns den russischen Lesesaal vorgenommen. Wir winkten einem *fiacre* und fuhren bis zum Parc Belmond, wo der orthodoxe Nikolai-Friedhof gelegen ist mit dem Glockenturm zum Angedenken an den toten Zarewitsch. Wir stiegen die aus dem Stein gehauene Treppe, liefen die breite, üppig blühende Allee entlang. Von hier oben hat man einen schönen Meeresblick: vor sich die bodenlose Tiefe, zur Linken die schläfrige Stadt. Der russische Lesesaal liegt in einem Anbau der Kathedrale verborgen. Man kann dort im Garten unter Palmen sitzen und lesen. Wir nahmen jeder irgendeinen Folianten mit den herzerfrischenden kyrillischen Lettern nach draußen, machten es uns in den Korbsesseln bequem und schmökerten. Vor dem Umblättern musste man jedes Mal die aus den Büschen herangewehten Samen von den Buchseiten wischen. Einmal zog eine Wolke in hohem Tempo über uns hinweg, bestimmt hatte sie zuvor mit Gibraltar Berührung gehabt.

Eben bin ich nach Hause gekommen, habe geduscht und liege nun flach. Mein Zimmer teile ich mit Eingeborenen – flinken kleinen Ameisen. Greift man im Bad nach der Zahnbürste, kommen sie aus den Borsten gewuselt wie aus einem Wald. Bricht man ein Croissant entzwei, das über Nacht auf dem Tisch gelegen hat, sind die Grotten im Inneren von kleinen Mönchen besiedelt.

Es gibt ein paar Dinge, die ich an diesem Mann nicht akzeptieren kann. Zum Beispiel ödet mich die Unumstößlichkeit seiner Positionen an, die Beharrung eines in Fahrt gekommenen schweren Gegenstandes, die Selbstsicherheit eines mit höherem Wissen gefüllten Gehirnkastens, in dem es raschelt und knistert, als wäre sein mediterraner Mistkäfer dort zugange. Er ist die Ruhe in Person, unerschütterlich in der Überzeugung, dass unsere zufällige Welt kein Haar in jemandes Suppe sei, sondern der vergegenständlichte Sinn, und die Zweibeiner seien unbeirrbar auf dem Weg vom Bösen zum Guten, vom Schmutz zur Sauberkeit, vom Chaos zur Ordnung, von der Guillotine zum elektrischen Stuhl. Und er hat alle Hände voll zu tun, den süßen Brei, der da unaufhörlich aus dem Töpfchen namens Leben quillt, in Schachteln abzufüllen – so wie er seine vielen sinnlosen Funde sortiert in der Überzeugung, dass alles auf der Welt zu klassifizieren sei, ein jedes Ding hat seinen gebührenden Ort, alles hat einen Namen und will angesprochen sein.

Man begegnet hier einem Schrat, der sich Künstler wähnt. Braucht weder Farben noch Pinsel für seine Kunst, geht frühmorgens an den Strand, stellt sich in die Brandung und stapelt dort rund geschliffene Steine übereinander. Es ergeben sich die wunderlichsten Gebilde, die aus dem Wasser ragen und, allen Gesetzen der

Physik zuwider, eine Weile bestehen bleiben. Das promenierende Strandpublikum hält inne, die Skulpturen zu betrachten, und geizt nicht mit Kleingeld – so verdient sich der Mann sein Abendbrot. Am nächsten Morgen liegen die Steine dann wieder verstreut, ob von den Wellen oder von den Kindern auseinandergeworfen, ist nicht gewiss.

Der Künstler ist übrigens seinen Skulpturen nicht unähnlich: Auf den Schultern ruht ein nackter Schädel, den er mit einem Kinderhütchen vor der Sonne schützt.

Heute waren Nikolai und ich mit der Kutsche auf dem Chateau, um auf die Stadt hinabzusehen. Vom Schlossberg betrachtet, liegt die Stadt wie auf dem Handteller vor einem, terrassenweise zum Meer hin abgestuft. Die kleine Festung, einst zum Schutz der damals noch italienischen Siedlung erbaut, enthält heute ein Restaurant, wo wir zu Mittag aßen. Dabei trafen wir jenen Strandbaumeister wieder, Nikolai lud ihn auf ein Glas Wein an unseren Tisch.

Es war windig hier oben, der Mistral blähte Röcke und Tischtücher. Unversehens ging Nikolai zum Angriff über, setzte dem armen alten Mann zu, schien ihn belehren zu wollen.

»Sie sagen, Sie wären bereit zu sterben, jeden beliebigen Moment, klaglos und ohne Angst. Ohne Murren nähmen Sie Abschied von Himmel, Sonne und Wind, sprächen Gott Ihren Dank aus für jeden gelebten Tag wie für den gesandten Tod. Doch geben Sie zu: Um glücklich zu sterben, muss man zumindest mit einem Teil von sich auf der Welt bleiben, sich vermählt haben mit einer Frau, einer Bronze, wenigstens einem Ziegel. Nachkommenschaft hinterlassen, wenn nicht warmblütige, so in Stein oder Papier. Wissen, das ist mein Sohn, das meine Tochter, ich liebe sie und lasse sie hier, sie werden an meiner statt leben.«

Der alte Mann wischte sich den Schweiß aus dem Nacken unter dem Hütchen, lächelte beschämt und verstand nicht, was man von ihm wollte. Ich hatte das spontane Bedürfnis, mich für diesen armen Tropf mit den maisgelben Zähnen ins Zeug zu legen.

»Wissen Sie, was Sie in Wirklichkeit zu befürchten haben, mein lieber Herr Schlaumeier?«, fragte ich, an Nikolai gewandt.

»Nein, was denn?«

»Dass Sie den oder das, worin sie weiterzuleben beabsichtigen, eines Tages nicht mehr erkennen. Dass Sie Ihre Kinder zum Teufel wünschen und sich für Ihren letzten Heller lieber in der Konditorei ein schönes Vanilleeis mit Erdbeeren gönnen. Sie mögen doch Vanilleeis?«

»Nein.«

In diesem Moment ertönte ein Böllerschuss aus der Burgkanone – Aufforderung an alle, die Uhr zu stellen. Wir traten zu Fuß den Rückweg an. Saint-Jean sah von hier oben aus wie ein platt gedrücktes Krokodil. Es war Ende Januar – und der Lorbeer blühte, Mandeln, Pinien, Apfelsinen und Zitronen ebenso.

Ich habe den Spiegel zerschlagen. Selbstverständlich aus Versehen. Ein Knall, ein Klirren, und das ganze Bad lag voller Scherben. Eine kratzte mir über die Hand, nur ganz oberflächlich, kaum ein paar Tropfen Blut. Im Nu haben sie einen neuen aufgehängt, aus dem blickt mich jemand an. Mir geht es mit jedem Tag schlechter. Die Haut trocknet aus, wird runzlig, spannt sich um den Schädel. Die Kräfte schwinden. Ich lasse mir nichts anmerken, gehe nach dem Frühstück munter los zum Strand, schaffe es aber nur bis zur nächsten Bank auf der Promenade. Da sitze ich, solange es geht, ergötze mich an den Passanten, den Wolken, füttere Möwen, ehe ich in mein Zimmer zurückkehre, Pulver schlucke und heule.

Er: Olga Veniaminowna, Sie sehen nicht gut aus, Sie haben etwas, Sie sollten zum Arzt gehen, treiben Sie kein Schindluder mit sich!

Ich: Ach was! Nicht der Rede wert. Das habe ich jeden Winter – so eine Art Schlafkrankheit. Ich weiß auch ohne Arzt, was ich brauche: Sonne, Seewind und dieses Segel dort vorne mit Wespentaille.

Eine Woche hab ich nicht zur Feder gegriffen. Heute nun doch. Warum, warum? Wie konnte ich so begriffsstutzig sein? Es nicht zu sehen, zu spüren? Schweigend band er seine Schuhbänder, so als hätte er es nicht gehört. Erst dann sagte er: »Das ist ein altes Photo. Er wäre jetzt fünfte Klasse. Nein, sechste.«

»Wie?« Ich verstand immer noch nicht.

»Er ist tot.«

Ich war außer mir. »Mein Gott, wie dumm von mir. Verzeihen Sie!«

»Keine Ursache«, erwiderte er mit trübseligem Lächeln. »Ist alles lange her.«

Wir kamen auf die Straße. Er schwieg.

»Was ist passiert?«, verstieg ich mich zu fragen.

»Er ist mit Freunden übers Eis getobt und in eine Spalte gerutscht. Dumme Geschichte.«

Ich lief neben ihm her, konnte kaum Schritt halten und wusste nicht, was ich sagen sollte.

»Machen Sie sich um mich keine Sorgen«, sagte er immer noch mit einem Lächeln, das seltsam war. »Damals, als es passierte, war ich zum Leben nicht mehr fähig. Aber dann hat man mir erklärt, dass das alles seine Logik hat. Eine Art Naturgesetz: So wie einem der Apfel vor die Stirn schlägt, wenn man unterm Baum hergeht. Jeder hat im Leben gewisse Vorkommnisse. Sie und ich und jedermann. Das muss man einfach wissen. Meine Frau und ich, wir haben uns später scheiden lassen. Man hätte meinen können, so ein Unglück schweißt zusammen, aber nein. Es kam anders. Vielleicht war nur er es gewesen, der uns beieinanderhielt.«

Auf dem Markt herrschte ein geschäftiges Treiben; überall war etwas am Dampfen, Köcheln und Brutzeln. Ich blickte den Mann, dem auf solch ungeheuerliche Weise, durch sinnlosen Zufall, sein Ein und Alles abhandengekommen war, von der Seite an; hörte ihn inbrünstig feilschen, lachen, sah, wie er den Fischersfrauen auf die Schultern klopfte – und konnte das alles nicht verstehen. War sein Gemüt erkaltet, oder war das Leben einfach stärker? Hing beides zusammen? Der Satz von dem Apfel, der einem vor die Stirn schlägt, ließ mich nicht los.

Dimanche und Mardi gras sind die Höhepunkte karnevalesker Ekstase in dieser Stadt. Meiden Sie den Corso, wenn Sie keine kräftigen Ellbogen oder aber miese Laune haben, einen Hut auf dem Kopf tragen, um Ihren guten Anzug fürchten – denn im Gewühle geht unweigerlich ein Farbenregen auf Sie nieder, und sollten Sie sich tapfer auf den Beinen halten können, wird Ihnen zumindest der Hut über die Ohren gedrückt. Allenfalls kann man sich einen gefahrlosen Platz auf der Terrasse neben der Präfektur sichern oder für teures Geld ein Fenster oder einen Balkon mieten. Der Karneval quakt dich aus Froschkehlen an, zappelt mit gigantischen Fledermausflügeln, schlägt Affenpurzelbäume, besteigt als bärtiger Kutscher im Ballkleid den Ziegenbock, streut Blumen, schleudert ein Gemisch aus Bohnen und Baisers. Auch wer nur als Zaungast gekommen ist, lässt sich anstecken, kauft Blumen, Caramels und wird sich im Eifer des Gefechts noch ärgern, dass diese Bonbons keine Steine sind, um sie in ein gewisses, freundlich grienendes Balkongesicht zu pfeffern.

Ja, und nun ist es passiert. Es kam, wie es kommen musste. Und wie es kam, so ist es zum Besten, mein lieber, guter, unglückseliger Nikolai Alexandrowitsch, glauben Sie mir! Ich wusste, dass Sie längst hätten abreisen müssen und es nicht taten, immer wieder hinausschoben, tausend Gründe fanden, das Billett einzutauschen. Ich wusste, irgendwann würden Sie kommen und sagen, was nun gesagt ist. Klipp und klar, auch wenn Sie dabei erröteten wie ein Junge. Und natürlich, mein lieber fremder Mann, haben Sie tausendmal recht, und es wäre großartig, einfach wunderbar, nachgerade entzückend, den Kopf an Ihre Schulter zu legen, sich anzuschmiegen bei Ihnen, Sie zu umarmen, so fest es geht, nie mehr loszulassen. Ob ich Ihre Frau werden will? Da fragen Sie noch, Sie dummer Kerl! Welche Antwort haben Sie denn erwartet? In der Sekunde, wo ich Ihnen Nein sagen musste, habe ich wirklich nur noch sterben gewollt. Aber hör zu, mein Geliebter, eines Tages wirst du das alles verstehen. Es gibt Dinge, die sind dazu da, erst später verstanden zu werden. Und wenn du verstanden hast, wirst du mir vergeben. Du und ich, mein Lieber, wir kennen doch die Wahrheit – die eine, an die die ganze Welt sich hält, sich an sie klammert wie an einen Strohhalm, was immer geschieht: Die Würde zu bewahren, darauf kommt es an. Diese Prüfung – die wichtigste vielleicht, die uns abverlangt wird –, wir haben sie bestanden. Du am Fenster. Auf dem Fensterbrett lag ein Bleistiftanspitzer, du nahmst ihn, zogst aus dem Becher mit den Stiften den stumpfsten heraus und spitztest ihn an. Derweil richtete ich die Blumen in der Vase. Was soll das, Bleistift und Blumen, ließe sich fragen. Ich redete irgendetwas Ungereimtes daher: über den Karneval, nur um das Schweigen zu bemänteln; du hörtest nicht auf, den Stift zu spitzen, immer wieder brach die Spitze ab. Schließlich sagtest du, ohne mich anzusehen, dass du morgen früh den ersten Zug nimmst. Ich bringe dich zum Bahnhof, antwortete ich, ohne mit der Wimper zu zucken … Alles ging glatt, es lässt sich nicht besser denken, so muss es sein, nur ganz am Ende ließen dich die Nerven ein bisschen im Stich, du hast mit der Tür geknallt, dass der Leuchter klirrte.

Du fährst also morgen, und ich werde am Bahnsteig stehen und dir winken, lächelnd, gegen die Sonne blinzelnd, leicht und unbekümmert. Und damit habe ich genauso recht wie du, mein Einziger, auch wenn womöglich weniger dafür spricht. Beinahe gar nichts, ja, streng genommen, nur das eine: Was bringt es, einem bei lebendigem Leibe faulenden Magen die Ehe anzutragen? Nicht wahr? … Hinterher hat die im Spiegel erst einmal lange auf dem Bett gesessen. Durch das Fenster drang Musik herein, mehrere Kapellen gleichzeitig, Lachen, Johlen, Geschrei. Sie stand auf und begann sich anzuziehen, ruhig und selbstgewiss, ein bisschen hungrig vielleicht. Probierte Kleider an, die waren alle viel zu weit. Kämmte sich, trug Puder auf, tuschte die Wimpern. Tippte je einen Tropfen Parfüm hinter jedes Ohr, an Hals und Brust. Schloss das Fenster – vielleicht würde es regnen – und lief hinaus auf den Corso, dahin, wo das Treiben am wildesten war. Wurde von allen Seiten gequetscht, ihr Haar mit Schlagsahne beschmiert, ein Büschel Blumen stachelte ihr ins Gesicht. Sie entriss dem anderen den Strauß und peitschte nun selbst damit nach links und nach rechts. Die Menge schob sie bis vor ein kleines Restaurant, lachend ließ sie es geschehen, nahm darin Platz, bestellte, ohne hinzusehen, tippte einfach irgendwo auf die Karte, bestellte so noch ein halbes Dutzend Gerichte hinzu. Aß, was gebracht wurde, schlang es mit Fingern, kippte Wein hinterher.

Das erste Mal erbrach sie sich noch im Restaurant. Schleppte sich mit Müh und Not ins Hotel. Bis ins Zimmer schaffte sie es nicht mehr, kauerte sich auf dem Flur gegen die Wand. Ich kam gerade von den Zwillingen, unverrichteter Dinge, eine Pulle Kognak in der Tasche. Wütend, hach, wütend ist kein Ausdruck, ich tobte innerlich. Jetzt besauf ich mich, dachte ich, und damit hat sich der Karneval. Du kennst mich in dem Zustand, da bin ich nicht zu halten. Weißt du noch, in der Eisenbahn, wie ich knapp davor war, diesen dreisten Polen aus dem Fenster zu kippen, bei voller Fahrt? Und jetzt kommts. Seh ich doch da auf dem Hotelflur so ein Weibchen hocken. Erwähnt hab ich sie wohl schon mal: so eine Vogelscheuche, der Lacher der Saison, mit einem unglaublichen Hut, der ganze Speisesaal hat sich totgelacht.

Ich hin und gefragt: Darf man behilflich sein?

Sie hat nur gemaunzt und den Kopf geschüttelt.

Nicht lockergelassen: Ja, was haben Sie denn, ist Ihnen nicht gut? Soll ich einen Arzt rufen?

Statt zu antworten, hat sie gekotzt, ich konnt grade noch zur Seite springen.

So ein besoffnes Weib lässt man nicht auf dem Flur liegen, hab ich gedacht. Untern Arm genommen das Tierchen, und ab zu mir ins Zimmer. Hat sich nicht gesträubt, sich schleifen lassen wie ein schlapper Sack.

Hier war immer so ein Fliegenfänger hinter ihr her, anscheinend ohne zu landen. Na, ich hab sie aufs Bett gelegt und ihr Kognak eingeflößt.

Den Rest kannst du dir ausmalen, Alter. Schade nur, dass du nicht dabei warst. (Denkst du noch manchmal an das kuhäugige Chormädchen mit dem eingewachsenen Faden im Nabel?)

Diese besoffnen Tränen, dieser glasige, fahrige Blick, dieses sinnlose Wimmern – ganz mein Fall. So viel enthemmte Geilheit!

Sie hat was gemurmelt, was nicht zu verstehen war. Ich hab sie von hinten.

PS: Wir sind alle sterblich, Alter. Hauptsache, sterben wie ein Mann. Das Leben muss man genießen, sag ich immer. Zugreifen mit beiden Händen!

Hör zu, Kindchen, ich erzähl dir was, ein wundersames Märchen. Es geschah vor tausend Jahren, als an dich noch nicht zu denken war.

Bis jetzt habe ich das für mich behalten. Dir, mein Töchterlein, kann ich es erzählen, weil du es ja sowieso nicht verstehst, also pass auf.

Dein Papa war damals noch ein ganz anderer, als du ihn kennst, ein Jüngling noch, und seine Eltern waren noch am Leben. Ein Jüngling, weißt du, was das ist? Das ist so ein milchbärtiges Wesen, das auf Kricket und Bowling steht, bei Pfänderspielen den Ton angibt und den Mädchen frech kommt. Nachts dann actio hypothecaria und actio pigneratitia büffelt. Und eines Morgens, der Wind blies den Schnee zum Platz mit den drei Bahnhöfen, er hatte die halbe Nacht durchgepaukt und darum verschlafen, musste sich sehr beeilen, um pünktlich zum Examen zu kommen, raste die Treppe hinab, strauchelte an ihrem Ende, glitt aus und wäre beinahe gestürzt, weil der Hausmeister mit dem schwappenden Wassereimer durchgekommen war, stieß er in der Tür mit dem eingeschneiten Briefträger zusammen, der ein Telegramm für ihn hatte. Er öffnete es erst in der Straßenbahn. Darin teilte der Vater ihm ohne Punkt und Komma mit, dass die Mutter des Jünglings plötzlich und unerwartet verstorben sei, und das Begräbnis finde dann und dann statt. Nach Möglichkeit bitte kommen, telegraphierte der Vater. Der Jüngling langte in der Universität an, mechanisch und ohne recht zu wissen, wie ihm geschah, ließ den Mantel in der Garderobe und stieg die Treppe zum Hörsaal hinauf. Dort wurde er gleich angesprochen: Man habe schon nach ihm gefragt. Er betrat den Prüfungsraum, wo Romanistikprofessor Platonow über ihn herfiel, ein schwerer, schlaffer Mann, das Katheder knarrte, wenn er es bestieg. Der Jüngling war sein Lieblingsstudent.

»Wo bleiben Sie denn! Ziehen Sie ein Billett, rasch-rasch, was stehen Sie wie ein Ölgötze, wie die steinerne Venus aus dem Hügelgrab!« Der Jüngling griff nach einem der auf dem purpurnen Samt des Tischtuchs aufgereihten Bögen.

Gefragt war nach dem Unterschied zwischen Dominium und Possessio. Des Professors Steckenpferd.

»Na, wie sich das trifft«, sagte dieser erfreut und rieb sich die Hände, »wir hatten ja schon das Vergnügen, junger Mann, dieses Thema miteinander zu erörtern. Dazu brauchen Sie gewiss keine Bedenkzeit, das extemporieren Sie uns doch, wenn ich bitten darf!«

Am langen Prüfungstisch saßen irgendwelche Graubärte, Derschawins des Russischen Rechts, auf dem letzten Loch pfeifend, die der Jüngling nun gefälligst mit seinen Kenntnissen verblüffen sollte.

Aufgeregt rutschte Platonow auf dem unter ihm knarzenden Stuhl herum. Jetzt passt mal auf, schien seine triumphierende Miene zu sagen: was der euch erzählt!

Der Jüngling wollte eine Erklärung liefern, das Telegramm vorzeigen – und wurde plötzlich gewahr, dass er kein Wort herausbekam, die Kiefer schienen miteinander verschraubt.

Immer noch rieb sich Platonow in Vorfreude die Hände, es hielt seinen massigen Körper kaum auf dem Stuhl. »Nun, was ist, junger Mann«, ermunterte er ihn mit brüchigem Bass, »vierzig Jahrhunderte blicken von diesen Pyramiden auf euch herab.« Brach auch gleich als Erster in meckerndes Lachen aus über sein Witzchen, puffte den Mumien zur Rechten und zur Linken die Ellbogen in die Seiten.

Zum ersten Mal sah der Jüngling in der von ihm vergötterten Koryphäe einen senil brabbelnden alten Mann, sein ewiges Dominium und Possessio als ödes Hirngespinst.

Platonow konnte nicht an sich halten. »Na los doch, Alexander Wassiljewitsch! Zur Attacke, mit Verve und Augenmaß, wie weiland Ihr Namensvetter General Suworow: Keul rein, schlag zu, hau drauf! Stumpf ist die Kugel, brav das Bajonett!«

Der Jüngling schwieg.

Der Professor begann sich Sorgen zu machen. »Was ist mit Ihnen, Verehrtester? Zu viel Aufregung? Soll vorkommen. Schießen Sie los, wir sind gespannt.«

Der Jüngling begann irgendetwas daherzureden.

Die Mumien warfen einander Blicke zu.

Platonow knetete sich abwechselnd die Hängenase und die fleischigen Ohren, sah entgeistert drein.

Als der Jüngling wieder verstummt war, nagte der Professor an seinen Lippen und sagte lange nichts, schüttelte nur den Kopf. Dann sprach er: »Ich bin sehr, sehr enttäuscht von Ihnen.«

Von der Universität fuhr der Jüngling mit der Straßenbahn über die Mjasnizkaja direkt zum Kasaner Bahnhof.

Er teilte sich das Abteil mit einem schläfrigen Obersten und einer Dame mit düsterem Blick und scharfen Krallen, die die ganze Zeit über einem dicken Manuskript saß, es mit Korrekturkürzeln versah. Dem Obersten sackte in Abständen die Nase zur Brust, und er begann zu schnarchen, wovon er wieder erwachte und den Jüngling nach seinen Zukunftsplänen befragte. Der Jüngling verzog sich auf die oberste Pritsche und tat, als schliefe er. Daraufhin wandte der Oberst sich der Dame zu.

»Hätten Sie die Güte, mit mir zu dinieren, Madame?«, fragte er sie und verließ, ohne die Antwort abzuwarten, das Abteil, kehrte den Rest des Tages nicht mehr wieder. Die Dame war derweil so gütig, ihr Schweigen aufrechtzuerhalten. Erst kurz hinter Pensa stieß sie missmutig hervor: »Junger Mann, wären Sie so freundlich, sich nach draußen zu begeben, ich möchte mich umziehen.«

Die Nacht im Zug konnte der Jüngling (natürlich ich, tut nichts zur Sache) nicht schlafen. Kamen wir durch irgendeine Station, brach Lampenlicht für Sekunden ins Abteil, ehe alles zurück in die Finsternis sank. Wenn der Oberst gerade nicht schnarchte, warf er sich von einer Seite auf die andere. Immer wieder baumelte sein Arm von der Pritsche; flogen draußen Lichter vorbei, ging ein Funkeln um den fetten Trauring. Mitunter gab es einen Halt, dann waren die Schritte der Rangierarbeiter unter dem Fenster zu hören, Hammerschläge gegen Metall.

Ich dachte an Mama. Erinnerte mich, wie ich in der Schule nach dem Unterricht auf die Toilette flitzte und die neuen Inschriften von der Wand kratzte, ehe sie einer sah – Schmähsprüche gegen sie, die Chemielehrerin, derer sich meine Mitschüler befleißigten. Und wie wir einmal in den Ferien in Pjatigorsk zu zweien über den Boulevard spazierten, sie wollte sich bei mir einhaken, als wäre ich ihr Kavalier, ich war vierzehn und ließ es nicht zu, genierte mich wohl.

All die Ängste meiner Kinderzeit fielen mir wieder ein. Als ich die Windpocken hatte und es draußen klingelte. Ich lag im Bett und schaute auf die gesprenkelte Wand – es gab unheimlich viele Mücken, man kam nicht nach, die Überreste abzuwischen. Unser Flügel hatte drei Ausgänge; einer führte direkt in die Aula, einer auf den Hof und der dritte auf die Straße. Das Klingeln kam von der Straßenseite.

Ich wusste nicht, wer es war, hörte Stimmen auf dem Flur und dann im Wohnzimmer. Der Vater war anwesend, es muss also Samstag oder Sonntag gewesen sein. Ich huschte aufs Klo und von da unbemerkt in die Küche. Der von den juckenden Pusteln geplagte Organismus verlangte nach Süßem. Ich stibitzte ein paar Brocken Pastila und zog mich auf Zehenspitzen zurück, als plötzlich ein Satz an mein Ohr drang, dessen Sinn mir nicht gleich aufging. Er kam aus meines Vaters Mund, wohl als Antwort auf eine Frage des unbekannten Gastes.

»Nein«, sagte mein Vater, »Sascha weiß nicht, wer seine richtige Mutter ist.«

Ich verkroch mich ins Bett. Die Pastila blieb in meiner Hand.

Kurz darauf wanderten die Stimmen wieder auf den Flur, die Wohnungstür klappte. Ans Fenster zu springen hatte keinen Zweck, es ging auf den hinteren Garten hinaus.

Der Vater kam ins Zimmer, Mama folgte ihm. Sie setzte sich zu mir ans Bett.

»Nanu, was haben wir denn hier?«

Sie öffnete meine Faust, in der die geschmolzene Pastila klebte.

Ich wollte fragen, wer da gewesen war und was das alles zu bedeuten hatte, doch meine Zunge war wie gelähmt, ich brachte kein Wort hervor. Der Gedanke, sie könnten hereingekommen sein, um mir irgendeine furchtbare, ungeheuerliche Wahrheit zu eröffnen, eine, die meine Welt auf den Kopf stellen, mein Leben kaputt machen könnte, ließ mich schaudern.

Logische Schlüsse, die anzustellen ein kindliches Hirn noch nicht bereit ist, waren schon in mir, zupften und zerrten: Wenn diese beiden – die gekommen waren, mir etwas Wichtiges zu sagen, und jetzt besorgt die Finger an meine Stirn legten, mit den Lippen über meine glühende Haut fuhren, alarmierte Blicke wechselten: Woher hat dieses Kind so plötzlich Fieber und Schüttelfrost? –, wenn diese Menschen nicht meine Eltern waren, was dann? Wer mochte diese Frau sein, die jetzt in der Schachtel mit den Pulvern und Tabletten wühlte, und wer der Mann, der im Nebenzimmer telefonierte, den Arzt bestellte? Und wer war dann ich? Was war geschehen, dass ich hier lag mit klebriger Faust und Arme und Beine nicht zu rühren vermochte? Wie war ich hier hergeraten? Wo musste ich nun hin? Und wer war, unter diesen Umständen, meine richtige Mutter? War der, der jetzt wieder hereinkam, mein richtiger Vater?

Der Arzt gab mir ein Pulver zu trinken, und ich schlief ein. Nach dem Erwachen, als Mama mir das gewohnte Glas Kakao ans Bett brachte, glücklich, dass ihr lieber Saschenka wieder auf der Höhe und der Spuk vorüber war, hatte ich auf einmal das Gefühl, als wäre mir und meiner Welt der Krieg erklärt worden; jener Unbekannte hatte ihr den ersten Schlag versetzt und ich ihn, ohne recht zu wissen, wie mir geschah, fürs Erste pariert. Mein Fieberanfall hatte die Eltern davon abgehalten, mir die Botschaft zu eröffnen, das Gespräch war erst einmal hinausgeschoben.

Vermutlich war der fremde Gast ein Gesandter der unsichtbaren Sarazenen gewesen.

Mama ging mit mir öfter zur Matinee in Simins Theater, das damals gerade neu eröffnet worden war. Einmal musste ich mit ansehen, kaum dass die drei Schwestern Einäuglein, Zweiäuglein und Dreiäuglein sich in ihre Bettchen schlafen gelegt hatten, wie die Wände plötzlich ins Schwanken gerieten, etwas zu Bruch ging und das ganze bemalte Rückprospekt ächzend und Staub aufwirbelnd nach hinten umkippte. Plötzlich waren wir nicht mehr im gemütlichen Hüttchen, sondern in einer maßlos großen, zugigen, schmutzigen Halle mit Ziegelwänden. Es war grausig.

Und genauso war es nach jenem aufgeschnappten Halbsatz, den ich mir womöglich nur eingebildet oder falsch verstanden hatte, vielleicht war von einem ganz anderen die Rede gewesen. Dieses seltsame Gefühl hätte ich damals nicht in Worte fassen können. Das warme, behagliche Leben, das mich die längste Zeit umschlossen, erwies sich als falsche, notdürftig zusammengeschusterte Kulisse, die ich versehentlich leckgeschlagen hatte. Nun zog es durch das Loch muffig und finster herein, dem Kind kroch die Kälte unter die Achseln. Vater, Mutter und die übrigen Erwachsenen meiner Umgebung waren nurmehr kostümierte Schauspieler, Beteiligte an einer eigens für mich inszenierten Matinee. Alle spielten sie ihre Rollen, spielten sie sehr gut, doch die Aufführung schien ihrem Ende zuzugehen. Nicht mehr lange, und die Akteure würden sich an der Rampe verbeugen: Der Mann, der meinen Vater spielte, nähme den Bart vom Kinn, die Mutter setzte die Perücke ab. Das zauberhafte Märchen wäre vorbei, eine unfassbar greuliche Wirklichkeit bräche an.

Nächtelang schreckte ich aus Albträumen und lag im kalten Schweiß. Dem ein Ende zu setzen, Mama und Papa mein Herz auszuschütten schien absolut unmöglich. Mein kindlicher Verstand sagte mir eins: Ich musste alles tun, dass die Vorstellung im Kindertheater des Schulflügels andauerte. Solange es irgend ging.

Waren die Erwachsenen ins Gespräch vertieft, suchte ich mich mit allen Mitteln bemerkbar zu machen: hupte wie ein Auto, schnaubte wie ein Pferd, lieh meinen Spielsachen kräftig die Stimme – nur damit sie dort hinten, auf der Couch und in den Sesseln, sich nicht versehentlich verplauderten. Wurde ich in mein Zimmer geschickt, schloss ich sorgsam die Tür hinter mir – nicht dass die gefürchteten Worte durch den Türspalt gesickert kamen. Lief dann noch jemand lauthals redend an meiner Tür vorbei, stopfte ich mir stracks die Finger in die Gehörgänge. Wahrheiten konnte ich am allerwenigsten gebrauchen; meine Bedürfnisse lagen ganz woanders. Und ein jegliches Wort konnte mir das entscheidende Leck in die Bordwand schlagen, durch das die verhasste Welt eindringen und mein Schifflein zum Sinken bringen würde.

Was sich hinter jenem bunt angemalten Prospekt verbarg, war absolut unzugänglich für mich. Allem Anschein nach suchten die Menschen, die mir am nächsten standen, mich zu täuschen. Ich erging mich in Mutmaßungen, wer alles noch in diese unerhörte Verschwörung einbezogen war. Ein Wort, ein Blick genügte, um Verwandte und Freunde zu Verdächtigen eines doppelten Spiels zu machen. Es brauchte mich nur einer in die Wangen zu kneifen und zu verkünden: Dem Vater wie aus dem Gesicht geschnitten, nur die grünen Augen von der Mutter! – oder manchmal auch umgekehrt: Vom Vater hat er nur die Nase, aber sonst ganz die Mama! –, schon empfand ich diese derb kosenden Hände als kalt, fremd und nicht zu ertragen.

Unentwegt kreisten die kindlichen Gedanken um ein und dasselbe: Wer war meine richtige Mama? Ich reimte mir zusammen, dass sie tot war, gestorben, als ich noch ganz klein gewesen. Ertrunken oder unter den Zug geraten. Höchstwahrscheinlich hatte sie eine Schwester, die mich armes Würstchen aufgenommen hatte und großzog. Und nun war der Moment gekommen, wo mein richtiger Vater mich zu sich holen wollte, der falsche indes hatte sich an mich gewöhnt und mochte mich nicht hergeben. Also plante der richtige Vater die Entführung, gewaltsam oder durch eine List. Ich ging lieber nicht mehr auf die Straße. Nicht einmal zum Spielen auf den Hof, wenn es sich vermeiden ließ.

Denkbar war auch – und diese Phantasie ließ mich noch ärger leiden –, dass ich von der Frau, die mich geboren hatte, verlassen worden war. Irgendwo am Fluss, nahe des Anlegers, in der Gosse, hatte sie mich in die Welt gesetzt. Die dort hausten, die vor Schmutz Starrenden mit ihren grell geschminkten Gesichtern, hatte ich gesehen, ihr garstiges Höhnen im Ohr. Man hatte mich aufgelesen und in ein Heim gegeben. Bis der kinderlose Schuldirektor mit seiner Gemahlin dort aufkreuzte – auf der Suche nach einem Kind, das man adoptieren konnte; dass die Wahl auf mich fiel, war reiner Zufall, es hätte jeden treffen können. »Wassenka, sieh mal den da«, hat meine Mama gesagt, »wollen wir den nicht nehmen? Den nimmt sonst keiner, so elend, wie der aussieht!«

Oder, kam es mir in den Sinn, meine Eltern hatten mich irgendeiner armen Frau abgekauft. Es kam vor, dass ich Leuten auf der Straße hinterhersah und dachte: Na, vielleicht ist ja die da an der Haltestelle unterm Regenschirm meine Mutter? Und der dort drüben versucht, sich eine Zigarette anzuzünden, das Streichholz geht immer wieder aus, könnte mein Vater sein …

Nach dem Unterricht trieb ich mich für gewöhnlich noch eine Weile auf dem Schulhof herum. Einmal stockte mir das Herz, als ich eine Frau im schlichten dunklen Mantel an den Eisenzaun treten sah; sie schaute zu mir herüber. In meiner Nähe spielten noch andere Kinder, doch ich war mir sicher, dass sie mich fixierte. Ich tat, als sähe ich sie nicht; verlangte jedoch umgehend vom Kindermädchen nach oben gebracht zu werden. Sie hielt es für eine Caprice; ich schlug nach ihr, sie nach mir. Ich fing an zu kreischen und zu kratzen, mir wurden die Arme auf den Rücken gedreht, ich strampelte. Ein Auflauf entstand, oben erschien die Mutter am Fenster, rief etwas. Jene Frau war verschwunden. Ich beruhigte mich.

Ein paar Tage darauf stand sie neuerlich am Zaun. Ihre Augen suchten meinen zu begegnen. Ich fühlte mich stumm und steif, wie ausgestopft, bewegungsunfähig. Irgendeine Macht hieß mich hingehen zu ihr. Der Mund ging mir auf, meine Zunge war schon dabei, die nötigen Worte zu formen: »Was wollen Sie? Sind Sie meine Mama?«

Doch auf einmal war sie weg.

Im benachbarten Viertel war ein Waisenhaus gelegen; einmal wöchentlich wurden die Kinder paarweise in Reih und Glied ins Lichtspielhaus geführt, sie kamen durch unsere Gasse: einheitlich gekleidet, Haare kurz, alle ein bisschen verdruckst wirkend, man trieb sie beständig zur Eile.

»Die Armen!« – der obligatorische Seufzer meines Kindermädchens. Ich griff fester nach ihrer Hand.

Die Angst vor dem Unsichtbaren nistete sich ein in mir wie eine Spinne und saugte. Ein Monat um den anderen verging, Jahr ums Jahr, bisweilen geriet die Sache in Vergessenheit, doch dann zuckte und zappelte die Spinne urplötzlich wieder mit den Beinen, das alte Grauen schoss empor.

Traf mich ein Blick des Schulhausmeisters durch die offen stehende Tür seiner Kammer, wo er saß und Tee trank, lief mir prompt ein kalter Schauer über den Rücken: Wusste etwa auch er Bescheid? …

Nunmehr, nach all den Jahren, kamen mir die Empfindungen von damals nichtig und lächerlich vor. Meine Mutter – ob nun die richtige oder die falsche – war tot.

Ich erwachte spät; der Oberst war es, der mich weckte – schon in voller Montur, glatt rasiert und nach ätzendem Rasierwasser duftend.

»Erhebt euch, junger Mann, ihr verschlaft sonst das Leben.«

Klein-Kamenki huschte vorüber, gefolgt von Groß-Kamenki.

Vater war nicht da – er hatte Unterricht. Selbst zu dieser Stunde sah er es als seine Pflicht an, Zenons Pfeile an die Tafel zu malen und zu erläutern, warum Achilles die Schildkröte nicht einholen kann.

Mama lag auf dem Wohnzimmertisch. Verblüfft war ich, dass sie ein Kopftuch trug, was ich noch nie an ihr gesehen hatte. Ihre Haut war wächsern und durchscheinend, die Lippen beinahe schwarz. Ich wollte ihr Gesicht berühren, sie küssen. Etwas hielt mich zurück.

Im Zimmer roch es fremd. Ich lief durch die Wohnung, in der sonst keiner war, kochte mir in der Küche einen Tee. Sonderbar, dass alles an seinem Platz stand: Tassen, Töpfe, Kaffeekanne, Zuckerdose – und der Mensch, der dies alles noch vorgestern benutzt hatte, lag nebenan aufgebahrt, an den Fingern geronnenes Kerzenwachs.

Dann erschien Vater. Meine erste Anwandlung war, mich ihm an den Hals zu werfen, in seine Arme, und zu heulen, stattdessen ging ich auf Distanz. Zu heulen war für einen Jungen wie mich das Letzte. So blöd ist man in dem Alter nun mal.

»Wie ist es passiert?«, fragte ich.

Mama habe schon länger ein schwaches Herz gehabt. Beim Essen sei ihr mit einem Mal schlecht geworden, später noch einmal im Schlafzimmer, im Bad. Dann habe sie über Herzdrücken geklagt. Die Zunge sei ihr taub geworden. Man rief den Arzt, doch es war zu spät.

Ob sie sehr gelitten habe, wollte ich noch wissen.

Der Vater nickte.

Wir setzten uns zu Tisch. Alles war sonderbar: Den Tee hatte immer sie ausgeschenkt. Der Spiegel hinter Vaters Rücken war verhängt, dafür waren die Vorhänge nicht zugezogen. Draußen war es längst dunkel. Wir spiegelten uns in den Fenstern, zwei schweigend kauende Gestalten.

Von Zeit zu Zeit stellte Vater eine Frage, die Universität betreffend, anstehende Prüfungen. Ich antwortete mit einem Achselzucken. Ertappte mich dabei, die Fransen der Tischdecke zu kleinen Zöpfen zu flechten, wie ich es als Kind getan hatte.

Vor dem Zubettgehen öffnete ich den Schrank, wo die Bettwäsche war, und mir fiel ein, wie Mama mich einmal, als sie mit mir in Abwesenheit des Vaters nicht zurechtkam, in diesen Schrank sperrte; damals kam er mir riesig vor. Derlei Maßnahmen nicht gewohnt, nahm ich grausame Rache: zerfetzte in meinem Jähzorn etliche dort hängende Kleider, trampelte darauf herum.

Auf dem Friedhof empfing uns fröhliches Kindergeschrei. Die Kinder des Wachmanns bauten vor seinem Häuschen einen Schneemann. Durch das nackte Geäst und die Zaunstangen ließ sich beobachten, wie sie ihm einen Schneeschieber zur Seite stellten.

Marmorne Kapellchen und Kreuze, schneebehaubt. Selbst hier war alles streng parzelliert und eingezäunt – klein, aber mein.

Komisch anzusehen, dass alle im Pelz waren, nur Mama in Tüll und Seide.

Das Begräbnis war monströs: Kränze vom Schulamtsvorsteher, vom Elternkomitee, vom Pädagogischen Rat. Reden wurden verlesen, das Schülerorchester spielte. In den Spielpausen pusteten die älteren Semester ihre Mundstücke trocken und schwatzten. Es war nicht sehr kalt, knapp unter null, doch der Wind war ungemütlich, alles fror, stampfte mit den Füßen, rieb sich die Ohren und beklopfte sich die Seiten. Vater stand stumm und barhäuptig da. Man mahnte ihn, die Mütze aufzusetzen, um sich nicht zu erkälten: »Sie hat doch nichts mehr davon, und Ihr holt Euch auch noch was weg!«

Aber Vater hörte nicht. Außer ihm behielten alle ihre Mützen auf, auch ich.

Rund um das Grab war Sand gestreut und angefroren. Ich warf einen Blick in die Grube. Abgeschnittene Wurzelenden ragten aus den Seitenwänden.

Dann war der Moment gekommen, einzeln an den Sarg heranzutreten, um Abschied zu nehmen. Vater beugte sich über sie und schaute ihr lange ins Gesicht, schob eine Strähne von ihrer Schläfe zurück unters Kopftuch und flüsterte etwas, das nur sie beide anging.

Ich legte die Lippen sachte an Mamas Stirn. Es war, als setzte ich sie auf ein kaltes Stahlrohr.

Zügig und geschickt wurde der Deckel aufgenagelt, dann ruckelte der Sarg abwärts. Den Arbeitern, die die Seile hielten und nachließen, schienen die Arme immer länger zu werden. Erde wurde ins Loch geworfen, die der Toten leicht sein sollte, auch ich warf meine Handvoll Sand, vermischt mit Schnee.

Obenauf bildete sich ein kleiner Hügel, der mit Schaufeln geplättet wurde.

Ein Täfelchen wurde eingesteckt, auf dem mit schwarzer Farbe geschrieben stand, wer hier lag. Ein zu Buchstaben gewordener Mensch.

Als wir den Friedhof verließen, waren die Kinder nicht mehr da, wahrscheinlich hatte man sie zum Mittagessen gerufen. Einsam stand der Schneemann zwischen den Kreuzen und Grabzäunen, müde auf den Schneeschieber gestützt, so als begutachtete er mit seinen funkelnden Vogelbeeraugen die Früchte seiner Arbeit.

Zum Totenmahl wurde wenig gegessen, man unterhielt sich in gedämpftem Ton über alles Mögliche, nur nicht über die Verstorbene. Vater saß gebeugt und starrte auf sein Wodkaglas, das er nicht anrührte.

In der Küche ging Xenia zur Hand, eine von Mamas Schülerinnen, die erst voriges Jahr ihren Abschluss gemacht hatte – am Kalitnikowa-Mädchengymnasium, wo Mama gleichfalls unterrichtete. Damals, als ich nach Moskau zog, war sie noch ein Kind, vierte oder fünfte Klasse, lenkte aber schon da mit ihrem wild wuchernden pechschwarzen Lockenschopf aller Aufmerksamkeit auf sich; vielleicht hatte ihre Sippe ein bisschen Zigeunerblut in sich. Ich hielt es nicht mehr aus am Tisch und ging deshalb zu ihr. Xenia spülte die Teller für den Hauptgang, ich trocknete ab. Auf einmal kam ich mir neben ihr groß und hauptstädtisch bedeutend vor, sprach von oben herab wie mit einem Kind, wobei ich mich bemühte, nicht auf ihre schwellende Brust und die fülligen Lippen zu sehen.

Die Kochplatte war heiß, ich brachte es irgendwie fertig, mich daran zu verbrennen. Xenia schnappte sich ein Ei, schlug es auf einer Untertasse auf und strich mir das Eiweiß auf den Finger. Sie hielt meine Hand, fuhr behutsam darüber, blies auf die verbrannte Stelle; dabei sah ich auf ihren Nacken hinab und musste an mich halten, ihn nicht zu küssen.

Es war heiß, stickig und verraucht, ich trat mit Xenia vor die Tür ins Freie. Legte ihr mein Jackett um die Schultern. Der Abend graute, die langen Dezembernächte brachen an. Wir gingen auf den Nachbarhof hinüber, wo es eine Laube mit Bänken gab, winterlich kahl, von gefrorenem dürrem Hopfen berankt. In den Häusern ringsum gingen allmählich die Lichter an. Wir stiegen auf eine Bank, strichen den Schnee von der Lehne und setzten uns darauf.

»Es ist alles so furchtbar, es tut mir so leid«, seufzte Xenia. Dieses unverlangte Mitleid berührte mich, doch ich war gar nicht gemeint, wie sich herausstellte.

»Ein schwerer Schlag für ihn«, fuhr sie zu seufzen fort. »Und Galina Petrowna war ein so guter Mensch. Nicht fähig zu einem strengen Wort, auch wenn es angebracht gewesen wäre.«

Die Lehne war zum Sitzen zu kalt, die Dunkelheit schnell hereingebrochen, wir gingen zurück ins Haus. Beim Eintreten sah ich in den Briefkasten. Unter den vielen Briefen und Telegrammen mit Trauerrand lag einer ohne, der an Mama adressiert war. Ich zeigte ihn Xenia.

»Da schau, in diesem Kuvert ist sie noch am Leben. Kurios, oder?«

Xenia konnte nicht darüber lachen.

Im Flur war vor Mänteln und Mützen kaum ein Durchkommen. Xenia drängte an mir vorbei, ihre Brust berührte mich, ihr Haar streifte mein Gesicht, es roch kalt und frisch.

Drinnen war man im Aufbruch begriffen.

Vater bat mich zu bleiben, doch ich fuhr noch am selben Tag.

Ein paar Monate später bekam ich einen kurzen Brief von Vater. In seiner kleinen, wie gestochenen Handschrift teilte er mir die Vermählung mit Xenia mit.

Ich schrieb eine Postkarte, gratulierte mit ein paar hohlen, trockenen Phrasen.

Dem Vater nahm ich es nicht übel. Dass das Alleinsein ihm schwerfiel, ließ sich nachvollziehen. Xenia aber konnte ich es nicht verzeihen. Mir schien, dass sie die Situation ausnutzte, Vaters Schwäche – nach allem, was er durchgemacht hatte. Und hätten sie nicht wenigstens noch ein bisschen Zeit verstreichen lassen können? Für Mama war das doch in höchstem Maße beschämend. Es wollte mir nicht in den Kopf, wie mein Vater, der in solchen Dingen früher äußerst heikel gewesen, nun so einfach das Andenken eines Menschen beschmutzen konnte, an dessen Seite er ein ganzes Leben verbracht hatte. Von mir ganz abgesehen. Jedenfalls schrieb ich ihnen und wünschte Glück und Wohlergehen. Geht mich nichts an, sagte ich mir.

In den Sommerferien fuhr ich nach Hause wie üblich. Erst hatte ich keine Lust verspürt, mir dann aber gesagt, dass ich Vater nicht kränken wollte. Für eine Woche hinfahren, mich höflich, gefällig und ungezwungen verhalten, als wäre nichts im Argen, und wieder abreisen, um von da an nie mehr aufzutauchen, den Kontakt fürderhin auf Weihnachtskarten beschränken – so würde es das Beste sein.

Xenia öffnete. Sie war hochschwanger, im letzten Monat oder vorletzten, allenfalls.

»Komm rein! Was stehst du wie angewurzelt?«, sagte sie und griente. »Hat dein Vater es dir etwa nicht geschrieben?«

Die Wohnung war renoviert und kaum wiederzuerkennen: blitzende Fußböden, geweißte Decken, frische, goldglänzende Tapeten an den Wänden. Nur die Möbel immer noch dieselben, mit den Inventarmarken an diskreter Stelle. Es roch nun auch ganz anders hier. Früher, wenn ich nach Hause kam, meinte ich in meine Kindheit zurückzukehren; jetzt drang ich in ein fremdes Leben ein.

Die vertrauten Flächen besiedelt mit unbekannten Dingen: Flakons, Tuben und Schachteln – wie seltsam das war! Überall standen Blumen, die bei Mama schnell eingegangen wären. Eine neue, penetrante, fremde Gemütlichkeit.

Und auch Vater hatte sich verändert. Er schien jünger geworden, wie befreit. Scherzte und lachte ohne Ende, umarmte Xenia, schmiegte sich an bei ihr, küsste ihr dichtes Haar, ohne sich im Geringsten vor mir zu genieren, so als wollte er im Gegenteil sagen: Dies ist mein Leben, sieh es dir an, und nichts daran ist mir peinlich, vor niemandem.

Ich verkniff es mir, Fragen zu stellen, doch Vater brachte die Rede selbst bei jeder Gelegenheit auf das zu erwartende Kind: Ach, wenn es doch ein Mädchen würde, dann könnten wir es Aspasia oder Phryne nennen ... Überhaupt war es, als wollte er die Rolle des gestrengen Lehrers, die er mir gegenüber einzunehmen gewohnt war (noch als Student bekam ich meine Briefe an ihn mit Rotstift auf Fehler und Stilblüten korrigiert zurück), gegen die eines kaum älteren Weggefährten auf dem mit Abenteuern und lustigen Begebenheiten reich gesegneten Lebensgang eintauschen.

Die ausgestellte Juvenilität eines rapide alternden und, wie ich wusste, kranken Mannes (er hatte einen angegriffenen Magen, musste bei jeder Mahlzeit Pillen und Magnesiumpulver schlucken), der eben erst seine Frau zu Grabe getragen, war absurd, traurig und lächerlich zugleich. Peinlich und schmerzlich mit anzusehen, wie der Alte vor Xenia den geistreichen, wortgewandten, unwiderstehlichen Charmeur mimte, wie er seine trockene, runzlige, mit Altersflecken besprenkelte Hand auf ihr Knie legte, mir verstohlen zuzwinkerte als wie: Schau her, was für eine Prinzessin aus dem Morgenland der alte Kosake sich angelacht hat, da kannst du was lernen …

Worte, zufällig aufgeschnappt, schnitten mir ins Herz. So wenn er Xenia, die etwas nicht finden konnte, aus seinem Kabinett zurief: »Hast du schon bei uns drüben nachgesehen?«

Genauso hatte er immer zu Mama gesagt.

Vor dem Schlafengehen begegnete ich Xenia wie damals im Flur. Sie kam aus dem Bad, in einen Morgenmantel gehüllt, Schlappen an den Füßen, aus denen die Zehen hervorschauten, der rote Nagellack schimmerte im funzligen Licht.

»Die Schwangerschaft steht dir, du bist noch schöner geworden«, sagte ich.

»Ich bitte dich um eines«, wisperte sie. »Versuche ihm gegenüber anständig zu sein. Er hat so auf dich gewartet. Er braucht deine Unterstützung. Sei nicht auch du noch gemein zu ihm.«

»Wovon redest du?«

»Du wirst schon wissen, wovon ich rede«, sagte Xenia und ging ins Schlafzimmer.

Am nächsten Tag bekam Vater eine Vorladung ins städtische Criminal-Amt zugestellt. Er drehte sie lange in den Händen und rätselte, was das bedeuten mochte.

Am übernächsten Tag begab sich Vater zur anberaumten Stunde auf das Amt. Kehrte zurück in heller Wut. Nie zuvor hatte ich ihn so aufgebracht gesehen. Er fegte durch die Wohnung, knallte mit den Türen, warf Stühle um.

»Gauner! Miststücke! Dreckskerle!«

Worte, die ich aus seinem Munde noch nie gehört hatte.

Vergeblich suchte ich herauszubekommen, was geschehen war.

Xenia unternahm gar nicht erst den Versuch, ihn zu beschwichtigen, lugte nur ein paarmal verschreckt aus der Küche hervor.

Vater sperrte sein Kabinett hinter sich zu und ließ sich bis zum Mittag nicht mehr blicken. Zum Essen erschien er, als wäre nichts geschehen, äußerlich ruhig und besonnen, mit dem Anflug eines Lächelns auf den Lippen.

Ich zögerte, ihn zur Rede zu stellen, wir aßen schweigend. Auch Xenia hob den Blick nicht vom Teller.

Draußen besprengten sie das Pflaster, erinnere ich mich; von Zeit zu Zeit im Fenstergeviert ein sonnendurchglitzertes Sprühen und plötzlich für Sekunden über der Fensterbank, durchaus unpassend zur Situation, ein perfekter Regenbogen.

Vater aß wortlos zu Ende, tupfte sich mit der Serviette die Lippen, lehnte sich in seinen Stuhl zurück. Ließ einen zerstreuten Blick durch den Raum gehen und sagte betont beiläufig: »Ich habe euch, Xenia und Alexander, mitzuteilen, dass irgendwer behauptet und inzwischen mehrfach schriftlich dargelegt hat, ich hätte deine Mutter, Alexander, vorsätzlich vergiftet. Selbstredend ist die Sache dem Kommissar peinlich, er hat mir versichert, es für üble Nachrede zu halten, so etwas wird von irgendwelchen Idioten alle Tage verzapft, hundertfach. Da aber diesbezüglich ohnehin schon Gerüchte im Umlauf seien, sehe man sich gezwungen, eine Ermittlung einzuleiten.«

Ein paar Minuten saßen wir stumm.

»Und was heißt das nun?«, fiel mir am Ende zu fragen ein.

»Das heißt, es wird eine Exhumierung geben. Sie graben den Leichnam aus und machen eine Analyse. Und ich habe zur Identifizierung zugegen zu sein. Das sehe das Reglement so vor, heißt es … Das Reglement!«

Während er sprach, war Vater puterrot geworden. Beim letzten Wort knallte er die Faust auf den Tellerrand. Der Teller flog durch die Luft und zersprang auf dem Parkett in tausend Stücke.

»Reglement nennt sich das, habt ihr gehört? Reglement!«

Xenia saß mit geschlossenen Augen, die Hände an der Kehle.

Vater griff nach weiteren Tellern und Tassen, warf sie zu Boden. Der Teekessel flog ins Fenster, ein schneidendes Klirren.

Ich sprang auf, suchte ihm in den Arm zu fallen, doch er schleuderte mich beiseite mit einer Kraft, die mir unbekannt war und mit Hass zu tun haben musste.

Er zerschnitt sich an einer Glasscherbe die Hand, Blut spritzte nach allen Seiten. Wie besessen brüllte er immer dieses eine Wort: »Reglement! Reglement!«

Dann beruhigte er sich schlagartig. Ging ins Bad, blieb lange dort. Kam wieder, die Hand mit einem Taschentuch notdürftig verbunden.

»Verzeiht!«, brummt er, ohne uns anzusehen, und ging zur Tür.

»Wassenka! Wohin willst du?«, rief Xenia.

»Luft schnappen. Füße vertreten vorm Schlafengehen.«

Er wandelte durch den Garten, bis es finster war. In Abständen waren gepresste Laute durch das geschlossene Fenster zu vernehmen, ein Grimmen und Stöhnen.

Xenia und ich hatten bis in die Nacht damit zu tun, das Esszimmer aufzuräumen, Tee- und Blutflecken von Parkett und Wänden zu schrubben, bis zur Decke hinauf.

Die Exhumierung sollte in einer Woche stattfinden. Ich hatte früher abreisen wollen, bot an zu bleiben, bis dieser Albtraum vorüber und das greuliche Missverständnis aufgeklärt war. Ehrlich gesagt, hätte ich mit einem Zeichen der Dankbarkeit, Händedruck oder Umarmung, gerechnet, doch er schien es gar nicht vernommen zu haben. All die Tage verließ er sein Kabinett kaum, sprach zu keinem ein Wort, korrespondierte mit niemandem, las keine Zeitung – es gab sowieso gerade nichts zu tun für ihn, das Schulhaus war kühl und leer, nur in den Winkeln der Korridore sammelte sich Pappelflaum, der durch die offenen Oberlichter hereingeschwebt kam, zu flockigen Häufchen. Vater lief herum wie ein Schatten:

krumm und mit schmalem Gesicht, geistesabwesend, ungekämmt und nachlässig gekleidet. Mehrfach suchte ich ihn zu einem Spaziergang in den Park, an die Wolga oder zu einer Vorstellung des Sommertheaters zu bewegen, er lehnte ab, wohl weil er niemanden treffen wollte; er war ja stadtbekannt. Und selbst mich grüßte man auf seltsam verhaltene Art, es war nicht zu übersehen.

Freitags kamen die Mädchen aus dem Waisenhaus in Kolonne an unserem Haus vorbei, paarweise, die Blondköpfe geschoren wie Rekruten.

Eines Nachts erwachte ich von seltsamen Lauten, die aus dem Schlafzimmer drangen. Xenia weinte, schluchzte herzzerreißend. Vater sprach begütigend auf sie ein. Ich hörte ihn auf nackten Sohlen in die Küche schlurfen, ein Glas Wasser eingießen.

Meine täglichen Spaziergänge wurden immer ausgedehnter; stundenlang sah ich zu, wie die Jungen den Pappelflaum längs der Eisenbahnböschungen abfackelten. Einmal trat einer von ihnen an einen Telegraphenmast und legte das Ohr an, winkte die anderen herbei, bald klebten alle rings um den verwitterten Pfahl, sie schienen etwas zu hören. Als sie weg waren, ging ich hin und tat es ihnen nach. In dem sonnendurchglühten Holz war ein schwaches Brummen.

Am Morgen des anberaumten Tages fand ich Vater fertig angezogen im Flur auf einem Stuhl sitzend: glatt rasiert, nach Kölnischwasser duftend, in blank geputzten Schuhen und mit Regenschirm in Händen (von der Wolga zog es schwarz herauf).

»Ich kann das nicht! Ich kann nicht!«, murmelte er unentwegt.

Xenia trat zu ihm, ergriff seinen Kopf und legte ihn an ihren runden Bauch, strich über die grauen Schläfen. Mir fiel auf, dass er zwei unterschiedliche Manschettenknöpfe trug. Das passierte ihm bestimmt zum ersten Mal im Leben.

»Bleib!«, stieß ich, für mich selbst unerwartet, hervor. »Ich übernehme das.«

Er hob nicht einmal den Kopf.

»Ich kann nicht! Ich kann nicht!«, fuhr er zu murmeln fort.

Auf der Straße war es heiß, beinahe schwül, seit Tagen kündigte sich Regen an. In den staubigen schweren Kronen der Bäume schien ein Gewitter zu schwellen. Ich lief wie in Trance, ohne etwas zu erkennen, als ginge ich dieses Pflaster, das ich doch von Kind auf kannte, zum ersten Mal, als hätte ich diesen alten Feuerwehrturm mit der Birke im Nacken nie gesehen und die Plakatsäule, die Krankenhausmauer mit den Löwen auf den Torpfeilern: Hüter der Gebrechen. Die entgegenkommenden Passanten richteten den Blick zum Himmel, fächelten sich Luft. Die Straßenbahn rumpelte vorüber in Wolken aus Staub und Pappelflaum.

Ich war sonderbar berührt von der Alltäglichkeit dieses wolkenschweren Junitages, die sich mit der Unfassbarkeit des Bevorstehenden nicht vertrug. Mir war flau im Magen. Beim Anblick des Gontscharow-Denkmals an der Iljinka fiel mir plötzlich ein, wie ich einst, vor hundert Jahren, noch kein Schulkind, in dieser Grünanlage Löwenzahnblüten pflückte und Mama überreichte, jede Blüte einzeln, und immer aufs Neue schnupperte sie daran, gab mir für jede einen Kuss; zu Hause stellte sie sie in ein Wasserglas, am nächsten Tag waren sie verwelkt, doch an jenem Abend hatten Vater und ich unseren Spaß daran, dass Mama einen gelben Bart unter der Nase trug, sie besah sich im Spiegel und verkündete, sie würde sich von nun an nicht mehr waschen.

Am Friedhofseingang wurde ich erwartet, ein paar Herren vom Criminal-Amt, Zeugen sowie zwei Arbeiter mit Spaten standen bereit. Ich teilte mit, dass Vater nicht kommen würde, man könne die Sache trotzdem angehen, da ich an seiner Stelle alle nötigen Papiere unterschreiben würde.

»Er fühlt sich nicht gut«, erklärte ich.

Der Untersuchungsrichter, der dem greisen Turgenjew ähnlicher sah als einem Sherlock Holmes, hatte Erbarmen.

»Gut, gut«, nickte er, »ich verstehe das.«

Er klappte seinen Hefter auf und notierte etwas, schaute auf und sprach seufzend in die Runde: »Dann wollen wir mal.«

Auch der Friedhof war weiß vom Pappelflaum. Ich hatte ihn seit dem Winter nicht mehr betreten. Ein paarmal während meiner Vorstadtstreifzüge war ich kurz davor gewesen, Mamas Grab aufzusuchen, doch jedes Mal hatte mich etwas im letzten Moment am Ärmel zurückgezogen, die Knie weich werden lassen.

Ich trottete dem Grüppchen hinterher. Der Friedhof lag verwaist, nur ein dürres altes Weiblein in Schwarz war am Brunnen dabei, Wasser in ihre Gießkanne zu füllen, und schaute verwundert auf unsere kleine Prozession.

Ich meinte noch ungefähr zu wissen, in welchem Teil des Friedhofs Mama begraben lag, doch sah jetzt im Sommer alles ganz anders aus, ich hätte wohl nicht allein hingefunden. Den kleinen schwarzen Grabstein mit Kreuz und Goldbuchstaben hoben die Arbeiter erstaunlich mühelos an und stellten ihn mir vor die Füße. Vater hatte Namen und Jahreszahlen eingravieren lassen, sonst nichts.

Die Bepflanzung wurde sorgsam mitsamt dem Ballen ausgegraben und am Rand des Nachbargrabs abgelegt. Dann schnitten sich die Spaten in den trockenen gelben Sandboden. Alle schauten schweigend zu. Manchmal kam eine Brise Wind auf und wehte etwas Flaum in die entstehende Grube.

»Hoffentlich werden wir fertig, ehe der Regen losgeht«, bemerkte jemand.

Die Arbeiter schwitzten sehr bald und zogen die Hemden aus, ihre Rücken glänzten vom Schweiß.

Plötzlich ein trockener, hohler Klang: Der Spaten war gegen den Sarg gestoßen – schneller, als ich erwartet hatte.

Eine Hand legte sich auf meine Schulter. Ich wandte mich um. Hinter mir stand der Kommissar. »Wie geht es Ihnen?«, raunte er so diskret, dass die anderen es nicht hörten. »Wird ihnen schlecht? Ich habe Riechsalz dabei, das benutze ich immer. Für mich ist das hier nichts Außergewöhnliches, aber in der Haut eines Zeugen möchte man nicht stecken … Nehmen Sie einen Zug!«

Ich schüttelte den Kopf.

Die Spaten klapperten gegen den Sargdeckel.

Schließlich kamen die Arbeiter aus der Grube geklettert, hakten irgendwo Seile ein und begannen den Sarg emporzuhieven. Das Seil kam ins Rutschen, der Sand unter den Füßen der Arbeiter gab nach. Die Umstehenden sprangen hinzu und gaben Unterstützung. Instinktiv wollte auch ich nach einem Seilende fassen, besann mich gerade noch rechtzeitig.

Dann war der Sarg heraus und stand schief auf einem kleinen Sandhügel. Dass man ihn gerade rücken sollte, war mein erster Gedanke. Die Stoffbespannung war sandig und schon ein bisschen verblichen. Der Deckel trug die Spuren der Spatenstiche.

»Öffnen!«, wies eine nüchterne Stimme an.

Die Arbeiter schoben Nageleisen in die Spalten zwischen die Sarghälften und hebelten. Kreischend fuhren die Nägel aus dem Holz. Wieder ertönte die Stimme hinter mir: »Ich empfehle Ihnen dringend, Salmiak einzuatmen!«

Ich schob die Hand mit dem Wattebausch beiseite.

Als Erstes sah ich die Füße. Mamas Schuhe erkannte ich sofort. Sie hat sie nur zu besonderen Anlässen getragen.

Ein Kloß wälzte sich mir in die Kehle. In mir, meinem Bewusstsein, war Mama seit Langem tot. Gestorben in ferner Vergangenheit. Tausend alltägliche Pflichten und Kümmernisse hatten sie aus meinem Moskauer Leben verdrängt, nur hin und wieder brachte ich es fertig, an sie zu denken. Sie war weg und kam nicht wieder, alles Leibhaftige, ihre Stimme und ihr Blick – abgetreten aus dieser Welt, entschwunden für immer und ewig. Meine Vorstellung konnte sie heraufbeschwören; der Körper, den man hätte umarmen wollen, war nicht mehr existent.

Bis zu diesem Augenblick, da er vor mir lag.

Keine Ahnung, was ich erwartet hatte. Einen wüsten Anblick der Verwesung, eine halb zerfallene Mumie. Auf etwas Menschenunähnliches war ich gefasst, was nur sehr entfernt und abstrakt mit ihr zu tun haben würde … Auf einmal aber, als der Deckel abgehoben und akkurat zur Seite gelegt war, lag da meine Mama, beinahe genauso wie damals, am Tag ihrer Beerdigung. Höchstens das Gesicht noch etwas schmaler, die Nase noch spitzer, Wangen hohler, Nägel schwärzer und die Haut quittegelb, als hätte sie das letzte halbe Jahr nichts anderes gemacht, als Löwenzahnblüten zu schnüffeln. Ich sah sie und konnte den Blick nicht abwenden – es war wie ein Stupor.

Der Kommissar trat vor mich hin und sagte etwas, ich verstand nur den letzten Rest: »… können Sie das bezeugen?«

»Ja, ja«, nickte ich hastig. »Natürlich.«

Es gab etwas zu unterschreiben, »hier und hier«.

»Ich danke Ihnen.« Der Kommissar legte mir die Hand auf die Schulter und presste sie. »Sie werden hier nicht mehr gebraucht.«

Die Arbeiter rollten ihr Seil auf, das von Lehm beschmiert war. Der Deckel kam wieder auf den Sarg. Was sie weiter damit anstellten, wie sie ihn zum Tor und auf den Karren bugsierten, entging mir. Ich machte, dass ich davon kam.

An den Weg nach Hause habe ich keine Erinnerung. Als ich anlangte, war Vater nicht da. Er hatte einen Herzkollaps erlitten und war ins Krankenhaus eingeliefert worden.

Ich besuchte ihn jeden Tag. Er war rechtsseitig gelähmt, Arm und Bein. Xenia und ich saßen abwechselnd an seinem Bett. Es roch nach Medizin und nach dem Gummi der Sauerstoffkissen. Vater litt sehr unter seiner Hilflosigkeit, der Bettschüssel und so weiter. Mal weinte er vor Scham und Erniedrigung, mal rettete er sich in einen Scherz – sarkastisch, ohne ein Lächeln. Den Becher mit dem durch den Ärmel geführten Schlauch, aus dem er im Liegen seinen dünnen Tee trinken konnte, nannte er seinen Kelch der Weisheit. Einmal musste er doch lächeln, als er mich bat, Asklepios den Hahn wiederzugeben sowie Meletos und Lykon einen schönen Gruß zu bestellen.

Es waren seltsame Tage. Abends kehrte ich aus der Klinik heim – dahin, wo schon kein Zuhause mehr für mich war. Xenia ging zeitig schlafen, ich tigerte durch die Zimmer, griff mir wahllos ein Buch aus dem Regal und konnte beim Blättern den Gedanken nicht abwenden, dass vielleicht jetzt, in dieser Minute, mein Vater starb, womöglich nach mir rief, in Finsternis und Einsamkeit.

Zufällig stieß ich auf ein Buch, das mich als Kind einmal sehr in Verwirrung gebracht hatte: ein Lehrbuch der Geburtshilfe. Organquerschnitte, naturnah koloriert, schamhaft unter einem Blatt Pergaminpapier verborgen, hatten den Sechsjährigen angezogen und abgestoßen zugleich. Hier waren elementare Wahrheiten offeriert, die mich bis in den Schlaf verfolgten. Bloßgelegte Eingeweide, und mittendrin ich. Mal sah ich mich als Keimling in Pupillengröße, mal in Ohrmuschelform, mal als das, was in dem Glas im Biologiekabinett schwamm. Reihenweise sah ich Beine schweben, aufklappen wie Flügel. Dazwischen baumelnd Ärmchen oder Beinchen, ein greinendes Köpfchen. Eine fette, durchscheinende Nabelschnur, vielfarbige Schnüre darin, zog sich als Knoten um den Hals eines toten Kindes … Jetzt schob ich das Buch wohlweislich in die hintere Reihe, damit es Xenia nicht zufällig unter die Augen kam; die las aber anscheinend sowieso nicht.

Ich bekam eine Vorladung vom Untersuchungsrichter. Er legte den Autopsiebericht vor mich hin. In Mamas Körper war Arsen gefunden worden.

»Darum war der Leichnam so gut erhalten.«

»Und was nun?«, fragte ich.

Er lief im Raum umher, fuhr sich mit der Hand durch den gestutzten grauen Kinnbart.

»Hm. Wenn ich das wüsste.«

Er nahm die Karaffe vom Tisch, ging zum Fenster, goss die auf dem Fensterbrett stehenden Blumentöpfe. Stellte die Karaffe zurück und sagte: »Wir müssen abwarten. Gebs Gott, dass Wassili Lwowitsch wieder genesen wird, dann sehen wir weiter. Immerhin hatte sie in der Schule ja auch mit Chemikalien zu tun …«

Unversehens besann er sich darauf, mir einen Tee anzubieten.

»Ich brühe ihn mit Minze. Mögen Sie?«

So trank ich Pfefferminztee aus einem Glas, um das ich mein Taschentuch legte, damit ich mir nicht die Finger verbrannte; derweil hörte der Beamte nicht auf, durch das Zimmer zu wandern. Er kenne Wassili Lwowitsch seit Ewigkeiten und schätze ihn sehr, sei bestürzt über das Vorgefallene und im Übrigen von seiner Unschuld überzeugt. Er griff sich eine Büroklammer und spielte damit, bog sie auf, drillte und zwirbelte sie. »Aber Dienst ist Dienst, das werden Sie einsehen, Alexander Wassiljewitsch. Manchmal kommen da sehr unangenehme Dinge auf einen zu.«

Er warf die Büroklammer in den Abfalleimer und fuhr in verändertem Tonfall fort: »Mein Ältester ist bei Ihrem Vater zur Schule gegangen … Aber so ist das eben. Der Mensch lebt, um zu sterben, wie man sagt, und mit dem Sterben fängt ein neues Leben an. Gottlob!«

Er kam auf mich zu, legte mir die Hand auf die Schulter, rüttelte ein bisschen. »Und Sie, Alexander Wassiljewitsch, kannte ich, da waren Sie so!«

Er zeigte mit den Händen in Anglermanier, wie groß.

Dass Mama wieder begraben sei, sagte er noch, ich könne gehen und mich davon überzeugen.

Vater starb am übernächsten Tag, der zweite Schlaganfall ereilte ihn in der Nacht. Als ich ins Krankenhaus kam, war er schon nicht mehr bei Bewusstsein. Xenia saß auf der Bettkante, Hände auf dem Bauch, und starrte abwesend aus dem Fenster. Kurz vor dem Tod ging sein Atem in ein stetes röchelndes Glucksen über, wie siedendes Wasser.

Dann lag er in der Klinikkapelle aufgebahrt. Ich weiß noch, dass es regnete. Dass die Krankenhauskatze sich in die offen stehende Tür setzte, dasaß wie ein ägyptische Göttin und die Pfützen beobachtete, in die durch den Regen Leben gekommen war.

Zu meinem Glück wurden alle für das Begräbnis zu treffenden Vorbereitungen vom Pädagogischen Rat übernommen. Wie ein

Schlafwandler lief ich umher und hätte wohl kaum einen guten Ausrichter abgegeben. Das Grab wurde ein neues Mal geöffnet, um Vater neben Mama zu platzieren. All das kam mir vor wie ein schlechter Traum: wieder dieser Friedhof, wieder ein Sarg, Ansprachen, dieselben Friedhofsarbeiter, dieselben Spaten. Einer der Arbeiter lächelte mir zu wie einem alten Bekannten. Leute, von denen ich die wenigsten kannte, kamen und drückten mir die Hand. Vater sei ein wunderbarer, ein so ungewöhnlicher Mensch gewesen, hieß es. Jemand meinte gar, man solle die Schule nach ihm umbenennen, die Anregung wurde von allen nachfolgenden Rednern wiederaufgenommen. Ich war heilfroh, dass Vater in den Ferien gestorben war, sonst hätten sie wohl auch noch die Schüler alle auf den Friedhof bestellt.

Ein jeglicher Redner gab mir die Hand, manchmal wurde ich auch umarmt, während Xenia, die – kein schöner Anblick – verheult im schwarzen Kopftuch neben mir stand, geflissentlich übersehen wurde. Als wäre sie nicht da. Ihr Blick ging ins Leere, sie knüllte die Tuchzipfel vor der Nase. Ihr Bauch wölbte sich über den tief stehenden, immer noch offenen Sarg. Kurz darauf verließ sie das Begräbnis und ward an dem Abend nicht mehr gesehen.

Ich konnte die Augen nicht von Vater lassen. Seine Arme lagen auf der Decke, als wären sie zu viel. In der Leichenhalle der Klinik hatten sie seinem Gesicht eine künstliche Lebendigkeit angedeihen lassen, zu viel Rouge, sogar die Lippen waren geschminkt. Zeit seines Lebens hatte er nie so rosige Wangen gehabt. Jetzt, unter den Blumenbergen, wirkte er jedoch wie das Leben selbst. Die Lippen, so schien es, zu dem ihm eigenen Lächeln verzogen. Dieser seltsame Eindruck verstärkte sich noch dadurch, dass ein Auge nur halb geschlossen war, das Weiß darunter hervorblinkte.

Für einen Moment hatte ich die Vision, als müsste er sich gleich aufsetzen, die Nelkendraperie abwerfen und, den Blick über die Menge schweifen lassend, sagen: »Alle dem Amt für Volksaufklärung unterstellten Bediensteten sind sterblich. Euer untertäniger

Schuldirektor hat gestern Antwort auf seine Bitte um Versetzung in den Ruhestand erhalten. Man bedenke, wie rasch! Eine Sprossenwand für den Turnsaal zu erwirken hat Monate in Anspruch genommen, und letztlich ohne Erfolg. Hier hingegen ging es ruck, zuck!«

Ich sehnte das Ende all der sinnlosen Zeremonien und Salbadereien herbei, die mit diesem Menschen so gar nichts zu tun hatten.

Und wieder kam es mir so vor, als würden die Arme der Angestellten beim Hinablassen länger.

Endlich wurde zugeschaufelt. Der Boden war regenfeucht und klebte. Ich warf meine Handvoll in die Grube, die Hand blieb schmutzig. Dann wollte wieder jemand sie drücken, und ich wusste nicht, woran abwischen. Ich sprach meinen Dank aus und lud zum Totenmahl. Manche sagten zu, andere entschuldigten sich.

Bei Tisch trugen fremde Frauen Speisen auf, auch die von Xenia bereiteten Salate.

Wodka wurde ausgeschenkt. Vater bekam sein Glas auf einen leeren Teller gestellt, obenauf eine Scheibe Brot. Das hätte Vater lustig gefunden – er, der niemals trank.

Dann verstummten alle und blickten zu mir. Offenbar sollte ich vor dem ersten Glas etwas sagen.

Ich stand auf. Dabei fiel mein Blick von ungefähr auf den Bücherschrank, wo ich auf dem obersten Bord Vaters Brillenetui gewahrte. Er hatte mich gebeten, ihm die Lesebrille ins Krankenhaus mitzubringen, ich hatte die ganze Wohnung nach ihr abgesucht, vergeblich. Da lag sie!

Mir schnürte es die Kehle zu. Ohne ein Wort gesagt zu haben, trat ich hinter dem Tisch hervor und ging auf die Toilette, wo ich mich einschloss und losheulte. Dies wäre meine erste öffentliche Rede gewesen.

Die darauffolgenden Tage sortierten wir und packten. Die Dienstwohnung war zu räumen, der neue Direktor bereits ernannt, ein gewisser Sidorenko. Beim Ausräumen der Schränke kam es vor, dass einer den anderen fragte: Kannst du das hier gebrauchen? Die Antwort war immer Nein.

»Ich brauche nichts«, sagte sie ein ums andere Mal. »Ich will von alledem nichts haben.«

Kofferweise Papier wurde vernichtet, säckeweise Kram verteilt. Die Möbel gehörten uns zum größten Teil sowieso nicht. Vaters Bibliothek vermachten wir der Schule.

Wir studierten Annoncen, um eine Wohnung für Xenia zu finden. Sie nahm die erstbeste. »Es ist mir gleich, wo ich wohne. Ich bin zu müde, um weiterzusuchen.«

Ich erinnere mich, wie wir beim Essen den Umzug besprachen. Die Wohnung sei klein, aber gemütlich, befand Xenia, sie zu heizen komme billiger ... Plötzlich hielt sie mitten im Satz inne, so als lauschte sie. Dabei wurde sie bleich.

»Was hast du?«

»Nichts, nichts, alles ist gut. Mir war nur, als hätte Wassili Lwowitsch aus seinem Zimmer nach mir gerufen. Und du, warum isst du nichts? Nimm noch eine Pirogge!«

Ich bestellte einen Planwagen für den Umzug. Er wurde nicht einmal zu einem Viertel gefüllt. Vor der Abfahrt gingen wir noch ein letztes Mal hinauf in die Wohnung, die nicht mehr die unsere war. Xenia bestand darauf, sich noch einmal zu setzen. Alles war nun kahl und ungemütlich, und anscheinend zog es, ein Wattebausch, wer weiß woher, tanzte übers Parkett. Wir nahmen nebeneinander auf dem breiten Ledersofa Platz, auf dem herumzukugeln ich in einem anderen Leben solchen Spaß gehabt hatte, wenn Vater nicht da war. Zuletzt die erhitzte Stirn am kalten Leder gekühlt ...

Ich hatte das Gefühl, nunmehr für Xenia und das werdende Kind Verantwortung zu tragen, hatte all die Tage mit ihr darüber reden wollen, wie am besten für ihre Zukunft zu sorgen sein würde, doch sie war diesem Gespräch ausgewichen, so als schämte sie sich oder hielte den Gedanken für abwegig, dass ausgerechnet ich dafür zuständig sein sollte – kurz, ich wusste nicht recht, woran ich war. Und als wir nun im väterlichen Kabinett auf diesem Sofa saßen, unten stand das gepackte Fuhrwerk, und wir uns nicht entschließen konnten aufzustehen, entweder waren wir zu schlapp nach der Mühsal der vergangenen Tage, oder etwas stand noch aus – da brachte ich die Rede noch einmal darauf: Ich sähe es als meine Pflicht an, ihr zu helfen.

»Hör auf damit«, fuhr Xenia mich brüsk an.

Ich fasste sie beim Arm. »Wieso? Ich verstehe das nicht. Schließlich handelt es sich um das Kind meines Vaters.«

Xenia entriss sich meinem Griff. »Es ist nicht von ihm.«

In diesem Moment knarrte die Wohnungstür, die wir nicht verschlossen hatten, und ein Mann trat ein – stämmig, aber sehr kleinwüchsig, mir vielleicht bis zum Gürtel reichend, mit gewölbter Brust und schiefem Rücken, das Jackett am linken Schulterblatt ausgepolstert. Unser ansichtig werdend, stellte er sich vor: Sidorenko, er sei der neue Direktor.

»Aber lassen Sie sich um Gottes willen nicht drängen von mir«, setzte er mit verschämtem Lächeln hinzu, »gut Ding will Weile haben.«

Dann lief er mit einem Maßband durch die Räume und fing an zu vermessen, welche Möbel wohin zu stellen gingen.

Beim Abrücken des Sofas von der Wand kamen eine tote Wespe und ein Manschettenknopf in inniger Verbindung zum Vorschein.

Hochverehrtes Publikum! Meine Herren Geschworenen! Königliches Gericht!

Vor Euch sitzt Anastasija Ragosina. Mörderin des eigenen Kindes. Brecht über sie den Stab!

Tut es, doch bedenkt: Da ist kein Verbrechen in der Welt, das sich nicht irgendwie rechtfertigen ließe! So auch dieses, Ihr werdet sehen. Ist es denn wirklich so monströs und unfassbar, was das törichte Geschöpf angerichtet? Hat sie uns ein Amerika entdeckt, diese sabbernde Kolumbine? Wir, die wir schon lange nicht mehr im Traum fliegen – sollten wir es nicht besser wissen, wie mirakulös die Grenze zwischen Tugend und Laster ist, die einzig die Gewohnheit zu ziehen pflegt? Böse kann nur sein, was gut ist, so lehrt uns der heilige Augustinus. Ein Gut, das von jedem Bösen frei ist, ist ein vollkommenes Gut. Das Gut jedoch, dem etwas Böses anhaftet, bleibt trotzdem ein Gut, wenn auch ein verderbtes oder wenigstens verderbliches. Wo aber einmal gar nichts Gutes mehr vorhanden ist, da kann es auch nichts Böses mehr geben. Sodass überhaupt nichts Böses möglich wäre, wenn nicht etwas Gutes vorhanden wäre, an dem das Böse sein kann. Denn die Verderbnis könnte sich nicht geltend machen und hätte auch keinen Ausgangspunkt, wenn es nicht etwas gäbe, was von der Verderbnis ergriffen werden könnte; denn nur wo etwas Gutes ist, kann auch etwas verdorben werden. Von dem Guten also hat das Böse seinen Ausgang genommen, es ist nur eine Form seiner Existenz, die die Welt zu ihrer Stabilität genauso nötig hat wie, sagen wir, einen Wurm, der womöglich jene Bresche verstopft, durch die, zieht man ihn heraus, das *vacuum horrendum** in uns einschießt. Und war nicht letzten Endes dem Wurme aufgetragen, die Staude, in deren Schatten der Prophet ruhte, zu stechen, auf dass sie verdorre? (Jon 4,6–7.) Und der Geringste unter den Dieben, seid dessen gewiss, ist dem Weltenbau genauso unentbehrlich wie ein Monster vom Schlage jenes Schullehrers, der in zwanzig Jahren tadelloser Dienstausübung – wo kein Häscher, da kein Dieb – die Geschlechtsorgane dreier Dutzend von ihm getöteter Kinder verspeiste. Wir alle gemeinsam – mitsamt dem kleinen Dieb und dem Lehrer und jenem Wurm und dem Propheten und allen, die sonst noch auf der Welt sind, von meiner Mandantin ganz zu schweigen – bilden die Weltharmonie.

Ich beginne damit, dass die von den Dolichozephalen verlachten Papua nur zwei ihrer Kinder am Leben lassen – einen Jungen und

---

*   Grauenerregende Leere (lat.)

ein Mädchen, die übrigen werden nach der Geburt am Strand verbuddelt. Warum diese Gepflogenheit ärger sein soll als der bei uns im sogenannten zivilen Europa verbreitete Brauch, ein drei Monate altes Menschlein aus dem aufgesperrten Schoß zu kratzen, müsstet Ihr mir erklären. Menschen unserer Gegenwart, solche wie du und ich, nur vielleicht von anderer Hautfarbe, erstechen, erwürgen, erdrosseln, ersäufen, verbrennen ihren Nachwuchs, und es gilt nicht als Verbrechen. Auf den Fidschi-Inseln frisst man bis heute die eigenen Kinder auf – das lässt sich nachlesen bei Bode oder notfalls Kohler. Dieser beschreibt, wie man den Neugeborenen vor seinen Augen die Köpfe vom Hals drehte oder mit dem Finger den Schädel eindrückte. Als der Europäer, dem Herzanfall nahe, seinen Abscheu bekundete, konnten die Frauen über so viel Dummheit nur lachen und erklärten ihm, die Kinder seien ja noch viel zu klein, um den Schmerz zu spüren. Eine junge Mutter, die ihrer Tochter gerade den Garaus gemacht hatte, sagte dem dahergereisten Forscher, sie bedaure nur, dass ihre Mutter seinerzeit nicht ebenso mit ihr verfahren sei. Zwillinge werden bei fast allen Naturvölkern getötet, weil man sie als Beweis für die Untreue der Frau ansieht, ausgehend von der naiven Annahme, dass pro Mann nur ein gezeugtes Kind infrage kommt. Auf der Insel Nias stecken sie das Neugeborene in einen Sack und hängen es im Wald an einen Baum. Bei den amerikanischen Indianern bekommt das Kind ein glühendes Kohlebröckchen in jedes Ohr, die Leiche kommt ins Herdfeuer. In Ägypten übernahmen die Eltern den Kindesmord, in Griechenland war es ganz und gar eine Obliegenheit des Staates. Im alten Rom hatte der *pater familias* über die Geschicke seiner Nachkommen zu verfügen – *jus vitae ac necis**, das wird Ihnen etwas sagen. Platon in seinem Philosophenstaat liquidiert ungeniert alle illegitim gezeugten oder von Frauen über vierzig geborenen Kinder. Er hält es für geboten, außer den unterentwickelten auch ganz normale Kinder zu töten, wenn die

---

* Gesetz über Leben und Tod (lat.)

Geburtenzahl ein gewisses Limit übersteigt. Aristoteles will seinem Lehrer nicht nachstehen und plädiert für die Regulierung der Zahl an Kindermündern proportional zur verfügbaren Nahrungsmenge. Cicero, Seneca, Tacitus und Plutarch, der Menschheit vortrefflichste Geister, haben nichts gegen Kindesmord einzuwenden und halten ihn für lässlich – lieber einen fordernden Magen weniger, als das Kind durch falsche Erziehung zu verderben, die es unempfänglich machte für die Stimme der Tugend und der Ehre, so Plutarch, und sei beispielsweise armen Leuten ein Kind geboren, zieme es sich schon deshalb so zu verfahren, weil Armut das größte aller Übel sei und es keinen Grund gebe, einem Nachkommen dieses traurige Erbe zu übereignen. Als Cäsar bei den Galliern einmarschiert, ist es dort dasselbe in Grün. Die Kelten werfen die Neugeborenen in den Rhein, der zum Richter berufen wird: Taucht das Kind wieder auf, ist es legal – wenn nicht, hat es oben nichts verloren. So sind sie nun mal, die Heiden! Der von mir bereits früher zitierte Busenbaum, welcher den vorsätzlichen und bewussten Kindesmord als sträflich brandmarkt, lässt eine Ausnahme zu in denjenigen Fällen, da er gottgewollt sei, »vom Herrn über alles Leben beschieden«*. Noch unverblümter und unumwundener äußert sich Pietro Alagona: »Auf Gottes Geheiß darf auch der Unschuldige getötet, darf gestohlen und Unzucht getrieben werden, denn Er ist der Herr über das Leben und den Tod und alles, und darum ist seinem Geheiß zu folgen.«**

---

* Herm. Busenbaum. Medulla Theologiae Moralis. MDCCXV. Lib. III. Tract. IV. Cap. I. Dubium IV: *An aliquando liceat occidere? Directa intentione, & scienter nunquam licet, nisi Deus omnis vitae Dominus concedat.* p. 125, Selbiges Dub. IV in der Pariser Ausgabe von 1670 in abweichender Redaktion: *An aliquando liceat occidere innocentem?*

** P. Petrus Alagona. Sancti Thomae Aquinatis Theologicae summae compendium. Romae, 1619. Ex prima secundae. Quaestio XCIV. De lege Naturali. Articulum 5: *Ex mandato Dei licet occidere innocentem, furari, fornicari; quia est Dominus vitae et mortis et sic facere eius mandatum est debitum.*

Doch fassen wir uns an die eigene Nase: Das Gesetzbuch unseres Zaren Alexei Michailowitsch gibt sich der Kindstötung gegenüber durchaus nachsichtig! Solange die Menschheit existiert, hat es sie gegeben. Auf einmal aber soll alles auf den Kopf gestellt und ein lebensfremdes Verdikt gültig sein: Du sollst nicht töten! Nicht zuletzt mein verehrter Opponent hat sich neben vielerlei anderen Zuspitzungen für diese ihm unzweifelhaft dünkende Wahrheit ins Zeug gelegt. Aber wie soll denn das gehen: nicht töten? Man versuche sich das einmal vorzustellen: Kain hätte Abel nicht getötet! Das hieße, nicht Julius Cäsar noch Napoleon, die Sixtinische Madonna und die Appassionata, weder Shakespeare noch Goethe, weder *Krieg und Frieden* noch *Schuld und Sühne* – nichts von alledem wäre vorhanden! Du sollst nicht töten, na fein. Hippier, besinnt euch! Mal unter uns gesagt: Ist es wirklich so unschuldig, dieses von allem unbeleckte Bündelchen, das da bäuchlings in der Bracke liegt, in dem stinkenden Teich voll Froschlaich und Wolkenbildern, im gespiegelten Möhrenrot der sinkenden Sonne? Steht etwa nicht geschrieben, dass ein jeder vor Gericht zu büßen hat – nicht nur dafür, wie er gelebt hat, sondern auch dafür, wie er gelebt haben würde, wäre er länger am Leben gewesen? Denn vor Gott sind nicht nur die begangenen, sondern auch die künftigen Sünden von Belang, die zu verantworten dich auch der Tod nicht entbinden kann, so er eintritt, bevor sie begangen sind! Und dann ist da noch dieser Abreißkalender. Ritsch, das nächste Blatt – was zeigt es? Die Maria von Ägypten. Die seit dem zwölften Lebensjahr als Hure ging. Habt Ihr gehört? Mit zwölf! Da juckt es euch doch unterm Skrotum, Ihr geschworenen Onanisten! Und mit siebzehn ist sie in die Wüste gegangen – für immer und ewig. Und wandelte dort bis ins hohe Alter vollkommen nackt, deckte ihren schmutzstarrenden Körper mit Palmwedeln, die sie pflückte nur für den Moment des inbrünstigen Gebets, wenn ihre Füße – wie bei allen Barfüßlern bewachsen von krustigem Horn, mehr als nageldick – sich vom Sande lösten und sie sich erhob in die von der Wüsten-

sonne zum Glühen gebrachten Lüfte und schwerelos dort hing –
denn wie so mancher in prä-Newton'scher Zeit verfügte sie über die
Gabe der Levitation. Und es steht schwarz auf weiß geschrieben in
diesem Kalenderchen oder vielmehr schwarz auf grau, denn sie sparen immer am guten Papier: Maria von Ägypten wird über die Sün-
derinnen Gericht halten am Jüngsten Tag! Sie also, nicht ihr! Dort
wird dieses Mädchen sein Urteil erfahren, nicht hier! Und wollt
denn ihr, die ihr nicht daran denkt, Vater und Mutter zu ehren, ihr
Ehebrecher im Geiste, Defraudanten bei jeder Gelegenheit, Lüg-
ner vor dem Herrn, die ihr den Esel eures Nächsten begehrt, wollt
ausgerechnet ihr auf dieses arme Wesen den ersten Stein werfen?
Oder in Ermangelung von Steinen die Mütze in euern Händen?
Wer traut sich das? Da schweigt ihr! Die ihr erst gestern in diesem stickigen Saal dafür gestimmt habt, die Todesstrafe über den
armen Schwachsinnigen zu verhängen, der hier saß – meint ihr
wirklich, euch steht es zu, das in Not geratene Kind da eines Bess-
ren zu belehren? Zu sagen: Du darfst nicht töten? Und wenn nun
dieser siebzehnjährige Backfisch, gebeutelt von Angst und Scham,
von auswegloser Verzweiflung geplagt, sich auf dem Weg zum Teich
das kleine Kreuz vom Hals nimmt und ihrem in Schmerzen geborenen Söhnlein überstreift, wenn sie nun sagt zu euch, die ihr es mit
einem Kopfnicken Ihm, der nicht von dieser Welt, überlasst, euch
und die von euch Getöteten zu erlösen, wenn sie euch sagt: Ich
bin von dieser Welt. Ich lebe in ihr! Und geht den von Wegerich
überwucherten Pfad zu den Borissower Teichen. Derweil ergeht
ihr euch in Betrachtung des Sonnenuntergangs, der aussieht wie
die Kokarde an der Mütze eines Bahnhofsvorstehers, spielt einen
Trumpf aus beim Durak, scheucht mit der Zeitung eine Wespe zum
Fenster hinaus, klaubt mit dem Fingernagel die Harzträne von der
Rinde des Kirschbaums, habt die Nase im Nacken eures Filius vergraben und denkt: Oleg, mein Engelchen, mein Trost und meine
Freude, mein Ein und Alles – und sie geht den Teich entlang, sieht
zwei Steinbrocken liegen, nimmt ihr Tuch von den Schultern, bin-

det die Steine hinein und das Kind dazu und lässt das Bündel vom Steg zu Wasser. Schiebt es von sich mit einem Stock. Und springt sogleich hinterher – seis, um das Kind zu retten oder um sich selbst zu ertränken. Und überhaupt, mal Hand aufs Herz: Was geht uns, euch und mich, dies dumme Luder an? Davon gibts draußen wie Sand am Meer! Soll man sich wegen jeder ins Hemd machen? Wie ich, das Absolventenabzeichen meiner Alma Mater an der Brust, zum ersten Mal bei meinem Patron im Sessel saß, um mich zu bewerben (dabei insgeheim in den Spiegel gegenüber schielte: das emailleglänzende blaue Kreuz in silberner Raute mit Adlerkrone – wie glücklich war ich!), da sagte er zu mir: »Vor allem hütet Euch davor, Mitleid mit ihnen zu hegen. Das bringt nichts ein! Euer Herz reicht sowieso nicht für alle. Und sie sind es, bei Lichte besehen, nicht wert. Hier, auf der von den Knasthosen und -röcken polierten Bank, schauen sie unglücklich drein. Draußen im Leben sind sie die ärgsten Armleuchter und Hundesöhne, die man sich vorstellen kann. Ihr gäbet ihnen nicht die Hand. Nicht bedauern sollt Ihr sie, sondern retten!«

Wer immer bei Ilja Andrejewitsch anklopfte, wurde genommen, er schickte keinen weg, mahnte dabei jedoch in strengem Ton: »Glaubt nur nicht, dass ich euch mit Causae versorge. Darum müsst ihr euch selber kümmern. Die Zeiten sind hart.« Um dem Bewerber gleich darauf in die Feder zu diktieren: »Angelegentlich der Einberufung in den Stand der Hilfsgeschworenen ...«

An der Wand seines Kabinetts hing ein japanischer Kupferstich, der, mit reichlich fernöstlicher Grimasserie, das glückliche Ende irgendeiner Legende festhielt: In dem Moment, wo des Henkers Schwert den Kopf des Delinquenten, dem gedankenschwere Samurai Arme und Beine verdrehen, vom Leibe zu kappen droht, bricht, kurz bevor sie den ausrasierten Nacken berührt, die Klinge aus unklarem Grund entzwei. Ilja Andrejewitsch war vernarrt in dieses Bild. Postierte sich davor, während er den Löffel im Glas kreisen ließ, um die Zitrone in den Tee zu rühren, kniff die Augen zusammen, trank ein erstes Schlückchen und sprach, Teeblättchen an der Unterlippe: »Das nenn ich ein inbrünstiges Gebet. Bei uns wird die Beichte ja am liebsten verweigert. Alle hoffen sie, dass sie nimmer wiederauferstehen, die Idioten!«

Nach einem berühmten Zivilrechtler sah dieser Mann überhaupt nicht aus: grobe, kräftige Bauernhände, porige, verknitterte Nase, die Stirn eines Neandertalers und auf den Fingern borstige rote Haare, an denen er auch in Gegenwart anderer selbstvergessen herumkaute. Seine Reden schrieb er vorher nicht auf; höchstens hatte er auf irgendwelchen Papierfetzen ein paar kabbalistische Krakel stehen. Am Vorabend seines Plädoyers ging er zwei, drei Stunden lang in seinem Kabinett zwischen zwei Ecken auf und ab – und wehe dem, der ihn versehentlich dabei störte! Den Spickzettel benutzte er am Ende nie und behielt doch alles, vergaß kein Detail, dichtete seine Rede mit Beweisen ab wie die Bohlen mit Werg beim Hausbau. Aß für sein Leben gern, schlug sich den Bauch voll, auch als er schon sehr krank war, allen ärztlichen Verboten zuwider. Dabei gab er vor, seinen Tod durch Verhungern nach dem Beispiel des Isokrates zu planen. Blieb ein Sonderling bis zum letzten Tag; verlangte noch im Sterben nach der Zeitung, weil er nicht uninformiert ab- und hinübertreten wollte. Außerdem fürchtete er die Obduktion und bat inständig darum, ganz und unversehrt begraben zu werden. »Wie steht man da, wenn die Posaune des Herrn erschallt, und man ist nicht vollständig!«

Gern hörte ich zu, wenn er den Geschworenen knurrend und fauchend den Marsch blies, malte mir aus, wie es wäre, eines Tages selbst an seiner Stelle zu stehen und gehört zu werden; eine Vorstellung, an die schwer zu glauben war. Ich liebte diesen großen Saal, besonders wenn er bis auf den letzten Stuhl gefüllt war: das Wieseln der Gerichtsdiener, das einschüchternde Bellen der Wachmänner, die Legion der Damen mit den Operngläsern auf ihren Stammplätzen. Genoss es, wenn eine der örtlichen Koryphäen sich herabließ, mich, der ich noch nie ein Plädoyer gehalten, mit Kollege anzusprechen.

Und ich weiß noch, mit welch verschreckter Miene meine Wirtin aus ihrem Zimmer geeilt kam, um mir zu sagen, dass meinetwegen schon dreimal ein Kurier aus dem Bezirksgericht da gewesen sei, Montur wie ein Polizist, mit Degen und Pistole, sie habe unterschrieben für eine Vorladung nebst Brief, Registriernummer und Siegel. Auf amtlichem Formular mit Zarenadler erging die Aufforderung zur persönlichen Vorsprache in Angelegenheit meiner Ernennung. Vor Freude stürmte ich in den Laden hinunter, kaufte eine Flasche Sekt und begoss mit der alten Dame den freudigen Anlass.

Zur anberaumten Stunde betrat ich das mir damals noch vollkommen fremde Gerichtsgebäude. Wie viele solcher Debütanten habe ich später noch gesehen: frisch vom Friseur, blass und selig und ein bisschen belämmert, mit dem spröden Amtsstil unserer Justiz noch unvertraut. Hier schiebt sich einer zum ersten Mal durch das bunte Gedränge auf dem Flur mit den Zivilterminen, vorbei an Frauen, jede ein Häuflein Unglück, ausgedienten Soldaten, verkrüppelten Fabrikarbeitern. Dazwischen windige Typen, die von einem Büro ins andere scharwenzeln, die von den Aufsehern platzierten Barrieren belagern.

Niemals werde ich vergessen, wie nach der Ratssitzung, die über mich beschied, der schriftführende Sekretär mit meiner Ernennungsurkunde aus dem Sitzungssaal kam und mit dröhnendem Bass, dass der ganze Flur sich nach ihm umwandte, fünfundzwanzig Rubel von mir einforderte. Ich war wie vor den Kopf geschlagen. Keiner hatte mich vorgewarnt. Eine solche Summe hatte ich natürlich nicht einstecken.

»Wofür denn, wenn ich fragen darf?«

»Kassenentgelt, Benutzungsgebühr für die Bibliothek, Kanzleigebühr ...«

Unter den belustigten Blicken der Umstehenden geriet ich ins Stammeln und erklärte, ich würde das Geld später vorbeibringen. Heute noch wird mir heiß und kalt vor Pein, wenn ich daran denke.

Damals träumte ich von einem kupfernen Schild an der Tür und einem in Emaille unten am Haus, davon, in der Portierloge des Gerichtsgebäudes einen reservierten Garderobenhaken zu haben ... Diese Träume sind wahr geworden. Studiert habe ich byzantinisches Recht – und was ist mein täglich Brot? Hypotheken, Pachtzinsen, notleidende Wechsel.

In Zivilrecht hatte ich eine Eins, doch als mein allererster Mandant mich in einer Erbsache konsultierte, fiel mir vor Schreck nicht mehr ein, welcher Anteil aus der Erbmasse ihm selbst, seinem Bruder und seiner Mutter zustand, meine Hand wollte zum Kompendium greifen, doch war es mir peinlich, vor den Augen des Klienten Paragraphen zu wälzen, lieber redete ich den Mann dusslig.

Dann die erste Strafsache als bestellter Verteidiger. Lausbuben hatten Steine gegen die Fenster eines durchfahrenden Zuges geworfen; einen hatte man geschnappt.

Mein Fall war an dem Tag als erster angesetzt. Als ich ins Gericht kam, war noch keiner da, im Saal wurde noch geputzt und geräumt, ich ging wieder vors Haus. Es roch frisch, in der Nacht hatte es geregnet, die Rinnen zwischen den Pflastersteinen waren noch feucht. Die Angehörigen des Jungen trafen ein. Die Mutter mit gelbem Schafsgebiss brach in Tränen aus, als sie mich sah. Vom Patron hatte ich die Lektion bekommen, dass man mit den Angehörigen einen strengen Umgang pflegen solle, keinerlei Spekulationen über den Ausgang des Falles zulassen, verkünden, das Hohe Gericht nehme es sehr genau, und ansonsten liege alles in Gottes Hand.

Mir fiel hingegen nichts Besseres ein, als die Mutter zu beschwichtigen: »Nun mal halblang, es gibt ja doch keine Beweisgrundlage, man wird ihn freisprechen, alles wird gut, Sie werden sehen!«

Ehe ich mich versah, hatte die Mama mir einen Kuss auf die Schulter gedrückt. Wie ich nun bemerkte, war sie schon am frühen Morgen betrunken. Mit Mühe konnte ich sie abwehren.

Vor Beginn der Sitzung ging ich in die Kanzlei und begrüßte

den Sekretär, gab auch seinen beiden Gehilfen die Hand, brave Skribenten in Gerichtsuniform.

Das nicht sehr zahlreiche Publikum hockte schweigend in den Bänken, die stumpfen Blicke auf das rote Tuch des pompösen Tisches gerichtet.

Der Gerichtsdiener trat auf mich zu und raunte etwas, das ich nicht verstand, irgendetwas schien mit meiner Kleiderordnung nicht zu stimmen, ich rannte auf die Toilette, nahm mein rostiges Spiegelbild in Augenschein, alles schien in Ordnung ... Erst bei näherem Hinsehen entdeckte ich weiße Spuren von Zahnpulver an Wange und Kinn.

Der Täter, minderjährig, vaterlos, Pickel im Gesicht, Schorf im Nacken, bohrte in der Nase und knabberte an seinen Warzen, gab den Kumpanen im Saal verstohlene Zeichen.

Während der Vorsitzende die Anklageschrift verlas, suchte ich mir mein vorbereitetes Plädoyer in Erinnerung zu rufen. Die Aufzeichnungen, mit zitternden Händen aus der Aktentasche gefischt, verschwammen vor meinen Augen, ich konnte nichts lesen, sah nur die vielen Unterstreichungen und hier und da ein *Notabene* am Rand prangen. Sonnenlicht fiel auf die Blätter und vergoldete sie.

Ich entsinne mich, wie der Beisitzer von ganz außen sich zum Herrn Staatsanwalt hinüberbeugte, sie steckten die Köpfe zusammen und tuschelten, man konnte meinen, sie küssten einander heimlich.

Als alles vorbei war, ging ich ins Büfett und konnte es mir nicht verkneifen, mich vor dem Büfettier mit meinem eben gewonnenen ersten Fall zu brüsten.

Der, während er mir Tee einschenkte, erwiderte mit feinem Lächeln: »Brimborium. Man gewöhnt sich dran.«

Misslichere Gedanken ließen indes nicht lange auf sich warten: Zwar ziehst du nun täglich Reklame aus dem Briefkasten für den Erwerb einer Schreibmaschine, Marke Underwood oder Torpedo, auf Raten, aber hier musst du dich sechs Mal hinstellen und Bagatellfälle vortragen, ehe sie dir zwanzig Rubel ausbezahlen. Hat der Beruf unter diesen Umständen überhaupt einen Sinn? Immer noch einmal Mietrückstand und Zwangsräumung, noch ein Streit über Vertragsauslegung, noch ein Fall von eigenmächtigem Vorgehen. Tagtäglich Klageschriften, Einsprüche gegen Versäumnisurteile, Anträge auf Zeugenbefragung, Fahrten mit dem Vollstrecker zur Pfändung. Um einen Kläger an der Erlangung eines Vollstreckungstitels zu hindern, wird ein Gegenantrag gestellt, man bittet das Gericht um Befragung von Personen zur Bezeugung irgendwelcher Umstände; diese Zeugen wohnen dann vorzugsweise in Port Arthur oder im kaspischen Raum. Das Bezirksgericht gibt dem Antrag statt, die Akte geht erst einmal nach Port Arthur, der Beklagte hat Zeit, seine Besitzverhältnisse zu ordnen, und der Kläger kann seine Forderungen in den Wind schreiben.

Die vielen Tricks, einen Prozess zu verschleppen, lassen Geist und Phantasie abstumpfen.

Ewig hat man das Gefühl, einen Karren zu ziehen, der bis obenhin beladen ist mit drögem Papier, und von Leuten gepiesackt zu werden, deren Hass aufeinander nicht selten pathologische Züge annimmt.

Einer hat Angina und einen Frosch im Hals, er kann nicht reden, also zischt er mit geballten Fäusten:

»Und wenn ich alles verkaufen muss, mein ganzes Geld aufbieten – ich werde die Wahrheit ans Licht bringen!«

Die Wahrheit ist aber nur, dass er es nicht fertigbringt, die Datscha mit dem Schwager zu teilen.

Manchmal hatte es den Anschein, als wäre die ganze Welt in Anzeigen und Resolutionen verstrickt; keiner, der nicht irgendeinen Rechtsstreit führte. Und jedes Mal schleppte es sich dahin und war ätzend und nicht zu ertragen. Sodass man den Erdball in Klageschriften und Vollstreckungsbescheide hätte einwickeln wollen und ihm einen Tritt geben.

Und immer fand sich zu alledem noch irgendein Mandant, der einen anfuhr mit echter oder gespielter Verwunderung: »Wann legen Sie sich denn mal ein ordentliches Tintenfass zu?«

Wenden wir uns nun, liebe Freunde, dem nächsten für heute anstehenden Casus zu: §569 Criminal-Gesetzbuch, unterlassene Nächstenhilfe. Hätte er einfach bloß geklaut, würde man nichts sagen. Lieber natürlich beim Staat als beim Nachbarn, was soll daran schlimm sein? Themistokles, der mit der Staatskasse durchbrannte und auf Kosten der Perser tafelte, hat den Griechen doch mehr genutzt als geschadet. Phidias, hat man den nicht bezichtigt, das für die Statue der Athene vorgesehene Gold beiseite geschafft zu haben? Und Fürst Poscharski? War Russlands Befreier nicht ein Schmiergeldnehmer vor dem Herrn? Der Wachtmeister, der dem Fuhrmann für nichts einen Heller abknöpft, würde sich im nächsten Moment, ohne zu zögern, für das Vaterland in die Bresche werfen, seine Pflicht erfüllend in den Tod gehen, um einen irren Mörder zu stellen. Stehlen ist Sünde, es hat aber Gründe, sagt der weise Volksmund. Genauso sagt er: Gäbs keine Diebe, gäbs keine Höfe, und dass der Fiskus keine Soldatenwitwe ist, die man nur einmal schröpfen kann. Staatsgeld versickert gern; der Stier führt nichts im Schilde, sein Magen ist gefüllt. Redlich währt am längsten, Mogeln geht schneller. Gesetze sind schön und gut, aber wir sind doch alle Krämer. Du kannst zu Gott beten, aber wenn du ans Ufer willst, musst du schwimmen. Das Leben ist ein Jammertal. Was du nicht nimmst, stecken andere ein. Aber nicht genug, dass sie dich ausrauben, sie hinterlassen dir noch den Hohn: räumen den Schrank leer und hängen deine Katze darin auf, kippen die Tischlade aus und werfen eine tote Ratte hinein, leeren das Büfett und kacken es voll. Und vor allem weiß man vorher nie, von welcher Seite Gefahr droht. *Et quis custodiet custodes ipsos?** Mehrere Einbrüche

---

* Und wer bewacht die Wächter? (lat.)

im selben Haus – und es stellt sich heraus, der Hausmeister wars. Der Bock als Gärtner. Manchmal traut mans den Leuten nicht zu, so ehrbar und anständig, wie sie aussehen! Eine feine Dame im Pelz hat beim Goldschmied einen Ring ausgetauscht. Dabei hat der Ladendiener einen scharfen Blick, eine Lücke auf dem Samtkissen wäre ihm sofort aufgefallen. Das edle Stück hat sie klammheimlich in den Oleander fallen lassen. Anschließend kaufte sie irgendeine billige Brosche und hat sich dabei in den Oleander verguckt, von wegen: prächtiges Exemplar! Gab eine Bestellung auf im Wert von einigen Tausend und wollte zu guter Letzt auch noch den Oleander kaufen. Den Ladeninhaber hats gewundert: Woher auf einmal diese Leidenschaft! Doch für zwanzig Rubel überließ er ihn ihr. Das nenn ich ein Schnäppchen! Ein Tor hat Lust an Schandtat, nicht wie der einsichtige Mann an Weisheit, so sprach der weise Salomon. Manchmal wird ein Lausbub vorgeschickt, der kommt gerannt und ruft: Ein Unglück! Es ist ein Unglück passiert! Ihr Gatte!, oder, je nachdem: Ihre Tochter liegt verletzt im Krankenhaus! Man solle Wäsche bringen und Geld. Zu Tode erschrocken, beeilt sich die Familie, Wäsche und Geld herbeizuschaffen – und fragt sich hinterher, wie konnten wir nur! Na, dazu weiß ich auch nicht mehr zu sagen als: Selber schuld! Und was für eine Idee, die Fenster der Datscha auf den Winter zuzuweißeln, damit die Möbel nicht ausbleichen! Zu faul, Schutzhüllen überzuziehen und die Sessel vom Fenster abzurücken, ins Zimmer hinein. So ists doch eine Einladung für jedermann: Hier ist keiner, komm rein und bedien dich! Für den, ders noch nicht weiß: Von zwölf bis vier haben die Wohnungsdiebe ihre hohe Zeit. Denn da halten die Concierges ihr Mittagsschläfchen, so hat man sich spielend eingeschlichen. Sie und ich, wir täten es nicht anders: Der Hausherr ist auf Arbeit, die Herrin geht spazieren oder Besuche machen, Stubenmädchen und Lakai verduften augenblicklich ebenso, und die Köchin kann vor Arbeit nicht aus den Augen sehen. Ich kannte mal einen, der hatte eine amtliche Bescheinigung, Kleptomane zu sein: Ich klaue und kann nicht anders! Man kann von Glück reden, wenn sie einen ungeschoren lassen. Einmal war ich bei Nikolai Nikolajewitsch in der Asservatenkammer – was hat der nicht alles in seinen Schränken liegen! Ein wahres Museum: Brecheisen, Äxte, Steine, Hämmer, Knüppel, Morgensterne, Hanteln, Nudelhölzer, Rasiermesser, Scheren, Messer jedweder Art. An vielen Spuren von Blut. Eine Mütze, das Schild von einem Axthieb gespalten. Ein Bügeleisen – das nämliche, Sie werden sich entsinnen, mit dem voriges Jahr ein gewisser Siwopljas in Chamowniki einer schlafenden Familie den Garaus gemacht hat, fein säuberlich einem nach dem anderen. Doch ich schweife ab.

Kommen wir nun zum exemplarischen Fall des Sektionsgehilfen M., zuletzt betraut mit der Leitung einer bakteriologischen Abteilung. Angeklagt der unterlassenen Hilfeleistung für den Kulturarbeiter und eingefleischten Semstwo-Befürworter D., welcher im Stadtgarten verblutete, wo es zu dieser Zeit nach Virginischem Tabak und Wunderblumen duftete.

Kurz gefasst, ist die Sache die.

Wir leben in schweren Zeiten. In der Provinz sind Straftaten zumeist gröblicher Natur und machen durch ein Übermaß an Grausamkeit auf sich aufmerksam.

Vorliegender Fall spielt in Jurjew, das sagt schon viel. Stadt der Soldatenfrauen und der Verbannten. Triste Gegend, wo die Samojeden wohnen. Ein apfelschimmelgrauer Tag. Am andern Ufer der Kolokscha eine Fabrik, aus beiden Schornsteinen Rauch, der wie eine Pluderhose über dem Städtchen schwebt. Vom Schlachtfeld an der Lipiza dringt Kampfgetöse herüber, dort schlagen sich die Rostower schon das achte Jahrhundert mit den Wladimirern. Zwiebeltürme spiegeln sich in der brackigen Gsa: das Erzengel-Michail-Kloster, das früher ein Straflager war. Eine Mauer mit Senkscharten, von Touristen verunziert. Von besonderem Wert sind die Schnitzereien in der St.-Georgs-Kathedrale, die von der Himmelfahrt Alexanders des Großen künden; die senkrechte Inschrift *BAKU* an der

Archivolte des Portals der Nordfassade wird als Signatur des Baumeisters Bakun (Abraham) gelesen. Der Kentaurus an der Nordwand des westlichen Narthex trägt einen russischen Kaftan und eine Mütze mit Ohrenklappen, in Händen eine Keule und einen Hasen, was an einen fürstlichen Jäger gemahnt. Ein weiterer ist in einem Medaillon auf der rechten Lisene am südlichen Narthex zu erkennen – im gleichen Kaftan, doch mit einer Axt in der Hand. In der vormaligen Kirche ist jetzt ein Kino. Auf einmal bleibt das Bild stehen, das Filmband fängt an zu schmelzen, Wellen zu schlagen, es staut sich, und plötzlich reißt es, der leere Raum füllt sich mit gleißender Helle. Auf der nackten Leinwand tanzt ein Härchen. Das Publikum, größtenteils Häftlinge aus dem örtlichen Lager, die auf Freigang in der Fabrik arbeiten, pfeifen und stampfen, werfen mit ihren geknüllten Eintrittskarten, die durch den Lichtkegel des Projektors zischen wie die Oberleitungsfunken an der Straßenbahn.

Der Kulturarbeiter D., nicht mehr ganz jung, brünettes Bärtchen, nierenkrank, daher mit morgendlichen Augensäcken, ein Zeh zu viel am rechten Fuß, der ihm aber schon als Kind amputiert worden war, hatte nicht mehr lange zu leben, und Linkshänder war er auch. Die Mutter hatte ihm beigebracht, mit der rechten Hand zu schreiben; Essen, Zeichnen und so weiter erledigte er jedoch weiterhin mit links. Das bereitete weiter keine Unannehmlichkeiten, höchstens wahrte er bei Tisch etwas Abstand zum linken Nebenmann, um den Löffel gefahrlos zum Mund zu führen, und Scheren sind für Rechtshänder gemacht, da bricht einem schon mal der Fingernagel ab. Im Restaurant müssen Messer und Gabel immer erst ihre Plätze tauschen. Zu Hause hat man sich daran gewöhnt, höchstens ein fremder Gast mag sich verwundert fragen, ob sie hier etwa nicht wissen, wie man den Tisch deckt. Ein Musikinstrument zu spielen ist auch problematisch.

An diesem Tag stand D. spät auf. Trank Kaffee mit Sahne und sah flüchtig in die Zeitung: In Deutschland hat es wieder Pogrome gegeben. Eine Fähre in Finnland ist vor den Schären in Seenot

geraten und gesunken. Grippewelle in Moskau. Fünflinge in Alapa-
jewsk. Erdbeben in Nepal, Erdbeeren im Angebot. Der Rubel hält
sich stabil, im Flachland regnet es viel. Schwanensee im Bolschoi,
Baumwolle im Trend. In München steht ein Hofbräuhaus, im Garten steht ein Mann.

D. hat die Zeitung zerknüllt und unter den Tisch geworfen.

Dort lag sie und seufzte und knisterte vor sich hin. Die Toten
von der Fähre, die fünf Neugeborenen, das Hofbräuhaus und der
Mann im Garten blähten sie wieder auf, sie raschelten und rap-
pelten.

D. war verheiratet mit Mascha. Heupferd nach dem alten Son-
nenkalender – ein Zeichen von Sommer und Schweben, Duft nach
Heu.

Zehn Jahre war es her, die Nacht vor der Hochzeit, D. war plötzlich erwacht. Sah in der Dunkelheit ihre neuen Schuhe auf dem
Tisch stehen und leuchten, sie rochen nach Schuhladen. Mascha
saß im Bett und wiegte sich, den Kopf zwischen den Knien, wim-
merte und schluchzte.

»Was hast du?«, fragte D. erschrocken. »Ist was passiert?«

»Mein Zahn.«

»Wie?« D. verstand nicht gleich. »Was ist mit dem Zahn?«

Die Wange war über Nacht angeschwollen.

Sie fuhren in die Poliklinik an der Krasnoselskaja, wo der Not-
dienst war. D. saß im schummrigen Warteraum, da standen Holzbänke mit geschwungenen Lehnen wie im Bahnhofswartesaal. Aus
der angelehnten Tür zum Behandlungsraum fiel ein scharfer Streifen kaltes Licht, und er konnte es klirren hören, wenn der Zahnarzt
ein gebrauchtes Instrument in die Blechwanne warf. Der Zahn war
beim Ziehen gesplittert, der Arzt bekam den Stumpf mit der Wurzel ewig nicht heraus. Mascha stöhnte, Mascha winselte, und der
Arzt brüllte sie auch noch an.

»Mund auf!«

»Hände weg!«

»Stillsitzen!«

In Jurjew hatte man ihnen Wohnraum im Schützenturm zugewiesen. Schmale Schießscharten gingen auf Holunderbüsche hinaus. Die vorigen Mieter hatten es vorgezogen, ihren Müll in den Ecken zu verteilen, statt ihn hinunterzutragen; das Abwasser hatten sie aus dem Fenster in die Brennnesseln gekippt. Es stank wie die Pest und moderte. Mehrere Tage brachten Mascha und D. mit Ausräumen und Putzen zu, kratzten und scheuerten. Im Kaufladen, wo eine Schlange nach Zucker anstand – die ganze Stadt kochte Marmelade, Zucker gab es nur auf Marken, und kaum dass welcher reinkam, war er schon wieder alle –, kauften sie billige Tapeten, rührten in einer Schüssel Stärke zu Kleister. Den ganzen Tag waren sie in dem aufgeheizten Zimmer am Schuften, legten sich zu guter Letzt darin schlafen, todmüde und verschwitzt – Fenster und Türen mussten zu bleiben. In der Nacht fingen die noch feuchten Tapeten zu atmen an, überall knisterte es und knackte. Mascha war an D.s Schulter eingeschlummert, sein Arm ganz taub, er wagte es nicht, ihn hervorzuziehen, um sie nicht zu wecken. So lag er und lauschte ihrem Schniefen und dem Wispern der Tapeten in der Finsternis.

D. mochte es, ihr den Kopf zu waschen, das Haar schwamm und schwebte in der Schüssel wie Wasserpflanzen, und wenn es genügend gerubbelt war, quietschte es im Handtuch. Er knotete es, nass wie es war, ins Handtuch hinein und knebelte es, um das Wasser herauszupressen.

Manchmal konnte D. nachts nicht schlafen, und ihm ging durch den Kopf, dass diese Wände, in die er mit der Brustleier Löcher zu bohren sich mühte, um ein Bücherregal aufzuhängen, diese Klostermauern, diesen von Kletten und Melde bewucherten Wall Tausende spurlos verschwundener Leute vor ihm vor Augen gehabt haben mussten. Einstmals war Juri Dolgorukij leibhaftig hier durchgeritten. Kaum dass man Quartier bezogen hatte, stand Batu Khan mit seinem Heer vor den Mauern. Vnd es hub an ein großes stechen vnd hawen / sengen vnd brennen ohn alle gnadt / dass christenblut floß als mechtiger strohm. Viel menschen in der statt erschlugen sie mit jhren schwertern / frawen wie kinder. Andere warn / die ertrenckten sie im fluß / dass kein eintzig mensch leben blieb / trancken auß miteinander den becher zum thod. Und kaum hatten die sich eingelebt, kam Toktamisch. Vnd wieder lagen jhrer vile todt auff bloßer erden / graß im mundt / in schnee vnd eyß erstarrt / durch niemand auffgehoben / kamen jhre leiber den wilden thieren zu fressen / vnd wurden durch vögel im schwarmb zerfleischt. Alsdann ward die Stadt dem Litauer Swidrygiello zur Verköstigung übergeben – und der Hunger war groß. Alsdann dem Khan Ğabdellatif von Kasan – und der Hunger war groß. Unter Iwan dem Schrecklichen an den Thronfolger zu Astrachan Ğabdulla – und der Hunger war groß. Pseudodemetrius II., der Schelm von Tuschino, entsandte hierher Qasım, Sohn des Ulug Mehmed und Herrscher von Kassimow – und der Hunger war groß. Swidrygiello wurden die Augen ausgestochen, Ğabdellatif Arme und Beine gebrochen, dann kam er auf den Pfahl. Ğabdulla ward vergiftet, der kleine Mehmed mit Wasser durch den After aufgeblasen wie ein Frosch. Alsdann verbannte man die Raskolniki hierher, schnitt ihnen die Zungen ab. Darauf trieb man die schwedischen Gefangenen an diesen Ort, sie starben allesamt am Frost und an der Schwächung des Darms. Von Pugatschow fand man hier einen Brandbrief – Nasenlöcher wurden aufgeschlitzt. Unter Zar Nikolaus rebellierten die kasernierten Soldaten und mussten Spießruten laufen. Alsdann wurde die Eisenbahn verlegt – und überall modern russische Knochen, Wanja, ahnst du die Zahl? Eine Fabrik wurde gebaut: Streiks, Verhaftungen, Katorga. Ein Krieg brach aus; gesunde, kräftige Männer zogen hinein, kamen ohne Beine wieder. Es kam eine Revolution: Im Turm wurde die Tscheka einquartiert. Massengräber gleich hinterm Wall. Kinder buddeln die Schädel aus, stecken sie auf ihre Stöcke und laufen durch die Gegend damit. Alsdann die Kollektivierung, die Industrialisierung. Das

Kloster wurde zum Gulag. Im Turm war die Rote Ecke, die Bibliothek. Erschießungen wurden jetzt im Wald vorgenommen, außerhalb der Stadt. Auch dort buddeln Kinder die Schädel aus, stecken sie auf ihre Stöcke und laufen durch die Gegend damit. Noch ein Krieg. Gesunde Männer hin, beinlos zurück. Und der Hunger war groß. Ausgebuddelt, durch die Gegend gelaufen.

Nachts konnte man sich nicht retten vor Mücken.

In D.s Zuständigkeit lag unter anderem ein Jugendklub, wohin die Schüler aus den zwei städtischen Berufsschulen zum Tanzen kamen. Im Anschluss obligatorische Prügeleien an der Wladimirer Chaussee, die brutal und verlustreich abliefen. Armeegürtel mit Schnallen kamen zum Einsatz, Flaschenhälse und Fahrradketten. Wenn D. die Polizei anrief, hieß es missmutig: »Ja doch, wir wissen Bescheid«, und es brauchte ewig, bis der Streifenwagen anrollte und die Scheinwerferkegel im von der Kolokscha heraufsteigenden Nebel versackten – als hoffte man darauf, dass die Sache sich von selbst erledigen würde. Tatsächlich waren die Jugendlichen dann längst abgezogen, nicht ohne noch die eine oder andere Straßenlaterne oder Kioskscheibe einzuwerfen. Humpelnd und torkelnd, fluchend und Blut spuckend die, die etwas abgekriegt hatten. Einmal schleppte D. eigenhändig einen Jungen vom Fluss hinauf zur Straße, dem einer einen Schraubenzieher in den Bauch gerammt hatte. Der Junge knirschte mit den Zähnen, krümmte sich vor Schmerz, und während seine Pupillen aus dem Orbit rutschten, röchelte er: »Den schlag ich tot!«

D. haderte mit der Polizei, weil sie nichts unternahm und zu unternehmen gedachte, alles dem Selbstlauf überließ; so würden die Jungs einander abstechen, ohne dass ihnen jemand Einhalt gebot. Immer wieder rief D. an und beschwerte sich. »Der Wichser schon wieder«, hörte er einmal den Sergeanten beiseite zischen, kaum dass der den Hörer abschirmte.

Die Laterne vor dem Klubeingang wurde immer wieder eingeschlagen. D. bestellte ein extra Schutzgitter dafür. Die Jungen nahmen eine lange Stange, hämmerten einen Zimmermannsnagel ans obere Ende und schlugen die Lampe durch das Gitter kaputt.

Den Konzertflügel, der auf der Bühne stand, zerschrammten sie, brachen Tasten heraus. D. hängte ein Schloss davor. Sie knackten das Schloss.

Was nicht niet- und nagelfest war, wurde beiseitegeschafft. Vorräte an Papier, Tusche, Stifte, mit Mühe in Wladimir ergattert – alles verschwand. Nachts brachen sie durch das Fenster in den Geräteraum ein, ließen Plattenspieler, Bälle mitgehen, allen möglichen Plunder; nur den Wanderpokal ließen sie stehen – nachdem sie hineingeschissen hatten. Dafür schraubten sie die Fensterwirbel ab.

Das Dach war an mehreren Stellen undicht, die Toilette, schon als D. hier anfing, außer Betrieb, mit Brettern kreuzweise vernagelt. Nach einem Wasserschaden hatte sich in seinem Büro das Parkett gehoben und schlug Wellen, Tisch und Schränke standen auf den Hinterbeinen.

Die für die Reparatur bewilligten Gelder versickerten, bevor sie in Jurjew ankamen. Ein einziges Mal durfte D. bei der Stadtverwaltung vorsprechen, in einer Säulenvilla am Hauptplatz gelegen, wo die Dahlien auf der Grünfläche ihre von Ohrenkriechern bevölkerten Köpfe hängen ließen. Von da an zog man es vor, auf seine Anrufe, Berichte, Briefe und Bittschreiben nicht mehr zu reagieren, oder schickte nichtssagende Antwortschreiben, die vor primitiven Fehlern strotzten. Offenkundig wussten sie, dass man von D. nichts zu befürchten hatte.

Manchmal rief er bei Vater und Großmutter in Strogino an, einem Moskauer Neubaurandbezirk. Der Vater hatte in seiner Jugend auf einem U-Boot gedient und das Matrosenleibchen seither nicht mehr ausgezogen. Er versoff nicht nur die eigene Rente, sondern auch die seiner altersblinden Mutter; war kein Geld da, hängte er seine Medaillen an und ging in den Schnapsladen betteln.

Wenn der Vater nüchtern war, schien er über D.s Anrufe sehr erfreut. »Sei gegrüßt, mein Sohn! Wie gehts dir? Alles im Lot?«

D. bejahte es. Derweil wurde die Oma an den Apparat gerufen. »Komm schnell! Schenja ist dran!«

Die Großmutter war über neunzig und redete wirr. Meist wollte sie als Erstes von D. wissen, ob es genug Lebensmittel zu kaufen gebe, doch im nächsten Moment konnte ihr in den Sinn kommen, sie wäre noch Kind und telefonierte mit ihrem Vater; den sie zu erweichen suchte, dass er sie nach unten auf den Hof ließ, mit den Freundinnen spielen.

»Bitte, darf ich?«, fragte sie. »Bitte!«

»Aber Oma, ich bin es doch, Schenja!«, rief D.

»Schenja?«, echote die alte Frau erschrocken. »Hallo, wer ist da?«

Und plötzlich wähnte sie sich wieder in der Situation, als man ihren Mann verhaften kam: »Nicht doch, was tut ihr da?«, schluchzte sie in den Hörer. »Lasst ihn los!«

»Oma, hör doch mal«, suchte D. sie da herauszureißen, »ich bin es, Schenja! Beruhige dich doch! Gib mir Vater!«

Es erreichte sie nicht.

»Lasst ihn los! Was haben wir euch getan? Loslassen!«

Als die Großmutter starb, war sie vollkommen ausgedörrt, leichter als ein Kind. D. fuhr zum Begräbnis nach Moskau. Der Vater, der die alte Frau oft genug geschlagen hatte, wollte es plötzlich nicht zulassen, dass sie eingeäschert wurde, obwohl es für alle das Einfachste gewesen wäre; er bestand darauf, dass sie eine ordentliche Totenmesse bekam, und behauptete, dies sei ihr letzter Wille gewesen. Es ging ziemlich ins Geld, und bezahlen musste es D. von dem, womit sie hatten in den Urlaub fahren wollen. So zuckelten alle miteinander in einem abgewrackten Kleinbus zum Friedhof in Malachowka. Es herrschte Tauwetter und regnete, die Straßen waren kaum zu befahren, Schneeberge schmolzen dahin vor ihren Augen, das am Vortag ausgehobene Grab stand beinahe randvoll mit Wasser, worin der Sarg mit der praktisch schwerelosen Großmutter immer wieder an die Oberfläche tauchte und gewaltsam mit dem Spaten nach unten gedrückt werden musste, während man zuschaufelte.

Die anschließende Trauerfeier, auf der die Nachbarn sich zielstrebig betranken und Vater als Erster unterm Tisch lag, verließ D. alsbald und kehrte noch am selben Tag nach Hause zurück. Müde und durchnässt saß er im Zug und erinnerte sich an einen Feriensommer in seiner Kindheit, als die Großmutter eines heißen Tages mit ihm zum Baden an den Fluss zu gehen gedachte und er aus irgendeinem Grund nicht wollte; sein Starrsinn brachte sie dermaßen auf, dass sie sich eine Rute schnappte, ihm die nackten Beine peitschte und so das Gässlein entlangtrieb, das einen merkwürdigen Namen hatte: Sonnenstich. Dann schlief D. ein, und ihm träumte, er liefe in seinen guten alten Lackschuhen, die er für die Hochzeit gekauft hatte, durch den Regen und könnte durch die dünnen Sohlen die Feuchte des Asphalts spüren.

Tatsächlich war der Himmel in Jurjew seit dem Morgen trübe und finster; eine Regenfront hing so tief und dick und schwarz, dass sie dem Städtchen den Atem nahm, es platt drückte wie die Sohle eines Riesenstiefels.

Ein Teil der Fenster ihrer Wohnung im Schützenturm ging auf den Fluss hinaus, wo der Schnee schon schwarz war und in der Ferne der Bahndamm zu sehen, Züge, mit Holz beladen, von Norden her anrollten; die anderen Fenster gingen auf die Rückfront der Kantine, von wo man große, in Dampf gehüllte Pfannen und Kochtöpfe heraustrug und zum Abkühlen in eine Schneewehe stellte.

Geheizt wurde mit Holz. Viktor brachte es ihnen, ein Sträfling auf Freigang aus der nächstliegenden Kolonie: katzbuckelnd, ohne Zähne im Mund und mit schwieligen Händen, in einer speckigen schwarzen Joppe mit Nummer. Er hatte nur noch ein paar Monate bis zur Entlassung.

Die Kringel, die Mascha ihm zum Tee kredenzte, tunkte Viktor geduldig ins Glas und saugte daran. Mascha wollte von ihm wissen, wofür er einsaß.

»Ich hab den Schwager erschlagen«, sagte Viktor mit bösem Grinsen.

»Mein Gott!«, rief Mascha und schlug die Hände zusammen. »Wie das?«

»Auf der Hochzeit.«

»Auf der Hochzeit?«

»Na ja.«

»Wessen Hochzeit?«

»Meiner. Was dachtest du.«

»Aber warum denn, Viktor?«

Er zuckte die Schultern und sog am Kringel.

»Im Suff. Ich hab getrunken damals, Marija Dmitrijewna.«

»Ich verstehe nicht. Was hat er Ihnen denn getan?«

»Keine Ahnung. Ich war sternhagelvoll. Er war ein guter Mensch, da lässt sich nichts sagen.«

Er trank seinen Tee aus, verteilte ein paar Kringel auf seine Taschen und ging. Zurück blieb der Knastgeruch.

Der Ofen zog schlecht, Rauchschwaden hingen im stickigen Raum.

Mascha vergrub sich tiefer in ihren Schal und schnappte an der geöffneten Fensterklappe nach Frischluft. Das alles sei ganz unerträglich, sagte sie, man müsse ausreisen, raus aus dieser Stadt und diesem Land, sich in Sicherheit bringen, das Leben hier funktioniere nach den Gesetzen des Urwalds, wo die Tiere immerzu knurren und fauchen müssen, den anderen ihre Kraft zu zeigen, ihre Erbarmungslosigkeit, die Fähigkeit, abzuschrecken, einzuschüchtern, zu quälen, hier müssest du in einem fort beweisen, dass du der Stärkere bist, der Biestigere, jedwede Menschlichkeit werde dir hier als Schwäche ausgelegt, als Rückzug, Dummheit, Eingeständnis von Unterlegenheit, hier kommest du nicht ungeschoren über die Straße, auch auf dem Zebrastreifen nicht und selbst wenn du einen Kinderwagen vor dir herschiebest, denn der im Auto sei der Stärkere, du seiest schwächer, schutzloser als er, also werde er dich hinwegfegen, zerquetschen, platt fahren dich und deinen Kinderwagen, was sich hier abspiele seit undenklichen Zeiten, sei der alte Höhlenkampf um die Macht, der mal still und im Verborgenen vor sich gehe, dann werde eben heimlich und hinter dem Rücken gemordet, und mal ganz offen und unverhohlen, wobei alles und jeder ins blutige Gemetzel hineingezogen werde, da gebe es kein Entkommen, kein Überwintern, das Beil ereile dich überall, der Pflasterstein, der Strafbefehl, Kampf und Fehde sei dieses Landes einziger Lebenszweck, und das seit tausend Jahren, habe einer sich nach oben gerangelt, dann seien die unten für ihn nichts als Dreck, blödes Vieh, Lagerstaub, und dafür, sich dort oben im Sessel zu halten, und sei es einen Tag, eine Minute länger, seien sie bereit, dir die Gurgel durchzuschneiden, ohne mit der Wimper zu zucken, dich mit dem Feldspaten zu erschlagen, dich und das halbe Land – und dies selbstverständlich zu unser aller Wohl, den Anschein geben sie sich, das Wohl des Vaterlands, die Liebe zu den Menschen –, alles nur Knüppel, um einander das Kreuz zu brechen, erst ziehe ein Sohn des Vaterlands einem Freund der Menschheit das Stahlrohr über den Schädel, dann nehme der Freund der Menschheit den Sohn des Vaterlands zur Geisel und erschieße ihn bei laufendem Motor im Hinterhof, dann quetsche wiederum der Sohn des Vaterlands dem Freund der Menschheit mit der Panzerkette die Gedärme aus dem Bauch und so weiter, ohne Ende, nichts könne dem eine Grenze setzen, für alles gebe es einen passenden Grund: das Paradies im Himmel und das Paradies auf Erden, die Macht des Volkes und die Macht des Wolfes, Parlament und Demokratie, Konstitution und Föderation, Nationalisierung, Privatisierung, Indizierung – sie kastrieren jede Idee, jeden Begriff und jeden Gedanken, drehen ihn dir im Munde herum, entledigen ihn seiner Inhalte, schütteln sie heraus wie aus einem Sack, den sie mit Steinen füllen, um ihn zu beschweren und anschließend wieder damit herumzuwedeln, aufeinander einzuschlagen, möglichst auf den Kopf, wo es am meisten wehtut … Aber wo solle man hin? – etwa in die Kirche? – ach, denen ihre Kirche sei doch nichts anderes: nicht Gottes, sondern des Kaisers, wer nicht selbst anschwärze, werde angeschwärzt, sie singen dem Tyrannen das Hosianna, sprechen die Sünde heilig, und wenn einer einmal an Christus gemahne, einen Funken Menschlichkeit einbringen wolle, bekomme er ein Beil auf den Kopf wie Vater Men, alles unter Zwang und alles, was sich lockermachen lasse, in die eigene Tasche, nein, es sei besser, gar nichts zu haben, als zitternd drauf zu warten, dass sie es einem wegnehmen, wo man hinschaue, alles nur Schein, Lug und Trug, alles hohl und im Inneren gähnende Leere oder Fäulnis – so wie sie einst einen Kübel Brei kochten und in den Brunnen versenkten, um die Petschenegen zu nasführen damit: Seht her, uns könnt ihr nicht aushungern, bei uns kommt der süße Brei aus dem Brunnen, und an dem löffeln sie nun schon zehn Jahrhunderte und kriegen ihn nicht ausgelöffelt – wan aber eyn land gesündigt hat / so straffet Gott der Herre es mit todt oder noth vnd hunger / der heyden einfall / dürre / raupen oder andern straffen / ob wir wol rewige sein werden / darin befehlet vns gott zu leben. Denn so spricht der Herr durch den Propheten: Bekeret euch zu mir von gantzem hertzen mit fasten / mit weinen / mit klagen. Wan wir dies thun / so solln wir verzeyhung der sünden empfahen. Wir aber keren vmb zum bößen / dass wir vns alletzeyt weltzen wie eyn schwein im koth der sünden / vnd allso bleiben wir – wo einer Blumen pflanze, werden sie zertrampelt, wo einer ein Denkmal errichte, werde es umgeworfen, wo der Staat Geld gebe, ein Krankenhaus zu bauen für alle, nehme es ein Einzelner und baue sich eine Datscha damit; sie leben in Dreck, Trunkenheit, Ignoranz und Finsternis, bekommen monatelang kein Gehalt ausgezahlt, wischen ihren Kindern den Rotz nicht von der Nase, kriegen sich aber nicht ein wegen irgendeines japanischen Felsens: Pfoten weg, der ist unser! Wovon könne man überhaupt behaupten, dass es ihres sei? Wem gehöre etwas? Doch nur dem, der mehr Mumm in der Faust habe als andere, mehr Tücke im Blut, und es sich deswegen einverleibe, und habe einer nur einen Rest an menschlicher Würde, den geringsten Bodensatz nur, und gehe einer bis hierher noch aufrecht, dann werde er demnächst unter Garantie gebrochen, denn mit dieser seiner Würde komme er hier keinen Schritt weit – man müsse ja nur auf die Straße gehen: entwürdigende Anblicke, wohin das Auge schaut – und um nur das Geringste zu erreichen, müssest du dich gemein machen mit denen allen, werden wie sie, heulen mit den Wölfen, beißen, fluchen, saufen; hier sei alles nur dazu da, dich zu verderben, jeder halte die Hand auf, und wer da nicht mittue, sei ein armer Irrer und selber schuld und habe den Schaden, wer nicht schmieren könne, habe das Nachsehen, wer nichts abzuschöpfen habe, stehe blöd da, und wolle einer einfach nur redlich sein Leben leben, keinem im Wege, der werde keine Luft zum Atmen habe, und wenn er gar, was Gott verhüten möge, etwas Besonderes sei und in sich fühle, einen Funken Begabung, Verstand, Erkenntnisdrang, Erfindungsgabe, den Wunsch, etwas zu schreiben, zu schöpfen oder auch nur zu sagen, nämlich dass er nicht dazugehören mag zu diesen Ganoven, zu keiner Bande nicht, dann werden sie ihn als Klugscheißer erkennen, bespucken und in die Enge treiben, mit ihrer Jauche begießen, werden alles zu verhindern wissen, was zu tun er sich anschicke, werden ihn im Duell erledigen, werden ihn zwingen, Wassersuppe zu fressen auf dem Transport nach Wladimir, an der Metro zu stehen mit einer Schachtel Zigaretten und einer Flasche Wodka im Angebot, werden seine Bibliothek abfackeln, und seinem Kind werden in der Schule ein paar picklige kleine Kretins die Hölle heißmachen, und wenn es größer sei, bei der Armee so weit bringen, dass es sich eine Kugel in den Mund schießt und vorher noch fünf andere umlegt …

»Hier haben wir nichts mehr verloren«, endete Mascha, die Augen geschlossen, die flachen Hände gegen die Schläfen gepresst, »auf diesem Land liegt ein Fluch, hier wird nie etwas anders werden, sie geben dir zu fressen, bis du platzt, aber dich als Mensch zu fühlen wird dir auf ewig verwehrt sein, hier zu leben ist eine einzige, fortwährende Demütigung, von morgens bis abends, von der Geburt bis zum Tod, und wenn wir jetzt nicht ausbrechen, dann bleibt es unseren Kindern überlassen, und wenn nicht sie, so werden unsere Enkel es tun …«

Abends, wenn das Sägewerk allmählich verstummte, wurde es in der Wohnung still, düster und bedrückend. Der Korbsessel knackte, die Feder klackte gegen das Tintenfass, zum offen stehenden Fenster drang der Duft von Reseda, Tabak und Heliotropium herein. Eine eben umgeblätterte Buchseite klappte unbemerkt wieder zurück. Von jenseits des Flusses tönte grölender Gesang betrunkener Fabrikarbeiter. Unter ihnen, eine Etage tiefer, steigerte sich ein Kind in einen Schreianfall. Der Mond ließ an einen Zitronenkern denken. Am rasch eindunkelnden Horizont kroch lautlos eine Raupe aus vielen gelben Flecken dahin, da fuhren die Bergleute aus dem Norden nach dem Süden, nach Jalta, Ewpatorija, Suchumi und Nowy Afon, ans Meer.

Gelegentlich kam Jurjew zu Besuch, ein schlanker, blonder junger Offizier frisch von der Militärschule, der in der Strafkolonie die Wachtruppeneinheit zu befehligen hatte.

Jurjew brachte Mascha einen Armvoll Feldblumen, schlicht und berückend, von eindringlichem Duft.

»Eine so schöne Frau wie die Ihre, Jewgeni Borissowitsch«, sagte Jurjew, während er ihre Hände ergriff, sodass sie in den seinen versanken, und die wettergegerbten Lippen an ihre zarten Handgelenke drückte, wobei Mascha der rote Streifen von der straff sitzenden Mütze an der für sein Alter schon viel zu lichten Stirn auffiel, »so eine muss man verwöhnen, hören Sie? Auf Händen tragen!«

Er nahm auf dem Schemel am Fenster Platz. Sonnenflecken sprangen über seinen weißen Uniformrock, brachten die Knöpfe zum Leuchten.

»Heiß heute!«, sagte Jurjew, fächelte sich mit der Mütze Luft zu und wischte sich in Abständen mit einem nicht ganz sauberen

Taschentuch den Nacken. Immer wenn er es aus der Hosentasche zog, fiel etwas heraus: ein klapperndes Streichholzschächtelchen, eine federnde Haarnadel, eine mit bunter Litze umflochtene Kugelschreibermine – die Häftlinge liebten es, zu werkeln und zu basteln.

»Sie sind weiß Gott ein Glückspilz und wissen es augenscheinlich nicht zu schätzen«, fuhr der Gast, an D. gewandt, fort und sah dabei Mascha an, die ihrerseits nach einer Schere Ausschau hielt, um den Blumen die Stiele zu kürzen. »Ihre Frau, so einzigartig bezaubernd, so gebildet, muss in diesem öden, schimmligen Turm versauern. Warum, frage ich: etwa nur, um dem Himmel näher zu sein? Welch sonderbares Ansinnen. Sagen Sie ehrlich, wann haben Sie Marija Dmitrijewna zum letzten Mal ausgeführt: ins Restaurant oder ins Konservatorium? Da schweigen Sie. Und wann haben Sie das letzte Mal zu ihr gesagt: Komm, such dir ein Kleid aus, können Sie sich entsinnen? Daraus ist zu ersehen, Jewgeni Borissowitsch, dass Sie sie nicht mehr auf Händen tragen, und das werden Sie eines Tages bitter bereuen. Eines schönen Tages, Sie werden sehen ...«

Jurjew stand auf und trat vor Mascha hin, küsste ihr erneut die Hände.

»Die Natur hat Sie mit Geschmack gesegnet, Marija Dmitrijewna«, fuhr er fort, »einem Sinn für Schönheit!« Er schob die Hände in die Taschen, wippte auf den Zehenspitzen. »Ein gelindes Laissez-faire in der Kleidung verleiht Ihnen die besondere Anmut. Sie haben eine vorzügliche Figur, Ihre Unzugänglichkeit ist von einer Art, die Frauen anziehend macht. Sie sind rank und schlank, graziös, mit erlesenen, hochgradig edlen Gesichtszügen, aus Ihrem Blick leuchtet die Jugend, Sie sind schön, Sie sind stolz. Und erst Ihr Gang! *Vera incessu patuit dea!**«

»Reden Sie nicht so gescheit!«, warf Mascha hin, schlang die Arme um die Schultern und wechselte brüsk auf den Diwan. Ihr

---

* Die wahre Göttin erkennt man am Gang! (lat.)

war eingefallen, dass sie es versäumt hatte, auf dem Heimweg in der Apotheke vorbeizugehen und Watte zu kaufen. Der Diwan war durchgesessen und geflickt, er quietschte und tönte, als wären keine Federn darin, sondern Saiten.

D. bot dem Gast bei jedem Besuch zaghaft eine Schachpartie an. »Wie wärs mit einer Revanche, mein Freund?«

Aber Jurjew lehnte entschieden ab, nachdem er beim ersten Mal schon im fünften Zug seine Dame eingebüßt hatte. Mascha hatte D. das Schachspiel irgendwann zum Geburtstag geschenkt: edle Figuren auf Stelzenfüßen, von kunstfertiger Hand in der Tischlerei der Kolonie geschnitzt. Auf der Sohle jeder Figur war eine Drei eingraviert, eine für den unbekannten Künstler offenbar erhebliche Zahl, die Jahre vielleicht, die er noch abzusitzen hatte. Mascha konnte nicht Schach spielen. Als D. ihr einmal beizubringen versuchte, wie man die einzelnen Figuren zog, lachte sie nur und ließ den Springer vom Brett auf den Tisch hüpfen, von da auf den Teller und – hops – auf D.s Knie und seinen Bauch.

Das Brett mit den aufgestellten Figuren stand müßig auf dem Fensterbrett. Ein verloren gegangener Bauer war durch einen Aprikosenkern ersetzt, pelzig vom Staub.

Sie setzten sich zum Tee. An Abenden wie diesem kam die Dunkelheit schnell; der Regen sprühte schläfrig zum offenen Fenster herein. In den Pausen, wo er kurz einnickte, hörte man das Laub in den Bäumen schurren, es klang, als würde nasses Zeitungspapier zerrissen.

»Erzählen Sie«, sagte Mascha, während sie den Tee in die Emaillebecher ausschenkte; auch sie stammten aus der Zone, Jurjews Geschenk zu Neujahr. »Was gibt es Neues?«

Er begann zu berichten, doch sie hörte unaufmerksam zu. Als sie in die Küche ging, den Zucker zu holen, fiel ihr Blick im Flur auf die niedergetretenen, ausgebesserten Schuhe, und sie fragte sich, wie sie, jung, klug und schön, solche Schlappen tragen konnte.

Anfangs hatte Jurjew nur unwillig von der Kolonie erzählt, doch mit der Zeit fand er Gefallen daran, ein paar lustige Geschichten zum Besten zu geben, ihre Protagonisten darzustellen, sie nachzuäffen, die Spleens, Grimassen und wie sie redeten, je nachdem, ob sie Kapos, Hurensöhne oder Parias waren.

Jurjew erzählte vom Wodkahandel des Wachpersonals und was für amüsante Inschriften man zu lesen bekam, wenn man auf den Wachturm kletterte. Im Grunde, befand er, sei die Kolonie gar nicht existent – es gehe dort nicht anders zu als draußen.

»Das ist das Erstaunliche«, rief Jurjew aus, während er das Licht löschte, damit es die Mücken nicht anzog, »dass das Leben hinter dem Stacheldraht nach denselben Gesetzen abläuft wie unseres!«

Und er erging sich in neuen Berichten über seine Märchenhelden: wie die Unteroffiziere den Soldaten die Lebensmittel vorenthielten und für sich extra kochen ließen, mit Fleisch, und als ein Brillenträger – »so einer wie Sie, Jewgeni Borissowitsch!« – sich einmal zu beschweren erdreistete, befahl man ihm, sich bei der Latrine einzugraben, und alle wurden genötigt, auf ihn zu urinieren, und einer nach dem anderen ging hin und tat es, und sobald er den Mund aufmachte, um etwas zu sagen, bekam er einen Stiefeltritt ins Gesicht.

»Und dennoch«, schloss Jurjew, während er sich eine Weinbeere abzwickte, »kann und sollte man sich die Mühe machen, in jedem von ihnen einen Menschen zu sehen.«

Und war schon wieder beim Nächsten, redete, ohne einhalten zu können, inbrünstig, flammend und mitreißend – darüber, dass man einen Wachsoldaten, der sich etwas habe zuschulden kommen lassen, unter keinen Umständen in eine Zelle mit normalen Häftlingen schließen dürfe, wie jenem Kalmücken geschehen, wie hieß er doch gleich – Jurjew schnipste mit den Fingern –, irgendein Hundename, den hatten sie seiner Kragenspiegel wegen entwürdigt: sämtliche Zähne ausgeschlagen, zu Ferkeleien gezwungen, gequält nach Strich und Faden; oder er klagte über die sogenannte Registrierung, ein Ritual, das endlich abgeschafft gehöre, da es gegen die Menschenwürde sei, ineffizient obendrein, ein Relikt aus der Steinzeit – sämtliche Neuzugänge beim Wachpersonal wurden von den älteren Jahrgängen »registriert«, das heißt, die schönen jungen Körper verunstaltet, indem man ihnen den fünfzackigen Stern der Gürtelschnalle in die Haut prägte.

»Ob einer nun die Uniform trägt, die ihn zum Verteidiger des Vaterlands macht, oder die Häftlingskluft oder meinetwegen das Adamskostüm, ist doch vollkommen einerlei!«, räsonierte Jurjew und hielt nicht ein, bis alle Weintrauben verputzt waren. »Noch der Schurkigste unter ihnen ist Mensch, ein unglückliches Wesen, dem die Nächstenliebe verweigert wird. Wie tief auch immer er fällt – der göttliche Funke ist in ihm und wird es bleiben!«

Mascha hörte sich Jurjews Tiraden an und verstand nicht, was sie anzog an diesem nicht übermäßig gescheiten, auch nicht sehr selbstsicheren, linkischen jungen Mann, der fast noch ein Junge war, vom Schicksal in diese Wildnis geworfen, nach dem Motto: Wer nicht wieder auftaucht, ist kein Matrose.

Von Zeit zu Zeit kam es vor, dass jemand zu fliehen versuchte. Einer verkroch sich beim Waschen in der Banja unter der Pritsche und lag dort nackt in einer Wasserlache bis tief in die Nacht, dann kletterte er durch den Schornstein hinaus aufs Dach. Da saß er nun, nackt und schwarz vom Ruß; um das Weitere hatte er sich anscheinend wenig bekümmert. Er sprang die sechs Meter hinunter und brach sich ein Bein. Ein andermal ist eine Gruppe von fünfzehn Gefangenen beim Holzeinschlag geflohen; alle sind sie umgekommen in Eis und Schnee, manche von Wölfen zerfleischt, drei von Hunden zur Strecke gebracht. Nur einen der Geflohenen fand man nicht gleich – er hatte sich auf einer Lärche ein Nachtlager bereitet, stürzte ab im Schlaf und brach sich das Genick.

Solange ein Fluchtversuch lief, war die Stadt abgeriegelt, auf den schneeverwehten Straßen wurde patrouilliert, Fuhrwerke wurden angehalten und mit Bajonetten durchstochert, in den Zügen die Ausweise kontrolliert. Die Leute, die schon im Morgengrauen vor den Lebensmittelläden Schlange standen, stierten finster und schwiegen.

Der Frost kroch so tief in die Wohnblöcke, dass die Rohre platzten.

Einmal, nachdem sie zwei Stunden nach Hering angestanden hatte, müde vom Fluchen, von sinnloser Qual, mit angefrorenen Fingern, schleppte Mascha sich, mit Mühe die klobigen, bis über die Knie reichenden, vom Schlamm zusätzlich beschwerten Filzstiefel setzend, nach Hause und traf dort Jurjew im erbitterten Disput mit D. an, der eben den Teekessel mit Schnee gefüllt und auf den Herd gesetzt hatte – die Wasserleitung war eingefroren.

»In alledem mögen Sie recht haben!«, rief Jurjew hitzig aus, lief in der Stube auf und ab und zerrte an der obersten Schlaufe seines Uniformrocks, als würde ihm die Luft knapp. »Natürlich verschlägt es einem den Atem, wenn man in so eine Zelle kommt: der Gestank von gebrauchter Wäsche, Fußschweiß, vor allem aber dieser aus den Poren dringende monströse, mit nichts zu vergleichende Geruch der Angst. Und natürlich gibt es keinen Ort auf der Welt, wo man dem Menschen nicht schon die Halsfessel angelegt hätte, den Kopf halb kahl rasiert, eine Nummer in den Arm gebrannt; kein Ort, wo der Arm des Gesetzes einem nicht an die Gurgel gehen kann, wo man nicht mit Liebe geizt und mit Strafe verschwenderisch ist – lässt sich alles nicht bestreiten, und doch: Bei uns, müssen Sie zugeben, hat das Gefängnis eine ganz besondere zivilisatorische Funktion. Haben etwa nicht Kettensträflinge unser legendäres Palmyra des Nordens erbaut? Und die Eisenbahnen? Die Kanäle? Hochhäuser? Raketen? Sputniks? Doch so weit muss man gar nicht gehen: Nehmen Sie nur dieses Brennholz! Seit Langem, Jewgeni Borissowitsch, möchte ich darüber schreiben, aber ich komme nicht dazu. Obwohl, manchmal denke ich mir, man müsste alles hinwerfen und einen Roman schreiben, in dem alle Frauen schwanger sind und auf ein Wunder warten.«

Der Kachelofen verstrahlte eine Treibhaushitze, von der die Blüten auf den Tapeten auszutreiben und sich zu entfalten anfingen und die Eisschachtelhalme an den Fensterscheiben funkelten. Jurjew, als er Mascha gewahrte, stürzte auf sie zu, küsste ihr die eisigen Finger und sagte: »Verstehen Sie, Marija Dmitrijewna, das ist weder gut noch schlecht, es ist die Evolution. Die Vorsehung der Natur. Vielfalt der Formen. Alles ist zu etwas gut. Die Kapuzinerkresse braucht Sonne, die Eidechse Füße, der Kranich Flügel, Wasser braucht jeder – und Russland braucht das Gefängnis.«

Klatsch! Auf beiden Handflächen zeichnete sich eine Motte ab.

»Russland braucht keine Gefängnisse, sondern Schulen!«, brach es aus D. hervor, der bis hierher an sich gehalten hatte. Mit einem stumpfen Tischmesser hatte er Späne von einem knorrigen Holzscheit zu spalten versucht und warf nun alles wütend zu Boden. Das Messer prallte ab und flog in Richtung Ofen, wo es gegen den Feuerhaken klirrte. »Schulen! Wieso verstehen Sie das nicht?«

Jurjew goss sich aus der Karaffe einen Schluck Wasser ins Glas. Es war Schmelzwasser, Schmutz darin. Jurjew fischte mit dem kleinen Fingernagel ein Stück Kiefernadel heraus, ehe er es hinunterkippte.

»Ich frage mich, Jewgeni Borissowitsch«, sagte er, sich mit dem Ärmelaufschlag den Mund wischend, »warum Sie mit Ihrem hellen, vorurteilslosen Verstand das Offenkundige nicht sehen, vielleicht auch nicht sehen wollen: dass es nur im Westen, in Hellas und Helvetien, möglich ist, in dieser Reihenfolge zu bauen. Erst werden Schulen finanziert und dann Gefängnisse. Wenn die Schule fertig ist, kann es ans Gefängnis gehen. Hingegen bei uns? Betrachten Sie doch nur einmal die Geschichte dieser unserer Region! Sumpf, Fäulnis und Moder und die Barbarei der tatarischen Kleinfürsten, so fängt es an. Dann kommt Jermak. Kanonen spucken die Wahrheit Christi aus. Zugegeben, diese vorsintflutlichen Kosakenmätzchen: Massenauspeitschungen, genüssliches Hinmetzeln der männlichen Bevölkerung in den befreiten Taigagebieten und so weiter, all das nimmt sich für unser aufgeklärtes Auge wenig appetitlich aus – aber man darf nicht vergessen, den Koeffizienten der Epoche einzuberechnen! Damals hat sich keiner Asche aufs Haupt gestreut, keiner hat die Hände gerungen und gerufen: Oh, welche Barbarei! Welch kannibalische Konquistadoren! Mitnichten. Grausamkeit entsprach dem Geist der Zeit. Leben hieß zubeißen, sich den Mund vollstopfen. Und Sie dürfen sicher sein: Die Söhne des Khans vom Irtysch, hätten sie die Gelegenheit gehabt, wären mit unseren Ahnen und Urahnen genauso umgesprungen, wenn nicht noch ärger, ohne mit der Wimper zu zucken. All die Leute, die mal, wer weiß wann, auf diesem Flecken Erde gelebt und womöglich dieselbe Luft geatmet haben, die jetzt in Ihren Lungen ist, diese krummgebeugten, gedankenbeladenen, müden, wahrheitssuchenden, Schulweisheiten auf der eigenen Haut auskostenden Menschlein sind in uns. Denn für das Wahre und Eigentliche existiert keine Zeitleiste, keine Abfolge von Generationen. Osiris kann nicht sterben, verstehen Sie? Er wird endlos wiedergeboren in allen und jedem – und jeder in ihm. Eines Tages werden Sie in einer Lache Ihres eigenen Ausflusses Ihr Leben aushauchen, und über Sie wird geschrieben stehen: ›Osiris N. N.‹ Sie – das ist auch Ihr Vater, denn Ihr Sohn sind ja auch Sie. Sie gehen über in Ihren Sohn und er in wieder jemanden, ich gehe über in Sie und Sie in mich, jeder in jeden. Sie siehst. Wir singt. Du essen. Sie liebe. Ihr starb. Ich, du, ihr – eine Soße! Pythagoras von Samos hat im Gebell eines Hundes die Stimme seines toten Freundes erkannt. So wie es das Kind macht, wenn es einer Spielpuppe den Kopf abgebrochen hat: hält ihn an den Rumpf einer anderen, und er wächst an, spricht, als wäre nichts passiert, isst seinen Brei. Wir sind also sie. Ich bin, sagen wir: Ataman Jermak. Und Sie sind es auch, mal angenommen. Weiß steht der Nebel in den Urmanen längs der Tura. Die Wasser strudeln um Weißdorn und Mädesüß. Der Fluss ist nicht tief, ein steiniges Bett, unsere Struge finden gerade so hindurch. Die Ufer treten zurück, als scheuten sie ungebetene Gäste. Plötzlich regnet es Pfeile von rechts oben. Doch wir, Wegbereiter, paddeln unbeirrt durch den spiegelglatten Fluss. Das fehlte noch, dass wir den Tod fürchten, den losen Gesellen! Mit scharfem Blick und einem Gebet im Herzen, von keinem Zweifel getrübt: Gott lässt nicht zu, dass eine unrechte Sache die Oberhand gewinnt. Herr, lass uns siegen! Erstmals seit Erschaffung der Welt vollzieht es sich, dass ein frommes christliches Gebet die undurchdringliche Taiga benetzt. Legt euch ins Zeug, Jungs, mit Gottes Namen auf den Lippen. Tod den schmutzigen Heiden! Nach einigen Klippen öffnet sich der Wald zu einer Lichtung. Ausgespannte Netze am Ufer. Die Siedlung kann nicht weit sein, gleich werden sie hervorspringen. Ha!, da sind sie schon: Ein Trupp berittener zipfelmütziger Tataren, Mäntel aus Ziegenleder, Kurzspeere in der Faust, kommt aus dem Dickicht geflogen, auf das Ufer zu. Man kann die Sehnen singen hören – und schon schwirren die Pfeile. Glitschen ins Wasser, prallen gegen die Boote, bohren sich in die Kosaken. Sie und ich, wir brüllen: Die Gewehre angelegt! Blitz und Donner aus den handgemachten Musketen. Das Geschrei der getroffenen Räuber ist zu hören, zu sehen ist nichts: Ein dichter Rauchvorhang hüllt Ufer, Wald und Boote ein. Schreien und Stöhnen, hundertfach aus tiefer Brust. Verschreckte Pferde – die kleinwüchsige, schnellfüßige Rasse – sprengen am Ufer auf und ab, trampeln über die versehrten Tatarenleiber. Der Feind ist in die Flucht geschlagen, wildes Geheul tönt durch das Gelände. Wir: Brenn ihm noch eine in den Pelz, Petruscha! Bra-a-av! Ein Stück weiter: die Siedlung. Umgeben von einem Wall. Jurten, dicht an dicht, aus Zweigen, Moos und Heidekraut gefügt, überdacht mit Elch- und Ziegenhäuten. Bläulicher Rauch steigt aus den Spitzen. Dies sei der Sitz des Mursa Jepantschi, erklärt Achmetka, unser tatarischer Dolmetsch. Befehl: Anlanden! Die Kiele schaben über den steinigen Grund. Noch von Weitem sehen wir zottige Wilde die Flucht ergreifen, Kind und Kegel eilig in Sicherheit bringen. Wir betreten die Siedlung. Honig und Hirse. Götzenbilder, in die Bäume gehängt. Im Stich gelassene Vetteln mit langen grauen Zöpfen, umflochtenen Muscheln, Goldplättchen.

Sieh an, unsere Recken, verachten auch die alten Weiber nicht! Lüsternes Wiehern, wild und verwegen. Probieren die kostbaren Kittel aus bunter Bucharaseide an, wedeln mit den abgeschnittenen Altweiberzöpfen gegen die Gnitzen. Dann wird ein Gefangener herbeigeführt. Krummbeinig, in eng anliegenden Fellhosen. Beinerne Knöpfe. Fellmütze, Filzstiefel, kamelwollenes Wams. Goldgeklimper an Gürtel und Hals. Fahrige Blicke aus tückischen schwarzen Äuglein. Frag den Heiden, Achmetka, ob es noch weit ist bis zur Hauptstadt von Sultan Kutschum. Achmetka faselt etwas, rührt die Luft mit seinem Zungenstummel, wackelt mit den zerfetzten Ohren. Statt einer Antwort spuckt der Tatare vor ihm aus, als wie: Mit einem Verräter rede ich nicht. Achmetka läuft grün an: Gebt ihm die Knute, Herr, stecht ihm die Augen aus, dem Hund! Wir: Das musst du mir nicht sagen! He, Michalitsch, Panuschka, gebt dem Kerl mal bisschen Zunder! Die Kosaken ziehen dem Tataren die weichen Schuhe von den Füßen. Gelbe Fersen kommen zum Vorschein. Man schleift ihn zum Feuer. Wir wenden uns ab – dergleichen haben wir zur Genüge gesehen. Zähneknirschen ist zu vernehmen, ein Zischen, dann riecht es nach verbranntem Fleisch. Jaulen. Wir: Haltet ein, Jungs, das reicht für den Anfang. Der Tatare wird nun doch ganz gesprächig. Bis nach Kutschumhausen, brüllt er, sei es noch weit, erst komme die Tawda, der Tagil und der Tobol und dann erst der Irtysch, doch sowieso werde Kutschum, wiewohl er alt sei und blind, unser Heer zerschlagen, seine Stadt zu sehen sei uns nicht beschieden, bis dahin würden wir ins Gras beißen allesamt. Darauf wir: Muskete! An die Kosaken gewandt. Hui, der Ataman ist fuchsig!, rappelt es kaum hörbar durch die Reihen der Schar. Wir ziehen uns das Kettenhemd vom Leibe und hängen es an einen Ast. Der, wiewohl armdick, biegt sich. Wir treten zurück, reißen die Kanone hoch und halten drauf. Der Schuss hallt zwischen den Ufern. Das Hemd flattert auf, schlägt mit den Flügeln. Alles staunt: ein Durchschuss. Wir ergreifen das Hemd, werfen es dem tatarischen Hund vor die Füße. Siehs dir an, was meine

Kugel fertigbringt! Geht durch Kupfer und Eisen, Damaszenerstahl. Nimm das und bring es deinem Sultan! Sag, das Gleiche widerfährt ihm, so er nicht seine Stadt und sein Reich an unseren Staat übergibt! Der Tatare ward aufgehoben, auf ein Pferd gebunden und losgelassen. Derweil nehmen wir eine Kelle Brei zu uns, liegen auf der zwiefach gefalteten Satteldecke am Feuer und dösen. Die Flammen züngeln nadelspitz. In so einer Jurte schläft es sich süß. Wir schnarchen wie die Waldgötter. Häute erlegter Bären und Rentiere. Die schimmligen Filzmatten von persischen Teppichen bedeckt. Im Kessel köchelt noch was. Dampf und Rauch steigen empor, ziehen durch das sternenhaltige Loch, ein geringerer Teil bleibt als zarter Schwaden in der Jurte hängen. Längs der Zeltwände lederne Schläuche, mit Kumys gefüllt. Speckige kleine Götzenfiguren halten am Eingang Wacht. Den nächsten Morgen, nach dem Gebet, brennen wir die Jurten nieder und ziehen weiter. Nordwind bläst, herbstlicher Morgenfrost. Mutig und beherzt in den Kampf zum Wohle des Vaterlands, für den wir geboren sind! Es zu bewahren und zu erlösen vor den bösen muselmännischen Geistern. Heiß schlagen die rechtgläubigen Herzen. Volle Fahrt voraus, den Gottlosen zum Graus. Lasst die Musketen krachen zum Ruhme der Heimat. Schneller noch als unsere pfeilschnellen Struge fliegt durch die Taiga die Kunde von uns: weißer Recke auf geflügeltem Nachen mit blutroten Segeln, das kumysgefüllte goldene Horn in der einen Hand, den silbernen Bogen in der anderen, gegen dessen Geschosse kein Kettenhemd etwas ausrichten kann. Und während der tödliche Pfeil sich von der Sehne löst, wird der Himmel über der Taiga glutrot, und ein Donner bricht los mit solcher Wucht, dass die Götzenbilder kippeln und stürzen, so geht das zu von Siedlung zu Siedlung, Stadt für Stadt. Viel russisches Blut ist in der Taiga geflossen, viele wackere Helden sind gefallen im Kampf, brachen Bahn zu neuen Gefilden, Reichtümern in ungewisser Ferne. Dies ist der Russen Schneid, ihre verwegene Kraft. Von Ruhm erfüllt das russische Land. Die Unermesslichkeit seiner Wälder, die ruhige Kraft der silberglänzenden Flüsse, der unbekümmerte Klang des russischen Liedes. Russische Helden, bereit zu großer Tat. Wappnen wir uns gegen den gemeinsamen Feind und Widersacher, stehen wir ein für den rechten Christlichen Glauben, für den heiligen Gott unserer Kirche, für das Heil unsrer Seelen und das Vaterland, gehen wir wacker in den Tod, so er uns beschieden ist, und empfangen nach dem Tode das ewige Himmelreich. Allemal besser, als hienieden in Schmach und ohne Ehr in Feindes Hand zu leben! – Und ihr, Rechtgläubige, rüstet und ermannet euch und schaffet Rat, wie wir uns unserer Feinde entledigen! Denn es ist hohe Zeit, thätig zu werden und aus Leidenschafft Heldenmuth zu erwecken, wie Gott es euch aufgetragen, und Er wird an eurer Seiten sein! Suchen wir unser Heil bei Gott und der unbefleckten Jungfrau Maria und den großen Wunderthätern und allen Heiligen, verneigen wir uns vor ihnen thränenden Auges, gerührten Herzens, innigsten Glaubens: ob wir ihrer Gnaden theilhafftig sein dürfen. Gürten wir uns mit den Rüstzeugen des Cörpers wie des Geistes, Gebet und Fasten und jedwedem guten Thun, stehen wir mannhaft ein für den rechtmäßigen Glauben und den ganzen großen Staat. – Was fällt euch ein? Was habt ihr angerichtet? Was versprecht ihr euch davon, dass ihr eure Feinde auf euch ziehet und zulasst, dass Böses sprießet und Wurtzeln schlägt und sich wieder vermehret wie bittrer Wermuth? Als wüsstet ihr es nicht besser, als hättet ihr kein Gebot, keine Lection und keine Schrift! O wehe! Große Pein! Grausig, grausig! Wo gehn wir hin? Wo solln wir bleiben? Welch Barmen, Schluchzen, Seufzen aus tiefem Hertzen, an die Brust Schlagen! Wie sehr verachten und vergeuden wir uns selbst, so wir in Kauf nehmen unseres Schöpfers und Baumeisters Ernüchterung ob unsrer zahllosen schwerwiegenden Sünden und ihrer, der verschonten Feinde, innrer und äußrer, Schmähn und Lästern? Unser Reich widersteht ihnen nicht, es siecht dahinnen – wem darum nicht zu barmen, zu schluchzen, zu seufzen ist? Wie konnt ein so großes, gerühmtes Land so herunterkommen in all seinen Teilen, ein so gewaltiges

Reich so in Verwüstung geraten, eine reiche königliche Schatzkammer so in Vergeudung! – Der Platz war sehr vorteilhaft und überaus schön, viehtriftig und bienenreich, für jederlei Erdsamen trächtig und an Feldfrüchten überquellend, tierreich und fischreich und voll jeglicher Annehmlichkeit, dass es unmöglich ist, in unserem ganzen russischen Land irgendwo einen zweiten solchen Platz zu finden, der ihm zu vergleichen wäre an Schönheit und starker Befestigung und menschlicher Annehmlichkeit. Und ich weiß nicht, ob es in fremden Ländern so etwas gibt. – O helle leuchtendes / zum herrlichsten geschmücktes Russisches land! Vielerley schönheit machet dich vnvergleichlich / seen ohn zahl, flüsse vnd quellen von sonderem ruff / klüfftige berg / hohe hügel, welder rein von eychen / große stedte vnd herrliche dörffer / kloster weingärten vnd Gottes=häuser / gestrenge fursten vnd ehrnhaffte bojaren / erfüllt von alldem bist du / russisch land. O rechter Christlicher Glaube! Und ihr, Rechtgläubige, die Gott erwehlte, lasst euer Hertz erbeben, indem ihr solch unerträglich Leid und Betrübnis an euch gewahrt, den Tod vor Augen und die Aechtung des rechten Glaubens, steckt euch nicht selbst dem Feind in die Hände! Nehmt Gottes Hilfe in Anspruch und die der Jungfrau Maria, der großen Propheten und aller Heiligen, biethet den Feinden die Stirn! Kümmernis goss sich aus über das russische Land, ein tiefer Gramfluss ging mitten durch russische Erde. Das Blut unserer Väter und Brüder tränckte das Land wie ein großes Wasser. Die Dörfer sind mit Unkraut überwachsen, unsre Größe ist vergangen, die Schönheit abhandenkommen, der Reichthum andern zum Vortheil geraten, unser Land fiel unter fremde Fuchtel, den Feinden zu Schmach und Spott. Unser Bruder aber, der rechtgläubige Christ, indem er sich verwaist und schutzlos sieht und seine Feinde in großer Übermacht, wagt den Mund nicht aufzutun aus Furcht des Todes, entsagt seines Eigentums, vergießt nichts als Thränen. Lieber zerhauen werden denn gefangen! Meine lieben Brüder, Söhne Russlands, des jungen, des großen: Dieser Tod sei kein Tod uns / sondern das ewige leben. Verschwendet kein gedancken inn irdische ding / wünschet kein erden=leben euch / von Jesum Christum dem Herrn wolln wir den dornen=krantz um unsre seelen flechten! Jhr wackern Russen / die zeit ist reiff / es nahet die stunde! Trompeten erschallen in Kolomna! Vnser leben auff erden / bruder / wollen wir nicht schonen / geben es hin für die russische erde / den Christlichen Glauben / also sattle / bruder / deine schnellen pferde / denn die meinen sind schon auffgezäumet! Nicht in der krafft ist Gott / doch in der warheit! Licht und Wind gehen durch die mächtige Rus, in die Breite und in die Tiefe, unaufhaltsam voran. Und das Tatarendorf im Rücken hört zu brennen nicht auf, ein mächtiges Feuer, Säulen von Rauch, beknabbert von der Morgensonne. Um eine solch morbide, menschenleere, morastige Gegend zu erobern, zu zivilisieren, braucht es Straßen und Wege. Um diese zu bauen, braucht es viele Hände. Also werden an diesen freudlosen Orten Stützpunkte angelegt, Kolonien und Lager. Wo eine Haftanstalt ist, gibt es eine Anstaltsleitung. Wohnraum wird gebraucht und gebaut für Wachen und sonstige Angestellte. Leute werden herverbannt, Häftlinge nach Verbüßung ihrer Strafe bleiben freiwillig wohnen. So entstehen Siedlungen, Dörfer, ganze Städtchen. Im Handumdrehen kommt eine Kirche dazu, ein Klubhaus. Und wo Menschen zusammenleben, gibt es Kinder. Also braucht es Schulen. Verstehen Sie? Vom Gefängnis zur Schule ist der logische Weg!«

»Das überzeugt mich nicht«, entgegnete D. barsch, zog die Vorhänge vor und heftete sie mit einer Sicherheitsnadel zusammen. Er war müde und wollte ins Bett. Es fuchste ihn, auch wenn er sich nichts anmerken ließ, wie dieser junge Mann den Raum ausfüllte mit seiner kindlich quäkenden Stimme, dem Knarren der neuen Stiefel, dem penetranten Kölnischwasser, seinem offensichtlichen Begehr, klug und belesen zu erscheinen, vor allem aber diesem waisenknabenhaften Drang nach Zärtlichkeit und Liebe.

»Genug jetzt!«, rief Mascha, sprang vom klingenden Diwan und klatschte in die Hände. »Immer dieses öde Philosophieren!

Lasst uns tanzen! Ich hab Lust zu tanzen, hört ihr? Spiel uns was, Schenja!«

Gehorsam setzte D. sich an den Flügel. Schon bei den ersten Akkorden der Quadrille griff Mascha nach Jurjews Händen und kreiselte mit ihm durchs Zimmer; ihr Lachen dazu klang hell und jung.

»Passt auf, dass der Samowar nicht umkippt!«, brummte D. Sein Fuß trat das Pedal, der große Zeh schaute aus dem Loch im Strumpf hervor.

»Ha-ha, ha-ha, der Samowar!«, grölte Mascha. Der oberste Knopf ihrer Bluse war aufgegangen, der Rock schwang, die Haare wehten, unter den Achseln zeichneten sich dunkle Flecken ab. »Ha-ha, ha-ha, der Samowar!«

Mein Gott, wo bin ich?, dachte Jurjew auf einmal. Wer sind diese Leute, was tue ich hier? Und konnte den Blick nicht abwenden von dem rosigen Zeh auf dem Pedal des Flügels.

Er dachte daran, wie sie das Instrument aus dem Klubhaus herüberbugsiert hatten; es wollte ewig nicht durch den schmalen Turmeingang passen; erst als sie die Füße absägten, ging es.

»Im Klub hätten sie es früher oder später zerdroschen!«, sagte D. des Öfteren, wie zur Beschwichtigung des eigenen Gewissens.

Plötzlich hielt Mascha inne, riss sich los, fasste sich an den Kopf.

»Mein Gott!«, flüsterte sie kaum hörbar. »Wo bin ich? Wer ...«

Die Musik brach ab. Erschrocken sah D. auf seine Frau.

Mit einem Satz war Jurjew an ihrer Seite. »Marija Dmitrijewna, was haben Sie? Ist Ihnen schlecht?«

Für Momente schaute sie, als wüsste sie tatsächlich nicht, wer die beiden Männer waren. Dann schien das Grauen in ihren Augen sich aufzulösen.

»Ach, Sie sind es«, seufzte sie und nahm die Abendzeitung vom Tisch, fächelte sich Luft. »Schon gut. Es ist vorbei. Alles wieder in Ordnung.«

Die Uhr im Wohnzimmer schlug zehn. Jurjew verfiel darauf,

Nüsse zu knacken, die er zu diesem Zweck in den Türfalz klemmte. D. vertiefte sich in seine behördlichen Statistiken. Mascha, vom Tanzen erhitzt, wusch sich und ging mit wedelnden Händen zum Schrank, um ein frisches Handtuch herauszunehmen. Ein Tropfen traf D. am Hals, er zuckte zusammen. Ein anderer landete auf seinen Akten und machte aus dem Buchstaben III eine Lyra.

Die Tür kreischte und knackte.

Mascha nahm wieder auf dem verstimmten Diwan Platz, schlug die Beine unter und pulte sich die Lackreste von den Zehennägeln. Dann bog sie ihren schlanken Körper weit zurück und entnahm der Kommode hinter sich eine winzige, schnabelartig gebogene Maniküreschere.

»Gott, wozu soll das gut sein! Wem nützt das? Wozu?«

D. war aufgesprungen und schleuderte seine Papiere unter den Tisch, etliche Blätter schlitterten leise raschelnd über den Fußboden. Davon wurde es im Zimmer gleich etwas heller. »Wozu, frage ich euch! Ich belüge meine Chefs, sie die ihren, und so setzt sich das schneeballartig fort bis ganz nach Moskau hinauf! Hauptsache, Berichte. Was hier wirklich vor sich geht, will keiner wissen! Wie wir leben. Was für Luft wir atmen. Was wir essen. Es interessiert sie einen Dreck!«

»Ich geh dann mal«, sagte Jurjew und sammelte die Nussschalen vom Klavierdeckel in seine Faust. »Nicht dass der Regen mich noch erwischt. Es sind ja doch mindestens vier Werst.«

Er trat zum Fenster. Es war nun vollkommen dunkel. Eine Motte schlug gegen die Scheibe. Jurjew fing sie behutsam ein und schickte sie zurück in die Nacht. Von den Flügelschuppen wurden die Fingerspitzen etwas seidig.

»Und diese Sterne!« Jurjew sog die frische Luft ein. »Die Nacht riecht so würzig, so … frivol … Schau mal, sie hat den Mond ganz blank geleckt!«

Mascha war ebenfalls aufgestanden, sie schüttelte sich die abgeknipsten Fingernagelsplitter vom Rock.

»Ich begleite Sie ein Stück.«

»Aber ich bitte Sie, Marija Dmitrijewna, wozu das denn?«, protestierte Jurjew und zog sich ein anhaftendes Aktenblatt von der Stiefelsohle.

»*Semper aliquid haeret**«, kommentierte er lächelnd und fügte hinzu: »Sie sind müde und müssen morgen zeitig raus.«

»Ach was, nein, ich brauch noch bisschen Auslauf. Wenigstens bis zum Teich.«

»Na schön«, seufzte Jurjew. »Leben Sie wohl. Man freut sich doch immer wieder, einen anständigen Menschen zu treffen. Wie erstaunlich wenige es davon in Russland gibt!«

Jurjew drückte D.s weiche, trockene Hand, ihm war, als knetete er mehlbestäubten Teig.

Im schummrigen Flur wollte er Mascha in den Mantel helfen, er musste warten und zusehen, wie sie sich vor dem Spiegel Nase und Kinn puderte. Am liebsten hätte sie sich noch ein paar Härchen vom Lippenrand gezupft, griff tatsächlich nach der Pinzette, zupfte aber nur ein bisschen Luft, ehe sie sie zurücklegte.

»Im Treppenhaus ist kein Licht, da schraubt immer wer die Glühlampen raus. Passen Sie auf, wo Sie hintreten!«, warnte D., während er den Wecker aufzog. Sein Blick fiel auf eine Spinnwebe im Winkel über der Garderobe. Gekehrt wird immer unten, das Obere übersieht man, dachte er.

»Ich gehe voraus«, erklärte Jurjew und setzte die Mütze auf, zog die Handschuhe an. Eigentlich, dachte er, müsste ich vorher noch aufs Klo. Aber bei dem Gedanken an die gesprungene rostgelbe Kloschüssel, den besudelten Fußboden, die unsaubere Brille, die abgeschlagenen Wandfliesen, das schäbige Bildchen aus dem *Ogonjok* an der Wand winkte er innerlich ab. »Halten Sie sich an meiner Schulter fest!«

»Eine Stufe ist morsch. Fallen Sie bloß nicht!«, sagte Mascha,

---

*   Es bleibt immer etwas hängen. (lat.)

während sie sich zuknöpfte. Der unterste Knopf baumelte an einem Faden. Mascha riss ihn ab und schob ihn in die Jackentasche, damit er nicht verloren ging.

Die Stiefeleisen klapperten über die Stufen. Jurjew hatte das Gefühl, als huschte ihm etwas vor den Füßen her, er scharrte absichtlich mit den Sohlen.

»Ratten?«, fragte er.

»Wenn man nachts mit der Schere gegen den Heizkörper schlägt, wird es für eine Weile still«, sagte Mascha. Ihre Hand tastete in der Finsternis über seine Schulter, ein Stern auf den Schulterklappen kratzte ihr den Finger.

»Die Gegend ist nicht ganz ungefährlich«, hatte D. noch anzumerken, als er kam, die Tür hinter ihnen zu schließen, und mit einem brennenden Streichholz ins dunkle Treppenhaus hinableuchtete. »Wenn man Pech hat, stößt man auf Betrunkene, Flüchtlinge, Soldaten … Seid um Gottes willen vorsichtig!«

»Wir werden ihnen entfliehen«, lachte Jurjew, nahm die Mütze ab und setzte sie auf Maschas Kopf. »Nicht wahr, Marija Dmitrijewna, uns gelingt doch die Flucht?«

Ohne eine Antwort hakte Mascha sich bei Jurjew unter. Sie verließen den Turm, querten die große Pfütze vor der Tür, indem sie über ein paar ausgelegte Ziegelsteine balancierten, und traten in den weichen Staub des Weges.

Der Tag war lang und heiß gewesen, aber nun war die Luft frisch und roch aromatisch von den Wiesen her nach Regen und Heu.

»Wäre ich eine Frau«, sagte Jurjew, »ich hätte mein Leben dafür gegeben, von einem solchen Mann geküsst zu werden.« Von Lermontow war die Rede. »Alle diese einfältigen Weibsbilder – Waretschka Lopuchina und die Bucharina, die Suschkowa – haben nur auf den Tag gewartet, da er sich bemüßigt fühlen würde, zu heiraten und einen Haufen vollgeschissner Kinder in die Welt zu setzen, wie ein Sterblicher das so tut. Sie wissen ja, nicht alle mögen unsere Schule, aber sie ist etwas Besonderes … Allein schon das

Gefühl, ein Lermontow-Museum im Haus zu haben, das macht etwas aus …«

»Warum reden Sie nicht weiter?«, fragte Mascha, die einen Kirschzweig abgerissen hatte, um die Mücken damit zu vertreiben; ihre Beine waren schon ganz zerstochen.

»Mir kam ein Gedanke …«

»Welcher?«

»Wie seltsam diese Welt doch beschaffen ist.«

»Was soll das heißen?«

»Was für wunderbare, kluge und edle Menschen vor fünfzig oder hundert Jahren auf dieser Erde gelebt haben! Wie tief sie zu fühlen vermochten, wie aufrichtig zu leiden! Wie großartig das Leben damals war! Dagegen wir? Nicht zu reden davon, welchem Albtraum wir in noch mal fünfzig oder zweihundert Jahren entgegensehen …«

Sie waren bis zum Wasserturm gelangt, von hier führte der Weg zum Teich. Im Birkenhain war es finster und etwas unheimlich, Nattern huschten durch den Giersch, irgendein Vogel schrak auf und kreischte so durchdringend hell, als würde eine Schere geschliffen. Jurjew verhielt den Schritt und lauschte.

»Der Wachtelkönig.«

Auf der Brücke blieb Mascha stehen, lehnte sich rücklings gegen das Geländer, ließ, eine Hand an der Mütze, den Kopf nach hinten fallen und den Blick zu den Sternen gehen. »Es gab eine Zeit, da konnte ich an der Sternenposition die Uhrzeit ablesen, auf die Viertelstunde genau. Das hab ich alles komplett vergessen. Da ist der Orion, da der Schütze … Aber wie spät es ist, weiß ich nicht.«

Sie hielt Jurjew die Mütze hin. »Da, nehmen Sie. Nicht dass sie mir noch in den Teich fällt, und Sie müssen sie von den Fröschen zurückerbitten, dann gucken Sie dumm aus der Wäsche.« Mascha führte beide Hände zum Hinterkopf und zog sich zwei Nadeln aus dem Haar, das hierdurch sogleich auf die Schultern ihrer Wattejacke fiel.

»Als Kind hatte ich ein Meerschweinchen, das in einem Schuh-karton wohnte«, erzählte sie. »Geschenk von Papa. Über Nacht kam der Deckel drauf, in den ein paar Luftlöcher gebohrt waren. Damals hatte ich die Idee, die Nacht könnte so ein über uns gestülpter Riesendeckel sein, und die Sterne wären die Luftlöcher.«

Jurjew hätte auch gern etwas aus seiner Kindheit erzählt, aber er wusste nicht, was und wie. Er hatte keinen Vater. Nie einen gehabt. Er erinnerte sich daran, wie er als kleiner Junge auf dem Hof mit den anderen Kindern gespielt hatte, und einer brüstete sich, den Laster habe ihm sein Papi gekauft. Das war der Moment, wo Jurjew nach Hause rannte und fragte: Wo ist mein Papi?

Aber Mama hatte jemanden bei sich und zischte, er solle still sein.

Mama arbeitete in der Weberei; die Woche über kam das Kind ins Internat. In den Nächten, wenn der diensthabende Erzieher sich in sein Kabinett verzogen und eingeschlossen hatte, begann in den Schlafsälen ein anderes Leben nach eigenen Gesetzen, grausam und unausweichlich. Sie bespuckten einander so ausdauernd, dass es von den Laken troff, hinter denen man Deckung suchte. Manch einer wurde mit Handtüchern ans Bett gefesselt und geschlagen. In den wenigsten Fällen verliefen die Kämpfe Mann gegen Mann, meist fielen sie im Haufen über einen Schwächeren her. Zu schreien oder um Hilfe zu rufen war verpönt, sonst hätte man noch weni-ger zu lachen gehabt. Gelegentlich wurden sie von älteren Jahrgän-gen heimgesucht, die die Nachtschränke durchwühlten und mit-gehen ließen, was ihnen gefiel; was einem lieb und teuer war, Stifte beispielsweise oder Bonbons, musste man sich unter die Matratze stecken, aber auch dort wurde nachgesehen. Die dämlichsten Strei-che ernteten den meisten Erfolg. Einmal wurde dem schlafenden Jurjew ein zum Trichter gefaltetes Blatt Papier zwischen die Lip-pen geschoben und hineingepinkelt. Als ihn das Würgen überkam, lachten sich alle tot. Man zwang ihn, das Erbrochene mit dem Kis-senbezug aufzuwischen. Später, als alle schon schliefen, versuchte er den Bezug mit kaltem Wasser auszuwaschen, schnupperte immer wieder, der Geruch ging nicht weg. Die älteren Jungen kletterten das Fallrohr der Dachrinne hinauf in den ersten Stock, wo die Mädchen schliefen. Sie onanierten unverhohlen und taten damit groß, spritzten den Jüngeren mit Vorliebe in die Schuhe. Auf der Toilette gab es nie Papier, im Sommer riss man sich vorsorglich Blätter von den Bäumen, im Winter mussten Seiten aus den Schulheften herhalten, die aber nicht selten gleichfalls von den Älteren entwendet wurden. Alle rissen sich um den Küchendienst, weil da Aussicht bestand, etwas Essbares abzuzweigen. Die Köchinnen gingen jeden Abend mit großen Taschen voll Fleisch, Fisch und Obst nach Hause, während die Kinder mit Hirsebrei oder wässrigem Kartoffelbrei und verbrannten Buletten abgespeist wurden. Zu trinken gab es eine trübe Plörre aus eingeweichtem Dörrobst. Nach dem Unterricht bekam der Direktor des Öfteren irgendwelche Missetäter vorgeführt, die er auf die Toilette schleppte und dort verprügelte. Doch es geschah, dass das Opfer sich bei im Ort ansässigen Kumpanen beschwerte, die daraufhin dem Direktor nach Dienstschluss an der Bushaltestelle auflauerten und einheizten.

Gerne hätte Jurjew darüber gesprochen, dass er noch nie eine Freundin gehabt hatte, noch keine wirklich geliebt; das wenige Vorgefallene eher ein peinliches Missverständnis; jener Siebte November, Revolutionsfeiertag, das aufs Knie der neuen Hose gefallene Stück Hering, die betrunkene Freundin der Mutter, auch Arbeiterin in der Weberei, ihr schweißnasser, wie eingeseifter dicker Bauch – all das war unangenehm zu erinnern, er dachte lieber nicht daran.

Wenn er in der Wanne lag und die kleinen Quallen ins heiße grüne Wasser schossen, war die Sehnsucht am größten: nach der wahren, großen Liebe, so groß und so wahr, dass man Pflicht und Gewissen darüber vergaß.

Einmal nur in seinem Leben hatte es eine jugendliche, beinahe noch kindliche Verliebtheit gegeben, doch auch darüber ließ sich nicht viel erzählen. Mama hatte ihn von der Schule abgeholt und war mit ihm direkt zum Bahnhof gefahren. In der Schalterhalle endlose Schlangen; Mama versuchte nach vorn zu drängeln, wedelte mit einem Telegramm, doch die Leute, die da standen, reagierten fuchtig und gemein, hielten ihr ebensolche Telegramme vor die Nase, schoben sie zur Seite. Also gingen sie gleich auf den Bahnsteig, und Mama sprach hartnäckig erst auf die eine, dann auf die andere Wagenschaffnerin ein, kam jedes Mal schimpfend wieder, spuckte aus. Schließlich versuchte sie es bei einem pausbäckigen Schaffner mit Goldzähnen, flötete ihm ausgiebig etwas ins Ohr, wovon er lachend den Mund aufriss, als hätte sie ihn gekitzelt, die Goldkronen blitzten. Sein Blick ging von Mama zu ihm und hinauf zum Bahnhofsdach, wo Bausoldaten die Blechverkleidung herunterrissen, umständlich kratzte er sich die Speckfalten im Nacken, bis er schließlich nickte: Gut, steigen Sie ein, wir lassen uns was einfallen. So kamen sie im Abteil des Schaffners unter, der Sohn wurde auf der obersten Pritsche einquartiert, unten die Tür verriegelt, Wurst, Tomaten und Wodka kamen auf den Tisch, Mama und der Schaffner begannen zu trinken und zu reden. Der Schaffner sprach von einer Nadja, die lange Zeit als Telefonistin bei der Dringlichen Medizinischen Hilfe gearbeitet, Notrufe entgegengenommen, dann aber gekündigt hatte, weil sie es nicht mehr aushielt, tagtäglich Buch zu führen über Säuglinge, die ungeschickten Müttern beim Wickeln vom Tisch gefallen waren. Nadja hatte sich verliebt in ihn, den verheirateten Mann, der zwei Söhne hatte; er liebte sie auch, aber zu ihr zu ziehen konnte er sich der Kinder wegen nicht entschließen. Mit seiner Frau hatte er die Vereinbarung getroffen, dass sie, solange die Kinder noch nicht groß waren, zumindest den Anschein einer Familie wahren wollten; dass er nicht jeden Tag zu Hause schlief, waren die Kinder ohnehin gewöhnt, er war ja bei der Eisenbahn und manchmal, wenn er einen Fernzug begleitete, die ganze Woche abwesend. Dann wurde Nadja plötzlich krank, und keiner konnte erklären, was mit ihr war, sie magerte ab, verdorrte vor seinen Augen, konnte kaum noch einen Fuß vor den anderen setzen, die Ärzte taten sich schwer mit der Diagnose: Lupus erythematodes, tippten die einen, auf Krebs die anderen, machen konnte keiner was, und alle schienen damit zu rechnen, dass sie sterben würde. Da machte seine Frau den seltsamen Vorschlag, dass Nadja gebären müsse. »Ihr solltet ein Kind haben, dann wird alles gut. Ein Kind beruhigt, gibt einem das, was sonst keiner geben kann.« Und tatsächlich wurde Nadja schwanger, und all ihre Leiden waren wie weggeblasen, sie genas, lebte auf, wurde fröhlich. Brachte das Kind zur Welt, mit Kaiserschnitt, aber gesund. Der Schaffner nahm Urlaub, um ihr in den ersten schwierigen Wochen beizustehen. Nadja erkrankte an Mastitis, die sie sich in der Geburtsklinik zugezogen hatte, aber sonst war alles gut. Alle staunten und freuten sich, es war ja doch wie ein Wunder. Irgendwann beschloss Nadja, einmal wieder zum Friseur zu gehen. Er blieb mit dem Kind zu Hause und wartete, dass sie zurückkam, sie aber war in ein Auto gelaufen und starb im Krankenhaus an den vielen Brüchen, ohne das Bewusstsein wiederzuerlangen. Der Schaffner und seine Frau nahmen das Kind zu sich, nun hatten sie drei. Jurjews Mama strich dem Schaffner tröstend über den Igelkopf und den wulstigen Nacken und schaute aus dem Fenster, wo die riesigen Ballons eines Gaswerks am verschneiten Horizont vorüberschwammen. Am nächsten Tag kamen sie in Sterlitamak an, wo Jurjews Tante mit Tochter und Großvater in einem alten Holzhaus in unmittelbarer Nachbarschaft eines Neubaublocks lebten, aber genau genommen lebten nur noch Tante und Töchterlein, der Großvater lag in der kalten Diele auf einem Tisch, das Gesicht unter einer Serviette, nur der Bart schaute hervor. Die Fingernägel waren lila. »Die Kälte hier ist ein Glück«, sagte die Tante und wischte sich die nach Hering riechenden Hände an der Schürze, »damit sparen wir uns das Kühlhaus.« Tascha war in Jurjews Alter. Sie wurden zusammen zum Wasserholen geschickt, damit sie nicht störten. Der Brunnen war im Hof; sie mussten lange pumpen, bis Wasser kam. Tascha und Jurjew pumpten abwechselnd und zählten mit; beim dreißigsten Mal kam ein dünner Strahl, sie durften aber nicht aufhören, sonst wäre das Wasser gleich wieder gefallen; bis die beiden Eimer gefüllt waren, gerieten Jurjew und Tascha ordentlich ins Schwitzen. Später gingen sie in den Park, der unter frisch gefallenem Schnee lag, selbst die Kabel hingen schwer und wie Feuerwehrschläuche so dick zwischen den Masten. Die Baumschatten von der Sonne grellblau, ebenso die aus dem Mund schlagende Atemluft, solange man sie sah. Der Schnee war pappig und klebte; am anderen Ende des Parks angekommen, versteckten sie sich hinter einer Ziegelmauer und warfen mit Schneebällen nach Passanten. Die Bälle waren nass und schwer, mit anhaftenden Lindensamen. Manche der Vorübergehenden wandten sich verblüfft um und schauten, klopften sich dann ergeben den Schnee von der Kleidung. Andere fluchten und drohten, schüttelten die Faust in alle Himmelsrichtungen. Ein Offizier erspähte Tascha, was nicht schwer war, sie trug eine Strickmütze mit grellroter Bommel; lachend und gegen die Sonne blinzelnd warf er einen Schneeball in ihre Richtung und setzte seinen Weg mit der Schneespur am Rücken fort. Dann klappte am benachbarten Haus ein Lüftungsfenster auf, wodurch ein blitzend reflektierter Sonnenstrahl über den Schnee gefahren kam, eine Stimme fing zu keifen an, und eine Faust fuchtelte durch das Fensterchen, Jurjew und Tascha nahmen Reißaus, den kürzesten Weg quer durch die Schneewehen zum Parkausgang.

Als Nächstes schleppte sie ihn auf die Baustelle. Es war Sonntag, niemand arbeitete. Das niedrige Sonnenlicht stach durch die rahmenlosen Fenster. Der Wächter saß im warmen Bauwagen. Ungesehen passierten sie den von Kisten mit Fliesen verstellten Hauseingang und stiegen über verbeulte weiße Eimer, schwarze Rollen und gebogenes Armiereisen hinweg die nicht enden wollende Treppe empor. Alles war verschmiert von Farbe, Mörtel und Dreck. Anfangs zählte Jurjew die Etagen mit, verzählte sich jedoch bald und stieg weiter, achtete nur noch darauf, nicht hinter Tascha zurückzubleiben. Sie liefen durch finstere Flure, in denen Bretter, Parkettbündel und Türkästen gestapelt waren. In den leeren, sonnendurchfluteten Räumen mit den aus der Decke züngelnden Kabeln hallte es mächtig. Tascha fiel es ein zu miauen, und Jurjew bellte dazu, das klang lustig, sie lachten laut. Mancherorts waren schon Fenster eingesetzt mit trüben, beklecksten Scheiben, doch überall war es klamm und kalt, aus dem Mund dampfte es. Jurjew und Tascha öffneten die Tür zu einem Balkon, der noch nicht vorhanden, vielleicht auch gar nicht vorgesehen war. Sie blickten hinab auf die umliegenden Häuser: winzig, mit weißen, in der Sonne blitzenden Dächern, und direkt unter ihren Füßen Taschas Haus – an dem jetzt die Tür aufging, jemand kam mit einem Eimer heraus, lief die Stufen hinab, leerte den Eimer in den hohen Schnee, stellte einen anderen unter den Brunnen, pumpte – es war Jurjews Mama. Plötzlich packte Tascha Jurjew am Ärmel und zog, als wollte sie ihn hinabstoßen, Jurjew erschrak, und Tascha lachte. Darauf packte Jurjew sie am Ärmel und zog, als wollte er sie auf den nicht vorhandenen Balkon hinauszerren, und sie lachten beide. So wohl wie damals, vor der offenen Tür ins vielstöckige Nichts, durch das das Quietschen des Pumpenschwengels schallte und in das sie beide, Tascha und er, erhitzt, mit kalten Fingern und kalten Nasen, sich gegenseitig zu schubsen suchten und sich totlachten dabei, so wohl war ihm kein zweites Mal im Leben gewesen. Und jetzt lief er an der Seite dieser kleinen Frau, die ihm kaum bis zur Schulter reichte, noch nicht sehr alt und gewiss einmal hübsch gewesen, hörte sich an, was sie über ihren Mann erzählte, den sie nicht liebte, und Jurjew hatte eine Ahnung davon, wie es sein würde, wenn es zwischen ihnen passierte, bestimmt würde es ungeschickt, schamhaft und auf die Schnelle passieren, und anschließend würde er ihr nicht mehr gern in die Augen sehen. Er sähe sie als eine andere dann, irgendwie zerknittert, nicht mehr frisch, und er würde eilig das Weite suchen, sich reinwaschen wollen von alledem. Und wieder entsann sich Jurjew jenes Gleißens hinter der Balkontür, der Zugluft, der fernen, winzigen Dächer, dachte an Tascha, der vom Frost und vom vielen Lachen der Rotz aus der Nase lief, smaragdene Perle im Sonnenschein, ehe sie ihn mit dem zottigen Jackenärmel verrieb.

Mascha sprach zu Jurjew über Jewgeni, davon, wie schwierig das Zusammenleben mit ihm sei: Dieser gütige, begabte und gescheite Mann, der zugleich so reizbar, unstet, schwer zu nehmen sei, nichtsdestoweniger fühle sie sich froh und glücklich an seiner Seite. Gleich darauf hob sie von Neuem über ihn zu klagen an: Kleinlich sei er, geradezu pingelig, launisch obendrein, esse zu viel und achte nicht auf Sauberkeit. Zwischendurch schien es ihr, als hörte Jurjew gar nicht zu, wäre mit den Gedanken woanders, doch sie konnte nicht einhalten mit ihrer Geschichte, erzählte, wie sie einmal vor langer Zeit, kurz nach der Hochzeit, ans Schwarze Meer in den Urlaub fuhren, sie hatten in Pizunda ein Zimmer in einem großen Holzhaus gebucht, ein paar Schritte nur zum Strand, in ihrem Zimmer standen vier Betten, wie überhaupt das ganze windschiefe, ungefüge Haus bis obenhin gefüllt war mit eisernen Bettgestellen, in denen die Matratzengitter durchhingen; der Hausherr war Georgier, ein ausgezehrter, krank anmutender alter Mann mit dürren, blau geäderten, knotigen Beinen. Sein Enkelsohn lungerte gelangweilt auf der Dachterrasse herum, ließ über Maschas Kopf die schmutzigen bloßen Füße baumeln, zielte mit der Plastikpistole auf das Fenster des Nachbarhauses und verkündete, wenn er groß sei, würde er alle Abchasen killen. »Warum das denn?«, erkundigte sich Mascha. »Weil sie keine Menschen sind«, erwiderte der Junge. »Sondern?« – »Abchasen«, war die schlüssige Antwort des Jungen, derweil er seine Pistole auch auf Mascha richtete. Sie fragte sich, wo der viele Hass in dem kleinen Mann herrühren mochte. Täglich gingen sie an den Strand, lagen dort ausdauernd in der Sonne. Erst wenn es gar nicht mehr auszuhalten war und man meinte, das eigene Haar stünde kurz vor der Selbstentzündung, gingen sie zum Löschen ins Wasser. Schenja trug Sonnenbrille, das T-Shirt wie ein Beduine um den Kopf geschlungen; er hatte eine dicke englische

Schwarte dabei und zwei Bände eines Wörterbuchs, las unentwegt, musste beinahe jedes Wort nachschlagen, schrieb zwischendurch etwas in ein dickes Heft, bis er schließlich, mürbe von der Hitze, einschlief. In den Brillengläsern spiegelte sich der Kieselstrand und von Zeit zu Zeit ein vorübergehender Fuß in Gummischlappen. Es wimmelte von Urlaubern. Decken und Handtücher lagen dicht an dicht, sodass sie beinahe aneinanderstießen. Immerzu war jemand über einem. Es roch nach gesottenen Maiskolben, die aus dem Eimer verkauft wurden, über den ein Lappen gelegt war. Die abgenagten Kolben flogen einfach ins Geröll und wurden von den klapprigen Kühen vertilgt, die morgens und abends den Strand abweideten, Schweine im Schlepp, den Kühen an Größe ebenbürtig. Irgendwann fuhr Schenja aus dem Schlaf und ging baden, tauchte ein bisschen im flachen Wasser umher, kam zurück und steckte die Nase wieder ins Buch. Das Papier bräunte zusehends in der Sonne, am Abend konnte man es den Seiten ansehen, dass sie tagsüber gelesen worden waren. Mascha bekam mit, wie die Umlagernden sich über Schenja lustig machten, es war ihr unangenehm, doch sie sah und hörte geflissentlich darüber hinweg. Manchmal bekam sie Lust, übers heiße, glatte Gestein unter die Kiefern zu flüchten und Volleyball zu spielen mit den muskulösen, braun gebrannten Jungs und den schlanken, leichtfüßigen Mädchen, immerhin hatte sie zu Schulzeiten auch nicht schlecht gespielt, oder weit hinauszuschwimmen hinter die Boje, denn schwimmen konnte sie auch, es war ihr ein Rätsel, wie einer ertrinken konnte, da man doch emporgeschleudert wurde von jeglicher Welle wie ein Pingpongball, aber Schenja mochte weder Volleyball spielen noch schwimmen, planschte nur ein bisschen am Ufer herum, ging nie ins Tiefe, und sie blieb neben ihm liegen, ließ die warmen Kiesel von einer Hand in die andere gleiten, die im Wasser aussahen wie lebendig, während man auf dem Trocknen zusehen konnte, wie sie starben, oder sie ging und sammelte die langen trockenen Nadeln der Pizundakiefern zu Bündeln, spähte nach der trägen mittäglichen

Brandung, die hinter den zahllosen Beinen, Brüsten und Köpfen fast nicht zu sehen war, ihr Rauschen in all dem Plärren und Schreien, der Musik aus dem Strandzelt, den aus den Transistorradios schallenden Fußballreportagen kaum zu vernehmen. Alle zweihundert Meter standen windschiefe Umkleidekabinen, von denen ein strenger Uringeruch ausging; sämtliche Ritzen und Astlöcher sorgfältig verstopft mit braunfleckiger Watte. Den Menschen war nicht zu entfliehen – in dem mit Betten vollgestellten Haus ebenso wenig wie am mit Leibern gepflasterten Strand oder auf dem von pechschwarzen Haarschöpfen beherrschten Markt, wo größtes Gedränge herrschte und man besser die Hand um die Geldbörse legte, oder in der Kantine, wo die Fliegen durch die abgestandene Luft schwirrten und jedermann ungerührt in die Borschtschpfütze auf dem Betonfußboden trat. Das einzig Menschliche in diesem Spektrum, so erschien es Mascha, war das Meer – und auch das nur in gehöriger Entfernung zum Strand, wo es keine Wassertreter mehr gab, keine Luftmatratzen und keine schwimmenden Köpfe. Das Waschbecken ihres Quartiers war unter freiem Himmel, ein Pfad führte hin, übersät mit platt getretenen Maulbeeren und faulenden Aprikosen. Die Frauen füllten sich am Becken einen Krug Wasser, mit dem sie zur Toilette gingen, auch Mascha trug den Krug vor sich her, wenn sie am Tisch unter den hängenden Weinreben vorbeimusste, wo die Männer Tricktrack spielten, Wodka und Wein tranken und nach ihr äugten. Peinlich berührt wandte sie sich ab, blickte über den Zaun oder auf die Berge, anders als die anderen Frauen, die im Vorübergehen lachten und mit den Männern scherzten, irgendeine vorlaute Bemerkung fallen ließen, so taten, als wollten sie den Krug über den Männern auskippen, Tisch und Tricktrack unter Wasser setzen, was die Männer fröhlich lachend mit neuen Anzüglichkeiten quittierten, nichts Peinliches an alledem. Im schiefen Klohäuschen aus altersgrauem, verwittertem Holz knarrten die Bodenbretter und bogen sich, man musste fürchten, dass sie brachen, zwischen dem unrund ausgesägten Loch und dem Jauchespiegel war kaum eine Spanne Luft, und in der Jauche regte sich etwas, irgendwelche weißen Würmer, es erinnerte an köchelnde Nudelsuppe. Einmal liefen sie nach Lesselidse, um Wein zu kaufen, man hatte ihnen die Adresse einer Abchasierin gegeben, die alle nur die alte Isergil nannten. Während die Alte den Wein auf die Flaschen zog, gesellte sich ihr Sohn dazu, eine beleibte, tätowierte Frohnatur, bewirtete sie mit Chatschapuri und erzählte, tags zuvor sei ein Kind von einem betrunkenen Georgier überfahren worden. »Sie werden sehen«, fuhr er fort, »eines Tages wird es hier keine Georgier mehr geben. Nicht einen!« Im Nachbarzimmer waren zwei dralle, stimmgewaltige Charkowerinnen einquartiert, die sich am ersten Tag einen solchen Sonnenbrand holten, dass man die Haut wie Folie von ihnen abziehen konnte. Allem Anschein nach waren sie nur deshalb in den Süden gefahren, um sich jeden Abend »abschleppen« zu lassen; hinterher fanden sie sich ein, um Einzelheiten auszutauschen und auf das Vulgärste zu kommentieren; durch die dünne Zwischenwand entging einem kein Wort, auch nicht, wie sie den vom Strand hereingetragenen Sand von den Kissen schüttelten und wie sie einander nach dem gegenseitigen Eincremen auf die Schenkel klatschten. Vor dem Einschlafen kuschelte Mascha sich bei Schenja an, schmeckte das Meersalz auf seiner Haut und fand, es sei doch ein rechtes Glück, dass sie einander gefunden hatten auf dieser vermüllten, beschissenen, von Balz und Bosheit beherrschten Welt.

»Ihr solltet ein Kind haben«, sagte Jurjew auf einmal, »dann wird alles gut. Ein Kind beruhigt, es gibt einem das, was sonst keiner geben kann.«

Mascha hätte in diesem Moment gern erzählt von jener Winternacht, als sie plötzlich Schmerzen bekam wie beim Menstruieren, nur vielleicht noch etwas stärker, und ein klein wenig blutete, und das war das Kind, Schenjas und ihres. Davon, wie Schenja den Mülleimer hinuntertrug und wie der Arzt, der eben Holz im Ofen nachgelegt hatte, sie zu untersuchen begann, ohne sich die Hände zu waschen, mit dem vaselinebeschmierten Finger in sie hineinfuhr, und dass sie niemals Kinder haben würde, keine haben konnte, aber dann dachte sie, dass sich das sowieso nicht richtig erzählen ließ, nicht so, dass man es hätte verstehen können, und wozu auch.

Die Kunde, dass D. im Stadtpark, gleich neben dem seit Generationen niedergetrampelten Blumenbeet, blutüberströmt und um Hilfe flehend im Wegerich liegend, aufgefunden worden sei, bekam der vormalige Anatomiegehilfe M. bei einer zufälligen Begegnung auf der vom Duft der Nachtveilchen gesättigten Allee (demnach zu recht später Stunde, das Orchester mit dem satten Tubaklang hatte sein Programm längst beendet und war in die Kaserne abgezogen, der Pulk der Soldaten zum Abendgebet angetreten, dessen schöne Worte sich in den rosa Abendhimmel verflüchtigten, ins Laubgeraschel mischten, denn um diese stille Zeit danken alle Krieger in Russlands Diensten dem lieben Gott für Suppe und Brei und bitten um noch ein bisschen Leben) von einem Fräulein jüdischen Glaubens zugetragen (alles Dinge, die in Romanen des Öfteren vorkommen), das in der betreffenden Sache als Zeugin herhalten muss: Ein schreckhaftes, hakennasiges, schwarzbraunes Wesen, nennen wir es Sonja, der wahre Name sei im Interesse der Ermittlungen verschwiegen, wer von uns kennt schon seinen wahren Namen, ich werde sein, der ich sein werde, so steht es geschrieben, er und sie und dieser Briefbeschwerer mit dem eiförmigen Griff ebenso, Sonja also gab in der Befragung an, sie kenne D. seit Langem, schon einige Mückensommer und Grippewinter hindurch, habe zu ihm ein dienstliches Verhältnis gepflegt, nämlich als Leiterin der Bibliothek, deren Bestände längst geplündert sind, und das, was noch da ist, zerfleddert, befleckt, durch obszöne Zeichnungen verunstaltet, sie habe gerettet, was noch zu retten war, beiseitegeschafft in ihr Kämmerlein, das sie in einer Hütte auf Hühnerfüßen bewohnte mit einem Bett von Eis, und vor dem Fenster gebreit eyn feurich wölk. Auf die Frage, wann und unter welchen Umständen sie mit dem in seinem Blute Liegenden und um Hilfe Flehenden bekannt geworden sei, erwiderte die Zeugin, das wisse sie nicht mehr, was selbstredend nur der Versuch war, Vergesslichkeit vorzuschützen und die Last der seit jenem eingefrorenen Moment vergangenen Zeit.

»Keine besonderen Umstände, ehrlich!«, stammelte Sonja. »Kalt wars, eisig, ich trug alles auf dem Leib, was ich hatte, saß den ganzen Tag im Pelz, wollte mir einen Tee bereiten, aber der Wasserkocher war kaputt.«

Enttäuschung im Saal, so besagt die in der Mitschrift der Remingtonistin in Klammern getippte Anmerkung. Wären Sie, meine Beste, wenigstens zu Pferde dahergeritten, und das Pferd wäre durchgegangen und er zur Stelle gewesen, die Zügel des Pferdes zu schnappen, und hätte Ihnen so Leib und Leben bewahrt ...

Auch D. war solches einmal durch den Sinn gegangen, da er zurückdachte an jenen Tag, als er den Weg (vorbei an einem von der Last des Schnees gefällten Zaun mit obenauf wucherndem rostigem Stacheldraht, der im Sommer regelmäßig in Ackerwinden erblühte und bestimmt noch eines Tages Früchte tragen würde, und einem weiteren Zaunabschnitt, näher zur Schwellenimprägnierfabrik gelegen, der schon seit zwei Jahren auf der Flucht war) zu ihr in die Bibliothek fand: dass, wäre er tatsächlich nur handelnde Person in einem russischen Roman, die Begegnung von Held und Heldin romantischer hätte verlaufen müssen, sagen wir, im dunstigen Duschraum der Entlausungsanstalt des Lagers Karaganda, kurz: Karlag; er hätte der für diesen Bereich zuständige Feldscher sein können im nassen, an Rücken und Bauch klebenden Kittel, sie nackt, mit einer Hand bedeckend, was da an ihr baumelte, mit der anderen die rasierte Scham, keinem zu etwas nütze – und sie sagt, den verlausten Kopf schüttelnd, durch die Zähne gepresst, weil sowieso keiner zuhört: Lasst mir wenigstens die Haare! Ich hab schon alles verloren, Mann und Kind, alles weg – lasst mir das eine! –, und der Feldscher, sich mit spitzen Fingern den nassen Stoff von Rücken und Bauch abziehend, beschwichtigt sie: Was willst du mit den Haaren, die stören doch nur, spätestens wenn sie früh an der Pritsche festgefroren sind, musst du sie absäbeln, also lieber gleich, dann bist du unbeschwert und frei! Oder so zum Beispiel: Er ein bildschöner Mann, Panzerfahrer mit schweren Verbrennungen, die Kameraden haben ihn am Stadtrand von Grosny aus dem abgeschossenen Tank gezogen – und sie, eher Typ Vogelscheuche, wischt, nehmen wir es an, die Fußböden im Burdenko-Militärhospital, beide einsam und verloren, ungeliebt, sie wischt unter seinem Bett auf und schaut nach dem Photo auf seinem Nachttisch, das ihn zeigt, wie er aussah vor Erfüllung seiner vaterländischen Pflicht und nie wieder aussehen wird, denn Augen und Ohren sind ihm verglüht und noch manches andere, kurzum, er kann eigentlich nur noch singen – und das tut er, liegt da und singt, und sie kommt und hört ihm zu, und dann heiraten sie, und sie schiebt ihn im Rollstuhl vor den Eingang zur Metro, und er hält das Photo in Händen und singt, Geld kommt wenig zusammen, doch zum Leben reicht es, jedenfalls mehr, als sie Gehalt und er Rente bekommt. Etwas in der Art, mag es noch so gestelzt sein und gekünstelt, dachte D. – immer noch besser als der Wasserkocher.

Im Zimmer war es finster und klamm, bei den Ikonen in der Ecke flackerte ein Lämpchen aus Kirschbaumholz. Sonja versuchte zu lesen; beim Umblättern musste sie jedes Mal den Fäustling ausziehen. »Dann ergrieffen sie den Einsidler vnd Startzen Jepifani«, las Sonja, »der ein Ehrwürdiger mönch und ascet gewesen. Da sie auch jhm die zungen aus dem halß geschnitten / vnd abgehackt vier finger einer hand / kunt er anfangs nur durch die nasen sprechen: nachdem er aber trewlich angeruffen die Allerwehrteste Mutter Gottes / sind jhm seine beyden zungen / die von Moßkow und die von hier / in der lufft erschienen: er nam eine davon / legte sie auff die vörige stelle / vnd sprach von stund an wider klar vnd deutlich / die zung fand sich vnversehrt in seinem mundt.« Sonja sah nach dem reifbedeckten Fenster, und plötzlich fiel ihr jener Sommer am Strand von Pizunda ein, als sie einen von der Sonne erhitzten Stein auf ihr Buch legte, damit der Wind nicht die Seite verblätterte, Menschen gingen den frisch gespülten Sandstreifen entlang, und ihre Spuren trockneten sogleich von den Rändern her ab.

Sie mochte es, sich in der Nähe von Kindern zu platzieren, um ihnen zuzusehen, wie sie das Wasser in prallbäckigen Plastiktüten aus dem Meer schleppten; aus den Löchern spritzten winzige Fontänen. Oder ihren Doktorspielen, bei denen sie sich abwechselnd bäuchlings in den Sand legten und Schröpfköpfe – heiße Kieselsteine – auf den Rücken setzen ließen.

Einmal war sie den Geröllsaum entlanggeschlendert, und es gab einen seltsamen Sonnenuntergang zu sehen: oben alles schwarz versiegelt, wie asphaltiert; eine Spanne überm Horizont schwebte die Sonne und ließ ein paar träge, stumpfe Strahlen hängen – wie Zitzen an einem Euter.

Wolkenlos waren nur die ersten Tage, dann stellten sich die warmen Kurbadsommerregen ein, bei denen die Grenze zwischen Himmel und Meer vorübergehend schmolz, der Horizont aufquoll und nur ein Angler, der entfernt auf dem Rand der Mole saß, ihn noch zusammenhielt wie ein einzelner Niet. Man konnte eine Ewigkeit auf ihn zugehen, bis man plötzlich einen Fisch an der Litze aus dem Wasser schnellen und propellerartig um die eigene Achse wirbeln sah ...

Das Atmen war leicht und angenehm, unbekannte Blumen am Wegesrand verströmten betörende Düfte, der Rauch von den Schaschlykbuden fuhr dazwischen.

Manchmal ging sie nachts baden. Bedächtig rührte die Brandung im Geröll. Der Mond warf sein Licht übers Meer, das ein flaches Sieb war.

Einmal kam Sturm auf, Sonja konnte sich von dem Anblick nicht losreißen, stand, bis sie vollkommen durchnässt war, wartete darauf, dass er die Strandpromenade ausreißen, die Häuser davonspülen, das ganze Dorf hinwegfegen würde, das ja vielleicht überhaupt nur in der Zeit zwischen zwei großen Stürmen hier gewachsen war.

Irgendwo war wohl tatsächlich ein Stück Ufer weggespült worden, denn nach dem Sturm sah der Strand aus wie eine endlose Barrikade: Holzbalken, ausgerissene Bäume, Zaunteile, Müll jeglicher Art, auf den Wellen in der Brandung tanzte und kobolzte gar ein rosa Ferkel mit aufgeblähtem Bauch.

Mehrmals nahm Sonja an einer Führung durch die Kirche von Pizunda teil – aus Langeweile und weil der Führer sie amüsierte, ein zottelbärtiges, argwöhnisch dreinschauendes, eher wortkarges Männchen, dessen Rede schleppend und träge war, und wenn er zu scherzen beliebte, dann so: »Bis sechsunddreißig war hier ein Kloster, in dem Mönche lebten. Nach sechsunddreißig kam das Kloster mit den zugehörigen Bauten unter staatlichen Denkmalschutz.«

Vor einem der Kirche gegenüber gelegenen zweistöckigen kleinen Hotel blieb er stehen und erzählte, den Blick auf die Fenster gerichtet, hier hätten sich früher die Zellen der Mönche befunden. Er zog den Bericht darüber jedes Mal so auffällig in die Länge, als wartete er darauf, dass jemand in den Fenstern erschiene; wenn dies tatsächlich geschah, wies er mit knöchernem Finger dorthin und sprach: »Ein paar Mönche sind übrigens noch da.« Aus irgendeinem Grund wurde das von der Runde immer mit einträchtigem Gelächter zur Kenntnis genommen, und Sonja lachte mit.

Sie nahm in der hintersten Reihe der zum Konzertsaal umgebauten Kirche Platz und lauschte der jungen Organistin, die für das Abendkonzert probte: Georgierin oder Armenierin, mit ebenso dunklem Teint und gebogener Nase wie sie, nur etwas fülliger und die Frisur ansehnlich hoch aufgetürmt; sonderbar anzusehen, wie sie etwas mit den Beinen bewerkstelligte, das man nicht sah, während die Arme zur Seite hingen, der Rücken sich wiegte und der Haarturm schwankte, und aus alledem entstand Musik, die wiederum etwas unter die gekalkte Kuppel zurückkehren ließ, wovor der Staat dieses Denkmal die längste Zeit geschützt haben wollte.

Abends ging Sonja an den Strand, um das Meer zu betrachten, das nunmehr vollkommen gläsern, ohne die geringste Turbulenz vor ihr lag, man hätte auf Schlittschuhen darüber hinwegfegen mögen; auch der Lagerfeuer wegen, die am Strand entfacht wurden und in denen die angespülten und aufgesammelten Wurzelstöcke und abgefallenen Nadeln der Pizundakiefern brannten. Manchmal kamen Männer auf sie zu, um anzubändeln, gingen aber bei näherem Hinsehen schnell wieder auf Distanz. Sie verfolgte den Sonnenuntergang bis in seine letzten Züge: wie die Glut des bereits versunkenen Balles durch die Wolken wieder heraufsickerte. Dabei fühlte sie sich durchaus nicht allein, die Brust war ihr weit, und sie war froh.

»Das haben wir gleich«, sagte D., den krepierten Wasserkocher in Händen drehend. »Wir brauchen nur zwei Rasierklingen, Streichhölzer, Draht und Bindfaden.«

Rasierklingen hatte Sonja im Haus, weil sie damit ihre Bleistifte spitzte, auch eine Rolle Bindfaden fand sich inmitten von allerlei Krimskrams im Tischkasten. Streichhölzer trug D. bei sich. Mit dem Draht war es schwieriger. Kurz entschlossen riss D. das alte Kabel vom Kocher und legte die Enden mit der Rasierklinge frei. Der Rest war eine Kleinigkeit: Die Leitungsenden wurden gebogen und durch die Klingen gefädelt, dazwischen kamen Streichhölzer als Abstandhalter, das Ganze wurde mit Bindfaden stabilisiert.

»Fertig!«, verkündete D. und begegnete Sonjas argwöhnischem Blick mit einem Strahlen. »Reinstecken!«

Sonja schüttelte den Kopf.

»Davor ist mir bange.«

»Mir auch«, lachte D. und schob den Stecker in die Steckdose. »Sie können bis drei zählen!«

Und tatsächlich geriet, wie die Remingtonistin zu vermerken hatte, das Wasser ruck-zuck-hastunichtgesehn in gierige Wallung.

Des Weiteren gab die Zeugin an, D. sei danach noch mehrfach bei ihr in der Bibliothek gewesen, nämlich unter dem Vorwand eines Kostenvoranschlags für auszuführende Reparaturen:

eingeschlagene Scheiben, Fenstergitter, blätternde Zimmerdecke, morscher Fußboden, Ofen qualmt, Teer an der Tür, kippelnde Vortreppe ... Oder einfach aufs Geratewohl: War grad in der Nähe, dachte mir, gehst vorbei auf einen Sprung, schauen Sie nur, der viele Neuschnee, eigentlich müsste man die Skier schnappen und ab an den Hang ...

Tatsächlich sah die Welt draußen aus wie neugeboren; über das glatte, gleißende Weiß hinterm Zaun zog sich ein Paar fahlblaue Skispuren hinab zum Fluss.

Anfangs war es D. entgangen, dass an Sonjas Hand etwas nicht stimmte, mit dem kleinen Finger der Linken. Sie suchte die Hand nach Möglichkeit unter dem Tisch zu verbergen, ballte sie zur Faust oder schob sie unter die Achsel. Fünf Jahre war es her, spät im Herbst, der Garten schon nackt und abgeschminkt, da wurde sie, zu Fuß nach Roschdestweno zum Ofenbauer unterwegs, in Höhe der Iljinsker Schlucht von zwei flüchtigen Häftlingen überfallen, geschlagen und vergewaltigt. Von einem Knüppelhieb auf den Kopf verlor sie das Bewusstsein; als sie wieder zu sich kam, hörte sie die beiden miteinander sprechen und verstand, dass sie für tot gehalten wurde. Also blieb Sonja liegen, ohne sich zu rühren, unterdrückte den Atem. Unterdrückte den Schmerz, als ihr einer den Finger brach, um sicherzugehen.

Einmal, als D. zu ihr kam, saß sie am Tisch und entsteinte Sauerkirschen mit einer Sicherheitsnadel. Hände und Schürze vom Kirschsaft rot, selbst an Stirn und Wangen waren Spritzer gelandet. Die auf dem Tisch ausgebreitete Zeitung troff und wellte sich. Vor Sonja standen zwei Schüsseln, in der einen waren die Kirschen noch heil, in der anderen zerfleischt; dazwischen bildeten die Kerne einen klebrigen Haufen auf dem durchweichten Papier.

Alle Welt koche Marmelade, sagte Sonja, die Nadel über die Schüssel haltend, um nicht auf den Fußboden zu tropfen, so habe sie beschlossen, es auch zu tun, bloß nicht zu viel. »Wo soll ich hin damit? Zwei halbe Liter genügen vollauf.«

D. nahm ein Küchentuch, legte es über Bauch und Knie und setzte sich dazu. Sonja fand eine zweite Nadel. Die reifen Kirschen spritzten, entglitten den Fingern. Viel Fleisch blieb an den Kernen hängen; D. steckte sie sich in den Mund, saugte sie ab. Der Berg glatter, sauber geleckter Kerne glich einer Bleisoldatenschädelpyramide.

Zum offenen Fenster flogen Wespen herein. Sonja suchte sie mit dem Ellbogen zu verscheuchen. Einer, die über den Leitartikel gekrabbelt kam, drückte D. die Taille mit der Nadel gegen den Tisch und halbierte sie. Der Kopf zappelte über die kirschroten Lettern, zuckte mit den Fühlern, und aus dem spitzen Ende des Rumpfes ragte der Stachel in den heißen Tag.

D. erzählte Sonja von seiner verwirrten Großmutter, die ihn am Telefon nicht mehr erkannte.

»Da kommen die Toten gekrochen«, sagte Sonja.

»Wie bitte?«

»Das geschieht mitunter gegen Ende des Lebens. Die Toten können ja nirgends mehr hin. Die Lebenden sterben. Erst sind sie da, und dann sind sie weg. Aber wo sollen die Toten hin? Sie harren aus, und irgendwann kommen sie wieder gekrochen. Und man hat den Eindruck, als würden sie einen holen. Nehmen dich einfach mit. Irgendwann passiert es jedem. Ist völlig normal.«

Und D. fiel ein, dass ihm diese Theorie schon einmal untergekommen war, er hatte es vergessen.

Es war vor vielen Jahren gewesen, zum x-ten Jahrestag des Sieges. Damals war er ein junger Journalist, angestellt bei einer Zeitschrift, und hatte den Auftrag bekommen, für die Jubiläumsnummer über das Nirnsee-Hochhaus am Gnesdnikowski Pereulok zu schreiben. In einem der Aufgänge hing eine Gedenktafel mit den Namen derer, die hier gewohnt hatten und im Krieg gefallen waren. Und die Mutter einer der Heldinnen – eines Mädchens, dem die Faschisten die Brust abgeschnitten hatten wie Soja Kosmodemjanskaja – war, wie sich herausstellte, noch am Leben, wohnte noch im selben Haus, in derselben Wohnung wie damals, als es passiert war, im fünften Stock.

In der riesigen, kahlen Eingangshalle war es kalt, der Wind pfiff durch die zerbrochenen Scheiben. Ab und an knallten Türen. Unter der Gedenktafel ragten ein paar schwärzliche Nelken aus drapiertem Geläpp. Wollte man hier die Namen all derer verewigen, die in dem anderen Krieg gefallen waren, dem gegen das eigene Volk, die Wände reichten nicht aus, so ging es D. durch den Kopf.

Der Fahrstuhl funktionierte nicht. Er stieg die verschlissene Treppe hinauf – früher hatte da einmal ein Läufer gelegen – und fühlte sich seltsam beklommen. Jene Ereignisse waren tausend Jahre her, die Frau musste ein biblisches Alter haben. Überhaupt alle hier hatten diese tausend Jahre auf dem Buckel, die wunderten sich über gar nichts mehr … Komisch auch die Erinnerung, wie sie einst – und auch das musste tausend Jahre zurückliegen – im Pionierferienlager »Soja Kosmodemjanskaja« die kleine Gedenkstätte besichtigt hatten, wo es rostige Helme mit Einschusslöchern zu sehen gab, sogar ein echtes Bajonett, dazu das große Photo eines toten Mädchens im Schnee mit einer Schlinge um den Hals und einer nackten Brust, deretwegen ihm auf einmal so anders geworden war, er dieses merkwürdige Ziehen in seinem halbwüchsigen Hodensack gespürt hatte.

Die Flure in dem Haus waren lang und schnurgerade, wie Illustrationen in einem Lexikonartikel zur räumlichen Perspektive. Jeder Laut erzeugte einen Hall.

Klawdija Iwanowna Birjukowa, so hieß die alte Frau, hatte sich für den Besuch des Berichterstatters schön gemacht: Sie trug ihr violettes Festkleid mit den Heldenmedaillen und war geschminkt. In der kleinen Zweizimmerwohnung roch es nach Medizin, antiken Möbeln, Altfrauenparfüm. Klawdija Iwanowna hatte in der Gewerkschaftszentrale gearbeitet und später beim Komitee der Sowjetischen Frauen. An der Wand ein Photo, das sie Arm in Arm mit Valentina Tereschkowa zeigte.

»Ich habe etwas vorbereitet«, sagte Klawdija Iwanowna, zog ein mit zittriger Schrift beschriebenes Blatt aus der Tasche und setzte die Brille auf, deren eines Glas einen Sprung hatte und mit blauem Isolierband stabilisiert war. Sie presste das Blatt zwischen den Fingern und hob an: »In jener entbehrungsreichen Zeit der Prüfung, die unserem Vaterland auferlegt war ...«

Erst hörte D. zu und ließ den Blick durch das Zimmer schweifen, über die Buchrücken im Glasschrank, die prallbrüstige Japanerin im Badeanzug auf dem Abreißkalender, die Blumentöpfe mit geschossenem Lauch auf dem Fensterbrett. Dann unterbrach er die alte Dame in aller Höflichkeit und bat sie, doch einfach etwas aus ihrem Leben zu erzählen. Klawdija Iwanowna sah misstrauisch auf. Er erklärte ihr, dies sei nun mal sein Auftrag: über ihr Leben zu schreiben, die Tochter und so weiter. Klawdija Iwanowna zögerte zunächst und zierte sich, meinte, dies sei doch wohl ganz unnütz und interessiere keinen, doch als D. aufs Geratewohl die Frage stellte, wie sie in dieses Haus gezogen seien, begann die Frau in ihren Erinnerungen zu kramen.

»Mama und ich haben in einer Knopfmanufaktur gearbeitet«, sagte sie mit einem verklärten Lächeln auf den Lippen. »Wir mussten die Knöpfe auf Pappkärtchen nähen: Mama die großen und ich die kleinen. Da war ich acht. Wollen Sie das wirklich wissen?«

»Aber ja!«, nickte D. »Das mit den Knöpfen finde ich sehr interessant!«

»Und wie dann die Revolution kam«, fuhr sie fort und sah gedankenverloren aus dem Fenster, ohne weiter auf D. achtzugeben, »war ich schon in einer Schneiderei am Arbat-Tor, das Haus steht seit Langem nicht mehr. Für uns einfache Leute, sag ich mal, fing ein neues Leben an. Ich fand Arbeit in einer Uniformwerkstatt, die war am Krasnocholmski Most. Und damals fuhren ja keine Straßenbahnen. So stand man auf im Morgengrauen, zog alles an, was man hatte, schnallte den Riemen drüber und lief los, quer durch die ganze Stadt. In der Fabrik wurden Soldatenmäntel gewaschen, in

großen Kesseln gekocht, von Blut und Läusen befreit und anschließend ausgebessert – schadhafte Stellen, Abnäher und so weiter.
Manchmal stieß man auf Einschusslöcher oder abgesäbelte Enden.«

D. fragte nach dem Haus.

»Wir sind nach der Hochzeit hier eingezogen. Mein Sergej
Michailowitsch war seit 1913 Parteimitglied, Abgeordneter im
Stadtsowjet, er bekam die Wohnung zugewiesen. Mossowjet, Haus
Nr. 4, war die Adresse. Serjoscha kam aus einer großen Familie mit
vielen Geschwistern, die alle mit bei uns wohnten, alles drängte
sich in einem Zimmer. Nachts wurden Pritschen aufgeklappt, die
hingen tagsüber an der Wand. Im Jahr fünfundzwanzig wurde die
kleine Lena geboren, unser Goldschatz. Sie war sechzehn, als der
Krieg anfing. Noch keine zwanzig, als sie starb. Und ich bin jetzt
dreiundachtzig. So ist es gekommen: Mein Lenalein ist nicht mehr,
Serjoscha ist nicht mehr, nur ich krebse noch herum ... Wie der
Krieg losging, war ich bei Zentrosojus, das war der Verband der
Konsumgenossenschaften. Die Tochter hatte grad die achte Klasse
gemacht. Wir haben damals zusammen die Fensterscheiben mit
Papierstreifen beklebt – deswegen sind sie heil geblieben, sehen Sie,
das sind noch die alten Scheiben. Lena ist gleich zu Anfang der
Zivilschutzgruppe im Haus beigetreten. Ich saß nachts in der Fabrik auf dem Dach Wache und sie hier. Sie hatten etwas gegründet, das nannte sich Hofkompanie – es gab zwar keinen Hof, aber
die Kompanie gab es, sie beaufsichtigte das Dach. Eine riesige Flä-
che, da hat es früher ein beliebtes Restaurant gegeben, später war
es Spielplatz für die Kinder. Am beliebtesten war das Fahnenspiel
gewesen, man musste eine feindliche Flagge erbeuten. Alle liefen sie mit Holzgewehren herum, etwas anderes als Kriegspielen
kam gar nicht infrage. Bis der Krieg dann Wirklichkeit wurde und
diese Jungs kahl geschoren, mit Feldsack auf dem Rücken in Kolonne durch die Straßen zogen und Hurra schrien, wenn ihnen
ein Offizier entgegenkam oder auch nur ein Milizionär. Bei uns
auf dem Dach waren mehrere Flaks postiert. Und unter dem Haus

der Bombenschutzkeller, wo zuvor das Roma-Theater gewesen war. Wenn die Flaks losballerten, wackelte das ganze Haus. Bei Zentrosojus wurde eine Zivilverteidigungseinheit gegründet, man schickte uns an die nächstgelegenen Ausfallstraßen, Gräben ausheben. Mich ernannten sie zur Kommissarin. Es war der 15. Oktober. Wir formierten uns zur Kolonne und zogen hinter einem Marschorchester die Gorkistraße lang. Als wir den Belorussischen Bahnhof erreichten, wo wir in den Zug steigen sollten, kam plötzlich der Befehl zur Evakuierung. Für den nächsten Tag! Ich rannte nach Hause, wir hielten Familienrat. Oma lehnte es rundweg ab, die Stadt zu verlassen: Ich fahre nirgends hin. Wenn ich schon sterben muss, dann in den eigenen vier Wänden. Auch Lenotschka schaltete auf stur, sie mochte ihre Großmutter nicht allein lassen. Ich selber wäre ja auch nicht gefahren, doch Befehl war Befehl. Zentrosojus bekam einen Stadtbahnzug gestellt. Dampflok davor, und ab gings nach Nowosibirsk. In einer Elektritschka durch das ganze Land. Bei der ersten Gelegenheit im Januar '42 kehrte ich zurück. Lenotschka besuchte inzwischen einen Funkerkurs ganz in der Nähe, unweit des Puschkinplatzes; mir machte sie weis, sie sei jetzt an der Lebensmittelfachschule. Bis sie eines Tages nach Hause kam und sagte: Mama, ich gehe an die Front. Ich gleich in Tränen ausgebrochen. Wollte mich zusammenreißen, aber sie flossen von ganz allein. Hab es ihr auszureden versucht: Du bist doch viel zu schwach auf der Brust, dich können sie gar nicht brauchen … Tatsächlich ist sie als Kind lange krank gewesen. Das war in der ersten Klasse, sie kam aus der Schule nach Hause, fing an, die Schuhe auszuziehen, wurde ewig nicht fertig damit. Was trödelst du so?, hab ich gefragt – und sehe, sie weint, die Hände zittern ihr. Wir riefen den Arzt, der wies sie ins Krankenhaus ein, da blieb sie ein geschlagenes Jahr. Wenn ich auf Besuch kam, lag dieses Würmchen da und wollte mich auch noch trösten: Aber Mama, wein doch nicht, ich werd wieder gesund, du wirst sehen! Und Blut konnte sie gar nicht sehen; hatte sie sich mal geschnitten, stand sie da und brüllte: Blut, Mama, Blut! Ich brachte sie an den Kursker Bahnhof, hab sie auf dem Weg dorthin immer noch umzustimmen versucht – ich hätte ihr eine Unabkömmlichkeitserklärung beschaffen können. Als sie das hörte, hat sie mich angeguckt wie den ersten Menschen: Mama, was redest du da? Ihr Gestellungsbefehl ging nach Gorki. Sie ließ sich registrieren und kam, Abschied zu nehmen. In ihrem dünnen Kleid und dem Jäckchen drüber. Und ich fing noch einmal von der Bescheinigung an, da ließ sie mich stehen ohne ein Wort. Hat sich geschämt für mich. Das war das letzte Mal, dass ich mein Lenalein gesehen habe. Ich musste anschließend gleich wieder auf Dienstreise, war sowieso mehr unterwegs als zu Hause. Diesmal ging es zum Kalininer Bezirksverband nach Rschew. Die Stadt war eben befreit worden. Unser Zug wurde bombardiert. Ich saß im hinteren Teil, die letzten beiden Wagen blieben wie durch ein Wunder verschont. Wohl oder übel musste ich den Rest des Weges zu Fuß gehen. Kam spät in der Nacht an, konnte mich vor Müdigkeit kaum auf den Beinen halten – und fand eine zerstörte Stadt vor. Die Leute kampierten in Unterständen. Ich kam in einem Schuppen unter, streckte mich aus mit einem Sack unterm Kopf. Plötzlich spürte ich, dass etwas über mich wegkrabbelte: Ratten! Die ganze Nacht bekam ich kein Auge zu. Und morgens auf Arbeit. Solche Dienstreisen waren das. Und der Zufall wollte es, dass ich nach Gorki einen Auftrag bekam, Lenas Einheit war immer noch dort stationiert. Ich packte einen Vorrat warmer Sachen und eine Tüte Bonbons in den Koffer und fuhr los. Abends kam ich an, und was musste ich hören: Sie waren am Vortag in Richtung Front ausgerückt. Ich konnte es lange nicht fassen. Stand am Zaun, sah all die Mädchen in Uniform, jede wie meine Lena. Hab die Bonbons an sie verteilt … Lenas Briefe waren mein Brot zum Leben. Die Post kam unregelmäßig. Manchmal wochenlang nichts, einen ganzen Monat oder gar zwei. Und dann gleich mehrere dieser dreieckigen Feldpostbriefchen auf einmal. Meine wiederum schwatzten ihr die Kameraden ab, um Zigaretten draus zu drehen, wie mir Lena eingestand. Von nun an fragte ich mich jedes Mal, wenn ich ihr schrieb, wer diesen Brief wohl rauchen würde ... Die armen Jungs!«

Die alte Frau erzählte, und D. schrieb es auf. Er kam noch ein weiteres Mal, wieder erzählte sie, wieder schrieb er mit.

D. erkundigte sich nach ihrem Mann. »Von dem haben Sie ja noch gar nichts erzählt.«

»Sergej war bei den Organen. Sie wissen ja, die Zeit damals: Geh, wohin die Partei befiehlt. Und jeder könnte ein Feind sein.«

Zwischendurch machte Klawdija Iwanowna sich Sorgen, dass sie etwas Falsches sagen könnte, etwas, das zu erzählen sich verbot. Aber dann rissen die Erinnerungen sie wieder hin.

D. hatte ihr seine Telefonnummer gegeben, und eines Abends rief sie tatsächlich an, entschuldigte sich umständlich für die Störung und sagte dann: »Die Sache mit dem Fenster, wissen Sie ... Ich frage mich, ob ich das überhaupt hätte erzählen dürfen ...«

Das Haus war eigentümlich gebogen, was die Andeutung eines Hinterhofs ergab. Klawdija Iwanowna hatte erzählt, ihr gegenüber sei ein Fenster mit Ziegelsteinen zugesetzt gewesen, während darüber und darunter durchgehende Fensterreihen waren. Dort habe Wyschinski gewohnt, der es nicht mochte, wenn ihm einer ins Fenster sah, darum wurde es an die andere Seite verlegt, wo eigentlich nur eine Brandmauer war.

Daran sei doch nichts Verwerfliches, beschwichtigte er sie, und natürlich käme das nicht in seinen Text, sie müsse sich nicht sorgen. Klawdija Iwanowna bedankte sich umständlich; anscheinend fiel es ihr schwer, aufzulegen.

Schon am nächsten Tag rief sie wieder an, D. musste sie wieder beruhigen, sie bedankte sich wieder, und nach einer halben Stunde klingelte das Telefon erneut.

Von da an rief Klawdija Iwanowna beinahe täglich an. Mal sorgte sie sich der Brotkarte wegen, die sie am Spiridonowski Pereulok gefunden und nicht abgegeben hatte, mal ging es um irgendwelche

Filzstiefel, von denen, soweit D. sich erinnern konnte, bislang überhaupt nicht die Rede gewesen war.

»Das ist doch nicht schlimm oder?«, tönte es kläglich aus dem Hörer. »Das darf man doch sagen?«

»Natürlich darf man das, Klawdija Iwanowna«, bestätigte ihr D. und musste schon an sich halten, »beruhigen Sie sich bitte, mit den Lebensmittelkarten hat alles seine Ordnung und mit den Stiefeln auch. Alles ist gut!«

Sie kam nun auch immer wieder auf ihren toten Mann zu sprechen.

»Ich habe Ihnen nicht erzählt, wie er gestorben ist«, klang ihre zahnlose Stimme. »Nach Stalins Tod sind seine Amtskollegen einer nach dem anderen verhaftet worden, während er vorläufig nur entlassen worden war. So lebte er in beständiger Angst, dass sie ihn holen kämen. Saß zu Hause, ging nirgends hin. Einmal war ich einkaufen und hatte den Schlüssel vergessen. Kam wieder und musste klingeln. Er machte nicht auf. Hat gemeint, sie kämen ihn holen, weil ich ja einen Schlüssel hatte und niemals klingelte. So ist er aus dem Fenster gesprungen … Aber schreiben Sie das um Himmels willen nicht in Ihrem Artikel, ich bitte Sie!«

Das war der Moment, wo D. nicht mehr ans Telefon zu gehen beschloss. Die nächsten Male nahm Mascha für ihn ab, sprach lange beruhigend auf sie ein und wartete geduldig, wenn sie in den Hörer weinte.

»Ach, wenn Sie wüssten, meine Liebe«, sagte Klawdija Iwanowna zu Mascha. »Ich liege neuerdings die ganze Nacht wach. Und Herzweh habe ich auch.«

»Sie dürfen das alles nicht so schwer nehmen«, redete Mascha ihr zu, »vergessen Sie die alten Geschichten einfach! Tun Sie, als wäre nichts gewesen!«

»Jaja, ich danke Ihnen«, sagte Klawdija Iwanowna und legte auf. Nach einer Stunde rief sie wieder an.

Schließlich war auch Mascha mit ihrer Geduld am Ende.

Drückte auf die Gabel, sobald sie die schleppende, meckernde Greisinnenstimme in der Ohrmuschel hatte.

Dann hörten die Anrufe schlagartig auf.

»Wieso ruft unser Omilein nicht mehr an?«, fragte Mascha, während sie vor dem Spiegel stand und sich die Nachtcreme in Gesicht und Hände rieb. »Wird doch nicht übern Jordan sein?«

Ein paarmal versuchte D. sie von der Redaktion oder von einem öffentlichen Automaten aus zu erreichen, da er es nicht vor Mascha tun wollte. Sie nahm nicht ab.

Dann kam er irgendwann durch die Gorkistraße, und ihm fiel ein, er könnte bei ihr vorbeischauen, das Haus lag ohnehin am Weg. Der Fahrstuhl ging auch diesmal nicht. Auf dem Flur wurde gerade Linoleum verlegt.

D. klingelte mehrmals, es tat sich nichts. Eine Weile verharrte er unschlüssig, dann drückte er die Klingel an der Tür gegenüber. Man hörte es schlurfen, und eine forsche, missmutig klingende Frauenstimme rief: »Wer da?«

D. erklärte der Tür, er sei gewissermaßen ein Bekannter von Klawdija Iwanowna, welche in der Wohnung gegenüber wohne, er habe sie des Öfteren besucht, und …

Die Tür ging auf, aber nur einen Spalt, die Kette blieb vorgehängt. Ein Gesicht erschien, das etwas Unförmiges, beinahe Beutelhaftes an sich hatte.

»Ah, Sie sind das! Erst machen Sie unsere Klawdija Iwanowna krank, und dann wollen Sie sie besuchen! Schämen Sie sich denn gar nicht? Was die sich ausgeweint hat bei mir!«

D. fragte, was mit ihr sei.

»Man hat sie ins Krankenhaus eingeliefert. Wie kann man nur ein solches Verhör anstellen! In dem Alter! Ich hab sie erst gestern besucht, sie macht es nicht mehr lange … So etwas sehe ich gleich. Hab schon genug Leute sterben sehen.«

D. wusste nicht, was er sagen sollte, trat von einem Bein aufs andere.

»Wollen Sie die Adresse oder nicht?«, fragte die Frau überraschend.

»Jaja … In welchem Krankenhaus liegt sie?«

Die Nachbarin schrieb Adresse und Zimmernummer auf einen Zeitungsrand.

D. dankte und machte, dass er davonkam.

Ein paarmal, als er in den Taschen kramte, stieß er auf das zerknüllte Fitzelchen Papier. Am Ende warf er es in den Papierkorb.

Gut, nehmen wir an, es war so. Dann strengen Sie Ihr jüdisches Köpfchen jetzt gefälligst mal an und rufen sich jenen Abend ins Gedächtnis. Nicht den mit den Wespen, die, gelockt und betört vom süßen Marmeladengeruch wie Seelen vom Klang der Engelstrompeten, unabweisbar, sonder Zahl, jede das ihre begehrend zum Fenster hereinstrebten – nicht den, sondern einen anderen, der uns bislang enthoben scheint, wenn nicht vom Schleier der Zeit, so vom Brodel der Kochwäsche.

Stimmt, heißt es in der Aussage weiter. Ich war beim Waschen.

Der Raum, als D. ihn betrat, war voller Dampf, stickig und düster. Die Decke niedrig, ein kleines Fenster nur. Bett, Tisch, Handwaschbecken, Herd, darauf ein Eimer, aus dem es wallte und schäumte. Pfützen auf dem Fußboden. Zwischen Sims und Ofenrohr waren Leinen gespannt, an denen Bettwäsche hing. Überall tropfte es.

Hinter dem Laken ein Platschen und Klatschen. Darunter ihre huschenden bloßen Füße, rosa Fersen. Die Füße kamen abrupt zum Stillstand, die Zehen, ebenso rosa, verharrten gespreizt, wie alarmiert.

Sonjas Stimme: »Ist da wer?«

D.: »Ich bins, Sonja!«

»Jewgeni Borissowitsch?«

»Selbiger! Kein Grund zum Erschrecken.«

Sie schaute hinter dem Laken hervor, in kurzer Kittelschürze. Blies sich die Haare aus der Stirn. Erstaunt. An ihren Armen klebte Schaum.

»Sagen Sie bloß, ich hab abzuschließen vergessen?«

D.: »Sie sind bei der Wäsche, wie ich sehe? Da will ich Sie nicht weiter stören, es ist nur für einen Moment. Ich wollte Ihnen etwas sehr Wichtiges sagen, das habe ich seit Längerem vor. Ich war auf dem Heimweg, das Wetter ist grässlich, Regen und Modder, meine Füße sind ganz von alleine zu Ihnen gelaufen. Na, wenn es so ist, dachte ich mir, kann ich auch reingehen und gleich alles sagen. Die Tür war nicht verschlossen, ich habe nur sanft dagegengedrückt. Darf ich näher treten? Oder jagen Sie mich davon?«

»Bitte!«, sagte sie und ließ ihn hinter das Laken, hob zugleich die Schultern, als wie: Sie werden sehen, was Sie davon haben. »Tut mir leid, Jewgeni Borissowitsch, ich kann Ihnen momentan nicht einmal einen Stuhl anbieten.«

»Das macht gar nichts. Ich muss nur schnell einen klaren Gedanken fassen, und dann …«

»Sie erzählen mir was«, unterbrach sie ihn, »und ich hänge die Wäsche auf. Einverstanden?«

Sie stieg auf einen Schemel und knüpfte ein weiteres Stück Leine an einen im Fensterrahmen steckenden Nagel. Während sie die Arme hob, rutschte der Schürzensaum an den Schenkeln nach oben.

»Schießen Sie los, ich höre!«

D.: »Ach, ich helfe Ihnen erst mal ein bisschen!«

Sie lachte. Dabei verlor sie für einen Moment die Balance, kippelte auf ihrem Schemel, krallte den Finger um den Nagel. Beeilte sich, mit der anderen Hand den Schürzensaum nach unten zu ziehen.

D.: »Warum lachen Sie?«

Sie stieg mit einem Bein hinüber aufs Bett, der Fuß versank knöcheltief in Federbett und Quietschen. Die Matratze federte, das Bett schwankte. Der Kittel vor den gespreizten Beinen sperrte auf.

»Sie wollen helfen?«, fragte sie, breitbeinig wippend, eine Hand am Nagel, mit der anderen das feuchte Haar hinters Ohr streichend.

D.: »Ja.«

»Dann greifen Sie sich da was. Vorher auswringen!«

D. sah in die Schüssel, wo ein Häuflein sich türmte aus Höschen, Büstenhaltern, einem Negligé und allerlei anderem rosa-, himmelblau- und pistazienfarbenem Gewirk.

Sonja hörte zu wippen auf, blickte D. seltsam, irgendwie forschend an.

D.: »Ja, natürlich. Moment!«

Er warf sein Jackett auf das Bett, nahm die Knöpfe von den Manschetten und schob sie in die Hosentasche, krempelte die Ärmel auf. Entnahm der Schüssel irgendeine Winzigkeit, es hätte ein Puppenkleid sein können, presste es in der Faust, Wasser troff zwischen den Fingern hervor, tropfte zurück in die Schüssel.

Sonja sprang zu Boden und eilte herzu, griff D. beim Handgelenk.

»Ach nein, was tun Sie da, Jewgeni Borissowitsch, ich bitte Sie, das ist nicht nötig. Lassen Sie das!«

D.: »Aber wieso denn?«

»Das muss nicht sein, ich mache das selbst!«

Sie öffnete seine Faust, zog das feuchte rosa Knäuel daraus hervor, warf es zurück in die Schüssel, dass es klatschte.

»Gehen Sie mal lieber. Marija Dmitrijewna wird auf Sie warten! Ist doch schon spät.«

D. stand da mit aufgekrempelten Ärmeln und sah zu, wie sie im Zimmer hin- und hersprang, von der Schüssel zu den Leinen, wrang, schüttelte, aufhängte, ein Stück nach dem anderen. Als sie versehentlich in eine Pfütze trat, wischte sie die nackte Sohle an der Bettkante trocken. Zwischendurch fiel ihr Blick auf seine Füße.

»Sie haben ja ganz nasse Schuhe! Ziehen Sie die aus! Warum haben Sie das nicht gleich gesagt.«

D.: »Das macht doch nichts, Sonja. Halb so schlimm.«

Sie nötigte ihn, die Schuhe auszuziehen, stopfte sie mit Zeitungspapier aus, stellte sie an den Herd.

Er zog sich ans Fenster zurück, um nicht im Weg zu stehen, seine nassen Socken hinterließen eine Spur. Regen trommelte gegen die Fenster, den man jedoch nicht sah, die Scheiben waren satt beschlagen, auch die Spuren der rinnenden Tropfen gaben keine Sicht frei, es war schon zu dunkel draußen.

»Morgen muss ich zeitig raus«, sagte Sonja, in Dampf gehüllt, während sie mit einem Holzknüppel in der aus dem Eimer wabernden Wäsche stocherte. »Ich hab ja noch eine Arbeit angenommen als Reinigungskraft in der Buchhaltung. Fußböden wischen, Papierkörbe raustragen. Noch ein bisschen was dazuverdienen. Die ersten Tage fand ichs sogar ganz spannend. Du gehst durch die leeren Büros und kannst in alle Schränke und Schreibtische gucken. Wie der Tisch, so der Charakter. Man stellt sich vor, wer da sitzt. Die Schuhe, die drunter stehen, sagen einem alles. Und ich mit dem Schrubber drüber – wusch!«

Sie lachte schon wieder.

Aber warum zum Teufel, Zeugin, hat er Euch denn nicht gesagt in dieser Saunastube, inmitten der Strumpfstalaktiten, dem Regengetrommel und Wäschegebrodel, der zischend überkochenden Lauge, was er hat sagen wollen?

Auf einmal ist es im Saal auch so heiß und feucht und stickig geworden, als kochte Wäsche über, tippte die Remingtonistin, und von den an den Ofen gerückten, mit Zeitungen prall genudelten Schuhen steigt der Dampf.

Wer glaubt schon Zeugenaussagen, ich bitte euch! Schließlich hat schon einmal eine ganze Französische Akademie die Augenzeugenberichte in Bausch und Bogen abgewiesen und festgestellt, dass der plötzlich im Felde liegende Stein schon immer dort gelegen habe, nur unterm Gras, und ein Blitz vom Himmel habe ihn blank gelegt. Weil Steine nun mal nicht vom Himmel fallen. Während die perplexen Schnitter Stein und Bein schworen: Da tauchte auf ein großer Stern im Osten gleichwie ein Speer. Wem soll man glauben? Noch das verlebteste alte Nuttchen, gedingt für einen Heringsschwanz, wird vor Gericht als ehrbare Dame charakterisiert, die schließlich ihren Eid abgelegt, die Bibel geküsst habe. Und ein Grauhaupt, nicht unvornehm, wenn auch Kleinrusse, wird euch einreden, das Judenbalg wäre gar kein Jude, nur der Sohn von Verwandten aus der Stadt, der in den Ferien aufs Land gekommen sei, um sich rausfüttern zu lassen, er gehöre nicht in die Schlucht ... Dabei schaut ihm die Lüge aus den Augen. Und hat nicht vor vielen Jahrhunderten einmal ein Galiläer im Großen Haus am Litejny, als man ihm das Photo vorlegte, gesagt: Nein, den kenne ich nicht? Eine bringt es fertig, das Zugunglück nur in einem Nebensatz zu erwähnen und stattdessen lang und breit davon zu erzählen, wie sie ihren billig erstandenen Schirm nicht wiederfand. Ein anderer will euch weismachen, auf der »Sixtinischen Madonna« hätte der heilige Sixtus sechs Finger an der rechten Hand, bei Gott, er habe es selbst gesehen. Ein Dritter hat die Marotte, jedes Huckelchen und jedes Buckelchen beim vollen Namen anzuführen, auch der Isaak ist bei ihm jedes Mal die Kathedrale zum heiligen Isaak von Dalmatien, und die gute alte Pferdebahn muss er unbedingt Pferdebetriebene Eisenbahn nennen. Ein Vierter schließlich behauptet, er könne wie Seneca zweihundert Namen nach einmaligem Hören komplett von A bis Z wiederaufsagen. Für die Zeugenbefragung hatte Quintilian eine einfache Regel parat: Erst müsse man sehen, was derjenige für einer sei, um zu wissen, wie man vorzugehen hat. *Timidus terreri, stultus decipi, iracundus concitari, ambitiosus inflari, longus protrahi.** So bleibt auch uns nichts anderes, als den Schüchternen noch weiter einzuschüchtern, den Dummen für dumm zu verkaufen, den Reizbaren bis aufs Blut zu reizen, den Eitlen noch mehr aufzublasen, den Umständlichen auf die Folter zu spannen. Katz und Maus zu spielen mit ihnen allen, was sag ich: Katz und Kröte ... Ganz Griechenland – das sich auf der Karte ausnimmt

---

* Den Schüchternen einschüchtern, den Dummen verdummen, den Reizbaren reizen, den Ehrsüchtigen aufblasen, den Weitschweifigen hinhalten (lat.)

wie die gespreizte Hand eines Gerippes, ist euch das schon mal aufgefallen? – vermag ein anmaßender Sykophant irrezumachen mit der Ankündigung, sein Gedächtnis könne alles in sich aufnehmen und einschmelzen wie fließende Lava, und wenn sie erkalte, seien die Ereignisse für alle Ewigkeit fixiert. Und wird bei dieser Gelegenheit versichern, er habe – warum in die Ferne schweifen – auch besagten D. nachts mit jemandem im Park gesehen, und das Mondlicht habe den Sand auf der Allee messerscharf in weiße Streifen geschnitten.

»Von welchem Park ist die Rede?«, fragen wir den basaltbeladenen Nachtschwärmer. »Snamenka etwa?«

»Ganz recht, Euer Ehren«, so die Antwort. »Die Person unterm Laken, wo Ihr mir vor die Nase geschoben, hat vorher das Dämchen da mit den verweinten Äuglein und der geschwollenen Schniefnase unterm Arm gehabt. Das tat in der Nacht in einem fort kichern, ist schwerelos durch die Gegend gehüpft und gehickelt auf einem Bein, mit der Sandalette in der Hand.«

»Absatz gebrochen?«, so dringen wir in ihn.

»Jawohl! Alles andre wär geschwindelt! Und ich schwindle nie.«

»Was war das für ein Absatz?« Wir lassen nicht locker. »Etwa dieser hier?«

»Exakt, Euer Ehren«, kommt es wie aus der Pistole geschossen. »Er ist es, so wahr ich hier stehe.«

»Soso«, fahren wir fort. »Ihr behauptet also, die ihres Absatzes durch unvorsichtiges Betreten eines Gitters verlustig gegangene Zeugin habe in jener Mondnacht dem später unterm Laken zu liegen Gekommenen gesagt, es gebe in diesem Moment keinen glücklicheren Menschen auf Erden als sie, es könne ihn gar nicht geben? Ist das Eure Version?«

»Genau so mein ichs.«

»Na, sagt bloß.«

»Und das ist noch nicht alles! Ganz zu Anfang, eh das Techtelmechtel losging, hat sie ihm noch gesteckt, wie sie mal zum

Ofenbauer in Roschdestweno wollte, weil zu Hause hat der Ofen gequalmt, und durch die Ritzen warn schon die Flammen zu sehn, nicht dass noch das ganze Haus abbrennt, so ist sie durch die Iljinsker Schlucht gezuckelt, wo auf einmal zweie aus den Büschen sprangen, finstre Typen, stämmig und behaart, denen gab sie gleich die Tasche her und das ganze Geld, das wo in eine Plastiktüte gewickelt war mit nem Schnipsgummi drum, hat auch die Stiefel ausgezogen, aber die wollten was andres und haben sie in die Schlucht gezerrt, unter die Haselsträucher, von der Straße weitab. Sie ist mit dem Gesicht ins Gewurzel gefallen, hat sich im Gras verkrallt, da haben sie sie an den Füßen weggeschleift. Sie hat sich umgedreht, denen in die Augen gekuckt, gebarmt und gebettelt: Versündigt euch nicht! Versündigt euch bloß nicht! Hat das Kreuz über sie geschlagen und eins mit dem Knüppel über die Rübe gekriegt ...«

»Jaja, sie haben sie mit Sperma abgefüllt und ihr anschließend den Finger gebrochen. Wissen wir doch alles, lenkt gefälligst nicht ab«, stauchen wir den Zeugen zurecht. »Wir sind in jener Mondnacht.«

»Herrje, ist ja wahr. Wir sind abgeschweift! Das Fräulein also hat ihrem Galan was ins Ohr geraunt. Schenja, spricht sie, ich bin unrein nach alledem, was damals geschah, das solltest du wissen, mein Liebster ...«

»Und er, was sagte er darauf?«

»Er? Hat ihre Hände genommen und sie geküsst. Das war noch in ihrer Küche, sie saßen am Tisch. Tellerchen-Messerchen-Becherchen standen noch da, der ganze Abwasch. Da saßen sie und haben sich verplaudert bis in die Nacht. Und der Mond, wie sichs gehört, hat zum Fenster reingeschaut. Alles – Teekessel und Tischtuch, Kniescheibe und krummer kleiner Finger – von Mondlicht übergossen. Und dieses steife Ding hat er hergenommen und geküsst.«

»Stopp mal, Freundchen«, unterbrechen wir die träge dahinplätschernde Sitzung an dieser Stelle und wollen fürderhin sehen, meine lieben jungen Zuhörer, was sich tun lässt, wenn man das

Gefühl hat, ein Zeuge, von Natur aus berufen, der Wahrheit Flügel zu verleihen, lügt dir offen und hingebungsvoll ins Gesicht.

Zuvörderst solltet ihr einmal die Wirkung im Raum studieren. Welchen Eindruck hinterlässt der Schwadroneur bei der Heliaia? Hat er die Gelangweilten mitgerissen, die Schläfrigen wach gerüttelt, die Versonnenen erheitert? Nur nicht verzweifeln, die Schlacht ist noch nicht verloren! Lasst den Kerl salbadern, so viel und so lange er mag – und ihr werdet sehen, er wird sich früher oder später in seinen eigenen Finessen verheddern. Ermuntert ihn zur Übertreibung. Versteigt er sich zu einer Aussage, die euch gefällt, dann vermeidet es, darauf herumzureiten, fahrt geruhsam fort zum nächsten und übernächsten Punkt und immer so weiter, nicht dass er noch etwas zurücknimmt vom Gesagten, dann wäre alle Mühe umsonst. Eine hartnäckige Frage bringt den Schuft nur dazu, auf der Hut zu sein.

Stellt eure Fragen lieber wie von ungefähr – als hättet ihr es versäumt, richtig zuzuhören, oder wolltet es noch genauer wissen: »Also diese Frau, von Einsamkeit verzehrt, die die Grausamkeit des Menschen am eignen Leibe hat erfahren, das Leid bis zur Neige auskosten müssen – Tränen mögen fließen für kleinere Leiden, wie der Dichter sagt, aber geteilt ist es halb, und mag eitel Freude herrschen in Übersee, so ist es doch fremde Freude, bei uns herrscht Leid, aber wenigstens das eigene –, diese Frau war nur darum so glücklich, weil sie in jener Mondnacht, in den Armen des Geliebten, brusttief im Mondlicht versunken, schwanger wurde, hab ich recht?«

»Ja.«

Man darf ruhig einmal nett lächeln, wenn dem Widersacher eine Pointe gelungen ist. Sind die Antworten niederschmetternd – nur nicht anmerken lassen. Verrät euer Gesicht, dass ihr anderes erwartet habt, tritt Verlegenheit zutage, schießt euch gar die Röte in die Wangen – kann das der Moment sein, in dem eure Niederlage sich anbahnt. Was immer man euch sagt, ihr solltet es für selbstverständlich nehmen, als das Erwartete, Nächstliegende sozusagen, nur dann werden die Schläge ins Leere gehen. Ein skeptisches

Lächeln kann nicht schaden, als wie: Wer soll das nun wieder glauben! – und dann ohne Säumen zur nächsten Frage übergehen, als wäre nichts geschehen. Und bedenkt: Lieber eine Frage weniger als eine ungeschickte zu viel. Richtet das Augenmerk auf Nebensächlichkeiten, lenkt ab, zwingt euer Gegenüber zu trivialen Gedanken, das macht nachlässig. Inzwischen habt ihr den Schrittzähler aus der Tasche gezogen, werft einen zerstreuten Blick darauf und stellt die Frage.

»Ihr wollt uns also sagen, dass nach den Geschehnissen in jenem mit Mondlicht ausgegossenen Zimmer, wo, wie Ihr Euch auszudrücken beliebtet, selbst der Sessel aussah, als hätte er einen weißen Schutzbezug – dass die hier vor uns sitzende Bürgerin mit ihrem abwesenden Blick, der immer noch in jener Nacht zu weilen scheint, die doch keinem mehr zugänglich ist, weder uns noch ihr, und wohl gerade darum so viel Sehnen und Herzdrücken hervorruft – dass sie in ihrer vollkommenen Glückseligkeit, und es war ein unter Qualen erkämpftes und zugleich unverhofftes Glück – dass sie, während ihre Finger mit dem Kreuzchen am Hals spielten, das gleichfalls im Mondlicht leuchtete, und der Mond war so voll und so groß und so nah, nahm schier das halbe Fenster ein – dass sie plötzlich flüsterte, ihr sei so wohl, nur etwas heiß, und ob sie nicht an die frische Luft gehen und sich die Beine vertreten sollten, und das taten sie, zogen sich an und gingen hinunter auf den Gospitalny Wal, der zu dieser nächtlichen Stunde vollkommen leer war, keine Menschenseele, die Luft frisch, an der Ecke Uchtomskaja blinkte die Ampel wie aufgezogen, stippte unentwegt ihr rotes Licht gegen den nassen Asphalt – sonderbare Art, den Mond anzubeten –, und liefen in Richtung Brücke, vorbei am Bierkiosk, wo tagsüber die Männer versonnen vor ihren Einmachgläsern standen, sie betulich leer süffelten, während es nachts nur nach Hefe und Pisse stank, vorbei linkerseits am Radio-Institut, rechterseits an der Teefabrik, und der Mond verfolgte sie. Ihr fiel ein, wie sie als Kind, wenn die Mutter sie mit zum Einkaufen

nahm, um Zeit beim Anstehen zu sparen und weil manche rationierte Ware pro Person ausgegeben wurde, der Mond am Himmel genauso hinter ihr hergeschwommen war wie ein am Faden
um den Jackenknopf gebundener Luftballon und sie beim Betreten des Ladens fürchtete, der Mond könnte ihr in der Zeit des
Schlangestehens abhandenkommen, von irgendwem entführt werden, und wie groß die Freude dann war, wenn sie nach draußen
stürmte und sah, dass er noch da war, auf sie gewartet hatte und
sich wieder bei ihr anhängte bis vor die Tür zu ihrem Haus. Und
noch dazu fiel ihr ein, wie sie einmal, auch als Kind, in den Ferien
auf der Datscha, bei einem Mädchen in der Mitschurinstraße zu
Besuch gewesen war, die hatten einen Cockerspaniel, der die ganze
Zeit vor dem Tisch saß und bettelte, und der Vater des Mädchens
kam auf die Idee, dem Hund ein Fest auszurichten, ihm so viel zu
futtern zu geben, wie ihn verlangte. Und der Hund fraß Teller um
Teller, seine Augen wurden immer trüber dabei, er begann zu winseln, konnte jedoch beim Anblick eines neuen Tellers nicht an sich
halten, kroch hin und schlang in sich hinein. Am Ende war sein
Wanst so prall, dass die Mutter des Mädchens Einhalt gebot: Hör
auf, Slawka, der platzt uns sonst noch! Der Mond sah nämlich jetzt
aus wie der Bauch von dem Hund damals, mit all den Tupfern
und Schlieren. Und außerdem musste sie an ein Bild aus ihrem
alten Naturkundelehrbuch denken, wo es um die verschiedenen
Mondphasen ging und die Buchstabeneselsbrücken, die man mit
ihnen assoziiert. Jetzt, da sie die Straßenbahngleise entlangliefen,
genau auf den Mond zu, sah er aus wie ein Φ, denn die Oberleitung ging gerade mittendurch. Der anschwellende Lärm eines herannahenden Zuges war nachts schon von Weitem zu hören, sie
eilten auf die Brücke, um ihn von oben zu betrachten, und trauten ihren Augen nicht, als sie riesige weiße Vögel, etwas wie Gänse,
auf Plattenwagen mitfahren sahen, zwei pro Waggon, Denkmäler vielleicht oder Rummelplatzattraktionen, auch sie von Mondlicht eingeseift mit einem Schimmer von Grün, dahinter wieder

die üblichen Kesselwagen, finstere Zisternen in endloser Reihe, das Vibrieren der Brücke übertrug sich auf die Sohlen. Öfter bin ich bei den Spaziergängen mit meinem Sohn auf dieser Brücke gelandet, er erhob sich leicht vom Sitz seines Kinderdreirads und starrte angestrengt in die Ferne, das konnte fünf Minuten so gehen oder zehn, in völliger Reglosigkeit, bis endlich von der Elektrosawodskaja her die grüne Eidechse ihre Nase um die Ecke streckte mit der ganzen Elektritschka im Schlepp, langsam erst und immer geschwinder bis vor unsere Füße, den Kopf sachte auf- und niederschwenkend, und wenn Winter war, gab es ein Schneetreiben von den Waggondächern. Von der Brücke liefen wir weiter Richtung Semjonowskaja zu dem Park, der einmal der Friedhof von Semjonowo gewesen, später waren alle Gräber geschleift worden, nur die Bäume geblieben, ein paar Spuren jedoch gab es noch, einmal entdeckten wir das Stück einer eisernen Grabumfriedung, das in den Stamm eines alten Ahornbaums nahe der Straßenbahngleise verwachsen war, von da an wollte Oleschka es jedes Mal sehen, lief hin, legte die Hand an den alten gusseisernen Schnörkel, der aussah, als hätte der Baum ihn geboren, und brüllte begeistert: Das Grab, Papa, guck mal, das Grab!, und irgendwo hatte ich gelesen, dass auf diesem Friedhof der frisch zum Fähnrich beförderte Dichter Poleschajew begraben worden war, und es war seltsam einherzugehen unter diesen alten, knorrigen, hoch aufragenden Bäumen, deren einen der Dichter Poleschajew gedüngt haben mochte und so in ihn eingegangen war, die Bäume waren sterbensalt, jedes Jahr wurden welche gefällt und abtransportiert, dann blieben Felder aus Holzspänen zurück, aus denen im nächsten Sommer Giersch und Brennnesseln wucherten; aber eigentlich wollten wir ja auf den Spielplatz, der in der Tiefe des Parks gelegen war, gegen Ende des vorigen Sommers hatten Kinder hier alles zu Bruch geschlagen, was nicht schon von allein vermorscht und auseinandergefallen war, Rutschbahn und Schaukeln und irgendwelche Hüttchen, die man besser nicht betrat, im Frühjahr aber waren neue Geräte angekarrt und eingegraben worden, Schaukeln und Rutschbahn und Kletterstangen, und ach, damals, als Sweta schwanger war, habe ich sie in diesem Park gefilmt; wir hatten eine Super-8-Kamera; das war im April, und es lag noch Schnee, der gerade taute, Pfützen überall, ein heller, sonniger Tag, und ich filmte sie, wie sie zwischen den Bäumen einherging, sich auf die Schaukel setzte, hinter der Rutsche hervorlugte, ein Hexenhäuschen umrundete, in die Kamera lächelte und mit der Hand im Fäustling winkte, dann zart über ihren Bauch strich, sie war schon im neunten Monat, und ein paar Jahre später zu Oleschkas Geburtstag, dem vierten oder fünften, kam ich auf die Idee, den Gästen diesen Film vorzuführen, könnte doch interessant sein, dachte ich, und als endlich alle Platz genommen hatten, seine ganzen Kindergartenfreunde und deren Eltern und unsere Nachbarn, dauerte es noch seine Zeit, bis alles auf- und eingestellt war, und dann funktionierte der Projektor nicht richtig, der Film blieb immer wieder hängen, am Ende riss er sogar, wir mussten das Licht wieder anmachen und neu einfädeln, die Gäste bekamen den Film also nur in Bruchstücken zu sehen, und was einmal ein sonniger Apriltag gewesen, fühlte sich nun schwärzlich grau und trübe an, ruckelte träge über das gespannte Bettlaken, die Kinder krochen vor Langeweile unter die Stühle und waren alsbald ganz aus dem Zimmer, auf dem Balkon, ihre Eltern nahmen die Gespräche wieder auf, die sich um ganz andere Dinge drehten, zum Beispiel, dass man die Überführung eines Autos besser übers Baltikum bewerkstelligte – aber zurück zum Park, wo nämlich, und zwar an seinem der Eisenbahnbrücke nächstgelegenen Ende, da, wo der Fünfundzwanziger hält, Oleschka und ich beim Spaziergang einmal, wir waren schon auf dem Heimweg, mit ansahen, wie eine Frau, mit Einkaufstaschen beladen, aus dem Trolley stieg, loslief, sich im Gehen umsah und im selben Moment mit dem Absatz in ein Gitter geriet, hängen blieb, mitsamt ihren Taschen strauchelte, der Absatz brach ab, und sie humpelte schimpfend von dannen, rot vor Wut und schwitzend.«

»Stimmt, genauso war es: Sie hat plötzlich hinaus gewollt, spazieren gehen, an Schlaf war in so einer Nacht ja doch nicht zu denken. Alles schien sonderbar und unwirklich: dass sie es war, die geliebt wurde; dass ein paar Tropfen Leben Eingang in sie gefunden hatten, die zu einem Keim führen würden; dass irgendwo in den dunklen Falten ihres Körpers das Wunder aller Wunder sich ereignete, aus ihrer beider Liebe ein Kind entstünde: Sohn, Tochter ... Sie zogen sich an und gingen hinaus. Sieh doch mal, Schenja, was für ein Mond! Er rauchte, sie schmiegte sich bei ihm an, sog den Rauch seiner Zigarette ein; noch vor Kurzem war ihr übel geworden, wenn jemand in ihrer Nähe rauchte, jetzt konnte sie nicht genug kriegen davon. Sie kamen zur Brücke. Eben fuhr ein Zug hindurch, Tiefladewagen, auf denen es grünlich schimmerte, Geschütze unter Planen, die an Gänse erinnerten, gefolgt von Zisternen. Sie küsste seine Wange, auf der schon wieder Stoppeln hervortraten und stachelten. Er schnipste seine Kippe in die Tiefe, auf das nun wieder leere Gleisbett, die Schienen blitzten im Mondlicht, sie liefen weiter Richtung Park. Sie schloss die Augen und lief blind, sich an ihm festhaltend, wissend, dass ihr nun nichts mehr passieren konnte, nie mehr im Leben wäre sie allein. Und als ihr Absatz in das Gitter geriet, ächzte sie: Schenja! – hing an seinem Hals und musste laut lachen. Riss den gebrochenen Absatz ganz ab, schleuderte ihn ins Gras, hüpfte, sich an seiner Schulter haltend, auf einem Bein: Das ist ja wie im Film! – Welchem? – Weiß ich nicht mehr. Sie hüpfte bis zu einer Bank und wollte sich setzen, doch die Bank war schmutzig und nass, sie stieg darauf und setzte sich auf die Lehne, rief ihn: Komm her! Er trat von hinten heran, legte die Arme um sie, schon wieder verschluckte sie sich beinahe vor Glück. Und plötzlich der Gedanke: Das gibt es nicht, das ist zu viel, das kann nicht sein, irgendetwas ist doch bestimmt faul daran, und dass dieses ihr auf die Schultern gefallene Glück sie erdrücken musste, ihr den Atem nehmen, es ist einfach zu groß, zu gigantisch, um wahr zu sein. Plötzlich bekam sie Angst, sie könnte alles wieder verlieren.

Jeden Augenblick könnte sich etwas ereignen, irgendetwas undenkbar Furchtbares, infolge dessen sie ihn wieder verlöre: eine rasende Straßenbahn oder ein hinter einer Parkbank lauernder Kugelblitz, ein von einem Ast zum Reißen gebrachtes, tückisch im Gras verborgenes Stromkabel, ein Gully, den Arbeiter zu schließen vergaßen, oder ein Krieg. Und es drängte sie, ihn fester zu umfassen, an sich zu drücken, abzuschirmen … Ihn zu retten. Und der Himmel entwich wie ein ausgerolltes Buch, und eine Hand stieß hervor mit blitzendem Dolch, der fuhr ihm ins Hemd. Vom Hauseingang zur Brücke, sagen wir, drei-, vierhundert Schritt. Von der Brücke zum Park noch mal hundert. Dort das Gitter im Asphalt und von da zur Bank, ein Katzensprung.«

Und an dieser Stelle, meine lieben Freunde, rüstet euch zum finalen Coup. Stellt die alles entscheidende Frage, lasst euch Zeit damit, genießt den berauschenden Moment.

»Steht Ihr noch zu Eurer in der Vorermittlung getätigten Aussage, dass eine Hand aus dem Himmel gefahren sei, nämlich aus einem aufgeplatzten Riss an der Unterkante einer vor den Mond gezogenen Wolkenfront?«

Und wie nun er, der falsches Zeugnis ablegt und dessen Entlarvung nurmehr ein Sache von Sekunden ist, selbstsicher, ohne den geringsten Zweifel daran, dass sein Tun ungesühnt bleiben wird, die Frage mit einem lässigen Nicken quittiert, dem ein Blick zur Klepsydra folgt, welcher sagen will: wie lange denn noch, Zeit zur Mittagspause – in dieser selben Sekunde zücken Sie den vorsorglich bereitgehaltenen Kalender und weisen ihn vor mit triumphierender Miene: »Voilà!«

»Was soll das heißen?« Der arme Tropf weiß immer noch nicht, wie ihm geschieht.

»Dass in jener Nacht gar kein Mond geschienen haben kann!«

Und ihr nehmt seelenruhig wieder Platz, während der Geräuschpegel im Saal anschwillt, die Verwirrung wächst; der Triumph ist euch gewiss.

Und nun läutet es auch, ich fürchtete schon, der alte Gerichtsdiener mit seiner Glocke wäre eingenickt, aber nein, da humpelt er über den Korridor, zieht sein Holzbein nach. Gut, dann morgen in alter Frische.

Da ich an dieser Stelle den Gerichtsdiener mit dem Holzbein erwähnt habe, haut die Remingtonistin in die Tasten, fällt mir die alte Baba Lena ein, Putzfrau in unserer 59. Oberschule am Arbat. Sie war klein von Wuchs, nicht größer als ein Schüler, und hatte nur ein Bein, anstelle des zweiten eine Prothese mit Turnschuh. Im Umkleideraum gab es immer eine Anzahl vergessener oder weggeworfener, schäbiger Exemplare, von denen sie sich eins aussuchte und anzog, sodass sie mit zwei verschiedenen Schuhen herumlief. Im ersten Stock, gleich neben der Toilette, hatte sie ihre Kammer. Wenn sie Pause machte, schnallte sie ihr Bein ab und trank wässrigen Tee aus einem Mayonnaiseglas. Baba Lena war taub und grantig, und wenn sie schimpfte, dann in unflätiger Weise, sehr zur Erheiterung der höheren Klassen. Manche machten sich einen Spaß daraus, das an der Wand lehnende Bein im Turnschuh zu entwenden, oder taten zumindest so, darin bestand das Spiel, denn dann fing Baba Lena zu schimpfen an, sprang herum wie ein Derwisch und suchte ihre Quälgeister mit dem nassen Wischlappen zur Räson zu bringen, das war ein Riesenspaß.

Vergib uns, gute alte Baba Lena, Gott gebe deiner Seele Frieden.

Auf ein Neues, meine lieben Freunde: Nach schlafloser Nacht (wieder ewig an Leute gedacht, die längst nicht mehr am Leben sind) freue ich mich, euch wiederzusehen, in eure jungen, schönen, erwartungsvollen Augen zu blicken, und da wir gerade die Glocke bimmeln hören, mit der die alte Baba Lena in ihren zerrissenen Turnschuhen über den Flur schlurft, sollten wir wohl anfangen.

Das meiste ist ja schon erledigt.

Rekapitulieren wir, worum es geht. Der Angeklagte M. ist beschuldigt der unterlassenen Hilfeleistung für einen Schwerverletzten, bekennt sich nicht schuldig und hat dem Untersuchungsrichter erklärt, zwar sei ihm der Ernst der Lage aus den Worten der aus dem dunklen Stadtpark auf ihn zugeeilten alten Frau in einem mit Farbe beschmierten blauen Arbeitskittel, zerfetzten Turnschuhen und einer speckigen Mütze mit Ohrenklappen, die die ganze Zeit von einer Wolkenhand gefaselt habe, sehr wohl bewusst gewesen, doch habe er die Hilfeleistung abgelehnt aus dem einzigen Grund, dass er sie in Ermangelung medizinischer Praxis für nutzlos erachtete, schließlich sei er nur als Obduktionsgehilfe am Lehrstuhl für Physiologie angestellt gewesen und habe das ganze letzte Jahr der bakteriologischen Abteilung vorgestanden. Die Anklage fußt im Übrigen auf achtzehn der Akte beigefügten ärztlichen Rezepten von seiner Hand.

Wovon also soll man ausgehen bei einem Plädoyer, das, vergessen wir es nicht, keineswegs der Verteidigung eines Verbrechens dient, sondern der Verteidigung der Menschheit, oder einfacher, mit Puschkin gefragt: Wo ziehen wir hin?

Ad eins, meine Lieben: Exordium weglassen! Wird nicht gebraucht. Die müßige, endlose Aufzählung von Details, die, falls erforderlich, ohnehin alle noch einmal auf den Tisch kommen, ist, glaubt es mir, eine Mode, die, noch von Hortensius eingeführt, die Anwaltschaft seither in breiter Front angesteckt hat; sie stellt einen vor die Wahl: so zu sein wie alle, es zu halten wie sie, also wie es sich gehört, festgenagelt auf die berühmten fünf Bestandteile der gepflegten Rede, vom einleitenden Seufzer bis zur abschließenden Peroratio, kurzum, sich nach anderen zu richten – oder man selber zu sein. Wozu wird sich einer entschließen, wenn er den Mund aufmacht, welchen Weg wird er wählen?

Ich drücke demjenigen die Hand, meine lieben Freunde, der die Statthalter rhetorischer Moden für ihren schulterklopfenden Ton verachtet, der weder den scheelen Blick des Besserwissers fürchtet noch die ätzende Replik des Ahnungslosen in der Sonntagsumschau »Aus dem Gerichtssaal«, der vielmehr, die Erwartungen seiner seligen Lehrer enttäuschend, unsichtbare Schranken ignorierend, ungeschriebene Gesetze übertretend, kühn und ohne Umschweife zur Narratio schreitet.

Zudem, meine Lieben, verachtet mir Ciceros Gebot nicht, das da lautet: Wenn es schon zwei Typen von Hörern zu unterscheiden gibt: die scheinbaren, die den Nutzen der Ehre vorziehen, das Bewährte dem Neuen, das gut Gekaute dem Unverdaulichen, und die wahrhaftigen, denen ein guter Reim wichtiger ist als Brot – wenn dem so ist, dann hat der Redner selbstverständlich dafür zu sorgen, dass beide auf ihre Kosten kommen.

Und ein Letztes, damit wir fürderhin nicht mehr auf diesen Hortensius zurückkommen müssen: Nur ja kein Beispiel nehmen an dem selbstverliebten Hallodri, der seiner Frisur und dem Faltenwurf seiner Toga mehr Aufmerksamkeit widmete als den Geschicken derer, die ihm anheimgegeben; der außerdem in seiner Freizeit erotische Verse fabrizierte wie diese: Komm, schönes Mägdelein, lass dich küssen fein! – Jungfer, sag: was sind deine Lippen so süße? Bienen kamen zum Feste, brachten Honig, waren meine Gäste. – Jungfer, sag, was ist deine Brust so weich? Gänse kamen zum Feste, brachten Daunen, waren meine Gäste. – Jungfer, sag, was ist da Schwarzes zwischen deinen Beinen? Schneider kamen zum Feste, nähten mir eine Weste, liegen blieb ein Rest vom Pelz. Fand das Fetzelchen beim Fegen, steckt' es an, und mir gefällts. – Jungfer, sag, was ist da Rotes zwischen deinen Beinen? Mäuse kamen zum Feste, bauten sich Nester, vergaßen ihre Züngelein … Mein Brautkleid ist ein Sack, ein langer, damit geh ich auf den Anger: Kinder, schaut, ich bin die Braut! Schauts mich an: von welchem Mann? Bin die Frau von wem ich? Königin von welchem König? – und so weiter, und so fort. Nicht umsonst hat Catull ihm sein Epyllion über die Locke der Berenike gewidmet.

Versucht euch für den Anfang an einer simplen Anapher. Wie wärs zum Beispiel mit dieser Variante: dreimal *tu*, dreimal *audes*, drei mal *quid* und viermal *non*. Hat sich in Reformzeiten gut bewährt. Beginnen ließe sich mit einer knappen Huldigung des Berufsstands, dem, sollte man meinen, mit Sympathie und Respekt zu begegnen man gar nicht umhinkann – aber das Gegenteil ist der Fall, die Öffentlichkeit hat sie lieber als Mörderärzte auf dem Kieker, dafür könntet ihr en passant zwei, drei Beispiele aus der Presse anführen, wo der Äskulap-Jünger an den Pranger gestellt wird wie der Türkenkopf einst in der Schaubude.

Vor allem – nicht gleich verzagen! Mag der arme Tropf, der es versäumt haben soll, zum Sterbenden zu eilen, um ihm den *coup de grâce** zu versetzen, dem Anschein nach noch so wenig Chancen auf Freispruch haben – traut der Sache nicht! Er hat sein letztes Wort noch nicht gesprochen.

Ein Wort ist kein Knüppel, wird man einwenden, mit dem man jemanden vor die Stirne schlagen kann, oder um es einfacher zu sagen: *verba volant***.

Welch fatale Naivität!

Und das Wort ward Fleisch, wie es trefflich geschrieben steht. Wie oft hat die Welt nicht schon geweint über einen Satzfetzen, den der Sturm zu wilder Stunde an öffentlichem Platz von jemandes Lippen brach! Da braucht nur irgendein nichtsnutziger Imam ein paar untröstlichen Witwen weiszumachen, nach dem Tod ihrer Männer sei ihnen der Zutritt zum Walhall verwehrt, schon verharren sie unschlüssig auf der Schwelle und trauen sich nicht, das Wort zu passieren. Ganz zu schweigen davon, wie Marius' Soldaten bei Aquae Sextiae ins Lager der besiegten Teutonen einzogen, und deren Frauen empfingen unsere kleinen Rekruten mit der Waffe in der Hand. Nach dem Motto: Des Menschen Wille ist

---

* Gnadenstoß (franz.)
** Wörter sind flüchtig. (lat.)

sein Himmelreich – so bekamen sie es in der Moschee eingetrichtert – hatten diese Trinen nichts Besseres zu tun, als ihre Kinder zu erdrosseln, sie vor die Räder der Streitwagen zu schmeißen und sich anschließend selbst zu töten. Und alles nur, um nicht den fremden Männern in die Hände zu fallen. Fremde Männer – dass ich nicht lache: Serjoschka aus der Malaja Bronnaja und Witka aus der Mochowaja, die kennen wir doch! Bis zum heutigen Tag legen sich die Frauen in unseren indischen Provinzen zu ihren verstorbenen Männern ins Feuer, das sie zu Asche kremiert. Zu Tausenden lassen sich die Leute dort alljährlich von Jagannatha überrollen – dies der Weg, erzürnte Götter zu besänftigen, wie ihr ungekämmter Schamane behauptet. In Russisch China kommt es vor, dass ein Beleidigter sich am Torpfosten seines Beleidigers erhängt. Und was sagt uns die japanische Abart des Duells, wie es unsere Matrosen einst nach Port Arthur eingeschleppt haben? Fühlt sich ein Japaner von einem ihm Ebenbürtigen beleidigt, fordert er ihn zum freiwilligen Harakiri, und der Herausgeforderte, eine Geißel der Ehre, muss wohl oder übel, um seiner Selbstachtung willen und wenn er nicht von all seinen Bekannten geächtet werden will, mit dem Kontrahenten sterben. Die vornehme Sitte versucht der Mikado seit geraumer Zeit abzuschaffen, ohne Erfolg.

Und erinnert euch an Parmenides' Mitstreiter aus Elea! Der, um nicht durch ein ungeschicktes Wort die Verschwörungsgenossen und -genossinnen zu verraten, sich unter Folter lieber die Zunge abbeißt und sie dem Tyrannen mit all dem blutigen Auswurf ins Gesicht spuckt. Daran kann sich, nebenbei gesagt, unsere schwachbrüstige Jugend mal ein Beispiel nehmen! Aber uns kommt es jetzt mehr auf die Reaktion des Tyrannen an: ein alter Mann, der bei lebendigem Leibe verfault, von Schwären aufgefressen wird, und der nun seinen ganzen maßlosen Zorn nicht gegen den zungenlos vergehenden Körper richtet, sondern just auf das wortgebärende Organ: Er befiehlt den leblosen, doch, wie sich herausstellt, die Zeiten überdauernden Fleischlappen im Mörser zu zerreiben.

Oder wagt den Blick auf unsere Zukunft, das ist ja noch nicht lange her! Das Untier plump, bellend aus hundert Mäulern: Die Kohldampf schiebenden Schützen! Die getäuschten, ihrem Schicksal überlassenen Legionen! Die vergifteten Flüsse! Die murrenden Bergarbeiter! Die geschmähte russische Erde! Die Paten bei Hofe! Die breitbeinige Parade der Usurpatoren! Die entleerten Dörfer! Die Klubhäuser: kaum eröffnet, wieder zur Kirche geworden! Die blutigen, von Panzern aus nächster Nähe zerschossenen Barrikaden! Die alte Lehrerin mit der bettelnd vorgestreckten Hand am Eingang der Metro! Und kaum hat ein neuer Kämpfer wider die deutsche Übermacht an der Petersburger Akademie sein *Traktat vom Nutzen des Glases* ins Megaphon gebrüllt, schon stehen die Witwen und Waisen mit ihren leeren Kochtöpfen im Anschlag zum gerechten Kampf bei Fuß, ziehen auf die Plätze, in die Gleisbetten und vor die Panzerketten, vor die Ewigkeit, sind nicht mehr aufzuhalten – denn einmal ausgespuckt, ist das Wort nicht zurückzuholen, einmal ausgesprochen, nicht beizubiegen, das Rasiermesser schabt, das Wort schneidet, für ein böses Wort kann da schon mal ein Kopf rollen, und hätte ein wütender Mob Scipio, den Betrüger!, als er vom Afrikafeldzug heimkehrte, etwa nicht am liebsten in Stücke gerissen? Was aber tat er? Zerriss die Rechnungsbücher und lenkte die Rede vom schnöden Mammon auf seine Feldherrenverdienste – schon ward er vom abgekochten Plebs auf Händen nach Hause getragen, mit Rosenblättern bestreut, gesalbt und gebadet!

So wird auch dereinst ein letztes Wort gesprochen, ein Spruch gefällt werden, welcher verdammt oder begnadigt. Wers nicht glaubt, wende sich an den Gesetzgeber. Im Aufklärungsrundschreiben des Regierenden Senats vom fünfzehnten Vierten für das vorvorige Jahr gab es, ihr erinnert euch, keinen April, sondern eine Märzverlängerung. Du streckst die Hand aus dem Oberfenster und brichst dir einen Eiszapfen ab, das gibt einen trockenen, gläsernen Knall, dann läufst du durch die Wohnung und weißt nicht, wohin damit, er tropft aufs Parkett – du stehst da und betrachtest ihn, schaust hindurch und siehst das Sonnengeflecht. Wer schreibt denn die Gesetze? Der Gesetzgeber, einer wie ihr und ich. Mein lieber Mann! Und so geschieht es ihm – oder sagen wir doch gleich: euch, dass ihr einmal in dunkler Nacht unversehens erwacht. Alles schläft, doch die Welt um euch her scheint sonderbar, eine andere. Oder vielmehr dieselbe Welt, aber etwas geht darin vor. Ihr schüttelt die Socken aus den Hosenbeinen und schaut zum Fenster (dem mit dem Thermometer unter der Achsel), denn dort knarrt es: Ein Ast hat das Oberlicht aufgestoßen. Gegenüber tritt ein Haus aus der Schwärze, es ist eingerüstet, wie kreuz und quer durchgestrichen. Die Tasse klebt am Wachstuch, beim Versuch, sie abzulösen, schwappt der gestrige Tee heraus. In der Küche ist der Schatten einer Kinderstrumpfhose dabei, den Schemel zu erklimmen, der vor dem Regal steht, in dem die Schokolade liegt. Auf dem Heizkörper die nassen Fausthandschuhe. Und in diesem Moment klopft es an die Tür. Eigentlich kein Klopfen, ein leichtes Scharren nur, vielleicht im Bestreben, niemanden sonst zu wecken. Ihr geht hin, äugt durch den Spion. Draußen steht einer in Schafspelz und Mütze, beschneit.

Klopf-klopf!

»Wer da?«

»Der Rübezahl! Weißt du etwa nicht, wem die Stunde geschlagen hat, wenn die Hüter des Hauses zittern und die Starken sich krümmen, und müßig stehen die Müllerinnen, weil ihrer so wenige wurden? Wenn finster werden, die durch die Fenster sehen, und alle Töchter des Gesangs sich neigen? Wenn der Mandelbaum blüht und die Heuschrecke sich dahinschleppt und die Frucht der Kaper platzt? Mach auf!«

Ihr öffnet die Tür, und sogleich zieht es heftig, eine Zeitung kommt in den Flur gefluppt, wohl um zu sehen, wer gekommen ist. Zimtgeruch aus dem Treppenhaus – jemand ist schon am Backen in dieser Herrgottsfrühe.

Lieber Mann: »Was wollen Sie eigentlich?«

Der im beschneiten Pelz: »Das Haus ist zu eng, die Welt ist zu weit. Der Schlitten steht bereit.«

Lieber Mann: »Welcher Schlitten? Wovon reden Sie?«

Beschneiter Pelz: »Von dem, was Demokrit hinausschob, indem er am frischen Brot roch. Wie schön man einen Zopf auch flicht, die Hochzeit überlebt er nicht. Man soll den Tag nicht vor dem Abend loben. Hundert Jahre geschafft, hundert Nasen verdient. Des einen Tod, des andern Brot. Hängt an der Wand und tickt. Du willst doch nicht etwa einen Haftbefehl sehen?«

Lieber Mann: »Das muss ein Missverständnis sein. Irgendein Schriftstück wird es doch geben, eine Genehmigung, Order, wenigstens Zeugen!«

Der andere tippt an die von Inschriften zerkratzte Wand des Treppenhauses. »Da kannst du alles lesen.«

Lieber Mann: »Hier muss ein Zeuge herzu!«

Beschneiter Pelz: »Zu Zeugen berufen wir den Abreißkalender, das Knarren der neuen Schuhe auf den ungeraden Stufen und die Brücke am Stadtrand, da kommen wir lang. Diesen verfressenen Robin-a-bobbin, der die dreckigen Winterkähne schlingt und den Fluss mit dem Ölgrind! Kein Grund zur Besorgnis. Zieh dir was Warmes an, es herrscht ein knackiger Morgenfrost.«

Ihr zieht euch an, geht die Treppe hinunter, der nassen Spur folgend. Derweil der andere im Warmen stand, ist ihm der Schnee an den Filzstiefeln getaut.

Ihr geht zum Schlitten. Macht einen großen Schritt über einen gefrorenen Batzen Erbrochenes, scheucht dabei eine Krähe auf, die nur kurz beiseitehüpft, um gleich wieder zu ihrem Frühstück zurückzukehren.

Lieber Mann: »Ich hab mein Portemonnaie vergessen.«

Beschneiter Pelz: »Zurückgehen bringt Unglück.«

Die Pferde haben einen Überzug aus Reifnadeln, ihnen sind Schneebärte gewachsen.

Man steigt auf und fährt los. Glöckchengebimmel.

Vorbei zieht die noch finstere Stadt, die der Schnee von unten beleuchtet. Plakate lösen sich von den Zäunen wie alte Haut. Es geht schleppend voran, kaum schneller als zu Fuß.

Lieber Mann: »Schläfst du?« Und haut dem anderen aufs Ohr.

Der singt ein Lied: Ein Kutscher durch die Steppe fuhr und fror … Dreht sich um, schaut durch die schneeverklebten Wimpern.

Ihr gebt ihm eins mit der Faust in den Kaftan und gleich noch eins aufs Ohr, als wie: Jetzt mach aber hin! Und der Knallkopf strengt sich an, peitscht auf die Pferde ein und pfeift.

»Macht den Vogel, ihr Rappen, der Herr Junker lässt ein Trinkgeld für den Wodka springen!«

Und die Troika fliegt dahin.

Ihr taucht in ein Schneegestöber. Erst ist es nur ein Flimmern, dann schneit es wie aus Kübeln, der Schnee klebt überall an.

Schon wird man schläfrig, nickt weg.

Wenig später Gerüttel. Ihr reibt euch die Augen: Der Schlitten gleitet über Eis! Man ist dabei, einen Fluss zu überqueren. Durch den Schnee, wie durch Zigarettenpapier, sieht man Frauen mit Eimern um ein Eisloch, Wasser schöpfend. Am nächsten werden Hosen gewaschen.

Lieber Mann: »Was ist das für ein Intermundium, Alterchen?«

Fuhrmann: »Die Lethe, der Herr! Wir setzen über und sind gleich da.«

Lieber Mann: »Wieso die Lethe? Du machst wohl Scherze!«

Der andere: »Wenn ich scherzen will, sag ich die Wahrheit. Jetzt liegt sie ganz friedlich, im Frühjahr schwillt sie an, oje! Tritt über die Ufer, ich kann Euch sagen!«

So fahrt ihr, schaut euch um – da gibt es nichts Erschreckendes zu sehen. Alles Gerede! Und wieder rafft es euch hinweg, ihr kuschelt euch in eine Ecke und pennt.

Kaum seid ihr eingeschlafen, heißt es: Aussteigen, wir sind da!

Und siehe da, hier wird Schlange gestanden. Ihr stellt euch dazu. Wer ist der Letzte?

Bekommt mit Kugelschreiber eine Nummer in die hohle Hand geschrieben. Gedränge, Ellbogen. So steht man und wartet, bis man aufgerufen wird.

Jemand versucht sich durch den tiefen Schnee an der Schlange vorbei nach vorne zu schleichen. Wird am Mantel gepackt, reißt sich los. Der Schnee knirscht wie Würfelzucker in einem kräftigen Gebiss.

Stimme von hinter dem Tor: »Was soll die Drängelei? Keine Bange, ihr Weiber, hier geht alles seinen Gang, wie sichs gehört. Erst die Anklageschrift, dann Gutachten, Pipapo. Zeugenbefragung, Plädoyers, Schlusswort, Urteilsverkündung, Epilog. Lohnt nicht zu drängeln. Zurücktreten, sag ich!«

Aus dem offenen Gully im Pflaster steigt Dampf. Auf dem Hof wird ein Teppich geklopft. Liegt, Rückseite himmelwärts, im frischen Schnee und kriegt Dresche. Kinder pfeffern zum Zeitvertreib Eisbrocken gegen eine Brandmauer, bis sie weiß verpickelt ist. Anschließend legen sie eine Schlitterbahn auf dem Fußweg an, schlittern und schlittern, breiten die Arme aus, schubsen einander, fallen, schütten sich aus vor Lachen.

Es hat wieder zu schneien begonnen, Flocken wie Krumen von weißem Brot. Die Kinder reißen die Münder auf, suchen sie mit der Zunge zu erhaschen. Der Schneefall ist eine stehende mürbe Wand, saugt alle Geräusche auf wie ein Schwamm.

Eine ganze Ewigkeit steht ihr so da, tänzelnd der Kälte wegen, bis endlich der Aufruf erfolgt. Ihr tretet ein, trampelt ein paarmal kräftig auf, damit die Schneeklumpen von den Sohlen fallen. Die Mütze in den Händen knetend, schaut ihr euch um, wischt mit dem Ärmel über die feuchte Nase, streicht die Lockenreste auf dem Schädel glatt.

Aber da ist nur ein Lotos. Und eine leere Waage. Der Wägemeister mit Schürze, grün im Gesicht. Sein Blick ist streng und forschend. Durch das ungeputzte Fenster sieht man nichts als Nebel, durch die offene Fensterluke Zweige in Schwarz-Weiß.

Ihr sucht den Mann für euch zu gewinnen, zwinkert ihm zu und reißt einen Witz, damit der Grusel sich zerstreut.

»Lotos? Na gut, man habe ein Leben lang gewaschen, das höre ja nie auf …«

Lotos, so hieß bei euch früher das Waschpulver. Aber hier wird schon lange kein Pulver mehr verwendet, wäre eh zu spät, nicht wahr – ist die Seele einmal schwarz, kriegst du sie nicht weiß gewaschen, und der Gestank geht nimmer raus. An schmutzigen Händen bleibt viel hängen.

Er aber nimmt euer Herz und legt es auf die eine Waagschale, die noch schwarz ist von den Kartoffeln. Greift nach einer Feder, wohl um sie auf die andere Schale zu werfen.

Liebermann, sich selber Mut zu machen: »Euer Gericht kennen wir! Spielt euch auf als Gesetzeshüter. Ein Gesetz wie ein Spinnennetz: Die Fliege bleibt kleben, die Hummel rauscht durch. Dauert das hier noch lange? Ist ja schon Essenszeit. Euch knurrt doch bestimmt auch schon der Magen!«

Der mit der Schürze, grün im Gesicht: »Ein Gericht ist kein Gebet, hier kommst du mit einem Kniefall nicht davon. Da hast du eine Feder! Schreib auf, was gewesen ist, ohne Ausflüchte, über dich und die anderen. Wir wollen alles wissen, bis ins Kleinste. Hier zählt jedes Detail. Jedes in den Wind gesprochene Wort. Es gibt nichts, was für uns nicht von Belang wäre. Kurzum: Nach dem, was du aufschreibst, richtet sich alles Weitere.«

Liebermann: »Über die Verwandten etwa auch?«

Schürze, grün im Gesicht: »Ja, was dachtest denn du?«

Liebermann: »Aber die sind ja schon tot.«

Sein Gegenüber lacht.

»Du bist vielleicht spaßig. Tot oder nicht tot – wen kümmert das. Dem lieben Gott ists keine Kerze wert und dem Teufel keine Fackel. Eitel Rauch ist dieses Leben, Dampf, Staub und Asche. Die Ermittler brauchen etwas in die Hand, verstehst du? Von dem, was du aussagst, hängt das Schicksal deiner Leute ab.«

Liebermann: »Was kann ich euch schon stecken, Mamma mia. Bin ich Henoch?«

Schürze, grün im Gesicht: »Woher soll ich das wissen. Du bist hier nicht der Einzige, wie du siehst. Schreiben können die meisten, satt sind die wenigsten. Wogegen wir Analphabeten sind, aber leckere Brezeln zu beißen haben. Greif zur Feder, Kumpel, und schreib.«

Liebermann: »Aber was soll ich denn schreiben? So ein Federkiel ist doch das Letzte, und der Gestank dieser Tinte ... Ist da Vitriol drin?«

Schürze, grün im Gesicht: »Schreib. Am Schicksal nehmen teil: der Rost von einer Büroklammer, ein Fahrrad, ein entlaufener Soldat, quarkige Wolken und eine Mütze mit Ohrenklappen von einem verschwitzten fremden Kopf.«

Liebermann: »Hab ich. Wie weiter?«

Schürze, grün im Gesicht: »Erinnere dich, wie du am regenbesprenkelten Fenster standest, in einem Tropfen waren die Mariä Geburtskirche in Putinki und eine Ecke vom Puschkinplatz auf dem Kopf stehend zu sehen, und außerdem schwirrte eine Motte über die Scheibe, du zerdrücktest sie mit dem Finger, und etwas wie Milch spritzte hervor.«

Liebermann: »Mein Gott. Wen interessiert so was?«

Schürze, grün im Gesicht: »Das kannst du nicht einschätzen. Denk nicht drüber nach, schreib einfach. Wie du vor vielen Jahren aufwachtest und bemerktest, dass ihre roten Haare über Nacht noch röter geworden waren, im Schlaf. Wie du zuvor mit einem abgeknabberten Fingernagel in ihrem Strumpf hängen bliebst, und gleich lief eine Masche. Und noch davor, wie sie sich beim Baden im Teich mit einer Hand an einem Pfahl festhielt und mit der anderen winkte, bevor sie ans andere Ufer schwamm. Und wie sie nachher aus den Büschen trat: nasses Haar, Rock verdreht, Bluse im Nacken offen – und rief: Wo bist du? Hilf mir doch mal! Und noch davor in Charkow: Den Kastanienblättern leuchtete die Sonne durch die Finger, und ihr verpasstet gerade den Zug. Und noch davor, wie sie dalag und las und hinter ihren Kopf griff, um das Kissen zu richten, und das aufgeklappte Buch auf der Brust hob und senkte sich im Rhythmus ihres Atems, du lagst daneben und schautest ihr in die Augen, sahst die Pupillen durch die Zeilen jagen, stoppen, innehalten, weiterjagen … Und noch davor hatte ihr Hund die Mauser, überall in der Wohnung lagen Haarbüschel, und im Bad rolltest du die an den Hosenbeinen klebenden Haare mit dem nassen Handballen die Oberschenkel hinab zu den Knien.«

Liebermann: »Soll ich auch von dem ziegelroten Schneefeld im Sonnenuntergang schreiben mit den Ski- und Hundespuren darin? Aus dem Fenster der fahrenden Eisenbahn gesehen? Ich fuhr mit ihr in der Wintersemesterpause nach Leningrad. Dort wehte der Wind so eisig, dass man nicht über die Newabrücken kam. Abends waren wir im Theater, auf der Bühne niesten und husteten sie genauso wie unten im Saal. Und im Park, ich weiß nicht mehr in welchem, spielten irgendwelche Verrückten bei dieser Kälte Schach auf dem Großfeld, schoben die Figuren mit den Filzstiefeln, einer saß auf einem geschlagenen Turm wie auf einem Hocker. In der Isaakskathedrale vor dem Foucault'schen Pendel sagte sie: Alles Quatsch! Die Erde wird von Elefanten, Walfischen und Schildkröten getragen, das weiß man doch. Dann gingen wir, uns aufzuwärmen, in den erstbesten Laden, es war ein Schreibwarengeschäft, plötzlich nahm sie einen Radiergummi und fuhr mir damit wie einst in der Schule durch das Haar, es tat höllisch weh.«

Schürze, grün im Gesicht: »Na siehst du, alles fällt dir wieder ein, und erst zierst du dich! Vergiss auch nicht das leise Klappern der Stricknadeln in völliger Stille, die in den Vorhängen geparkten Stecknadeln, den schräg abgeleckten neusilbernen Teelöffel, die kleinen Chinaäpfel, die man am Stiel aus der Konfitüre zieht. Und weißt du noch, wie dein großer Bruder einberufen wurde, ihr ihn zur Sammelstelle brachtet? Mama hielt Sascha fest umarmt und wollte ihn gar nicht wieder loslassen, hinterher war sein Knopf auf ihrer Wange zu sehen. Und wie der Zugwind Mamas Rock auf der Rolltreppe zum Fallschirm blähte, sie versuchte ihn erst mit der Hand und dann mit der Tasche zu raffen, aber der Fallschirm federte zurück. Und als der Kummer mit dem Bruder losging, tropfte sie Baldriantropfen auf ein Stück Zucker, und der Fingerhut saß noch auf dem Finger. Und wie du im Iljinsker Wäldchen auf dem Fahrrad den Vater einzuholen versuchtest, und dabei flog dir eine Fliege mitten ins Auge. Und wie der Vater im Sterben aus dem Bett fiel und schrie: Sina, mehr Licht, ich sehe nichts! Und Sinaida darauf: Aber Pawel, es ist hell, die Sonne scheint. Und denk an Oleschka. Wie du dir am Tisch die Nägel schnittest, und der Kleine nahm die abgeschnittenen Monde von der ausgebreiteten Zeitung und hielt sie sich an seine Fingerchen? Und auf der Datscha das Unwetter, ihr saht durch das offene Verandafenster zu, wie der Sturzregen die Wegziegel peitschte, dem Gras auf der Wiese einen Scheitel kämmte, und Oleg hatte sich eine Ahornnase angeklebt? Und ein andermal, weißt du noch, ein heißer Sommertag, lümmeltet ihr beide in der hintersten Ecke des Grundstücks nahe dem rissigen Zaun im Gras unter den Büschen, geduckt, damit Sweta euch nicht sah, und ein Birkenblatt, das in einem Spinnennetz hing, schlug andauernd mit dem Huf aus. Sweta rief nach euch, ihr lagt mit angehaltenem Atem, saht ein paar Ameisen hurtig einen Brombeerstängel erklimmen wie Schiffsjungen den Mast, und eine Schnecke kroch über den bemoosten Ziegelstein, die Fühler mit den Kaviarkörnchen voraus in die Welt gestreckt. Von einem Blatt der Kapuzinerkresse blinkte ein Tropfen. Behutsam pflückte es Oleschka, hob es sich an die Lippen, und der Tropfen rollte ihm in den Mund. Dann roch er an dem Blatt, das einen herben Duft verströmte, hielt es dir unter die Nase, sprang unversehens auf und rief: Mama! Hier sind wir, hier! Und weißt du noch, ihr seid immer zusammen Wasser holen gegangen: du mit den großen Eimern und

er mit seinen kleinen aus dem Buddelkasten – Klettenblätter obenauf, damit es nicht schwappte.«

Liebermann: »Natürlich weiß ich das noch, wie sollte ich nicht.
So etwas kann nicht verloren gehen. Und als eine Glühlampe durch-
brannte, schüttelte er sie an seinem Ohr – das zarte Klingeln des
Wendels gefiel ihm. Soll ich das etwa auch aufschreiben?«

Schürze, grün im Gesicht: »Selbstverständlich. Es könnte das
Allerwichtigste sein.«

Liebermann: »Und was folgt daraus? Werde ich freigesprochen?«

Schürze, grün im Gesicht: »Das nun gerade nicht. Du genauso
wenig wie die mit den roten Haaren und dein Matrosenvater und
deine Lehrermama und dein Sohn mit dem duftenden Nacken,
keiner von ihnen. Was soll die Frage. Als wüsstest du es nicht selber.
Das Urteil ist gleichlautend für alle. Den Tod gibt es nicht, das weiß
jedes Kind. Doch es gibt den Zerfall des Gewebes.«

Liebermann: »Was bleibt dann zu tun?«

Schürze, grün im Gesicht: »Mensch, bist du schwer von Kapee!
Die Feder, war gesagt! Schreib: So und so ist es gewesen.«

Nun, ich bin wohl ein wenig abgeschweift, meine lieben Freunde.
Was diesen M. angeht – Hand aufs Herz, wer von uns hätte ihm
nicht geglichen vor dreißig Jahren! Aber gut, nein, das waren nicht
wir, das war ein anderer, uns lediglich bekannt aus längst zerschla-
genen Spiegeln, mit unserem Körper bekleidet, der in der abge-
ranzten Studentenbude wohnte, wo man auf die von wildem
Wein berankte Brandmauer sah. Im Herbst färbte sich das Grün
der Wand blutrot, während im Winter an Sonnentagen der Rauch
aus unserem Schornstein darüber hinwegwallte. Die Kragenbin-
den wusch man damals selbst und klebte sie zum Trocknen an die
Fensterscheiben. Zog man sie am nächsten Tag ab, schienen sie wie
gebügelt.

Und der Körper ist bei näherem Hinsehen natürlich nicht unserer – es fehlt die Blinddarmnarbe, Haut und Haar sind anders,

Arme und Beine, Augen – alles fremd. Träfen wir uns auf der Straße, wir erkennten einander nicht. Der Name allein sagt noch gar nichts, Namensvettern gibt es zur Genüge, schaut im Telefonbuch nach.

Kann auch sein, es hat ihn überhaupt nicht gegeben, vielleicht bilden wir uns da nur etwas ein.

Der, als den wir uns sehen, ist ein unausgeschlafener junger Mann mit blau gefrorenen Ohren, welcher von Kosicha her die Bolschaja Nikitskaja entlang durch den frisch gefallenen Schnee läuft, kurz vor dem Schaufenster der Konditorei Medschidi in der an seinem Kragen hängenden kleinen Dampfwolke verharrt und weiterrennt.

Tja, da steht man nun vor euch an diesem knarrenden, mit Schlüpfrigkeiten verunzierten Katheder und hat sich so einiges aus-zumalen: den Schnee auf der Nikitskaja, die Konditorei, das Knurren im Magen, den Kuchen in der Auslage – das Schaufenster ist bereift – und unseren Anatomieprofessor Engelhardt, wie er sich in der ersten Vorlesung den Teller mit den Präparaten schnappte und damit durch die Reihen tigerte: »Anfassen! Den Finger rein! Oder ihr verschwindet besser gleich wieder!«

Für mich war es damals, im Grundstudium, die erste Gelegen-heit überhaupt, den weiblichen Körper in Augenschein zu nehmen. Das erste Mal im Pathologiekeller. Eben noch hatte ich gesehen, wie jemand an einem abgeschnittenen Arm herumsäbelte, die über und über tätowierte Haut abzog – und schon wurde eine siebzehn-jährige Tatarin mit rasierter Scham hereingefahren und auf den glitschigen Marmortisch geknallt. Ich schaute sie an, schaute eine ganze Weile, dann ging ich, und sie blieb da liegen mit oberhalb der Brauen aufgefräster Schädeldecke.

Dazudenken müssen wir uns noch ein Mädchen, das schon lange nicht mehr am Leben ist. Sie hatte rote Haare, die in der Sonne wie Kupfer leuchteten.

Der junge Mann übte mit ihr Latein für das Examen, doch das Ende dieser Lektionen war immer gleich.

»Das muss am Latein liegen«, sagte sie einmal, während sie sich den grünen Strumpf über die gespreizte Hand zog, um ihn gegen das Licht zu halten und zu prüfen, ob nicht irgendwo ein Loch war.

Gott, wie viele Jahre ist das her, und nun hat die Saurierpfote mit den durchscheinenden Schwimmhäuten auf diese Seite gefunden.

Ich weiß noch, wie sie einmal weinend aus der Klinik kam, wo sie ein Praktikum machte. Ich brauchte lange, um herauszukriegen, was geschehen war. Dass sie in einem leeren Durchgangszimmer gesessen hatte, vor sich das Pausenbrot, und nebenan lag einer im Sterben und stöhnte. Und ein alter Arzt kam vorbei, sah das unberührte Frühstück vor ihr liegen und sagte: »Hören Sie nicht hin! Man muss weghören können!«

An der Stelle hab ich Dussel gelacht, und ich werde den Blick nie vergessen, mit dem sie mich ansah.

Und das noch.

Es war unser erster Sommer, wir fuhren mit dem Rad zur Mühle in Sagorjanka, sie machte in der Zeit mit den Eltern Ferien in einer Datscha in Opalicha. Der Tag war heiß, von allen Seiten dräute Gewitter, in der Ferne donnerte es anhaltend. Bei Wassiljewka ging ihr Fahrrad kaputt – ein Knacken im Hinterrad, und etwas hatte sich verkeilt, das Rad ließ sich nicht einmal mehr drehen. Den Rest des Weges ging ich zu Fuß und schob das kaputte Vehikel, am Gepäckträger balancierend, auf dem Vorderrad. Beim Versuch, etwas zu reparieren, hatte ich mich mit Öl beschmiert, Hemd und Hose waren hoffnungslos besudelt. Sie hatte mein Fahrrad übernommen und fuhr damit wie Freiherr von Drais, mal mit dem einen Fuß, mal mit dem anderen sich von der knochentrockenen Erde abstoßend. Fuhr immer ein Stück voraus und wartete auf mich, breitbeinig, der Rock von der Stange geschürzt und gespannt wie ein Reifrock. Jedes Mal, wenn ich sie einholte, gab ich ihr einen Kuss: an die Schläfen, wo ihre verschwitzten Haare klebten, oder auf die roten, sonnenverbrannten Schultern, neben den

dünnen Träger der Sommerbluse, oder auf die von der Hitze ausge-
glühten Lippen. Dann sah ich sie wieder mit Siebenmeilenschritten
entschweben, die staubige, hitzeflirrende Straße entlang, an einem
Kleefeld vorbei, aus dem es duftete und summte, sah ihr Vorderrad
vor mir durch die steinharte Rinne trudeln und hüpfen, sah sie sich
umdrehen und winken: Wo bleibst du? Beeil dich! – und konnte
es immer noch nicht glauben, dass sie, die Erträumte, Unerreich-
bare, seit dem Morgen des vorigen Tages die Meine war, dass ich
sie berühren durfte: ihr Haar, ihre Beine, ihre Brust. Immer noch
unfassbar, dass das ihre Sachen gewesen waren, die da in meinem
unausgefegten Zimmer auf dem Fußboden verstreut lagen, dass
sie es war, die sich in meinem grauen, kratzigen Bett, in dem wir
unversehens gelandet waren, unter die Decke kuschelte, dass ihre
Hände vorsorglich ein Küchenhandtuch auf dem Laken ausgebreitet hatten. Wie sie dann fragend auf ihre für einen Augenblick unter
die Decke gewanderten und wieder hervorgeholten Finger schaute:
»Und wo ist jetzt das Blut?«

Ihr Gesicht war ernst und gesammelt, ich aber wähnte mich in
einem seltsamen Traum: Ich war in ihr, sie lag in meinen Armen, in
der Küche verkochte das Wasser im Teekessel, und ich sah durch
ihren halb geöffneten Mund eine Plombe im Zahn.

Nun, an dem Kleefeld, erwartete sie mich, auf einer kleinen
Anhöhe stehend, das Fahrrad quer über den Weg gestellt, und ihr
Rock verdeckte die heraufziehende Wolkenwand.

»Guck dir an, was da kommt!«, rief sie oder etwas in der Art.

Und jetzt, nach so vielen Jahren, so vielen Worten, Orten,
Toden, kann ich deutlich sehen, wie der schwarze, grollende, von
noch unsichtbaren Blitzen wetterleuchtende Himmel hinter ihr
anschwillt mit jedem meiner Schritte.

M. – das ist Motte. Wladimir Pawlowitsch Motte.

Maienregen, mit Schnee vermischt. Die für die Reise gekaufte
Zeitung war nass geworden, die Seiten klebten aneinander. Im

Bahnhofsgebäude war es stickig und warm, anscheinend wurde noch geheizt, oder es war die Hitze der wartenden Körper.

Aus dem fahrenden Zug dann Schneeflächen und schwarze, bis zum Horizont reichende Schlammfelder im Wechsel.

Zwei Tage später schrieb Motte in sein Tagebuch: »Bilden wir uns also ein, Middendorff zu sein, Humboldt oder immerhin Pallas, warum nicht. Doch man fragt sich – mit nassen Füßen, in diesem siechen, lautlosen Dauerregen, mit dem Notizbuch als Faunarium für erschlagene Mücken –, wo ist Pallas bei alledem?«

Die Samojeden in den Dörfern hielten Motte für eine Amtsperson. Machten alles, was er mit ihnen anstellte, ohne zu murren und ohne zu fragen, demütig. Wollten nicht einmal wissen, was er da vermaß und zu welchem Zwecke. Hielten ihm wortlos die schmutzigen Köpfe hin, hoben die speckigen, zerrissenen Hemden, zerrten ihre Kinder herbei, und wenn die sich sträubten, schlugen sie sie.

Gleich in der ersten Nacht wurde Motte beraubt. Sein Gastgeber, schon seit dem Morgen betrunken, beteuerte, er seis nicht gewesen. Als Motte nachschaute und seinen Baudelocque'schen Beckenzirkel unter dem Gerümpel hinterm Ofen wiederfand, hätte der Samojede am liebsten noch mit ihm auf den freudigen Fund angestoßen. »Bist eben keiner von uns, kein Russe!«, brummte er beleidigt, als Motte ablehnte.

»Die an den nebelverhangenen Bergseiten siedelnden Eingeborenen«, notierte Motte, »befinden sich augenscheinlich auf dem Gipfel ihrer Entartung infolge andauernder Bastardisierung mit entlaufenen Häftlingen, die, allein oder im Haufe, durch die umliegenden Wälder streifen. Erst vorige Woche ist ein Arzt erstochen worden, der mit dem Fuhrwerk auf dem Heimweg nach Soluny, der hiesigen Hauptstadt, gewesen. Vielleicht straft der liebe Gott sie auch nur für die scheußliche Angewohnheit, nachts zur Abwehr der Mücken Hundekot zu verbrennen. Hinzu kommen die fatalen Auswirkungen exzessiver Trunksucht, weitergegeben durch den Samen des Vaters und mit der Muttermilch aufgesogen, die den anthropologischen Typ unweigerlich verändern. Anstelle der typischen Gesichtszüge – weltweit nirgendwo anders zu finden als in dieser genetischen Oase – trifft der gewissenhafte Forscher nurmehr degenerierte Visagen an. Faustkämpfe und Messerstechereien sind die einzigen Rituale, die ihnen geblieben sind. Alle Legenden vergessen. Die Frauen sind leptosom, die Männer pyknisch. In jeder Familie gibt es die absonderlichsten Schädelformen, Anomalien von platicephal bis pachicephal, für jeden Sammler etwas. Sämtliche Kinder rachitisch, Mikromelie. Testikeln im Regelfall bis Größe sieben. Als Folge der Unsauberkeit Hautkrankheiten wie Krätze, Räude, Flechten, Fisteln und Geschwüre. An Missbildungen und Pathologien wahrlich kein Mangel.«

Motte legte seine Runde durch die Dörfer so, dass er jeden Sonntag in der Wetterwarte einkehrte, einem Holzhaus im Sumpfgebiet, auf halb versunkenem Inselchen.

»Welch Glückseligkeit, Marija Dmitrijewna«, sagte Motte beim Abendbrot, »in einem richtigen Bett schlafen zu können, in menschlicher Behausung. Speisen von normalem Geschirr, Tee trinken aus einer Tasse mit Untertasse. Wenn man aufwacht, bekommt man einen guten Morgen gewünscht und abends eine gute Nacht! …«

»Langen Sie zu, Wolodja, fürs Reden ist hinterher Zeit.«

Motte schrieb in sein Tagebuch: »Kurios, aber nett. Philemon und Baucis, die Wächter des Tempels der Ewigkeit, der ewigen Liebe. Mit Laub bedeckte sich Baucis, verdeckt vom Gezweige ward ihr Mund. Ich der fremde Gast, der um ein Nachtlager bittet. Für ihr Alter ist sie beinahe hübsch zu nennen, D. wiederum nicht so alt, wie er aussieht. Aber die Krankheit wird ihm wohl bald den Rest geben. Im Winter hat Marija Dmitrijewna ihn in die Stadt zur Operation gefahren, seither läuft er mit einem Katheter umher, der durch ein Löchlein im Bauch direkt in die Harnblase geht. An seiner Hose hängt ein Säckchen, darin die Flasche sich befindet, in die der Harn abläuft. Der Geruch hüllt ihn ein wie eine Wolke. Im Kopf ist er übrigens auch nicht mehr ganz beisammen.«

Marija Dmitrijewna hatte Motte vor ihrem Mann gewarnt: »Achten Sie nicht weiter auf ihn. Er ist sehr gesprächig. Aber tun Sie am besten so, als hörten Sie ihm zu, er braucht das.«

»In der Welt existieren zehntausend lebende Sprachen, Jewgeni Borissowitsch«, sagte Motte, als sie nach dem Tee noch ein bisschen vor der Tür im Freien saßen, »und dazu wer weiß wie viel tote. Wozu braucht es da noch eine, frage ich mich.«

D. schnaufte. »Das ist es ja gerade! Keiner versteht den anderen! Jeder ist vom anderen getrennt durch eine Wand des Nichtverstehens! Daher rühren Kränkung und Hass, Lüge und Liebesentzug. Das ist der Urgrund alles Bösen, das in der Menschheit wurzelt. Und allem Nichtverstehen zugrunde liegt das Wort. Sie sprechen es aus und legen in dieses vibrierende Stück Luft Ihren hochheiligen Sinn hinein, der auf der bis zu diesem Wort gemachten Lebenserfahrung gründet. Mit jedem Augenblick, jedem Atemzug ändert sich demzufolge der Sinn des Gesagten, selbst wenn Sie bei Ihrer Behauptung bleiben. Ein und dasselbe Wort, am Anfang und am Ende eines Lebens geäußert, wird vollkommen Verschiedenes meinen. Und das heißt, nicht nur der andere wird nicht verstehen, was Sie sagen, ohne Ihr Leben gelebt zu haben – Ihnen selber muss Ihr früheres ebenso wie Ihr künftiges Ich fremd bleiben. Darum reden alle durcheinander, und keiner versteht etwas. Je mehr Wörter, desto größer das Tohuwabohu!«

Das Dach war undicht. Nach jedem Regen waren alle Wände feucht. An den Tapeten über Mottes Kopf – die reinste Landkarte: Aus den Schlieren ließen sich Bergmassive lesen, durchfurcht von gewundenen Gräben, eine angenagelte Ebene Schwemmland, noch nicht abgetrocknete Niederungen.

»Ich habe eine Wunderkarte«, schrieb Motte sich ins Notizbuch, »Feuchtgebiete sind darin durch Feuchtigkeit markiert. Kein Reisender wird den Fuß auf diese Terra incognita setzen mögen, da er unweigerlich in die vorsintflutlichen Reste von Mücken tritt, die den Abflug verpasst haben. Jeden Morgen nach dem Erwachen entdecke ich dieses Land aufs Neue. Liege unter der warmen Decke, keine Lust zum Aufstehen, gehe also mit den Augen spazieren, erprobe Marschrouten von einem Ende zum anderen. Kein Zweifel, die Geographen werden es das Motte-Land nennen.«

Marija Dmitrijewna erzählte von den Unannehmlichkeiten, die ihr Mann mit seinen Vorgesetzten in der Stadt habe. »Er hat all diese Dreistigkeiten nach Moskau gemeldet, und von da kam ein Schreiben zurück mit der Aufforderung, der Sache nachzugehen. Und wem oblag das? Natürlich denen, über die er sich beschwert hat. Von da an hatte er nichts mehr zu lachen. Sie haben ihn von der Arbeit suspendiert, Hooligans angeheuert, die ihn auf offener Straße verprügelten. Wie durch ein Wunder ergab sich die Arbeit auf dieser Station – hier will einfach keiner hin.«

»Wahrscheinlich ist es hier sterbenslangweilig, ohne Kontakt zu Menschen«, sagte Motte.

»Wenn ich ehrlich sein soll, Wolodja – das ist mir nur recht. Wenn keiner in der Nähe ist, findet die Seele Ruhe. Jetzt, nach Schenjas Operation, bin ich ja auch noch mit den ganzen Messungen und Berechnungen befasst und kann Ihnen, falls es Sie interessiert, die mittlere Niederschlagsmenge für die letzten fünf Jahre angeben und die Gewitterhäufigkeit, wie viel Tage mit Hagelschlag, wann im Frühjahr der letzte Schnee fällt und wann der erste im Herbst und ab welchem Tag es unter Garantie nicht mehr regnet und nicht mehr taut und ab welcher Nacht das Thermometer nicht mehr über null steigt. Das, obwohl es vermutlich keiner braucht, kommt einem doch sehr viel menschlicher vor. Was hat man von seinen Mitmenschen schon zu erwarten? Erst kürzlich hab ich vor dem Fenster Phlox gepflanzt, nachts sind sie aus dem Dorf gekommen und haben mit Knüppeln darauf eingeschlagen.«

Wie besessen arbeitete sie daran, dem Alltag in der Taigawildnis einen gesitteten Anstrich zu geben. Vorhänge, Servietten, Blumensträuße in Konservengläsern, ein sauberes Tischtuch – all dies erschien Motte inmitten der Sümpfe als ein sinnloser Luxus, zumal die Aufrechterhaltung dieser Ordnung der kleinen Frau allzu viel abverlangte. Am erstaunlichsten fand Motte die Terrine, aus der die Kohlsuppe ausgeteilt wurde. Auch auf feste Essenszeiten wurde Wert gelegt.

»Das Haus soll nicht zur Kneipe werden«, so lautete die halb scherzhafte Erklärung, »in der man essen kann, wann man will.«

»Marija Dmitrijewna, warum nehmen Sie nicht etwas mehr Rücksicht auf sich selbst?«, fragte Motte. »Sie sind seit dem Morgen auf den Beinen.«

»Um nicht ganz auf den Hund zu kommen, Wolodja, darum. Um nicht eines grässlichen Morgens als Samojede aufzuwachen.«

Motte hackte Holz, schleppte Wasser.

»Nicht doch, ich bitte Sie«, protestierte Marija Dmitrijewna, »das kann ich selbst.«

Er lachte, sie lachte. Ihr Lachen war unfroh.

»Ich danke Ihnen. Allein ist es wirklich schwer.«

Nach dem Abendessen half Motte ihr meist beim Abwasch. Dann traten sie vor die Tür, setzten sich zueinander auf die Stufen der Vortreppe und führten lange Gespräche.

»Schön haben Sie es hier«, seufzte Motte. »Man schaut auf die Kiefern, auf die Sterne und vergisst alles Übrige. Bis der Blick auf den Kalender fällt, dann kehrt man zurück wie aus einer anderen Zeit.«

»Was Sie da im Kalender sehen, Wolodja, ist ein Druckfehler«, sagte Marija Dmitrijewna, die dabei war, einen Strumpf ihres Mannes zu stopfen, wozu sie ein Ei zu Hilfe nahm. »In Wirklichkeit leben wir im alten Ägypten. Legen Kanäle an, bauen Pyramiden, balsamieren Pharaos ein. Sklaven beten ihre Tyrannen an, vergöttern sie. Als Einzelner existiert man nicht, ist nicht zugelassen, oder allenfalls versehentlich: ein lallendes Sandkorn in der Wüste. Die Welt ist noch gnadenlos, Nächstenliebe unbekannt. So verdämmern wir alle spurlos – weil keine Liebe um uns ist. Übrig bleiben nur die Reliquien des Pharaos, die Gedärme separat verpackt, in einem Säckchen. Ihn allein hat man geliebt – aufrichtig und selbstlos.«

Einmal wähnte Motte sich allein im Haus und betrat das Zimmer, ohne anzuklopfen. Marija Dmitrijewna saß mit einer Maske aus pürierten Kräutern am Tisch. Sie zuckte zusammen und wandte sich ab, damit er sie nicht ansehen konnte, doch er sah sie im Spiegel. Sie bemerkte es und warf sich das Handtuch über den Kopf. »Schauen Sie weg, ich bitte Sie.«

Kaum saß Motte abends unter der Lampe mit dem lebenden Schirm aus wirbelnden Faltern, den Stapel alter Zeitschriften neben sich, schon setzte der alte Mann sich dazu.

»Hören Sie, Wladimir, und nehmen Sie bitte ernst, was ich Ihnen sage. Ich habe eine Verschwörung aufgedeckt. Die Verschwörung der Worte. Es scheint uns nur so, als wüssten wir unsere Sprache nach nicht von uns verfügten Gesetzen zu beherrschen, gleich den Bewegungen unserer Hand, den Gedanken, der Luft zum Atmen. In Wirklichkeit ist es der Atem, der uns beherrscht, nicht umgekehrt. Genauso die Worte. Wir sind nur eine ihrer Existenzformen. Sprache ist der Schöpfer von allem und zugleich sein Leib. Sprechen Sie ein Wort aus, von mir aus das allerprofanste, sagen wir: Fenster. Und siehe da – wenn man vom Teufel spricht! Mit Kasten für die Winterfenster. Vertrocknete Wespe, Staub und Farbspritzer inklusive. Aber was reden wir von Fenstern. Sie und ich, nur so als Beispiel, was glauben Sie! Wir sind für die Worte nur formbares Material. Wir selbst sind Worte, mein Gott!«

Nach jedem Regen änderte die Motte-Landkarte ihre Umrisse oder rückte im Ganzen ein Stück zum Fenster oder zur Tür.

An einem der seltenen Sonnentage stieg Motte auf den Dachboden. Durch die Löcher im Dach schlug das Licht in Säulen herein und schien es zu stützen wie frisch gehobeltes Holz. Motte kletterte durch das Giebelfensterchen hinaus, um die Dachhaut zu flicken, glitt auf der faulig glatten Schicht Kiefernnadeln aus, stürzte ab und stauchte sich beim Aufprall den Knöchel.

Marija Dmitrijewna legte eine straffe Bandage an und verbot ihm zwei Tage lang aufzustehen.

»Sie sorgen für mich wie für den eignen Sohn!«

»Unsinn! Danken Sie dem lieben Gott, dass es so glimpflich abgegangen ist.«

Vor dem Schlafengehen klopfte sie noch einmal bei ihm an: »Wolodja, sind Sie noch wach? Was macht der Fuß?«

»Zum Teufel mit ihm, Marija Dmitrijewna, kommen Sie rein, leisten Sie mir Gesellschaft! Reden wir ein bisschen!«

Sie setzte sich auf die Bettkante, strich Motte über den Kopf. »Worüber hätten wir beide denn zu reden?«

»Über Sie und Jewgeni.«

»Nanu? Wozu das denn?«

»Sie kümmern sich so rührend um diesen Verrückten. Schauen Sie Ihre Hände an. Endlos plagen Sie sich mit der Wäsche, um ihm jeden Morgen in diesen Sümpfen ein frisches Hemd hinzulegen. Finden sich ab mit seinen skurrilen Gewohnheiten, kochen ihm diesen stinkenden kalmückischen Tee mit Öl und Lauch, von dem Ihnen übel wird, das sehe ich doch. Nehmen es auf sich, seine Flasche nach draußen zu tragen, während er das Röhrchen hochhält und damit herumfuchtelt beim Reden ...«

»Hören Sie auf, Wolodja, was fällt Ihnen ein. Sie sind jung und darum gehässig, empfinden keine Liebe und fürchten den Tod nicht.« Sie gab ihm einen Kuss auf die Stirn. »Genug für heute. Schlafen Sie gut! Gute Nacht.«

Auf einer entfernt gelegenen Anhöhe entdeckte Motte einen Samojedenfriedhof. Sie rollen ihre Toten in Bastmatten und hängen sie in die Bäume.

Eine Woche später saßen Motte und Marija Dmitrijewna wieder spätabends miteinander beim Tee und vergaßen die Zeit. Der Mull vor dem Fenster, von Mücken dicht besetzt, hob und senkte sich. D. hinter der Wand röchelte und hustete ab in seine Schüssel, grummelte vor sich hin. Als die Standuhr Mitternacht schlug, saßen sie noch immer um die Tischlampe, warfen große, das halbe Zimmer schluckende Schatten. Marija Dmitrijewna mischte die Karteikarten mit den vermessenen Samojeden, als wären es Bube, Dame, König.

»Bestimmt haben Sie eine Braut, Wolodja? Flunkern Sie nicht!«

»Ich hatte eine.«

»Hat sie Sie etwa sitzen lassen?«

Die Frage klang schelmisch. Motte lächelte. »Das kann man so sagen. Sie ist gestorben.«

Marija Dmitrijewna zuckte, ihre Hand fuhr brüsk in die Höhe. »Wolodja, verzeihen Sie bitte. Was ich dumme Kuh hier zusammenquassle. Ich wollte Ihnen bestimmt nicht wehtun.«

»Da ist nichts dabei, Marija Dmitrijewna. Ich habe gelernt, dass sich alles ertragen lässt. Hinterher sitzt man wieder und füllt diese dämlichen Karten aus, als wäre nichts geschehen … Und bloß gut, dass es so ist. Wie es sich gehört.«

Vor dem Einschlafen schrieb Motte in sein Tagebuch:

»Schon mehr als ein Jahr ist seit ihrem Tod vergangen.

Mal vergisst man, mal überfällt es einen wieder.

Damals in Charkow, wie wir zum Zug rannten, sie kam mit Mühe hinterher, den Zopf um den Hals geschlungen, damit er nicht baumelte.

Und wie sie zum ersten Mal ohne Absätze auf mich zutrat – kleiner als gewohnt. Der Spiegel in ihrem Badezimmer beschlug sofort, wenn man das warme Wasser aufdrehte. Sie will in die Wanne steigen – der Latschen klebt an ihrer Sohle, sie schlenkert ein paarmal. Das Wasser in der Wanne ist grün, der Fuß bricht sich darin, sieht aus wie abgeknickt. Schau mal, wie ein Teelöffel, sagt sie.«

»Ich habe an Schleyer geschrieben und an Zamenhof«, sprach D. beim Frühstück. »Sie hielten es nicht für nötig zu antworten. Dabei wollte ich sie nur warnen, Aufklärung leisten. Dem Pastor schrieb ich: Sie sind so naiv, junger Mann, und glauben, dieses Volapük, welches Sie da verzapften, könnte die Welt vor dem Nichtverstehen bewahren. Die von Ihnen entworfene Grammatik erlaubt einhundertundelf Ableitungen von der Grundform des Verbs ›lieben‹, und das macht Sie selig. Ha-ha! Was nicht noch! In der richtigen Annahme, dass das Böse, welches herrührt vom Missverstehen, der Unmöglichkeit, etwas zu erklären, die Sprache zu seinem physischen Leib erkoren hat, sich in Worten von Mensch zu Mensch überträgt, ihn als seinen Nährboden nutzt, so wie die Schlupfwespe ihre Nachkommenschaft in die nichtsahnende Laus spritzt – denn der Sinn dieser Worte liegt im Nichtverstehen, zum Verstehen bedarf es keiner Worte, man denke nur an Mutter und Kind – ließen sich zwei Wesen denken, die einander näher sind? Doch mit den ersten Worten setzt die Phase der Entfremdung ein –, in der Erkenntnis also, dass Sprache ein Mittel zur Vermehrung des Bösen ist und seiner Ausbreitung in Raum und Zeit, gedachten Sie, Verehrtester, die Endloskette der Lügen zu sprengen und eine neue Sprache zu schöpfen, die allseitiges Verstehen garantiert! Bravo! Ganz hervorragend! Wir sind entzückt! Nur leider scheint Ihnen entgangen zu sein, dass Sie mit den Worten auch das Nichtverstehen in Ihre neue Sprache transponieren! Denn was ergibt sich daraus? Warum ist Ihr Volapük zum Scheitern verurteilt? Sie ließen sich von den Worten um den Finger wickeln, mein Bester! Sie haben die vergiftete Brühe aus dem einen Gefäß in das andere umgegossen – nicht mehr! Und Sie, werter Herr Zamenhof, so schrieb ich dem Warschauer Doktor, auch Sie sind dem Ziel um keinen Deut näher gekommen! Im Gegenteil! Sie beabsichtigten vermittels Vivisektion – Überflüssiges kappen, Sinnvolles einbringen – das Erz der Worte ans Tageslicht zu fördern, in deren Adern das reine, unverstrahlte Blut fließt. Aber ach! Dumm gelaufen! Ich habe Sie durchschaut! Unter Verzicht auf tausend mögliche Kasi und zahllose Numeri, ganz zu schweigen von Modi, Geni und Geni verbi, wollten Sie jene reine und klare Sprache zurückgewinnen, in der Gott vor der babylonischen Katastrophe mit den Menschen sprach, wieder aus dem Unflat hervorzaubern das, was der Herr in seinem Zorn auf all unsere gurgelnden und sabbelnden Mundarten verteilt und ihnen untergemischt hat, wollten die Welt auf solch mechanische Weise von allem Übel befreien … mit welchem Ergebnis? Oder nehmen wir nur mal die Zeit, Herr Zamenhof, das ist ja das Vertrackte, dass die Zeit alle möglichen Formen annehmen kann, nicht bloß irgend so ein nicht enden wollendes Futurum oder abgestandenes Plusquamperfectum. Sie kann auch, beispielsweise, überhaupt gar nicht vorhanden sein. Wie wollen Sie erklären, dass es, sagen wir, mitten im Sommer zu schneien anfängt, und zwar über alle Maßen, wie wenn auf dem Schnürboden der Oper einer, statt dass er die Federchen händeweise segeln lässt, den ganzen Sack umhaut. Alles weiß! Da ist kein Halten mehr, man schnappt sich die Skier, und ab an den Hang. Wo aber nun plötzlich das Korn reift, von Schnee keine Spur. Sprießendes Gras, Gerste, Dinkel, Getreide jeder Art. Und du weißt, das war immer so, eine Ewigkeit schon läufst du auf deinen Skiern die Grenze entlang durch den angetauten Schnee, jenseits derer mit der Zeit was nicht stimmt, sie ist weg, wie durch einen Riss gerutscht. Der Schnee unter den Brettern knirscht, du stößt dich mit den Stöcken kräftig ab, atmest die frostige Luft, die Wangen brennen, und siehst dich dabei immerzu um – könnte ja sein, dass hinterm Schnee, hinterm Haselbusch, ein Entlaufener hockt!«

Am Abend hatte er keine Lust zum Lesen. D. war in sein Zimmer gegangen. Motte führte Marija Dmitrijewna die Haarfarbentafel nach Fischer vor. Vorsichtig, mit den Fingerspitzen berührte sie die abgegriffenen Strähnen. Wickelte eine ihrer Locken um den Finger und verglich.

»An der Schädelform, Marija Dmitrijewna, kann man auch noch in tausend Jahren alles über einen Menschen erfahren.«

Marija Dmitrijewna schmunzelte. »So lange muss man warten?«

»Wollen Sie die Wahrheit über sich wissen?«, fragte Motte.

»Die weiß ich schon. Sagen Sie mir lieber, wo bei Ihnen der Groll herkommt.«

»Legen Sie Ihre Hände an meinen Hinterkopf. Spüren Sie was?

Rechts und links, jeweils eine Handbreit hinterm Ohr, das sind die Teufelshöcker. Da sitzt nach Gall das Böse.«

So saßen sie, ihre Hände in seinem Haar, seine an ihren Schläfen, im rechten Auge ein geplatztes Äderchen, ein Spiegelbild der Lampe in jeder Pupille.

»Es ist verblüffend, wie sehr Sie Jewgeni Borissowitsch in jungen Jahren gleichen!«, sagte sie. »Warten Sie, ich zeige Ihnen ein Photo …«

Einmal wurde Motte von Marija Dmitrijewna mitten in der Nacht geweckt. »Wolodja, wachen Sie auf, da draußen ist jemand, hören Sie das?«

Motte stürzte zum Fenster, starrte in die Finsternis. Es war nichts zu bemerken. Er zog sich rasch an. »Ich geh und sehe nach.«

Motte griff sich die Axt im Flur.

»Seien Sie um Himmels willen vorsichtig! Ich komme lieber mit.«

Sie traten ins Freie. Lauschten. Nichts.

Motte ließ die Axt sinken.

»Da ist niemand, Marija Dmitrijewna, das kam Ihnen nur so vor. Gehen Sie schlafen. Ich bleib noch ein bisschen sitzen, für alle Fälle.«

Plötzlich griff sie nach seinem Arm. »Da ist es wieder! Hören Sie!«

Tatsächlich waren nun seltsame Laute zu vernehmen, wie ein gedämpftes Stöhnen.

»Es kommt aus dem Schuppen! Die sind da drinnen!«

Die Lampe in der einen Hand, die Axt in der anderen, näherte Motte sich dem Schuppen. »He! Ist da wer?«

Dasselbe Stöhnen war die Antwort, diesmal mit einem seltsamen, weinerlichen Unterton, es klang wie ein kleines Tier.

Motte öffnete die Tür, die in der Nacht so grässlich laut quietschte, dass es schmerzte. Er hob die Lampe. Etwas huschte hinter den Holzstapel, duckte sich.

Er ging hin.

»Marija Dmitrijewna, kommen Sie!«

»Gestern Nacht haben wir Gäste bekommen«, schrieb Motte in sein Tagebuch. »Ein junges Samojedenweib aus einem der Dörfer, mit einem Neugeborenen. Was geschehen ist, vor wem sie sich versteckt, kriegt man nicht aus ihr heraus. Sie schweigt, schüttelt nur mit der Hand die leere Brust. Vielleicht ist sie ja stumm. Augenscheinlich ein pathologischer Fall. Monstrum mit Satthals.«

Das Mädchen weigerte sich, hinter dem Holzstapel hervorzukommen. Motte und Marija Dmitrijewna nahmen ihr das Lumpenbündel ab, worin das Kind steckte, trugen es ins Haus. Legten es auf dem Tisch ab, wickelten es vorsichtig auf. Es war ein Junge. Umgehend fing er an zu schreien und in die Luft zu pinkeln.

Sie machten eilig Feuer, setzten Wasser auf, kochten Milch ab. Marija warf die schmutzigen Lappen weg, befahl Motte, ein paar Laken zu Windeln zu zerschneiden. Das Alter des Kindes schätzten sie auf zwei, drei Wochen, die durchgebissene Nabelschnur war gut verheilt. Der Junge war kräftig, schien auf den ersten Blick gesund, mit ordentlichem Appetit, saugte sich am Fläschchen fest.

Sie badeten ihn in der Waschschüssel. Motte hielt das Kind, während Marija Dmitrijewna aus dem Krug Wasser darübergoss und es wusch. Der winzige Körper passte in Mottes zusammengelegte Hände.

Das Kind kam in einen Bastkorb, in Ermangelung von etwas Besserem. Von nun an drehte sich ihr Leben um das kleine Menschlein, das da unter dem Mull vor sich hin schniefte. Von früh bis spät waren Marija Dmitrijewna und Motte mit Baden, Füttern, Wasserkochen, Windelnwaschen und -bügeln beschäftigt. Marija Dmitrijewna ging recht bald dazu über, das Kind mit Serjoschenka anzusprechen.

»Wieso Serjoschenka?«, wollte Motte wissen.

Marija Dmitrijewna zuckte die Achseln.

Einmal hob Motte das Kind vor sein Gesicht, um es zu herzen, da ging das Mündchen zielsicher an sein Kinn und begann zu saugen.

Das Monstrum war bei ihnen eingezogen. Sie hatte große, stumpfe Glubschaugen und einen geblähten Kropf, aus dem gelockte schwarze Haare sprossen. Sie sprach nicht, muhte nur und wollte ihr Kind. Marija Dmitrijewna trug ihr den Korb mit dem Jungen auf den Hof. Die Mutter setzte sich daneben, schaukelte ihn und brummte etwas Trübseliges, das von ferne an Gesang erinnerte.

Erwachte das Kind, nahm sie es auf den Arm und gurgelte selig, wenn die winzigen Hände durch die Luft fuhren, sich in Nase, Wangen und Bart verkrallten. Dann kam es auch vor, dass sie ihre Brust hervorholte, die aussah wie eine schlaffe Socke, und sie ihm in den Mund stopfte.

Motte hatte Angst, sie mit dem Kind allein zu lassen, blieb nach Möglichkeit in der Nähe.

»Seltsam, dass so eine überhaupt gebären kann«, sagte er.

Als Marija Dmitrijewna der Samojedin zu erklären versuchte, sie müsse jetzt ins Dorf zurück – mit dem Finger in die Richtung deutend, wo es lag –, zuckte die Angesprochene erschrocken zusammen, schüttelte heftig den Kopf. Marija Dmitrijewna versprach mitzukommen, sie brauche keine Angst haben, alles lasse sich klären. Die Frau jaulte nur und schlotterte. Man beschloss, sie fürs Erste in Ruhe zu lassen und ein Auge auf sie zu haben – die Befürchtung war, dass sie sich mit Serjoschenka wieder davonmachen könnte.

Beinahe pausenlos schleppte Motte Wasser, hackte Holz, bereitete Heißwasser im Eimer. Marija Dmitrijewna zeigte ihm, wie man das Kind wickelte, er tat es mit einer nie da gewesenen, ihn selbst überraschenden Freude: das heiße, samtige Körperchen in die frischen, nach Wind riechenden Windeln zu hüllen. Nach dem Füttern lief er mit dem Kleinen an der Schulter durch das Zimmer und erwartete das »Bäuerchen«. Die ungeübten Gesichtsmuskeln des Jungen erzeugten urkomische Grimassen. Immer wieder traten Motte und Marija Dmitrijewna vor das Körbchen und beugten sich darüber, um nach ihrem Serjoschenka zu schauen. »Unser Serjoschenka«, das war jetzt so ihre Redensart. Wenn es nicht gerade regnete, trug Motte das Körbchen auf den Hof und deckte es gegen die Mücken mit Mull ab.

Die Nacht wurde zum Tag, wenn es Serjoschenka einfiel zu schreien und er bis zum Morgen nicht mehr zu beruhigen war. Dann liefen Motte und Marija Dmitrijewna abwechselnd stundenlang mit ihm durch das Zimmer und suchten ihn zurück in den Schlaf zu wiegen.

Einmal bemerkte Motte, wie interessiert die Samojedin sein Instrumentarium betrachtete, und schenkte ihr ein Vergrößerungsglas. Von da an lungerte sie mit Vorliebe auf den Stufen vor der Tür und sengte schneckenförmige Muster ins Holz. Manchmal trat auch D. einmal hinaus, ging zu dem Korb und lugte durch den Mull nach dem Kind, seufzte und ging wieder hinein.

»Keine Zeit zu schreiben«, schrieb Motte in sein Buch. »Bin müde wie ein Hund. Eigentlich hält mich hier nichts mehr. Das Nötige ist seit Langem getan. Jeden Tag sage ich mir, morgen packst du deine Sachen und gehst zur Bahnstation.«

Dann zog Regenwetter auf. Eine Woche lang schüttete es unaufhörlich. Den nassen Umhang von sich werfend und einen Messzylinder schwenkend, sagte Marija Dmitrijewna: »Schon fünfzehn Millimeter mehr als allezeit vorher! Anscheinend will man uns die Sintflut schicken, Wolodja.«

Das Dach leckte nun an mehreren Stellen zugleich. Überall standen Schüsseln, Eimer und Dosen. Nachts tönte ein Tropfkonzert durch das Haus.

Die feuchte Landkarte über Mottes Bett änderte sich von Tag zu Tag.

Die Windeln, in der Sonne in Minutenschnelle getrocknet, hingen jetzt tagelang im Zimmer, blieben feucht und dampften, wenn endlich das Feuer im Ofen brannte. Dann war es stickig und klamm zugleich.

Alles ringsum versank im Wasser. Sie lebten nun wie auf einer Insel. Der Wind schlug Wellen, es schien, als triebe ihr marodes Haus davon.

»Da können Sie mal sehen, Marija Dmitrijewna«, sagte Motte, »die Welt geht unter, nur wir überleben. In welcher Richtung, meinen Sie, liegt der Berg Ararat?«

»Wehe, Wolodja! Solange die Erde stehet, soll nicht aufhören Saat und Ernte, Frost und Hitze, Sommer und Winter, Tag und Nacht. Ich bügle zu Ende, ruhen Sie sich aus.«

»Serjoschenka ist krank«, schrieb Motte in sein Buch.

Der Junge hatte Fieber bekommen. Sie wickelten ihn in ein feuchtes Tuch. Marija Dmitrijewna balsamierte ihm die Brust, flößte ihm löffelweise Reisbrühe ein. Ein Arzt musste her, doch der Weg zur Bahnstation schien unbegehbar.

So vergingen zwei Tage. Nichts half. Die Samojedin hockte jammernd im Flur. Marija Dmitrijewna konnte nicht mehr, hatte sich hingelegt. Motte hielt Wache am Korb. Ihn befiel Panik: Was, wenn Serjoschenka in diesem Augenblick stürbe, vor seinen Augen, und er könnte es nicht verhindern?

D. hockte neben ihm, trommelte mit den Fingern gegen seine Urinflasche. »Glauben Sie mir, Wolodja, ich hab alles ausprobiert. Hab Sprachbausteine aus Ziffern gebaut, aus Noten: G-A war die Zeit, G-A-F der Tag, G-A-C der Sonntag, G-A-G der Monat. Man kann sich auf jedem stimmbaren Instrument auszudrücken versuchen. Oder nehmen Sie die sieben Farben des Regenbogens. Sie ließen sich vielfältig kombinieren in der Hoffnung, etwas damit auszusagen – nur leider darf man nicht darauf hoffen, verstanden zu werden. Darum bin ich einen anderen Weg gegangen. Was kann einfacher sein als die Sprache der Gesten?, hab ich mir gedacht. Ich tippe mir an die Brust und sage damit: Ich. Ich tippe dir an die Brust und sage damit: Du. Augen schließen heißt Nacht. Augen öffnen heißt Tag. Oder die Farben! Schwarz? Bitte schön: der Dreck unter den Nägeln. Rot? Die Lippe mit dem Finger nach unten ziehen. Einen Vogel bedeutet man durch Flattern mit den Armen. Den Vater, indem man mit der Hand über die Wange fährt, als rasierte man sich. An meinen Vater habe ich nur die eine Erinnerung, nämlich wie er sich rasierte und mich dabei im Spiegel ansah, da war ich zwei. Will einer jedoch sagen: Ich bin tot, wird er nicht umhinkommen, sich hinzulegen und zu sterben. Komplizierte Dinge zu erklären, bedarf es einer komplizierten Sprache. Einmal schien es mir, als hätte ich das System gefunden, nach dem ich suchte. Der erste Buchstabe eines jeden Wortes – sagen wir: ein Konsonant – teilte das Wichtigste über den Begriff mit: ob er von Gott gegeben ist oder dem Unrat des Menschlichen entstammt. Der zweite Buchstabe – ein Vokal – klärte meinetwegen, ob es sich um einen materiellen oder ideellen Begriff handelte, und so weiter, und so fort. Da aber nun jedes Ganze aus einzelnen Teilen besteht, setzt sich ein jedes Wort, und sei es noch so klein, aus präzisierenden Sinneinheiten zusammen. Nehmen wir zum Beispiel diesen Abend: Noch gibt es ihn, doch er wird nicht wiederkehren. Um ihn zu erklären, genügt der Kalender so wenig wie die Stundenteilung des Tages, kein Wetter und keine Geographie, nicht einmal dieses Zwielicht. Man wird auch Sie in die Erklärung einbeziehen müssen und mich und diesen Korb. Wer sind Sie? Wer bin ich? Wer ist in dem Korb? Man zieht an einem Fädchen und wird das Ende nicht finden.«

Dazusitzen und ergeben zu warten, bis dem Kind das Unwiderrufliche widerfuhr, war ganz unmöglich. Kaum zeigten sich in der Regenwand die ersten lichten Stellen, küsste Motte den Jungen auf die schweißnasse Stirn und brach auf zur Bahnstation. Der Weg war vollkommen aufgeweicht, überall unter den Bäumen stand das Wasser. Er lief den ganzen Tag, stand zwischendurch mehrmals bis zum Gürtel in der Bracke. Als er endlich in Soluny anlangte, stellte sich heraus, dass der Doktor, der die Stelle des im Frühjahr von entlaufenen Sträflingen getöteten Arztes antreten sollte, noch nicht eingetroffen war; ob er überhaupt kommen würde, war mehr als fraglich.

»Wie das?«, fragte Motte. »Und was mache ich jetzt?«

Da drüben sei das Waschbecken, hieß es. Das Essen sei gerade fertig, er solle ein paar Kartoffeln mit ihnen essen, sich ordentlich ausschlafen und morgen wieder nach Hause gehen. »So Gott will, wird euer Kindchen gesund. Nehmt es nicht so schwer. Alles wird gut, Ihr werdet sehen!«

Motte setzte sich gar nicht erst, er trat sogleich den Rückweg an. Die Wut trieb ihn – Hunger, Müdigkeit, der wieder einsetzende Regen, die eigene Hilflosigkeit, all dies machte ihn rasend.

Schon von Weitem sah Motte, dass etwas passiert war. Der Zaun war niedergerissen, die Fensterscheiben waren eingeschlagen. Er rannte die letzten Meter, riss die Tür auf.

Marija Dmitrijewna saß auf dem Fußboden und starrte an die Wand.

»Wolodja, sind Sie es?«, fragte sie, ohne den Blick zu wenden.

»Was ist geschehen? Wo ist Serjoschenka?«

»Die Samojeden aus dem Dorf waren hier und haben ihn geholt. Sie habe das Kind gestohlen, behaupteten sie … So wird es wohl das Beste sein. Waschen Sie sich und kommen Sie zu Tisch. Ach, das Geschirr haben sie alles zertrümmert. Ich bin schon den ganzen Tag beim Aufräumen.«

»Und wo ist sie?«

»Sie ist zu ihrem Glück entkommen, sie hätten sie erschlagen. Etwas davon habe ich abgekriegt, aber nicht schlimm, bis zur Hochzeit ist alles wieder gut.«

»Marija Dmitrijewna! Was ist mit Ihnen? Kann ich Ihnen helfen?«

»Nein, nein, es ist nichts, mir sind nur die Augen ein bisschen eingeschlafen, ich stehe gleich auf.«

Motte begann zu essen, Hirsebrei mit Milch. Er aß und aß und konnte nicht aufhören – abwechselnd goss er Milch nach und streute Hirse dazu.

Dann fiel er aufs Bett und schlief ein.

Motte schlief den ganzen nächsten Tag, wenn nicht noch länger. Er wurde von Marija Dmitrijewna geweckt.

»Wolodja! Wolodja, bitte helfen Sie mir, Jewgeni Borissowitsch ist in Schwierigkeiten …«

Draußen war es dunkel. Motte sprang auf, folgte ihr ins andere Zimmer.

Der alte Mann pflegte nachts, wenn er austreten musste, einen Eimer zu benutzen, auf den er eine Klobrille legte. Dabei war er umgekippt, lag nun mit heruntergelassener Hose im Zimmer und vermochte nicht aufzustehen. Die Flasche war zerbrochen, die Jauche aus dem umgekippten Eimer auf den Fußboden gelaufen. Liegend sah Jewgeni Borissowitsch Motte an, sein Blick war verstört und schuldbewusst.

Mit Mühe hoben Motte und Marija Dmitrijewna den schweren Körper auf. Unter den Füßen knirschten die Scherben. Motte glitt aus und wäre um ein Haar gestürzt. Irgendwie hievten sie den Alten auf das Bett, freilich nicht ohne auch das Bettzeug gründlich zu besudeln.

Motte brachte Wasser. Jewgeni Borissowitsch wurde gewaschen, die Wäsche gewechselt.

Während Marija Dmitrijewna mit ihrem Mann zu tun hatte, ging Motte daran, den Fußboden zu wischen.

»Nicht doch, Wolodja, lassen Sie das, ich mach das nachher!«

»Seien Sie still.«

Draußen graute der Morgen.

Ausgiebig wusch Motte sich die Hände, doch der Geruch ging nicht weg. Er seifte sie ein weiteres Mal ein. Alles stank: der Fußboden, das Mobiliar.

Schließlich saßen sie nebeneinander auf dem Sofa. Eigentlich hätten sie noch etwas schlafen müssen, waren aber nicht imstande, sich zu erheben. Marija Dmitrijewnas Kopf war gegen seine Schulter gesunken.

So saßen sie lange, hörten die Uhr schlagen und sahen zu, wie es hell im Zimmer wurde.

»Wolodja«, sagte Marija Dmitrijewna, »fahren Sie nicht fort. Ich schaff das nicht ohne Sie. Ich schaff das nicht.«

Dann stand sie auf und ging in ihr Zimmer.

Motte streckte sich aus. Versuchte einzuschlafen, es gelang nicht.

Ein paarmal meinte er sie flüstern zu hören: »Wolodja! Wolodja!«, es war wie ein Ruf.

Doch er konnte sich getäuscht haben.

Am Morgen packte er seine Sachen. Sammelte die Karteikarten ein, sah nach, ob die Instrumente vollzählig waren. Marija Dmitrijewna stand in der Tür. »Was tun Sie?«

»Es ist höchste Zeit.«

Schweigend sah sie zu, wie er die Stiefel anzog, die Schnüre des Regenmantels festzurrte.

»Ich breche auf, bevor der Regen wieder einsetzt.«

»Gute Reise, Wolodja«, sagte sie leise.

Trat vor die Tür und sah ihm nach, bis er um den Schuppen gebogen war. Eine Minute später erschien er, klein und wie schon ganz ferne, zur anderen Seite des Schuppens unten auf dem Weg.

Motte schritt kräftig aus, er fürchtete den Zug zu verpassen. Stattdessen musste er sich bis zum Abend gedulden – die Züge hatten jetzt immer viel Verspätung. Stündlich kam ein langer Holztransport durch. Motte schlenderte über die mit Schmieröl getränkten Schwellen, balancierte auf den Kuppen der Schienennägel. In den Gleisen spiegelte sich das Himmelsgrau. Ein einziges Mal huschte als schwarzer Punkt eine Krähe vorbei.

Der Zug war überfüllt, ins Wageninnere gar kein Vordringen. Motte blieb im Vorraum und machte es sich auf dem Reisesack eines Mitreisenden bequem. Hier wurde ausgiebig geraucht, doch eine zerschlagene Fensterscheibe sorgte für gelegentlichen Durchzug. Der Zug kroch im Schneckentempo, wenn er nicht gerade wieder irgendwo in den tiefen Wäldern zum Stehen gekommen war.

Motte sah auf das endlos längs der Bahnstrecke geschichtete Holz, die schiefen Telegraphenmasten. Sumpf, Kiefernwälder, tief hängende Wolken. Mitunter eine Sägemühle mit pyramidalen Bergen nasser schwarzer Sägespäne, von der ein strenger Fäulnisgeruch zum Fenster hereinschlug.

Dann folgten Streckenabschnitte, wo alles abgebrannt war. Zahllose verkohlte, verkrümmte Baumleichen zogen beschaulich vorbei.

Auf dem Sack neben ihm saß ein demobilisierter Soldat und schnarchte zum steten Rattern der Räder. Schrak zwischendurch auf, wenn die Puffer knallten, und schleckte süße Kondensmilch, die er mit dem Finger aus der Dose schaufelte. Dann schlief er wieder ein.

Als sie in der Stadt anlangten, war es tiefe Nacht. Die Fahrt endete auf einem Abstellgleis. Das letzte Stück zum Bahnhof liefen sie zu Fuß die Gleise entlang.

Die Kassen waren geschlossen, alle Sitzbänke im Wartesaal von Schlafenden belegt. Die Neuankömmlinge richteten sich auf dem schmutzigen Fußboden ein, Mäntel oder Wattejacken wurden ausgebreitet, wer das nicht hatte, legte eine Zeitung unter. Ein riesiger Schäferhund mit Maulkorb hatte den Kopf zwischen die Pfoten gelegt, sein Blick folgte jedem, der vorüberging.

Motte hatte einen Platz auf dem Fensterbrett ergattert, doch die Luft war zum Schneiden, das Fenster vernagelt. Er wusste, dass er hier sowieso keinen Schlaf finden würde, und ging hinaus auf den Bahnhofsvorplatz. Auch auf den Bänken beim Springbrunnen wurde geschlafen. Motte trottete durch eine Straßenschlucht mit schwarzen Häuserfronten, die Straßenlaternen brannten nicht. Der Himmel schimmerte matt, Wolken jagten darüber hinweg, wie aneinandergenagelt.

Hinter ihm näherten sich Schritte. Motte hatte sie schon von Weitem gehört, er blieb stehen, zog sich zurück in den Schatten eines Baumes. Drei Männer bogen um die Ecke, eine Wachpatrouille. Ihre Taschenlampe stöberte Motte auf, sie verlangten seinen Ausweis zu sehen. Mehrfach wanderte der Lichtkegel vom Passbild auf dem Ausweis in sein Gesicht und wieder zurück. Schnapsatem fuhr ihm in die Nase, dazu der Ledergeruch des Riemzeugs.

»Na gut, zieh Leine.«

Motte war von dem auf sein Gesicht gerichteten Lampenstrahl

so sehr geblendet, dass er erst einmal gar nichts mehr sah und minutenlang warten musste, bis die Augen sich wieder an die Dunkelheit gewöhnt hatten, dann lief er weiter. In einem Fenster ging Licht an. Motte sah einen alten Mann, wie er ein Schränkchen aufklappte und umständlich die darin befindlichen Konservengläser zurechtrückte. Hinter der nächsten Ecke begann der städtische Park.

Motte fand eine Bank, legte sich den Reisesack unter den Kopf und machte sich lang.

Die Kälte weckte ihn, es tagte bereits. Er setzte sich auf, rieb die tauben Beine. Um die Glieder zum Leben zu erwecken, lief er ein Stück die Parkwege entlang. Ein leichter Morgendunst, der sich zusehends auflöste, der Horizont im Osten rötete sich, färbte Bäume und Statuen. Hie und da in der Tiefe des Parks standen arm- und kopflose Figuren aus morgenrotem Gips, von denen man nicht wusste, ob sie einmal Satyrn oder Leninpioniere gewesen waren.

Motte begab sich zum Ausgang, denn es war Zeit, sich am Fahrkartenschalter anzustellen. Plötzlich rief jemand, Motte wandte sich um. Humpelnd, mit den Armen wedelnd, kam eine alte Frau auf ihn zugeeilt. Sie trug einen farbbeschmierten blauen Arbeitskittel, zerrissene Turnschuhe und eine speckige Fellmütze mit Ohrenklappen. Für einen Moment kam sie ihm bekannt vor, er wusste sogar, an wen sie ihn erinnerte, doch der Gedanke war zu abwegig, um festgehalten zu werden.

Er ging ihr entgegen. Sie faselte etwas von einem Arm, der aus dem Himmel gefahren sei, auch der Mond kam vor und Riesengänse auf Plattenwagen ... Die Alte keuchte und verschluckte sich an ihrer Tirade, packte Motte am Ärmel und wollte ihn ans andere Ende der Parkallee ziehen.

Er versuchte ihr klarzumachen, dass er auf den Bahnhof müsse, doch die Frau ließ nicht ab, jammerte und schrie, als wollte einer sie schlachten. Motte versuchte den Ärmel loszureißen, sie krallte sich nur noch fester hinein.

Vom Parkausgang her tönte Stiefelgepolter. Die Patrouille kam gerannt – Tarnanzüge, Matrosenleibchen. Mit einem Ruck wurde die Alte von ihm entfernt. Im nächsten Augenblick drehten sie Motte die Arme auf den Rücken, und er bekam mehrere Schläge in den Bauch und ins Gesicht. Blut tropfte ihm aus der Nase auf das Hemd.

Gern hätte Motte erklärt, dass ein Missverständnis vorlag, doch er konnte nur schreien vor Schmerz. »Loslassen! Sie brechen mir die Arme!«

Im selben Moment bekam er einen Tritt gegen die Knöchel und stürzte.

Man zerrte Motte die Allee entlang zum Ausgang, man schleifte ihn, er konnte nicht gehen.

Auf dem Revier wurde er gefilzt, sie nahmen ihm Geld und Papiere ab, dann wurde er in eine Zelle geschubst, wo jemand auf den blanken Dielen lag und schnarchte. Motte kauerte sich in eine Ecke, den Kopf nach hinten gekippt – die Nase blutete immer noch. Einige Zeit später brachten sie ihn in einen anderen Raum, der dem vorigen glich, nur dass er leer war. Unter der Decke brannte schwach, inmitten von Spinnweben, eine kalkbespritzte Glühbirne. Motte streckte sich auf dem Boden aus und schloss die Augen.

Jemand kam herein, eine Stiefelspitze stieß ihm in die Hüfte. »Klogang!«

Wieder unternahm Motte den Versuch, sich zu erklären; ein Schlag aufs Ohr ließ ihn verstummen.

Er wurde auf den Hof geführt. Die Latrine bestand aus einem Loch in der Hofecke, nahe dem hohen Zaun, über das zwei glitschige, besudelte Planken gelegt waren. Auf den Planken stehend, riskierte Motte einen Blick zum Himmel. Er hatte sich aufgeklart. Die Wolken waren weiß, blau hinterlegt.

Er wurde in die Zelle zurückgebracht. Kaum lag er wieder, schepperte der Riegel erneut. Eine Schüssel wurde vor ihn hingestellt, darin ein grauer Klumpen Makkaroni. Der Überbringer – Tarnanzug, Matrosenleibchen – sah ihn herausfordernd an.

»Was ist? Willst du nicht?«

Motte schüttelte den Kopf.

Der andere nahm die Schüssel und begann die Makkaroni hastig in sich hineinzuschlingen.

»Schön blöd!«, schnaufte er mit prall gefülltem Mund.

Dann schlug die Tür wieder zu.

Motte fand keinen Schlaf, warf sich im Halbdämmer hin und her. Die verrenkten Gelenke schmerzten, der Fuß war angeschwollen.

Am Abend gab es wieder einen Klogang und eine neue Schüssel Makkaroni. »Willst du diesmal?«

Motte nahm die Schüssel und stopfte die Makkaroni mit den Fingern in den Mund, eine Gabel hatte er nicht bekommen. Dann schlief er ein.

Und er erwachte in Ägypten.

Ein heißer, trockener Wüstenwind hauchte ihn an. Leise raschelten die Papyrusstängel. Die Rufe des Ibis klangen vom Fluss herüber.

Motte blickte sich um. Ringsumher standen Männer in Schürzen, mit Köpfen von Schakalen, Löwen, Krokodilen und anderen wilden Tieren.

Einer von ihnen, er hatte einen Stierkopf, trat näher und hielt ihm in geschlossener Faust etwas hin.

»Was ist das?«, fragte Motte.

»Nimm schon!«

Motte streckte seine Hand vor. Etwas Stachliges fiel hinein und bewegte sich fort. Ein Käfer.

Ein weiterer Mann, mit Ibiskopf, trat an ihn heran und reichte ihm eine Papyrusrolle. »Lies!«

Motte warf einen Blick auf die Reihen von Hieroglyphen: Vögel, Füße, Schlangen und Wellen flirrten vor seinen Augen.

»Das kann ich nicht lesen«, murmelte er. Der Käfer in seiner Faust ging um und kitzelte, doch Motte wagte es nicht, ihn freizulassen.

Der Ibis wiegte vorwurfsvoll sein Haupt und nahm ihm den Papyrus wieder ab, entrollte ihn, räusperte sich und fing an vorzulesen: »Als einer, der auf der bakteriologischen Untersuchungsstelle Impfungen wider die Hundswut vornahm, sah er keinen Anlass, bei der Medizinalverwaltung die Approbation zu beantragen. Wer mit den universitären Gepflogenheiten vertraut ist, weiß, dass Diplom und ärztliche Praxis zweierlei sind, an der Universität gibt es viele Ärzte, die niemals praktiziert haben. Das Medizinstudium hatte er aufgenommen in dem Kalkül, dass auch der schlechteste Arzt sein Brot findet. Lernte es, eine Autopsie mit anzusehen, lernte die einzelnen Muskeln und Faszien auseinanderhalten, paukte diverse *musculi masseter* und *galee aponeurotiche* und kam hinter das medizinische Paradoxon, das da lautet: Auf die aussichtslosen Fälle kannst du dich verlassen, nur die leichten sind trügerisch. Und als sich die Möglichkeit ergab, mit Spritzengeben sein Brot zu verdienen, war er heilfroh. Was die Rezepte angeht: Ein praktizierender Arzt schreibt jeden Tag zwanzig davon aus, hier waren es achtzehn in zwei Jahren. Zwölf für ihn selbst, die übrigen für Verwandte. Man weiß doch, wie das vor sich geht: aus Gefälligkeit, beim Tee. Will man da wirklich von Praktizieren reden? Wer diesen Mann auf die Anklagebank setzt, sollte bedenken: Nur dem obliegt die gesellschaftliche Pflicht, Nothilfe zu leisten, der mit medizinischer Praxis sein Geld verdient. Einmal in seinem Leben wird Motte zu einem Blutenden gerufen, und gleich muss er vor Gericht! Welchen Sinn hätte es gehabt, dieser Verrückten in die Tiefe der Parkallee zu folgen? Wer mag mich im Mondlicht haschen, hab ein Messer in der Taschen ... Einem Todgeweihten laienhafte medizinische Hilfe zu leisten hätte bedeutet, Verantwortung zu übernehmen – und dann wäre er eines anderen Verbrechens bezichtigt worden, nämlich der Hilfeleistung mit unzulänglichen, dem Ärztlichen Kodex nicht genügenden Mitteln! Er aber handelte nach dem für jeden echten Mediziner geheiligten Leitsatz: *Ne noceas!*[*]«

---

[*]   Tu keinen Schaden! (lat.)

Mit diesen Worten rollte der Ibis den Papyrus wieder ein und schob ihn sich in den Gürtel.

Motte bekam seinen Sack wieder, auch Papiere und Geldbörse.

»Hau ab!«

Die Geldbörse war leer.

»Wo ist das Geld?«, fragte Motte.

Es sei kein Geld darinnen gewesen, bekam er zur Antwort, man habe dafür Zeugen.

Motte warf sich den Sack über die Schulter und ging zum Bahnhof.

Den Käfer schmiss er weg, er fiel in eine Pfütze auf dem Asphalt, schlug kleine Wellenkreise. Die Hand stank.

Es war Vormittag. Wolken wie Stuck. Dabei ging ein Wind, Böen fuhren in die Blätter, drehten ihnen den Bauch zum Licht. Die Wäsche auf dem Hof zu Segeln gebläht. Ein tiefblaues Leibchen, die Kissenbezüge hatten sich angesteckt.

Nur wenige Fußgänger kamen Motte entgegen. Ein alter Mann trug einen Spankorb voll Erdbeeren vom Markt, der Korb war mit grünen Blättern ausgelegt. Eine Mutter mit Kind, das Mädchen hielt ein altes Plüschtier im Arm, dessen Knopfauge an einem Faden baumelte. Ein Hund, der ihn schräg überholte. Ein beinloser Invalide fuhr auf seinem Rollbrett vorbei. An einer Ecke standen Taubstumme beieinander und fingerten in den Wind.

Tonleitern und Arpeggien aus einem offen stehenden Fenster. Im Vorübergehen spähte Motte hinein: Klavierunterricht. Fünfkopekenstücke auf den Handrücken.

Am Bahnhof ein großes Tohuwabohu. Andauernd Durchsagen, die Verspätungen verkündeten. Die Lautsprecherstimme schlitterte die Gleise entlang, verzweigte sich an den Weichen. Widerhall.

Das Stimmengewirr der Menge verfing sich in der Kuppel des Wartesaals. Ein Unglück bei Tomsk, behaupteten die einen, andere raunten etwas von streikenden Bergarbeitern, die die Gleise blockierten, Dritte wollten wissen, dass die Strecke von den Deutschen

bombardiert worden sei, Vierte waren sich sicher, da sei Michas'
Bande am Werk, überfalle die Züge.

Und noch ein Wort platzte in all das hinein: »Typhus!«

Aufregung in der Schlange vor dem Zapfhahn. »Heißes Wasser
ist gleich alle!« Eine Dame wehklagte, man habe ihr im Gedränge
die Handtasche entrissen.

Auf einem Berg von Koffern thronte ein beleibter alter Mann,
Schweißperlen auf der Stirn, stammelte im Typhusfieber vor sich
hin, zwischendurch fuhr die Zunge hektisch über die bebenden,
ausgedörrten Lippen.

Motte kauerte sich neben ihm an die Wand, den Nacken gegen
den blätternden Putz gelehnt. Die Kuppel war mit Fresken ausgemalt. Im Zentrum Iaru, das Gefilde der Seligen. Unter einem Bal-
dachin mit Kapitellen in Lotosblütenform saß Osiris mit dem grünen Gesicht. Ihm zur Seite der falkenköpfige Horus und Anubis
als Schakal. Im Felde wuchs vier Klafter hoch die Gerste und neun
Klafter hoch der Dinkel. Angrenzend floss der Nil. Darauf trieb Ra
im Papyrusboot, die Sonne auf dem Haupte tragend. Am Rande
des Gefildes angekommen, stieg er in eine andere Barke um und
trat kopfunter den Rückweg an.

Der Alte auf dem Kofferberg winkte Motte heran: Hier irgendwo
ein Stück nilabwärts müsse der berühmte alte Weg von den Warä-
gern zu den Griechen verlaufen, krächzte er.

»Geht!«, fiel ein Wispern von seinen trockenen Lippen.

Motte stand auf, nahm seinen Sack und arbeitete sich mit den
Ellbogen zum Ausgang vor, wobei er achtgab, dass ihm niemand an
die Taschen ging, schritt über Bettler in Lumpen hinweg, die ihm
ihre Stümpfe entgegenstreckten.

Ins Freie gelangt, atmete Motte tief durch. Die Luft war feucht.
Der Wind hatte eine neue Wolkenfront herangeblasen, gleich
würde es wieder regnen.

»Wo geht es hier zum Nil?«, fragte er den Erstbesten auf dem
Bahnhofsvorplatz.

Der deutete vage in Richtung der Straßenbahngleise.

Schon fielen die ersten schweren Tropfen, verwandelten sich im Staub zu Bällchen. Motte verzog sich unter das Vordach eines Gemüsestands und sah die Leute hektisch ins Trockene fliehen, manche hielten sich Zeitungen über den Kopf. Auch jener Mann ohne Beine suchte irgendwo Zuflucht, das Rollbrett holperte über die Straßenbahngleise. Die Kwassverkäuferin an der Ecke ließ ihr Fass im Stich und kam zu Motte unter das Vordach gelaufen, ihren Kittel zierten viele kleine, runde nasse Flecke.

Nun brach ein Platzregen los, peitschend und prall.

»Das haut runter!«, sagte die Verkäuferin kopfschüttelnd – um im nächsten Moment erschrocken die Hände zusammenzuschlagen: »Ich hab die Schüssel mit dem Geld stehen lassen!«

Der Regen donnerte auf das Dachblech wie Hagelschlag.

Schnell war der Asphalt vom Wasser schwarz, die Häuser lagen hinter einem flüssigen Vorhang, Pfützen schlugen Blasen über Blasen. Auf dem Dach eines vor dem Bahnhof parkenden Busses schien hohes Gras zu sprießen. In Strömen ergoss sich das Wasser vom Vordach, spritzte ihnen gegen die Beine. Als der Bus mit dem Grasdach abfuhr, erschien darunter ein trockenes Stück Asphalt, das Augenblicke später verschwunden war. Als der Bus noch einmal kurz an der Ampel hielt, sah man drinnen eine Hand über die beschlagene Scheibe wischen.

Unversehens hörte der Regen wieder auf.

Die Verkäuferin kehrte zu ihrem Fass zurück und kippte, die Münzen mit einer Hand zurückhaltend, das Wasser aus der Geldschüssel.

Motte lief die Straßenbahngleise entlang. Kleine Sturzbäche in den Schienenrillen. Von den Bäumen tropfte es in die Pfützen. Häuser und Zäune schwammen mit den Füßen nach oben im nassen Asphalt, der Mann ohne Beine erschien als Spielkartenbube.

Schon lugte die Sonne hervor. Von den Dächern und Motorhauben der Autos stieg Dampf.

Dann bogen die Gleise harsch und blitzend zur Seite ab. Motte lief den Rand einer Baugrube entlang, die halb voll unter Wasser stand. Auf der lehmgelben Brühe schwammen Bretter und Melonenschalen.

Von hier war der Nil schon zu sehen.

Motte ging, vorbei an einer Müllkippe und der alten Zisterne, schief stehend und geschwärzt von der Zeit, den Wladimirsteig hinunter zum Fluss. Er nahm den aufgeweichten, glitschigen Uferpfad flussab, das Plätschern des Wassers und das Sirren der Libellen im Ohr.

Eine Papyrusbarke trieb vorbei. Motte winkte Ra freundlich zu, der Sonnengott antwortete mit einem huldvollen Nicken.

Lange lief Motte, bis er ans Ende der Welt gelangte. Stieß wie eine auslaufende Zeile in den weißen Rand. Dort wuchs die Gerste vier Klafter hoch und der Dinkel neun.

Motte suchte etwas in der Ferne hinter dem weißen Rand zu erspähen, aber da kam nichts mehr. Dämmerung fiel in die am Ufer stehenden Birken. Die Frösche quakten forscher und lauter, am Hals klebten Mücken, ein frischer, feuchter Abendwind kam auf, mit einem Beigeschmack von fernem Rauch. In diesem Moment begegnete Ra ihm zum zweiten Mal, er hatte die Barke gewechselt, um die Nacht hindurch den unterirdischen Nil zurückzupaddeln und am nächsten Morgen wieder am Wladimirsteig vorüberzutreiben.

Motte kehrte zurück in die Stadt und unternahm tags darauf einen neuen Versuch, den Fluß hinabzuwandern. Und wieder stieß er auf das Feld mit der Gerste und dem Dinkel.

Noch ein paarmal ging Motte hin und kam wieder, immer das gleiche Spiel.

Einmal bei Sonnenuntergang blieb Motte unwillkürlich auf einer Anhöhe vor einem Haselbusch stehen. Der Busch, beschienen vom Abendrot, sah aus, als würde er brennen. Motte wollte schon weitergehen, als eine Stimme aus dem Busch ihn anrief.

»Wladimir Pawlowitsch?«

Motte hielt inne.

»Hier bin ich.«

»Tritt nicht herzu!«, warnte die Stimme aus dem von rotem Licht versengten Busch. »Zieh deine Schuhe aus von deinen Füßen; denn der Ort, darauf du stehst, ist ein heilig Land!«

Motte zog die Schuhe aus. Der Boden war feucht und kalt, das Gras kitzelte an den Zehen.

»Ich«, fuhr die Stimme fort, »bin der Gott der Armseligen und Barfüßigen, der Erniedrigten und Beleidigten, derer, die keine Beziehungen haben und kein Bestechungsgeld übrig, der Suchenden und Zweifelnden, der Wahrheitsapostel und Flötenbläser, der Gepfählten und durch höhere Gewalt im Permafrost Begrabenen, kurzum: der Gott der alten Lehrerinnen und der jungen Freigeister. Ich habe gesehen das Elend meines Volkes in Ägypten, hörte es schreien, erkannte sein Leid. Bin gekommen, dass ich sie errette, ausführe aus diesem Lande in ein gutes und weites Land, darin Milch und Honig in einem Bett aus Grießbrei fließen. So gehe nun hin zum König der Ägypter und sage ihm, er möge euch freilassen und nicht länger quälen, ein menschlicheres Leben geben euch und euern Kindern.«

Und also begab sich Motte zum König der Ägypter.

Und Motte sprach: »Lass unser Volk ziehen, quäle es nicht länger, so spricht der Herr.«

Doch der König der Ägypter gab zur Antwort: »Wer ist der Herr, des Stimme ich hören müsste?«

Und man jagte Motte davon, und es ward befohlen, dem Volke kein Häcksel zu geben und die Tagesnorm zu erhöhen. So auch sprach der König der Ägypter: »Man drücke die Leute mit Arbeit, dass sie zu schaffen haben und sich nicht um falsche Reden kümmern. Sie gehen müßig, darum schreien sie.«

So wandte sich Motte an den Herrn und sprach: »Da kannst du mal sehen. Alles nur noch schlimmer.«

Und es sprach der Herr zu Motte: Nun sollst du sehen, was ich dem König der Ägypter antun werde. Durch eine starke Hand gezwungen, muss er euch ziehen lassen, mein ausgereckter Arm wird euch retten, du wirst sehen.

»Was soll ich tun?«, fragte Motte.

Zeichen und Wunder, erwiderte der Herr.

Und also ging Motte zum König der Ägypter und tat verschiedene Wunder: verwandelte einen Regenschirm zur Schlange und alles Wasser zu Blut, dass die Fische im Strom starben und der Strom stinkend wurde und aus ihm nicht mehr zu trinken war.

»Pah!«, sprach der König der Ägypter, und sein Herz wurde verstockt, er ließ niemanden ziehen; die Sklaven schleppten sich durch die Furchen, und die Knute tanzte und pfiff.

»Nichts ficht ihn an«, sprach Motte zum Herrn.

Und also sprach der Herr zu Motte: Gehe hin zum König der Ägypter und ermahne ihn: Wenn er euch nicht im Guten mag ziehen lassen, so soll der Nil von Fröschen wimmeln, die sollen heraufkriechen und in sein Haus kommen, in seine Schlafkammer, seine Backöfen und Backtröge.

Und Motte tat, wie ihm geheißen, doch der König der Ägypter hörte nicht auf ihn: Frösche? Dass ich nicht lache.

Und also kamen die Frösche herauf, sodass das Land davon bedeckt war bis nach Tschemulpo.

Da ließ der König der Ägypter Motte rufen und sprach: »Ihr jüdischen Schlaumeier, bittet euern Herrn, er möge die Frösche aus unseren Backtrögen nehmen, und es wird euch nicht vergessen sein.«

Und am nächsten Tag starben die Frösche in den Häusern, in den Höfen und auf dem Felde, in den Öfen und in den Trögen, übrig blieben nur die im Fluss. Sowie der König der Ägypter aber merkte, dass Linderung eintrat, verhärtete er sein Herz und hielt sein Wort nicht, fuhr sein Volk derart zu quälen fort, dass man sich hinter dem Wall des Kaukasus verkroch, dass man Blut zum Waschen gebrauchte.

Da hieß der Herr Motte auf die Erde spucken, und aus der Erde wurden Mücken, und die Mücken waren sowohl an den Menschen als am Vieh.

Doch dem König der Ägypter, wie er sich die Mücken vom Leib gewedelt, verstockte das Herz nur noch mehr, und er begann sein Volk von Neuem zu quälen, die Seelen der Reisenden wurden wund unter den Leiden der Menschheit, sie träumten den Geruch von nassem Hund, Schnee und Feuer.

»Das führt zu nichts«, wollte Motte murren.

Und also sprach zu ihm der Herr: Mach dich morgen früh auf und tritt vor den König der Ägypter, wenn er hinaus ans Wasser geht, und sage zu ihm: Lass das Volk ziehen, und wehe, wenn nicht, so werden Stechfliegen über dich kommen, und dann ergeht es dir schlecht.

Und also geschah es, und es kamen viele Stechfliegen, und die Tundra ward verheert.

Da ließ der König der Ägypter Motte rufen und sprach: »Ich werde euch ziehen lassen, so ihr uns rettet.«

Und Motte erwiderte: »Siehe, wenn ich jetzt von dir hinausgegangen bin, so will ich den Herrn bitten, dass die Stechfliegen binnen Kurzem von euch weichen, nur täusche uns nicht abermals.«

Und der König der Ägypter sprach: »Ich täusche euch nicht!«

Und Motte ging hinaus und bat den Herrn, und die Stechfliegen verschwanden binnen Kurzem, dass nicht eine übrig blieb.

Aber der König der Ägypter verhärtete sein Herz auch diesmal, ließ das Volk nicht ziehen und quälte es weiter, die Entkulakisierung ging vonstatten, ein Tschetschene kroch ans Ufer.

Da schickte der Herr die Pest über das Vieh auf dem Felde, über die Pferde, Esel, Kamele, Ochsen und Schafe, und alles Vieh starb, doch das Herz des Königs der Ägypter verstockte noch mehr, und er ließ das Volk nicht ziehen, in der Kitteltasche eines Arztes ward die Cholera gefunden, ein Schild an das Tor von Konstantinopel genagelt.

Nun nahm Motte eine Handvoll Ruß aus dem Ofen und warf sie vor dem König der Ägypter gen Himmel. Da brachen auf böse Blattern an den Menschen und am Vieh, doch das Herz des Königs der Ägypter verhärtete noch mehr, er quälte wie zuvor, und einer ward verbannt nach Woronesch, und vielen ward die Zunge aus dem Mund gerissen.

Da reckte Motte die Faust gen Himmel, und es donnerte und hagelte, dass das Feuer auf die Erde schoss, und der Hagel war so schwer, wie er im ganzen Ägyptenland zuvor nicht gewesen war und hinfort ebenso wenig, und der Hagel erschlug alles, was auf dem Felde war, Menschen und Vieh.

Da schickte der König der Ägypter hin und ließ Motte rufen und sprach zu ihm, er habe sich versündigt, dass er das Volk nicht gleich habe ziehen lassen.

»Bittet den Herrn, dass er ein Ende mache diesem Donnern und Hageln, so will ich euch ziehen lassen und nicht länger quälen.«

Und Motte glaubte ihm und erwirkte, dass Donner und Hagel aufhörten, und der Regen troff nicht mehr auf die Erde. Als aber der König der Ägypter sah, dass Regen, Donner und Hagel aufhörten, versündigte er sich weiter und verhärtete sein Herz, ließ niemanden fort, quälte ärger denn je, Kanäle wurden errichtet, Fenster aufgestoßen.

Und also sprach der Herr zu Motte: Recke deine Hand, dass Heuschrecken kommen und auffressen, was der Hagel übrig gelassen hat.

Und ein Wind aus den Wolgasteppen führte die Heuschrecken heran, sie kamen über ganz Ägyptenland, bedeckten den Erdboden so dicht, dass er dunkel davon wurde, und fraßen alles, was im Lande wuchs, und alle Früchte auf den Bäumen, dergleichen hatte es nie gegeben.

Da ließ der König der Ägypter Motte zu sich kommen und sprach: »Ich kapituliere. Vergib mir nur noch das eine Mal und bitte deinen Herrn, dass er doch diesen Tod von mir wegnehme.«

Und Motte ging hinaus und betete. Da wendete der Herr den Wind, der hob die Heuschrecken auf und warf sie ins Schilfmeer.

Aber der König der Ägypter verstockte sein Herz und gab dem Volke die ersehnte Freiheit nicht, und die Qualen gingen weiter, Reformen wurden eingeleitet, Menschen wurden lastkahnweise ins Meer geworfen und ertränkt.

Und der Herr sprach zu Motte: Recke deine Hand gen Himmel, auf dass Finsternis werde über der Taiga, sodass man sie greifen kann.

Motte reckte die Hand zum Himmel, und durchs Gebirge, durch die Steppe zog drei Tage lang eine so dicke Finsternis, dass niemand den andern sah noch weggehen konnte von dem Ort, wo er gerade war, und keinem ging ein Licht auf.

Da ließ der König der Ägypter Motte zu sich in den Palast kommen und sprach: »Lass Licht werden! Alles sehe ich euch nach!«

Und Motte legte Strom.

Und der König der Ägypter verhärtete sein Herz und quälte sein Volk mehr denn je, Eltern wurden verleugnet, Bücher zerfetzt zu Selbstgedrehten.

Und also sprach der Herr zu Motte: Eine Plage noch will ich über den König von Ägypten und sein Land der Birkenmatten kommen lassen, so letztgültig und unumstößlich, dass er euch wird in Ruhe ziehen lassen. Also höre. Um Mitternacht will ich durch Ägyptenland gehen, und alle Erstgeburt soll sterben, vom ersten Sohn des Königs an bis zum ersten Sohn der Magd, die hinter ihrer Mühle hockt, und alle Erstgeburt unter dem Vieh. Und es wird ein großes Geschrei sein, wie nie zuvor gewesen ist noch werden wird, vom Königssitz bis an die Ränder.

Und also ging der Herr um Mitternacht durch Ägypten.

Da stand der König der Ägypter auf in derselben Nacht und alle seine Sklaven und alle Ägypter, und es ward ein großes Geschrei von der Hauptstadt bis nach Putiwl, denn es war kein Haus, in dem nicht ein Toter war.

Da rief der König der Ägypter Motte zu sich und sprach: »Ätsch, ich lasse euch trotzdem nicht ziehen.«

Und der König der Ägypter verstockte sein Herz mehr denn je, und er quälte sein Volk, und die Pein nahm kein Ende.

Da aber haderte Motte mit seinem Herrn und sprach: »Wie kann das sein?«

Und der Herr, tippte die Remingtonistin hastig den letzten Satz, zuckte die Schultern und schwieg.

Plötzlich stand mir jener Abend vor Augen, als ich das letzte Mal auf der Datscha in Valentinowka war, bevor sie abbrannte.

Ich fuhr manchmal auch im Winter hin, um nach dem Rechten zu sehen. Es wurde häufig eingebrochen – nicht, um etwas zu klauen, da gab es wenig zu holen, sondern aus jugendlichem Übermut oder weil einer kein Dach überm Kopf hatte. Sie übernachteten, schlugen vielleicht die Scheiben ein, und wenn man Pech hatte, fackelten sie dabei das Haus ab. Auch das eher nicht vorsätzlich, sondern aus Unachtsamkeit beim Feuermachen, oder eine weggeworfene Kippe war schuld, oder weil einer besoffen gewesen war und beim Rauchen eingeschlafen, etwas in der Art. Bis zu jenem Winter hatte es bei uns mehrere solcher Einbrüche gegeben, die immer glimpflich abgegangen waren.

Diesmal war ich gefahren, weil ich es, ehrlich gesagt, zu Hause nicht mehr aushielt.

Auf den Stufen zum Haus hatte sich eine kleine Schneewehe gebildet, ich bekam die Terassentür mit Mühe auf. Drinnen war es duster, überall glitzerte der Frost. Ich machte mich ans Heizen.

Es dauerte nicht lange, bis die rostige Ofentür glühte, hinter ihr eine wilde Schießerei in Gang kam und die aus den Astlöchern tretenden Säfte zischend verdampften. Die Kloben suchten ihre rauchige Seele nicht in den Himmel auszuhauchen, sondern ins Zimmer herein, wo alles klamm und kalt war. Bald schon stieg Dampf aus dem Diwan, von den Korbsesseln, dem Stapel alter Zeitungen, den Tapeten. Der Geist des Ofens erfüllte das Zimmer, dehnte Decke und Wände, das alte Holz knackte.

Im Jasmin vor dem Fenster saßen weiße Mäuse in den Zweigen. Am Boden im Schnee babylonische Keilschrift. Die Wehe auf dem Nachbarschuppen augenscheinlich so schwer, dass er unter ihr still in die Knie zu gehen drohte.

In der Elektritschka am Morgen hatte Eiseskälte geherrscht. Wenig Fahrgäste. Es roch nach Skiwachs. Zwischen den Bänken kollerte eine leere Flasche von Halt zu Halt. Weiter vorn im Übergang zum nächsten Wagen stand einer und rauchte eine Zigarette an, das Feuer erleuchtete seine hohlen Hände. Ein einsamer Skiläufer stand wartend am Bahnübergang, die orangefarbene Weste eines Gleisarbeiters schrammte an der Scheibe vorbei, in Zeitlupe ferne Schornsteine, die vergessen hatten, was Rauch war. Bäume, Häuser, Zäune – alles unter Schnee. Zwei blaue Skispuren im Feld, ein Andreaskreuz bildend. In Podlipki stieg ein Blinder mit Hund zu, setzte sich auf die Bank mir gegenüber, kratzte dem Hund die Eisbröckchen aus den Pfoten. Der Hund hörte nicht auf, mich zu beschnüffeln.

In Valentinowka stieg ich als Einziger aus.

Verschneite Fichten, hohe Wehen, die Siedlung in winterlicher Tristesse. Verriegelt und verrammelt die Datschas, wie eingefrostet. Trampelpfade anstelle der Straßen. In der Stadt war der Schnee nicht der Rede wert gewesen, hier draußen aber hatte es so viel geschneit, dass die Zäune, übermannshoch im Sommer, mir jetzt kaum an die Knie reichten.

Nach dem Heizen setzte ich Teewasser auf und ging hinaus, einen Weg bahnen. Der Schnee war leicht und pulvrig, die volle Schippenladung, zur Seite in die Büsche geschleudert, zerstob im Nu.

Ich drehte eine Runde durch die Siedlung, sog die beißend kalte Luft ein, sah die Krähen den Glitzerpuder von den Ästen stäuben, sah das Telefonhäuschen, in dem der Hörer abgerissen war, halb im

Schnee versunken, sah die gelben Marken, die die Hunde an die Masten gesetzt hatten. An einem Baum hingen noch ein paar Winteräpfel. Unter den Füßen knirschte und knusperte es schön. Ich war allein auf weiter Flur, und das war gut.

Gerade als ich an die Gleise gelangte, kam ein mit Holz beladener Güterzug durch, in weiße Schleier gehüllt, es pikte auf der Haut. Die Schienen bogen sich unter der Last. Zwischen den Rädern zappelte und kugelte ein Schuhkarton, schoss unter dem letzten Wagen hervor, schlug noch einen Salto – und blieb hochkant liegen, den davonstrebenden Schlusslichtern hinterhersehend.

Ich gab mir beim Heizen viel Mühe, doch gegen Morgen war es wieder kalt. Draußen tobte ein Schneesturm, es zog durch alle Ritzen. Ich streifte sämtliche Kleidungsstücke über, die ich fand, kroch unter die Decke, legte einen alten Mantel obenauf und noch irgendwelche Lappen … Es half nichts, ich konnte nicht einschlafen.

Als ich zuletzt doch in ein bodenloses schwarzes Loch fiel, träumte ich – und wieder von Oleg.

Ich sitze bei mir am Tisch und schreibe etwas. Da spüre ich, hinter dem Vorhang ist wer. Nämlich er, mein Oleschka, das weiß ich sofort. Wir spielen Verstecken.

Ich schleiche mich auf Zehenspitzen an und lege die Arme um ihn.

Er quietscht. Lacht sich scheckig hinter seinem Vorhang.

Ich halte ihn in den Armen und misstraue der Sache dennoch, zögere, ihn hervorzuholen. Ertaste durch den Stoff seine Hände, die zarten Rippen.

»Papa, das kitzelt!«, ruft er.

»Oleschka! Bist du etwa gar nicht tot?«

Während ich das frage, wickle ich ihn aus.

»Nein. Hier bin ich ja! Du kitzelst mich doch!«

»Und was hat das Blut zu bedeuten?«

»Welches Blut?«

»Na, da und da!«

»Wo?«

Und Tatsache, auf einmal ist gar kein Blut mehr zu entdecken ...

Dann wurde ich wach, nassgeschwitzt und glücklich. Meine Finger meinten seine Hände, seine Rippen immer noch zu spüren.

Draußen aber war Nacht, tiefer Winter. Vernagelte Datschas. Und im Schrank hing sein kleiner Pelzmantel, an den Schultern abgewetzt von den Riemen des Schulranzens. Manche Sachen von ihm haben wir weggeworfen, den Mantel nicht. Wir brachten ihn hierher, wo er keinen Platz wegnahm.

Sweta pflegte Oleschka ins Bett zu bringen. Er griff ihr beim Einschlafen ans Ohr. Einmal – ich weiß nicht, bei welcher Gelegenheit, sie war nicht da – übernahm ich ihre Rolle. Las ausgiebig Märchen vor, bevor ich ihm den Gutenachtkuss auf die Stirn gab und das Licht löschte. Natürlich protestierte er mit Geschrei. Ich legte mich zu ihm, wie Sweta es immer tat. Seine Hand suchte nach meinem Ohr. Aber wenn ich gemeint hatte, gleich würde er zur Ruhe kommen und einschlafen, hatte ich mich getäuscht: Was seine kleinen Finger ertasteten, war nicht das Rechte, hier lag irgendeine Erwachsenenfinte vor, also brüllte er wieder los, und das auf die kindliche Art unbeugsam und untröstlich.

Neuerlich überkam es mich, und ich kramte irgendwelche Schnipselchen unseres Zusammenlebens aus dem Gedächtnis hervor. Kurz nachdem es geschehen war, hatte ich darüber weder schreiben noch mit jemandem reden können. Nun, nach einiger Zeit, konnte der bloße Gedanke an ihn tröstlich sein. Es heißt ja, für sich genommen sei ein Mensch gar nicht existent, und wenn Oleschka in dieser Nacht irgendwo anwesend war, dann nur, indem einer ihn vor sich sah, an ihn dachte, sich seiner erinnerte. Und so suchte ich ihn wieder – zum wer weiß wievielten Male – zum Leben zu erwecken, indem ich im Geiste irgendwelche Geschichten wälzte, Begebenheiten, Bilder.

Hier habe ich ihm ein Handtuch unter die Achseln gefädelt und übe das Laufen mit ihm. Hier bäckt er auf dem Hof unserer Wohnung am Gospitalny Wal seine Sandkuchen, und ich, auf dem Rand des Buddelkastens sitzend, verkoste zum Schein, ohne die Augen von meiner Zeitung zu heben. Zur Winterzeit fahren wir sonntags mit der Straßenbahn in den Ismajlowoer Park, wo die Eisfiguren stehen, blank geleckt von der Sonne, smaragden schimmernd und schon ziemlich abgegriffen. Von da geht es auf die Schaukel, ich schiebe ihn an, und – pardauz, liegt er im Schnee.

Zum Geburtstag kauften wir ihm Goldhamster in einem schönen Käfig. Wie verzückt er die neugeborenen Flauschbällchen betrachtete! Und dann auf einmal angestürzt kam in heilloser Bestürzung, vollkommen panisch …

»Aber Oleschka, was hast du? Was ist denn passiert?«

Er schluchzte so inbrünstig, dass er lange kein Wort herausbekam. Schließlich stieß er es hervor, brüllend: »Sie hat ihm den Kopf abgebissen!«

Eine Zeit lang ließ er allabendlich nicht eher locker, bis ich ihm eine Anzahl kleine Bälle auf die leeren Ränder irgendeines Buches zeichnete, die dann beim Daumenkino über die Seite hüpften. Irgendwann fing er selbst zu zeichnen an, und heute gibt es in meinem Regal kaum ein Buch ohne seine krakeligen, unrunden Kügelchen am Rand.

Einmal zog er sich einen Splitter in den Fuß – ich holte ihn mit der Pinzette heraus. Blut, Gebrüll, Tränen. Sweta nahm ihn auf den Arm, wanderte mit ihm durch das Zimmer und spendete Trost mit einem Verslein: »Häschen tut das Pfötchen weh, au-au! Hat darin ein Splitterchen, au-au! Wie kam das Ding bloß da hinein? Lief ohne Schühchen, muss das sein? Drum-drum! …«

Dann wurde Oleschka öfter krank, immer wieder musste er in die Klinik. Kinder kriegen oft aus heiterem Himmel Fieber – eben noch putzmunter auf dem Teppich gespielt, plötzlich liegen sie flach, und das Thermometer zeigt an die 40 Grad. Ich weiß noch, wie Sweta ihm die Sohlen mit Urin bestrich, um das Fieber zu drücken. Erst kam mir das nicht geheuer vor, doch sie versicherte mir hoch und heilig, ihre Mama habe es genauso gemacht, und das sei die beste Medizin.

Es kam eine Zeit, da Oleschka unentwegt Krankenhaus spielte. Einmal war er eifrig dabei, Fliegen gesund zu machen. Auf dem Fensterbrett im Krankenzimmer stand ein Teller mit giftigem Fliegenpapier. Er las die Fliegen herunter, bettete sie auf einen frischen Teller, weichte sie in Wasser, ließ sie in der Sonne trocknen, und das mehrmals so fort, bis die Fliegen sich tatsächlich berappelten und am Ende davonflogen.

An den Weihnachtsmann, von dem er wusste, dass er jeden Wunsch erfüllen konnte, schrieb er, dem Sohn der Nachbarin möge ein neuer Arm wachsen. Er hatte ihn in Afghanistan verloren.

Dabei war Oleschka selbst auch nicht vor Anwandlungen kindlicher Grausamkeit gefeit. Einmal kam ich dazu, wie er eine Nadel in einen bronzenen Käfer stach, den er im Fliederbusch gefunden hatte. Gebannt schaute er zu, wie eine weißliche Flüssigkeit hervorquoll. Wortlos ergriff ich seine Hand, nahm ihm die Nadel ab und stach ihm damit in den Finger. Er kreischte vor Schmerz und Empörung.

»Jetzt weißt du, wie sehr es dem Käfer wehgetan hat.«

Als Nächstes fällt mir ein, wie er in der Veranda saß und malte. Fuhr mit dem gelben Stift um eine Tasse herum, damit die Sonne schön rund war. Da es schon dunkel wurde, knipste ich das Licht an. Augenblicklich war die Sonne vom weißen Papier verschwunden.

Ich frage mich die ganze Zeit, welche Erinnerungen an seine Kindheit er wohl behalten hätte? Was davon hätte er mitgenommen, sein Leben lang bewahrt? Bestimmt etwas anderes, als ich mir vorstellen kann, überhaupt von ihm weiß: irgendeine Frau beim Anstehen in der Schlange vielleicht, die ihm ein Bonbon spendiert hat, oder die Kresse auf dem Fensterbrett im Napf unter dem beschlagenen Konservenglas, die wir jedes Frühjahr zogen, der

Geruch dieser krausen Pflänzlein behagte ihm. Noch wahrscheinlicher wohl irgendwelche kindlichen Enttäuschungen, harsch und nicht wiedergutzumachen. Als ihm die Mandeln entfernt wurden, wartete er darauf, dass wir ihm Eis mitbrächten, so wie der Junge im Nachbarbett es von seinen Eltern bekommen hatte. Der Gedanke war uns nicht gekommen. Für uns eine Lappalie – bringen wir eben das nächste Mal welches mit –, für ihn anscheinend eine Tragödie. Er war ernsthaft beleidigt, sprach eine Weile nicht mehr mit uns ... Oder vielleicht hätte er ein Leben lang daran gedacht, wie die Schwester im Krankenhaus, als er die erste Nacht dort allein zubringen musste, ihm den Topf unters Bett zu stellen vergaß, er nicht danach zu fragen wagte und es in der Nacht nicht aushielt und ins Bett machte ... Wer mochte es wissen.

Jeden Sommer verbrachten wir auf der Datscha in Valentinowka.

In der Ecke des Gartens, wo die wilden Himbeeren wucherten, war ein Ameisenbau gewachsen. Oleschka hieß mich die mürbe Außenhaut des Baus mit kräftigen Grashalmen bespicken, die wir nach einer Weile wieder herauszogen. Behutsam bliesen wir die anhaftenden Ameisen herunter und leckten den Halm ab.

Und hier ist es später Morgen. Nach einer Woche Regen erstmals wieder Sonnenschein. Wir stehen spät auf, wie es Datscha-Faulenzern gebührt, Oleschka ist längst irgendwo im Garten, wo die Apfelbäume Stützen unter den Ästen haben, spielt irgendein Spiel, dessen Regeln nur er kennt, hängt Bänder in die Bäume, steckt Zweiglein in die Erde, errichtet eine unsichtbare, für uns nicht zugängliche Welt.

Vom Regen ist noch alles feucht. Selbst das Papier im Klohäuschen, das in einem Satinbeutel hängt. Auf dem Wachstuch des Gartentischs steht eine Pfütze. Das Asbestdach der Nachbardatscha dampft. Noch in der Nacht hat es gegossen, jetzt herrscht schon wieder Hitze.

Frühstück unterm Augusthimmel. Oleschka mit weißem Kefirschnurrbart will wissen, ob es stimmt, dass einem Warzen wachsen, wenn man etwas Böses angestellt hat. Kienäpfel fallen auf den Tisch und prallen ab mit sattem Ton.

Während Sweta zur Bahnstation Milch holen geht, machen wir es uns auf dem Liegestuhl unterm Flieder bequem. Ich lese ihm aus *Robinson Crusoe* vor und wundere mich, wieso ich als Kind unbedingt auf dieser Insel hatte sein wollen: ohne Essen, ohne Bett und ohne Dach überm Kopf, ohne Toastbrot zum Frühstück und ohne diesen Stuhl unterm Flieder, doch mit der Aussicht, zu verhungern oder im Bauch von Kannibalen zu enden? Das Lesen macht uns beiden Spaß. Ihn fesseln Robinsons Abenteuer mit den Eingeborenen, mir gefällt auf einmal der Epilog am besten, worin der viel geplagte Robinson zurückkehrt in sein stilles, trautes, warmes Heim und alles hinter sich hat.

Draußen vor dem Zaun führt der Weg zum Fluss entlang, da ist ein großes Begängnis, manchmal sieht man die schwingenden Enden langer Angeln über dem wuchernden Grün.

Gegen Mittag kommt der Briefträger mit der Abendzeitung von gestern. Sein Fahrrad rüttelt über den Kies, die Klingel scheppert. Er hat eine Wäscheklammer am unteren Hosenbein.

Zu Mittag gibt es Okroschka, Buletten und Kompott. Bei der Suppe anhaltendes Genöle; überhaupt isst Oleschka bei Tisch so gut wie nichts – um sich hinterher Bissen aus der Küche zu stibitzen.

Mit den Nachbarskindern zu spielen, ließ er sich nie überreden. Dafür war er beim Lesen unermüdlich und wollte, dass ich mit ihm Schach spielte. Die Figuren waren aus Kienäpfeln geschnitzt, was ihn vielleicht besonders reizte.

Abends, wenn die Hitze nachließ, radelten wir zum Baden in der Kljasma nach Sagorjanka. Unterwegs machten wir einen Abstecher zur abgebrannten Datscha an der Sadowaja.

Auf dem schiefen Zaun eine schartig rostrote Krone aus Stacheldraht. Übers ganze Grundstück verstreut die verkohlten Balken. Vom Fundament ist beinahe nichts mehr übrig, Nachbarn haben sich die Ziegel unter den Nagel gerissen. Kleine Jungen mit

Schwimmflossen über der Schulter stechen begeistert ihre Zeigefinger in die Luft: »So-o-o ein Feuer war das, seht ihr?«

Tatsächlich lässt sich an den nächststehenden Kiefern erkennen, wie weit hinauf die Flammen geschlagen sind.

Wir fahren weiter. An einer Stelle ist eine Akazie gegen den Zaun gestürzt, ich muss den Kopf einziehen, um darunter wegzutauchen. Wir machen Rast. Schnitzen Pfeifen aus den fetten, biegsamen Trieben, blasen hinein.

Andere Sommerfrischler kommen uns entgegen, schlagen mit Stöcken auf die Brennnesseln ein. Auch sie haben Pfeifen. Ecke Fliederstraße/Mitschurinstraße ist die Sperrmüllkippe der Siedlung. Ein rostiger Gaskocher, Glasscherben. Ein gehäutetes Sofa – durch die Sprungfedern wächst der Löwenzahn.

Zur Kljasma geht es steil bergab, eine Versuchung für den passionierten Radfahrer, doch kann man hinter jeder Biegung auf eine Kuh stoßen, wenn nicht noch ärgere Überraschungen erleben. Unten erwartet uns die Badestelle der Siedlung, von Bonbonpapierchen und Kronkorken übersät. Menschen und Hunde in großer Zahl. Viele Fahrräder. Zwei dunkelhäutige Kadetten aus der Fliegerschule in Tschakalowsk. In einer Pfütze fächelnde Kaulquappen. Wir gehen ins Wasser. Oleschka kreischt, strampelt, ich nehme ihn auf den Arm, und wir tauchen ein in die kühle, trübe Flut. Der Schlamm saugt an den Fersen, leckt die Sohlen, quetscht sich durch die Zehen.

Schlotternd kriecht das Kind an Land, fegt im Sand auf und ab, um warm zu werden. Kommt auf mich zugerannt in Socken aus Sand.

Die Abende im August waren schon kühl, wir tranken Tee in der Veranda, die letzten gekauften Erdbeeren kamen auf den Tisch. Man warf eine Beere in den heißen Tee, zerquetschte sie mit dem Löffel. Im Juli hingegen war es einerlei, welchen Tee man trank, es wurde immer Jasmintee daraus, denn der Busch vor dem weit offen stehenden Fenster gab seinen Duft dazu.

Den Jungen ins Bett zu bringen geriet jeden Tag zur Zeremonie. Füße, Zähne, Schlafanzug. Tausend Ausflüchte, das Zubettgehen hinauszuzögern – und hatte man ihn schließlich so weit, begann eine neue Runde: Mückenstiche eincremen! Trinken! Rücken kratzen! Vorlesen! Und dabei hundert Mal »warum?« fragen. Oleschka fragte mir ein Loch in den Bauch, glaubte fest an meine Allwissenheit. Dann wollte er selbst noch ein Stück weiterlesen – nur ganz kurz. Bitte. Eine Minute! Die Minute geriet lang und länger. Am Ende musste ich ihm das Buch entringen. Protest, Tränen.

Bevor ich selbst schlafen ging, rauchte ich im Garten eine letzte Zigarette. Schlenderte den Weg entlang, besah mir die Sterne, die nachtschwarzen Büsche, den Mond – wie mithilfe einer Tasse gezeichnet, so rund. Hörte einen Zug in der Ferne, schnupperte die nächtlichen Düfte: den Phlox. Dachte daran, was morgen zu erledigen sein würde: Sparkasse, Post. Ging an seinem Fenster vorbei und gewahrte ein sonderbares Leuchten, begriff nicht gleich, was es war: Er war unters Laken gekrochen und las dort mit der Taschenlampe.

Da siehst du, Oleschka: Solange ich diesen Lichtschein vor Augen habe, dieses schimmernde Laken, bist du am Leben. Nichts Schlimmes ist passiert. Ich stehe im Garten, in einer Nacht im August, Äpfel fallen, der Phlox duftet, ich sehe dich durch das Fenster, du liest im Schein der Taschenlampe, was ich nicht wissen soll.

Im Mütterhaus ließ es sich aushalten, kein Vergleich mit der U-Haft: der Dreck dort, die Beengtheit, der Hunger! Ewig gaben sie uns Brennnesselsuppe, fauligen Fisch – und ich war schwanger, mir wurde schon von dem Anblick schlecht. Wenigstens teilten die Zellengenossinnen ihre Pakete mit mir. Viele – vor allem die, die aus der Gegend stammten – kriegten von ihren Angehörigen ein Zubrot. Ich hatte niemanden. Die Oma war zu alt, ein einziges Mal gab sie was ab für mich, solange ich noch nicht in die Stadt verlegt worden war. Die Schwester hat sich seit meiner Verhaftung nicht gemeldet, weder in der Haft noch später im Lager. Aus Angst. Das

Schlimmste für mich aber war, dass auch mein Mann mich anscheinend verleugnete: kein Brief, keine Pakete, nichts. Sie hatten ihn bis dahin verschont, und er fürchtete wohl, abgeholt zu werden, wenn er sich bei mir im Knast sehen ließ. Dabei hatte ich sein Kind im Bauch, und wenn sich zwei in der Kirche das Wort geben, dann schwören sie, einander nie zu verlassen, in guten wie in schlechten Tagen. Er hats auch geschworen und mich doch sitzen lassen ... Nicht mal als das Kind da war, hat er was geschickt, auch für das Kind nicht. Jedenfalls, im Mütterhaus war es nicht schlecht. Die Chefin, Anna Pawlowna, war eine gute Frau, die Anteil nahm an unserem Unglück. Wir wurden nicht zur Arbeit nach draußen gescheucht, mussten nur Dinge tun, bei denen wir in der Nähe der Kinder bleiben konnten. Auch die Verpflegung war besser als zuvor, wir kriegten sogar Milch. Konnten mit den Kindern über den Hof spazieren. Insgesamt waren wir wohl an die fünfhundert Muttis dort. Ich bekam Arbeit in der Küche. Gleich als mein Igor auf die Welt gekommen war, noch vor dem Mütterhaus, hatte ich der Großmutter geschrieben, sie möchte in Erfahrung bringen, ob nicht die Schwiegermutter das Kind zu sich nehmen könnte. Und jetzt auf einmal, ich war schon über ein halbes Jahr in der Küche, kommt die Aufseherin und sagt: »Natalja, dein Mann ist da und holt das Kind ab, die Papiere werden gerade ausgestellt. Er hat dir was mitgebracht, das kannst du in Empfang nehmen.« – »Wie, holt das Kind ab? Das kriegt er nicht!« – »Er hat es schon, es ist schon durch die Schranke.« Ich gleich hingerast: »Gebt mir mein Kind zurück, ich bin nicht einverstanden! Wir sind ihm doch völlig egal, er hat sich von uns losgesagt!« Zu der Zeit wusste ich schon von Mitgefangenen aus meinem Dorf, die Post von zu Hause bekommen hatten, dass mein Mann was mit meiner Freundin Galja hatte, sie wollten heiraten. Ich schnappte den Sack mit den Mitbringseln und schmiss ihn quer durch den Raum: »Von dem will ich nichts haben, und das Kind geb ich nicht her!« Die Aufseherinnen versuchten mich zu besänftigen, auch Anna Pawlowna redete auf mich ein: »Du weißt nicht, was du tust«, flüsterte sie, »in ein paar Tagen geht ihr alle auf Transport. Es ist das Beste für das Kind, gib es ihm!« Ich weigerte mich. Warum bloß?! Geschehen ist geschehen. Es hat tatsächlich nur noch Tage gedauert, bis wir auf Transport gingen. Aber der Junge war das Einzige, was mich am Leben hielt. Ich konnte einfach nicht ohne ihn, ich konnte ihn nicht loslassen. Später, als ich begriff, was ich dem Kind zumutete, hab ich es öfter bereut: Ach, hätte ich doch! Er wäre ohne Mutter aufgewachsen – das musste er ja dann trotzdem –, dafür zu Hause. Als es auf Etappe ging, war er noch keine acht Monate alt. Das Dumme war, dass er schon im Mütterhaus nicht mehr die Brust wollte. Milch hatte ich im Überfluss, aber er trank nicht mehr, keine Ahnung wieso. Er bekam dann halt Brei. Aber wie sollte ich ihn unterwegs satt bekommen? Er war hungrig und brüllte, aber die Brust lehnte er ab. Ich gab meine Milch dem Töchterchen einer Lembergerin, Iwanka Miskiw, die keine mehr hatte. Ich stille also ein fremdes Kind, und das eigne brüllt vor Hunger. Ich bekam von Iwanka Zwiebäcke dafür. Quetschte mir also ein bisschen Milch aus der Brust und weichte den Zwieback darin ein – Igor war so gnädig, ein Löffel-chen davon zu schlucken. Unsere versiegelten Waggons kamen alle naselang aufs tote Gleis, dann dauerte es ewig, bis es weiterging. Bis Potma haben wir bestimmt zwei oder drei Wochen gebraucht. Zu essen kriegten wir wie alle Gefangenen auf Transport einen Hering pro Tag. Zu trinken gar nichts. Wir stöhnten vor Durst, brüllten: »Wasser! Wasser!« Während der Halts rannte die Wache draußen auf und ab, klopfte an Türen und Wände: »Ruhe da drin-nen!« Erst ab dem dritten, vierten Tag brachten sie uns dann end-lich Wasser. Aber davon hatte man nicht viel: Einmal am Tag ein paar Eimer und keine Möglichkeit, Vorrat zu nehmen, man konnte froh sein, wenn man einen Trinkbecher hatte. Ich hatte einen, der war winzig, darin weichte ich die Zwiebäcke für Igor ein. Und selbst wenn ich ihn fürs Wasser benutzte, hielt das nicht lange vor. Es war heiß und stickig, die Kinder wurden krank, kriegten Durchfall. Keine Möglichkeit, Windeln und Lappen zu waschen, nicht mal ausspülen konnte man sie. Nahm also einen Schluck Wasser in den Mund und verkniff es sich zu trinken, obwohl der Durst groß war, spuckte ihn auf den Lappen, damit man die Bescherung wenigstens abwischen konnte. Und dann wickelte man das Kind wieder da hinein. Schließlich kamen wir in Potma an. Das war ein Anblick, wie wir da standen, jede mit einem Kind auf dem Arm und einem selbst genähten Sack mit den persönlichen Dingen auf dem Buckel, in der anderen Hand die verknoteten eingeschissnen Windeln, selber auch ganz verdreckt, mit erloschenen Augen ... Und schon hieß es: »Abmarsch!« Bis zum Lager waren es noch ein paar Kilometer zu Fuß. An Ort und Stelle angekommen, standen wir vorm Tor und hielten uns kaum noch auf den Beinen, aber dann kam ein Offizier aus der Wachbude: »Wen schleppt ihr mir da an? Mütter nehme ich keine! Ich brauch Arbeiter und keine Schmarotzer!« Die Wachen diskutierten ein bisschen mit ihm, dann traten wir den Rückzug an. So ging das ein paarmal. Keiner wollte uns haben. Schließlich erbarmte man sich in Lagerpunkt drei, uns in die Krankenzone aufzunehmen. Das war die Frauenstation, nebenan waren die Männer und noch eine für Frauen, die arbeiten gingen. Da standen wir also wieder vorm Tor, nahe am Umfallen, baten um Wasser. Aber erst mal kam der Papierkram dran: Name, Vorname, Vatersname, Paragraph, Strafmaß, Entlassungsdatum. Und das für fünfhundert Frauen! Dann aber, als alle gezählt und kontrolliert und registriert waren, wurden wir geradewegs in die Banja geführt. Das war, als würden wir alle neu geboren: Die Kinder sauber, wir selber auch, die Windeln gewaschen. Danach wurden wir aufgeteilt: Die Kinder kamen alle ins Kinderhaus der Krankenstation. Bis sie ein Jahr alt waren, durften die Mütter bei ihnen bleiben, dann mussten sie ins benachbarte Arbeitslager umziehen. Ich blieb beim Kind, mein Igor ging noch als Säugling durch. Wir mussten auch arbeiten, Feldarbeit, aber das war in Ordnung. Geradezu ein Glück. Es war Herbst, Erntezeit, wir schlugen uns den

Bauch voll. Hier eine Möhre, da eine Zuckerrübe. Wir schafften es sogar, Kartoffeln mit in den Wohntrakt zu nehmen und dort zu kochen. Die ihre Kinder in der älteren Gruppe hatten, durften einmal pro Woche, nämlich sonntags, zu ihnen und begnügten sich damit, aber wir Mütter der Jüngeren hatten es noch besser, wir bekamen die Kinder jeden Tag nach Arbeitsschluss, und in der Mittagspause durften wir sie stillen. Da kam mir wieder zugute, dass ich noch genug Milch hatte und Iwankas Mädchen stillen konnte, manchmal kriegten andere, wo es an Milch fehlte, auch noch was ab, ich galt als Milchspenderin, und das hieß, die Essensration war üppiger. Den Ärzten fiel wohl außerdem auf, dass ich den Angestellten in der Kinderstation gerne ein bisschen zur Hand ging, hier aufräumte, da schnell was auswusch, zur Not auch mal eine Amme ablöste, arbeiten kann ich ja. Und bald darauf, als ein Arbeitsplatz in der Kinderküche frei wurde, kriegte ich die Stelle. Darüber war ich froh und sah zu, dass ich ordentlich arbeitete, damit ich dort bleiben konnte. Und sie waren zufrieden mit mir. Den Angestellten, die von draußen zum Arbeiten ins Lager kamen, lag daran, für ihr Geld möglichst wenig tun zu müssen. Wir Häftlinge erledigten die Arbeit für sie. Der Depotverwalter, die Küchenchefin, der Apotheker, sie alle konnten es sich sogar erlauben, nicht auf Arbeit zu kommen, wenn sie jemanden hatten, der ihre Arbeit gewissenhaft übernahm. Und unsereins war froh, weil wir dadurch nicht zu den niederen Arbeiten rangezogen wurden. Ich kam ihnen zupass, weil ich alles für sie machte und sie mir vertrauen konnten. Man ließ mich sogar die Warenannahme machen, im Männertrakt und anderswo. Igor war inzwischen anderthalb, konnte schon laufen und sprechen. Und natürlich fand sich am Ende doch wer, der bei der Lagerleitung anzeigte, dass da im Kinderhaus eine Gefangene arbeitete, deren Kind älter als ein Jahr war. Die hätte ja längst ins Arbeitslager gemusst. Und zu der Zeit hieß das schon, nicht mehr in die benachbarte Zone verlegt zu werden, wo man wenigstens sonntags zu seinem Kind durfte, sondern an entlegene Lagerpunkte, per Eisenbahntransport. Eine Verwaltungskommission traf ein, unsere Chefin bekam einen Verweis und die Order, mich und eine weitere Amme, deren Kind gleichfalls über ein Jahr war, unverzüglich zu verschicken. Unser Wohntrakt war von der Zone, in der sich das Kinderhaus befand, durch einen Zaun mit Stacheldraht getrennt, ein Wachturm stand da. Unser Plan war, in der Nacht zum Zaun zu schleichen, ein paar untere Bretter abzureißen und durch das Loch zu kriechen. So geschah es auch. Bestimmt hat der Wachhabende uns gesehen, wir sind ja direkt neben dem Turm durchgekrochen, er wird uns gesehen und die Augen zugedrückt haben. Anscheinend kein Unmensch. Wären wir zu den Männern in die Zone gekrochen, hätte er vielleicht geschossen, aber uns zog es ja zu unseren Kindern. Wir schlichen zum Kinderhaus, ich machte Igor ausfindig, nahm ihn auf den Arm und verkroch mich in ein stilles Eckchen. Er schien die bevorstehende Trennung zu ahnen: Ich versuchte ihn in den Schlaf zu wiegen, er blieb hellwach: »Mama, geh nicht weg, Mama, du sollst nicht weggehen!« Ich, über ihn gebeugt, hab geheult, er heulte mit. So saß ich mit ihm die ganze Nacht. Der Morgen graute schon, ich war nicht imstande zurückzugehen. Drüben war unser Fehlen gewiss schon beim Kontrollgang durch die Baracken in der Nacht aufgefallen. Aber bis zum Morgen hatten sie keine Fahndung ausgelöst. Bei der Morgenkontrolle fehlten wir immer noch. Der Transport wurde zusammengestellt, und wir waren nicht da. Der Schichtleiter wird gesagt haben: »Ich weiß, wo die stecken. Bei ihren Kindern, wo sonst.« Also kamen sie uns holen, da konnten wir uns noch so verkriechen, damit ein Minütchen länger mit den Kindern für uns heraussprang – am Ende fanden sie uns. Es erging der Befehl, in die Zone zurückzukehren. Ich reagierte nicht, ich konnte nicht, ich wusste doch, dass sie mich ohne mein Kind abtransportieren wollten. Sie versuchten mir den Jungen zu entreißen. Er klammerte sich an meinen Hals: »Mama! Mama!« Ich hielt ihn fest, gab ihn nicht frei. Natürlich kamen sie gleich mit Handschellen, zerrten mich gewaltsam fort. Igor versuchte sich den Händen der Aufseher zu entwinden, brüllte ... Der Transport ging ans Ende der Welt, nach Nachodka. Ich hab meinen Sohn nie wiedergesehen. Bis ans Grab wird mir vor Augen stehen, wie er sich bei mir anklammerte. – Welch leidenschaftliches, sündiges, rebellisches Herz sich auch im Grab verbergen mag, die Blumen, die darauf wachsen, schauen uns still mit ihren unschuldigen Augen an: Nicht allein von der ewigen Ruhe sprechen sie zu uns, von jener großen Ruhe der gleichgültigen Natur, sie sprechen auch von der ewigen Versöhnung und vom ewigen Leben. – Ebendarum liebe ich Gott. – Und König Georgi betrat den Boden seiner neuen Heimat, zu herrschen in einem von Stürmen heimgesuchten Land. – Das alles hier, das ganze Ausland, euer ganzes Europa ist reine Phantasie, und wir alle, die wir uns hier rumdrücken, sind auch nur Phantasie ... denken Sie an meine Worte, Sie werden es noch selbst sehen! – Die Zuschauer applaudieren, wenn ihnen danach ist, die Schauspieler verbeugen sich. – Dann sahen sie ein kurzes Leuchten, das den Tod der törichten Rosa anzeigte. – Was ist daran stofflich und was nicht? – Er sehnt sich nach Zärtlichkeit, Liebe: Mutterliebe, Liebe zu den Menschen, Liebe zur Welt mit allem, was daran schön oder schlimm ist, ein Leben so hell und klar wie dieser Tag, dahinfegen über die Erde und, nachdem das Nötige getan, untertauchen, verschwinden, aufgehen im klaren Himmelsblau. – Wenn die Sterne erglänzen, wenn die Herbstnacht fällt, dann will ich noch sprechen mein letztes Wort: Mein Revolver ist bei mir. – Alle Arbeit bewusster Generationen ist dazu bestimmt, diesen Effekt zu erreichen, der den Abschluss und das Ziel von allem darstellt, die letzte Phase der menschlichen Natur, die Lösung des Weltendramas, die große apokalyptische Synthese. – Dann legte er ihn, um sein Gewissen zu beruhigen, hinter das Wandbrett mit den Ikonen als ewige Wohnstätte für die Spinnen. – Man sät etwas, so wie es sich gehört, was aber aufgeht, kann kein Mensch erkennen: es sind weder Melonen noch Kürbisse, auch keine Gurken ... weiß der Teufel, was es ist! Regen begann zu tröpfeln. – Ich hoffe es recht bald zu erleben. – Als das Zimmermädchen den Teller auf den Tisch stellte, sah er absichtlich nicht hin, doch sobald die Tür zu war, griff er mit beiden Händen nach dem Brot, beschmierte sich mit dem überhängenden Fettrand sofort Finger und Kinn und begann gierig grunzend zu kauen. – Das ist ihr Epos, noch dazu mit einer sehr menschlichen Seele. – Den Kürschner spielen Nacht und Winter. – All dies war nur ein gedankliches Plädoyer vor imaginären Richtern. – Jeder von ihnen braucht gleichermaßen sowohl Wurzel als auch Stamm, Zweig und Blatt, doch die Zahl der Blätter ist unbestimmt, und die abgerissenen ändern nichts an der Besonderheit des Baumes; was dann die Zweige angeht ... – Gehen wir lieber einen saufen! – Die »unbändigen Gewalten« waren Verse; kein Meer, keine Gezeiten: Gedichte; jene einzige Elementargewalt also, der man nicht abschwört, niemals. – Timoleon aber verbannt sich selbst, versagt sich die Freuden des Vaterlands, dessen Schöpfer er ist, streift durch die Wüste, irrend und klagend, abhold der Vernunft, bis ins hohe Alter. – Ich steige dahinter, aber nicht ganz. – Und Ihr, meine Lieben, geschwind macht mir ein niedliches Hüttchen zurecht, wo ich mich nach Gefallen an den Schattenbildern meiner Einbildungskraft ergötzen kann, wo ich trauere mit meinem Herzen und mich vergnüge mit meinen Freunden. – Ein Küstenbewohner ist am Abend entsetzt, wenn er den Untergang eines Schiffes sieht, und am Morgen sammelt er die Reste des Schiffsuntergangs ein, baut einen morschen Kahn daraus, fügt ihn mit den Knochen der Brüder zusammen und begibt sich sorglos aufs stürmische Meer. – Darinka flog, ihren Hut festhaltend, mit dem Winde dahin. – Nicht den Kater, den Dornenkranz setzte er sich auf. – Eine Wassermelone: Zuerst geht es schwer – wegen der Schale, aber dann ist es ganz leicht – das Fruchtfleisch, und stopp: das Quadrat des Parketts, Ende. – Und das Mädelchen hörte zu, es schlug die braunen Augen auf und steckte sein Füßchen in den Mund – Sinaida Lwowna aber lachte und weinte und bekreuzigte sich, immer noch

Mariannas rundes Gesichtchen betrachtend, in welchem sie ein anderes Antlitz wiederzuerkennen glaubte, eines mit großen braunen Augen, gestutztem Schnurrbart und einem rosigen Rachen. – Wir saßen um einen silbernen Samowar, und in den Schnörkeln des Silbers (denn um solches schien es sich zu handeln) spiegelten sich: Ich, Lejla und die vier Ka: meines und die von Widschaj, Aschoka und Amenophis. – Vnd sind wir gestorben dermaleins / soll er vnser in Ehren gedencken vor Gott / vnd wir wolln Gott bitten vmb die jenige / so da Zeugniß ablegen / vnsere Leute werden seyn allesambt bey Christus dem Herrn / wie auch wir in alle Ewigkeit / Amen. – Zu des Niles heiligen Ufern. – Die Waage aber bewegte sich immer noch, die hölzerne Waagschale stieg immer höher. – Hier erfuhr ich zufällig von einem aus Serbien heimgekehrten Freiwilligen, er habe Morosow bei Aleksinac gesehen. – Ach, du … taube Nuss. – Wo bin ich? Was tue ich? Wozu? Lieber Gott, vergib mir alles! – Ich bin sehr müde. – 25. November 1957, schreiben Sie: Gogol, Frühling heute, Brief an mich … – Gebt alles her. – Geht endlich alle schlafen! – Adieu, Freunde! – Mein Gott, es ist genug! – Spannt den Schlitten an, ich will zur Schwester fahren! – Du hast Familie, die machen sich Sorgen, bitte fahr nach Hause, mir ist schon besser! – Wie, nicht mal Stühle? Wir dürfen nicht sitzen? Was? Wie? Vergib ihnen, sie wissen nicht, was sie tun. – Nein, von Wollen kann keine Rede sein, aber es wird nicht lange dauern. – Gott sei Dank! – Ich liebe die Wahrheit … Ich liebe sie sehr. – Wassili, leg mir, wenn ich tot bin, gleich einen Gulden auf jedes Auge und binde das Kinn hoch; ich möchte nicht, dass man sich vor mir fürchtet. – Warum hat man mich getötet? Ich habe niemandem etwas getan! – Ich will nicht! – Kurzhalten das Ganze! Kurzhalten! – Anscheinend werd ich grad taub, und vor den Augen ist Nebel, das geht hoffentlich vorüber? Vergiss morgen nicht das Fenster zu öffnen. – Damit ihrs wisst, damit ihrs wisst … – Hauptsache, das hat schnell ein Ende. – Man muss zugeknöpft sein bis obenhin. – Kommt näher zu mir, ich möchte euch alle um mich wissen, der Moment des Abschieds ist da. Abschied nehmen ... wie die russischen Zaren ... Zar Alexei, Alexei der zweite ... der zweite ... – Ich hab ewig keinen Champagner getrunken. – Nein, ich werde nicht sterben, heute Nacht traf ich Jesus Christus, er hat mir vergeben. – Das macht nichts, wer es jetzt nicht begreift, wird es später begreifen. – Die Leiter her, schnell, die Leiter! – Verzeiht mir, mein lieber Samuil Mironowitsch, ich bin sehr müde. – Begrabt mich nur nicht lebendig! Bitte gut nachschauen. – Damit muss jeder alleine klarkommen. – Um das Herz ist ein Reif gespannt, ich kriege keine Luft, sterbe ich etwa? – Scheiße, tut das weh! – Ja.

»Hypereides!«

»Wer ist da?«

»Wir sind es, wer sollte es sonst sein? Wer außer uns könnte dich brauchen in dieser Nacht? Hast du nicht gehört, drüben hat es schon drei geschlagen. Warum schläfst du nicht zu dieser späten Stunde? Der Schlaf ist der Tröster der Bedürftigen.«

»Ich kann nicht schlafen, Athener.«

»Dann komm mit.«

»Wohin?«

»Du solltest nicht fragen. Steh auf und zieh dich an. Da, hörst du?«

»Was ist das? Es hallt, als wäre über uns eine hohe Kuppel. Jetzt höre ich Füße schlurfen. Eine junge Stimme, streng und selbstgewiss. Sie spricht von der Erde, die sich dreht.«

»Genau. Erkennst du das prächtige Museum?«

»Es kommt mir bekannt vor. Ein Museum wovon?«

»Von allem, Hypereides.«

»Aha. Mir schwant etwas ... Die da über den alten Steinfußboden schlurfen, sind Schulklassen, nicht wahr? Der geballte Drang, alles anzufassen ... Ein Tempel im Dämmerlicht. Es war einmal eine Kirche, oder irre ich mich?«

»Kirche oder nicht, darauf kommt es nicht an, Hypereides. Die Kuppel ist das Entscheidende. Da hängt ein Pendel an einer Kette. Nachts, wenn keiner zusieht, klammert ein Wächter sich mit Händen und Füßen daran und schwingt durch den Raum. Weißt du noch, die picklige Besserwisserin, die zehn Seiten aus dem Reiseführer herunterbeten konnte? Sie hat einen Holzkegel unter das Pendel gestellt, der irgendwann umfiel und über den Steinboden kollerte. Das war der geräuschvolle Beweis dafür, dass die Erde sich dreht. Drehend zum Teufel geht. Verstehst du jetzt, warum Eile geboten ist? Wir müssen dieser dummen Gans begreiflich machen, dass die Erde auf drei Walfischen ruht und diese sich auf drei Elefanten stützen, die ihrerseits, die Rüssel verknotet, auf einer Schildkröte balancieren, welch Letztere mit ihrem Panzer ein Stück Käse quetscht. Gehen wir! Was zögerst du?«

»Gemach, ihr Athener! Da stimmt etwas nicht. Wie lange ist das her! Das ist doch alles gar nicht mehr wahr. Bestimmt ist dort längst alles anders: keine Schulklassen, keine Erklärerin mit Kegel.«

»Sag mal, Hypereides! Was fällt dir ein? Wo sollen die denn hin sein? Gestern, vorgestern, vorvorgestern – so etwas gibt es nicht! Schon gar nicht um drei in der Nacht. Nichts ist vergangen, Hypereides, das lass dir gesagt sein! Es gib nur die Gegenwart, das musst du doch selber sehen! Die Zeit hat ein kaputtes Gewinde, sie dreht durch wie eine überdrehte Schraubenmutter. Das Schlurfen der Füße, das Kollern des umgeworfenen Kegels, wie es durch die Kuppel hallt – du hörst es doch?«

»Ich höre es!«

»Na also. Gehen wir.«

»Wartet.«

»Worauf denn noch?«

»Der Weg dorthin ist weit. Man fährt ewig!«

»Entfernungen spielen für uns keine Rolle, Hypereides. Schließlich sind wir ein Volk von Seefahrern und Entdeckungsreisenden, Vagabunden und Tonnenphilosophen! Heute hier, morgen dort, aber um im Morgen anzukommen, muss man sich auf die Sterne verlassen. Sie sind für uns das Maß aller Dinge. Schau aus dem Fenster! Was siehst du?«

»Einen sternenklaren Himmel.«

»Das trifft sich gut. Epiphanias hell und klar verspricht ein gutes Beerenjahr. Wir halten uns an die Sterne. Einen sichereren Weg gibt es nicht, Hypereides. Dein Vater gab dir damals die Bücher über U-Boote zu lesen, weißt du noch? Er hatte sie auf einem kleinen Bord. Andere las er nicht. Und da gab es diese Geschichte von dem Kapitän, der nach Verbüßen einer Haftstrafe sich rühmte ... Oder war es umgedreht, erst hat er sich gerühmt und dann gesessen? Egal, jedenfalls handelt die Geschichte von heute Nacht. Der Kapitän hat im Periskop das Hecklicht eines deutschen Fährschiffs gesehen. Damals gab es etliche solche Schiffe, die die deutschen Einwohner von Riga, Memel und Raval evakuierten. Der Kapitän nahm die Verfolgung auf und befahl einen Torpedoangriff vorzubereiten. Sie legten an Tempo zu, der Abstand wurde dennoch größer. Da befahl der Kapitän, aufzutauchen und auf volle Fahrt zu gehen. Als sie schließlich oben waren, merkten sie, dass sie einen Stern zu torpedieren versuchten ...«

»Natürlich erinnere ich mich, aber woher kennt ihr Athener sie?«

»Nach dem Krieg erlitt dein Vater einen Schiffbruch. Es war nicht die Titanic und nicht die Admiral Nachimow, aber es genügte, deine Geburt, Hypereides, um ein Haar zu vereiteln. Es hat ihn sehr mitgenommen, dass er den Krieg überlebt hatte, um hinterher doch zu sterben. Ist wie durch ein Wunder davongekommen. So sprach er immer, wenn du auf seinen Knien saßest: Dich und mich hat ein Wunder gerettet, Mischka! Und erzählte jedes Mal von der Flasche. Sie haben deinen Vater aus dem Wasser gezerrt in eine Jolle, die völlig überladen war. Mit der sind sie zwei Tage auf offener See herumgeirrt, durch dicken Nebel. Und manchmal drang etwas an ihr Ohr, das hörte sich an wie ein Pfiff oder eine Schiffssirene. Sie riefen, sie brüllten um ihr Leben, bald war das Pfeifen weg, aber nach einer Weile kam es wieder, diesmal noch näher, aber auf der anderen Seite, und sie brüllten sich wieder die Seele aus dem Leib. So ging das eine ganze Weile, bis sie merkten, das Geräusch kam von einer leeren Flasche, die in ihrem Boot lag. Wenn Wind blies, fing sie an zu tönen. War dein Vater mit der Flaschengeschichte zu Ende, folgte unweigerlich ein Lied: Mischka, Mischka, wo ist dein Lächeln hin, voll Übermut und frohem Sinn? Und dabei stank er nach Schnaps. Du zappeltest, aber er ließ dich nicht aus seinen haarigen Pranken, rieb seine schweißige, stoppelige Wange an deinem Kopf. Heute weißt du, dass er den Duft deines Nackens mochte – denn du schnüffeltest später am Nacken deines Oleschka ebenso.«

»Aber das war ja noch in dem Souterrain am Arbat, Starokonjuschenny Pereulok, um genau zu sein. Gemach, ihr Athener! Die Gruft habe ich bestens in Erinnerung. Vor dem Fenster liegen haufenweise weggeworfene Zigarettenkippen, und oben sieht man die Füße der Passanten. Unter dem Fenster steht das Sofa. Auf ihm liegen Schallplatten, die schweren Schellackdinger von damals mit den roten Bäckchen. Ich hüpfe auf dem Sofa herum, eine Platte geht zu Bruch mit lautem Knall. Ich fürchte den väterlichen Zorn. Er hält die zwei Hälften in den Händen, blickt entgeistert, schüttelt den Kopf. Ich heule schon, denn gleich wird er mich schlagen. Er aber schüttelt nur den Kopf und geht in die Küche, wo der Mülleimer steht, wirft die Scherben hinein. In der Küche ist Mama – sie kriegt wohl den Zorn an meiner statt ab, denn als sie zu mir hereinkommt, weint sie. Vater verlässt die Wohnung, knallt mit der Tür. Ich sehe seine Schuhe am Fenster vorbeiwischen. Als er betrunken zurückkommt, schlafe ich schon. Aber, Athener, das ist die falsche Richtung, da wollten wir nicht hin. Der Kegel kollert um etliche Jahre nördlicher, und das Pendel, an dem der Nachtwächter schwingt, beweist, dass die hallende Kuppel sich um eine ganz andere Örtlichkeit dreht!«

»Ach was, Hypereides! Die Geographie bleibt auch nicht ewig

am alten Fleck. Nicht bloß die Wolken verschieben sich. Was kommt da nicht alles vor! Erinnerst du dich an euern Nachbarn in dem Souterrain, der nach unbekannt verzog? So wurde es dir jedenfalls gesagt, um dein sensibles kindliches Gemüt nicht unnötig zu verstören. Deine Eltern haben sein Zimmer dazuergattert. Bei ihm an der Wand hing eine Landkarte, auf der das Vaterland in seiner unermesslichen Größe dargestellt war. Deine Augen gingen gern darauf spazieren, du warst stolz auf diese Unermesslichkeit. Einmal aber kam es dir so vor, als wäre eine Ortschaft auf ihr plötzlich ein Stück weitergerückt. Und dann noch eine. Es waren Wanzen, wie sich herausstellte, unterschiedlich groß: eine war Kreisstadt, eine andere Bezirksstadt, eine gar Hauptstadt eines Autonomen Gebietes. Ihr risset die Karte von der Wand, dahinter hatten die Wanzen ihren eigenen Staat. Eine war wie eine Kopeke so fett. Da kannst du mal sehen, Hypereides. Du mit deinem ewigen Wo-und-wann-und-wohin! Bei uns hier herrscht das Prinzip *sine anno i loco.** Ein Jahr ist ein Hauch, und Platz ist in der kleinsten Hütte. Aber wir sind schon wieder abgeschweift. Sieh nur, sie beugt sich nach vorn und streckt den Arm aus nach dem Kegel, der dir vor die Füße gekollert ist!«

»Immer mit der Ruhe, ihr Athener! Damit unser Arm bis zu diesem Stehaufkegelmännchen reicht, will zuvor noch etwas Wesentliches gesagt sein.«

»Etwas Wesentliches, oje. Sag doch gleich: etwas Lebensentscheidendes!«

»Und ob. Aber war da nicht zuerst das Husten der Möwe? Habt ihr das etwa vergessen?«

»Nicht doch. Den Abend zuvor wart ihr in einem Gastspiel des Moskauer Künstlertheaters, die *Möwe* wurde gegeben. In der Stadt grassierte eine Grippewelle, im Zuschauerraum wurde in einem fort gehustet und geschnieft. Trigorin nieste und schniefte ebenfalls vom

* ohne Jahr und Ort (lat.)

ersten Akt an, gegen Ende war auch Dorn so weit. Er stand im Strahl eines Punktscheinwerfers an der Rampe, und als er nieste, meinte man aus seinem Mund einen Funkenregen sprühen zu sehen. Und als das Fläschchen in der Feldapotheke platzte und Dorn, in seiner Zeitschrift blätternd, zu Trigorin sagte, da habe sich wohl gerade Konstantin Gawrilowitsch erschossen, benieste er das sogleich, und noch als der Vorhang sich gesenkt hatte, konnte man durch den schweren Samt wahre Husten- und Niesanfälle vernehmen.«

»An den Funkenregen aus dem Mund erinnere ich mich, aber mit wem bin ich da gewesen? Mir scheint, ihr bringt da etwas durcheinander, Athener!«

»Mit wem, was soll das heißen? Mit ihr natürlich!«

»Von wem sprecht ihr?«

»Du musst dich nicht dumm stellen vor uns, Hypereides! Wer hatte diese zwei süßen Dellen im Kopf?«

»Dellen?«

»Von der Geburtszange! Hier und hier. Von der einen Seite absolut nicht zu sehen, aber hier auf der anderen war es fast ein Loch. Mit einer kahlen Stelle, da hatten sie ihr vom Oberschenkel Haut auftransplantiert, weshalb keine Haare wuchsen, was aber wegen ihres sonst üppigen Haarschopfs kaum auffiel, du hast es auch nicht gleich bemerkt. Sie genierte sich, darüber zu reden, selbst vor dir. Ganz ohne Grund übrigens. Es geschieht alle naselang, dass einer sich sträubt, einfach nicht rauswill, und man geht mit der Zange bei … Gut, wenn es nur ein paar Dellen sind.«

»Athener! Wovon redet ihr, verdammt noch mal? Ich verstehe nichts. Wer ist die Frau?«

»Sieh hin, Hypereides.«

»Ich sehe nichts.«

»Es ist Phryne!«

»Phryne?«

»Deine Phryne. Pjotr und Fewronija. Callimaco und Nausikaa, Chor und Kalinytsch. Hypereides und Phryne.«

»Mir geht ein Licht auf, ihr Unsterblichen. Hypereides und Phryne. Soll ich das sein?«

»Ich oder nicht ich, wen interessiert das. Hypereides! Das Entscheidende ist doch, wie finster es im Zimmer war, als ihr aus den Sommerferien nach Hause kamt: Die Pappel war um eine ganze Etage gewachsen.«

»Ja, stimmt, die Pappel nahm dem Zimmer auf einmal das Licht, aber vorher kommen da noch der Gummihandschuh auf der Fensterbank und die bärtige Venus und der vom Handtuch getroffene Glaskrug und an der Anlegestelle die Omis mit den Dickmilchgläsern und Rauch aus allen Schornsteinen, mit dem Bleistiftstummel gemalt, und die Frau im Fahrstuhl, die mit den Händen am bewegten Bauch an der Wand lehnt, und vorher musste ich noch den Brotherrn wechseln.«

»Prima, Hypereides, so ließe sich beginnen: Du musstest den Brotherrn wechseln und bei dem neuen den lieben langen Tag Bittgesuche abtippen und irgendwelche Bescheide und anschließend noch mit dem Einschreibenbuch zum Postamt gehen als *Famulus honorificus*. Dieser neue Patron war ein Original alter Schule. Er trug im Gerichtssaal noch einen Frack, alle Knöpfe geschlossen, und zog die Handschuhe erst aus, wenn der Moment gekommen war, wo er vorm Hohen Gericht das Wort ergriff. Wenn er in der Kantine, diesem verräucherten *porto franco* der einschlägigen Justiz, sein Glas Milch trank, beliebte er zu scherzen, der hochgeschlossene Frack sei auf den zugigen Korridoren des Gerichts die einzige Möglichkeit, sich vor Erkältungen zu schützen, und mit den Handschuhen vermeide man es, Hände von zweifelhafter Sauberkeit schütteln zu müssen. Sein Essen schnitt er in winzige Stücke, bevor er es in den Mund beförderte, niemals sah man ihn etwas abbeißen; er sorgte sich um sein künstliches Gebiss. Doch während der Verhandlung war er nicht wiederzuerkennen, lebte auf und sprühte, trug vor mit Feuer und Leidenschaft und hatte doch seine Rede bis aufs letzte Komma ausformuliert, hätte sie jederzeit aus der Tasche ziehen können für den Fall, dass die Remingtonistin darauf angewiesen wäre, um nichts durcheinanderzubringen.«

»Ach nein, Athener, das ist alles nicht der Rede wert.«

»Und was dann, deiner Meinung nach? Die Fahrt mit der Linie 2? Ein Arbeiter, der einen Graben gräbt wie in der berühmten Aufgabe im Mathematik-Lehrbuch, hüpfende Krähen auf dem regennassen Pflaster?«

»Zum Beispiel.«

»Du dachtest damals: Ach, das ist nun schon so viele Jahre her. Das Mädchen mit dem roten Zopf, den sie sich beim Rennen über den Charkower Bahnsteig um den Hals geschlungen, ist nicht mehr da und wird nie wiederkommen, und wenn das so weitergeht, verlierst du noch den Verstand in dieser leeren Wohnung, in diesen furchtbaren, nicht enden wollenden Nächten, war es nicht so?«

»So ist es gewesen.«

»Apropos, Hypereides, warum erzählst du uns nicht von ihr? Du weißt schon, die mit dem Zopf. Mit dem Fahrrad unterm Gewitterhimmel. Und im Hörsaal, weißt du noch, stand so eine schneeweiße Gipsbüste, die hinterher Kirschflecken hatte, weil ihr Kirschen aßet und mit den Kernen nach der Büste schnipstet ...«

»Nein, ihr Athener, von diesem Mädchen würde ich nicht einmal euch etwas erzählen.«

»Aber warum denn nicht?«

»Egal. Damals gab es sie, heute ist sie nicht mehr da. Das geht euch nichts an.«

»Findest du? Es gibt wenig, was uns nichts anginge, Hypereides. Aber bitte, wie du magst. Wäre nicht die Erste, die mal irgendwann irgendwo war, wo sie heute nicht mehr ist. Also, wie ging das weiter in dieser Straßenbahn? Bestimmt hast du, als du den grabenden Arbeiter im Regen stehen sahst, der das Lehrbuch, in dem er vorkam, wohl nie gesehen hat, und die Krähen übers regennasse Pflaster schlitterten, bestimmt hast du dir in dem Moment gesagt: Die will ich heiraten, die oder keine. Nicht? Und dass es Worte gibt, die dir helfen könnten, die im leeren Raum verstreuten Splitter des eigenen Ichs einzusammeln. Sie zusammenhalten wie ein Korsett. Heiraten zum Beispiel ist so ein Wort. Ehemann. Vater. War es so?«

»Es gibt nun mal Leute, die von der Einsamkeit leben, versteht ihr Athener das nicht? Die können abends nach Hause kommen in die leere Wohnung und sich darin bewegen, als wäre es das Normalste auf der Welt. Sich umkleiden, zu Abend essen, Zeitung lesen, aus dem Fenster sehen, gähnen, schlafen gehen. Ich hatte gemeint, ich wäre so einer. Aber dann fing es an. Es war, als löste ich mich auf, gäbe meine Existenz preis, verlöre mich aus den Augen, fiele ins Nichts, ein Fass ohne Boden. In Wahrheit hätte ich nur einen lebendigen Menschen an meiner Seite gebraucht, in dem ich mich hätte spiegeln können, um zu wissen, dass ich existierte. So kam ich auf den Gedanken zu heiraten. Zu der Zeit verdiente ich schon ein bisschen was, mein Patron hatte mir ein paar Fälle überlassen, ich hatte meine ersten eigenen Klienten. So machte ich einer Frau, die ich beinahe gar nicht kannte, einen Antrag. Wir waren uns ein paarmal bei gemeinsamen Bekannten begegnet. Sie kleidete sich elegant; damals trug man diese Glockenröcke, breitkrempige Hüte ... Ihre Stimme klang immer spöttisch. Sie fixierte ihr Gegenüber mit zusammengekniffenen Augen, und man konnte sich nie sicher sein, ob sie es ernst meinte oder gerade nicht. Man stellt eine simple Frage, und sie antwortet nicht gleich, schaut nur – um dann eine Gegenfrage zu stellen oder sich einfach abzuwenden oder das Thema zu wechseln. Immer einmal wieder traf ich sie zufällig – auf der Straße oder bei einem Konzert, einmal auch im Buchladen in der Pokrowka, sie blätterte in einem dicken Buch. Ich verbeugte mich höflich, fragte sie, was sie da lese.«

»Etwas über Läuse.«

»Läuse?«

Sie lachte. »Hören Sie: ›Hippokrates, der so viele Krankheiten geheilt hatte, wurde selbst krank und starb ... Heraklit, der über den Weltuntergang durch Feuer so viele Betrachtungen angestellt hatte, starb an Wassersucht, den Körper in Kuhmist gehüllt. Demokrit haben die Läuse umgebracht.‹«

Sie hatte Medizin studiert und war an der Uni geblieben. In ihrem Labor wurden Versuche mit Hunden angestellt, es ging um Hirnforschung. Ich entsinne mich meiner Frage, was sie mit den armen Tieren denn anstellten, da hatten wir den Buchladen schon verlassen, ich begleitete sie zur Straßenbahnhaltestelle, ein Nieselregen ging nieder, hörte aber gleich wieder auf, ich war ohne Schirm, sie ging unter einem roten, wovon Schultern und Gesicht einen rötlichen Schimmer annahmen. Als Erstes brächten sie den Hunden bei, auf ihren Namen zu hören, erzählte sie. Dann würden sie auf eine Maschine geschnallt.

»Du drückst auf einen Hebel, ein Messer fährt heraus und beginnt ihm den Kopf abzutrennen. Währenddessen notierst du deine Beobachtungen. Die Schnauze steht offen, die Zunge klebt am Gaumen, die Nasenflügel beben, die Ohren sind aufgestellt, die Lider halb geschlossen, man sieht das Weiße. Dann rufst du ihn: Buddy! Die Lider heben sich ein wenig, die Augen werden lebendig, die Pupillen wandern, schauen dich an. Sekunden später klappen die Lider wieder zu. Du rufst noch einmal, diesmal von der anderen Seite: Buddy! Buddy! Wieder klappen die Augen auf, sein Blick sucht dich, findet dich, dann erlischt er langsam wieder. Beim dritten Mal hört er dich nicht mehr ...«

Ich sah sie an und wusste wieder einmal nicht, ob sie es ernst meinte oder ihren sonderbaren Scherz mit mir trieb.

Diese skurrile, unbegreifliche Seite war es seltsamerweise, die mich anzog. Sie war anders als die anderen. Gut – dass eine Frau mit dir spielt, ist nicht ungewöhnlich. Diese hier jedoch spielte ein Spiel, dessen Regeln ich nicht verstand. Und dann diese zufälligen Begegnungen. Im Roman kann der Autor dafür sorgen, dass seine Helden sich vor die Füße laufen. Aber uns beide schien tatsächlich irgendeine höhere Instanz zueinander zu führen, und das in einem fort. Dann erfuhr ich zufällig von Bekannten, dass ihre Eltern ums

Leben gekommen waren, es war erst wenige Jahre her. Der Vater war Offizier gewesen, in Turkestan stationiert, sie waren unterwegs in den Urlaub, der Zug stieß mit einem anderen zusammen. Dieses Wissen brachte sie mir auf eine unklare Weise näher, ich meinte plötzlich etwas an ihr verstanden zu haben: Ihr Interesse an den Forschungen in der Universität war gemimt, ihre Stachligkeit, Reserviertheit – alles nur Schein; in Wahrheit, so meine Überzeugung, litt sie genauso unter Einsamkeit und fehlender Zuneigung wie ich. Und es drängte mich unversehens, dieses unbequeme, spottsüchtige Menschenkind in den Arm zu nehmen, an mich zu ziehen.

So fasste ich in dieser Straßenbahn, die Krähen und den Arbeiter mit der Schaufel vor Augen, einen jähen, für mich selbst überraschenden Entschluss: Ich wollte ihr die Hochzeit antragen, und zwar sofort. Und das Leben nahm Fahrt auf – als hätte es nur darauf gewartet, dass ich zur Besinnung komme. Ich stieg an der nächsten Haltestelle aus und rannte zurück, kam aber zu spät, fuhr ihr mit der nächsten Bahn hinterher, stieg an der Universität aus, ging hinein und fand ihr Labor, bat sie für einen Moment vor die Tür.

»Katja«, sagte ich, bemüht, meinen Atem unter Kontrolle zu bekommen, »ich hätte Sie gern zur Frau.«

Spöttisch schaute sie mich an. Ich zweifelte schon nicht mehr, eine Abfuhr zu bekommen, womöglich auf unernste, kränkende Weise, doch Katja willigte ein, ohne dass der Spott aus ihrem Gesicht wich.

»Gut, ich werde Ihre Frau, aber jetzt muss ich arbeiten. Marsik wartet.«

Tatsächlich bellte es drinnen. Sie ließ mich stehen.

Von nun an traten wir als Braut und Bräutigam auf. Sie machte sich einen Spaß daraus, ich hatte nichts dagegen. Die Rolle des Bräutigams ließ sich ohnehin nicht ernsthaft spielen, es fühlte sich dämlich an. Sie mimte die beflissene Braut, ich den unbekümmerten Spieler, der das Glück auf seiner Seite weiß, alles auf die Null gesetzt hat und sorglos dem Ruf des Croupiers entgegensieht.

Versuchte ich sie zu umarmen, die Nase in ihr rauch- und parfümgeschwängertes Haar zu vergraben, lächelte sie milde und entwand sich, gab mir einen Schmatz auf die Nase.

»Liebe, das ist die Reibung eines Eingeweides, mit Zuckungen verbunden«, erklärte sie und noch einiges mehr, was mich aus der Fassung brachte, worauf sie lachend das Taschentuch zückte und mir den Lippenstift von der Nase rieb.

Als ich sie das erste Mal richtig küsste, fiel mir auf, dass ihr Speichel nach nichts schmeckte.

Wir sitzen in einer Droschke, und Katja will plötzlich von mir wissen, ob ich mir vorstellen könnte, in der Frühzeit des Christentums zu leben, alles mit anzusehen, womöglich zum Märtyrer zu werden – doch während ich noch darüber nachdenke, ob ich das will, packt sie mich am Arm und zeigt auf ein paar Jungen, die Knallerbsen auf die Straßenbahngleise legen.

Der Verkäufer im Juwelierladen zieht das granatapfelfarbene Samtkissen mit den Ringen hervor und legt es vor uns auf den Ladentisch, sie probiert ihren an und schiebt mir meinen auf den Finger, dreht sich vor dem Spiegel, hält die Hand mal so und mal so, ich aber kämpfe mit dem Gedanken: Was tue ich hier? Wozu das? Wer ist diese Frau? Ich weiß ja gar nichts von ihr … Die Ringe waren jedenfalls zu bezahlen, und als Nächstes fuhren wir uns die Wohnung ansehen.

Sie lag am Snamenka-Park, mitten im Zentrum, war groß und geräumig; hier würde ich Klienten empfangen können, ohne mich zu genieren. Vor uns hatte ein Zahnarzt da gewohnt. Er war an Kehlkopfkrebs gestorben, die Witwe weggezogen; als wir kamen, schraubte der Hausmeister gerade das alte Klingelschild ab.

Wir schlenderten durch die leeren Zimmer, mal jeder für sich, dann wieder gemeinsam; es hing noch so ein medizinischer Geruch in der Luft, das verschlissene Parkett und die ausgeblichenen Tapeten, Napoleonbienen Gold auf Rot, schienen ihn in all den Jahren aufgesogen zu haben. Überall dunkle Vierecke, wo Bilder gehangen hatten. Auf der breiten Fensterbank lag ein vergessener Gummihandschuh. Vor dem Fenster ein aufgegebenes Blumenbeet mit einem aufragenden Stab in der Mitte, an dem einmal Georginen angebunden gewesen sein mochten. Es war Ende Oktober.

Hier werde unser Schlafzimmer sein, sagte Katja, das da mein Kabinett und dort das Sprechzimmer, da gehören dunkle Tapeten hin, und in jenem Zimmer habe sie sie gern etwas heller … Ich hörte ihr zu und fand dies alles sonderbar: Hier also, in diesen Mauern, diesem Fenster gegenüber, würden wir uns lieben wie Mann und Frau, ihr Körper würde mir gehören. Ich hatte keine rechte Vorstellung davon, wie das gehen sollte. Wir standen kurz davor zu heiraten, doch ich hatte immer noch keinen rechten Zugang zu ihr, es war schwer zu fassen. Ich hätte sie zum Beispiel jetzt hier in dieser leeren Wohnung, die die unsere werden sollte, beim Arm nehmen können, gegen die Wand drücken und küssen – ich brachte es nicht über mich. Wahrscheinlich fürchtete ich wieder irgendeine ihrer Spitzen, die ich nicht verstand. Nicht auszuschließen gar, dass sie in diesem Moment nur darauf wartete, dass ich sie packte, drückte, ihren Bissigkeiten zuvorkam und ihr den Mund verschloss, sie auf den von den Schuhen der Möbelträger beschmutzten Fußboden zwang. Ich weiß es nicht. Wir liefen durch die Räume, sie zählte eifrig ausstehende Besorgungen auf, ich schrieb mit. Die Auswahl der Möbel, Absprachen mit den Malern und was noch alles zu bedenken und zu organisieren war – ich überließ es ihr, froh, mich nicht darum kümmern zu müssen.

Anschließend fuhren wir zum Schneider. Unterwegs kam die Sonne hervor, der graue Herbsttag verwandelte sich. Bei der Anprobe stand ich reglos, mit erhobenen Armen – das kalte Maßband glitt über meinen Körper, schmiegte sich an –, und sah meine Braut im Licht der Oktobersonne am Fenster sitzen, in einer Blechschachtel mit Knöpfen und Perlen wühlen. Und die Gewissheit überkam mich, dass alles gut werden würde, das Glück würde zu uns kommen, es brauchte nur seine Zeit.

Meine Bekannten bestanden darauf, dass ich einen Junggesellenabschied für sie ausrichtete, wie es Sitte war. Ich hätte gern darauf verzichtet, doch mochte ich niemanden kränken, schon gar nicht den Anschein von Geiz erwecken und gab nach.

Wir hatten uns auf die Eremitage in der Karetnaja geeinigt, den passenden Raum gemietet, gemeinsam das Menü verabredet. Ich war frühzeitig erschienen, um noch die Weine auszuwählen, die Vorspeisen. Lief durch den leeren Raum mit den luxuriös eingedeckten Tischen, besah mir den Blumenschmuck, die Bilder an den Wänden und mich selber im Spiegel, ob dieser affige teure Frack auch wirklich saß und den Bauch kaschierte.

Um ehrlich zu sein: Der Gedanke daran, wie viel mich dieser unnötige Popanz kostete, wie viele Bücher ich mir beispielsweise dafür hätte kaufen können, erregte mein Bedauern durchaus. Im Separee nebenan war die Sause in vollem Gange, Frauen quietschten und kreischten.

Als Erster kam Solowjow, der mit Katja studiert hatte und nun schon als angehender Arzt praktizierte. Über ihn hatte ich sie überhaupt kennengelernt. Er trug ein lärmendes, bärenhaftes Wesen zur Schau, roch beständig nach Schweiß, wofür er sich auch nicht genierte – so markiere man sein Territorium, pflegte er zu erklären, und ihm, Solowjow, gehöre nun mal die ganze Welt. Seit wir die Hochzeit angekündigt hatten, verhielt er sich mir gegenüber jedoch merklich anders: Sein kumpelhaftes, halb väterliches Auftreten machte einer gespielten Enttäuschung Platz – »Das hatte ich nun wirklich nicht von dir erwartet!« –, die vielleicht doch nicht nur gespielt war. Er mochte sich bei Katja Chancen ausgerechnet haben und seinen Ärger vor mir nun nicht verhehlen.

Solowjow wollte nicht warten und verlangte, dass ich eine Flasche Sekt öffnete, wir stießen an. Ich rechnete mit einem Spruch oder einer Floskel: auf euer Wohl, werdet glücklich, oder was man bei dieser Gelegenheit so sagt – doch er kippte das Glas wortlos, goss sich gleich das nächste ein und legte los: Ob ich denn wüsste, was für einen Fehler ich mit dieser Heirat beging? Man könne doch Einsamkeit und fehlende Liebe nicht durch die Ehe bekämpfen! Zu heiraten, um die innere Leere zu füllen, wie dumm sei das denn ...

»He, was schwätzt du da?«, unterbrach ich ihn erschrocken und merkte erst jetzt, dass er schon betrunken war.

»Um deinen Trieb zu entladen, musst du nicht heiraten!«, stieß er hervor. »Einen Menschen wie Katja darf man dir nicht in die Hände geben!«

Na gut, dachte ich mir, der Typ ist neidisch.

»Sieht so aus, als wärst du scharf auf sie, du Viech«, sagte ich lachend, um die Unterhaltung, die mir an die Nieren ging, ins Harmlose zu wenden.

Er sah mich sonderbar an. Zum Glück erschien in diesem Moment ein lärmender Pulk meiner Freunde, von denen ich die meisten im Grunde meines Herzens nicht liebte, sondern verachtete, und wahrscheinlich vergolten sie es mir mit gleicher Münze, was uns aber nicht daran hinderte, miteinander zu fraternisieren.

Wir setzten uns an den Tisch. Erzählten einander lustige Geschichten aus der Jugend- und Studentenzeit. Man erinnerte sich, dass ich mir vor dem Examen, ganz wie Demosthenes, eine Halbglatze rasiert hatte, damit ich auch wirklich zu Hause blieb und studierte. Oder wie wir aus reinem Übermut die Annonce aufgaben: Junge Pflege für alte Frau gesucht – und wie dann tatsächlich so ein verschrecktes, hinkendes Hühnchen ankam, uns den Zeitungsausriss hinhielt und nicht begriff, wer wir waren und wieso wir uns ausschütteten vor Lachen ... Von diesem Niveau waren die Geschichten, die auf den Tisch kamen. Eine ausgelassene Stimmung wollte sich nicht einstellen, alles wirkte bemüht und steif, weshalb jeder zusah, dass er noch ein bisschen mehr trank, um sich selbst abzuschütteln.

So ist es ja häufig: Was darauf angelegt ist, lustig zu sein, strömt Langeweile aus. Das Gegröle und Gequietsche von nebenan machte die Sache nur noch ärger.

Wodka kam auf den Tisch. Und plötzlich sagte irgendwer: Es fehlt noch ein Kracher. Ich glaube, es war Solowjow, von dem das kam: »Es fehlt noch ein Kracher, Leute! Der letzte Abend in Freiheit braucht einen richtigen Kracher!«

Die Idee fanden irgendwie alle gut, man johlte und schrie – die meisten hatten schon ordentlich geladen. Der Laufbursche des Restaurants wurde gerufen und nach Mädchen ausgeschickt – mit strenger Auflage: Jung sollten sie sein und übermütig.

Ich hielt das Ganze immer noch für einen Scherz, einen groben Männerjux, wie er sich für Junggesellenabschiede gehörte, und dass es bei der Ankündigung bleiben würde. Und so stimmte ich lauthals ein: jung und übermütig, jawohl!

Der Laufbursche, ein spilliger Sechzehnjähriger mit schmierigen Allüren, grinste dreckig und sagte: »Keine Sorge! Wir liefern Frischfleisch!«

»Frischfleisch!«, grölte die Runde. »Hurra! Frischfleisch!«

Kurz darauf öffnete sich tatsächlich die Tür einen diskreten Spalt, und ein paar Mädels schoben sich zaghaft herein: ganz jung wohl nicht mehr, jedoch angesichts der vornehm gekleideten Jugend im Saal, der üppigen Tafel, des edlen Geschirrs, all der Spiegel und Kronleuchter vollkommen fassungslos und verwirrt. Und mir schien immer noch, als müsste es sich um einen Spaß handeln, der sich gleich auflösen würde. Wir würden uns scheckig lachen über diese heruntergekommenen, fettärschigen, grell geschminkten Geschöpfe, würden jeder vielleicht einen Zehner berappen und sie in Gottes Namen entlassen – aber nein. Solowjow war schon aufgesprungen und machte der anfänglichen Verwirrung ein Ende, indem er die Damen mit gespielter Ehrerbietung an den Mann brachte.

»Und Euch, mein Täubchen«, rief er, ein pockennarbiges Mädchen mit Silberblick und teigiger Haut unterhakend, »setzen wir dem Bräutigam höchstpersönlich auf die Knie!«

Was, unter frenetischem Jubel der Anwesenden, geschah. Umgehend schlang das Mädchen die Arme um meinen Hals und küsste mich, bevor ich das Gesicht zur Seite wenden konnte, auf die Lippen.

Von nun an war für Stimmung gesorgt. Die Mädchen geizten nicht mit Liebkosungen, ließen sich bereitwillig die Blusen aufknöpfen. Es wurde schnell schwül. Meine Auserwählte machte sich über das Obst und die sonstigen Speisen auf dem Tisch her, stopfte, kaute mit vollem Mund. Ich griff um ihre Taille, um sie von mir herunterzuschieben, was sie jedoch auf ihre Art verstand und sich mit einer Hand das Kleid auf dem Rücken aufhakte, während sie sich mit der anderen noch Weinbeeren in den Mund stopfte.

Ich sah Solowjow mit der Seinen auf dem Sofa sitzen, er hatte sie schon halb entkleidet, küsste ihre Hängebrüste, vergrub das Gesicht darin, hielt erst das eine, dann das andere Ohr daran, und ich hörte ihn sagen: »Beide Flügel angegriffen …«

Ich merkte mit Grausen, wie betrunken ich war. Alles mich Umgebende hatte die Färbung eines seltsamen bösen Traums angenommen – einer, der Entsetzen und Ekel weckt, aber kein Erstaunen.

Lisa – so hieß sie anscheinend, obwohl sie sich anfangs anders vorgestellt hatte – ließ mich aus ihrem Glas trinken, knabberte an meinem Ohrläppchen, fuhr mit der Zungenspitze in die Muschel, sabberte und tat, als wollte sie mir das Hirn durch das Ohr absaugen. Es kitzelte, ich bekam Gänsehaut, schob sie weg, tupfte das Ohr mit der Serviette. Sie lachte hell auf, ihre Zunge nahte erneut. Dabei gackerte sie unablässig, erwiderte auch alle Fragen und Gesprächsangebote nur mit idiotischem Gekicher.

Es war unerträglich heiß geworden, zum Atmen war kaum noch Luft. Rauch- und Parfümschwaden hatten sich vermengt. Solowjows Mädchen entriss sich seinen Armen, griff sich eine Sektflasche vom Tisch, setzte sie an. Ihr wuchs ein weißer, blasiger Bart. Inzwischen produzierte unser Separee das gleiche Gegröle und Gekreische wie nebenan, laut genug, dass man es im ganzen Restaurant hören konnte.

Ich hatte den ganzen Tag nichts gegessen, trank also auf nüchternen Magen und war wohl deshalb so schnell blau. Wie aus dem Nichts ergriff mich eine heiße, geradezu stierhafte Wut – auf Solowjow vor allem und seine idiotischen Vorhaltungen und auf diese Lisa, die hartnäckig versuchte, ihre kalte und von den Trauben klebrige Hand in meinen Hosenschlitz zu schieben.

Meine Orientierung ließ nach. Die Welt drang zu mir nur noch wie durch einen dicken, trüben Vorhang. Ich kippte noch rasch zwei Wodka, dann grub ich mich mit trunkener Verbissenheit in den auf mir sitzenden heißen Körper, überhäufte ihn mit Küssen, biss in den weichen Fettring um den verpickelten Rücken, knetete die schwabbelnden Brüste. Lisa sprang kreischend auf und floh vor mir rund um den Tisch, dabei schüttete sie sich aus vor Lachen. Ich stürzte ihr hinterher. Die ganze Runde grölte und schrie, juchzte und applaudierte. Eines der Dämchen stellte Lisa ein Bein, sie segelte auf den Teppich. Ich warf mich über sie, raffte ihr Kleid, den Unterrock. Darunter war sie nackt.

Ich war besoffen und blind, wusste nicht mehr, wo ich war, was ich tat, was vor sich ging. Dieser Mann auf dem Fußboden, der da mit einer halb nackten, pockennarbigen, schieläugigen Dirne kämpfte, jetzt zwischen ihren schlaffen, schweißnassen Schenkeln herumfuhrwerkte – das war nicht ich, das war ein anderer, mir fremd, vollkommen unbekannt.

Was danach kam, weiß ich nur noch sehr dunkel. Ich soff wohl noch ein bisschen weiter, dann wurde ich auf das Sofa bugsiert. Unklar, wie viel Zeit vergangen war, als ich zu mir kam. Ein paar meiner Freunde lagen mit mir auf dem Sofa, ein paar auf dem Fußboden, einer am Tisch. Die Mädchen waren alle weg. Mir war schlecht. Ich sprang auf und wollte zur Toilette.

»Ah, da bist du ja!«, sprach eine Stimme. Ich wandte mich um. Unter dem Fenster stand Solowjow, seltsamerweise mit heruntergelassenen Hosen, dabei, sich etwas aus einer Pipette aufzuträufeln.

Irgendwie schaffte ich es nach Hause und lag den ganzen folgenden Tag flach. Stechende Kopfschmerzen. Krämpfe im Magen, dessen ganzer Inhalt wieder hervorgekommen war.

Ich hatte eine Verabredung mit Katja. Mir blieb nichts weiter übrig, als in die Universität zu telefonieren und ihr ausrichten zu lassen, dass ich verhindert war – dringende Gerichtstermine.

Am Abend spürte ich über dem Klosett ein unangenehmes Ziehen und Jucken. Gräulicher Ausfluss. Mir schwante Böses. Nachts beim Harnlassen ein schneidender Schmerz. Alles war entzündet und tat höllisch weh. Nun gab es schon keinen Zweifel mehr, sämtliche Symptome passten. Am nächsten Morgen trat Schleim aus. Ich hatte Schüttelfrost, konnte nichts essen.

Es war monströs, einfach unfassbar.

Nie zuvor im Leben hatte ich mich selbst so sehr verachtet. Fühlte mich zerschmettert, zu Dreck zerrieben. Und das vor der Hochzeit. Wenn Katja davon erfuhr! Allein der Gedanke brachte mich um den Verstand. Es war undenkbar, absolut ausgeschlossen. Lieber würde ich mich ertränken, als diese Schmach zuzulassen, so mein fester Entschluss. Aber mit dem Kopf gegen die Wand zu laufen half nicht – ich musste etwas unternehmen. Ich rannte zu Solowjow.

Er besah es sich und klopfte mir auf die Schulter.

»Gratuliere, Junge! Epikur litt sein ganzes Leben darunter. Hat sich zu guter Letzt in der Wanne ertränkt, nachdem er zwei Wochen nicht mehr pissen konnte.«

Dabei setzte er ein schiefes Grinsen auf und konnte auch sonst seine Erleichterung schwer verbergen, dass es nicht ihn getroffen hatte.

Er nahm einen Abstrich des grünlichen Eiters, kleckste ihn auf einen Glasträger und legte ihn unters Mikroskop. Legte die Augen ans Okular.

»Da haben wir sie, die Gonokökkchen. Magst du sie dir anschauen?«

Viel lieber hätte ich nach dem Mikroskop gegriffen und es ihm über den Schädel gezogen.

»Keine gute Sache«, fuhr Solowjow fort. »Es kann die Hoden angreifen, die Harnblase. Ich denke, mit Silbernitratlösung kriegen wir das weg. Aber ich warne dich vor: Bis zur Hochzeit ist garantiert noch nicht alles wieder gut.«

Ich war absolut verzweifelt. Der Hochzeitstermin stand seit Langem fest, die Einladungen waren verschickt, der Koch war bestellt, überhaupt liefen die Vorbereitungen wie am Schnürchen, woran ich den wenigsten Anteil hatte. Das Ereignis abzublasen war ganz unmöglich. Was sollte ich Katja sagen?

Am nächsten Tag waren wir zur Anprobe des Hochzeitskleides bestellt. Den Mund voll Stecknadeln, kroch die Schneiderin auf den Knien um Katja herum. In dem Kleid sah sie ganz verwandelt aus, noch fremder. Die ganze Zeit wollte sie etwas wissen von mir: Soll die Taille höher sitzen, wie die Körbchen und dergleichen mehr, wovon ich keine blasse Ahnung hatte. Ich hörte nicht einmal richtig zu, weil das Grauen mein Hirn in der Gewalt hatte. Katja spürte, dass etwas nicht stimmte. Ob ich etwa krank würde? Ich muss zusammengezuckt sein, sie fand das lustig.

Berührungen, geschweige Zärtlichkeiten ging ich aus dem Weg, auch wenn ich wusste, dass ein Kuss nicht ansteckend war. Ich kam mir so unsauber vor, dass ich sie nicht einmal anzufassen wagte. Es konnte ihr nicht verborgen bleiben; sie ließ sich jedoch nichts anmerken.

Ich brauchte einen Vorwand, um Abstand zu wahren – wenigstens in den ersten Tagen, solange die Krankheit noch akut war, aber welcher konnte das sein? Ich war nicht imstande, einen klaren Gedanken zu fassen. Panik hatte mich im Griff; ich wusste nicht aus noch ein.

Natürlich blieb das nicht ohne Auswirkungen auf die Arbeit. Ich unterlag in einem Fall, der schon so gut wie gewonnen schien; es war seltsam, wie kalt mich das ließ. Ich war apathisch. Mein Klient kam sich beschweren, forderte den halben Vorschuss zurück, ich hörte ihn an, sah aus dem Fenster – zwei Tauben turtelten auf meinem Fensterstock: Füße wie Korallen, dachte ich – am Ende legte ich wortlos das ganze Geld vor ihn hin und bat ihn zu gehen, ohne mich weiter zu erklären.

Da endlich kam mir die rettende Idee. Was, wenn ich mich gleich nach der Hochzeit zurückzog, beispielsweise auf Dienstreise führe, irgendeine unaufschiebbare Angelegenheit? Und bei meiner Rückkehr wäre die Sache ausgestanden, der ganze Albtraum vorbei, ein neues Leben finge an, Katja und ich, Mann und Frau. Es fehlte nicht viel, und ich hätte vor Freude über diesen Einfall einen Luftsprung gemacht. Ich musste es nur noch Katja beibringen.

Wir trafen uns an diesem Tag in der neuen Wohnung, die bereits fertig renoviert war, Teppiche waren ausgelegt, überall neue Möbel, deren duftender Lack jede Erinnerung an den Zahnarzt übertünchte.

Katja hörte mich an und schwieg lange Zeit, fuhr mit dem Finger um einen Kringel an der Tapete. Dann sah sie mir in die Augen.

»Aber das ist doch unsere Hochzeit. Sag bloß, du kannst das nicht ablehnen? Verschieben, Urlaub nehmen, was weiß ich? Denk dir was aus!«

Ich senkte den Blick, fühlte mich wie der letzte Schuft. Versprach, alles zu tun, was in meiner Macht stand. Wollte den Arm um sie legen – und brachte es nicht fertig. Katja ergriff meine Hand, legte sie sich an die Wange, küsste meine Finger. Und sagte in einem Tonfall, den ich von ihr nicht kannte: »Was ist mit dir, Sascha? Ist etwas passiert? Sag es mir!«

»Nichts ist, alles ist gut!«, wehrte ich lachend ab. »Ein paar Unannehmlichkeiten am Gericht. Muss dich nicht interessieren. Da kam ein bisschen viel zusammen in letzter Zeit. Mit dir wird alles prima werden!«

Katja umarmte mich, suchte meinen Mund für einen Kuss. Ich riss mich los, murmelte, ich müsste noch mal los, hätte was vergessen, irgendein konfuses Zeug.

Unten auf der Straße wandte ich mich um. Katja stand am Fenster und sah mir nach. Ich winkte. Sie legte die gespreizte Hand an das Fenster.

An unsere Hochzeit erinnere ich mich wie an einen Fiebertraum.

Es begann am Morgen mit dem Auftritt einer basedowäugigen Dame aus der Konditorei, die etwas an der Rechnung zu bemängeln hatte. Die schweren Novemberwolken am Himmel strahlten auch etwas Basedowhaftes aus. Hektische Vorbereitungen, alles auf die letzte Minute. Es roch nach Parfüm, Puder, Bügeleisen, Lockenwicklern, die auf dem Spiritusbrenner erhitzt wurden. Ich hakte Katja von hinten das Mieder zu, meine zitternden Finger kamen lange nicht zurecht. Dann wurde nach einem Handschuh gesucht. Als Letztes entdeckten wir, dass ein Stück Spitze sich beim Bügeln gelöst hatte.

Anfangs hatten Katja und ich den Anlass ohne Pomp über die Bühne bringen wollen. Wir fühlten uns dazu nicht verpflichtet – traditionell ist es an den Eltern, eine Hochzeit auszurichten, unsere hatten uns von dieser Bürde befreit. Andererseits schien es ungehörig gegenüber ein paar Leuten, von denen wir abhingen – zum Beispiel meinem Patron.

Obwohl man nur mit Einladung hineinkam, war die Kirche am Ende voll. Alle Kandelaber brannten, Treibhausblumen überall und ein rosasamtener Läufer von der Tür bis vor das Analogion.

Der Geistliche schob mir Katjas Ringlein auf die Fingerkuppe und bedeckte unsere Hände mit seinem Epitrachelion. Der Ring war kalt, ihre Finger brannten und schwitzten. Drei Runden drehten wir um das Pult, dabei vergaß ich mich für einen Moment und fühlte nach, ob die Fahrkarte in der Innentasche meines Fracks steckte – ich wollte noch am selben Abend aufbrechen.

Die Anwesenden wirkten auf mich sämtlich unwirklich, wie Wachsfiguren, am meisten der Pope, der noch sehr jung und spindeldürr war, mit spärlichem Fusselbart. Das Prozedere war steif und unangenehm, man wäre am liebsten davongelaufen. Überhaupt kam ich mir vor, als hätte ich etwas gestohlen und würde gleich überführt.

Ich spähte immerzu in Katjas Gesicht an meiner Seite, das vom weißen Schleier verborgen war. Hätte ich den vertrauten spöttischen Ausdruck darin erkannt, wäre mir leichter gewesen, doch sie schien ernst und sogar festlich gestimmt, oder besser gesagt, ganz bei sich, so wie ich sie kaum kannte, hob den Rand des Schleiers und küsste das Kreuz, als schwöre sie dem lieben Gott tatsächlich, mich zu lieben.

Die Feier fand dann im Blauen Saal des Savoy statt, das mit seinen großen Fenstern auf die Wolga hinausging: anfangs ein helles, kaltes Gemälde, etwas wie Levitans »Über der ewigen Ruh«, aber dann wurde es schnell dunkel, die Kronleuchter gingen an, und in den Fenstern erschien unsere kauende Tischgesellschaft: stehkragenhaft steif und verlegen. Nur mein Brotherr redete unablässig, sprach den Getränken zu und titulierte mich ein ums andere Mal *vir bonus dicendi peritus**. Seine Gattin stocherte missmutig mit der Gabel im Aspik und warf geringschätzige Blicke ans andere Tischende, wo die deutlich weniger herausgeputzten Leute saßen, die meine Verlobte – nun meine Frau – eingeladen hatte; es waren ihre Kollegen von der Universität, ich kannte sie nicht. Im äußersten Fenster waren wir zu sehen, Katja und ich, deprimiert und steifnackig.

Schließlich fuhren wir in unser neues Heim, wo alles voller Blumen und Geschenke war. Seite an Seite gingen wir ins Schlafzimmer, Katja noch im Mantel, nass vom Sprühregen, darunter ihre nackten Schultern. Ein Odeur aus Parfüm und nassem Pelz stieg mir in die Nase, doch etwas anderes war dabei, das von Katja ausging, wie vom frisch gebrochenen Zweig einer tropischen Pflanze.

Ich hätte sie gern umarmt und geküsst, hielt mich mit Mühe zurück, obwohl ich doch wusste, dass eine Ansteckung nicht mehr

---

* Ein guter Mann, des Wortes mächtig (lat.)

möglich war. Und hätte sie in diesem Moment gesagt: Bleib da! Fahr nicht fort! – ich hätte die blöde Fahrkarte zerrissen. Katja aber war wieder die Alte, trug ihre spöttische Miene zur Schau: »Schau, es ist schon neun, du verpasst deinen Zug!«

Sie holte ihr Taschentuch hervor und schnäuzte sich. Wischte sich die Nase und sagte: »Was bin ich froh, dass dieser Spuk vorüber ist.«

Mein Plan war, in den Süden zu fahren, die paar Tage, bis ich wieder ganz gesund war, in einer jener Städte zu verbringen, in denen schwachbrüstige Menschen sich den Tod vom Leib halten. Mit Blick aufs Meer, salzigen Wasserdampf in der Nase. Ein Kurort im Schlummer der Nachsaison, das war es, was mir jetzt guttun würde.

Zu reisen, Bahn zu fahren, den brandigen Geruch von den Lokomotiven, all das hatte ich immer sehr gemocht. Diesmal war alles anders. Ich wälzte mich lange auf der Pritsche, mein Magen schien mit dem Hochzeitsmahl seine Schwierigkeiten zu haben. Die heiße Stirn gegen die eisige Fensterscheibe gepresst, sah ich, wie der Zug sich zur Sichel krümmte, sodass Spitze und Schwanz zugleich sichtbar waren – ein Bogen aus leuchtenden Fenstern, der durch das Dunkel zog –, ich dachte an Katja und dass ich sie bestimmt liebte.

Am Morgen, erinnere ich mich, schaute kurz die Sonne hervor, und man konnte sehen, wie schmutzig das Zugfenster war. Der Zug schwankte so gewaltig, dass man, mit dem Handtuch um den Hals auf dem Flur anstehend, sich an der Stange festhalten musste. Das Wasser, das aus dem Hahn überm Toilettenwaschbecken kam, war ekelerregend. Mir glitschte die Seife aus der Hand; als ich sie aufhob, war sie über und über mit Dreck und Haaren beklebt.

Bei einem Zwischenhalt, wo ich mir kurz auf dem Bahnsteig die Füße vertrat – es roch streng nach Öl und Petroleum –, gewahrte ich ein Plakat, das auf eine Schaubudenattraktion aufmerksam machte: VENUS BARBATUS, stand in Riesenlettern geschrieben. Eine bärtige Venus. Und irgendwie überkam es mich: Rasch stieg ich ein, um meinen Koffer zu schnappen, einzuräumen gab es glücklicherweise nicht viel, und schaffte es gerade noch, mit dem Abfahrtssignal abzuspringen. Gab meine Sachen in die Aufbewahrung und marschierte geradewegs zu der Schaubude, die, wie sich zeigte, ganz in der Nähe war. Schon auf dem Weg dorthin wusste ich nicht mehr, was mich geritten hatte: Was wollte ich hier?

Ich zahlte am Eingang meinen Obolus und betrat das Zelt. Kurz zuvor hatte ich einen herauskommen sehen, Grimasse der Abscheu.

In dem kleinen Raum mit abgenutztem Bretterboden war ich nun der einzige Besucher. In einer Ecke hinter quergespanntem Seil stand eine große Bettstatt. Auf zerknittertem Laken drapiert eine Frau im Rüschenkleid, wie es zu Natascha Rostowas Zeiten Mode gewesen war. Ihr Gesicht sah ich nicht gleich, da sie es mit einem Buch verdeckte, worin sie las. Der dicke Band war säuberlich eingeschlagen, ein Titel nicht zu erkennen. Als sie merkte, dass jemand gekommen war, legte sie ihren Roman, in dem sie anscheinend las, wenn keiner da war, hastig zur Seite und setzte sich aufrecht. Sie hatte ein grobes, unschönes Gesicht, und tatsächlich spross ihr ein spärlicher schwarzer Bart unterm Kinn, der mich lebhaft an den Geistlichen erinnerte, der uns am Vortag getraut hatte. Verlegenheit ergriff mich, ich wusste nicht, wie mich verhalten, die Verhältnisse schienen umgekehrt: als hätte ich den Rubel berappt, damit sie mich betrachten konnte.

Mit einer Entschuldigung verließ ich das Zelt.

Nach einem kurzen Gang durch das Städtchen – von dem ich nicht einmal den Namen wusste, ihn auf dem Bahnhof zu lesen hatte ich versäumt, aber es spielte ja auch keine Rolle – beschloss ich, weiterzureisen. Bis zur Abfahrt des nächsten Zuges blieben noch zwei Stunden, ich betrat das Bahnhofsrestaurant.

Da saß ich, und wieder kam mir alles komplett unwirklich und kulissenhaft vor: das Monogramm der Eisenbahngesellschaft – M.K.W. – auf der Sauciere aus gedunkeltem Zinn, die Salzgurke, die nach Dill und dem Blatt der schwarzen Johannisbeere roch, und das Salz im Napf, das hier nicht das feine weiße Pulver für die herrschaftliche Tafel war, sondern grobes Küchensalz, welches aussah wie geraspelte gelbe Zähne.

Die Bedienung brachte den Samowar, stellte ihn auf dem Untersatz ab, blies mit serviler Gebärde ein paar Aschestäubchen herunter. Ein Badehausbukett entströmte dem Rohr. Am polierten Bauch des Samowars sah ich mein Konterfei. Näherte ich mich, wurden daraus zwei, Scheitel an Scheitel.

Meine Gedanken in Erwartung des Zuges waren wieder bei Katja, ich fühlte mich schuldig vor ihr, wie ich mich vor niemandem je gefühlt, und wollte alles tun, um ihr das Glück zu geben, das sie in diesem Leben verdiente. Ich sah sie vor mir und fühlte mich wie der letzte Schuft.

Schließlich ertönte das Klingelzeichen, der bärtige Bahnhofsdiener stand in der Tür und krächzte: »Sinelnokowo-Losowaja, der Zug steht zur Abfahrt bereit auf Gleis zwo!«

Und der Kellner, wie üblich, wenn er sah, dass einer es eilig hatte, zählte das Wechselgeld bedächtig in kleiner Münze vor.

So vergingen diese Tage: Menschen, Worte, Dinge, entbehrliche Details zogen an mir vorüber, eine Anhäufung ohne Sinn und scheinbar ohne Ende. Ich konnte es kaum erwarten, wieder im Zug zu sitzen, der mich nach Hause brächte, zu Katja.

Die Rückfahrt zog sich in die Länge, die Räder schienen zu schleichen, voller Ungeduld zählte ich Stunden, Bahnhöfe, Kilometer. Hätte am liebsten geschoben, suchte beständig unsere Reisegeschwindigkeit zu errechnen, indem ich die Zeiger auf dem Zifferblatt mit den Werstsäulen multiplizierte.

Ich sandte Katja von unterwegs ein Telegramm mit meiner Ankunftszeit. Zwar wusste ich, dass sie im Labor war und mich nicht abholen konnte, trotzdem hegte ich insgeheim die Vorstellung, sie müsste am Bahnsteig stehen, und alles wäre wieder gut. Es konnte gar nicht anders sein.

Schließlich ein letzter gedehnter Pfiff der Lokomotive, und wir fuhren ein. Ich sah mich um im allgemeinen Gedränge, Katja war nirgends zu sehen. Wartete noch ein paar Minuten in der Hoffnung, sie auftauchen zu sehen. Sie konnte sich ja verspätet haben! Gleich käme sie, vollkommen aufgelöst, untröstlich über ihr Zuspätkommen, auf mich zugeeilt ... Dann aber obsiegte der Groll auf mich selbst, und ich rief eine Kutsche. Derlei kindische Einbildungen sind höchstens für Romane gut, scholt ich mich, diese albernen Orakel à la: Wenn Natascha erst zu ihrer Cousine geht und dann zu der anderen Dame, wird sie meine Frau! Wie käme Katja dazu, alles stehen und liegen zu lassen und auf den Bahnhof zu rennen. Auch sie hatte letztlich ihre Pflichten, so einfach war das alles nicht ...

Tatsächlich kam sie erst zum Abendessen aus der Universität nach Hause. Ich hatte Matrjoscha – die Aufwartung, die wir in Dienst genommen hatten – bereits nach Hause geschickt und öffnete Katja selbst die Tür. Sie fiel mir um den Hals, wir lagen uns in den Armen. Ich drückte sie an mich, den liebsten Menschen, den ich hatte.

Lange saßen wir miteinander bei Tisch.

Sie wollte etwas über meine Dienstreise wissen, ich verwarf das, gab vor, ich sei zu müde dafür, erzählte ihr nur die Geschichte von der Schaubudenvenus mit Bart.

Es drängte mich aufzuspringen, sie mir zu schnappen, ins Schlafzimmer hinüberzutragen und aufs Bett zu werfen. Doch da war eine Pein, die das verhinderte. Auch Katja schien verlegen, und so blieben wir am Tisch sitzen, als hätten wir noch nicht genug geredet, bemühten immer neue Themen, um das Gespräch, das eigentlich keinen von uns beiden interessierte, fortzuführen.

Schließlich wollten wir dann doch schlafen gehen. Ich ging ins Badezimmer und kam, frisch geschrubbt und eaudecolognisiert, im Morgenmantel wieder, immer noch mit einem seltsam gemischten Gefühl, halb Erwartung von etwas bevorstehend Großem, halb angstvolle Unbehaglichkeit.

Sie saß mit dem Spiegel vor ihrem Nachttisch und kämmte sich. Ich trat von hinten an sie heran, tauchte das Gesicht in ihr schwarzes, im Licht der Nachttischlampe bläulich schimmerndes Haar, presste die Lippen hinein. Katja griff nach meiner Hand, drückte sie und sagte dann frank und frei diesen Satz, als hätte es die Situation zwischen uns schon tausendmal gegeben:

»Ich bin heute unpässlich.«

Wir gingen zu Bett, löschten das Licht. Ich streichelte ihren Kopf, der an meiner Schulter vergraben lag. Ihre Hand lag auf meiner Brust.

Ich lauschte den Geräuschen der Nacht: dem Knurren im Bauch der Uhr, dem fernen Tuten eines Wolgadampfers, den eiligen Schritten auf der Straße, da strebte einer nach Hause.

Und ich wunderte mich über mich selbst, dass ihre Ansage keine Enttäuschung in mir hervorrief, sondern Erleichterung.

Jene ersten Tage waren angefüllt mit unliebsamen Bagatellen, wie sie jeder unweigerlich kennenlernt, der mit einem ihm noch wenig vertrauten Menschen den Alltag zu bestreiten lernt. Irgendeine Kleinigkeit, an sich nicht erwähnenswert, konnte sich auswachsen zu einem schier unlösbaren Problem. Nehmen wir nur einmal die elementare Scham, die leibliche Notdurft betreffend. Den Darm zu entleeren schien mir unmöglich, wenn ich gewärtig sein musste, dass sie gleich nach mir die Toilette betreten würde. Ich hielt mich dann immer lange auf, brannte Unmengen Streichhölzer ab, reckte prüfend die Nase in die Luft des kleinen, schlecht belüfteten Raumes. Oder nach dem Abendessen, wenn mir Winde zusetzten: Solange ich Junggeselle war, hatte ich mir Erleichterung verschafft, ohne darüber nachzudenken. Jetzt, da wir in einem Bett schliefen, wagte ich die durch meinen Unterleib wabernde Luft nicht abzulassen und verbrachte eine Ewigkeit beim Zähneputzen und Waschen oder saß einfach nur auf dem Wannenrand, während ich mit den vermaledeiten Gedärmen kämpfte. Dass solches früher oder später zu argem Bauchgrimmen führt, versteht sich.

Schon die bloße Bekanntschaft mit Katja war nicht ohne Komplikationen gewesen, doch im Zusammenleben war es noch schwieriger. Immerzu Missverständnisse aufgrund falscher Erwartungen. Jeder von uns hatte seine Vorstellungen von der Ehe gehabt und kam nie auch nur in deren Nähe – ein grauer Alltag brach an.

Ein Beispiel war, wie wir mit den Dingen umgingen, die uns umgaben. Eigentlich mochte ich es, wenn Ordnung herrschte, und ließ doch immer alles stehen und liegen. Ich hatte irgendwie gehofft, Sauberkeit wäre spielend, ohne die Notwendigkeit verzweifelter Großeinsätze, zu bewahren, einfach indem man richtig miteinander lebte. Weit gefehlt. Genau wie ich zog Katja ihre Spur der Verwüstung durch unseren Lebensraum. Sie konnte ihren Rock auf dem Stuhl im Wohnzimmer platzieren, das Nachthemd vor der Badtür im Flur einfach fallen lassen oder die abgenagten Reste eines Apfels auf dem Tisch ablegen, wo wichtige Papiere lagen. Immer musste ich ihr hinterherräumen, das Licht löschen, wenn sie einen Raum verlassen hatte. Anfangs stellte ich sie zur Rede und gab es bald auf, doch auch mein Schweigen sorgte für Groll aufeinander.

Besonders fuchsten mich ihre in der Wanne klebenden Haare.

In ihrer Handtasche herrschte ein großes Durcheinander, alle naselang wühlte sie nach etwas und fand es nicht, musste den ganzen Inhalt auf den Tisch oder das Sofa kippen: Notizzettel, Etuis, Geldscheine, Visitenkarten, Kämme, Flakons, Haarnadeln. Bleistiftstummel neben einer teuren Brosche. Auf meine behutsam vorgetragene Frage, ob man nicht vielleicht ein Ordnungssystem ausklügeln und so der Sache Herr werden könne, explodierte sie wie aus dem Nichts, schleuderte alles hin und verzog sich ins andere Zimmer, sprach den Rest des Tages kein Wort.

Ich versuchte ihr Schweigen von der lustigen Seite zu nehmen. Trug ihr Libanius vor, aus der 26. Declamatio: »Ein wortkarger Mann, der eine redselige Frau ehelicht, wird gegen sich selbst

Anklage erheben und um seinen Tod flehen.« Zog sie an mich, wollte den Arm um sie legen, zärtlich sein, sagte: »Katja, genug jetzt, wir wollen uns vertragen.«

Sie zuckte die Achseln und sagte trocken: »Wir haben uns doch gar nicht gestritten.« Dabei sah sie zur Seite und wartete, dass ich den Arm von ihren Schultern nahm.

Doch die eigentliche Qual fing erst an, wenn wir zu Bett gingen. Der Zeitraum ihrer Unpässlichkeit musste längst verstrichen sein, und immer noch wartete ich vergeblich auf irgendein Zeichen von ihr, ein Wort, eine Zärtlichkeit. Sie las vor dem Einschlafen, dann löschte sie das Licht und schlief ein. Ich tat es ihr nach, aber einschlafen konnte ich noch lange nicht.

Das Zusammenleben mit ihr war irgendwie paradox und verschroben, schwer zu ertragen. Es wuchs eine Mauer des Missverstehens, die uns mit jedem Tag mehr voneinander entfernte. Wir hätten uns aussprechen müssen, offenen Herzens, die noch dünne Eisschicht zwischen uns zum Schmelzen bringen, die Eiszeit unter allen Umständen abwenden.

Und dann kam jene Nacht. Ich konnte wieder nicht einschlafen und ging in die Küche, die Kakerlaken aufscheuchen. Stellte einen Topf auf den Kocher, wollte mir Pfefferminztee bereiten.

Da hörte ich Katjas Schritte. Verschlafen kam sie herein, ins grelle Lampenlicht blinzelnd, das leere Glas in der Hand – vor dem Schlafengehen pflegte sie sich ein Glas Wasser mit Zitrone auf den Nachttisch zu stellen.

»Barfuß auf dem kalten Boden! Du wirst dich erkälten«, mahnte ich sie.

Ohne etwas zu erwidern, goss sie sich Wasser aus dem Krug ins Glas.

»Hör mal, Katja«, sagte ich, fest entschlossen, das überfällige Gespräch zu eröffnen; noch länger zu warten ging über meine Kräfte. »Zwischen uns stimmt etwas nicht. Wir müssen das besprechen. Lass uns einfach hinsetzen und reden …«

Jede andere Erwiderung hätte ich erwartet, nur nicht die, die ich zu hören bekam.

»Reden?«, fiel sie mir ins Wort. »Worüber denn? Über Gonokokken?«

Ich hob den Blick.

Was in ihren Augen zu lesen stand, war nicht einmal Verachtung, es war ein maßloser, vernichtender Ekel. Sie warf einen Zitronenschnitz in ihr Glas und ging hinaus.

Wie heute sehe ich mich in der nächtlichen Küche sitzen, schnuppere den Zitronengeruch, höre das Knarren des Parketts am anderen Ende des Flurs, blicke auf den Kocher mit dem brodelnden Wasser im Topf und spüre, wie ich in einen Abgrund falle. Einer, aus dem kein Herauskommen sein wird.

Ich war perplex. Solowjow hatte ihr alles erzählt. Meine erste Anwandlung war, hinzugehen und ihn zu ermorden. Doch der Gedanke folgte recht schnell, dass dieser Mann hierbei eigentlich keine Rolle spielte. Der Schuft war ich, nicht er. Er war ja doch Arzt und hatte das Beste gewollt, ihre Gesundheit behüten, vielleicht hätte ich an seiner statt genauso gehandelt.

Vorsichtig, ohne Licht zu machen, betrat ich das Schlafzimmer, hörte Katjas Atemzüge und wusste, dass sie nicht schlief. Seltsamerweise war dies der Moment – im Dunkeln vor dem Ehebett stehend, die Uhr schlug halb eins oder halb zwei –, in dem ich begriff: Zwischen uns war etwas passiert, was nicht wiedergutzumachen war. Ich nahm Decke und Kissen und verzog mich damit in mein Kabinett. Von nun an schlief ich dort, auf dem Sofa.

Es folgten verzehrende Tage, am Rande des Wahnsinns. Ich flüchtete mich in Arbeit. Vermied es, mit meiner Frau allein zu sein. Plagte mich mit dem Gedanken, ob es nicht besser gewesen wäre, ihr von Anfang alles zu beichten, so aber stand nun eine große Lüge zwischen uns. Diese Lüge hatte sie gekränkt. Dabei hatte ich ihre Würde damit rein halten wollen.

Vor anderen, meinen Mandanten oder Matrjoscha, mimten

Katja und ich unabgesprochen das glückselige junge Ehepaar – sprachen angeregt miteinander über dies und jenes, diskutierten, wie die Einrichtung der Wohnung zu vervollständigen sei und was am Sonntag auf den Tisch kommen sollte – so als ob alles in bester Ordnung wäre. Ein monströses Spiel, das aber auch ihr wohl zu etwas nütze war.

Montags kam die Wäscherin. Dann stand die Küche unter Dampf, und der Geruch von Seife und Wäschestärke drang durch alle Ritzen, sodass ich an diesem Tag besser keine Mandanten empfing. Dienstags hing die Wäsche dann auf dem Hinterhof, die Schöße und Ärmel schaukelten im Wind. Ich stand am Fenster und sah zu, wie der Ärmel meines Pyjamas ihr Nachthemd berührte.

Eines Nachts geschah, was ich erwartet und mir all die vergangenen Tage ausgemalt, erhofft und zugleich gefürchtet hatte: Die Tür ging auf. Ich lag mit dem Gesicht zur Wand und tat, als schliefe ich. Sie schlich herein – ich spürte es mehr, als dass ich das Parkett knarren und ihr Negligé rascheln hörte –, kauerte sich neben das Sofa auf den Fußboden und hockte lange so da. Ich rührte mich nicht. Einmal spürte ich gar ihre Hand auf meiner Decke. Sie streifte mich ganz leicht. Und mir war, als flüsterte Katja etwas, ich verstand nicht, was.

Ich hätte mich umdrehen können, nach ihr greifen, sie küssen, lieben, alles vergessen – doch es gab keine Macht auf Erden, die mich dazu gebracht hätte. Denn erst in dieser Nacht, auf dem Sofa, als Katja unsichtbar zu meinen Füßen auf dem Boden saß und mir etwas flüsterte – erst in diesem Moment merkte ich, dass ich sie hasste.

Sie ging so leise, wie sie gekommen war – mit drei schwachen Dielenseufzern.

Und weiter flog die Zeit dahin, in wachsender gegenseitiger Entfremdung. Als wären wir stillschweigend übereingekommen, einander das Leben auszutreiben. Jede Lappalie, wie Liebende sie einander mühelos vergeben, löste bei uns einen neuen Schwall von

Groll, Unverständnis und kränkenden Worten aus. Wenn ich nun das Badlicht hinter ihr ausmachte, sah sie darin etwas Demonstratives. Ich brächte sie noch in die Klapsmühle damit, herrschte sie mich einmal an, dabei hatte ich selbst das Gefühl, durchzudrehen, wenn das so weiterging.

In der Öffentlichkeit benahmen wir uns weiterhin so, als wäre nichts geschehen. Sie ging bei mir untergehakt, lachte und scherzte mit einer Freundin, die wir zufällig auf der Straße trafen, stellte mich vor: Dies sei ihr Herr Gemahl, ihn zu ruinieren habe sie noch nicht geschafft, aber wenn es so weit sei, werde sie ihn umgehend fallen lassen … Einträchtiges Lachen von uns dreien.

Was meine Bekannten betraf, so erging des Öfteren die augenzwinkernde Frage, wann denn das Kindlein komme? Ich zog mich mit einem Scherz aus der Affäre.

So vergingen ein paar Monate. Was zuvor unvorstellbar gewesen, war nun alltägliche Wirklichkeit. Wir hatten uns diese Lebensart zu eigen gemacht, waren daran gewöhnt. Allerdings wurden die Nervenzusammenbrüche bei Katja häufiger. Und auch mir fiel es zunehmend schwerer, mich zu zügeln. Der Krug geht so lange zu Wasser, bis er bricht.

Die Stummheit zwischen uns konnte tagelang anhalten. Gelegentliche Friedensangebote endeten in nur noch größerer Gereiztheit, derer mich zu erwehren ich kein andres Mittel fand, als neuerlich zu verstummen, während sie Tiraden vom Stapel ließ, herausfordernd und beleidigend, meiner und ihrer nicht würdig. Mitunter kündigten sich ihre Wutausbrüche damit an, dass sie von etwas zu reden anfing, was keinerlei Bezug zur Wirklichkeit hatte, aber so bildhaft daherkam, als wäre es ihr selbst passiert. Etwas Angelesenes nahm Besitz von ihr, verdichtete sich in ihrem Hirn zu einer eigenen, nebulösen Wirklichkeit, in der sie sich selbst nur noch mit Mühe zurechtfand. Sie begann Monstrositäten auszubrüten, mit denen sie mich treffen konnte. So zum Beispiel zu Weihnachten.

Pünktlich zum Fest hatte es kräftig geschneit. Irgendwie hatte ich das Gefühl, dass wir, Katja und ich, an diesem Abend zur Besinnung kommen müssten, aus unserer Verblendung erwachen, den Kreislauf sprengen, der uns die Luft nahm. Mir lag daran, den Heiligabend gebührend zu begehen, richtig mit Tannenbaum und Geschenken. Ich sah zu, wie der Hausmeister die Tanne in den Ständer stellte, und dachte zurück an meine Kindheit. Alles sollte sein, wie es bei uns zu Hause gewesen war: Wenn die Kutja traditionsgemäß nach Aufgang des ersten Sterns verputzt und die Kerzen am Baum entzündet waren, trafen sich alle im Salon zum Weihnachtsmahl. Fleisch wurde am Heiligen Abend nicht gereicht, dafür Fisch mit Kräutern und Kompott, und die Geschenke kamen in einen großen Korb, der neben dem Baum unterm Flügel stand.

Ich fand einen ebensolchen Korb, wie wir ihn in unserer Dienstwohnung im Gymnasium gehabt hatten, kaufte unserer Haushaltshilfe zum Geschenk eine Brosche und noch irgendeine Kleinigkeit; für Katja wollte ich etwas Erlesenes und wählte lange, ehe ich mich für ein schönes und teures Armband entschied.

Die Befürchtung, Katja könnte gar nicht aus ihrem Zimmer hervorkommen, bewahrheitete sich nicht, sie spielte das Spiel mit sichtlichem Behagen mit, erschien pünktlich zu Tisch im festlichen Abendkleid, in dem ich sie bislang nur wenige Male erblickt hatte – ärmellos und mit Rückenausschnitt. Allenfalls die tückische Freude, die ich in ihren Augenwinkeln lodern zu sehen glaubte, schien mir ein Grund zur Besorgnis.

Ich entzündete die Kerzen und löschte das elektrische Licht. Mit reichlich Watte und Flitter bestreut, stach der Baum festlich leuchtend aus der Dunkelheit hervor, blieb jedoch etwas schuldig: Irgendetwas Entscheidendes, das die Magie der Weihnacht ausmachte, schien zu fehlen. Ich überreichte Matrjoscha die vorbereiteten Geschenke und entließ sie. Wir blieben zu zweit allein.

Das Kerzenlicht spiegelte sich in den Weingläsern auf dem Tisch, im Porzellan der Teller und im Silber des Bestecks. Ich trat vor Katja hin, wickelte mein Geschenk für sie aus, überreichte es ihr. Ihr Blick glitt nur flüchtig darüber hin; sie probierte das Armband nicht einmal an, legte es im offenen Kästchen auf dem Flügel ab.

Wir nahmen Platz. Im Raum roch es nach Tannengrün, die Kerzen knisterten, doch ich ahnte bereits, dass zwischen uns keine rechte Weihnachtsstimmung aufkommen würde. Dennoch hatte ich mir geschworen, wenigstens diesen Abend in Würde zu verbringen und mich nicht auf das Spiel wechselseitiger Demütigungen einzulassen. Ihre Kampfeslust war hingegen unübersehbar.

»Ich bin gespannt, was ich von dir geschenkt bekomme, Katja«, sagte ich im allerfriedlichsten Tonfall, während ich mir die Serviette über die Knie breitete.

»Ich hab eine Geschichte für dich«, sagte sie grinsend.

»Ach? Was denn für eine?« Ich lehnte mich zurück und suchte durch das Gefunkel der Gläser hindurch ihren Blick aufzufangen.

»Vielleicht trinken wir erst mal was, wenn wir schon miteinander am Tisch sitzen«, sagte Katja mit ungutem Lächeln und streckte mir ihr leeres Glas entgegen.

Ich öffnete die Flasche und schenkte ihr ein. Wir stießen an. Sie trank ihr Glas leer, ich nahm nur einen Schluck.

Stumm sah ich zu ihr hinüber. Auch wenn mir noch schleierhaft war, was sie mir gleich aufzutischen gedachte, brodelte in mir bereits wieder der Hass – denn alles, was diese Frau vorhatte, konnte nur den einen Zweck haben: mir wehzutun und mich zu erniedrigen. Und das an einem solchen Abend, da ich ihr die Hand zur Versöhnung gereicht hatte.

»Also«, begann Katja, während sie sich die Vorspeisen auftat. »Ich hab heute auf der Straße einen Mann getroffen, der dir nicht unbekannt ist. Deinen Freund Solowjow nämlich. Er schlug vor, mit zu ihm zu kommen. Erst wollte ich ablehnen, bin aber mitgegangen, ich weiß selbst nicht warum. Als wir unter vier Augen waren, verschloss er auf einmal die Tür hinter uns und zog den Schlüssel ab. Und kaum steckte der Schlüssel in seiner Tasche, wurde aus ihm ein anderer, ich erkannte ihn nicht wieder. Er sagte, er würde mich nicht eher aus den Fängen lassen, bis ich ihm zu Willen sein würde.«

Sie verstummte, fuhr sich mit den Fingern in den Mund und zog eine lange Heringsgräte hervor.

»Das war die ganze Geschichte?«, fragte ich.

»Jawohl.«

Kauend blickte sie an mir vorbei auf die flackernden Kerzen.

Ich glaubte ihr kein Wort. Mir war, als hätte ich den Roman, aus dem diese abgeschmackte Szene stammte, schon einmal gelesen, selbst der Name des Autors schien mir auf der Zunge zu liegen.

Ich erhob mich und ging zu ihr hinüber.

»Katja!«

Ich griff nach ihrer Hand, sie riss sich los und brüllte: »Ich kann dich nicht mehr sehen!«

Hier schoss mir das Blut in den Kopf, und alles Menschliche in mir schwand im Augenblick, schwärzte sich ein. Übrig blieb ein Höhlentier ohne Verstand. Und ich erwürgte sie wohl nur deshalb nicht, weil ich sie vergewaltigte. Wäre in diesem Moment etwas Menschliches in mir übrig gewesen, hätten meine Hände sie erwürgt. So aber sprang das Tier hervor, und meine Hände zerfetzten Kleid und Strümpfe.

Als ich wieder zur Besinnung kam, lag sie auf dem Teppich, das Kleid in Fetzen, die Beine noch so gespreizt, wie ich sie gezwungen hatte, ein Fuß mit Schuh, der andere ohne, und sah mich an. Hass und Verachtung im Blick.

Ich schnappte mir die Flasche Nusslikör vom Büfett und verließ wortlos den Raum.

Am anderen Morgen erwachte ich spät. Katja war nicht da. Ein Teil ihrer Sachen lag in Unordnung auf dem Fußboden. Ich begriff, dass sie mich verlassen hatte. Suchte nach einem Zettel, einer Botschaft, fand keine.

Matrjoscha kam, um aufzuräumen. Ich hörte die Kleiderbürste im Flur über den Mantelstoff fahren, gegen die Knöpfe klappern.

Sie klopfte an die Tür meines Kabinetts und schaute herein.

»Wann kommt Katerina Michailowna wieder?«

»Keine Ahnung«, sagte ich. »Vielleicht niemals.« Ich setzte ein Grinsen auf.

Sie schaute mich schräg an und ging ins Wohnzimmer, die Weinflecke vom Parkett scheuern.

Eine Woche später traf ein Brief von Katja aus Moskau ein. Sie habe alles in ihrer Macht Stehende versucht, um unsere Ehe zu retten, so schrieb sie, doch es führe zu nichts und nütze niemandem. »Wir haben keine gemeinsame Zukunft, und das ist gut so.« Sie brauche jetzt etwas Zeit, um zur Ruhe zu kommen, und werde dann noch einmal zurückkehren, um die Trennung endgültig zu vollziehen.

Mir entfuhr ein Seufzer der Erleichterung.

Epiphanias war vorüber, Katja noch nicht wiederaufgetaucht. Auf den Höfen spielten die Kinder mit den weggeworfenen Weihnachtsbäumen, pflanzten sie in die Schneewehen.

Auch unser Baum war verdorrt, hatte bei jeder Berührung genadelt, am Morgen nach Epiphanias wurde er vom Hausmeister beim Stamm gepackt und hinausgeschleift, die nackten Äste mit den Resten vom Lametta schienen sich am Türbalken festklammern zu wollen.

Die Tage verstrichen, keine Nachricht von Katja, ich begann unruhig zu werden: Es war doch nichts mit ihr passiert? In dem Nervenzustand wäre ihr vieles zuzutrauen gewesen.

Bis ich endlich ihre Stimme im Flur hörte. Ich hatte gerade einen Mandanten vor mir sitzen, Eisenbahnarbeiter mit vielen Kindern, dem es in der Lokwerkstatt einen Arm abgerissen hatte – ich versuchte der Eisenbahn eine Rente für ihn abzuzwingen.

»Die Eisenbahn hat ein Eisenherz«, stellte er an einer Stelle seufzend fest.

Nachdem ich ihn zur Tür gebracht hatte, ging ich ins Wohnzimmer hinüber. Katja stand mit dem Rücken zu mir und öffnete mit einer Haarnadel einen Brief. In ihrer Abwesenheit hatte sich einige Post angesammelt. Sie musste sich gerade die Hände gewaschen haben, der Umschlag war von ihren Fingern feucht.

»Du hast ganz recht, Katja«, begann ich sogleich. »Unsere Ehe war von Anfang an ein Hirngespinst. Es ist uns nicht beschieden, miteinander zu leben. Ich mag deine Freiheit in keiner Weise beschränken und bin von vornherein bereit, auf alle deine Bedingungen bezüglich der Scheidung einzugehen, auch was die Fragen des Unterhalts betrifft. Glaub mir, ich will dir nichts Böses und möchte, dass du glücklich wirst. Und dafür ist eine Scheidung wohl das Beste ...«

»Alexander«, unterbrach sie mich, ohne sich umzuwenden, sah mir aber im Spiegel in die Augen, »ich bin schwanger.«

Mechanisch nahm ich ein Buch aus dem Regal und blätterte darin, um meiner Erschütterung Herr zu werden.

Jetzt wandte sie sich um.

»Willst du nicht wissen, von wem das Kind ist?«

»Was soll das heißen?«

»Ich hab dir neulich die Geschichte von Solowjow erzählt. Du hast sie mir hoffentlich nicht geglaubt. Der Vater des Kindes bist du ... Fass dich erst einmal, dann reden wir weiter. Und wenn du dann immer noch die Scheidung willst ... Erst mal würde ich gern ein Bad nehmen. Ich bin müde von der Reise.«

Sie ging hinaus. Ich blieb sitzen mit dem Buch auf dem Schoß – einer Sammlung von Spasowiczs Gerichtsreden, wenn ich mich recht erinnere. Irgendwann rutschte es mir herunter und fiel zu Boden.

Und wieder ist alles anders, so mein erster Gedanke. Zugleich aber empfand ich etwas völlig Neues: Erstmals seit Jahren schien mir die Welt vom Kopf auf die Füße gestellt. Ich war verheiratet, und meine Frau erwartete ein Kind – so die Lage der Dinge, die allem Anschein nach die einzig richtige und wünschenswerte war. Und kaum fing ich an nachzudenken über dieses Kind, ging ein unerklärliches Wunder vor sich. Ich schaute mich um in meiner Umgebung, und mir war, als sähe ich die Dinge zum ersten Mal. Dinge, deren Existenz ich zuletzt nicht mehr wahrgenommen hatte, die ohne Form und Farbe, ohne Wert und Gewicht gewesen waren, tauchten wieder aus der Leere hervor und erlangten Gegenwärtigkeit, verteilten sich in meinem Leben: die Lampe mit den am Grund des Schirms lagernden Mottenleichen, der Schnee vor dem Fenster, die für Augenblicke aufleuchtenden und wieder verdämmernden Flocken, der Teppich zu meinen Füßen mit dem hingesegelten, aufgeschlitzten Kuvert, der Eisenbahnarbeiter, der sicher schon zu Hause angekommen war und seine Pelzjoppe mit der Linken aufknöpfte. Aber ja doch: diese Wohnung, dieses Mobiliar, der Schnee, der Arbeiter – all dies hatte einen Zweck: Es war da für mein Kind.

Ich ging nach nebenan zu Katja. Sie war eben aus dem Bad gekommen, steckte in einem dicken, flauschigen Kittel und duftete. Um den Kopf ein zum Turban geschlungenes Handtuch. Sie war dabei, sich etwas unter die Augen zu schmieren. Ich nahm ihre Hand und drückte sie an meine Wange.

»Katja«, sagte ich, »alles wird sich einrenken. Hauptsache, unser Kind ist gesund und hat es gut. Um seinetwillen sollen alle Scheußlichkeiten zwischen uns vergessen sein, wir wollen alles tun, damit es ihm wohl ergeht.«

Ihre Hand roch nach Mandelcreme.

Sie verzog keine Miene, ihre Augen blieben kalt.

»Wie du meinst«, sagte sie. »Aber jetzt lass mich bitte allein.«

Nicht gerade freundlich, und doch: Nach allem Groll und Hass, den ich noch vor Kurzem gegen sie gehegt, konnte ich nur staunen über den Gefühlsumschwung, der sich in mir vollzogen hatte: Ich floss über vor Mitgefühl und Zärtlichkeit. Alle ihre Eskapaden, all die Versuche, mich zu piesacken und zu demütigen, aus der

Fassung zu bringen, hatten mein Herz rückstandslos passiert, zählten nicht mehr. Plötzlich fühlte ich mich als Erwachsener an der Seite eines kranken und darum launischen Kindes, dem man selbstredend nichts übel nehmen konnte, was immer es anstellte. Sie war die Mutter meines Nachkommen, Sohn oder Tochter, das allein setzte sie in den einzigartigen Stand, dem gegenüber alles zurücktrat, mit Nachsicht behandelt und vergeben werden konnte.

Ihr Organismus vertrug die Schwangerschaft schlecht, die Ärzte rieten zu langen Sanatoriumsaufenthalten, sodass sie die meiste Zeit nicht zu Hause war; ich sah sie nur selten, wodurch die Veränderungen an ihr umso offenbarer wurden.

Öfter in diesen Monaten versuchte ich mir vorzustellen, wie unser kleiner Schatz wohl aussehen würde, was für Augen haben, was für Haar, und wer da überhaupt in Katja heranwuchs, Mädchen oder Junge. Dass die Menschen seit eh und je auf diese immergleiche Weise zur Welt kamen, fand ich jetzt verwunderlich, während ich früher nie darüber nachgedacht hatte.

Einmal, als Katja aus dem Sanatorium nach Hause kam, war es gerade Frühling geworden, Tauwetter, der Boden hob sich. Das Kind in ihrem Bauch begann sich zu regen. Katja blieb öfter stehen, legte die Hände darauf. Zu gern hätte ich gewusst, wie sich das anfühlte.

Ich fragte sie danach.

»Es fühlt sich an, als wären die Gedärme zum Leben erweckt.«

Sonderbar, dass sie immer noch diesen Drang verspürte, mich aufzuziehen, nicht einmal das Kind, seine bevorstehende Geburt, hatte sie von dieser kleinlichen, nichtswürdigen Lust befreien können, die unser früheres Leben so vergiftet hatte.

Im Grunde erlebte ich die Zeit der Schwangerschaft gar nicht mit. Die wenige Zeit, die sie in meiner Nähe war, gereichte nur zu oberflächlichen Eindrücken: der kugelrunde Bauch, der veränderte Gang, die unreine Haut. Überhaupt sah Katja bei Weitem nicht mehr so gut aus. Die Ärzte, die ich hinzuzog, versicherten mir, alles stehe zum Besten und, so Gott wolle, einer glücklichen Geburt nichts im Wege.

Einmal war ich auf dem Heimweg vom Gericht, kam an der Barbarakirche vorbei, blieb stehen und ging nach einem Moment des Zögerns hinein, ohne recht zu wissen warum. Während es draußen bereits dämmerte, brannten drinnen die Kerzen hell. Kerzenhaine – diesen Ausdruck hatte ich irgendwo gelesen, hier gab es mehrere davon. Ich kaufte eine und stellte sie vor der hl. Barbara auf. Ich weiß noch, wie ich zwischen den paar Weiblein stand, die da mehr tot als lebendig hockten, und mich fragte: Heilige Barbara, wer war die noch mal? Was hat sie vollbracht? Warum bitte ich sie, eine Frau, die ich nicht kenne, eine vielleicht ganz unbedarfte Person, obendrein seit Langem unter der Erde, dafür zu sorgen, dass mit Katja alles gut gehen möge? Ich wunderte mich über mich selbst, wie ich da stand und flehte: »Heilige Barbara, mach, dass uns ein gesundes Kind geboren wird und dass Katja die Geburt gut übersteht! Mehr will ich nicht von dir!«

Es wurde eine Frühgeburt. Die Hebamme, ein flinke kleine Frau mit hässlicher Warze auf der Oberlippe, verlangte mal Eis, mal heißes Wasser, Klistierspritze, Schieber, Essig, Salmiakgeist. Ich wurde aus dem Schlafzimmer verbannt. Hockte im Esszimmer zwischen Gläschen und Ampullen, Wärmflaschen, Thermometern, Topf und Handtuch, hygroskopischer Watte, Fetzen von Zeitungspapier, und über allem hing der schwere Geruch von Chloroform.

Ich war hochgradig nervös. Verlor, genauer gesagt, jegliche Kontrolle über mich, tat sinnloses Zeug, dessen ich mich bei jeder anderen Gelegenheit geschämt hätte, zum Beispiel klopfte ich an die Tür und fragte: »Seid ihr bald fertig?«, oder »Geht das nicht ein bisschen schneller?«, kurzum, ich war nicht Herr meiner selbst.

Ich hörte Katja unablässig stöhnen. Wollte unbedingt hinein, fragte immer wieder. Die Hebamme blieb gefasst, sie war dergleichen wohl gewöhnt, und antwortete jedes Mal: »Nein, Sie schleppen nur Keime ein.«

Plötzlich fiel etwas klirrend zu Boden. Die Hebamme hatte mit dem Handtuch versehentlich den Glaskrug vom Stuhl gewischt.

Derweil rutschte mir das Herz in die Hosen. Eine ungute Vorahnung beschlich mich. Seltsam, dass das Gefühl von einem zu Bruch gehenden Krug ausgelöst wurde.

In Abständen kam die Hebamme heraus, und Matrjoscha goss ihr Tee ein. Gelassen saß sie da, knabberte Kekse. Ich fragte mich, wie man mit dieser Warze überhaupt richtig essen konnte. Alles gehe seinen Gang, so beschwichtigte sie mich.

»Darf ich mal kurz hinein?«, ließ ich nicht locker.

»Nein, Sie schleppen Keime ein.«

»Aber ein Mensch kann nicht drei Stunden am Stück so stöhnen. Wollen Sie behaupten, das wäre normal?«

Sie betrachtete mich interessiert wie einen Frosch, der plötzlich mit Menschenstimme zu sprechen anhebt, trank ruhig ihren Tee aus und ging wieder nach nebenan, zog mir die Tür vor der Nase zu.

Am Ende, nach ein paar vollends tierischen Schreien – kein menschliches Wesen schreit so, schon gar nicht Katja! –, hörte ich es leise quäken. Ich stürzte zur Tür, rüttelte – doch sie war vorsorglich zugesperrt.

Nie werde ich den ersten Anblick meines Töchterleins vergessen: die Haut, möhrenfarben von der Neugeborenen-Gelbsucht, die Knopfnase, die kurzen Fingerchen und diese Öhrchen, die mir, so klein sie waren, gleich sonderbar vorkamen und doch ganz herrlich anzuschauen. Besonders auffällig schienen mir die entzündeten Lippen zwischen den Beinen – die Hebamme erklärte, das müsse so sein.

Die ersten Tage waren schwer. Anetschka – ich weiß nicht mehr, wie wir auf diesen Namen kamen, wahrscheinlich hat Katja ihn bestimmt, aber was spielt das für eine Rolle –, Anetschka wollte die Brust nicht, machte fast gar keine Anstalten zu trinken, es war eine einzige Quälerei. Katjas Brüste waren nach der Geburt prall und hart geworden, die linke deutlich größer als die rechte. Sie wischte mit dem Schwamm darüber, bevor sie sie dem Kind überließ, dabei genierte sie sich meiner Gegenwart nicht, was ich von ihr nicht kannte – als wäre ich für sie gar nicht da. Ich stand daneben und sah zu, wie das Kind nuckelte, dabei nach mir zu äugen schien, seine Fingerchen griffen einzeln in die Brust.

Katjas Zustand nach den Strapazen war bedenklich, sie weinte viel. Die Blutungen wollten nicht aufhören. Außerdem fürchtete sie beständig, im Umgang mit dem Kind etwas falsch zu machen. Wenn Anetschka in ihrem Bettchen lag und gerade keinen Laut von sich gab, sprang sie sogleich hinzu und legte das Ohr an, ob sie noch atmete.

Ich versuchte möglichst viel an ihrer Seite zu sein, ging auch Matrjoscha zur Hand, die nun zusätzlich die Funktion des Kindermädchens ausfüllte und unseren Schatz zu versorgen hatte. Ich tauchte ein in diese staunenswerte Säuglingswelt, die sich zusammensetzte aus nie gekannten Verrichtungen wie dem Auskochen der Schnuller und Sauger, Aufstreuen von Wundpuder, Schnüffeln an Windeln oder Absaugen der Milch. Davon hatte Katja so viel, dass sie öfter über dem Küchenausguss stand, die Brust wie ein Euter hängend, und sich selber melkte.

Tagsüber gab es kaum Gelegenheit zur Einkehr; des Nachts umso mehr; Angst und Schweißausbrüche, dass mit Anetschka etwas nicht in Ordnung sein mochte. Ich trieb mir das immer wieder aus, lachte darüber – wäre es an dem gewesen, wir hätten es von der Hebamme erfahren. Das Einfachste war natürlich, einen Arzt zurate zu ziehen, besser gleich mehrere – aber davor stand wieder die Angst, und ich schob es hinaus. Dafür ist später immer noch Zeit, sagte ich mir.

Recht bald entzündeten sich Katjas Brustdrüsen, sie schrie vor Schmerz, wenn das Kind sich festsaugte.

Dann blieb die Milch weg.

Gäste stellten sich ein, alle wollten unser Krümelchen sehen, doch weil in der Stadt eine Grippewelle umging, untersagte ich den Zutritt zur Kinderstube rigoros. Als einer der Ersten erschien Solowjow. Ich hatte ihn lange nicht gesehen, er schien noch größer geworden, schwitzte noch mehr, hatte Bauch angesetzt. Auch ihn wollte ich erst nicht zu Anetschka lassen, doch er schob mich einfach zur Seite. »Ich bin Arzt, falls du das vergessen hast.«

Er untersuchte das Kind ausgiebig, knetete seine Füßchen, drehte es von einer Seite auf die andere und wieder zurück, hielt es so über den Tisch, als sollte es gleich anfangen zu laufen. Besorgt sah ich ihm zu.

Es klingelte an der Tür, da kam schon wieder Besuch, Katja ging öffnen. Ob es in meiner oder Katjas Verwandtschaft irgendwelche Abartigkeiten gegeben habe, wollte Solowjow von mir wissen. Ich wusste von nichts.

»Stimmt was nicht? Ist irgendwas nicht in Ordnung mit ihr, sag?«

Doch er lachte nur. »Ich frage dich das, weil ich ein Arztdiplom habe, das mich zwingt, jedem meiner Patienten derartige Fragen zu stellen. Das Weibchen hier ist ein ganz vortreffliches Exemplar! Schau nur, der reinste Grenadier!«

Anetschka fing an zu schreien, ich nahm sie Solowjow ab. Katja kam herein mit dem Fläschchen in der Hand, Zeit zum Füttern.

In der Nacht schlief das Kind unruhig und quengelte. Ich nahm es aus dem Bettchen und ging mit ihm in mein Kabinett hinüber. Katja hatte sich an dem Tag nicht gut gefühlt und brauchte Ruhe.

Ich legte mich aufs Sofa und Anetschka auf meinen Bauch. Lag da und lauschte ihrem ruhigen, gemessenen Atem. Schaute auf das halb leere Wasserglas, das vergessen auf der Kommode stand, horchte auf das Schlurfen eines späten Heimkehrers vor dem Fenster, auf die knarrenden Sprungfedern von Matrjoschas Bettstatt in der kleinen Kammer neben der Küche – und zum ersten Mal im Leben fühlte ich mich groß und bedeutend, ein Hüne wie Mikula Seljaninowitsch, furchtlos und allmächtig – und alles nur, weil auf meinem Bauch dieses kleine, schutzlose Wesen grunzte und unbewusst auf diese meine Allmacht setzte, darauf, dass ich in einer Welt, wo keiner den anderen liebte, nichts auf dieses Kind kommen lassen würde. In jener Nacht verstand ich, dass nichts zu befürchten war: Was immer die Herren Doktoren uns noch eröffnen würden, es änderte nichts an unserer, Anetschkas und meiner, Welt.

Am nächsten Tag vereinbarte ich eine Visite beim besten Kinderarzt der Stadt, Doktor Romberg. Zu dritt erschienen wir zum anberaumten Termin.

Romberg war ein ausgezehrter Greis mit Tremor in den Händen, tränenden Augen und Altersflecken auf der Haut, die sich über den Knöcheln spannte.

Er untersuchte Anetschka und sagte, er sehe gewisse Entwicklungsverzögerungen, die jedoch auf die frühe Geburt zurückzuführen seien.

Während Katja Anetschka wieder anzog, wechselte ich mit Doktor Romberg aus dem Behandlungszimmer in dessen Kabinett – in der Vermutung, er würde mir die Rechnung schreiben, ich hielt das Portemonnaie schon gezückt.

»Setzen Sie sich«, wies er mich finster an und schloss die Tür hinter sich.

Ich nahm Platz. Schon in dieser Sekunde wusste ich, was er mir zu sagen vorhatte.

»Ich bitte Sie, mich ruhig und gefasst anzuhören«, fuhr Romberg fort und rang die zitternden Hände. »Ich verzichte auf alle mildernden Floskeln und sage Ihnen ohne Umschweife: Ihr Kind ist nicht wie andere Kinder und wird es nie sein.«

Eine Flut medizinischer Begriffe prasselte auf mich ein.

»Aber die Hebamme hat das Kind doch auch gesehen«, fiel ich ihm ins Wort, »und noch ein anderer Arzt ... Sie haben beide nichts bemerkt.«

»Ich denke, die Hebamme wird im Bilde sein und dieser Ihr anderer Arzt auch. Sie hatten einfach nicht die Traute, es Ihnen zu sagen. In derlei Fällen, wissen Sie ... Den Eltern so etwas ins

Gesicht zu sagen erfordert einen gewissen Mut, man kann es auch Grausamkeit nennen. Es anderen zu überlassen ist einfacher.«

Der Arzt schwieg eine Weile, seine Lippen malmten. Er schob seine Papiere auf dem Schreibtisch hin und her, wovon diese gleichfalls zu zittern anfingen. Dann sagte er mit plötzlich veränderter Stimme: »Sie werden meine Grobheit entschuldigen. Man wird mitunter grob, wenn man hilflos ist.«

Er empfahl noch, Katja bis auf Weiteres nichts zu sagen, sie sei zu sehr geschwächt von der Geburt.

»Geben Sie ihr noch eine kleine Weile die Chance, sich als normale Mutter eines normalen Kindes zu fühlen. Im Übrigen steht es Ihnen natürlich frei, das Kind abzugeben, Sie verstehen, was ich meine? Das städtische Krankenhaus verfügt über eine Aufbewahranstalt, die nehmen solche Fälle.«

In diesem Moment kam Katja mit Anetschka herein. Wir dankten und verabschiedeten uns. Während ich mich zum Gehen wandte, hörte ich den Doktor in meinem Rücken angestrengt hüsteln. Fragend schaute ich ihn an.

»Das Honorar, wenn ich bitten darf«, brummte er.

Ich bat um Entschuldigung und legte ihm eine Banknote auf den Tisch.

Wie wir nach Hause kamen, weiß ich nicht mehr. Weiß nur noch, dass mein erster Gedanke war: Ich wusste es, ich hab es gleich gesehen. Ich strich durch die Zimmer, wollte irgendetwas tun, mich ablenken, es ging nicht. Wollte ein Bild umhängen, aber es war schon zu spät, die Tapeten hatten schon auszubleichen begonnen. Jedenfalls musste ich etwas mit den Händen tun, um mich zu beruhigen. Also fing ich an, die Bücher in den Schränken umzusortieren, das dämpfte die Panik, ermüdete Augen und Armmuskeln.

Zwischendurch ging ich immer wieder ins Kinderzimmer und beugte mich über das Bettchen. Nahm Anetschka auf den Arm, lief mit ihr durch die Wohnung. Damals, beim ersten Anblick, hatte mich diese Welle von Zuneigung erfasst und emporgehoben; jetzt, wo ich von der Behinderung wusste, kam die Welle noch einmal über mich, und noch viel stärker als beim ersten Mal, sie zog mich in einen Strudel, wirbelte mich herum wie einen Holzspan.

Und immer wieder schaute ich zu Katja hin: Hatte sie, die Mutter, wirklich noch nichts bemerkt, spürte sie es nicht? Oder war es ihr, so wie mir, von Anfang an klar, fürchtete sie sich nur, es vor sich selbst zuzugeben, klammerte sie sich an die Lüge, mit der man uns umgab? Inzwischen gehörte ich ja zu denen, die sie belogen. Was sollte ich tun? Die Wahrheit sagen? Oder das sinnlose Spiel kaltschnäuzig fortsetzen?

Fragen bedrängten mich, für die es keine Antwort gab. Warum spielte ausgerechnet uns das Schicksal so grausam mit? Was würde aus Anetschka werden? Wie würde sie sich entwickeln, wo waren ihre Grenzen? Würde sie je ohne uns auskommen können? Den Gedanken, dieses kleine Würmchen wegzugeben, wie Romberg es vorgeschlagen hatte, verwarf ich sogleich. Doch fehlte mir jegliche Vorstellung, wie es sich mit so einem Kind lebte. Zwar traten alle die Zukunft betreffenden Fragen zurück vor der Gegenwart: Wichtig war, dass sie jetzt und heute am Leben war und am Leben blieb – es gab genug Krankheiten, die ihr zusetzten. Ganz aber ließen sich jene anderen Ängste nicht verscheuchen: Was zum Beispiel, wenn morgen einer von uns, Katja oder ich, verunglückte – wie sollte es der andere allein schaffen?

Katja kränkelte, nach der Geburt stellten sich Komplikationen ein. Gallenkoliken zum Beispiel. Wir mussten in der Apotheke Morphium kaufen und eine Spritze. Sie krümmte sich, der Schweiß perlte auf ihrer Stirn, die Spritze musste zwanzig Minuten ausgekocht werden, ich betete zum Himmel, dass der Glaskolben nicht platzte. Schließlich schob ich ihr eigenhändig die Nadel in die Vene und sah, wie sie entspannte und still wurde.

Die ganze Zeit gewärtigte ich den Moment, in dem ich ihr die Wahrheit sagen musste. Sie ließ sich nicht schonend verabreichen, sie war brutal, konnte einen umbringen. Vorerst hatte ich sie auf mich genommen, nahm Katja vor ihr in Schutz. Doch wie lange konnte das noch gut gehen? Eine Woche, einen Monat vielleicht?

Wahrscheinlich wusste schon die ganze Umgebung von unserem Unglück, Matrjoscha sowieso. Vor Katja trugen alle Masken.

Einmal schien sie mich etwas fragen zu wollen. »Hör mal, Alexander, findest du nicht auch, dass ...« Sie sah mich durchdringend an. Sah, dass auch ich eine Maske trug.

»Was denn?«

»Ach, nichts.«

Früher oder später würde ich es ihr sagen, und sie würde mich hassen dafür.

Anetschka war viel krank: Husten, Schnupfen, Bronchitis, alle möglichen Ansteckungen. Und sie hatte ein schwaches Herz. Zu allem Übel bekam sie eine Lungenentzündung. Katja und ich taten in den Nächten kein Auge zu, wachten an Anetschkas Bett. Sie lag da und war vollkommen blau. Plötzlich der Gedanke: Wenn sie jetzt stürbe, wäre es womöglich besser für sie. Ich erschrak nicht einmal darüber, dass ich so dachte. Dabei kämpfte dieser kleine Mensch, der da vor uns lag, um sein Leben, kämpfte tapfer um jeden Atemzug, wollte nicht klein beigeben. Das kranke Herz unter dem Hemdchen pochte wie rasend. Die Augen halb geschlossen. Gesicht und Arme blau. Anetschka wollte leben – und wir sollten ihr dabei helfen.

Dabei hatten diese Krankheiten auch ihr Gutes – denn es waren solche, die gewöhnliche Kinder auch hatten, Sorgen, die wir mit anderen Eltern teilten. Das gab mir zusätzlich Kraft.

Ich weiß noch, wie verblüfft ich war, als der Pope zu mir sagte: »Solche Kinder werden nicht alt. Sie sollten sich mit der Taufe beeilen.«

Es dauerte nicht lange, bis Katja von der Wahrheit eingeholt wurde.

Ich laborierte an einer Grippe, ein Arzt wurde gerufen, und es kam nicht unser Hausarzt, mit dem Absprachen getroffen waren, sondern ein anderer, den ich nicht kannte und nicht mehr vorwarnen konnte. Und so geschah es. Beim Ausschreiben des Rezepts fiel sein Blick in das Kinderbett, und er sagte wie nebenher, wohl um sein Mitgefühl zu zeigen, mit so einem Kind habe man es wahrlich nicht leicht.

»Aber Sie werden es nicht glauben«, fuhr er fort. »Es kommt der Tag, an dem Sie merken, wie wunderbar das Leben mit so einem Kind sein kann und wie reich beschenkt man mit ihm ist. Das soll kein billiger Trost sein, aus mir spricht das Wissen, die Erfahrung.«

Entsetzt schaute ich zu Katja. Sie saß da, die Hände auf den Knien gefaltet, starrte zur Wand. Sprang plötzlich auf, fasste sich an den Kopf und stürmte hinaus.

Ich stürzte ihr nach, doch Katja schloss sich im Schlafzimmer ein. Auf mein Klopfen reagierte sie nicht. Ich horchte. Stille.

Der Doktor drückte sich still an mir vorbei zur Tür.

Ich klopfte noch einmal. Vergebens.

In Abständen hörte ich jetzt ein paar merkwürdige Laute, und es dauerte seine Zeit, bis ich begriff, dass Katja einen Schluckauf hatte. Nach einiger Zeit bekam sie dort drinnen offenkundig einen hysterischen Anfall.

»Katja, mach sofort auf«, brüllte ich. »Sonst schlage ich die Tür ein!«

Keine Antwort.

»Ich erkläre dir alles, Katja, aber erst musst du dein Beruhigungsmittel nehmen.«

Ich hatte Kirschlorbeertropfen in ein Glas gegeben. Sie machte immer noch nicht auf. Man hörte sie schluchzen. Ich rüttelte an der Klinke, versuchte das Schloss herauszubrechen, aber die Tür war stabil und gab nicht nach. Ich lief den Hausmeister holen.

Als wir zurückkamen, der Hausmeister mit dem Beil in der Hand, stand die Schlafzimmertür offen. Katja saß auf dem Sofa, vollkommen aufgelöst, die Hände vor das gerötete Gesicht geschlagen.

Ich setzte mich neben sie, nahm ihre Hand.

»Hör mich an, Katja, ich bitte dich. So ein Kind ist keine Strafe, es ist eine Bewährungsprobe. Man muss damit leben. Anetschka braucht uns, und wir brauchen sie. Wir müssen stark sein. Das Unerträgliche erträglich machen.«

Ich weiß nicht, was ich ihrem zugehaltenen Gesicht noch alles erzählte. Es wäre der Moment gewesen, einander in die Arme zu fallen, gemeinsam zu heulen, den Kopf auf die Schulter des anderen gelegt ... Nichts dergleichen.

Als Katja schließlich die Augen aufschlug und mich ansah, kam sie von irgendwo sehr weit her. Sie nahm mich wohl gar nicht gleich wahr. Und als ihr Blick bei mir anlangte, war er voller Hass. Sie entriss mir ihre Hand und schrie: »Lass mich! Verschwinde wenigstens jetzt!«

Ich schob ihr das Glas mit den Tropfen an die Tischkante und ging hinaus. Erst jetzt bemerkte ich, dass der Hausmeister immer noch mit dem Beil auf dem Flur stand. Ich gab ihm einen halben Rubel. Er bedankte sich nicht einmal, ließ mich wortlos stehen.

Durch Anetschka änderte sich eine Menge in unserem Alltag. Bekannte wandten sich von uns ab, genauer gesagt, sie verschwanden einfach aus unserem Leben. Früher war ständig Besuch gekommen, wir wurden eingeladen – das hörte jetzt auf. Nicht weil die Leute kaltherzig gewesen wären, nein. Sie wussten einfach nicht, wie sie sich in unserer Gegenwart verhalten sollten, fürchteten uns zu kränken oder zu verbittern, pietätlos zu erscheinen. Vielleicht dachten sie sich: Wer ein solches Kind hat, will damit doch nicht zum Picknick oder zum Geburtstag eingeladen werden.

In den ersten Wochen sah man Anetschka noch nicht viel an, aber mit einem halben Jahr war das Urteil endgültig gefällt: Es war offenkundig, dass das Kind in seiner Entwicklung weit zurückblieb und diesen Rückstand nie mehr aufholen würde. Anetschka war schlaff und träge, reagierte kaum auf uns und ihre Umwelt. Wenn ich durch die Straßen lief oder durch den Park, schaute ich des Öfteren in fremde Kinderwagen, und das Herz zog sich mir zusammen beim Anblick der satten, prallen, fröhlich krähenden Babys, die ihre Klappern durch die Gegend feuerten, um ihre Ammen auf Trab zu halten.

Ich hielt mich an der Arbeit fest, hatte zunehmend mehr Fälle zu bearbeiten und kam so auf andere Gedanken, was für mich die Rettung war: So musste ich auch nicht den Tag in der Nähe des Kindes zubringen. Anders stand es um Katja. Tief deprimiert von dem, was uns widerfahren war, vermochte sie nicht ins normale Leben zurückzufinden. An dem, was früher ihre Existenz ausgemacht hatte – Bücher, die Universität, die Experimente mit den Hunden –, hatte sie jegliches Interesse verloren. Ich suchte sie zu überreden, ins Labor zurückzukehren – sie ging ein einziges Mal hin und kam in noch größerer Verzweiflung wieder. Ich weiß nicht, wie ihre Kollegen sie dort aufgenommen haben, vielleicht versuchten sie sie zu trösten. Gleich wer oder was an der Wirklichkeit rührte, in der Katja jetzt mit Anetschka lebte, es verursachte bei ihr einen neuen Kratzer in der Seele.

Sie rutschte in eine Art durchsichtigen Kokon, dessen Wände, wiewohl man sie nicht sah, das Leben von ihr fernhielten. Katja wollte sich im Haushalt nützlich machen, doch ihr fiel alles aus der Hand, sie hockte dann die meiste Zeit heulend auf dem Küchenschemel, manchmal saß sie auch in einer Art Erstarrung am Klavier und blätterte stundenlang in den Noten, ohne auch nur ein einziges Mal in die Tasten zu greifen. Im Bad führte sie Selbstgespräche, es klang, als stritte sie mit jemandem, geriet mitunter ins Brüllen. Die so endlos wie unvermeidlich anfallenden Pflichten im Haushalt, die in ihrer Verantwortung lagen, die Abrechnung mit den Lebensmittellieferanten, der Wäscherei und so weiter, blieben unerledigt. Der Überblick fehlte mir hier komplett, ich wunderte mich nur, welch beträchtliche Summen im Haushalt verausgabt wurden, mich darum zu kümmern, hatte ich weder Lust noch Zeit.

Ich hatte meine Welt außerhalb der vier Wände; Katja hatte die alten Kontakte eingebüßt und knüpfte keine neuen. Es tat mir weh zu sehen, wie sie sich gehen ließ. Gleichmut hüllte sie ein; was früher wichtig gewesen war, spielte keine Rolle mehr. Sie mochte nicht ausgehen, vergeblich versuchte ich sie ins Konzert oder Theater zu locken. Sie vernachlässigte ihr Äußeres. Ihr Gedächtnis ließ nach. Plötzlich interessierte sie sich für irgendwelche falschen Heiligen, die Matrjoscha ihr in der Küche auf die Nase band. Ein Wunder könne Anetschka heilen, diesem Glauben gab sie sich hin – bewerkstelligt von heiligem Wasser, besprochenem Lehm und allerlei Kinkerlitzchen mehr, die angeblich von heiligen Orten stammten und von anrüchigen Handelsreisenden gegen teures Geld ins Haus gebracht wurden. Katja wurde nach Strich und Faden ausgenommen, man missbrauchte ihr Leid.

Gelegentlich schien sie zur Besinnung zu kommen, dann hellte ihre Stimmung auf, sie wurde freundlicher, beinahe heiter, und es begann eine Phase der Betriebsamkeit: Sie wandte sich dem Kind zu, spielte mit ihm, erledigte Hausarbeiten, ließ Handwerker kommen, um etwas reparieren zu lassen, oder klapperte ein paar Läden und Werkstätten ab, weil sie sich ein bestimmtes Möbel fürs Kinderzimmer in den Kopf gesetzt hatte. Es genügte jedoch eine Kleinigkeit, und sie glitt wieder ab, fiel in einen bodenlosen Abgrund.

Einmal saß sie mit dem Kinderwagen im Park und las, irgendeine heitere Lektüre, über die sie schmunzeln musste. Ein junges Pärchen lief vorbei, die Frau schaute in den Wagen, und Katja hörte sie wispern: »Wie furchtbar! Und die Mutter lacht!«

Aufgebracht kam Katja nach Hause. »Soll ich, weil ich eine Missgeburt in die Welt gesetzt habe, meinen Lebtag mit einer Sauertopfgrimasse rumlaufen, oder wie?«, brüllte sie.

Bei den Nachbarn in der Wohnung gegenüber kam das zweite Kind. Ab und zu begegneten wir einander im Treppenhaus. Ich bemerkte, wie scheel Katja die Kinder ansah, voller Neid und Groll. Das Jüngste litt an einer Krankheit, derentwegen auch diese Eltern einiges durchmachten: Ihm wuchsen die Wimpern nach innen, was zu beständiger Entzündung und Vereiterung führte. Mir fiel es schwer, diese Sorgen ernst zu nehmen. Wie sehr hätte ich dem lieben Gott gedankt, wenn er unserer Anetschka nur ein solch geringes Leiden beschert hätte.

Ein andermal hatte Katja sich gerade etwas beruhigt, da stieß sie vor Weihnachten, beim Räumen in der Kleiderkammer, auf ein Spielzeug, das wir vor Jahresfrist in froher Erwartung gekauft hatten. Sie brach in Tränen aus, und kurze Zeit später war sie schon wieder abgestürzt.

Nachts konnte sie oft nicht schlafen, lag stundenlang wach. Worüber mochte sie grübeln in dieser Zeit? Im Halbschlaf hörte ich sie barfuß durch die finstere Wohnung tapern, den Wasserkrug klirren, selbst ihr gieriges Schlucken konnte ich hören. Nach einiger Zeit fiel mir auf, dass Katja, um schlafen zu können, ein Gläschen Kognak trank oder auch zwei.

Die Ausweglosigkeit führte zur Verbitterung. Meist war ich es, der ihre Aggressionen zu spüren bekam. Kehrte ich heim aus dem Gericht, fiel sie gleich über mich her – allzu sehr neidete sie mir jene andere Welt, die etwas Luft und Abwechslung verschaffte, während sie dem Teufelskreis ihres Unglücks nicht zu entrinnen wusste. Einmal kam ich wie beflügelt, im Hochgefühl eines Erfolgs, nach Hause, freute mich über eine gelungene Verteidigung, die meiner Zukunft nur förderlich sein konnte. Natürlich hätte ich die Freude, mein kleines Glück, gern mit ihr geteilt – aber das gönnte sie mir nicht. Sie brach einen Streit vom Zaun, Wortwechsel, die keinen anderen Sinn hatten, als zu kränken. Ich ging tunlichst nicht darauf ein, verhielt mich nachsichtig wie zu einem kranken Kind, aber das brachte sie nur noch mehr auf, goss Öl ins Feuer, und irgendwann explodierte auch ich, es kam, wie es kommen musste, Geschirr ging zu Bruch, und das erschrockene Kind begann zu schreien.

Nachher stand ich, um mich zu beruhigen, am offenen Fenster meines Arbeitszimmers. In der Vorstadt, nahe Dmitrowka, war an diesem Abend ein Feuer ausgebrochen, eine Fabrikhalle brannte. Der halbe Himmel war rot, so kräftig loderte es. Am liebsten wäre ich hingerannt, der Neugier halber und um mir die Füße zu vertreten – ich tat es nicht. Zu Hause hielt ich es nicht mehr aus, davonzulaufen war mir zu blöd. Wie sehr hasste ich in diesem Augenblick meinen Schreibtisch, den Sessel, die nutzlosen Bücher, dieses vermaledeite Zimmer, das Schluchzen nebenan, die quälenden Mahlzeiten, das Schweigen bei Tisch! Mich überkam der unbändige Drang, meinen Goldschatz, dieses heiße, vom Schlaf verschwitzte Bündel, zu schnappen und davonzulaufen – sollte hier alles in Flammen aufgehen! Sah mich notdürftig bekleidet im Geflacker auf dem Hof stehen, das schreiende Kind an mich gedrückt, während die Fensterscheiben barsten und splitterten, eine Feuerwand aus dem gewölbten Dachblech brach, höher als die Pappeln ...

Katja nahm das Kind öfter zu sich ins Bett, was in Zeiten der Depression nicht ohne Risiko war. Einmal wollte Anetschka partout nicht einschlafen, schrie die Nacht durch, Katja lief stundenlang mit ihr auf dem Arm durch das Zimmer, bis ihr auf einmal die Nerven versagten: In einem Anflug geistiger Umnachtung schleuderte sie das Kind von sich, es landete auf dem Bett. Von da an hatte ich Angst, sie könnte Anetschka etwas tun, ihr Schmerz zufügen, sie fallen lassen, irgendetwas Unbedachtes, Nichtwiedergutzumachendes mit ihr anstellen.

Wenn es also zwischen uns brenzlig wurde, suchte ich nach Möglichkeit Anetschka in die Hände zu bekommen und schloss mich mit ihr in meinem Zimmer ein. Dann geschah es, dass Katja gegen die Tür trommelte mit allem, was zur Hand war, und schrie: »Gib mir mein Kind zurück!«

All dies machte unser Leben zur Tortur.

Für den Sommer mieteten wir eine Datscha, damit Anetschka nicht den Staub der Stadt schlucken musste. Da ich aber häufig Termine in der Stadt hatte, wählten wir ein Haus in Saltykowka an der Wolga, von wo es mit der Vorortbahn nur eine halbe Stunde Weg war.

Ende Mai zogen wir dorthin um. Äußerlich gefiel das Haus uns sehr, aber als es dann häufig regnete und wir abends drinnen saßen, stellte sich heraus, dass es in den Zimmern doch recht klamm war. Außerdem zog es ständig, sodass die Türen, die einander gegenüberlagen, abwechselnd zuknallten.

Nachts kamen die Läden vor die Fenster, ich lag schlaflos und wusste nicht, ob es draußen regnete oder nur das Laub in den Bäumen rauschte. In klaren Nächten schlug das Mondlicht durch die Astlöcher, und man hatte den Eindruck, als wären Schnüre durch das Zimmer gespannt.

Ansonsten war das Leben dort draußen schön, ruhig und entspannt, die Schwalben flogen durch das Fenster herein und durch die Verandatür wieder hinaus. Zum Essen saßen wir im Freien, unter dem verwilderten Flieder, Sonnenkringel hüpften über das weiße Tischtuch. Im Schatten war es noch kühl, in der Sonne behaglich; wenn sie hinter die Birke rutschte, standen wir auf, rückten Tisch und Stühle um und nahmen wieder Platz.

Saß ich in der Bahn, die mich in die Stadt brachte, lagen in den Gepäcknetzen überall große, in Zeitungspapier gewickelte Sträuße mit gefülltem Flieder, und immer wenn ein Rütteln durch den Wagen ging, rieselte es von oben Blütenblätter aufs Revers.

Kam ich aus der Stadt zurück, setzte ich Anetschka in den Korbwagen und ging mit ihr spazieren, hinter der Nachbardatscha fingen die Lupinenfelder an, und noch dahinter lag das Wäldchen mit dem verborgenen Teich, da gingen wir hin, um den Libellenhochzeiten beizuwohnen.

Ich sehe mich frühmorgens das Haus in Richtung Bahnstation verlassen. Mein Schätzchen oben ist schon wach, ich kann ihre Stimme hören. Gehe den Pfad zur Pforte und dann draußen um das Haus herum. Aus dem offenen Kinderzimmerfenster schaut Matrjoscha mit Anetschka auf dem Arm. Das Kind sieht mich, lacht und winkt, da steckt natürlich Matrjoscha dahinter, die ihr die Hand führt, aber was macht das, ich winke zurück, und da rutscht ihr eins der rosa gehäkelten Schühchen vom Fuß, fällt in die noch taufeuchten Ringelblumen unterm Fenster. Ich hebe es auf, küsse es, stecke es in meine Tasche – da ist es noch heute, ich habe es immer bei mir, mein Talisman.

Dann jener Tag, ein Sonntag, als wir, Katja und ich, Anetschka in den Wagen setzten und mit ihr ins Birkenwäldchen gingen, das den Siedlern hier den Stadtpark ersetzte. Auf dem Rückweg kam eine Frau uns entgegen, die, als sie Anetschka sah, sich erschrocken bekreuzigte. Ich spürte den Schauder, der Katja durchfuhr.

Am Abend vor dem Schlafengehen saß ich lange und las, der Lampenschein lockte die Motten herein sowie allerlei Düfte und Klänge. Schließlich löschte ich das Licht und ging nach draußen, wo ich noch ein Weilchen im Korbstuhl auf der Veranda saß. Die Fenster meines Zimmers wie auch die von Katja gingen zu dieser Seite heraus, bei ihr brannte kein Licht, sie war wohl schon schlafen gegangen.

Lange saß ich so da. Man konnte eine Mücke sirren hören und die Uhr an der Wand ticken, Dorfhunde bellten, und ein nächtlicher Wolgadampfer zog schwer schnaufend mit planschendem Schaufelrad vorüber.

Da ging das Licht in Katjas Zimmer an, und ich sah, dass sie mitnichten schlief, noch angekleidet war, wohl nur ein bisschen gelegen und sich jetzt wieder erhoben hatte. Mich sah sie nicht, meinte wohl ihrerseits, dass ich längst schliefe.

Mit geschlossenen Augen, die Arme um die Schultern gezogen, wanderte sie von einer Ecke des Zimmers in die andere. Blieb irgendwann stehen und bekreuzigte sich, dabei bewegten sich ihre Lippen. Nanu, seit wann betet sie mitten in der Nacht, fragte ich mich. Dann tat sie ein paar Schritte in Richtung Büfett, und ich konnte nicht sehen, aber hören, wie sie es öffnete. Ein kurzes Klirren, dann erschien Katja wieder im Fenster und hatte das Zinnbechercherchen in der Hand, aus dem sie ihren Nachtkognak trank.

Jetzt stand sie da und sah hinaus, an mir vorbei. Kippte den

Becher in einem Zug. Dann schien sie ein Weilchen in sich hineinzuhören. Schließlich legte sie sich, wiederum in Kleidern, zurück auf das Bett, zupfte betulich ihren Saum zurecht. Das Licht blieb diesmal an.

Ich saß noch ein Weilchen, dann ging ich schlafen. Kaum war ich eingeschlummert, fing Anetschka an zu schreien. Das Kind war in Katjas Zimmer, ich wartete darauf, dass sie aufstand und das Mädchen hochnahm. Aber Anetschka schrie sich die Seele aus dem Leib, und Katja dachte nicht daran, aufzustehen. Irgendwann hielt ich es nicht mehr aus und ging hinüber.

Mit einem Schritt war ich am Bettchen, nahm Anetschka auf den Arm, begann sie zu wiegen, dann erst wanderte mein Blick zu Katja hinüber. Zugleich nahm ich einen sonderbaren Geruch wahr. Sie lag noch in derselben Positur, in der ich sie von draußen gesehen hatte. Ich sah das Becherchen und an seinem Grund den Rest einer weißlichen Flüssigkeit. Ich stürzte zum Büfett. Da stand ein offenes Fläschchen mit flüssigem Morphium.

Für den Moment war ich fassungslos und wusste nicht gleich, was tun. Dann verging die erste Lähmung, und ich lief nach oben, Matrjoscha wecken. Unter Ächzen und Lamentieren kam sie, wie sie war, im Nachthemd, die Treppe herabgehüpft. Als Erstes Brechreiz hervorrufen!, hämmerte es mir unter den Schläfen. Ich fuhr Katja mit dem Finger in den Schlund. Ihre Zunge war trocken und rau wie die einer Katze. Es tat sich nichts. Ich erinnerte mich dunkel, dass irgendwo auf unserer Straße ein Doktor wohnen sollte. Warf mir den Mantel über und lief los in die Nacht, klopfte der Reihe nach an alle Fenster. Ein großes Tohuwabohu hob an, vielleicht nahm man es als Warnung vor Dieben oder dass ein Feuer ausgebrochen war. Am Ende fand ich den Gesuchten. Eine zahnlose Stimme erklärte mir hinter verschlossener Tür, er sei doch bloß Dentist.

»Aber eine Magenspülung werden sie doch vornehmen können, Teufel noch mal!«, brüllte ich, dass die ganze Straße es hören konnte.

Er kramte lange, bis er tatsächlich mit einem Gummischlauch erschien, und wir liefen los. »Sie müssen entschuldigen, ich hab die Zähne schon draußen«, nuschelte der Mann, vom schnellen Schritt bald außer Puste.

Katja war bewusstlos, doch sie atmete. Auf ihrer Bluse ein feuchter, klebriger Fleck. Der Zahnarzt begann ihr den Schlauch in die Gurgel zu schieben, ich hielt ihren Kopf und drückte auf die Wangen, Matrjoscha flößte oben Wasser ein. Katjas Haut war von kaltem, klebrigem Schweiß bedeckt. Schließlich erbrach sie sich.

Am Morgen fuhr ich mit Katja in die Stadt und brachte sie ins Krankenhaus.

Bei meinen Besuchen kam sie herunter in den Wintergarten, hinter dem der kleine Krankenhauspark lag, wo Patienten in Bademänteln spazieren gingen. Wir saßen auf einer kleinen Holzbank. Manchmal tönten seltsame Geräusche aus den Fluren: halb Schrei, halb Stöhnen, es war nicht einmal kenntlich, ob Mann oder Frau.

Katjas Gesicht war bleich, sie sah ungepflegt aus, schläfrig und zerzaust.

Ich fragte etwas, sie schwieg. Also erzählte ich von Anetschka, doch Katja bekundete wenig Interesse.

Auf einmal sagte sie: »Das ist eine ganz irre Erfahrung, weißt du. Erst dreht sich alles, das wird immer stärker. Danach fängt es an zu schaukeln wie auf hoher See. Dann wird alles finster. Und plötzlich ist auch die Finsternis weg.« Sie zog die Schöße ihres Kittels fester um sich, so als fröstelte sie. »Aber der Gummigeschmack hinterher ist widerlich.«

In den ersten Tagen nahm sie wenig um sich herum wahr, aber bald fiel ihr diese Umgebung zur Last, besonders die undefinierbaren Schreie setzten ihr zu.

Im Grunde war es mir überlassen, ob ich sie mit nach Hause nahm oder noch eine Zeit lang in der Klinik ließ.

»Hol mich hier raus!«, flehte sie. »Sonst werde ich tatsächlich noch verrückt.«

Ich bat den Chefarzt um sofortige Entlassung.

»Wie Sie wünschen«, erwiderte er gleichmütig. »Unterschreiben Sie hier.«

Mit meiner Unterschrift übernahm ich die alleinige Verantwortung für den Fall, dass ihr draußen wieder etwas zustieß.

So nahm ich meine Frau mit nach Hause, in unsere Stadtwohnung. Hier waren wir seit dem Umzug auf die Datscha im Frühjahr nicht mehr gewesen. Die Möbel mit Schonbezügen, selbst die Kronleuchter waren verhüllt. Ich öffnete die Fenster, im Arbeitszimmer wurde es trotzdem nicht heller – die Pappel war schier um eine ganze Etage in die Höhe geschossen.

Wir zogen zurück in die Stadt, obwohl die Datscha noch bis Ende September bezahlt war. Katja ging nie aus dem Haus, lag fast immer, erhob sich nur selten. Wie gebannt starrte sie vor sich hin, vergaß die Nagelfeile in ihrer Hand. Nachts konnte sie nicht schlafen, stopfte sich mit Schlafmitteln voll.

Das waren Tage, in denen mich die Sorge um Katja ebenso wie um Anetschka keinen Augenblick verließ. Ich versuchte, viel zu Hause zu sein, ließ Katja ungern allein. Scharfe Gegenstände entfernte ich aus ihrer Reichweite, prüfte alle Arzneifläschchen, dosierte die Schlaftabletten, zwei pro Tag gestand ich ihr zu. Stellte eine weitere Frau an, die sich um Mutter und Kind kümmern sollte, damit Katja beständig unter Aufsicht war. All dies blieb meiner Frau natürlich nicht verborgen, und sie gab ihrerseits argwöhnisch darauf acht, dass Anetschka immer in ihrer Nähe war.

Manchmal, in lichten Momenten, kümmerte sie sich liebevoll um ihr Töchterlein, schaute mit ihr Bücher und bunte Zeitschriften an. Da Anetschka große Freude am Klappern einer Schere zeigte, kaufte ich eine stumpfe Kinderschere, Katja saß neben dem Kind und schnitt Bilder aus Zeitungen und Zeitschriften aus, die sie dann in Umschläge sortierte: In den einen kamen Männer, in den anderen Schreibmaschinen, in den dritten Haarwuchsmittel. Anetschka gefiel das alles sehr, vermute ich. Sie saß stumm in ihrem

Stühlchen und ließ kein Auge von der klappernden Schere, das konnte stundenlang so gehen.

Später fiel mir freilich auf, dass Katja immer noch ausschnitt, wenn das Kind längst schlief; sie hatte in einen Rhythmus gefunden – dreimal schnipp, und ein Bild war ausgeschnitten –, in dem sie völlig aufzugehen schien.

Die Phasen wurden häufiger, in denen sie völlig umnachtet wirkte. Eines Morgens lief sie gedankenversunken im Nachthemd aus der Wohnung, ich konnte sie gerade noch an der Haustür abfangen. Mitunter wurde sie auch wieder aggressiv und ging mich an: Sie hatte uns im Verdacht, dass wir sie einsperrten, öffnete darum aufs Geratewohl alle Türen, auch die, hinter denen meine Klienten warteten, die sie mit ihrem wirren Blick und dem vernachlässigten Äußeren bestürzte. In allem wähnte sie eine Verschwörung gegen sich, traute keinem, weder den Ärzten noch Matrjoscha, wurde schreckhaft und misstrauisch. Mit Vorliebe tat sie Fremden gegenüber lauthals kund, sie sei vollkommen gesund, ich wolle sie nur loswerden und in die Klapsmühle stecken. Geschickt passte sie den Moment ab, wo der öffentliche Skandal am größten war und ich nichts weiter tun konnte, als mich vor den erschrockenen Passanten, die nicht wussten, wie ihnen geschah, zu entschuldigen. Dann sah ich in ihren Augen ein irrwitziges Vergnügen, sie weidete sich daran, mich in größter Pein zu erleben.

So verging ein Monat, dann tat sie es wieder. Ich war mit Anetschka auf dem Spielplatz im Park, den wir jedoch im Laufschritt verlassen mussten, da Regen einsetzte. Als ich den Flur betrat, stieg mir beißender Geruch von Essigwickeln in die Nase. Und ich sah die zu Tode erschrockenen Gesichter Matrjoschas und der Kinderfrau. Katja war in meinem Arbeitszimmer gewesen, hatte das Döschen mit dem Schlafmittel entdeckt und alles geschluckt, was noch darin war.

Wieder der Gummischlauch, wieder das große Erbrechen. Spritzen, Tinkturen.

Sie sollte wieder in die Klinik, ich ließ es nicht zu, da ich wusste, wie niederschmetternd die Atmosphäre dort auf sie wirkte.

Am nächsten Abend vor dem Schlafen ging ich zu ihr, nahm einen Stuhl und setzte mich vor ihr Bett.

»Warum tust du das, Katja?«

»Was gehts dich an«, erwiderte sie mit trockenen Lippen.

Sie sah furchtbar aus: das Gesicht eingefallen, mit tiefblauen Augenringen. Sie bat um einen Spiegel.

»Lieber nicht, Katja.«

Doch sie bestand darauf. Ich holte ihr den runden Schminkspiegel mit dem Ständer vom Tisch. Sekundenlang schaute Katja in ihr Gesicht, dann schmetterte sie den Spiegel zu Boden, dass er zerbrach. Ich wollte Matrjoscha nicht behelligen und ging selbst Schaufel und Besen holen.

Als ich nach einer Minute zurückkam, bluteten ihre Finger. Sie hatte das Fieberthermometer zerbrochen, um das darin befindliche Quecksilber zu schlucken, dabei hatte sie sich geschnitten, und das Thermometer war ihren Händen entglitten. Ich kroch unter dem Tisch herum, um die Splitter und die flitzenden Metallkügelchen auf ein Blatt Papier zu sammeln. Dies war der Moment, wo ich verstand, dass es unmöglich war, Katja im Haus zu behalten.

Schon zuvor, als ich einmal beim Zahnarzt im Wartezimmer saß, war ich beim Blättern in Zeitungen auf die Anzeige einer psychiatrischen Privatklinik in Nischni Nowgorod gestoßen, die eben aufgemacht hatte und, wie den wenigen Zeilen zu entnehmen war, nach dem Vorbild der besten Schweizer Anstalten zu arbeiten gedachte. Damals hatte ich keine Schere dabei und die Annonce mit dem Fingernagel herausgeritzt. Ich fand sie nun in meiner Brieftasche wieder und fragte bei dem Klinikdirektor, einem Professor Wassilenko, an.

Daraufhin bekam ich einen dicken Packen Papiere geschickt, in denen mir auf jede erdenkliche Weise versichert wurde, wie gut es

Katja in ihrer Anstalt haben würde. Ich sah natürlich keinen Grund, diesen Hymnen zu trauen, doch als unser Hausarzt mir verriet, er wisse über diesen Professor Wassilenko vom Hörensagen, dass er ein überaus seriöser Fachmann sei, viele Jahre im Ausland gewesen, seine Klinik sei sehr teuer, und die Patienten würden dort versorgt wie in einem guten Hotel, gab dies den Ausschlag.

Ich wusste lange nicht, wie ich es Katja beibringen und sie in diese fremde Stadt verfrachten sollte. Einmal beim Mittagessen erklärte ich ihr beiläufig, ich hätte dienstlich in Nischni Nowgorod zu tun – das war nicht einmal gelogen – und müsste da ein paar Tage hin: Ob sie nicht mitkommen wolle, einen Ausflug machen, ein bisschen frische Luft um die Nase? Wir könnten mit dem Schiff fahren, eine Kajüte mieten ... Zugegeben, ich hatte erwartet, dass sie wie zuletzt immer, wenn ich einen unser Zusammenleben betreffenden Vorschlag machte, mit brüsker Ablehnung reagieren und ausfällig werden würde, diesmal aber kam die Antwort in einem milden und menschlichen Tonfall, den ich von ihr lange nicht mehr gehört hatte.

»Und du willst wirklich, dass ich mitkomme?«

»Aber ja!«, sagte ich und sah ihr in die Augen.

Ein Lächeln trat in ihr Gesicht.

»Gut, dann machen wir das.«

Wir bestimmten den Tag der Reise und kauften Fahrkarten. Ich beschaffte vom Hausarzt die nötigen Dokumente, schrieb Wassilenko noch einmal. Er erwarte uns, so die Antwort. Ich beschloss, Katja erst unterwegs in die Sache einzuweihen.

Sie schien jetzt aufzuleben. Hielt mehr auf sich, fuhr gar ein paarmal zur Schneiderin, um neue Kleider in Auftrag zu geben – Katja hatte in letzter Zeit zugenommen, die alten passten nicht mehr. Man konnte sie lachen hören, sie fuhr Anetschka aus. Die unschönen Szenen hörten auf. Eines Tages überraschte sie mich mit einer Krawatte, die sie für mich erworben hatte. »Passt gut zu deinem grauen Anzug.«

Am Bahnhof kaufte sie Nowgoroder Zeitungen und las mir beim Abendessen die Theater- und Opernankündigungen vor.

Schließlich war der Reisetag gekommen. Der Dampfer legte nach Mittag ab. Katja verbrachte den halben Tag mit Packen, wie ich es von ihr kannte, es wurde schon Zeit loszugehen, und sie war immer noch nicht fertig, außerdem stieß sie in der Eile ein Fläschchen Parfüm um, der Inhalt floss auf das Parkett. Wir gingen zu Anetschka hinein, um Lebewohl zu sagen – die schien zu ahnen, was ihr blühte, und greinte. Wir überhäuften Matrjoscha mit tausend guten Ratschlägen und begaben uns zur Anlegestelle.

Ich war lange nicht auf der Wolga gefahren. Immer wenn ich eine Schiffssirene mit dem Signal zum Ablegen höre, ergreift mich ein besonderes Hochgefühl. Wir begegneten den Dampfern der verschiedenen Flussfahrtgesellschaften: die rosafarbenen von »Samoljot«, »Kawkas & Merkuri« ganz in Weiß, die »Nadeschda« weiß mit Rosa. Gleichmäßig strebten die Bugwellen gegen die Ufer. Der Rauch aus dem Schornstein – ein wie von Zauberhand hervorgezogenes endloses Band. Bewaldete Steilufer zur einen Seite, die sich im Fluss spiegelten, Schwemmwiesen zur anderen. Marktflecken mit zweigeschossigen Häusern: die Dächer grün, Progymnasien und Kreisämter in stattlichem Weiß, Glockentürme rosa. Eine Fabrik mit fünf Schloten, deren Spiegelungen im Wasser wie gigantische Krakenarme gegen unser Schiff vorrückten.

Katja stand an Deck und fütterte die Möwen: warf Semmelbröckchen gegen den Wind, die die wild flatternden Vögel im Flug aufschnappten. Unverkennbar, dass diese Fahrt eine wohltuende Zerstreuung für sie war, die kräftige Wolgabrise lüftete ihr Seele und Hirn.

Die Fahrt ging gemächlich vonstatten, an beinahe jedem Pier gab es einen Halt. Ölgetränkte Bohlen, massenhaft Spelzen von Sonnenblumenkernen. Bedächtig, Haus für Haus, tauchte ein Städtchen hinter der Landzunge hervor. Sanft legte der Dampfer an. Der Kapitän erteilte flott seine Kommandos, Pfiffe, die Landebrücken rasselten. An Land offerierten Mädchen Walderdbeeren im Klettenblatt, alte Weiblein Dickmilch und gebackenen Fisch. Tänzelnde Boote am Ufer, schwingende Takelage, die Masten schrieben Achten in den Himmel. Aber schon ertönte das Signal, und der Dampfer legte wieder ab, ließ den Fluss anschwellen, drehte bei und nahm Fahrt auf. Hinter ihm erschien das Wasser aufgegabelt wie der Schwanz einer Schwalbe. Lange schon war mir nicht mehr so wohl gewesen wie auf dieser Fahrt mit der »Puschkin«, Eigentum der Flussfahrtgesellschaft »Samoljot«.

Zu Mittag wurde Soljanka nach Moskauer Art gereicht sowie Flusskrebs an gedünsteten Brennnesseln mit Dill. Der Tisch war exquisit eingedeckt, mit Blumen drapiert. Öfter kam der Kapitän – gelackt und glatt rasiert, das Haar mit Spucke angeklebt – und erkundigte sich, ob es nicht zu sehr zog, man vielleicht den elektrischen Ventilator abstellen sollte.

Nach dem Essen ging es noch einmal an Deck, weil das Rauschen des Schaufelrads so schön klang und der Flügelschlag der ins Abendrot getauchten Möwen. Vom Schornstein her roch es brandig und nach frischer Farbe. Aus der dritten Klasse im Zwischendeck tönte hübscher Gesang: »Hochzeit halten ohne Kirche, ohne Kranz und ohne Kerzen …«

Bis tief in die Nacht saßen wir in den Korbstühlen an Deck. An den Ufern brannten Feuer und verdickten die Tinte der Nacht – man fing dort Krebse, die auf Harzbinden gelockt wurden. Entgegenkommende Schiffe leuchteten bei Nacht wie angeputzte Weihnachtsbäume. Die Seitenlichter prangten rot und grün, mit roten und grünen Wasserschlangen im Schlepp. Das Wasser schien wie Suppe so sämig. Als der Dampfer schließlich an irgendeinem Pier festmachte und die Maschinen abstellte, war es auf einmal totenstill – bis auf ein einsames fernes Lachen, das über das Wasser flitschte wie ein flacher Kieselstein.

Es war kühl geworden. Wir verließen das leere Deck und suchten unsere Kajüte auf.

Ich wartete vor der Tür, bis Katja sich bettfertig gemacht hatte und in ihrer Koje lag, dann ging ich hinein, zog mich im Dunkeln aus und schlüpfte selbst ins kalte Bett. Dieser Tag auf dem Dampfer hatte etwas zwischen uns verändert, das hatte ich im Gefühl. Katja wälzte sich eine Weile hin und her, dann – ich spürte es mehr, als dass ich es sah – streckte sie den Arm zu mir herüber. Ich ergriff ihre Hand.

An Intimität im elementaren Sinne war zwischen uns nicht mehr zu denken. Doch ihre Hand in der meinen – das war viel mehr wert. Wir lagen lange so, sie schlief dabei ein.

Ich beschloss, ihr beim Frühstück alles zu sagen.

Am Morgen wachte ich davon auf, wie jemand, draußen vor unserem offenen Fenster stehend, sagte: »Bei Seekrankheit hilft nur eines – nicht aufs Wasser sehen.«

An Deck war alles – Reling, Bänke, Seile – noch feucht vom Tau.

Beim Frühstück nahm Katja nichts zu sich. Zerpflückte schweigend die Chrysanthemen auf ihrem Teller.

Ich nahm mich zusammen, wollte ihr nun endlich von der Klinik erzählen. Brachte es nicht fertig.

Über Kosmo-Demjansk, Barwinka, Issady näherten wir uns Nischni Nowgorod.

Nach der Ankunft eröffnete ich Katja, ich müsse als Erstes einen Herrn Wassilenko aufsuchen, eine Vormundschaftsangelegenheit. So fuhren wir nicht erst ins Hotel, sondern geradewegs in die Klinik. Der Tag versprach heiß zu werden – es herrschte Altweibersommer. Das Straßenpflaster frisch besprengt, wir fuhren über nasse Kopfsteine, deren Nacken die Sonne schon trocken geleckt hatte.

Die hübsche, von einem Garten umgebene Villa gefiel mir auf Anhieb. Schattige Kieswege, menschenleer, nur am anderen Ende sah man einen Gärtner mit dem Schlauch die Blumentöpfe wässern. Der Kies knirschte unter unseren Füßen wie überfrorener Schnee.

In dem großen, hellen Vestibül standen Kübelpalmen, man wähnte sich tatsächlich in einem teuren Hotel.

Katja nahm auf einem Sofa Platz, um auf mich zu warten, griff nach einem Buch, das jemand liegen gelassen hatte, begann darin zu blättern. Ich suchte Wassilenko auf.

Der Professor war durchaus kein alter Mann, von kräftiger Statur, mit einem Vollbart von perfekt assyrischem Zuschnitt. Er drückte mir die Hand und äußerte sich einleitend, während er das Tintenfass auf dem Tisch hin und her schob, in dem Sinne, dass die Zeiten des Krankenzimmers Nr. 6 in Russland nun langsam vorbei seien; höchste Zeit, sich der fortschrittlichen Methoden der Schweizer Psychiatrie zu bedienen.

Ich hörte ihm zu, ließ den Blick durch das Kabinett und über die vielknospigen Stockrosen vor dem Fenster gehen und war mit den Gedanken schon dabei, wie wir nach Beendigung des Gesprächs zu Katja hinausgehen würden, mit ihr durch den bezaubernden Garten wandeln und alles in Ruhe erklären und besprechen. Und dann entschiede sie, je nachdem, wie sie es für richtig erachtete: eine Weile hierzubleiben und auszuruhen oder wieder mit mir nach Hause zu fahren. Wir könnten auch gemeinsam noch ein paar Tage in der Stadt bleiben, ins Theater und in die Oper gehen. Sie hatte in ihrer Zeitung entdeckt, dass just heute die *Zauberflöte* auf dem Programm stand, die ich so liebte.

Die Unterredung mit Wassilenko währte eine halbe Stunde, ich erzählte ihm ausführlich von meiner Frau, ihren Zusammenbrüchen, meiner Sorge um ihre Gesundheit und vor allem von der Angst, sie könnte Anetschka in ihrer Verwirrung etwas antun. Mein Bericht sowie die vom Hausarzt übermittelte Anamnese erinnere ihn an eine Reihe von Fällen aus seiner Praxis, meinte Professor Wassilenko. Aber das sei nicht weiter schlimm, versicherte er mir, Katja brauche jetzt einfach ein bisschen Zeit, um zu sich und auf andere Gedanken zu kommen, und er werde alles Erdenkliche tun, ihr dabei zu helfen.

»Ihre Frau Gemahlin wird in aller Bälde vollständig genesen zu Ihnen zurückkehren, davon bin ich überzeugt.«

Alles in allem war ich von diesem Professor Wassilenko recht angetan.

Was mir noch auffiel, war, dass alles in diesem Kabinett sorgfältig verschlossen war. Griffe, Klinken oder Schlüssel schienen nirgends vorhanden.

Eine weitere Viertelstunde besprachen wir die Kosten für Logis und Behandlung. Sie schienen mir übertrieben, doch wollte ich keineswegs den Eindruck erwecken, an der Gesundheit meiner Frau zu geizen. Wir vereinbarten eine Überweisung in monatlichen Raten.

Das Gespräch war zu Ende, wir erhoben uns, und ich wollte zu Katja gehen, da hielt Wassilenko mich zurück und bot mir an, das Kabinett durch die gegenüberliegende Tür zu verlassen.

»Aber wieso denn?«, fragte ich verdutzt. »Ich möchte mit meiner Frau noch einmal sprechen, mich verabschieden …«

»Lieber nicht«, unterbrach der Professor mich brüsk. »Glauben Sie mir, alles wird gut. Sie sollten jetzt besser gehen. Ich habe genügend Erfahrung in derlei Situationen, vertrauen Sie mir. Für Sie ist es das Beste, zu gehen.«

Ich unternahm noch einen Versuch, mich zu erklären, doch er blieb hart. »Vertrauen Sie mir!«

Achselzuckend nahm ich meinen Hut und ging durch die von ihm aufgehaltene Tür ins Freie. Ich war wie vor den Kopf gestoßen. Den Maßgaben dieses erfahrenen Arztes zuwiderzuhandeln schien mir jedoch ungehörig. Wenn ich Katja schon hergebracht hatte, so sagte ich mir, musste ich dem Doktor auch tatsächlich das nötige Vertrauen schenken und seinen Anweisungen folgen. Zumal es doch zu Katjas Wohl war, wie er beteuert hatte.

Zurück fuhr ich mit dem Zug.

Als ich zu Hause ankam, war Anetschka auf einem Spaziergang. Ich ging in Katjas Zimmer. Dort roch es noch nach dem vorgestern verschütteten Parfüm. Auf dem Kissen ein Abdruck ihres Kopfes. Dabei kam mir der Morgen unserer Abreise unendlich entlegen vor, wie in einem anderen Leben, nicht dem meinen. Auf Katjas Tisch herrschte Unordnung. Durch eine unvorsichtige Bewegung kamen Zeitungsausschnitte aus einem der Kuverts gerutscht und rieselten zu Boden. Ich hockte mich nieder, um sie einzusammeln. Auf dem Parkett eine bunte, durcheinandergeratene Welt: Ein Automobil stieß mit den Rädern gegen einen neumodischen Küchenherd, ein kostbarer Füller mit Goldfeder hatte sich am blauen Meer einer Kurbad-Reklame festgesaugt, als hielte er es für ein Tintenfass, und ein Spitzbart stach ins Mieder eines Mannequins, das mir irgendwelche Blütenseife entgegenstreckte.

Ich versuchte die Ausschnitte wieder in eine Ordnung zu bringen, bevor ich sie ins Kuvert zurücksteckte, was jedoch nicht gelang, da mir das Ordnungsprinzip schleierhaft war. Ordnung, was war das überhaupt? Am Ende knüllte ich alles zusammen und warf es in den Mülleimer.

Nach einiger Zeit bekam ich einen Brief von Wassilenko. Katja gehe es gut, schrieb er, doch scheine es ihm geraten, ihren Aufenthalt noch um ein paar Monate zu verlängern.

Lange Zeit war bei Anetschka kaum eine Entwicklung zu erkennen. Das Kind schrie über Stunden ohne Unterlass, es gab endlos Verdauungsprobleme, Durchfall, Erbrechen. Unwillkürlich stellte ich immer wieder Vergleiche zu anderen Zweijährigen an, die schon lange stehen und gehen und selbstständig essen konnten – an all das war bei Anetschka nicht zu denken. Still saß sie in ihrem roten Stühlchen, und wenn sie müde war, legte sie den Kopf auf die Arme und schlief ein.

Sooft ich dafür Zeit aufbringen konnte, setzte ich mein Töchterchen in den Kinderwagen und fuhr mit ihr spazieren. Dass Passanten ihre Grimassen und absonderlichen Laute befremdet zur Kenntnis nahmen, daran hatte ich mich gewöhnt. Einige Ticks hatten sich bei Anetschka verstetigt: ein Zwinkern, ein Zucken in den Mundwinkeln. Die lange Zunge, die in der Mundhöhle schwer ihren Platz fand, kam immer wieder nach draußen gekrochen. Und trotzdem schien mir dieses Lärvchen das sympathischste Kindergesicht unter der Sonne zu sein. Früher hatte ich für unsere Spaziergänge immer entlegene Routen gewählt, wo ich weniger Leuten zu begegnen hoffte, jetzt suchte ich mit meinem Kind absichtlich den Kinderspielplatz in der Parkmitte auf, um Menschen anzutreffen. Irgendwie war mir daran gelegen, ihnen meinen Goldschatz unter die Nase zu halten: Schaut her, das ist Anetschka – denkt, was ihr wollt, für mich ist es das reizendste und schönste Kind auf Erden. Wir saßen da und sahen den anderen Kindern beim Spielen zu. Aufmerksam beobachtete Anetschka, wie sie ihre Sandpiroggen buken, extra noch Ziegelbröckchen zerrieben, um roten Pfeffer zu haben – und als es Zeit wurde, nach Hause zu gehen, mochte sie nicht weg. Öfter saßen wir so lange, bis der Park zumachte, die letzten Kindermädchen mit ihren Sprösslingen hinter den Bäumen verschwunden waren und im Sandhaufen ein paar vergessene Holzförmchen steckten, die hier übernachten würden.

Ich weiß noch, wie ich drei Kerzen auf dem Kuchen zu ihrem Namenstag entzündete, und sie konnte immer noch nicht stehen. Dann aber – vollkommen unvorhergesehen – ein Hoffnungsschimmer. Aber was heißt schon unvorhergesehen, wenn tagtäglich, in jeder Minute, ersehnt und erwartet: Mit dreieinhalb vollzog Anetschka in ihrer Entwicklung plötzlich einen Sprung. Sie lernte zu stehen, sich dabei irgendwo festzuhalten, sei es am Schemel, an meinem Finger. Eines schönen Tages konnte sie Dinge ergreifen und wieder wegwerfen. Ich freute mich, es war ein so unbeschreibliches Glück: den Flickenfrosch vom Boden aufzuheben, ihr in die Hand zu geben und zu sehen, wie er wieder zu Boden flog. Das war meine Froschseligkeit, die mich erfüllte und die sich weder erklären noch mit jemandem teilen ließ.

Anetschka begann Fortschritte zu machen – mit enormer Verspätung natürlich, doch in die gleiche Richtung wie andere Kinder auch. Das weckte in mir alte Hoffnungen, die ich längst begraben hatte. Sie begann zu beißen; gab man ihr einen Finger, verbiss sie sich darin mit ihren Mausezähnchen. Ich weiß noch, wie ich, einer Beschwörung gleich, einen irgendwo gelesenen Satz repetierte: Beißen und Kauen seien die Grundstufe der menschlichen Sprechfähigkeit.

Ich begann mich gezielter mit meiner Tochter zu befassen – jeden Tag irgendwelche Übungen, Spiele zur Förderung. Führte sogar ein Tagebuch darüber.

Plötzlich bemerkte sie ihren Schatten und spielte mit ihm. Lernte so zu trinken, dass nichts aus dem offen stehenden Mund wieder herauslief. Zufällig kam sie hinter das Geheimnis des Küssens – schmatzte stundenlang in die Luft, das Geräusch gefiel ihr. Das waren Glücksmomente, wenn das Kind wieder etwas gelernt hatte – dafür konnte man alle Strapazen und Enttäuschungen vergessen. Manchmal auch gelang ihr etwas nur zufällig, und es fiel mir schwer, mich nicht täuschen zu lassen, nicht doch einen weiteren Entwicklungsschritt darin zu sehen.

Aber etwas ging vor sich, das war nicht zu verkennen. Das Kind kroch auf dem Fußboden herum, schob sich mit den Beinen voran. Es sah andere Kinder beim Kneten und wollte das auch. Ich führte ihr die gespreizte kleine Hand, und wir rollten aus Lehm eine Wurst. Bilderbücher liebte sie über alles, konnte gar nicht genug davon kriegen, man durfte sie ihr nur nicht in die Hand geben, denn dann begann sie sogleich Seiten herauszureißen. Also gab ich ihr alte Zeitungen in die Hand, die konnte sie zerreißen nach Herzenslust, ihre Lieblingsbeschäftigung über Monate. Ich weiß noch, im Wartezimmer des Arztes blätterten wir Modezeitungen durch, zum Umblättern benutzte ich ihre Hand, weil sie besser am Papier haftete, meine war viel zu trocken dafür. Doch ein Moment der Unachtsamkeit genügte, und das schicke neue Heft war zerrissen.

Aber dann kamen wieder Monate und Jahre, in denen es nicht vorwärtsging; die Tagebucheinträge wurden zunehmend monoton. Neues Spielzeug, Übungen und so weiter, beinahe alle meine

Bemühungen gingen so spurlos über sie hinweg wie Wasser über Ölpapier. Anetschka konnte Rauch zeichnen – mit dem Stift in der Faust übers Papier kreisen. Also zeichnete ich ihr Häuser, Dampfschiffe ohne Ende, alles, was einen Schornstein hatte, und sie hängte ihre Rauchkrakel an. Alles, was krachte, fand ihr Behagen, sie zog die Schubladen in der Küche auf und ließ sie wieder zuknallen. Ihr dabei zuzusehen machte Spaß, aber irgendwann begriff man, dass sie dasselbe Spiel schon seit zwei, drei Jahren spielte.

Irgendwo sah ich einen Holzwürfel mit Löchern darin, in die Stäbe mit verschiedenfarbigen Fähnchen zu stecken waren, den kaufte ich in der Hoffnung, sie könnte Spaß daran haben, doch er interessierte sie nicht. Sie hatte ihre bevorzugten Spiele und kehrte immer wieder zu ihnen zurück. Zum Beispiel nahm sie ihr Kinderbesteck, Messer und Gabel, und ließ sie miteinander über den Tisch tanzen. An etwas Neuem war kein Bedarf. Gingen wir spazieren, musste es immer derselbe Weg sein, andernfalls wurde sie unruhig. Anetschka mochte es sehr, andere schaukeln zu sehen; sie selbst auf die Schaukel zu setzen war jedoch ganz unmöglich: großes Erschrecken, Panik, Hysterie – sie schrie wie am Spieß. Immer wenn man das Gefühl hatte, es gehe voran, und auf den nächsten Schritt wartete, tat sich wieder jahrelang gar nichts.

Einmal waren wir zu Besuch bei Bekannten, die ein Kind in Anetschkas Alter hatten; wir spielten mit ihm; der Junge war sehr schnell von Begriff und hatte Phantasie; baute aus Stühlen einen Zug, in den alle Erwachsenen einsteigen sollten und mitfahren. Im Zusammenleben mit einem normalen Kind gibt es ein ständiges Geben und Nehmen. Mit Anetschka fiel man ständig in irgendein schwarzes Loch.

Irgendwann – da war Anetschka bestimmt schon fünf – gab ich auf und ließ die Hände sinken. Es schien alles keinen Zweck zu haben. So viel Aufwand – ohne Resultat, für die Katz. Die Vorstellung, das Mädchen könnte ihre Altersgefährten irgendwann einholen, war vollkommen naiv. Man musste sich abfinden mit dem Gedanken, dass sie auf Dauer so sein würde, wie sie war.

Wenn ich dienstlich in der Preobraschenka zu tun hatte, kam ich an den Mauern des städtischen Kinderheims vorbei, von dem damals Doktor Romberg gesprochen hatte. Und einmal ging ich hinein. Nein, ich dachte nicht im Traum daran, Anetschka dort unterzubringen, aber in der Tiefe meines Hirns nagte der Gedanke, was wäre, wenn mir etwas zustieße – dann landete sie wohl oder übel hier.

Erst wollte man mich nicht einlassen: Der Chefarzt sei nicht im Haus. Ich schob dem Wächter etwas hin, und er begleitete mich bis auf den Flur, öffnete die erstbeste Tür. In dem überheizten Raum standen eiserne kleine Betten mit hohen Gittern, in denen kauerten auf blankem Wachstuch Kinder verschiedenen Alters, alle vollkommen nackt. Sie ließen den Oberkörper wie Uhrpendel hin und her schwingen und jaulten. Ihre entstellten Gesichter blickten stier. Beinahe alle zupften an ihren Geschlechtsteilen herum. Es herrschte ein bestialischer Gestank, ich machte, dass ich wieder rauskam.

Ich stieg ins obere Stockwerk. Aus einer offenen Tür drangen Schreie, ich spähte hinein. Einem Kind wurde Blut abgenommen. Der Junge schien große Angst auszustehen, winselte, zog aber verblüffenderweise die Hand nicht weg, obwohl sie beim Einstechen nur ganz locker gehalten wurde.

Ich kam nach Hause und musste mich hinlegen, so müde und zerschlagen fühlte ich mich. Verspürte den starken Drang, alles hinzuschmeißen, auf und davon zu fahren an einen einsamen Ort, wo man die Wellen ans Ufer schlagen hörte, vor Langeweile ellenlange Briefe ins Nirwana schrieb, den Sand durch die Finger rinnen ließ und nur sich selbst gehörte, alles und jeden vergaß.

Mir fiel ein, dass ich seit Jahren nicht im Urlaub gewesen war und überhaupt nirgends hingereist, wohin nicht die Pflicht mich gerufen hatte. Nun tat ich es.

Es war wohl so etwas wie eine Flucht. Ich sagte alle Termine ab, hatte im Nu gepackt, küsste das schlafende Kind und schlug das Kreuz über ihm, dann fuhr ich zum Bahnhof, setzte mich in den erstbesten Zug und fuhr los. Vermutlich hatte ich mich in meinem bisherigen Leben noch nie so einsam gefühlt.

Es war Herbst, der erste Schnee war gefallen. Von Station zu Station wurde es etwas mehr, die Welt wurde weiß vor meinen Augen.

Ich erinnere mich, an irgendeinem Haltepunkt, wo wir minutenlang zum Stehen kamen, hatten Kinder den Schnee zu großen Kugeln gerollt und bauten Schneemänner. Die Gesichter waren krebsrot, die Augen leuchtend vor Spaß und Freude über den ersten Schnee, und jemand, der mit mir auf dem Gang stand und aus dem Fenster schaute auf die weiß aus der Dämmerung tretenden Figuren mit den zum Himmel gereckten Reisigarmen, sagte: »Das ist er, der Gesang der Kreatur vor dem Schöpfer!«

Der Zug hatte Verspätung infolge von Gleisverwehungen, was in den Abteilen hitzig diskutiert wurde, missmutige Stimmen wurden laut, mir hingegen machte es nichts aus, da ich ja kein Ziel hatte. Eigentlich war es das, was ich gewollt hatte: wegfahren und nirgends ankommen,

Schließlich blieben wir an einer kleinen, schon fast gänzlich zugewehten Station vollends stecken. Es hieß, irgendein amerikanischer Schneepflug sei kaputtgegangen, sämtliche Züge auf dieser Strecke seien einer nach dem anderen zum Stehen gekommen. Ein Rückstau, wie ein in unserem Abteil mitreisender Ingenieur fachmännisch erklärte. Ich folgte den anderen hinaus auf die tief verschneite Plattform, stapfte zum Bahnhofsgebäude hinüber. Dort herrschte großes Gedränge: Manche kamen sich beschweren, entrüsteten sich lautstark, andere packten ihr Essen aus, getrunken wurde auch, Drohungen wurden ausgestoßen, man rief nach dem Bahnhofsvorsteher, und alles wollte telegraphieren.

Der Vorsteher versuchte die ihn bestürmende Menge zu überbrüllen. »Ich bin nicht der liebe Gott, meine Herren!«, krächzte er.

Das Erstaunliche war, dass selbst die, die es eilig gehabt und Nerven gezeigt hatten, binnen Kurzem vor der ausweglosen Lage kapitulierten und traute Grüppchen und Gesellschaften zu bilden bereit waren, man schloss Bekanntschaft, trank und sang gar miteinander. Meine Mitreisenden luden mich ein, an ihrem, wie sie sich ausdrückten, Gelage in Zeiten der weißen Pest teilzuhaben.

Ich zog es jedoch vor, in den verwaisten Waggon zurückzukehren, streckte mich auf meiner Pritsche aus und sann über meine Lage: dass Gott mich mit diesem Kind gestraft hatte und weiter strafte tagtäglich bis in alle Ewigkeit, bis einer von uns starb, es oder ich, und ich trug diese Last und würde sie weiter tragen bis zuletzt, ohne zu murren, aber bitte, so mein Flehen ins Dunkel des Wagens hinein: Gib mir Kraft, o Herr! Allein zu sein ist sehr schwer.

Im Nachhinein wunderte ich mich selbst über diese Anwandlungen. Ich war ja nicht allein. Und gestraft hatte Gott mich gewiss nicht, er hatte mich beschenkt. Selbst wenn mein Kind niemals würde sprechen, lesen und schreiben lernen. Mir kam der berückend schlichte Gedanke, dass alle meine Kopfstände mit ihr überflüssig waren; worauf es ankam, waren Liebe und Wärme, sie musste keine Gedichte vortragen, nicht mit dem Springseil hüpfen, Tonleitern spielen, nein. Sie war ein Teil meines Lebens, ich liebte sie und war ihr dankbar dafür, dass ich sie zum Lieben hatte.

Als die Gleise am darauffolgenden Tag von einer herbeigeschafften Einheit Soldaten gesäubert waren, stieg ich unter den verwunderten Blicken meiner Mitreisenden aus und fuhr mit dem ersten Gegenzug zurück.

Wie ich zu Hause ankam, schlief Anetschka schon. Matrjoscha öffnete, nahm mir den Mantel ab. Kalt und feucht, wie ich war, schob ich nur schnell die Hände in meine Achseln, um sie zu erwärmen, und schlich ins Kinderzimmer. Dabei trat ich versehentlich auf irgendein Quietscheentchen auf dem Teppich, und Anetschka wurde wach. Hob den Kopf, sah mich und lächelte, streckte mir die Ärmchen entgegen. Ich nahm sie hoch, ging mit ihr zum Fenster. Sah ihre kraftlos baumelnden Beine, küsste sie – und in diesem Moment war es, als fiele mir ein Schleier von den Augen: Ich hatte alles, was ich zum Leben brauchte. Dieses Kind gab mir, was niemand sonst mir hätte geben können. Alles Übrige war unwichtig.

In jener Nacht wollte sie lange nicht einschlafen, ich nahm sie zu mir ins Bett, ihr Rücken lag an meiner Brust, wir schmiegten uns aneinander. Ich atmete in ihr Haar, sog den Duft ihres Nackens ein – den leckersten Duft der Welt.

Ein Kindermädchen für Anetschka zu finden war schwer, sie duldete keine fremden Menschen um sich, an Matrjoscha war sie gewöhnt und liebte sie. Aber einmal verschwand aus der Schublade meines Schreibtischs ein Haufen Geld, fünfhundert Rubel, die ich zur Bank hatte bringen wollen. Das Schloss war aufgebrochen, Matrjoscha zur fraglichen Zeit mit Anetschka spazieren gewesen – nicht ohne die Tür abzuschließen, wie sie unter Tränen beschwor. Unklar, wie die Diebe in die Wohnung hatten kommen können, noch dazu vom Hausmeister unbemerkt. Noch seltsamer war, dass sie den Stapel Wertpapiere, der daneben lag, verschmäht hatten; es mussten Amateure am Werk gewesen sein, Halbwüchsige vielleicht.

Ich erstattete Anzeige bei der Polizei. Mir tat es, zugegeben, leid um das Geld, bildhaft stellte ich mir vor, was ich alles dafür hätte kaufen können: einen neuen Mantel, Bücher, ein schönes Bild, wer weiß was – eine Phantasie, die ich nicht entwickelt hatte, solange das Geld im Kasten gewesen war, jetzt schien sie mir auf einmal real.

Der Beamte auf dem Revier empfing mich ausnehmend freundlich, abgesehen davon, dass er sich, während ich mein Anliegen vortrug, mit einer Stahlfeder die Nägel säuberte. Versierte Anteilnahme, fingiertes Erstaunen. Von ihm erzählte man sich bei Gericht, er unterhalte ein geheimes Bordell für städtische Honoratioren und stecke mit den Kriminellen unter einer Decke, bezöge bei größeren Raubüberfällen seine Anteile.

Als ich geendet hatte, zückte er sein Zigarettenetui: »Rauchen Sie?«

Während er paffte, kam er ins Palavern. »Einen ähnlichen Fall hatte ich in meiner Zeit in Samara, da war es so, dass …«

»Was soll ich denn jetzt machen?«, unterbrach ich ihn.

Er erklärte mir in mitfühlendem Ton, wie schwer es sei, gestohlenes Geld wiederzukriegen. »Wenn es sich beispielsweise um Brillanten handelte, sähe die Sache ganz anders aus …«

Ich saß da und dachte die ganze Zeit: Wie viel will er von dir?

»Wir haben einen guten Agenten«, fuhr der Beamte versonnen fort, »aber der hat leider keine Zeit. Es gibt so viel zu tun, verstehen Sie …«

Ich legte einen neuen Fünfzigrubelschein auf den Tisch.

»Aber hören Sie! Ich bitte Sie!«, erschrak er in aller Höflichkeit und wehrte ab, »das ist doch unsere Pflicht!«

Ich schüttelte den Kopf und schob den Schein unter einen Aktenordner.

»Na schön. Wenn Sie darauf bestehen, werde ich es weiterreichen …«

Wir tauschten eine artige Verbeugung.

Gegen Abend desselben Tages erschien bei uns ein unangenehm glatter Typ. Die Augen hinter den dicken Brillengläsern huschten wie Kaulquappen umher. Man bekam das Gefühl, er wäre blind und orientierte sich mit dem Geruchssinn. Auch die kleinen Rattenzähne machten Eindruck. Er besah, besser: beschnüffelte sich die Wohnung genau. Irgendwann ging er zielsicher auf die Tür zu, die aus der Küche in Matrjoschas Kammer führte.

»Mach die Truhe auf!«, befahl er ihr.

Matrjoscha schnappte nach Luft vor Entrüstung, dass man sie des Diebstahls bezichtigte. »Gehört sich das, in fremden Truhen zu wühlen!«

Unterstehen Sie sich!, wollte auch ich sagen und für die Ehre meiner Angestellten eintreten, doch ein Blick auf die Kaulquappen ließ mich verstummen. Er fuhrwerkte mit irgendeinem Stück Eisen im Schloss der Truhe herum, sie sprang auf. Matrjoscha ächzte.

Der Agent wühlte in ihren Sachen und zog einen prall mit etwas gefüllten Strumpf hervor. Drehte ihn auf links, und Geldscheine segelten durch das Zimmer. Die Kaulquappen saugten sich an Matrjoscha fest. »Wo hast du das her?«

Urplötzlich wurde aus der Matrjoscha, die ich kannte, eine ganz andere. Sie straffte sich, sah mich an mit blitzenden, boshaft blickenden Augen und entgegnete seelenruhig: »Woher schon. Gestohlen hab ichs ihm.«

Ich traute meinen Augen und Ohren nicht.

»Mein Gott. Wieso das denn?«

Sie sah mich verächtlich an. »Weil Sie reich sind, und ich bin arm.«

»Ich und reich?«

»Etwa nicht?«

Ich wusste nicht, was ich sagen sollte zu dieser Frau, die seit so vielen Jahren bei mir lebte und meiner Anetschka der allernächste Mensch war.

»Aber Matrjoscha! Sich an fremdem Gut zu bedienen ist doch Sünde!«

Darauf lachte sie nur. »Was hätte ich tun sollen? Ich brauch Geld und habs mir genommen. Davon werden Sie nicht ärmer, aber uns ist das Haus im Dorf abgebrannt. Wir haben kein Geld, ein neues zu bauen.«

»Wie fändest du es, wenn ich mich an dem vergriffe, was dir gehört?«

Sie blieb bei ihrer Überzeugung: »Sie sind reich, und ich bin arm.«

Da ertönte Gebrüll aus dem Kinderzimmer. Matrjoscha eilte hinüber. In ihren Armen wurde das Kind still.

Der Agent bekam sein Salär. »Werden Sie Anzeige erstatten?«, fragte er im Gehen.

Ich winkte energisch ab. »Später, später!«

So blieb alles beim Alten.

Matrjoscha drohte in Abständen mit ihrer Kündigung, ich überredete sie zu bleiben – Anetschka zuliebe.

Das Kind wuchs heran, unauffällig und in Schüben. Im Handumdrehen war es kein Stöpsel mehr, sondern ein Mädchen. Früher war es eine Folter gewesen, sie zum Essen zu bewegen: Arme hinter dem Rücken festhalten, den Mund mit Klammergriff zum Öffnen bringen und Suppe einflößen, während sie mit dem Kopf schlug, spuckte und blökte – Letzteres gab Gelegenheit für einen schnellen neuen Löffel, der aber selten dort landete, wo er hinsollte, sie verschluckte sich, die Augen quollen hervor ... So war das bei jeder Fütterung. Zurück blieb ein Schlachtfeld, Brei und Kohlfäden überall, bis an die Wand ... Inzwischen aber war es umgekehrt: Anetschka sperrte den Schnabel auf und konnte nicht genug kriegen, schob sich alles in den Mund, war geradezu gefräßig geworden, immerzu kaute sie und schluckte und stopfte sich das Wänstlein voll. Die Stimme hatte sich auch verwandelt, war tiefer und rauer nun. Und die Kräfte nahmen zu; ging etwas gegen ihren Willen, konnte sie in ihrem Zorn schon gefährlich werden – begann zu beißen, um sich zu schlagen, warf mit allem, was ihr zwischen die Finger kam. Wenn ein Kind sich schlecht benimmt, sollte man streng sein, es auch züchtigen, doch ich war nicht imstande, die Hand gegen sie zu erheben, verzieh ihr alles und verzog sie. Im siebten Lebensjahr hörte sie auf, in die Hosen zu machen, von da an wurde es viel einfacher. Und sie lief! Jetzt konnten wir Hand in Hand spazieren gehen, ganz normal wie Vater und Kind. Wenn ich ihr etwas erzählte, nahm sie es zumindest zur Kenntnis, dessen war ich überzeugt. Richtig sprechen konnte sie zwar nicht, hatte aber eine Anzahl Halbwörter im Repertoire, die ihr vollauf genügten, die Welt zu benennen.

Kurzum: Ich erlebte mit Freuden, wie Anetschka allmählich, mit den Jahren, immer mehr von dem hatte, was einen Menschen ausmacht, sich immer weniger von unsereins unterschied: Sie konnte lieben, sich freuen, glücklich sein, Angst haben – das alles wohl noch mehr als wir. Dies anderen Leuten zu erklären schien allerdings unmöglich. Wohin man kam: betretenes Schweigen, verlegene Blicke, tragische Seufzer. Nahm ich sie mit ins Kaffeehaus, wich man uns aus, setzte sich um, zahlte eilig und verließ das Lokal. Im »Nord«, das weiß ich noch, war der Kellner einmal dermaßen besorgt, Anetschka könnte etwas umstoßen, dass er das Gedeck weit von uns abrückte – was wiederum mich so in Harnisch brachte, dass ich absichtlich Kaffee auf dem Tischtuch verschüttete.

Vielleicht wäre es besser gewesen, sich mit alledem abzufinden, aber das konnte ich nicht. Gingen wir spazieren, fand sich immer wieder eine, die, kaum dass sie Anetschka erblickte, ihr eigenes Kind von der Straße zerrte. Oder jemand schaute aus dem Fenster und zog bei unserem Anblick rasch den Kopf zurück, um uns von drinnen, hinter der Gardine, zu beobachten.

Gut, es kam vor, dass irgendeine mitfühlende alte Frau sich heranwagte, um Anetschka mit einem fusseligen Bonbon zu beschenken. Umso unvergesslicher dieses: Wir benutzten irgendwo gemeinsam mit einer Dame einen Fahrstuhl, in dem es ziemlich eng zuging; die Frau war schwanger, und Anetschka, ganz gegen ihre sonstige Scheu vor Fremden, neugierig, streckte ihre Hand nach dem Kugelbauch. Entsetzt wich die Frau zurück, versuchte ihren Bauch in Sicherheit zu bringen, presste sich gegen die Spiegelwand. Natürlich riss ich Anetschka zurück, sie fing an zu brüllen. So etwas vergisst man im Leben nicht.

Der Gedanke, noch einmal zu heiraten oder wenigstens irgendeine Beziehung einzugehen, so er mich überhaupt heimsuchte, weckte in mir nichts als Angst vor neuen, unnötigen Prüfungen. Bis eines Tages Larissa Sergejewna in mein Leben trat.

Ich suchte eine Sekretärin, und jemand aus dem Kollegium hatte sie mir empfohlen. An eine billige Affäre mit unweigerlich folgenden Auseinandersetzungen, Beschuldigungen, Verpflichtungen und so weiter dachte ich dabei am allerwenigsten, hatte genug von einem gescheiterten Familienleben. Aber das hier ereignete sich wie von selbst, geräuschlos, ohne abgeschmackte Reden, eigentlich überhaupt ohne Worte.

Sie kam für eine Stunde oder zwei zu mir nach Hause, und ich diktierte, im Kreis durch das Zimmer wandelnd, Schriftsätze. Das Klappern der Schreibmaschine war ganz nach Anetschkas Geschmack, sie setzte sich neben Larissa Sergejewna auf einen Stuhl und schaute gebannt zu, wie die Finger über die Tasten flatterten. Ich diktierte nach Entwürfen im Notizblock, dabei blieb ich hin und wieder vor dem Spiegel stehen, rückte die Krawatte zurecht, strich eine Strähne meines vorzeitig ergrauten Haars zurück und dachte daran, dass Klagen und Berufungsanträge alles andere waren als Roulettenburger Leidenschaften, wie auch diese nicht mehr ganz junge Frau von skurrilem Körperbau mit einer Anna Snitkina wenig gemein hatte. Larissa Sergejewna hatte einen Sohn von zwölf Jahren, den sie alleinstehend großzog. Selbst erinnerte sie an die Karaffe auf meinem Tisch: oben schmal und unten immer breiter werdend. Wenn sie auf dem Stuhl saß, quoll es über beide Ränder. Nach beendeter Sitzung entgolt ich sie, brachte sie zur Tür und konnte anschließend hören, wie sie, einer schweren Holzkugel gleich, von Stufe zu Stufe hinabholperte.

Einmal, als beim Einspannen eines Briefbogens etwas klemmte und sie sich über den Wagen ihrer Schreibmaschine beugte, bot sich ein unwillkürlicher Einblick in den Ausschnitt ihrer Bluse, und mir kam der Gedanke, dass ihr Bedürfnis nach Glück gewiss nicht weniger ausgeprägt war als bei den langbeinigen Schönheiten.

Das Entscheidende aber war wohl, dass sie Anetschkas Zutrauen fand. Larissa Sergejewna verstand es, mit ihr zu reden, sie zu amüsieren, zum Lachen zu bringen. Ihr fiel auch etwas ein, wenn beispielsweise der Doktor zum Impfen kam. Denn so einfach wurde ich meines herangewachsenen Kindes, das neuerdings Sprünge machte wie ein junges Fohlen, nicht mehr Herr, da bedurfte es schon einiger Tricks.

Unser Hausarzt ist also im Anmarsch – ich kann ihn durch das Fenster nahen sehen, er geht müde und gebeugt, mit umwölktem Blick. Dann klingelt es – und er kommt herein wie verwandelt, munter und beschwingt, mit einem Scherz auf den Lippen. Stellt sein metallenes Köfferchen auf den Tisch, holt Spritze und Kanüle hervor. Anetschka sieht das, schon brüllt sie. Larissa Sergejewna und ich tun unser Bestes, die kräftige Anetschka zu bändigen. Der Doktor lacht.

»Wer möchte heute von mir eine Spritze kriegen?«

Anetschka quietscht und schüttelt heftig den Kopf.

Darauf der Doktor: »Wen ich erwische, der darf laut schreien!«

Anetschka lacht unter Tränen. Ein andermal, als wieder eine Impfung ansteht, kommt Larissa Sergejewna mit der großen Schere herein, schnappt damit wild durch die Gegend. Ein Blickfang für Anetschka, und ehe sie sich versieht, ist die Spritze erledigt.

Auf die Art brauchte es jedes Mal eine Idee.

Als ich einmal ins Krankenhaus musste – ein Eingriff war fällig, belanglos, aber lästig – und auf dem Operationstisch lag, sah, wie der Arzt die mit Karbolwasser benetzten Hände hob und eine Weile so hielt, als wollte er zum Himmel flehen, da kam ich auf trübe Gedanken: Jetzt schlafe ich gleich ein und sehe mein Töchterlein nie wieder. Aber nein – was für ein abwegiger, ungeheuerlicher Einfall! Unwillkürlich flutete mir der Lebensdrang durch den ganzen Körper, bis in die Fingerspitzen hinein. Wieso ich denn lache, wurde ich gefragt. Aber wie erklärt man vom Operationstisch aus den Umstehenden, dass es der Tod ist, der mich lachen macht: Ich soll sterben und Anetschka allein lassen? Lächerlich!

Man setzt mir die Maske auf, träufelt Chloroform ein, zählt mir etwas vor, ich soll es nachsprechen.

»Fünfzehn, sechzehn …«

»Fünfzehn, sechzehn …«, wiederhole ich.

»Zweiundzwanzig …«

»Zweiundzwanzig …«

»Achtunddreißig …«

Das höre ich nurmehr von Weitem, nachsprechen lässt es sich nicht mehr. Rauschen in den Ohren, dahinter sagt jemand: »Na, dann wollen wir mal.«

»Achtunddreißig!«, brülle ich aus Leibeskräften und bin im nächsten Moment weg.

Nach der Operation lag ich und rekonvaleszierte, rechnete mit keinerlei Besuch und war höchst überrascht, als Larissa Sergejewna zur Tür hereinkam. Sie setzte sich an mein Bett, so als wäre es das Gewöhnlichste auf der Welt und sie meine Schwester oder Frau. Wir wussten beide nicht gleich, worüber wir reden sollten, ich fragte sie nach ihrem Sohn, sie wiegte den Kopf und meinte zerknirscht, der habe nur Katzen und Mäuse im Kopf.

»Seine Liebe zu allem, was kreucht und fleucht, ist nicht zu bremsen, er schleppt mir alles mögliche Viehzeug ins Haus, ach, mein Kostja ist so ein Wirrkopf …«

Bald nachdem ich an die Arbeit zurückgekehrt war, nahmen wir auch unsere Diktate wieder auf. Einmal sah ich Larissa Sergejewna im Gericht, lief kurz entschlossen zu ihr hin und bat sie zu kommen – obwohl ich gar keine Arbeit für sie hatte. Vielleicht spürte sie das, denn die Antwort war ausweichend, sie habe gerade so viel zu tun! Ich ließ nicht locker: Es sei in dringender Sache. Schließlich willigte sie ein zu kommen, aber es müsse schnell gehen.

»Das wird es«, sagte ich erfreut. »Höchstens eine Seite.«

Ich schickte Matrjoscha mit Anetschka auf einen Spaziergang und erwartete Larissa, am Fenster stehend, wollte den Augenblick nicht verpassen, da sie um die Ecke bog. Es graupelte leicht – der Winter stand unmittelbar bevor. Ich ging ins Bad und putzte mir die Zähne. Dabei sah ich aus dem Fenster, der Hof war wie mit Zahnpulver bestäubt. Wozu habe ich das eingefädelt, fragte ich mich. Was will ich von ihr?

Schließlich kam sie, setzte sich, ohne den Hut abzunehmen, an die Maschine.

Ich lief lange auf und ab, mir fiel nicht ein, was ich diktieren sollte.

»Nimm den Hut ab!«, hörte ich mich plötzlich sagen und dachte im selben Moment: Bin ich bei Trost? Was rede ich da? Wieso duze ich sie?

Gehorsam entfernte Larissa Sergejewna die Hutnadel, legte den Hut auf dem Sessel neben sich ab, löste auch ihr Haar.

Ihre Brüste waren blau geädert, die linke größer als die rechte, genau wie bei Katja.

An den Beinen hatte sie kaum noch sichtbare rosa Narben und am Kopf zwei Dellen – von der Geburtszange.

»So wird man in die Welt gezerrt. Auch wenn man nicht drum gebeten hat!«, sagte sie mit einem verlegenen Lachen.

Wir sprachen nur wenig, aber das Schweigen zwischen uns war ungezwungen, lastete nicht, tat nicht weh.

»Geh nicht krumm!«, sagte sie manchmal zu mir, und dann straffte ich den Rücken.

Wir verheimlichten unsere Beziehung, wollten nicht, dass über uns geredet wurde. Nach wie vor erschien sie bei mir zum Diktat, und tatsächlich wurde gearbeitet, soweit nötig, und anschließend blieb sie noch ein Weilchen.

Ich hätte ihr gern etwas Gutes getan, zum Dank oder so, überreichte ihr eine kleine Aufmerksamkeit, bot auch Geld an, was sie ablehnte mit einem Blick, der Pein erzeugte. Also erhöhte ich ihr Honorar, sie zog die überschüssige Summe wieder ab. Ich bat sie inständig, das Geld anzunehmen, um dem Sohn etwas dafür zu kaufen.

»Erfüll ihm einen lang gehegten Wunsch, irgendein Spielzeug oder was.«

»Das hieße, ihn zu verwöhnen«, beschied Larissa Sergejewna knapp.

»Na und? Tu es!«

Sie nahm das Geld.

Der Junge, Kostja, war pfiffig. Ich war ein paarmal bei ihnen zu Besuch, wir lernten uns kennen. »Geh nicht krumm!« – die Formel war eigentlich für ihn bestimmt.

Auf dem Schrank stand, an einen Ast gekrallt, ein ausgestopftes Eichhörnchen, einäugig, mit gerupftem Schwanz. Kostja hatte Ähnlichkeit mit diesem Tierchen. Klein und schmächtig für sein Alter, hatte er am Gymnasium einiges auszustehen und war froh, wenn er krank war und nicht aus dem Haus musste. Tiere waren seine große Leidenschaft, das Kämmerlein war vollgestellt mit Käfigen: Hamster, Meerschweinchen und Stieglitze. Das Größte für ihn waren aber die weißen Mäuse. Larissa Sergejewna hatte mit ihm in den Sommerferien eine Moskaureise unternommen, dort waren sie ihm Zirkus gewesen. Durows spektakuläre Mäusebahn hatte Kostja in einen Begeisterungstaumel versetzt, und nun hegte er den Traum, Dresseur zu werden. Er bastelte an einer Festung aus Pappmaché, die auf dem Fensterbrett stand.

»Was soll das werden?«, fragte ich ihn.

Freudestrahlend, dass ein Erwachsener sich für seine Welt interessierte, übersprudelnd vor Aufregung, Wörter verschluckend, erklärte er, er plane ein Mäusekunststück nach Durows Art.

»Die Eroberung von Ismail! Einmalige Sensation!«, schmetterte er wie ein Zirkusdirektor. Dressierte Mäuse würden Gräben überspringen, Mauern erklimmen und schließlich, nach Einnahme des Turmes, die türkische Fahne einholen und die russische hissen.

»Aber wie willst du es anstellen, dass die Mäuse dir gehorchen?«, fragte ich ihn.

Da lachte Kostja hell auf, dass man die Zahnlücke leuchten sah (seine Mitschüler hatten ihm einen Zahn ausgeschlagen): »Käse!«

Ich verstand nicht gleich. »Wie, Käse?«

»Überall an den nötigen Stellen liegen Käsebröckchen. Was dachten denn Sie? Ohne Käse geht gar nix!«

Zu Pfingsten wollten Larissa und ich gemeinsam ein paar Tage unserem Alltag entfliehen: zusammen sein, ohne sich zu genieren und vor anderen maskieren zu müssen. Sie brachte ihren Sohn zur Oma, ich ließ Anetschka bei Matrjoscha, und wir reisten nach Sankt Petersburg.

Zum Bahnhof fuhren wir auf getrennten Wegen, und ich hatte Platzkarten in verschiedenen Abteilen bestellt – im Zug mochte es durchaus Leute geben, die uns kannten. Wir verabredeten uns im Speisewagen.

Mein Mitreisender im Abteil war ein Stiller, er vertrieb sich die Zeit mit einem Kinderspiel: verschweißtes Glaskästchen, in dem Silberperlen über ein groteskes Gesicht sprangen und ihren Platz in den Zahnreihen des aufgerissenen Mundes suchten. Dafür brachen im Nachbarabteil die Flitterwochen eines jungen Pärchens an, die anscheinend von der Hochzeitstafel geradewegs zum Bahnhof gefahren waren. Das Abteil war mit Bonbonnieren und Blumensträußen so überladen, dass man es für ein kleines tropisches Gewächshaus halten konnte; starke, süßliche Düfte wie aus dem Parfümladen krochen über den Gang.

Auf dem Bahnsteig wurde erst noch Sekt getrunken, die Kumpanen des Bräutigams grölten hemmungslos und rissen trunkene Zoten. Die Braut in eleganter Reiseaufmachung stieß mit allen an und kippte zügig Glas um Glas, als wollte sie vor der Abfahrt noch schnell betrunken werden. Dann fiel sie der Mutter an die Brust und schluchzte, wurde losgerissen und eilends in den Wagen gehievt. Mein Mitreisender, ein Lehrer aus Pensa, wie ich noch erfahren sollte, sah dem Treiben durch das Fenster zu und brummte: »Die sind wahrlich nicht zu beneiden. Von nun an werden sie einander quälen. Muss das sein? Wer hat sich das bloß ausgedacht?«

Als ich den Speisewagen betrat, saß Larissa Sergejewna schon an einem der Tischchen.

Und wieder schwiegen wir die meiste Zeit einander zu, unbefangen und vollkommen entspannt. Von den Gegenzügen flimmerte es vor den Augen. Dörfer, Katen und Kirchen huschten vorüber, alles im jungen Grün, morgendlich frisch.

Wir befuhren eine Brücke, die einen Fluss überspannte. Dorfjungen beim Baden. Einer hatte das Wasser schon wieder verlassen und hüpfte, den Kopf geneigt, auf einem Bein, um das Wasser aus dem Ohr zu schütteln.

Wenn ich mich recht entsinne, gingen meine Gedanken wunderliche Wege. Über Larissa und mich hätte ich nachdenken sollen, stattdessen malte ich mir aus, wie vor dem Haus da drüben unter ausladenden Lindenbäumen, auf der Anhöhe gleich neben der Kirche, die Frau des Diakons beim Hostienbacken ist, und in der Kirche liegt schon der Teppich aus frischem Gras. Und bald kommen die Leutchen alle munter aus ihren Hütten gelaufen und werden sich mit Sträußen von Feldblumen eine Messe hindurch die Beine in den Bauch stehen, und dann werden die Sträuße getrocknet und kommen in die Kornkammer gegen die Mäuse und auf den Dachboden gegen den roten Hahn, und von dem unter den Stiefeln zertretenen Gras werden sie sich auch noch ein Büschel greifen und einen heilsamen Tee daraus kochen, und aus irgendeinem Grund muss das alles sein.

Dann gingen wir in ihr Abteil – sie fuhr dort allein, bis Kasan würde niemand zusteigen. Es war ein internationaler Luxuswagen: genarbtes Leder mit Goldborte, beige Samtpolster mit Überdecke aus weißer Spitze. Wir streckten die Arme aus dem Fenster in den Fahrtwind, der von dem hohen Tempo wie ein Festkörper schien, den man mit den Fingern kneten konnte.

Je weiter wir uns von zu Hause entfernten, desto stärker wurde in mir das Gefühl einer Verwandlung. Wir wurden freier, reiner. Nichts hielt mich mehr zurück, in Gegenwart anderer nach Larissas Hand zu greifen. Und auch sie schien sich zu verjüngen, benahm sich gar nicht mehr unbedingt wie eine gesetzte Dame, sondern wie eine von zu Hause ausgebüxte Oberschülerin. Zum Beispiel entriss sie mir die Zeitung, die ich hatte überfliegen wollen, machte Anstalten, sie zusammenzuknüllen. Ich wollte sie ihr wieder abringen, dabei riss ein Zeitungsblatt mittendurch. Larissa Sergejewna knüllte es zu einem festen Ball, mit dem sie mich bewarf, ich warf ihn zurück, und hätte uns einer dabei zugesehen, er hätte uns für verrückt gehalten.

Am anderen Morgen langten wir in Sankt Petersburg an, ich hielt auf dem Bahnsteig Ausschau nach einem Träger. Larissa blieb zurück, ich wandte mich um: Da stand sie und schaute in die Fenster des gerade ausfahrenden Zuges am gegenüberliegenden Gleis, schaute wie in einen Spiegel und richtete ihren Hut.

Im Hotel angekommen, gingen wir kurz hinauf, das Zimmer ansehen, sie probierte entzückt alle Stühle und Sessel aus, schaute in alle Spiegel, fiel rücklings, mit ausgebreiteten Armen, auf das Bett. Ich wollte sie umarmen, doch sie entzog sich verschmitzt: »Erst in die Stadt!«

Sorglos und frei spazierten wir durch die Straßen, sie hakte sich bei mir ein – als wären wir seit Langem ein Paar und gedächten miteinander alt zu werden – in Würde und mit dem Schicksal überein.

Wir gingen in Geschäfte, ich hätte ihr gern etwas Schönes gekauft. Es roch stark nach Kaliko, die Schneiderellen blitzten, sie suchte und probierte eine Ewigkeit, ich wartete geduldig, sah die Verkäufer flitzen und scharwenzeln, einander aus dem Weg stoßen.

Wir kamen an einer Zoohandlung vorbei; ich hätte die in der Auslage stehenden Käfige mit den Sittichen übersehen, aber Larissa Sergejewna dachte wohl an ihr Söhnchen und wollte unbedingt hinein, also taten wir das. Drinnen ein einziges Zappeln, Flattern, Tirilieren. Sie schob ihren kleinen Finger in einen Meerschweinchenkäfig, meiner passte nicht durch die Stäbe.

Am Abend gingen wir ins Theater. Das Künstlertheater gastierte mit der *Möwe*. Wenn auf der Bühne mit den Türen geknallt wurde, schwankte die gesamte Dekoration. Trigorin nieste und schniefte von Beginn an, am Ende nieste Dorn auch. Er stand an der Rampe, ein Punktscheinwerfer war auf sein Gesicht gerichtet; als er nieste, meinte man aus seinem Mund einen Funkenregen sprühen zu sehen. Auch als das Fläschchen in der Feldapotheke platzte und Dorn, in seiner Zeitschrift blätternd, zu Trigorin sagte, da habe sich wohl gerade Konstantin Gawrilowitsch erschossen, benieste er das sogleich, und noch als der Vorhang sich gesenkt hatte, konnte man durch den schweren Samt wahre Husten- und Niesanfälle vernehmen.

Beim Hinausgehen dachte ich, dieses Schild *Zu den Sitzplätzen* hat bestimmt schon Gogol gesehen.

Ich wollte gleich ins Hotel, aber Larissa Sergejewna schlug noch einen Spaziergang vor. Wir liefen in Richtung Sommergarten, der wie übergossen war von dem seltsamen, sonnenlosen Nachtlicht des Nordens, das keiner Tageszeit anzugehören scheint; die weiße Nacht ist nicht weiß, eher von gelblicher Art, wie Kerzenwachs. Larissa Sergejewna lief den Zaun entlang und ließ den Regenschirm über die Stäbe knattern, an uns vorbei zog der Park. Statuen in Stearin. Hier musste einst Lot mit seinen ungehorsamen Frauen durchgekommen sein.

Im Hotelzimmer schlüpfte Larissa Sergejewna in Pantoffeln mit Püscheln obenauf. Ich ließ Mantel und Hut irgendwo fallen, sie hob beides auf, hängte sie an die Garderobe.

Während sie sich vor dem Spiegel kämmte, sagte sie auf einmal: »Was willst du eigentlich von mir? Du brauchst ein forsches Weib mit Widerhaken. In diesen Augen ist keine Rebellion und kein Glühen, schau doch!«

Ich trat von hinten an sie heran, zog ihr die Schultern straff: »Steh nicht krumm!«

In dieser Nacht fragte ich sie, wo die Narben an ihren Beinen herkamen, und sie erzählte von ihrem Geliebten vor langer Zeit, Kostjas Vater. Als sie von ihm schwanger war und er sie sitzen ließ, schlitzte sie sich in ihrer Verzweiflung die Beine, von denen sie annahm, sie wären die Ursache allen Übels. Während sie es erzählte, lächelte sie.

Ich küsste ihre Narben und ebenso die Dellen am Kopf.

»Ich zum Beispiel hätte drum gebeten.«

Sie verstand nicht: »Wie?«

»Nicht so wichtig.« Vor dem Einschlafen wickelte ich mir eine Strähne ihres Haars um den kleinen Finger, wie ich es vor vielen Jahren einmal bei einem rothaarigen Mädchen getan hatte.

Halb schlief ich schon, da flüsterte sie: »Ich möchte mit dir weben.«

Diesmal war ich es, der nicht verstand. »Was?«

»Ich möchte, dass wir zusammen weben.«

»Was denn weben?«

Sie lachte auf und brüllte es mir ins Ohr: »Leben! Zusammenleben … Auf dich warten, wenn du spät nach Hause kommst«, fügte sie an, aus dem Fenster sehend. »Schon im Bett liegen, deinen Pyjama an der Brust. Wenn du kommst, ist er warm.«

In der Nacht wachte ich davon auf, dass sie schniefte und leise schluchzte. Ich tat, als schliefe ich. Nach einer Weile wurde sie still. Ich lag da und schaute zur fahl schimmernden Decke, schütteres Licht sickerte von draußen ins Zimmer herein. Eine Straßenbahn fuhr vorbei, die Deckenlampe antwortete mit leisem Klirren. Vereinzelte Autohupen. Eine sirrende Mücke begehrte Blut. Früher als ich schlief mein Bein ein, es war, als läge ich auf Grammophonnadeln. Und ich musste immerzu an Anetschka denken – wie mochte es ihr daheim ergehen?

Mir fiel ein, wie ich mit ihr Walzer getanzt hatte. Überhaupt mochte sie neuerdings das Tanzen. Verlangte ständig, dass wir eine Platte auflegten, konnte nicht genug davon kriegen. Sie tanzte allein, wiegte sich im Sitzen oder drehte sich stehend auf der Stelle. Der Körper bewegte sich im Rhythmus, die Hände tanzten mit, sie bewegte anmutig die Finger, es sah aus wie bei den indischen Tänzerinnen, und dazu lachte mein Schatz und strahlte vor Glück. Am meisten aber gefiel es ihr, wenn ich sie auf den Arm nahm und wir gemeinsam tanzten – Walzer zum Beispiel, Wange an Wange, ihre Faust um meinen Daumen gekrallt, die andere Hand in meinem

Nacken. Eins-zwei-drei, eins-zwei-drei, eins-zwei-drei – ich in meiner weißen Uniform eines Obersten der Kavallerie, weißen Strümpfen und Ballschuhen. Ihr Gesicht, schnell bereit, Entsetzen oder Entzücken zu spiegeln, ist von einem dankbaren, glücklichen Kinderlächeln beseelt, derweil die Füße in den Atlasschühchen leicht und flink das Ihre tun, wie völlig losgelöst von ihr. Satter Orchesterklang. Wir kreiseln durch den Saal, Anetschka ist selig. Die Platte ist zu Ende. Mir wird das Mädchen auf den Armen zu schwer, ich setze sie aufs Sofa. Ihr Blick besagt: Gern würde ich ein Weilchen bei Ihnen sitzen und verschnaufen, ich bin ja auch müde, aber sehen Sie, ich werde bereits wieder aufgefordert, was mich froh und glücklich macht, denn ich liebe sie alle, und Sie und ich, wir verstehen das.

Am Morgen fiel mir zum ersten Mal auf, wie abgetreten der Teppich im Hotelzimmer war, wie verschossen das Gelb der Rosen. Auch bemerkte ich eine Stelle hinter Larissa Sergejewnas Ohr, wo der Puder schlecht verrieben war. Und der Abfluss im Badezimmer erwies sich als verstopft – ich zog ihn heraus und entsorgte ein Knäuel fremder Haare ins Klo.

Am Morgen war eine Wolkenfront von der Ostsee her aufgezogen, Regen und Wind empfingen uns, als wir auf die Straße traten, stülpten dem Regenschirm die Speichen nach außen.

Noch ein Stadtspaziergang.

Vor den Unbilden des Wetters flohen wir in die große Kathedrale. Da waren Massen von Leuten: Touristen, Schulklassen oder Windflüchter wie wir.

In dem Pulk, der sich um eine der Führerinnen scharte, sah ich plötzlich meinen Vater stehen. Traute meinen Augen nicht: So sehr war dieser breitschultrige alte Mann ihm ähnlich. Ich folgte ihm, zog Larissa Sergejewna hinter mir her. Dem alten Mann fiel das auf, er sah sich um, begann seinen Mantel zu untersuchen, ob nicht etwa Schmutz daran haftete.

»Wer ist das?«, fragte Larissa Sergejewna.

»Mein wiederauferstandener Vater«, sagte ich und griente.

Vieler Füße Schlurfen hallte in der hohen Kuppel wider. Es war schummrig. Eine junge Stimme, forsch und schneidend, sprach über die Drehung der Erde, ohne die das Leben auf dem Planeten unmöglich wäre.

Noch einmal sah ich meinen auferstandenen Vater, unsere Blicke kreuzten sich.

Plötzlich raunte sie mir ins Ohr: »Falls du es nicht weißt: Das hier ist unsere Trauung.«

Im selben Moment schlug das Pendel den Kegel um. Hart prallte der glatte Kopf auf den Marmor. Der Kegel kollerte mir vor die Füße. In ihm schien der Beweis zu liegen für etwas Wesentliches, ohne das das Leben unmöglich wäre.

In der Finsternis des frühen Januarmorgens näherte sich der Zug der Wjatka.

Ich stand auf dem Gang mit dem Handtuch um den Hals, wartete, dass ich an der Reihe war, sah aus dem Fenster. Darin spiegelten sich verschlafene Menschen, die schwankend über den Gang tappten und dem Wagenschaffner ihre Bettwäsche brachten. Ich starrte in die dahinterliegende Schwärze.

Dabei hatte ich das seltsame Vorgefühl, auf dem Bahnhof könnten die Herren Herzen und Witberg auf mich warten, stünden da in Schafpelz und Filzstiefeln, träten frierend von einem Bein aufs andere. Der Geist des Ortes. Mir war, als müsste ich bald durch ihre Straßen gehen, ihre Kirchen betrachten, ihren Himmel sehen, die Bäume, den Schnee, und all das brächte uns einander näher, überwände Tode und Epochen, und ich könnte etwas sehen und begreifen, das sie zuvor hier gesehen und begriffen hatten.

Auf dem Fußboden im Klo stand eine Pfütze, sodass man sich besser auf die Absätze stellte und die Fußspitzen anzog. Das Fallrohr war vereist, am Grunde des schmalen Schachts huschten die Schwellen hindurch. Der Waggon schwankte so arg, dass der Strahl in die Breite fächerte und spritzte. Es gab auch kein Wasser. Wohl oder übel musste ich ungewaschen und mit ungeputzten Zähnen in Kirow aus dem Zug steigen und damit vorliebnehmen, dass mir der kalte, scharfe Wind den Mund lüftete.

Abgeholt wurde ich von einem Instrukteur der Bezirksleitung des Komsomol. Er war jung und glatt rasiert, rundlich und rotäugig. Etwas schien ihn zu irritieren. War es mein Äußeres, der Bart, der meinem Rang nicht entsprach? Jedenfalls ließ er sich den Presseausweis von mir zeigen.

»Rein der Ordnung halber, Michail, Sie verstehen …«

Wir begaben uns zu einem Auto, das am Bahnhofsvorplatz auf uns wartete. Er ging mir voraus, seine Atemwolken hatten ein Odeur von gestrigem Wodka.

In dem schwarzen Wolga lief die Heizung auf Hochtouren. Der Chauffeur war ebenso jung, glatt rasiert und rundlich, man hätte ihn für einen kleinen Bruder des Instrukteurs halten können.

»Zur Bezirksleitung«, wies der Instrukteur ihn lässig an.

Ich versuchte unterwegs einen Blick auf die Stadt zu erhaschen, sah aber nur dunkle Straßenzüge, Schneewehen und mürrische Menschenhaufen im Morgengrauen an den Bushaltestellen.

»Also, Michail«, wandte sich der Instrukteur vom Beifahrersitz zu mir um, »der Plan ist wie folgt: Wenn wir ankommen, gibt es ein Frühstück. Um neun erwartet uns der Erste Sekretär. Anschließend, wenn Sie mögen, können Sie sich unser schönes Kirow ansehen, und dann geht es zu Ihrem Helden. Bis dorthin sind es drei Stunden Fahrt. Wir haben alles Nötige veranlasst, man erwartet Sie. Morgen oder übermorgen, wie es Ihnen recht ist, rufen Sie uns an, und wir schicken einen Wagen. Einverstanden?«

»Einverstanden.«

Ich war gekommen, um Sergej Mokrezow zu porträtieren, einen Soldaten, der in der DDR gedient und dort ein Mädchen vor dem Ertrinken bewahrt hatte, das im Eis eingebrochen war. Auf die Notiz, dass ein Sowjetsoldat die Lebensrettermedaille verliehen bekommen hatte, war ich im gebundenen Jahrgang einer deutschen Zeitung gestoßen, doch bis mein Chef das Thema mit dem Verteidigungsministerien abgekaspert hatte, war der Bursche schon in Ehren aus dem Wehrdienst entlassen, sodass aus der Dienstreise nach Berlin nichts wurde und ich mich stattdessen in ein Kuhkaff an der Wjatka bequemen musste, dessen Name aus einer Novelle von Saltykow-Schtschedrin hätte stammen können: Oblenischtschewo.

In der Kantine der Bezirksleitung wurde mit verbogenen Armeelöffeln gegessen, und auf dem Klo gab es weder Papier – ich musste mich mit meinem Schreibblock behelfen – noch Klobrille.

Der Erste Sekretär der Kirower Bezirksleitung des Komsomol war ebenfalls jung und glatt rasiert, höchstens noch rundlicher und rotäugiger und musste der ältere Bruder des Chauffeurs und des Instrukteurs sein.

Er drückte mir die Hand, sein Atem roch sauer. Ich durfte im Sessel Platz nehmen, und er ging munter daran, die Erfolge im vergangenen Berichtszeitraum darzulegen, wobei er mit forschenden Blicken zu ergründen suchte, was für ein Vögelchen ihm da aus der Hauptstadt zugeflattert war und ob man von ihm etwas zu befürchten hatte.

»Aber wahrscheinlich«, unterbrach er sich am Ende selbst, »sind Sie ja vor allem an Fragen der Kultur interessiert?«

Und er fing an zu erzählen, wie die Kirower ihre alten Traditionen wiederbeleben. Auf Initiative eines Jugendtheaters an irgendeinem Kulturhaus würden sie in diesem Jahr ein Kostümfest veranstalten: die Austreibung des Winters. Für die Massenszenen würden Angehörige der örtlichen Kadettenanstalt herangezogen.

»Gerade heute sind die in Auftrag gegebenen Kostüme eingetroffen, morgen beginnen wir mit den Proben unter freiem Himmel. Auf dem Rückweg können Sie es miterleben. Vielleicht schreiben Sie ja darüber auch was?«

Höflich dankend lehnte ich ab: Der konkrete Auftrag sei leider bindend. Als ich meine Absicht kundtat, vor dem Aufbruch noch einen Gang durch die Stadt zu machen, wechselte er einen Blick mit dem Instrukteur, der an der Tür auf der Stuhlkante saß.

»Gute Idee! Alexander wird Sie begleiten und Ihnen unser Juwel zeigen!« Der Erste Sekretär drückte mir noch einmal die Hand. »Wünsche große schöpferische Erfolge! Wir lieben eure Zeitschrift und lesen sie gern. Sie ist hervorragend. Leistet ein nützliches Werk, insbesondere in diesen Tagen!« Während er dies sagte, bemühte er sich, zur Seite zu atmen.

Auf dem Weg zum Ausgang ließ sich im Spiegel einer mit Wanderpokalen angefüllten Vitrine beobachten, wie der Erste Sekretär seinem Instrukteur mit der Faust drohte.

Der weite Platz vor der Bezirksleitung lag schon im gleißenden Wintersonnenlicht. Die scharfe Luft zwickte in Nase und Ohren.

Den Instrukteur abzuschütteln misslang.

»Sie müssen verstehen, Michail, ich halte meinen Kopf für Sie hin«, teilte er in vertraulichem Ton mit.

Es half alles nichts, ich musste den Spaziergang in seiner Begleitung machen. Gemächlich liefen wir an beängstigend hohen Schneehaufen vorbei und an Menschen, die noch beängstigender dreinschauten. Nichts als gewöhnliche Stalinbauten war zu sehen. Auf meine Frage, ob es nicht irgendeine Altstadt gebe, etwas, das noch aus Herzens Zeiten übrig sei, erklärte Alexander sich bereit, mir das Kloster Verklärung Christi zu zeigen. Auf dem Weg dorthin fragte er plötzlich: »Sagen Sie mal, was ist denn in Moskau mit diesen Nazis los?«

»Nazis?«

»Nun ja.«

»Ich weiß nicht, wovon Sie reden.«

Und er erzählte mir, im Frühjahr sei eine Direktive aus Moskau bei ihnen eingetroffen, derzufolge Aktionen der Nazis zum Hitler-Geburtstag am 20. April unter allen Umständen zu verhindern seien. Was für Nazis das sein sollten und woher auf einmal, war nicht zu ermitteln, aber da es diese Direktive nun einmal gab, musste man sie ausführen. Ein Stab wurde gebildet, ein Aktiv einberufen, ein Maßnahmeplan erstellt. Am 20. April fiel der Schulunterricht aus, damit die Kinder zu Hause blieben und nicht auf der Straße waren. In allen Betrieben und Einrichtungen fanden geschlossene Parteiversammlungen statt, die Öffentlichkeit wurde mobilisiert, freiwillige Ordnertrupps bildeten sich. Am betreffenden Tag riegelte die Polizei das Stadtzentrum ab, man kam nur mit Sonderausweis hinein. Natürlich machten Gerüchte die Runde, und die ganze Stadt lief in den Straßen zusammen, insbesondere Schüler und Berufsschüler mit Fahrradketten, um die Nazis zu verdreschen. Eine Massenpanik entstand, als die Polizei den Auflauf zu zerstreuen versuchte. Menschen kamen zu Fall, die Menge wogte darüber hinweg. Zwei Schuljungen wurden totgetrampelt.

»Aber was das für Nazis waren, die da bei euch in Moskau aufgetaucht sind, wissen wir immer noch nicht«, sagte Alexander.

Das Kloster Verklärung Christi war bewohnt. Auf dem Hof hing gefrorene Wäsche. Müllhaufen dampften in den Ecken. Das Kreuz auf der zerschlissenen, birkenbewachsenen Kirchenkuppel baumelte seltsam herab, wie ein abgeschossener Reiter, mit einem Fuß im Steigbügel hängend.

Auch der Fahrer des Geländewagens meinte es gut mit der Heizung, und es dauerte nicht lange, bis ich, übermüdet von der Nacht im Zug, einschlummerte. Die Fahrt auf dem festgefahrenen Schnee der Chaussee war das reinste Wellenreiten. Momentweise im Halbschlaf kam es mir vor, als säße ich nicht im Jeep der Bezirksleitung, sondern in einer Werst für Werst landein jagenden Droschke, gleich würde ein übermütiger Hase den Weg kreuzen und der Fuhrmann dich skeptisch fragen, ob das ein Grund umzukehren sei. »Nicht doch, weiter gehts!« Und die wilde Jagd geht weiter, einer frostigen, ungewissen, hinter dem nächsten Tannenwäldchen verborgenen Zukunft entgegen.

Später schaltete der Chauffeur das Kassettendeck ein, und die Pugatschowa sang.

Pugatschows Kibitka, Hase im Kosakenpelz …

Ich schlief ein.

»Hast du gehört, Korrespondent, wir sind da!« Der Fahrer stieß mich in die Seite. »Oblenischtschewo!«

Aus des Fahrers Munde hörte sich das wie ein unflätiges Wort an.

Eingeschneite Hütten. Hundekot auf verharschter Piste. Rauchsäulen, die den niedrigen Himmel stützten. Wir standen vor einer beflaggten Hütte.

»Was ist das?«, fragte ich.

»Der Dorfsowjet. Man erwartet Sie dort.«

Da kamen auch schon mehrere Personen in Pelzmützen und Wattejacken aus der Hütte gelaufen. Sie nahmen mir die Tasche ab und zogen mich mit sich.

Im Inneren, dessen Wände mit Tabellen und Plakaten beklebt waren, saß ein hageres Männlein mit einem Gesicht wie gekautes Papier, das musste der Vorsitzende sein. Er fletschte die schwarzen Zahnstümpfe und schob einen weiteren Anwesenden mit ebensolchem Gesicht und ebensolchen Zähnen vor mich hin, dabei drang aus seinem Mund ein abgehacktes Plappern, dessen Sinn ich eher ahnte als begriff: »Hier ist er, unser Held! Sergej, mach dir nicht ins Hemd! Der Korrespondent frisst dich schon nicht auf!« – so ungefähr konnte es geheißen haben.

Gelächter. Und wieder der überwältigende Eindruck, als wären alle diese Männer in den Wattejacken Brüder: die zerknautschten Gesichter, die schmalen Schultern, die gefletschten zahnlosen Münder – wie aus demselben Ei gekrochen.

Sergej lief mir voraus, einen schmalen Trampelpfad zwischen Schneewehen und eingefallenen Zäunen entlang, zu seiner Hütte.

Er lebte bei seiner Mutter, die so schmächtig, zerknautscht und zahnlos war wie er. Die Decken waren niedrig, die Fenster winzig klein, der Ofen glühte, es roch nach Dorf.

Ich zückte meinen Notizblock, doch davon wollten die beiden einstweilen nichts wissen: Erst mal was essen und ausspannen von der Reise. Von beinahe jedem Wort, das sie mit mir sprachen, knipsten sie die Endung ab, die ihnen wohl entbehrlich schien; untereinander verständigten sie sich überhaupt nur in irgendwelchen Urlauten.

Wir setzten uns um den Tisch. Darauf kam ein großer Tiegel mit Bratkartoffeln und eine Flasche Wodka. Fingerfertig wurde sie von der Mutter geköpft, die allen randvoll eingoss. Ein kurzes Brummeln, und sie trank ihr Glas zügig in kleinen, gierigen Schlucken leer.

Sergej kippte seines in einem Zug.

Nicht deswegen sei ich hier, wollte ich einwenden, vielmehr sei ich im Dienst und wolle zuerst den Bericht über die Rettung des deutschen Mädchens aus dem Eisloch hören, hätte dazu auch ein paar Fragen … Ihr Blick ließ mich verstummen, ich ergriff mein Glas und leerte es.

Es gab Bratkartoffeln mit Zwiebeln und Speck. Wir löffelten sie aus dem Tiegel. Die Alte leckte den Hals der leeren Flasche aus und holte eine neue hervor.

Diesmal wollte ich rundweg ablehnen, mich auf ein Nierenleiden berufen oder so.

Stattdessen aber, ganz unerwartet für mich selbst, schob ich ihr mein Glas hin: »Schenk ein!«

Und da geschah ein Wunder. Das erste Mal bleckte die Alte nicht nur ihre Zahnstümpfe, sondern legte ein menschliches, warmherziges Lächeln an den Tag.

»Trink, mein Sohn!«, sagte sie.

Wir führten uns die zweite Flasche zu Gemüt.

Etwas in der Welt veränderte sich. Sergej war nun ein schüchterner, doch sympathischer Bursche, seine Mutter eine nette, redselige Frau. Sie wollte etwas über mich wissen, die Frau und den Sohn. Für Sergej sei es auch an der Zeit zu heiraten, klagte sie, es gebe nur keine, die infrage käme. »Alles Huren heutzutage!«

Die Sonne schien zum Fenster herein, brach sich im Schliff der

Schnapsgläser. Die Hütte erschien gleich viel größer und behaglicher.

Den Bauch voll Bratkartoffeln, machte ich es mir am Ofen bequem. Im Sommer sei es hier paradiesisch, so vernahm ich: Man bade im Teich, sammle Pilze im Wald und Beeren im Sumpf, davon gebe es reichlich. Ich solle unbedingt im Sommer wiederkommen, mit Frau und Kind!

Ich weiß noch, dass ich in diesem Moment ernsthaft mit dem Gedanken spielte, alles zum Teufel fahren zu lassen und mich den nächsten Sommer mit Sweta und Oleschka hier einzunisten: Baden im Teich, Pilze sammeln im Wald, sich verkriechen im Sumpf, ganz weit hinten, wo keine Menschen sind und dafür viele Beeren.

Jetzt sei es an der Zeit, der Schwester einen Besuch abzustatten, sagte die Alte. Aber vorher leerten wir noch eine Flasche auf den Weg.

Das Weitere ist mir nur noch bruchstückhaft in Erinnerung.

Ein neues, überheiztes Zimmer. Irgendein Mischmasch im Topf, den wir gemeinsam leer löffeln.

Liebe, sympathische Leute, die mein Bestes wollen, mir auf die Schultern klopfen, mit mir anstoßen.

Zwischendurch nach draußen auf den Hof. Im kalten, finsteren Vorraum stolpere ich über ein halb aufgegessenes Schwein.

Ein gichtiger schwarzer Finger tippt auf ein vergilbtes Photo und erklärt, dem Großvater habe ein Splitter im Krieg ein Stück Schädeldecke weggerissen, ohne jedoch das Hirn zu ritzen – so habe er halt weitergelebt, mit einer dünnen Haut am Hinterkopf. Wie die Pelle überm Ei, an die Formulierung erinnere ich mich.

Und noch ein fast ganz ausgeblichenes Photo: Hat im Gulag als Wachsoldat gedient, die Sträflinge passten den günstigen Moment ab, ihm ein Messer zwischen die Rippen zu stoßen.

Irgendwelche Wickelkinder, die längst verheiratet sind in Wladiwostok.

Dann noch eine Alte im Kopftuch, die sich mit den Zipfeln die Tränen wischt, während sie erzählt, dass Sergej einen großen Bruder habe, und der sei im Knast, weil er auf der eigenen Hochzeit mit dem Vater in Streit geraten sei und ihm den Hammer übern Schädel gezogen habe.

Irgendwann erfahre ich, dass diese Frau, nämlich die Schwester von Sergejs Mutter, gar nicht so alt ist, wie ich dachte: keine fünfunddreißig.

Dann müssen wir noch woanders zu Besuch gewesen sein und dann noch irgendwo. Überall Schulterklopfen, jeder will mit mir anstoßen, Finger tippten auf Photos, alleweil ist jemand geboren oder verheiratet oder ermordet worden.

Und noch ein Lichtblitz, der letzte an diesem Tag: Sergejs Mutter sitzt auf dem Fußboden vorm Ofen und heult, schmiert sich die Tränen im Gesicht breit.

Ich, erschrocken: »Was ist mit Ihnen? Ist was passiert?«

»Nein, nein«, winkt sie ab, »das kommt bloß vom Suff.«

Dann Filmriss.

Dann das Erwachen, von dem ich heute noch, nach so vielen Jahren, das große Zittern kriege.

»Trink, mein Sohn«, sagt Sergejs Mutter zu mir, wie ich die Augen aufklappe, und hält mir ein volles Glas Wodka hin.

Ich zwicke mir mit zwei Fingern die Nase zu und schlucke. Und tatsächlich wird mir besser davon.

Neue Blitzlichter.

Im Laden. Sergej kauft Nachschub an Wodka. In den Regalen außer Schnapsflaschen nur Büchsen mit Seetang.

Auf dem Friedhof (keine Ahnung, wieso auf einmal). Wir trinken auf einen Toten (den Vater vielleicht?), stehen an seinem Grab. Die Kapelle ohne Dach. Sergej sagt, man habe sie zu sprengen versucht, um Ziegel zu gewinnen, mehrere Versuche schlugen fehl, nur die Kuppel stürzte ein, die Wände hielten stand, so blieben sie eben stehen.

Aus Neugier wollte ich reingehen, Sergej hielt mich zurück: »Alles vollgeschissen.«

Wie das nun eigentlich gewesen sei mit dem deutschen Mädchen, wollte ich wissen. Und vernahm die Geschichte von Sergejs Heldentat.

Er hatte Wache gestanden an der Rückfront der Kaserne, mit Blick den verschneiten Hang hinunter auf einen Kanal. Der war gefroren, Kinder sprangen auf dem Eis herum. Und plötzlich sei eins in eine Spalte gerutscht. Schrie und strampelte, bekam den Rand des Eislochs zu fassen, fand aber nicht heraus. Die anderen standen erschrocken drum herum, dann rannten sie weg, ans Ufer, in Richtung der Häuser.

»Ich aber steh auf Posten, verstehst du? Und den zu verlassen verbietet die Dienstvorschrift. Also bleib ich, wo ich bin. Und höre das Mädchen schreien. Ich rühr mich immer noch nicht vom Fleck. Gleich muss die Ablösung kommen. Soll ich drauf pfeifen, den Posten im Stich lassen und die MPi, ins Wasser springen? Das hieße: unerlaubte Entfernung, Militärgericht. Der Unteroffizier ist ein Arschloch, hat mich seit Langem auf dem Kieker, das wär ein gefundenes Fressen, verstehst du? Dabei steht meine Entlassung kurz bevor! Ich steh da wie ein Ölgötze. Das Mädchen schreit. Scheiß auf die Entlassung, denk ich. Konnts nicht mehr mit anhörn. Knarre weggeschmissen, Stiefel aus und hin. Das Eis kracht unter mir, ich steh im Wasser bis zum Kinn, aber tiefer wirds nicht. Hab sie rausgezerrt. Da kam auch schon wer von den Häusern gerannt, vielleicht haben sies durchs Fenster gesehn. Zack, das Kind übergeben und zurückgewetzt, auf Posten. Da bog der Aufführende schon um die Ecke. Ich klitschnass, ohne Stiefel, die Waffe im Dreck. Erzähl ihm von dem Mädchen, interessiert ihn nicht. Ab in den Karzer – so nass, wie ich war.«

Ich stellte irgendeine blöde Frage: ob er sich erkältet habe, oder so.

Er lacht. »Ach was! Als Kinder sind wir alle naselang ins Eis eingebrochen. Du kippst dir das Wasser aus den Stiefeln, und weiter gehts!«

»Und wie gings weiter?«

»Hab die Nacht im Karzer verbracht. Nicht sehr angenehm, wie du dir denken kannst. Den nächsten Tag kamen sie mich holen: Da hast du ja was verzapft, Mokrezow, mach dich auf was gefasst. Schöne Kacke, denk ich, jetzt wirst dus auslöffeln, was du dir eingebrockt hast. Aber dann kam alles ganz anders, weil der Vater von dem Kind bei unserm Obersten angetanzt ist und mich unbedingt sehen wollte. So war ich auf einmal der Held. Die haben mich extra nach Berlin kutschiert, damit mir die Deutschen ihre Medaille anhängen konnten von wegen Lebensretter. Kannst du mal sehen!«

»Ja genau, kann ich die Medaille mal sehn?«, frage ich.

»Weiß der Schinder, wo die ist! Auf der Rückfahrt war ich besoffen und bin beklaut worden, ausgenommen wie ne Weihnachtsgans, auch der Orden war weg. Kannst du mal sehen!«

Er lachte sich scheckig, wie er das erzählte, ich lachte mit. Wir lagen uns in den Armen und tranken, die Gläser waren kalt, mit Schneebröckchen drin, dazu gabs Apfelkompott von der Mama, wir glotzten in den angewehten Schnee, aus dem die Kreuze ragten und dahinter die Sterne, auf die Kapelle, die nicht zu sprengen und nicht zu betreten ging, und wir lachten uns tot.

Ich rieb mir das Gesicht mit Schnee ab und fühlte mich auf einmal pudelwohl.

Dann wieder andere Erinnerungsfetzen.

Irgendwo – vielleicht wars noch auf dem Friedhof – räumt es mir den Magen aus.

Dann wieder irgendwo zu Besuch. Wieder großes Löffeln aus einem Topf.

Knietiefer Schnee. »Wo willst du hin?«, ruft es hinter mir. »Bleib stehn!«

Dabei wollte ich nur noch eins: weg von diesen Leuten, mich irgendwo einbuddeln in Schnee und schlafen.

Dann – weiß nicht, ob es Tag oder Nacht war – Sergej zu mir: »Mischka, du hast es gut! Journalist bei der Zeitung! Dagegen ich … Mich beneiden sie hier alle, weil ich in der DDR gedient hab. Aber da kriegen die Füchse genauso die Schnalle mit dem Fünfzackigen übern Arsch gezwiebelt wie überall. Und wie ich nach der Entlassung zurückkam, was blieb mir zu tun? Mist auf den Acker karren. Nach Feierabend saufen und vielleicht mal wem die Fresse polieren. Mehr ist nicht. Ich hab die Schnauze so voll, Mischka!«

Darauf ich zu ihm: »Sergej, du hast ja keine Ahnung! Ich treib sinnlos durchs Leben wie ein Stück Scheiße im Eisloch und könnt mir selber in den Arsch treten dafür. Dabei hätt ich ein bisschen Selbstachtung dringend nötig! Ich habs mir überlegt: Ich häng das alles an den Nagel und geh in die Schule, den Kindern was beibringen. Verstehst du?«

Sergej: »Hä, wozu das denn? Hast du sie noch alle?«

Ich: »Sergej, soll ich dir was sagen? Du verstehst nichts!«

Er: »Ha, selber! Du hast doch keine Ahnung vom Leben!«

Darauf wieder Filmriss.

Dann wieder das Zimmer mit den Tabellen und Plakaten. Ich brülle in den Hörer, dass mich gefälligst wer abholen soll, und zwar bald. Jemand nimmt mir den Hörer aus der Hand und klärt mich auf, die Leitung sei tot.

Sergejs Mutter will was von mir, aber ich verstehe nicht, was sie da zusammenbrummelt. Dann geht mir ein Licht auf: Das Geld für den Schnaps ist alle. Ich gebe ihr fünfundzwanzig Rubel. Sie grapscht nach meiner Hand, beschmatzt sie. Ich reiße mich los, sie küsst mir die Schulter und dampft ab.

Ich will telefonieren gehen, darf aber nicht. Mitten in der Nacht, was soll das?

Dann wieder Finsternis.

Dann weckt mich wer, ich bocke.

Dann weckt mich wieder wer, ich schlage aus.

Allmählich dämmert mir, der Dienstwagen ist da.

Abschiedsszenen. Abschiedstrünke. Umhalsungen. Küsse. Tränen.

Die Droschke prescht los.

Kaum bin ich eingedöst, rüttelt mich wer an der Schulter.

»He, wir sind da!«

Ich reiße die Augen auf. Wir stehen vor der Bezirksleitung.

Entgeistert sehe ich mich um. Der Platz ist bevölkert von sonderbaren Wesen. Es sind viele. Sie tragen Uniformmäntel. Doch von den Schultern aufwärts sind es Bären, Füchse, Wölfe und andere Bestien.

Senat, Militär- und Zivilkammer haben in mehrfacher Sitzung getagt und nach bestem Wissen und christlichem Gewissen, unparteiisch und ohne Ansehen der Person, gemäß Vorinstanz einhellig und vorbehaltlos für Recht erkannt. Verhandelte Fälle: 44. Verfahren Nr. 12.301, HA Tomsk, NKWD. Speth, Gustav Gustavowitsch, geboren 1879 in Kiew, Erbadel, vorbestraft. Beschuldigt der konterrevolutionären KD-monarchistischen Wühltätigkeit. Verurteilt zum Tod durch Erschießen. Persönliche Besitztümer werden eingezogen. Beschluss lt. Protokoll Nr. 36. Das per Troika Dir. NKWD, Geb. Nowosibirsk, verhängte Urteil vom 9. Nov. 1937 auf Erschießung des Speth, Gustav Gustavowitsch, wurde vollstreckt am 16. Nov. 1937, um … Uhr. Gez. Unterschrift. Quittung Nr. 3555. Entgegengenommen per Order Nr. 2490 OA HV Staatssicherheit NKWD von dem in Haft gesetzten Speth, Gustav Gustavowitsch: 1) Bargeld: Rubel – keine, Kopeken – keine. 2) Gegenstände: 1 Degen ohne Scheide. Aufbewahrung beim Leiter Sonderabteilung. Dem Häftling bei Freilassung wiederauszuhändigen. Diensthabender Häftlingsaufnahme: Unterschrift. – Das Reich dehnt sich im Osten bis nach Tanais, welches die Grenze bildet zwischen Europa und Asien, und weiter bis zum Ra, größter Fluss im Asiatischen Sarmatien, bis hin zum Hyperboreischen Skythien. – Das Land ist reich an Silber und allenthalben wohl behütet, dass nicht allein hörige und gefangene, sondern auch einheimische Bürger oder ausländische ohne Geleitbrief des Fürsten nicht hinauskommen mögen. – Sie haben ihren eigen Papst als Oberhaupt einer Kirche nach ihrer Fasson und erkennen den unsern nicht an, indem sie uns für verlorene Seelen ansehen. – Keine Kälte kann sie schrecken, obgleich sie um diese Zeit, wenn Frost herrscht und der Schnee mehr als ein Yard hoch liegt, nicht selten zwei Monate am Stück im Felde zuzubringen haben. Der gemeine Soldat hat weder ein Zelt über dem Kopf noch sonst etwas. Fällt Schnee, scharrt der Soldat ihn beiseite, schürt ein Feuer und legt sich daneben. Bleibt ein Kläger vor Gericht einen Beweis schuldig, so mag es vorkommen, dass der Beklagte das Kreuz küsst zum Zeichen, dass er wahr spreche; fragt man nun den Kläger, ob er keine anderen Beweise vorweisen könne, und er hat keine, so mag er vorbringen: Ich kann meine Wahrheit mit Leib und Händen beweisen. Bevor sie dann im Felde Aufstellung nehmen, küssen beide das Kreuz zum Zeichen ihrer Wahrheit und dass sie nicht eher das Feld räumen werden, bis einer den anderen gezwungen haben wird, die seine anzuerkennen. Die russischen Gesetze über Diebe und Verbrecher sind den englischen Gesetzen zuwiderlaufend. Russen sind von Natur aus dem Betruge zugetan; nur kräftige Prügel können sie davon abhalten. Ich hörte einen Russen sagen, das Leben im Gefängnis, sofern die Züchtigung nicht überhandnähme, sei angenehmer als in Freiheit, denn man habe dort freie Kost. Nach meiner Ansicht gibt es kein zweites Volk unter der Sonne, wo derart raue Sitten herrschen. Darum wohl fühlen sie sich heiliger als wir. In Bezug auf Unzucht und Zecherei findet man nirgends in der Welt dergleichen, und es sind die garstigsten Erpresser auf Erden. – Außerordentliche Einnahmen zu erlangen wäre für den Herzog ein Leichtes, da die Bevölkerung sich sehr fügsam verhält, doch sind, soweit zu erfahren, Steuern bei ihm nicht üblich. – Dann kam eine Zeit des Hungers, zudem die Pest. Es herrschte so große Not, dass niemand dem entrinnen konnte. Doch ist der geringste Bauer in allerlei Schelmenstücken so hochgelehrt, dass er unseren Doctores, die in Rechten studieren, an List und Vorsicht überlegen ist. Wenn es einen dieser allergelehrtesten Doctores aus unsern Ländern in die Muscau verschlägt, so müsste er erst einmal aufs Neue studieren. – Zwei Monate werden kaum genügen, die Stadt, von der nicht mehr als die Wehrmauer steht und hie und da noch ein steinernes Haus, von Pferde- und Menschenkadavern zu säubern. – Die Frömmigkeit dieses Volkes ist noch am ehesten dadurch gekennzeichnet, dass man bei jedem Beginnen ein Kreuz vor sich hin schlägt. – Er fiel dort ein mit 30 Tausend seiner Tataren und 10 Tausend Mann Leibgarde, die sogleich alle Frauen und Jungfern entehrten, raubten, was sie zu fassen kriegten: Stadtkasse, Vorräte, Pretiosen; Alt und Jung wurde totgeschlagen, deren Kammern und Depots: Wachs, Leinen, Speck, Häute, Salz, Weine, Kleider und Seidenstoffe in Brand gesteckt; vom schmelzenden Talg und Wachs wurden die Güter auf die Gassen geschwemmt, vermischt mit dem Blut von 70 Tausend hingemetzelten Männern, Frauen und Kindern, die toten Leiber von Mensch und Vieh stauten den Wolchow, in den sie hineingeworfen. – Ihr Getränk ist unserem Penny Ale ähnlich und nennt sich Kwass. – Jedoch verbrannten und ersoffen so viele Tausend Leute, dass der Fluss in den zwölf darauffolgenden Monaten nicht von den Leichen zu säubern war. – Wenn die Priester die Messe lesen, ist an ihren Litaneien so vieles vertrackt, dass keiner es versteht, so er überhaupt hinhört. – Ein anderer, Iwan Obrossimow, Stallmeister, wenn ich nicht irre, ward nackent an den Fersen am Galgen aufgeknüpft, vier Büttel malträtierten seinen Leib mit dem Messer, vom Kopf zu den Füßen hin; einer, der Metzelei nach einer Weile müd, stieß das Messer um ein wenig tiefer, ihn rascher ins Jenseits zu befördern, ward darob sogleich ergriffen und an eine andre Richtstatt geführt, wo man die Hand ihm abhackte. – Vor dem Mahle wechselte der Großfürst die Krone und tat dies während des Tafelns noch zwei weitere Mal, sodass ich drei verschiedene Kronen auf seinem Haupt zu sehen bekam. – Er ward von der Folterbank geschnallt und an einen hölzernen Pfahl oder Spieß gebunden, zur Ader gelassen, übers Feuer gebracht und so lange geröstet, bis alles Leben in ihm ausgehaucht schien, alsdann warf man ihn in einen Schlitten und fuhr mit ihm durch den ganzen Kreml; ich befand mich unter den vielen, die herbeigelaufen waren, ihn zu sehen; er schlug die Augen auf, darin Gottes Name zu lesen stand. – Im Innern der Festung gibt es eine Vielzahl Kirchen, deren größte eine überaus bemerkenswerte Glocke enthält, sie wurde eigens zum Läuten gebracht, damit dieses Wunderding zu bestaunen Gelegenheit war; dreißig Männer hatten Mühe, sie in Schwung zu bringen. – Heilfroh war ich, Russland den Rücken zu kehren, bestimmt nicht weniger als Sir Jerom Bows. – Dass aber die Russen in ihren Vesten so mächtige, streitbare Leute sind, kommt von folgenden Ursachen her: Zum einen, dass sie ein arbeitsames Volk sind und in der Not unermüdlich, Tag und Nacht zu allerlei schwerer und gefährlicher Arbeit in der Lage, und sie beten zu Gott, dass sie vor ihrem Herrn einen seligen Tod sterben mögen. Zum andern ist man es von Jugend an gewohnt, zu fasten oder mit geringen Speisen vorliebzunehmen; sind Wasser, Mehl, Salz und Branntwein vorhanden, kann man sich gar lange damit behelfen, was ein Deutscher nicht kann. Zum Dritten dürften sie sich, wenn sie eine Veste, und sei sie noch so klein, freiwillig aufgeben, im eigenen Land wohl nicht wieder sehen lassen, ohne in großen Spott zu geraten und umgebracht zu werden; in fremden Landen hinwiederum können und mögen sie nicht sein. Deshalb halten sie sich wacker bis auf den letzten Mann und lassen sich lieber erwürgen, als dass sie sich gefangen nehmen und in ein fremdes Land überstellen lassen. Während es einem Deutschen einerlei ist, wo er sich aufhält, wenn er nur genug zu fressen und zu saufen hat. – Den 30. Oktober ließ Ihre Kais. Majest. auf unsern Hof etliche Tausend Arme kommen, denselben daselbst essen und trinken geben, wobei zwei oder drei von ihnen auf der Straße totgetreten wurden; wir sahn hernach ihre Leiber neben der Kirche Auferstehung Christi liegen. – Der Kälte ungeachtet, tauchten einige Frauen ihre nackenden Kleinkinder ins Wasser, und auch einige Männer warfen sich nackend hinein; zudem trug jeder einen Krug oder Eimer des Wassers mit sich nach Haus oder in die Kirche. – Aus einem Tore, zunächst unserer Herberge gelegen, wurden zehn Karren mit Toten herausgefahren, welche die Nacht zuvor an Kälte und Hunger zugrunde gegangen. – Haben die fremden Sprachen auch leidlich gelernt. Aber noch zu der Zeit ist von ihnen allen nicht mehr als nur einer wieder nach Russland gekommen. Die andern haben nach ihrem Vaterland wiederzukommen keine Lust gehabt, sondern sich weiter in die Welt verfügt. – Am 19. März, Kardienstag, ward ohne der Bojaren Ratschluss und Einvernehmen eine Revolte in Gang gesetzt durch eine geringe Zahl unbekannter Personen ohne Stamm und Adel, Simpel und Trunkenbolde zumalen. Der Bojaren Knechte hinwiederum, wie sie hervorkamen und das Volk in Aufruhr sahen, hieben auf die Soldaten ein und wollten die Menge auf dem Platz füsilieren. – Von der Grenze zu Smolensko bis zur Moscau im Schloss wurden die Wege und Straßen ausgebessert, über die geringsten Gräben Brücken geschlagen und die Gassen so rein gefeget, als manche Haus oder Hof nicht sein mag. – Da sie nun der ramponierten Straßen wegen den Moskowitern zu Pferde nicht beizukommen wussten, befahl der Oberst die Eckhäuser sämtlicher Straßen in Brand zu setzen; und es blies ein solcher Wind, dass eine halbe Stunde später ganz Moskau vom Arbat bis zu den Kulischki in Flammen stand, was den Unsern letztlich zum Siege verhalf, da es den Russen über die Kräfte ging, den Feind abzuwehren und zugleich das Feuer zu löschen und die Ihren aus den Häusern zu retten, weshalb sie also die Flucht zu ergreifen, Frau und Kind bei der Hand zu nehmen und alles Hab und Gut zurückzulassen sich genötigt sahen. – Ein Jude, aus Saloniki gebürtig, beschäftigt als Dolmetsch beim Arzte Seiner Majestät, war so frei uns zu sagen, dass die Juden sich an List und Schläue allen Völkern überlegen dünkten, nur gegen die Moskowiter kämen sie nicht an. – Am meisten aber nahm der Glockenklang uns gefangen, der am Vorabend der Auferstehung und einiger aufeinanderfolgender Feiertage begann und noch beim ersten Sonnenstrahl zu hören war, von Mitternacht bis zum Morgen, und die Erde bebte davon, denn in dieser Stadt hat es ein paar Tausend Kirchen, von denen noch die kleinste und armseligste ihr Dutzend kleine und größere Glocken hat. – Geflügel gibt es so zuhauf, dass man Lerchen, Stare und Drosseln zu essen verschmäht. – Mich zu Euerm Wächter einsetzend, verpflichtete mich Gott, nichts dem Unwürdigen zu geben, nichts dem Würdigen zu nehmen, und bist Du gut, so bist Du es nicht mir, sondern Dir selbst und dem Vaterlande; bist Du schlecht, so bin ich Dein Ankläger: denn Gott will von mir, dass ich dem Bösen und Dummen nicht Anlass gebe zum Unheilstiften. Diene treu und redlich, so will ich nächst Gott Dich nicht verlassen, und Du sollst dann einen Vater an mir finden. – Sobald die Richter sich eingefunden und darüber verständigt haben, worüber der zu Folternde zu befragen sei, werde Selbiger hereingeführt und dem Scharfrichter übergeben; dieser soll einen langen Strick über den Querbalken der Wippe werfen, den zu Folternden ergreifen, seine Arme nach hinten renken, sie in das Kummet stecken und ihn durch eigens dazu angestellte Gehilfen in die Höhe ziehen lassen, sodass der zu Folternde nicht die Erde berühre, sondern an den nach hinten gerenkten Armen in der Luft hänge; dann soll er ihm die Beine mit dem Riemen zusammenbinden und an einen vor der Wippe angebrachten Pfahl befestigen; nachdem er ihn auf diese Weise gestreckt, schlägt er ihn mit der Knute, während die Richter ihn über seine Verbrechen befragen und alle seine Worte aufschreiben. Ein Seil um den Kopf legen, ein Knebelholz einfädeln und so weit knebeln, bis derjenige den Verstand verliert. – In unserem gesamten Reiche ist den Juden zu leben untersagt; doch hat sich nun erwiesen, dass diese unter verschiedenen Vorwänden in unserem Reiche weiterleben, was unweigerlich zur Folge haben wird, dass sie, die den Namen Christi des Herrn nie anders als schmähend im Munde führen, all jene Bürger, die treuen Glaubens sind, schwer zu schädigen werden wissen. Allso verfügen wir: sämtliche Juden männlichen und weiblichen Geschlechts mitsamt ihrem Besitz unverzüglich aus dem Imperium zu weisen und unter keinen Umständen wieder einzulassen. – Die Zarin, so hieß es, sei höchlich erzürnt ob der Berichte aus den rückwärtigen Provinzen über die vielen entlaufenen Sträflinge. Er solle sich etwas ausdenken, wie man dieses Übel abstellen könne. Und er habe ein Mittel gefunden! Dabei zog er ein paar neue Brenneisen aus der Tasche. Wenn jetzt noch ein Verbrecher zu fliehen wage, sei er im Nu wieder eingefangen. Aber, so wandte einer der am Tische Sitzenden ein, es gebe doch Fälle, wo einer zu Unrecht verurteilt worden sei, und stelle sich seine Unschuld später heraus: Wie wolle man ihn von den schmähenden Brandmarken wieder befreien? Ganz einfach, erwiderte Tatischtschew: Man stempele vor das Wort ›Dieb‹ noch das Wort ›Kein‹. – Am siebten Tag nach unserer Inthronisation erhielten wir Kenntnis davon, dass dem vormaligen Kaiser Peter III. infolge eines gewöhnlichen hämorridalen Anfalls, wie er ihn schon des Öfteren erleiden musste, die schwerste Kolik zugestoßen ist. – Ich tadele die von der Monarchin eigenhändig in der Dunkelheit ihres Kämmerleins verfassten Gesetze, mit denen sie leisten möchte, was nicht zu leisten ist, Missstände kurieren, von denen sie keine Ahnung hat. – Russland muss ein absoluter Staat sein, denn die leiseste Schwächung des Absolutismus zöge unweigerlich das Abreißen etlicher Provinzen nach sich, das Nachgeben des Staates und vielerlei Katastrophen, unter denen das Volk zu leiden hätte. – Da aber nun unser Name über Russland zu herrschen von höchster Hand geheißen ist, befehlen wir durch diesen unseren persönlichen Ukas: Wer je sich als Adliger auf seinen Dienst- und Erbgütern aufgeführt, unsere Macht hintertrieben, das Reich aufgerührt und die Bauern an den Bettelstab gebracht, den soll man ergreifen, foltern und hängen und also mit ihm auf gleiche Weise verfahren, wie er ohne Christlichkeit mit euch, den Bauern, umgesprungen ist. Ist dieser Feind und adlige Übeltäter ausgemerzt, kann ein jeglicher aufatmen und ein ruhig Leben führen bis in alle Ewigkeit. – Die Suche währte einige Minuten fort, bis General Bennigsen eintrat, ein hochgewachsener, phlegmatischer Mann, der sogleich zum Kamin ging und sich dagegenlehnte, wobei er den Zaren entdeckte, der sich hinter dem Ofenschirm verbarg. »Voilà«, sagte Bennigsen und zeigte mit dem Finger auf ihn, worauf Paul aus seinem Versteck gezerrt wurde. – Ich lobe mir die Autokratie mehr als die liberalen Ideen, das heißt, ich lobe mir den Ofen, wenn ich des Winters im rauen Norden weile. – Ich habe bei diesem Volk nichts Barbarisches gesehen, im Gegenteil erschien mir ihr Benehmen so sanft und selbstzierlich, wie man es anderwärts nicht überall findet. Es scheint fast, als liebten sie den Reichtum mehr der Pracht als der Vergnügungen wegen, die er ihnen verschafft. Es liegt darin eine gewisse zurückgehaltene Wollust. Die Bajaderen Indiens müssen etwas dieser Mixtur aus Trägheit und Lebhaftigkeit Ähnliches haben, das den russischen Tanz so ungemein reizvoll gestaltet. – Meine Begegnung mit ihm fand ihren Niederschlag u. a. in dem berühmten Gedicht *Ein Augenblick ist mein gewesen.* – All die verschiedenen Stämme, die den Russischen Staat bilden, sehen sich als Russen; sie bilden, indem sie ihre unterschiedlichen Namen zusammenlegen, ein russisches Volk. – Dann zählen wir doch mal, sagt er zu mir, wie viele dran glauben müssen! Und er ballt die Faust, um die schreckliche Rechnung an seinen Fingern aufzumachen. Ich fange an aufzuzählen und sehe Pestel einen Finger nach dem anderen spreizen. Als ich bei den weiblichen Mitgliedern der Zarenfamilie angelangt bin, unterbricht er mich und sagt: Es ist ein grausames Vorhaben, wissen Sie das? Darauf ich: Das weiß ich genauso gut wie Sie. Dabei scheint er darauf hinauszuwollen, ich wäre inhumaner als er – ich gebe es zu. Und wieder hebt er die Hand vor mich hin, und im Nu sind wir bei der schrecklichen Zahl Dreizehn. Wir halten inne, er sieht mein Schweigen, sagt: Und damit sind wir immer noch nicht durch, schließlich müssen wir auch die im Ausland befindlichen Mitglieder der Familie beseitigen. Ja, sage ich, dann hört der Schrecken gar nie auf, weil eine jede Großfürstin auch noch Kinder hat. – Eine Verfassung? Leute, was wollt ihr denn mit einer Verfassung! – Was ist das bloß für ein Land. Nicht mal aufhängen können die einen richtig. – Die Rede geht noch gar nicht um Moralprinzipien und philosophische Wahrheiten, sondern einfach um ein wohlgeordnetes Leben, um jene Gewohnheiten und Gepflogenheiten des Verstandes, die dem Geist Ungezwungenheit geben und in das Seelenleben des Menschen Regelmäßigkeit bringen. Und merken Sie wohl, es handelt sich hier nicht um Erwerb von Wissen und Bildung, nicht um etwas, das mit Literatur oder Wissenschaft zu tun hat, sondern einfach um gegenseitige geistige Gemeinschaft, um Ideen, die sich des Kindes in der Wiege bemächtigen und sich ihm mit der Liebkosung der Mutter mitteilen, es in seinen Spielen umgeben, in der Form verschiedener Gefühle mit der eingeatmeten Luft bis auf das Knochenmark durchdringen und sein sittliches Wesen bilden, bevor es in die Welt und Gesellschaft eintritt. – Es gibt verschiedene Arten, sein Vaterland zu lieben: Der Samojede beispielsweise, der den heimatlichen Schnee liebt, der ihn kurzsichtig gemacht hat, die verrauchte Hütte, in der er die halbe Zeit seines Lebens am Boden kauernd zubringt, das ranzige Fett seiner Hirsche, das ihn mit einer zum Erbrechen stickigen Luft umgibt, liebt sein Land gewiss anders als der Bürger Englands, der auf die staatlichen Einrichtungen und die hohe Zivilisation seiner glorreichen Insel stolz ist. – Unsere Soldaten und Matrosen sterben heldenhaft, nur zum Leben hat hier keiner das Talent. – Die Unordnung ist es, die Russland rettet. – Bei alledem haben wir doch gegenüber dem Westen zahllose Vorteile zu verzeichnen. Auf unserer Ursprungsgeschichte liegt nicht der Makel der Eroberung. Nicht Blut und Fehde waren der Grundstein für den russischen Staat, Hass und Rachegelüste nicht das Erbteil, das die Großväter den Enkeln zu vermachen hatten. Die Kirche hatte ihren Wirkungskreis ausreichend beschnitten, um nicht der Reinheit ihres Innenlebens verlustig gehen und den Kindern Rechtlosigkeit und

Gewalt predigen zu müssen. So werden wir kühn und unfehlbar voranschreiten können, uns die zufälligen Entdeckungen des Westens zu eigen machen und ihnen einen tieferen Sinn geben oder jene Menschlichkeit darin auffinden, die dem Westen verborgen blieb, werden der Geschichte der Kirche und ihren Gesetzen die wegweisenden Leuchtfeuer für unsere künftige Entwicklung entnehmen, die Urformen des russischen Lebens auf dem unverdorbenen Grund der Individualität unseres Stammes wiedererwecken. – Bleibt nur darauf zu hoffen, dass irgendein Franzose daherkommen möge, der die Originalität der christlichen Lehre, wie sie in unserer Kirche begründet liegt, kapiert und einen Aufsatz darüber veröffentlicht, auf den dann irgendein Deutscher anspringt, unsere Kirche gründlich studiert und in seinen Vorlesungen darlegt, was er zu seiner Überraschung in ihr gefunden habe: nämlich etwas, das die europäische Aufklärung zutiefst nötig hat. Denn zweifelsohne erst dann würden wir, in unserer Gläubigkeit dem Deutschen und dem Franzosen gegenüber, uns das zu eigen machen, was wir haben. – Der Geist des Volkes ist ganz auf den Krieg zugespitzt. In allem anderen, in Verwaltung, Nationalökonomie, öffentlichem Unterricht sind bis jetzt die anderen Völker den Russen überlegen. Aber auch die Russen sind nüchtern, nämlich wenn die Mühen des Krieges es erfordern. – Alles ist hier einstimmig, Volk und Regierung. Die Russen würden den Wundern des Willens, deren Zeugen, Mitschuldige und Opfer sie sind, selbst dann nicht entsagen wollen, wenn es sich darum handelte, alle Sklaven, die dabei das Leben verloren, wiederzuerwecken. Es liegt gewiss Großherzigkeit in dieser Vorsorge eines Fürsten und seines Volkes für die Macht und selbst die Eitelkeit kommender Geschlechter. Russland ist ein Land, wo ein Unglück ausnahmslos jeden, den es ereilt, in Schimpf und Schande bringt. Ein unruhiges Nichtstun ist das unvermeidliche Resultat der nordischen Autokratie. Die Russen haben von allem den Namen, aber von nichts die Sache. Es gibt in Russland keinen freien Mann als den aufrührerischen Soldaten. – Wenn Westeuropäer über Russland urteilen, ähneln sie Chinesen, die über Europa urteilen, oder eher Griechen, die dasselbe mit Rom tun. Es scheint ein Gesetz der Geschichte zu sein, dass keine Gesellschaft, keine Zivilisation die Gesellschaft oder Zivilisation verstehen konnte, die ihr nachfolgen musste. – Was die Opfer anbelangt, unter denen Sankt Petersburg errichtet wurde: Die Notwendigkeit und das Ergebnis rechtfertigen sie. Nichts auf der Welt ist ohne Grund. Da wir also nun einmal zwei Hauptstädte haben, muss jede von ihnen notwendig sein – und sei es nur die Idee, die jede von ihnen ausstrahlt. Moskauer sind offenherzige Naturen, wahre Athener, nur auf die russisch-moskowitische Art. – Gemächlich war vom Horizont eine schwarze Wolke aufgezogen, die sich nun entlud. Der Abstand wurde auf 15 Schritt bemessen, die Barrieren mit je einer Mütze markiert, von da zu beiden Seiten noch einmal 10 Schritt und eine weitere Mütze, so waren es derer vier. Ich trat als Erster vor die Barriere hin. Ließ etwas Zeit vergehen ... Zwar ließen sich noch Lebenszeichen erkennen, aber sprechen konnte er schon nicht mehr. Ich küsste ihn und machte mich sinnend auf den Heimweg ... Die Wolke war hinter dem Beschtau versunken, es war vollkommen finster nun. »Lauf nach dem Doktor«, sagte Stolypin. Keiner von den dreien wollte mitkommen ... Eine halbe Stunde lang drängte ich darauf zu fahren. Es schüttete wie aus Kannen. Schwärze, Weltuntergang. – Die Untersuchung ergab, dass die Pistolenkugel, die an der rechten Hüfte unterhalb des letzten Rippenknorpels eingedrungen war, in schräger Aufwärtsbewegung beide Lungenflügel durchschlagen hatte und auf der linken Seite zwischen fünftem und sechstem Rippenbogen wieder ausgetreten war; beim Austritt wurden die Weichteile der linken Schulter versehrt ... Folglich unterliegen, wenngleich auf Grundlage des Codex militarum, Teil VI Militär-Criminal-Ordnung, Buch 1, Art. 376, 395, 398 alle benannten Angeklagten demselben Strafmaß. N°. Benennung. Anzahl Gegenstände/Beträge. Rasierpinsel, Griff Neusilber: 1. Selbst verfasste Werke des Verstorbenen auf div. Fetzen Papier: 7. Dto.,

den Leibeigenen Iwan Wirtjukow u. Iwan Sokolow gehörig: 2 …
Nach meiner Meinung sind die von Präses, Beisitzern und Staatsanwalt in Anspruch genommenen Wege- und Tagegelder von insgesamt einhundertvierundfünfzig Rubel, zwoundsiebzigeinhalb
Kopeken noch nicht dabei. – Doch lass uns nun zu dem andern
Gegenstande übergehen, an dem sich die Lyrik unserer Dichter
gleichfalls zu jenem hohen, lyrischen Schwunge erhebt, von dem
hier die Rede ist: Lass uns der Liebe zum Zaren gedenken. Mit welcher Weisheit hat Puschkin die Bedeutung des unumschränkten
Monarchen gekennzeichnet! Wie klug war überhaupt alles, was er
während seiner letzten Lebensjahre gesagt hat! Ein Staat ohne sou-
veränen Monarchen ist ein Automat: Es ist schon viel, wenn er es so
weit bringt wie die Vereinigten Staaten. Und was sind die Vereinigten Staaten? Ein Kadaver. – Amerika / der Erden vierter Theil / und
neuester / boht sich dem Auge feil! Ist wild in Sitte und Gebrauch /
hat einen gar gefrässigen Bauch. Tausende Jahre unerkannt / jenseit
deß Meeres abgewandt. Sind wirre Heyden aberglaubig / sind
Schaafe irrend nackt und raudig. Nicht Verstand regiert ihr Reich /
gottlos ist das Wort und bleich. Denn alles lahmt und bleibt beym
alten / wo Dummheit Noth und Sünde walten. – Überhaupt sind
die Russen keine Mathematiker. – Habe über unsere Regierenden
nachgedacht. Alles taube Nüsse. Der Klotz hält sich kraft seines
Gewichts. Und die Öffentlichkeit wird wohl nur die paar Jahre von
Nutzen sein, bis wir uns an sie gewöhnt haben. – Welcher Ansicht
unser Volk ist, das wäre eine andere Frage, und für sie ist es noch zu
früh. Zuerst einmal muss es überhaupt eine Ansicht haben, dann
kann man sich fragen, worin sie besteht. – Diese Phalanx, das ist
die Revolution in Person, herb mit siebzehn Jahren. Das Feuer der
Augen ist gemildert durch eine Brille, um allein dem Licht des Geistes Freiheit zu gewähren. Die sanscrinolines sind gekommen, um
die sansculottes abzulösen. Das junge Mädchen als Student, das
Fräulein als Burschenschaftler haben mit den Traviata-Damen
nichts gemein. Die jungen Studentinnen – das sind die Jacobiner,

Saint-Just im Amazonengewand; alles ist schroff, rein, schonungslos. – In meiner Weltanschauung ging im Laufe dieses Jahres, ebenso wie bei den anderen, eine große Umwälzung vor sich. Was früher das Ziel erschien, war jetzt zum Mittel geworden; die Tätigkeit des Mediziners, Agronomen, Technikers als solche verlor in unseren Augen ihren Sinn, erschien nur als eine Art von Wohltätigkeit, als ein Palliativ, Flicken auf einem Kleid, das man besser nicht mehr reparieren sollte, sondern wegwerfen und ein neues erwerben; wir wollten nicht die Krankheitssymptome heilen, sondern ihre Ursachen beseitigen. Wir meinten jetzt, wenn wir das Volk auch noch so viel mit Arzneien, Pillen und Mixturen behandeln würden, könnte man günstigstenfalls nur eine vorübergehende Besserung herbeiführen. Das Berufsziel, das uns so edel und hoch vorgeschwebt hatte, war in unseren Augen herabgewürdigt zu einem noch dazu unnützen Handwerk. – Kümmert euch nicht um die Wissenschaft, in deren Namen man euch binden und unschädlich machen möchte. Diese Wissenschaft muss im Verein mit der Welt, deren Ausdruck sie ist, zugrunde gehen. – Das Räubertum ist eine der ehrenhaftesten Formen, in denen das russische Volk existiert. Der Räuber ist ein Held, ein Rächer und Verteidiger des Volkes. Er ist der unversöhnliche Feind des Staates und der ganzen vom Staate errichteten sozialen und bürgerlichen Ordnung. – Brüder! Es ist nicht länger zu ertragen. Das Leben in Russland wird immer ärger. Man hat uns um die Freiheit betrogen, hat uns nur den Mund damit wässrig gemacht. Wir werden diese Bande ausmerzen müssen mit Stumpf und Stiel, nichts von ihrem Geist darf erhalten bleiben, sonst wird der Schoß fruchtbar sein. Zu diesem Zwecke aber, Brüder, werden wir ihre Städte abfackeln müssen. Ausräuchern! Alles Papier ist zu verbrennen, kein Ukas darf überleben und kein Befehl, die Freiheit muss frei sein. Auf was warten wir noch? Wem einer unserer Feinde vor die Füße läuft, der fackle nicht lange. – Was wir sagen, ist immer gut; was wir tun, ist beinahe immer beschissen. – Ich wollte ein phantastisches Bühnenstück schreiben:

Die ehrliche Provinz, wo Leute auf die Idee kommen, sämtliche Gesetze des Russischen Reiches zu befolgen, alles genau so zu machen, wie der Paragraph es verlangt, und daraufhin die ganze Bevölkerung davonläuft, alles verstummt und verblasst, Gras und Blumen welken. – Vielleicht muss man Russland ein bisschen anfrosten, damit es nicht verfault. Ich bin es jedenfalls leid, den einsamen Rufer in der Wüste zu spielen. Und wenn es diesem Land nun einmal beschieden ist, nach einer kurzen, schwachen Phase der Reaktion wieder auf den Weg der Selbstzerstörung einzuschwenken – was soll ein einsamer Prophet dagegen ausrichten? Klüger wärs, man dächte öfter an das eigene Seelenheil, was ich mit Gottes und des Starzen Hilfe auch tue. Denn ohne mich kommt meine Seele in die Hölle, während Russland, so wie es bisher ohne meinen Ratschlag ausgekommen ist, dies auch fürderhin so halten wird. – Der Halsabschneider kommt, und auf die Frage: Was ist Wahrheit?, ist seine Antwort strikt und zwingend: »Im Ausschank und außer Haus.« – Denn der russische heimatlose Wanderer braucht Glück für die gesamte Welt, um zur Ruhe zu kommen: Unter dem tut er es nicht – natürlich nur, solange alles Theorie bleibt. Denn was bildet die geistige Stärke des russischen Nationalcharakters, wenn nicht das aus seinen Endzielen sprechende Verlangen nach weltweiter Vereinigung und Allmenschlichkeit? Mag unser Land bettelarm sein, durch dieses Land »zog segnend, wenn er elend sah, in Knechtsgestalt« Christus. – Denn die Idee einer Nation ist nicht das, was sie von sich selber in der Zeit, sondern was Gott über sie in der Ewigkeit denkt. Die russische Idee, die historische Pflicht Russlands verlangt von uns, dass wir unsere Solidarität gegenüber der universalen Familie Christi anerkennen und all unsere nationalen Gaben, die ganze Macht unseres Imperiums auf die volle Verwirklichung der gesellschaftlichen Trinität verwenden, in der jede der drei vornehmsten organischen Einheiten, die Kirche, der Staat und die Gesellschaft, absolut frei und souverän ist – nicht, indem sie sich von den anderen Einheiten absondert, sie absorbiert oder zerstört, sondern indem sie ihre absolute Solidarität mit ihnen bejaht. Dies treue Abbild der göttlichen Trinität auf Erden wiederherzustellen, das ist die russische Idee. – Das russische Volk ziert sich wie eine Braut, die ihren Bräutigam erwartet. Dabei ist Russland berufen, die Völker zu befreien. Im russischen Volk wohnt eine Freiheit des Geistes, die nur dem beschieden ist, der sich nicht von der Gier nach irdischem Profit und Wohlstand aufzehren lässt. Wir Russen hegen keine imperialen Gelüste, weil das Imperium eine Gegebenheit ist und keine Mission. Russland ist zu groß, um noch das Pathos der Expansion und der Herrschsucht zu fühlen. Russlands einzig verbliebene, naturgegebene Leidenschaft sind Konstantinopel und der Zugang zum Meer. Ein russisches Konstantinopel müsste zu einem Zentrum der Einigung von West und Ost werden. – Da sprach die Samariterin zu Ihm: Wie könnte ich Dir zu trinken geben, da Du doch Jude bist; darauf er: Du irrst, ich bin ein reinblütiger Russe. – Herrschende und gebildete Klasse zu sein ist der Intelligenzija zunehmend lästig geworden; sie bietet ein unerhörtes Beispiel gewollter Verarmung, Plebejisierung, Selbstaufhebung und -entwertung, das seinesgleichen in der Geschichte sucht. Den gegenläufigen kulturellen Vorgang können wir überall und zu allen Zeiten finden: dass eine emporgekommene Gruppe die erreichte Position wahren und sichern will, stolz ist auf die eigenen Werte, sie zu schützen und zu mehren antritt. Unsere vornehmsten und edelsten Bestrebungen hingegen sind gekennzeichnet durch die Lust an der eigenen Auslöschung – als erlägen wir im Innersten den unstillbaren Verlockungen eines Dionysos, der die Selbstvergeudung zur anregendsten aller Lüste kultiviert; als wären die anderen Völker in ihrem Geiz dem Leben fern und wir allein – das Volk der Selbstverschwender – stellten in der Geschichte das Lebendige vor, das, ganz wie bei Goethe der Schmetterling (Psyche!), »nach Flammentod sich sehnet«. – Also ist der Tod auf Erden durch das ergriffene Schwert die höchste »Strafe«, die das Evangelium für den Schwertträger vorsieht. Denn zum Schwert zu greifen hat Sinn nur im Namen dessen, wofür zu sterben wirklich lohnt: im Namen von Gottes Werk auf Erden. Sinnlos, nach dem Schwert zu greifen und davonzukommen, und sei es um den Preis des Verrats oder der demütigen Unterwerfung vor den Unholden. Doch für die göttliche Sache – ob nun man selbst oder ein anderer oder die ganze Welt sie in sich trägt – in den Tod zu gehen lohnt. Denn der für sie stirbt, gibt ein Geringeres für das Höhere her, ein Persönliches für das, was über dem Persönlichen steht, ein Menschliches für das Göttliche. – Man legte ihm nahe, ein Gnadengesuch zu stellen, er aber antwortete: Ich sehe, es fällt euch schwerer, mich zu hängen, als mir, zu sterben. – Ich opfere mein Leben der großen Sache, und das, so glaube ich, gibt mir die moralische Rechtfertigung für die begangene Grausamkeit – nein, nicht an dem von mir Ermordeten, denn diese Tat bereue ich nicht, sondern an euch, meinen lieben Eltern. Morgen hängen sie mich, doch ich werde glücklich sterben. – Er sank ins Grab, um aus dem Privatleben in die historische Unsterblichkeit hinüberzuwechseln. Ewig leben wird er in den Herzen all derer, die den letzten Schimmer von Ehre und Gewissen noch nicht verloren haben, leben in den Annalen der Geschichte an der Seite der größten und selbstlosesten Heroen der Menschheit; sein Vorbild spornt uns an, selbst ein sühnendes Opfer zu bringen. – Das Weltgericht ist die größte Realität. Das Weltgericht entscheidet, ob es Willensfreiheit, Unsterblichkeit der Seele geben soll oder nicht – ob es eine Seele geben soll oder nicht. Und sogar das Dasein Gottes ist vielleicht noch nicht entschieden. Auch Gott harrt, wie jede lebendige Menschenseele, des letzten Urteils. – Was sollen der Mann und die Frau tun, die in ehelicher Gemeinschaft miteinander leben und durch die Aufzucht und Erziehung ihrer Kinder Gott und den Menschen in jenem begrenzten Maße dienen, das sich aus ihrer Situation ergibt? Nur das eine: Sie sollen gemeinsam danach streben, sich von der Verführung zu befreien, sich zu läutern und von der Sünde abzulassen, alle Beziehungen lösen, die dem allgemeinen und dem speziellen Dienst an Gott und den Menschen im

Wege stehen, die sinnliche Liebe durch die reinen Beziehungen zwischen Schwester und Bruder ersetzen. – (Siehe bei Stepnjak im *Unterirdischen Russland:* Da schlingen sie auf den »konspirativen Banketten« ewig ihren »Hering«, ohne zu ahnen, wie sehr das ihr Verhältnis zu Ganymed-Lesbos und zugleich zur Nonne Aschera offenlegt.) Keinem fällt es so leicht, Rom anzuzünden, wie Dobtschinski. Es lässt sich nicht übersehen, dass Raffael selbst, bartlos und zart, das allerschönste Mädchengesicht hat; und beinahe ebenso schön wie Raffaels Gesicht ist, terribile dictu, das von Tschernyschewski (man betrachte nur sein schönes Porträt im *Vestnik Evropy,* Oktober 1909), der in *Was tun?* die Theorie entwickelt, wie dumm es sei, eifersüchtig auf die eigene Frau zu sein; in Wirklichkeit handelt diese Theorie nur davon, dass der Mann die Affären seiner Frau genießen kann, weil er insgeheim, in seiner Einbildung, schon dabei ist, Schönheit und Ausmaße ihres »Hausfreundes« zu genießen … Tschernyschewskis Bedeutung für unsere Kultur ist freilich enorm. Er war ½ Urning, ¼ Urning, 1/10 Urning. – Keuschheit ist nicht allein qua Geburt und auf erblichem Wege zu erwerben, schon weil die Weitergabe eines Erbguts ja nur durch Verstoß wider die Keuschheit erfolgen kann, und darum kann der Kampf gegen den geschlechtlichen Instinkt zwecks Erlangung von Keuschheit kein ausschließlich persönlicher sein (wie es dem Persönlichen überhaupt, ungeachtet seiner anbahnenden Bedeutung, an Sühnekraft gebricht), seine Unschuld zu bewahren genügt nicht, es braucht den totalen Sieg über die Sinnlichkeit, gefragt ist ein Zustand, in dem Schuld gar nicht mehr denkbar wäre, jedes unreine Begehren ausgeschlossen, d. h. nicht nur nicht geboren werden, sondern die eigene Geburt zurücknehmen, d. h. diejenigen aus sich wiederherstellen, von denen man abstammt, sich selbst wiederherstellen als ein Wesen, an dem alles bewusst und vom Willen gesteuert ist. Ein über der Landschaft schwebendes Luftschiff, das den Mut und die Findigkeit aufriefe, vorbildhaft wirkte, eine Einladung sozusagen an alle Geister, den Weg in den

Himmelsraum zu entdecken. Die Aufgabe der Wiedererweckung setzt eine solche Entdeckung voraus, denn ohne dass man sich den Himmel unterwirft, ist die simultane Existenz der Generationen undenkbar, wiewohl der Umkehrschluss genauso zutrifft: dass die Wiedererweckung die Voraussetzung für die völlige Beherrschung der Himmelssphäre ist. Es dürfte kein Zufall sein, dass Kopernikus, ein Slawe, für die Wende in der Astronomie gesorgt hat, die zwangsläufig eine Neuausrichtung allen Wissens nach sich zieht und ihrerseits für eine Wende im Landleben sorgen wird, indem der Schritt von der scheinbaren Lenkung des Sonnenlaufs zur tatsächlichen Lenkung des Erdenlaufs vollzogen wird, sodass das in jedem Frühjahr begangene Fest der Auferstehung zur tatsächlichen Wiedererweckung führt, denn solch eine Steuerung des Wissens war wohl tatsächlich nur vom landwirtschaftlich-kommunitär existierenden Slawentum zu erwarten. Das Wirken eines Ehepaars als Glieder einer Gemeinde mit gemeinsamer Geschichte und Altertümern oder als Glieder einer Gemeinschaft zur psychophysiologischen Wiederherstellung der Väter und Vorväter drückt sich aus in der Verpflichtung zur umfassenden faktologischen Aufzeichnung ihrer Intimitäten und Kopulationen. Die Sammlung verstreuter Partikel ist eine Frage der kosmo-tellurischen Kunst und Wissenschaft, demnach Männersache, während die Zusammenführung bereits gesammelter Partikel eine physiologisch-histologische, sozusagen das Zusammennähen der Gewebe menschlicher Körper, nämlich der Väter und Mütter, betreffende, den Frauen vorbehalten ist. Bei der Sammlung nimmt die moderne Wissenschaft ihren Anfang; sie sammelte getötete Tiere, getrocknete Pflanzen, aus ihren natürlichen Lagerstätten hervorgeholte Minerale und Metalle – all dies in Form von Bruchteilen, Splittern, Herbarien, Präparaten, Skeletten, Modellen usw. – eingelagert auf speziellen Friedhöfen, die man Museum nennt. So ein Museum sollte man keinesfalls vernichten: Als Schatten begleitet es unser Leben, steht hinter allem Lebenden als Grab. Jeder Mensch trägt, ob er will oder nicht, ein solches

Museum mit sich herum, als totes Anhängsel, nagendes Gewissen; Aufbewahrung ist ein grundlegendes Gesetz, das älter ist als der Mensch, noch vor ihm seine Wirkung tat. Diese Instanz ist kein Gericht: Zwar wird ein Leben anhand von allem hierher ins Museum Verbrachten reproduziert und aufgewogen, aber niemand wird verurteilt. Für das Museum ist der Tod nicht das Ende, es ist erst der Anfang, das unterirdische Reich, das man einmal für die Hölle ansah, ist eine spezielle Abteilung in dem Museum. Sich zum Ziel zu setzen, alle Menschen in einem Museum zu versammeln, hieße, dem menschlichen Denken eine heilige Dimension zu geben: Es wäre das Haus des Himmlischen Vaters, der der Gott aller irdischen Väter ist, ein Haus, das Museum und zugleich Tempel ist. – Die Lieblingsohrringe der Zarin (einer zerbrochen), Fetzen ihres Kleides, ein Glas aus ihrer Brille (zu erkennen an der besonderen Form) etc. Die Gürtelschnalle des Zarewitsch, Knöpfe und Fetzen seines Mantels etc. Sechs metallene Korsettstäbe. Doktor Botkins falsche Zähne. Swerdlow war der Kopf des Verbrechens, Jurowski sein Arm. Beides Juden. – Sie könnten einwenden, dass die Nichtjuden voller Erbitterung mit den Waffen in der Hand über uns herfallen werden, sobald sie vor der Zeit entdecken, wie alles zusammenhängt. Für diesen Fall haben wir ein letztes, furchtbares Mittel in der Hand, vor dem selbst die tapfersten Herzen erzittern sollen: Bald werden alle Hauptstädte der Welt von Untergrundbahnen[*] durchzogen sein. Von diesen Stollen aus werden wir im Falle der Gefahr für uns die ganzen Städte mitsamt den Staatsleitungen, Ämtern, Urkundensammlungen und den Nichtjuden mit ihrem Hab und Gut in die Luft sprengen. Unsere Regierung wird ein patriarchales Aussehen haben, worin unser Herrscher die väter-

---

[*] Zwar sind diese Untergrundbahnen in den Hauptstädten Russlands bislang noch nicht angelegt, doch erste Versuche dazu hat es seitens eines »internationalen« Komitees in Moskau und Sankt Petersburg schon gegeben. (Anm. d. Red.)

liche Vormundschaft ausübt. Unser Volk und unsere Untertanen werden in ihm den Vater erkennen, der für jeden Einzelnen sorgt und die Beziehungen der Untertanen zueinander in liebevoller Sorge überwacht. Sie werden von dem Gedanken beherrscht sein, dass sie diese Vormundschaft und Führung gar nicht entbehren können, wenn sie in Ruhe und Frieden leben wollen. Sie werden die Alleinherrschaft des Potentaten mit einer an Vergötterung grenzenden Ergebenheit anerkennen. – Ich bin vom Thema abgekommen. Also, selbst wenn es diesen oder jenen »Unschuldigen« träfe, hätte man auch mit den übrigen 120 das »zu Gebote Stehende« tun sollen. Sechs, acht auftrumpfende stinkende Mörder weniger, imstande, Russland zu erschüttern und zum Taumeln zu bringen. – Um den mausgrauen Obersten war es nicht schad. – Ich sehe hin, merke auf und wundere mich nicht. – Vielleicht wirds ja gar nicht so arg, euer Jüngstes Gericht? Kann es schlimmer sein, als was wir hier schon erlebt haben? Halb so wild. – Und er gab ihm das Kummet nicht. Als der Arme sah, dass sein Bruder dabei war, ihn zu verklagen, ging er ihm hinterher, denn er wusste sehr wohl, dass man ihm, falls er nicht von selbst erschiene, aus der Stadt eine Vorladung schicken würde und er dann das Wegegeld für den Gerichtsdiener zu bezahlen hätte. So musste er von seiner Hängepritsche aus zusehen, wie der Pope und sein Bruder aßen. Dabei stürzte er plötzlich auf die Kinderwiege hinab und erdrückte das Söhnchen des Popen. Da beschloss der Arme, da er erkannt hatte, dass ihm von seinem Bruder und dem Popen Verderben drohte, seinem Leben ein Ende zu machen, und er stürzte sich von der Brücke in den Graben hinunter. Dabei fiel er auf eines Mannes alten Vater und erdrückte ihn. Man ergriff den Armen und führte ihn vor den Richter. Der sprach zum Älteren: Da dein Bruder deinem Pferd den Schwanz ausgerissen hat, so nimm dein Pferd von ihm nicht eher zurück, als bis der Schwanz wieder nachgewachsen ist; sobald es wieder einen Schwanz hat, hole das Pferd von ihm zurück. Und zum Popen: Da er deinen Sohn tödlich verletzt hat, überlass ihm deine Frau so lange, bis sie wieder einen Sohn bekommt. Und zum Manne: Er aber, der deinen Vater umgebracht hat, soll sich unter die Brücke stellen. Stürze dich dann von der Brücke auf ihn, und töte ihn auf die gleiche Weise. Der Arme aber ging nach Hause, freute sich und lobte Gott. – Der Richter, ja nu, zieht sich was Dürftiges über, dreht auch den Pelz nach innen als wie, wo ist hier ein Pelz, nimmt den Bart in den Mund, dass ihn keiner kennt. Auf den Kopf auch noch was Ärmliches, Gürtel um, dass der Wanst sich wölbt, noch ein Fetzchen ran und in die Hand ein Buch. In das er aber gar nie reinguckt. Ein Richter muss dicker sein als alle. Ja nu, sie schnappen sich einen Buben und ein Mädchen, die zusammen geschnackelt haben, führen die vor. Fläzen da im Pelz in ihren Bänken, Knute in der Hand. Weswegen angeklagt? Drauf der Bub: Ich hab bloß den Schwengel zum Büschel getragen, damit sie ihn ins Spundloch schiebt. Zum Mädchen: Wie lange willst du noch hurn, ohne gedeckt zu werden? – Mein Kraut ist inne faul. – Ist der Bub bei dir gewesen? – Isser. – Hat er ein lebend Fleisch in Händen gehalten? – Hatter. – Und wo bist du hin damit? Sie aber druckst und ziert sich, wills nicht sagen. Die Richter lassen nicht locker: Red! Fangen auch gleich an, mit der Rute nachzufragen. Aber welche ist schon verzweifelt genug und hat die Traute zu sagen: In die Röhre hab ichs geschoben, in die Dose gefädelt? Dann hätten die abgelassen, so aber zwacken sie das arme Ding, bis sies zugibt, eine elende Qual. Den Buben fragen sie: Hat sie dir die Sauermilch gedämpft? Hattsie. Da kriegt auch er die Knute zu kosten: Steh grade und sprich! Und am Ende das Urteil: Sie lagen in der Grube und vögelten, bisses zu den Ohren rauskam. Das Volk ist heutzutage juckig und fickt hart. Hundertmal küssen und einmal ficken. – Worauf er mir zur Antwort gab: Gern will ich bemüht sein, Eurer Frage mit einer vollkommenen Aufklärung der Sachlage zu entsprechen, zumalen unsere Fahrt so still vonstatten geht und ein Palaver wie dieses uns den Weg auf das Angenehmste verkürzen wird. – Ich weilte in einem träumerischen Land und betrachtete ausgiebig seine träumerischen Befindlichkeiten. Die Trunksucht, diese vernunftvernebelnde Quelle dreisten und schädlichen Benehmens, steht dort in tiefer Verachtung, und der Abscheu davor wurzelt sich in den Leuten schon bei der Erziehung als vernünftige Gepflogenheit ein. – Der Hafenvorsteher, als solcher Beamter vierter Klasse, wie wir nachher erfuhren, hatte das gleiche Abzeichen im einfachen Kreis. Der Bevollmächtigte des Generaladmirals wiederum trug die gebührenden zwei Anker ohne Tannzapfen im einfachen roten Kreis auf seiner Brust, was wir so deuteten, dass er, kraft der Vollmacht, auch die Rangabzeichen seines Vorgesetzten übernahm, nur ohne die Zapfen aus dem Staatswappen, während der einfache Kreis auf den eigenen Beamtenrang verwies. Als die Rede geendet hatte, drückten wir, nämlich aus meinem Munde, da ich als Einziger das hier gepflegte Sanskrit sprach, unseren Dank aus. Ach, lange könnte ich Euch berichten über jenes grandiose und glückliche Begebnis, das die Thronbesteigung unseres großen Gebieters, König Sabakol, gewesen. Seither sind 1500 Jahre vergangen, ohne dass im Reiche Ophir Rebellion und Hader aufgetreten wären … Die Beredsamkeit des ehrbaren Mannes setzte mich in Erstaunen, und da also ein Wort das andere gab, kamen wir auf städtebauliche Fragen zu sprechen, wobei er den weisen Gedanken entwickelte, dass die Macht des Monarchen keine Städte errichte, jedoch ihre physische wie politische Lage und ihre speziellen Bewandtnisse vorzugeben imstande sei. – Ihr Gesetzbuch ist nicht größer als unser Kalender, und ein jeder kennt es auswendig, obwohl dort alle lesen können. Was du nicht willst, das man dir tu, das füg auch nicht dem andern zu, so hebt das Buch an, und am Ende heißt es: Tugend werde belohnt, Frevel werde geahndet. – Die Sitzung aufsuchend, fand ich drei honore Männer vor, die das Hohe Gericht darstellten, sowie vier weitere, die mein Begleiter mir als Bittsteller und deren Beistände vorstellte. Man entbot mir einen höflichen Gruß und bat die Verhandlung mit meiner Erlaubnis fortsetzen zu dürfen, denn der in Anklage Stehende solle doch keine Stunde über Gebühr von seiner Freiheit verlieren. – An einem festen Waagebalken sah man eine Waage hängen; auf der einen Schale lag ein Buch mit der Aufschrift: Gesetz der Barmherzigkeit, auf der anderen gleichfalls ein Buch mit der Aufschrift: Gesetz des Gewissens. Eine Schlange von gewaltiger Größe, aus leuchtendem Stahl geschmiedet, umschloss diesen Hochsitz an seinem Fuße und versinnbildlichte, ihr Schwanzende im Rachen haltend, die Ewigkeit. Verkünde es bis zu den fernsten Grenzen meines Reiches, sprach ich zum Hüter der Gesetze, dies ist der Tag meiner Geburt, und er soll in den Chroniken auf ewig verherrlicht werden durch einen allgemeinen Straferlass. Es mögen sich die Verliese öffnen, und die Gesetzesübertreter sollen zurückkehren in ihre Häuser als Menschen, die vom rechten Wege abgeirrt sind. Es sollen sich, sprach ich zum ersten Baumeister, die herrlichsten Gebäude erheben als Freistatt der Musen, und sie sollen mit mannigfaltigen Nachbildungen der Natur geschmückt werden, und unzerstörbar sollen sie sein wie die Bewohnerinnen des Himmels, für die sie bereitet werden. Es soll sich heute, sprach ich, die Hand der Freigebigkeit auftun und die Menge des Überflusses auf die Armen und Kranken ausschütten; die unbenötigten Schätze aber sollen an ihre Quelle zurückkehren. – Als ich auf dem Newski-Prospekt anlangte, richtete ich die Blicke geradeaus in die Ferne und sah anstelle des Klosters, auf das er doch stößt, einen Triumphbogen, der sich gleichsam auf den Trümmern des Fanatismus erhob. Mein Herr, sagte ich, verzeihen Sie die Neugier eines Ausländers, der nicht weiß, ob er seinen Augen trauen darf, und sich deshalb erkühnt, Sie um eine Erklärung dieser zahlreichen Seltsamkeiten zu bitten. Woher stammen denn Sie?, gab mir der Greis zur Antwort. Oder haben Sie sich vielleicht so sehr in historische Studien vertieft, dass für Sie die Vergangenheit auferstanden und die Gegenwart versunken ist? Ist nicht jener, der über die Ordnung auf Erden wacht, der würdigste Repräsentant Gottes, des Schöpfers der Weltordnung? Auf dem Wege durch die Stadt staunte ich über die Kleidung der

Einwohner. In ihr verband sich europäische Eleganz mit asiatischer Würde, und bei aufmerksamer Betrachtung erkannte ich den russischen Kaftan in etwas veränderter Form. Indessen waren wir auf dem Palastplatz angekommen. Die alte Fahne wehte noch über den altersdunklen Palastmauern, aber der doppelköpfige Adler mit den Blitzen in den Krallen war ersetzt durch einen in den Wolken schwebenden Phönix, der einen Kranz aus Lorbeerzweigen und Immortellen im Schnabel trug. Wie Sie sehen, haben wir unser Staatswappen verändert, sagte der Greis. Die beiden Köpfe, die Despotismus und Aberglauben symbolisierten, wurden dem Adler abgehackt. Aus dem hervorströmenden Blut stieg der Phönix der Freiheit und des wahren Glaubens. – Das sich drängende Volk in den bunten Gewändern erschien aus der Höhe wie ein auf dem Platz ausgebreiteter turkestanischer Teppich, doch war eine zauberische Kraft dabei, die Farben darin zum Schillern und Verschwimmen zu bringen und immer neue Muster hineinzumalen. Sei gegrüßt, o Herrscher, Vater unser!, so scholl es aus der Menge, die Rufe wollten kein Ende nehmen, sprangen so hurtig von Mund zu Mund wie das Echo in den Grotten von Naxos. – Manche waren der Ansicht, da sei Fjodor Kusmitsch respektive Zar Alexander I., der vor drei Jahrhunderten geborene, wiederauferstanden. – Zweiter Brief. Endlich bin ich im Zentrum der russischen Halbkugel und der Welt-Aufklärung. Bis jetzt ging meine Reise glücklich vonstatten. Wir flogen mit der Schnelligkeit eines Blitzes durch den Himalaja-Tunnel, wurden jedoch im Kaspischen Tunnel durch ein unerwartetes Hindernis aufgehalten. Jetzt höre und schaudere! Ich setzte mich in den russischen Aerostat. Entsetzlich, zu denken, dass die Luftfahrt erst seit zweihundert Jahren bei uns populär wurde und dass wir diese Kunst nur den Siegen der Russen über uns verdanken! Die ganze Schuld an dieser Rückständigkeit trug unser Hang zum Konservativen, an dem unsere Dichter noch immer etwas Poetisches finden. Gewiss, wir Chinesen sind heute ins entgegengesetzte Extrem gefallen – in die blinde Nachahmung alles Ausländischen. Alles geht bei uns nach russischer Manier: Kleidung, Gewohnheiten, Literatur. Nur eins besitzen wir nicht: die russische Pfiffigkeit. Aber auch sie werden wir mit der Zeit erwerben. Ermattet von all den verschiedenartigen Eindrücken, die ich im Laufe dieses Tages erfahren hatte, wartete ich das Abendessen nicht ab, sondern suchte meinen Aerostat. Draußen herrschten Schneetreiben und Sturm. Trotz der riesigen Öffnungen der Ventilatoren, die unaufhörlich eine gewaltige Menge Wärme in die Luft stießen, musste ich mich fest in meinen gläsernen Umhang wickeln. (Aus diesem Manuskript lässt sich schließen, dass Russland damals nur einen Teil der Welt ausmachte, noch nicht beide Hemisphären umfasste.) Es scheint das Schicksal unseres Vaterlands zu sein, entgegnete der Gastronom lächelnd, dass es die Ausländer niemals begreifen. Überhaupt hat man hier diejenigen nicht gern, die sich der Teilnahme an der gemeinschaftlichen Magnetisierung entziehen; bei ihnen nimmt man irgendwelche feindlichen Gedanken oder lasterhaften Neigungen an. Sagen Sie, fragte ich, woher konnten solche Leute in das gelobte russische Reich kommen? Sie stammen zumeist aus verschiedenen Ländern der Erde. Unvertraut mit dem russischen Geist, ist ihnen auch die Liebe zur russischen Aufklärung fremd: Sie wollen nichts anderes als möglichst viel erraffen – und Russland ist reich. Aus den Fenstern sieht man den gewaltigen Brunnen, der den am Meer gelegenen Teil Petersburgs vor Überschwemmungen bewahrt. Uhren aus Gerüchen: die Stunde des Kaktus, die Stunde des Veilchens, der Reseda, des Jasmins, der Rose, des Heliotropiums, der Nelke, des Moschus, der Angelica, des Essigs, des Äthers. Der Minister für Versöhnung ist der höchste Beamte im Reich und Präsident des Staatsrats. Sie werden sagen: ein Traum! Nichts dergleichen. Abgesehen von den Aerostaten vollzieht sich all das vor unseren Augen. – Die Schwester ihrer Schwestern, die Braut ihrer Freier, erscheint. Auf den Feldern wachsen unsere bekannten Getreidearten, aber viel dichter und ertragreicher. Weizen von solcher Güte, mit so hohen und doch so vollen Ähren! Alte Leute, das heißt solche, denen man das Alter ansieht, gibt es hier überhaupt nicht viele, weil bei der gesunden, sorgenfreien Lebensweise, welche die Menschen führen, die körperliche und geistige Frische bis ins späte Alter erhalten bleibt. Kein Wunder, dass sie so zügig und frohgemut arbeiten und auch noch singen dabei! Gern würde auch ich so leben! Sind denn das wir? Ists unser Land? Berge, in Gärten gewandet, von engen Tälern und weiten Ebenen durchschnitten. In den feuchten Niederungen siehst du Kaffeeplantagen, von da aufwärts Dattelpalmen, Feigen, Wein, Zuckerrohr, auf den Feldern der Ebenen Weizen und Reis. Liebt es, arbeitet dafür, erkämpft es, ergreift davon für die Gegenwart. – Freunde der Wahrheit, der Liebe und der Natur, Landsleute! Wollt ihr einmal etwas wahrhaft Ergötzliches sehen, etwas wahrhaft Erbauliches für Seele und Gefühl, wollt ihr einmal im Leben, wenigstens für Minuten, glücklich sein? Dann geht auf Reisen, und am besten im eigenen Lande. Alles, aber auch alles werdet ihr darin finden: die Täler der Pyrenäen ebenso wie die Kaskaden des Tivoli, die Schönheit der Schweiz und ihr Alpenglühen. – Und ein Außenpferd bog gleich den Hals nach uns um. – Ich bin, so spricht der Schwärmer, Bürger des Universums. Da ist mein Universum, wo ich zu Hause bin, entgegnet ihm der Russe. – Für uns ists das gelobte Land, worinnen Milch und Honig fließen; gegen des Südens Orchidee wir tauschten nimmer unsern Schnee, das Eis der Heimat sei gepriesen! – Wer dir getrost sein Leben opfert, der wird im Himmel jubiliern. – Nicht in den Weiten des Vaterlands leb ich, Moskauer bin ich, da, wo die Hoffart wohnt. – Was ist, Japaner, euch bloß widerfahrn? – Wohin man schaut in diesem unglücksel'gen Land: nur Narren und Halunken! – Worauf die stolzen Edomiter das große Zittern überkam. – Hat Zaren auf den Thron gebracht, schlief selbst auf kargem Stroh. – Voltaire gab sich den Anschein, er glaube nicht an Gott. – Bist dus, Crugals Schatten? – Du kränkelst und bläst Trübsal, ich bin gesund und froh. – Und ihr, der braven Hütte o Laren und Penaten! – Im Knast, nicht anders im Palast, denkt man zuerst ans Essen. – Purpurn der Schinken, grün der Kohl mit dem Gelben vom Ei, Piroggen knuspergelb, weißer Quark und Krebse rot, pechschwarz der Kaviar oder bernsteinfarben, und der Hecht mit blauer Feder. – Anakreon am Ofen schwer seufzend saß und sprach. – Tanzt das »Stierlein« man im Lenze, so betracht, Anakreon, junger Russenmädchen Tänze zu der Hirtenflöte Ton! – Weichet, ihr Schatten! – Komm herab, o Kalliope! Flora und Pomona warten, Oreaden, Nereiden, sieh des Dons, dahin des strömenden, ausgelassene junge Töchter. – Saft, Blut und Same der Materie! – Von ihren Rippen in den Don sich ergießt sein schäumendes Kristall. – Lyra und Lorbeer versteckt im Geäst. – Sie ists! ich liebkos' die satinweiße Brust. – Cupido, herzloser Wicht! Spotte der Leidenden nicht! – In Isis mit den vielen Brüsten. – Ägypterin, nimm die Gitarre, schlag in die Saiten, gib dem Lied die Glut, die Funken sprüht. – Du erschrakest – und ich lachte. Wir und Angst? Nicht doch, Chloe! – Albius von mir aus, Archelaus ... Persius tut solches nicht! – Und sei der Tor davor: Der Dichter dichtet. – Rührt die Leier, singt der Welt den Grund. – Der Wächten wilder Sohn, der Lappe, mit seiner Flöte rauem Ton. – Aufbruch vor dem Licht: sich vorwärts tasten. – Ein Denkmal baut' ich mir von erzener Dauer. – O Muse! Wars nicht diese Nacht über dem Wald von Palatina? – Ich nehm es leicht: Will sie woandershin den Flügel wenden, so zahl ich meins zurück. – Und von den Schwingen fliegt der körnige Mohn. – Ein See von Luft, der sich abrupt zusammenzieht. – Der Fluss, er wird dir folgen. – In alter Föhren Schatten. Nach Pontos die Sonne sich senkt. – Der Wind schlief in den Weiden ein. – An Tränen labt ich mich tagein, tagaus. – Wie grausam meine Söhne mich aus dem Lande jagten! – Wozu verflossene Trauer zurück ins Leben holen? – Kein Schwarm von Liebesengeln die Runzeln zart umstreichet. – Die Zeit tropft aus der Urne Stund um Stund. – Der blutköpfige Wurm kanns nicht erwarten, dass ich komm! – Und meine Spuren: solln sie vergessen sein? – Bin ich nicht mehr, wo gehst du hin? Nicht mehr sein – wo ist der

Sinn? – Seid ihr noch da? Wo ist Florus? Arist? Unvergessner Philon? – Wo bist du, entlegener Freund? Wann heben wir die Trennung auf? – Minvana soll dich überleben? Nein! Ich komm, ich eil, ich flieg zu dir; lieg ich an deiner Brust erst, will ich seufzen. – Sprich ein Gebet, o Wanderer, an diesem Grab. Er fand hier Ruh von allen Erdenplagen. Was an ihm Sünde war, er ließ es hier zurück. Dem lebend Gott, der ihn erlöst, entgegensehend. – Ein Soldat bekam Lust, die Popenfrau zu ficken, doch wie sollte er es anstellen? Da legte er seine Ausrüstung an, nahm sein Gewehr und ging zum Popen auf den Hof. Höre, Väterchen, es ist ein Ukas herausgekommen, wonach sämtliche Popen durchgefickt werden sollen, halte also deinen Arsch her! Ach, Soldat, kannst du mich nicht davon befreien? Was du dir so denkst! Damit ich dann den Ärger habe! – Sünde ist, solange die Beine oben sind. Sind sie wieder unten, hat der liebe Gott verziehn. – In Smolensk die jungen Dinger pimpern für ihr Leben gern. Pimpern, ohne sich zu schonen, dass vom Schrein fällt die Ikone: Setzen sich zum Abendmahl, ist kein Gott zum Beten da. – Schwanz bis zum Knie, aber kein Holz im Schuppen. – Gern hätt ich paar Nuggets im Schrank, aber der Arsch ist blank. – Ein Kilo Titten, Fotze mit Gitter. – Wer nix zu fressen hat, darf öfter vögeln. – Fickt die Fritzen in die Ritzen. – *Rusticus expectat dum defluat amnis; at ille labitur et labitur in* omne *volubilis aevum.** – Es kamen einmal siebenundsiebzig Bettler zusammen und flochten aus Bast eine Glocke, die war hundert Pud schwer. Hängten sie an ein Seil aus Nesseln und brachten sie in der Kirche zum Klingen, nur nicht vor der Zeit. Aber gehört haben es doch einige: Filka und Ilka, Sawka und Wanka. Die brachten den Bettlern eine Speis: Sahne vom Huhn, Hörner vom Schwein, Flügel vom Bock. Da ging Wanka auf den Speicher, nahm ein Stück Eisen und schmiedete sich eine Axt – nicht zu groß und nicht zu

---

*   Der Bauer wartet, dass der Fluss abfließt, aber er fließt und wird ewig fließen. (lat.)

klein – grad wie eine Mückenschulter. Damit lief er aufs freie Feld, die heilige Eberesche fällen. Einmal zugehauen – schon schwankte sie. Noch mal zugehauen – und sie fiel um. Nun wollte er sie in Stücke hauen, hieb und hieb und kriegte sie nicht klein, dafür hackte er sich den Fuß ab. Lag da einen Tag und eine Nacht, keiner kriegte es mit. Nur eine Mücke, und Fliege Grünbauch, die auch. Hoben ihn auf ihr Wägelein, brachten ihn in den Himmel hinan. Im Himmel stand eine Kirche, aus Kuchen gebacken, mit Kartoffelspitzen gedeckt, mit Brezeln verziert. Wanka, nicht dumm, packte eine Brezel, zog daran, und die Tür ging auf. In der Kirche war das Weihrauchfässchen ein Rettich, die Kerzen waren Möhren, die Ikonen Pfefferkuchen. Ein Pope aus Eisen stand dabei, ein Küster aus Blei und eine Hostienbäckerin aus Blech. Wann geht bei euch das Runkelfasten an, wollte Wanka wissen. Aber die drei schwiegen sich aus. Das brachte den Wanka in Harnisch, er gab ihnen allen eine Kopfnuss und fiel aus dem Himmel. – Da flog der Bursch als Falke licht, das Leid als weißer Geier folgte dicht; es flog der Bursch als blauer Tauber, zum grauen Habicht ward das Leid durch Zauber; es lief der Bursch als grauer Wolf durchs Feld, das Leid hat ihm mit einer Meute Hunde nachgestellt; da war der Bursch im Feld ein Steppengras, das Leid mit einer scharfen Sense allda saß; das Ungemach verhöhnte ihn ohn Maß: Nun wirst du Gräslein abgemäht, liegst da als abgemähtes Gräslein, das vergeht, und wirst vom wilden Wind davongeweht! Da stürzte sich der Bursch als Fisch ins Meer, mit dichten Netzen fiel das Leid über ihn her; das unglückbringende Leid verhöhnte ihn gar sehr: Nun wirst du, Fischlein, am Ufer gefangen, wirst aufgegessen mit heißem Verlangen, bist so in unnützen Tod gegangen! – Das menschliche Leben ist, was seine Dauer betrifft, ein Punkt; des Menschen Wesen flüssig, sein Empfinden trübe, die Substanz seines Leibes leicht verweslich, seine Seele einem Kreisel vergleichbar, sein Schicksal schwer zu bestimmen. Der Lehrer ist arm. Der Landser ist barfuß. Der Landmann ist nackt. Der Veteran ist gram. Der Sieche ist grantig. Der Sandmann ist staubig. Stöhnen ist sonor. Wege sind aussichtslos. Die Ferne ist besudelt. Der Alltag ist erniedrigend. Die Feste sind trinkfreudig. Der Nächste ist nachtragend. Der Zöllner ist zugänglich. Der Bändiger ist hundsföttisch. Die Macht ist übelriechend. Das Gesetz ist wirkungslos. Das Verb ist allmächtig. Der Kerker ist kräftezehrend. Der Posten ist abgelenkt. Der Tote ist unbekannt. Der Krieg ist alltäglich. Der Wahhabit ist waghalsig. Der Lappe ist lapidar. Geografie ist flatterhaft. Geschichte ist sittenlos. Der Thronfolger ist umgebracht. Vergangenheit ist anstößig. Die Liebe zu der Väter Grab ist einnehmend. Der Dornbusch ist unbrennbar. Der Himmel ist schneelastig. Die Zukunft ist hinreißend.

Epilog

Von Zeit zu Zeit überkam Vera die Angst, dann brachte Karpow Stunden damit zu, sie zu besänftigen: Sie hätten doch das Gröbste hinter sich, jetzt gäbe es nichts mehr zu befürchten, sie wären in Sicherheit – sie nickte bloß, glaubte ihm kein Wort, und die Tränen flossen schon wieder, ein neuer Schub dieser stummen, ausweglosen Hysterie, und er glaubte ja selbst nicht, was er da sagte.

Immerhin schien es ihm, als gäbe es für sie tatsächlich keinen besseren Ort als dieses Otuz – vier Werst von der Küste herauf durch ein Tal, das sich mehrfach verengte und wieder auseinanderlief, Weinberge, so weit das Auge reichte, dazwischengestreut Mandel- und Maulbeerbäume, Aprikosen hoch wie Eichen, gigantische, jahrhundertealte Nussbäume. Den Weg säumten Kolonnen der für die Halbinsel typischen Pyramidenpappeln, weiß blühende Akazien, Brombeerhecken. Im oberen Abschnitt des Tals das Dorf: eine Moschee, ein paar Läden, eine Kaffeestube. Argwöhnische Blicke seitens der Tataren, ohne einen Funken Freundlichkeit, wenn man sie ansprach; dafür stellten sie auch keine unnötigen Fragen. Was ging es sie an, dieses scheue Pärchen, das sich da in einer leer stehenden Datscha am Dorfrand eingemietet hatte?

Otuz heißt dreißig auf Tatarisch. Ein Dorf mit dreißig Höfen. Karpow und Vera schauten sich an, wie die Leute so lebten. Beim tatarischen Haus gehen die Fenster traditionell auf den Hof hinaus. Die Räume sind niedrig und dunkel, mit Teppichen und

Bastmatten ausgelegt, Sitzkissen rings an den Wänden, die Decke verhängt mit gemusterten Tüchern *(çador)*. Jedes Haus zweigeteilt in eine Männer- und eine Frauenhälfte. Offene Herdstellen im Wohnraum und in der Küche. Geheizt wird mit *kisyak*, das ist Dung, versetzt mit Stroh. Die Tische heißen *tırke*, sie sind klein und niedrig, kaum ellenhoch. Das flache Dach dient als Terrasse, hier wird Obst getrocknet und, wenn das Wetter es zulässt, geschlafen.

Karpow machte Skizzen in seinen abgegriffenen Notizblock. Die Seiten füllten sich allmählich mit Figuren: Männer, deren weite Hemden *(kulmek)* in die breit und bunt gegürteten Pluderhosen *(ıştan)* gestopft waren, lederne Halbschuhe *(çüakhe)* an den Füßen und flache Mützen aus Lammfell *(burek)* auf dem Kopf, Frauen in Kittelkleidern über den Hosen und etwas wie Schürzen *(uglük)*, die Häubchen *(fez)* goldbestickt oder münzenbehangen. Gern färbten sich die Tatarinnen das Haar mit Henna und flochten kleine Zöpfe hinein.

Auch die an der Straße liegende, unfassbar schmutzige, von Fliegen umschwärmte Garküche suchten die beiden auf. Vom Hammelsteißfett, das aus allen Speisen herauszuschmecken war, wurde Vera nachher regelmäßig schlecht. Karpow schwor auf die *şurpa* genannte Hammelsuppe und den *pilav*-Reistopf, auch dieser mit einem obligatorischen Stück Hammelschwarte, er mochte die *çiberek*-Taschen, den *brınza*-Käse, den *kaymak* – nämlich die von der Schafsmilch abgeschöpfte Haut, eine ganz eigenwillige Spezialität. Auch weißes Nougat *(halva)*, Fruchtsaft *(şerbet)*, Dickmilch *(qatiq)* und Hirsebier *(boza)* kauften sie den Tataren ab. Vera hatte es neben diversen Sirups *(pekmez)* besonders eine Konfitüre aus Äpfeln und Birnen angetan, die *tatly* hieß.

Anfangs hatten sie sich mit einigen Tatarenkindern angefreundet, die aus dem Dorf gestromert kamen und ein drolliges Russisch sprachen. Vera gab sich mit ihnen ab, zeigte ihnen Bilder aus einem vorjährigen Kalender, den die früheren Mieter der Datscha zurückgelassen hatten. Die Kinder besuchten den *mektep*, die tatarische Klippschule. Karpow und Vera warfen einen Blick hinein. Jungen und Mädchen wurden hier gemeinsam unterrichtet, und das, zu ihrem Erstaunen, von einer Frau. Sie thronte etwas erhöht auf einem speckigen Sofa, neben sich Raucherutensilien – das lange Pfeifenmundstück nutzte sie auch, um vorwitzigen Buben eins auf die Finger zu geben. Die Kinder saßen ihr im Schneidersitz gegenüber auf kleinen Teppichen oder auch nur irgendwelchen Lumpen, vor sich Bänkchen, auf denen die Bücher lagen. Gelesen wurde, unter allgemeinem Kratzen und Nasebohren, im Chor.

Die Freundschaft mit den Kindern hatte ein jähes Ende, als Karpow mitbekam, dass sie bei ihnen Lebensmittel stibitzten.

Täglich gingen sie spazieren; behutsam trug Vera ihren Bauch vor sich her, um nur ja nicht zu stolpern, die Arme um ein Wesen gelegt, das sie noch nicht kannten, aber schon lieb hatten.

Sie waren viel in der näheren Gegend unterwegs. Manchmal liefen sie auch nur zur Chaussee, um zu sehen, wer durchkam: hitzemüde Reisende von Sudak nach Feodossija oder umgekehrt, und mühsam dahinkriechende Leiterwagen, mit Plattfisch beladen. Vier Werst weiter östlich, in der Nähe einer Straßenwache, gab es, versteckt in einem kleinen Hain zwischen Felsen, eine Grotte und einen Quell, wo Karpow und Vera eine Reisegesellschaft beim Picknick vorfanden. Man grüßte, lud ein, sich dazuzugesellen, doch Vera zog es vor, weiterzugehen. Auf einem Hügel, der Wache gegenüber, waren die Ruinen des Şeytan-hamam, des Teufelsbades, zu erkennen.

Auch machten sie einen Abstecher in die staatliche Rebschule und kamen mit einem sonnengegerbten Mann ins Gespräch, der dort arbeitete, vom vorgerückten Alter wohl schon ein bisschen wirr im Kopf und außerdem fast taub, aber sehr kundig. Er zeigte ihnen seine Funde: ausgegrabene Münzen und Amphoren, eine Perlenkette von seltsamer Art; die Wälder der Umgebung seien voll mit alten Gräbern, behauptete er. Schon zuvor waren Karpow und Vera bei einem Spaziergang auf die Reste einer alten Felskirche gestoßen und erfuhren nun von dem alten Mann, dass einst Kyrill und Method auf der Rückreise vom Chasarischen Reich hier durchgekommen seien. Damals habe an dieser Stelle eine Eiche gestanden, die mit einem Kirschbaum verwachsen war, hier brachten die Leute aus der Gegend ihre Opfer dar, mit denen sie die Götzen, an die sie glaubten, um Regen anflehten, weil wieder einmal furchtbare Dürre herrschte. Konstantin alias Kyrill, den man den Philosophen nannte, hat nur gelacht über die Einfalt der armen Leute; er griff zur Axt, ging hin und haute den Heidenbaum um. Noch in derselben Nacht hat der Herrgott Regen gesandt und die Erde getränkt. An der Stelle, wo der Baum gewesen, habe man einen Kirchturm errichtet, den die Zeit und feindliche Heerscharen aber längst geschleift hatten, als Karpow und Vera müde, von Disteln zerkratzt, von Mücken zerbissen, auf die an gleicher Stelle sprudelnde Quelle trafen.

Von hier überschaute man das ganze, von Bergen umschlossene Tal. Von Süden trutzte der Kamm des Eçki-Dağ – Ziegenberg hieß das –, den zu erklimmen sie schon einmal gescheitert waren. Es gebe dort einen abgrundtiefen Schlund, so wurde ihnen gesagt, die Tataren nannten ihn das Ohr der Erde. Im Osten erhob sich der düstere Qara-Dağ. Man sah beide Teile ihres Dorfes liegen, das Obere und das Untere Otuz. Weiter unten, auf halbem Wege zum Meer, an der Yali-bogaz genannten Enge, verbarg sich das sogenannte Teufelshaus – Şeytan-sarai –, ein verwahrlostes Gebäude, in dem der örtlichen Überlieferung zufolge die Schatten der Toten hausten. Ausgangs des Tales waren die Reste irgendwelcher Befestigungen auszumachen, und daneben auf einem kegelförmigen Hügel lag das Grab eines tatarischen Heiligen.

Dass ausgerechnet hier einst eine Kolonie der Genueser sich befunden haben sollte, Calletra mit Namen, wie der Alte aus dem Weinberg behauptete, war schwer zu glauben. Der Rückweg war steinig. Sie sogen den klebrig süßen Duft der Clematis ein und das Bitteraroma des Wermut, zu hören war die Stimme des Muezzins vom Otuzer Minarett. Karpow hielt Vera fest bei der Hand, sie sank müde auf einen Stein, der die Wärme des Tages noch in sich trug, Karpow ließ sich zu ihren Füßen nieder, legte den Kopf auf ihre Knie und dachte: Gesetzt den Fall, hier wäre tatsächlich einmal eine Genueser-Kolonie gewesen, dann hatten die Zeit und die Natur doch sehr gut daran getan, dieses lärmende Treiben in stille, abendliche Blumendüfte und einen warmen Stein zu verwandeln und eine hinter den Wald sinkende Sonne, die den Nebel über dem Eçki-Dağ rosa färbt.

Ein paarmal waren sie bis ans Meer gewandert. Vom Hochufer eröffnete sich der Blick zum Qara-Dağ, rechter Hand zeichnete sich eine Hügelkette im lila Dunst ab, die aus dem Kap Meganom und den Sudaker Höhen bestand.

Sie schlenderten den Steinstrand entlang, der sich zum Baden wenig eignete, betrachteten die schräg anlandende Brandung, es roch heftig nach Tang. Vera sammelte Quarzkiesel. Und dennoch gelang es ihnen nicht, zu vergessen. Das normale Leben von Sommergästen zu führen – im griechischen Kaffeehaus die Lokalzeitung zu lesen, mit Brotkorb an den Strand zu gehen, sorglos nach dem Baden in der Sonne zu liegen, Abstecher an menschenleere Gestade zu unternehmen oder mit dem Dampfer zum Georgskloster zu schippern – all dies kam für sie nicht infrage. Sie fuhren nicht einmal nach Sudak, da sie fürchten mussten, dort Bekannte zu treffen.

Ein einziges Mal gelangten sie bis nach Balıqlava, das sich in den Falten des Felsufers zu verlieren schien. Die Bucht glich einem runden See, Datschas standen nahe am Wasser, man hätte vom Balkon aus die Angel auswerfen können. Zu Mittag aßen sie *çiberek*, die von Karäern feilgeboten wurden. An der Pier roch es nach Fisch und nach Jod.

In einem Laden, in dem es stickig war und Klebestreifen voller toter Fliegen von der Decke baumelten, hatte Vera Stoffe eingekauft und war nun damit beschäftigt, Hemdchen und Häubchen zu nähen. Karpow erschien es in höchstem Maße erstaunlich und eigentlich unfassbar, dass in nur wenigen Wochen hier in diesem Zimmer mit dem grünen Widerschein des Gartens an der Decke jemand auf die Welt kommen würde, der Fleisch von seinem und von ihrem Fleische war – das Köpfchen nur halb so groß wie seine Faust, wenn es in diese flauschige Puppenhaube passen sollte.

Karpow hatte ein Fleckchen des verwilderten Gartens vom Brombeergestrüpp befreit und eine Art Dusche eingerichtet: An einem kräftigen Ast hing eine Gießkanne voll Wasser, das von der Sonne tagsüber erwärmt wurde. Sich solcherart nach einem heißen Krimtag Staub und Schweiß vom Leib zu spülen war angenehm. Wenn ihr die Hitze zu viel wurde, verabreichte er Vera zwei-, dreimal täglich einen solchen Guss. Ihre Füße waren geschwollen, Hautreizungen machten sich zunehmend bemerkbar, sie kratzte sich den Bauch schier bis aufs Blut.

Karpow zerrte das Sofa hinaus auf die Terrasse, wo es im Schatten des Weins etwas kühler war, nicht so stickig wie drinnen. Vera streckte sich aus, und er massierte sie mit Arnikaöl, streichelte die geplagte Haut über dem runden Bauch mit dem nach außen gestülpten Nabel, fuhr mit dem Finger über die durch die Haut schimmernden blauen Venen, den vom Nabel abwärts führenden dunklen Streifen. An ihrem Rücken ein schwarzbraunes Muttermal, das schnell gewachsen war, hart und fleischig geworden, und ihm einen Schrecken einjagte: etwa ein Geschwür? – doch Vera glitt, während sie sich kratzte, seelenruhig mit dem Fingernagel darüber.

Die Übelkeit der ersten Monate schien überwunden, dafür hatte sie nun häufig Sodbrennen, vermutlich von den Mineralsalzen im hiesigen Trinkwasser, doch anderes gab es nicht.

Sie gingen nicht nur ausgiebig spazieren, Karpow achtete auch darauf, dass Vera Gymnastik trieb; sie erfanden einige amüsante Übungsaufgaben, so zum Beispiel Zielwerfen mit Kieselsteinen in ein Astloch des alten Apfelbaums oder Seiltanzen, wobei das Seil am Boden lag.

Als der Regen einsetzte, brach sich den Weinberg herab ein trüber, Lehm und Steine führender Wasserlauf Bahn, ließ den Weg, der ins Dorf führte, zu einem schlammigen Strom werden. Karpow hatte drei lange Bretter im Schuppen gefunden und baute daraus einen Steg. Wenn Vera darüber hinwegschritt, bogen sich die Bretter und federten. Karpow ließ nicht zu, dass sie alleine hinüberging, immer nahm er sie bei der Hand, die Vorstellung, sie könnte stolpern, ausgleiten, stürzen, war ein Albtraum für ihn.

Vera träumte viel, sinnlos und verworren; jeden Morgen musste Karpow sich diese Abstrusitäten anhören. In einem Traum blähte ihr Bauch sich dermaßen auf, dass die Haut riss und das Kind herausfiel, und zwar vollständig bekleidet. Die tatarische Lehrerin aus der Klippschule, die auch dabei war, meinte, es wäre noch viel zu früh, wollte das Kind zurück in den Bauch stopfen ... So ungefähr ging es in all ihren Träumen zu. Karpow wäre es lieber gewesen, Vera hätte den Unsinn lachend abgetan, doch sie wollte in allem einen höheren Sinn, eine Prophezeiung sehen.

Auf dem Dachboden lagen Bücher, staubig und feucht, nach Schimmel riechend. Vera entdeckte eine erbauliche Broschüre mit allerlei Weisheiten aus dem Großmutterfundus. Ein Teil der Seiten pappte zusammen, von einer himbeerroten Substanz verklebt – da hatte vielleicht jemand aus dem vorigen Jahrhundert mit Marmelade getropft. Vera stieß beim Blättern auf eine Liste böser Omen, die Schwangerschaft betreffend. Sie begann vorzulesen: »Tritt eine Schwangere auf eine Katze, so kann es geschehen, dass das Kind eine pelzige Stelle am Leib haben wird. Wird die Schlafende nächtens an Bauch oder Brust von einem Mondstrahl getroffen, so wird das Kind mondsüchtig sein ...«

Andere Weissagungen waren nicht weniger dämlich. Die Frau dürfe nicht zu lange aufs Wasser sehen, weil das Kind sonst schielen würde, sie dürfe auf keinen Strick treten, sonst würde das Kind bei der Geburt mit der Nabelschnur stranguliert, usw., usf.

Beide lachten sie über den Blödsinn, aber dann bemerkte Karpow doch, dass Vera von den Übungen auf dem ausgelegten Seil

Abstand nahm. Erst vor Kurzem hatte sie begonnen, ihrem künftigen Kind ein Jäckchen zu stricken, das ließ sie nun sein.

Nachts, während es draußen regnete und im Garten rumorte, schmiegten sich die beiden auf dem durchgelegenen fremden Sofa im ungemütlich fremden Zimmer aneinander, und Vera kam wieder einmal das große Heulen. Dann nahm Karpow sie fest in den Arm, strich ihr über den Kopf, küsste ihre tränennassen Augen, die Wangen, flüsterte, alles werde gut, ihnen würde genau das Kind geboren, das sie so sehnlichst erwarteten, und Geld sei noch ausreichend da, sie könnten verreisen irgendwohin, wo keiner sie kennt, könnten da leben, still und unauffällig, glücklich sein. Hatte Vera sich beruhigt und war eingeschlummert, begann für ihn eine quälende, verzehrende schlaflose Nacht, in der er aus dem Fenster in die Finsternis starrte und dachte: Das wird alles nichts.

An langen Abenden, während die schwermütigen tatarischen Gesänge zum Fenster hereindrangen, versetzt mit dem Singen der Zikaden, suchte Karpow Vera zu beschwichtigen: Alles würde sich zum Besten fügen.

»Hauptsache, wir sind zusammen«, so beschwor er sie ein ums andere Mal. »Du brauchst Ruhe, frische Luft und frisches Obst. Denk an unser Kind, das ist das Wichtigste. Unser beider Glück. Keiner wird es wagen, uns das wegzunehmen, keiner darf uns daran hindern, glücklich miteinander zu sein, jetzt und hier, an diesem Abend.«

Vera fürchtete jeden kommenden Tag – und er nicht minder. Dennoch suchte er sie davon zu überzeugen, ihr Glück zu leben und nicht zu verschieben.

Tatsächlich kam es vor, dass sie für Minuten alles vergaßen, dass die Angst unmerklich schwand, sich auflöste in der Krimsonne, entschwebte mit dem Südwind vom Meer. Und immer öfter geschah es, dass Vera plötzlich innehielt und hineinlauschte in sich, auf dieses Stückchen Leben, das nun schon spürbar in ihr herumkugelte. Sie nahm seine Hand, legte sie sich an den Bauch.

»Spürst du es?«, fragte sie lächelnd. »Da, jetzt wieder! Hier unten, mit dem Fuß!«

Karpow presste erst das Ohr, dann die Wange an die gewiesene Stelle, und er spürte, wie hinter der lebenden dünnen Wand jemand ungeduldig wurde, einen Rappel bekam: Passt nur mal auf, hieß das, ich bin schon da, und bald komm ich zu euch auf die Welt! In diesen Augenblicken erfasste ihn ein so wunderbares, so unvergleichliches Gefühl des Friedens, von Reinheit und Licht, dass er nur noch eines wollte: die Zeit anhalten. Gleich jetzt, in diesem Augenblick, sollte alles zu Ende sein, einfach aufhören, nichts mehr folgen, kein Morgen und kein Übermorgen, nichts, nur dieses unverdiente Glück sollte bleiben, nur dieses unsichtbare Füßchen, das da an seine Wange klopfte.

Siehst Du, Francesca – nun bin ich in Grimentz.

Losgefahren bin ich im Sommer, angekommen im Winter. Bei meiner Ankunft war alles verschneit: Dächer, Blumen, Tannenbäume, selbst die Tische des Straßencafés. Schnee im September sei eine Seltenheit, heißt es hier. Man sagte es wie eine Entschuldigung, dabei freute ich mich riesig, knetete heimlich Schneebälle, mir fiel nur nicht ein, wen ich damit bewerfen sollte.

Plötzlich aber kam die Sonne durch – und im Nu war aller Schnee weg, nur ganz weit oben hat er sich gehalten, die Gipfel der Walliser Alpen sehen aus wie weiße Segel. Der Wind bläst hinein, und das Val d'Anniviers kommt in Fahrt mit all seinen Weilern und Wasserfällen, Kuhherden und Kirchlein, dem Knopf, der mir von der Jacke sprang, als ich mich bückte, den Schnürsenkel zu binden, und über allem ein blendender, schwebender, kindlich unschuldiger Himmel.

Einquartiert bin ich in einem kleinen Gasthaus, dessen Wirt – ein echter Walser, schnauzbärtig, und übrigens Abgeordneter in ihrem Parlament – jeden Abend in der Gaststube Akkordeon spielt, weil er glaubt, seinen wenigen Gästen die Anwesenheit damit zu versüßen. Gestern Abend ergriffen alle Gäste, einschließlich meiner Person, beizeiten die Flucht, er blieb zurück mit einer alten Dame. Anscheinend taten sie sich gegenseitig leid, weshalb sie nicht ging und er nicht aufhörte zu spielen.

Ich unternahm einen Spaziergang durch das Dorf. Die Walserhäuser ähneln verblüffend den russischen: Blockbauten, selbst die Dachschindeln stimmen ungefähr überein. Und sie stehen auf keinem Fundament, sondern gewissermaßen auf Hühnerbeinen wie im Märchen – mehreren hochkant stehenden Klötzern. Obenauf liegen flache, runde Steine, wie die Neandertaler, oder wer sonst einst die hiesigen Täler besiedelte, sie als Küchenplatte hätten benutzen können, und darüber kommt die erste Lage Balken, schwarz und spröde von den Jahrhunderten, den vielen Generationen, die so ein Haus erlebt hat – man fährt gern mit der Hand darüber. Blumen, die aus jedem Fenster quellen. Die Häuser sind behängt mit kettenweise Geranienpötten, als trügen sie Schals.

Gestern ging ich einen Pfad Richtung Saint Jean, das ist das Nachbardorf nach Sierre hin. Das Tal zieht einen weiten Bogen, mit jedem Schritt tauchten neue weiße Gipfel auf. Les Diablons sieht aus, als hätte sie ihre Schneekappe in den Nacken geschoben, scheint selbst darüber erstaunt. Gerade gegenüber macht sich der Turtmann-Gletscher breit, weich gekocht von der vielen Sonne, hat er sich das Schnäuztuch über den Kopf gelegt. Und nur ein Stück weiter rückt rechts die Pyramide des Zinalrothorns in den Blick und links eine Kette von Gipfeln, die sich, Schulter an Schulter, jenseits des Rhonetals erheben. Mir tat der Hals weh vom vielen Hin- und Herwenden.

Der Pfad führte hart am Abgrund entlang. Irgendwo ganz weit unten sah ich die Häuser wie in der Auslage eines Spielzeugladens liegen – darauf zu eine Straße in wilden Serpentinen, ganz gelegentlich nur ein Auto als winzigen Floh. Damit der Tourist nur ja nicht abstürzt, gibt es einen Handlauf, der nicht aus Brettern, sondern aus Bohlen besteht, die wiederum nicht einfach vernagelt, sondern mit drei Finger dicken Bolzen an die Stahlpfosten geschraubt sind. Und selbst die Spinne hat, scheint es, ihr Netz zwischen den Pfosten nicht aus Spucke, sondern aus einer Rolle Stahldraht gewoben, der in der Sonne blitzt.

Mitunter ertönte ein seltsamer Laut – als söge jemand Luft durch die geschlossenen Zähne. Gibt es hier etwa Schlangen oder sonst welches Ungetier?, so mein erster Gedanke. Und dann sehe ich, es sind Heuschrecken. Die sind hier wäscheklammergroß. Kommen dir – zack! – unter den Füßen hervorgeschnellt, fangen, erst wenn sie in der Luft sind, plötzlich an zu schwirren, als fiele ihnen gerade wieder ein, dass sie fliegen können, lassen die Flügelchen sirren und segeln elegant ins Gras. Und ihre Füße sind rot, wer weiß wozu.

Unmittelbar vorm Abhang steht ein hölzernes Kreuz. Auch dieses fest und solide wie für die Ewigkeit. Darunter steht eine Bank. Ich nahm Platz und saß eine Weile über dem Nichts, bis ich fror. Und immerzu sog jemand hinter mir Luft durch die Zähne.

Heute nun herrscht Nebel, seit dem Morgen schon. Er ist von ganz besonderer Art: Bergnebel, der sich bewegt wie ein lebendiges Wesen.

Ich bin nach dem Frühstück daheimgeblieben. Setzte mich in der Loggia in einen Sessel und las im Serge Lifar, den ich dabeihabe. Abwechselnd sah ich aus dem blinden, wie von außen zugehängten Fenster und ins Buch.

»Kaum war der letzte Bolschewik weg, erbebte Kiew von Kanonendonner. Da hinterließ Polupanow, der berüchtigte Schwarzmeermatrose, der Stadt sein letztes ›Andenken‹ in Form einiger schwerer Geschosse. Der Abschiedsgruß zertrümmerte mehrere Gebäude – das Stadtparlament ebenso wie die alte Kirche der Zehnten – und kostete mehr als einhundert unschuldige Menschenleben.«

Ich hebe den Blick. Der Nebel ist dabei, sich zu trollen, bergan in Richtung Lac de Moiry, an meinem Fenster vorbei, in vielen kleinen Schaumkronen oder Lammbuckelchen. Und plötzlich stößt von oben die Sonne durch und vergoldet den Lämmlein das Fell.

»In der Nacht – Kiew war von den Roten gesäubert – kam ein Mitschüler zu mir gelaufen und weckte mich. ›Steh auf, Lifar, wir müssen schleunigst zur Tscheka, Schulgin retten!‹

Wir rannten los, doch es war schon zu spät. Unser Schulkamerad, der Sohn des berühmten Journalisten Schulgin, war untergegangen in dem blutigen Gemetzel, das die Tschekisten noch schnell vor dem Abzug verbrochen hatten.

Angelangt in den verlassenen Gemäuern, fanden wir nur mehr Leichen vor – verunstaltet, manche eilig verscharrt, andere einfach beiseitegeworfen, noch nicht kalt. Doch etwas war noch schlimmer anzusehen als die Leichen: die Wände nämlich, bespritzt mit Hirn, und Teppiche aus dickem Blut auf dem Betonboden, in dem es Rinnen gab, wo das Blut hätte abfließen sollen ... Dazwischen Lebende, die durch diese grässlichen Katakomben irrten auf der Suche nach ihren toten Angehörigen und Freunden. So viel Schluchzen, so viel Kreischen und Verzweiflung hatte ich nie im Leben gehört und werde ich gewisslich kein zweites Mal hören müssen ...«

Ich sehe, der Nebel kommt zurückgekrochen, blind und zäh wie zuvor. Ich höre das Postauto hupen, das aus Vissoie heraufkommt, es ist nicht zu sehen. Das Zimmermädchen auf dem Flur nähert sich schlurfend, schaut mürrisch zur Tür herein, doch kaum sieht sie mich, geht ein routiniertes Strahlen über ihr Gesicht.

»Désirez vous quelque chose, monsieur?« – »Non, merci, c'est très gentil.«

»Ein Summen froher Erregung lag in der Luft: Sie kommen, sie kommen ... Sie rücken an ... Sie sind schon auf der Kettenbrücke! ...

Der Dnepr. Die Augustsonne hob sich als orangene Scheibe aus dem Horizont. In ihrem ersten Licht ein verwegener Reiter:

General von Stackelberg mit seinem Stab und einer großen Kavallerie im Gefolge.

Im ersten Augenblick dieser Begegnung zeigte die Menge sich nicht sonderlich enthusiastisch: zu groß das Leid und die Qualen, die hinter einem lagen, zu zerrüttet die Nerven, als dass man hätte begreifen können, dass die Erlöser leiblich und wahrhaftig vor einem standen.

Ich konnte sehen, wie die Miene des Generals sich verfinsterte: Er nahm die allgemeine Depression und Abgestumpftheit wohl für kalten Gleichmut.

Doch wie unter den Offizieren die ersten bekannten Gesichter auftauchten, die ersten Freudenrufe ertönten, fing das Eis schnell zu tauen an.

Natürlich waren wir, die Gymnasiasten, das junge Kiew, für den General und seinen Stab eine besondere Attraktion. Ehe wir uns versahen, saßen wir hinter den prächtig ausstaffierten Obersten und Oberleutnants zu Pferde. Mich bekam General Stackelbergs Adjutant zu fassen. Ein beherzter, kräftiger Schwung, und ich landete in seinem Rücken. So ritten wir in Kiew ein.

Die Begeisterung, überschäumend bis zur Hysterie, überstieg alle Erwartungen. Greise Bauersleute warfen sich auf das Pflaster und wollten, dass der General über ihre Leiber hinwegritte. Mütter streckten ihre Kinder in die Höhe wie dazumal, als Jesus Christus in Jerusalem einzog. Mädchen bewarfen uns mit Blumen; die Expansiveren unter ihnen drängten sich dicht heran und küssten den Reitern die staubigen Stiefel.«

Mein Blick geht wieder hinaus auf den Nebel, der sich inzwischen zu zerfasern scheint. In einem kleinen Riss in der weißen Wand erscheint ein vorwitziger Zweig.

Plötzlich zieht der Nebel senkrecht nach oben ab, hebt sich wie ein Vorhang. Und während das geschieht, brennt die Sonne schon einzelne Löcher hinein.

Und ich sitze da und denke darüber nach, wie seltsam jener

August in Kiew und dieser September im Wallis auf einmal miteinander verknüpft sind.

Der wie noch lebende rote Teppich auf dem Betonboden mit der Abflussrinne – und dieser vergoldete Nebel da.

Der Schwarzmeermatrose Polupanow und die Hupe des Postautos, das zurück nach Vissoie fährt.

Jener Fünfzehnjährige auf der Kruppe eines Pferdes, das lange tot ist, und die Spinnweben von gestern, so stabil und haltbar geknüpft wie alles hier, für die Ewigkeit.

Und dann, Francesca, musste ich an unser Leben daheim denken, unseren Moskauer Alltag.

Die Kommunalka in der Tschechowstraße, wo wir zuerst wohnten, weißt Du noch? Den großen Namen haben sie ja kurz darauf der Straße weggenommen und dem Spielkasino gegeben, das in dem Laden gegenüber aufmachte.

Die Kirche Mariä Geburt – vor unserer Nase, wenn wir aus dem Fenster schauten. Dahinter ein Zipfelchen vom Kino Rossija, die Grünanlage mit Springbrunnen und das Puschkin-Denkmal.

Lange Zeit war in der Kirche eine Zirkusschule untergebracht. Was genau sie dort machten, ob sie es als Proberaum nutzten, weiß ich nicht, jedenfalls heulten darin nachts des Öfteren die Hunde.

Am Portal, da, wo der Trolley hält, entsinne ich mich, hat immer eine bucklige alte Frau gestanden, die unablässig zur Kuppel hinauf ihr Kreuz schlug. Sie schien das ewige Leben zu haben, selbst zu Deiner Zeit stand sie noch da, nicht wahr? Du hast sogar einmal von ihr gesprochen und gesagt, Du sähest jetzt immer diese Gorbuschka. Gorb ist der Buckel, wie Du weißt, und Gorbuschka ein harter Kanten Brot. Von da an hieß die Alte bei uns immer so.

Es kam schon mal vor, dass Dir lustige Wörter über die Zunge gingen – obwohl bei Deinem Russisch keiner glauben mochte, dass Du von einem anderen Planeten kamst. Höchstens, dass Dich der Akzent ein bisschen verriet.

»Wo kommst du her, Mädel?«, wurdest Du gefragt. »Wohl aus dem Baltikum?«

Und weil Du inzwischen wusstest, woher in solchen Fällen der Wind wehte, nicktest Du nur: Jaja, aus dem Baltikum.

Vielen ging es nämlich nicht in den Kopf, wieso Du in diesem Land lebst, und das nicht wie eine Ausländerin, sondern auf unsere Art.

Wo immer wir hinkamen – früher oder später wollte einer wissen, warum Du Slawistik studiertest. Damit sie davon abließen, erzähltest Du irgendetwas Eingeübtes über Dostojewski. Mir aber hast Du von der Schatulle mit Palecher Lackmalerei erzählt, die Dir als Kind der Vater – ein Geologe, der in den Bergen der Welt herumkam – aus Russland mitbrachte.

Deine Kindheit in Teheran, dieser hitzigen, staubigen Stadt. Deutsche Botschaftsschule, ausnahmslos alle Schülerinnen waren verliebt in den Schah. Da ist zu viel Licht in den Bildern, zu viel Märchenhaftes, unvorstellbar für mich. Dir wiederum erschien das, was auf dem Döschen abgebildet war, märchenhaft und unvorstellbar. Was mag es gewesen sein: die fliegende Troika? Langmähnige knusperbraune Rösser mit spindeldünnen Beinen? Oder das Zauberschloss mit der Froschkönigin? Der dumme Iwan, wie er den Feuervogel zwickt? Gewiss bewahrtest Du darin Deine Kinderschätze auf: schöne Steine, Federn, Perlen …

Die Schatulle ging verloren, als Ihr vor Chomeini Reißaus nahmt.

Katmandu, Zürich, London, Prag – und schließlich die Tschechowstraße mit unserer Kirche vorm Fenster.

Noch bevor Du kamst, haben sie die Zirkusschule ausquartiert und die Kirche der Kirche zurückgegeben. Lange wurde restauriert, ein neuer Anstrich, der Turm bekam wieder Glocken. Er stand direkt vor unserem Fenster: fünf Meter Abstand, wenns hochkommt.

Als die Glocken zum ersten Mal läuteten, klopfte Matwej Andrejewitsch und kam gucken. Der war damals schon pensioniert und empfing seine Schüler zu Hause zum Nachhilfeunterricht: russische Sprache und Literatur, Aufsatzvorbereitung. Meist kamen die Eltern sie dann abholen, auch die fast erwachsenen Mädchen noch, die mochten sie nicht alleine in der Dämmerung auf die Straße lassen. Die Mamas mit ihren gehäkelten Mohairmützen saßen auf unserem Flur, gegenüber der Klotür, die Schuhschnallen offen, damit die Füße nicht anschwollen. Wenn man mal musste, dann an ihnen vorbei.

Und nun klangen das erste Mal nach so vielen Jahrzehnten wieder die Glocken, und alle kamen in mein Zimmer, das Deines und meines werden sollte: Matwej Andrejewitsch, seine fettsüchtige Schülerin und ihre ebensolche Mama – die beiden mussten sich seitwärts durch die Tür schieben und schlurften, als tanzten sie einen Schuhplattler. Alle standen wir am Fenster, lauschten dem Klang und schauten zu, wie das rotbäckige Mädchen in der Wattejacke und dem schwarzen Kopftuch mit frostblauen Fingern am Strick zog. Als die kleine Glöcknerin uns sah, lachte sie und winkte.

Die Frau neben mir bekreuzigte sich und schniefte gerührt. Dann kehrte die Tochter zurück an ihre Schulaufgaben, seitwärts und schlurfend wie zuvor, die Frau zu ihrem Stuhl auf dem Flur neben der Klotür, sie putzte sich die Nase, tupfte sich die Augen und wisperte resolut: »Na Gott sei Dank! Nun wird alles gut.«

Das andere Fenster ging auf den Hof, die Rückfront einer Militärdruckerei. Tagsüber stampften dort pausenlos die Maschinen. An den Lärm hat man sich schnell gewöhnt, erst abends, wenn er fehlte, merkte man auf.

Vor vielen Jahren – ich ging noch zur Schule, wir waren gerade erst hergezogen, Mama und ich – hat einmal ein Trupp kalmückischer Bausoldaten das Dach der Druckerei erneuert. Sie rissen die alten Bleche ab und warfen sie mit Schwung in den Hof. Die Bleche segelten wie in Zeitlupe, kreiselnd, flatternd, Kobolz schlagend, bis sie mit Getöse auf dem Asphalt aufschlugen, ein richtiger Theaterdonner. Fröhlich liefen die Kalmücken über die Dachsparren, als wäre es eine Leiter. Ich lernte für das Abitur, saß mit meinem Physikbuch am Fenster und kam keine Zeile voran. Irgendwann begannen die Kalmücken aufeinander einzubrüllen, vermutlich stritten sie sich. Und dann sah ich, wie einer von ihnen, während er sein Blech schleuderte, abglitt und das Gleichgewicht verlor. Aufschrie und abstürzte. Vier Druckereietagen. Aufprallte mit einem Ton, als zerknackte der Chitinpanzer eines Insekts. Sekunden später donnerte das von ihm geworfene Blech am anderen Ende des Hofes zu Boden. In Physik bin ich damals durchgefallen. Mama wurde bedauert, nicht ich.

Außerdem sah man aus dem Fenster noch die Dächerflucht zur Samotjoka hin. Über den Firsten prangte damals eine große, zweizeilige Propagandalosung. Abends ließ sich zwischen den Zeilen der Sonnenuntergang lesen. Später wurde die Losung durch eine Reklame ersetzt, die auch zwei Zeilen mit Sonnendurchschuss hatte.

Zur anderen Seite hin grenzt das Haus ans Lenkom-Theater. Das war in den Siebzigern sehr angesagt. Zweimal monatlich war Kartenvorverkauf. Die Leute kamen schon den Abend zuvor, Listen wurden erstellt, in die man sich eintrug. Angestanden wurde die ganze Nacht hindurch, mit stündlichen Wachablösungen. Und das meistens ganz umsonst, denn eine halbe Stunde vor Kassenöffnung trafen regelmäßig ein paar junge Männer ein – immer dieselben –, die eigene Listen vorwiesen. Beinahe jedes Mal kam es zur Prügelei, ein Polizeiaufgebot stand bereit, aber die Polizisten hatten wohl auch irgendwie die Hände in diesen Geschäften, sodass die Gerechtigkeit nicht obsiegte. Was die Leute aber nicht hinderte, es jedes Mal wieder zu versuchen, auch bei Regen und Schnee, weil sie das Schöne nun einmal so sehr liebten.

Manchmal besuchte auch ich das Theater. Dazu brauchte es aber keine Eintrittskarte. Auf unserem Treppenabsatz gab es diese Luke, Du weißt schon, die auf den Dachboden führt. Vom Boden gelangt man hinaus aufs Dach. Die beiden Häuser – das Theater und unseres – berühren einander nicht, es gibt eine Kluft von vielleicht einem Meter, aber an einer Stelle stoßen die beiden Dächer so im Winkel aufeinander, dass man mit einem großen Schritt hinüberkommt. Weiter ging es durch ein Fensterchen auf den Schnürboden des Theaters, zwei Türen weiter war man hinter den Kulissen. Von da eine dieser nicht enden wollenden Stiegen bis ganz hinab, und schon war man im Foyer. Man suchte sich zuletzt einen freien Platz; kam da noch jemand, hatte man eben Pech. Nicht nur einmal habe ich Freunde übers Dach ins Theater geschleust. Auch einmal ein Mädchen mit einem langen roten Zopf. Den wickelte sie sich oben auf dem Dach um den Hals wie einen Schal, damit er nicht im Weg war.

Den Leuten, die da zweimal im Monat nachts Schlange standen, begegnete ich mit Verachtung. Ich war siebzehn, Francesca.

Wer gerade nicht anstand, legte sich in unserem Treppenhaus aufs Ohr. Ich erinnere mich an den Gestank, wenn man an einem solchen Vorverkaufsmorgen aus der Wohnungstür trat, es warf einen um. Man konnte von Glück reden, wenn keiner in den Fahrstuhl geschissen hatte, meist gab es dort einen Haufen, manchmal auch zwei, akkurat mit Zeitungspapier abgedeckt. Und nahm man die Treppe, stieß man im schräg einfallenden Sonnenlicht auf die Spuren der nächtlichen Belagerung: Flaschen, Wurstpellen, Erbrochenes … Von unserem Treppenhaus muss ich Dir ja nichts erzählen. Zu Deiner Zeit hat irgendeine Firma die zweite Etage gekauft und das Treppenhaus bis dorthin saniert – inklusive gepanzerter Haustür und Importfliesen. Was natürlich nicht lange vorhielt. Das Schloss wurde aufgebrochen, der Putz blühte nach einem Wasserschaden und löste sich, die Fliesen fielen ab. Ganz abgesehen von den Glühbirnen, denen nie ein langes Leben beschieden war.

Weißt Du noch, der Obdachlose, der in der Ecke beim Fahrstuhl sein Lager eingerichtet hatte? Du hattest Dich ein bisschen mit ihm angefreundet, nicht wahr, hast ihm zu essen gebracht. In die Wohnung ließest Du ihn nicht, dafür stank er zu sehr. Wie hieß er doch gleich ... Ljocha, glaube ich. Er hat Dir immer erzählt, er wäre im Krieg gewesen, erst in Abchasien und dann in Tschetschenien, ausgemustert nun, und dass er aus Tadschikistan stammte, und all seine Angehörigen wären von den Tadschiken gekillt worden, weil sie nicht rechtzeitig geflohen waren ... Bestimmt alles erstunken und erlogen, um Dich zu beeindrucken. Womöglich auch nicht, wer wollte das wissen. Alles war durcheinandergeraten, man wusste plötzlich nicht mehr, was Lüge und was Wahrheit war, was Krieg und was kein Krieg, was ein Zuhause und was nicht.

Weißt Du noch, die Nacht, als wir von dem Gebrüll auf der Treppe erwachten? Den Abend zuvor hatte ich Dich abgeholt, und als wir das finstere Treppenhaus betraten – ich mit Taschenlampe, Du mit einem brennenden Feuerzeug –, glomm bei Ljocha hinten am Fahrstuhl ein Licht, irgendwelche besoffenen Stimmen waren zu hören: Unser Obdachloser hatte Besuch. Ich hatte einmal gesehen, wie er eine Kerze anbrannte, und ihm meine alte chinesische Taschenlampe gestiftet – ehe er uns noch das Haus abfackelte. Im Hinaufgehen konnte ich nun also eine Obdachlosenparty im Schein der Lampe meiner Kindheit erspähen.

Mitten in der Nacht dann der Lärm, die Schreie. Du warst drauf und dran, hinauszurennen, ich musste Dich zurückhalten. Als es still wurde, bin ich mit der Taschenlampe hinuntergegangen, um die Ecke zum Fahrstuhl, und sah Ljocha daliegen, allein. Den Kopf in einem wilden Knäuel aus Zeitungen und Lumpen. Ich sprach ihn an. Keine Reaktion.

Ich rief die Polizei. »Ihr müsst hier nicht hundertmal anrufen, der Einsatz ist raus«, fuhr die diensttuende Polizistin mich patzig an. Wahrscheinlich hatten es die Nachbarn von gegenüber schon gemeldet.

Ljocha war erstochen worden. Das Gesicht zerschnitten von den Scherben eines Dreiliterglases.

»Bleib lieber drinnen«, sagte ich zu Dir, aber da standest Du schon neben mir im Hausflur, den Mantel überm Nachthemd, und sahest mit an, wie sie ihn wegtrugen.

Du hattest bei diesem David gekündigt, gabst jetzt Englischunterricht an einer privaten Schule auf dem Kutusow-Prospekt. Bloß gut, dass Du von ihm weg bist. Er hat eine wie Dich gebraucht, damit die Leute nicht gleich merkten, dass er ein Gauner war, selbst wenn er daherkam wie ein Senator. In den teuersten Hotels der Stadt wollte er Kioske eröffnen, um Kopien alter russischer Schmuckstücke aus dem Historischen Museum zu verkaufen. Hinterher stellte sich heraus, dass er die Leute in den Depots bestach und nicht Kopien außer Landes brachte, sondern Originale. Die Firma hieß dementsprechend: Rus-Art. Zwiebeltürme mit Kreuzen als Logo auf dem Formular.

Von Deinen Kollegen in der Schule ist mir Jennifer in Erinnerung geblieben, die, bevor sie nach Russland ging, in der U.S. Army gedient hatte, und Dan, ein schwarzer Hüne, der schon auf allen Kontinenten Frauen gehabt hatte, aktuell waren eben die russischen Strohwitwen dran. Ein paarmal hatte Dan schon auf der Straße und in Diskotheken Prügel gefangen, dachte aber nicht daran, den Schwanz einzuziehen.

»You know, Mike«, sagte er zu mir, »I like it here. They all want to marry me.«

Das war bei Jennifer, sie hatte uns zu ihrem Geburtstag eingeladen, im hohen Sommer. Sie wohnte zur Miete in einer Einzimmerwohnung beim Kaufhaus Molodjoschny. Auf dem Fernseher stand das Photo eines wackeren, bebrillten GI. Du hattest mir von ihrer tragischen Liebe erzählt, offenbar war er das. Durch das offene Fenster im zweiten Stock roch man den in der Hitze liegenden Müllplatz.

»Halb so schlimm«, sagte Jennifer. »Im Winter friert das alles ein.«

Zu der Feier waren eine Menge Leute da, die wir nicht kannten. Französisch, Englisch und Spanisch mischten sich mit deftigem russischem Mat. Dan und ich hockten auf dem Fensterbrett, tranken den mitgebrachten Wodka und aßen gesalzene Nüsse dazu – das Einzige, was Jennifer ihren Gästen aufgetischt hatte. Dan erzählte mir von einer unglücklichen Liebe, vor der er nach Russland geflohen war. Aha, dachte ich beim Nüsseknabbern, dafür also ist dieses Land gut: damit die Menschheit einen Ort hat, wo gebrochene Herzen sich kurieren können. Dan hatte eine Schramme an der Stirn und ein blutunterlaufenes Auge. Ein blauer Fleck sieht bei Schwarzen rosa aus, lernte ich bei dieser Gelegenheit.

Dein Unterricht endete spät; erwachte ich rechtzeitig, holte ich Dich von der Metro ab. Denn wenn ich sechs Stunden in der Schule und noch allerlei Privatschüler hinter mir hatte, kam ich todmüde nach Hause und fiel erst mal ins Bett. Meist so gegen neun wachte ich wieder auf, lag noch eine Weile im Dunkeln, um zu mir zu kommen, und lauschte: Der Wecker steht auf dem Fußboden, das Ticken wird vom Parkett verstärkt. Nebenan doziert Matwej Andrejewitsch, es geht um Tschazki. Auf dem Flur Gähnen und Seufzen, Zeitungen werden umgeblättert – da wartet ein Elternteil. Ein schweres, metallenes Wummern im Treppenhaus – die Fahrstuhltür schlägt zu. Auf dem Hof ist die Nachbarin von unten – sie ist Bibliothekarin, die Bibliothek befindet sich im Parterre unseres Hauses – mit dem Hund draußen. »Asta«, ruft sie, »Asta, kommst du her! Bei Fuß! Wo ist das Scheißvieh wieder hin? Fuß, sag ich!« Vom Puschkinplatz her das Hupen der Autos. Die Scheibe im Bücherschrank vibriert – da kommt ein Metrozug durch …

Dann stand ich auf und ging Dich abholen.

Ich wartete auf Dich im Fußgängertunnel auf dem Tschechow-Platz, dem Metroausgang gegenüber, aus dem warme Luft strömte. Immer stand da jemand, der musizierte oder sang. Eine Zeit lang war es eine Dame im Persianer, der einem Kosakenmantel nicht unähnlich sah, sie fuchtelte beim Singen mit der rechten Hand wie mit einem Säbel. Die linke, nach vorn gestreckt, umklammerte eine Plastiktüte, in die ab und an jemand einen zerknitterten Rubelschein warf. Sie sang Opernarien: Verdi, Bellini, Donizetti.

Wenn wir nach Hause kamen, zogst Du Dich um und decktest den Tisch, während ich schnell etwas in die Pfanne warf, Eier oder Würstchen. Dann setzten wir uns zum Abendbrot, dazu schalteten wir den Fernseher ein, um Nachrichten zu sehen. Der Tschetschenienkrieg war im Gange.

Solange ich zurückdenken kann, haben wir immer – auch früher bei uns zu Hause und dann die Zeit, die ich mit Sweta zusammenlebte – beim Abendessen ferngesehen. Und immer lief irgendein Kriegsfilm. Daran hatte sich nicht viel geändert, nur dass die Spielfilme jetzt öfter wie Reportagen wirkten und die Reportagen wie Spielfilme.

Mütter liefen, Taschentücher vor die Nase gepresst, durch ein großes, langes Zelt, wo verkohlte Körper aufgereiht waren, suchten sich das Ihre heraus.

»Soll ich dir noch ein Brot schmieren?«, fragte ich.

»Ich verstehe das nicht«, sagtest Du.

Abgetrennte Köpfe kamen ins Bild.

»Sie verteidigen ihre Heimat«, erklärte ich.

»Aber was haben die Russen dort zu suchen? Warum bombardieren sie diese Stadt?«

»Sag ich doch. Zur Verteidigung der Heimat.«

In der Metro gab es nun bewaffnete Patrouillen, man fürchtete, Tschetschenen könnten dort Bomben zünden. Aber bis jetzt war noch nichts passiert. Ich erinnere mich, wie jemand auf der Rolltreppe sagte: »Worauf warten die noch? Ich an ihrer Stelle hätte hier längst alles kurz und klein gehauen!«

Ljochas Todesschreie, das Knacken des Kalmücken, der Sonnenuntergang zwischen den Zeilen, die abgeschnittenen Köpfe zum Abendbrot – all dies waren unsere Funde, der Schatz, den wir miteinander teilten. Du kamst abends nach Hause und sagtest, noch in der Tür: »In der Metro kroch ein Junge den Fußboden lang, er hatte sein angewinkeltes Bein in der Hose versteckt, es sollte aussehen, als hätte er keins. Passt das in die Sammlung?«

»Passt«, sagte ich.

Oder Du erzähltest, wie einer unten auf unserer Straße, natürlich besoffen, in den fließenden Straßenverkehr hineinsprang, den Autos entgegen, mit wedelnden Armen, sich das Hemd auf der Brust aufriss: »Überfahr mich, du Schwein!«, brüllte er. »Los, fahr mich platt!« Die Autos hupten, umkurvten ihn mit knapper Not. Eines hielt an, eine westliche Marke, der Fahrer sprang heraus, versetzte ihm ein paar Schläge, schleuderte ihn aufs Trottoir. Dort lag der Typ eine Weile herum, dann raffte er sich auf und rannte wieder los, mit geballten Fäusten: »Überfahr mich, du Schwein!«

»Passt das?«, fragtest Du wieder.

Und ob das passte, Francesca, in so eine Sammlung passt doch alles rein.

Weißt Du übrigens, womit es anfing?

Irgendwann vor langer, langer Zeit – als Schüler der dritten Klasse, um genau zu sein, frischgebackener Lenin-Pionier – schrieb ich einen Roman. Von einem Tag auf den anderen, einfach so, ich setzte mich hin und fing an. Er füllte drei Seiten eines Schulhefts.

Als ich damit fertig war, konnte ich kaum erwarten, dass es Abend wurde und Mama von der Arbeit nach Hause kam. Ich war darauf aus, von meiner ersten Leserin Lob und Entzücken einzuheimsen, ganz klar. So wie es Lob gab, wenn ich den Boden gefegt hatte oder einen Panzer aus der Zeitschrift *Jugend und Technik* sorgfältig ausgeschnitten. Und ein Roman war etwas ungleich Größeres!

Dann war der Augenblick da, Mama nahm das Heft, fing mit sichtlich froher Erwartung zu lesen an – doch ihre Miene verdüsterte sich, je weiter sie las. Als sie durch war, sprach sie ihr Urteil mit jener strengen Stimme, für die sie in der Schule gefürchtet wurde: »Man sollte nur über das schreiben, worüber man Bescheid weiß!«

Der Roman handelte von Mann und Frau, die ewig miteinander im Streit waren und sich scheiden lassen wollten. Der schreibende Schüler war ob des mütterlichen Urteils schon ein bisschen gekränkt, meinte jedoch, dass irgendwo auf der Welt noch eine andere, höhere Wahrheit gelten musste, hoffte es jedenfalls – und schickte sein Heft heimlich an die Redaktion der *Pionier-Prawda,* auf die alle in der Klasse abonniert waren.

Jeden Morgen lief der Schüler, der in einem Plattenhochhaus in Matwejewskoje wohnte, zur Batterie Briefkästen im Hausflur, die von zahllosen Zündeleien schwarz und schrundig und mit Gott weiß was für Obszönitäten bekritzelt war, doch die Antwort ließ auf sich warten. Bis sich acht Wochen später schließlich doch noch ein Umschlag im Kasten fand, dem man den offiziellen Absender sofort ansah.

Inzwischen war die Scheidung meiner Eltern übrigens gerichtlich vollzogen worden.

In dem Schreiben, das der Briefkopf der *Pionier-Prawda* zierte, wurde dem Schüler für die zugesandte Erzählung gedankt (an dieser Stelle wunderte sich der Schüler zum ersten Mal, hatte er doch einen Roman geschickt) und alles Gute gewünscht, jedoch bedauert, dass ein Abdruck leider nicht möglich sei. Im Weiteren schrieb ihm die *Pionier-Prawda:* »Es gibt alle möglichen Sammler. Einer sammelt Briefmarken, der andere Bonbonpapierchen. Dir, lieber Michail, schlagen wir eine ganz besondere Sammlung anzulegen vor, für die Du nicht mehr brauchst als ein Heft und einen Federhalter. Immer wenn Dir in Deiner Umgebung etwas Ungewöhnliches, Interessantes oder einfach nur Lustiges auffällt – schreib es auf. Das kann ein überwältigend schöner Sonnenuntergang sein oder ein Baum oder ein bloßer Schatten. Oder in Deiner Nähe spielt sich etwas ab, eine besondere Begebenheit, schön oder auch weniger schön. Oder Du hast etwas angestellt, das Dich nachdenklich stimmt – vielleicht jemanden gekränkt, den Du gern hast, machst Dir Vorwürfe deswegen. Auch das schreibe auf! So wird eine Sammlung entstehen, die mit jedem Tag reicher und einmaliger wird: eine Sammlung von Gefühlen, ein Museum von allem. Und Du wirst sehen, mithilfe einer solchen Sammlung wird Dir offenbar, wie schön die Welt ist, in der wir leben.«

Unter dem Brief stand: »Mit herzlichem Pioniergruß. O. Rabinowitsch.«

Wer mag dieser O. Rabinowitsch sein? Wo kam er her, was ist aus ihm geworden? Ob er noch lebt?

Im Übrigen könnte es auch eine Frau gewesen sein.

Indem ich an unsere Wohnung am Puschkinplatz zurückdenke, kommen eine Menge Leute, die damals bei uns ein und aus gingen, zu mir nach Grimentz geschlichen – über die Berge, über die Jahre hinweg.

Mitja Gajduk zum Beispiel. Er klingelte öfter bei mir, wenn er den Hund ausführte, sie hatten einen Chow-Chow. Dann lief ich hinunter, und wir spazierten gemeinsam durch die nächtlichen Straßen.

War es in der sechsten Klasse oder in der siebten, als er an unsere Schule wechselte, ich weiß es nicht mehr. Ein kräftiger Junge mit breiten Wangenknochen, er sah nicht aus wie einer, der Klavier spielt. Selbst im Fußball war er unschlagbar. Nach einem Jahr war er schon wieder weg, übersprang eine Klasse und ging an die Zentrale Musikschule. Später studierte er am Konservatorium, errang beim Tschaikowski-Wettbewerb den zweiten Preis.

Gern denke ich an unsere gemeinsame Reise auf die Krim. Es war September, mein drittes Semester, die Vorlesungen hatten gerade wieder angefangen, da rief er an.

»Kommst du mit nach Sudak?«

»Wann?«

»Jetzt gleich.«

»Gut«, sagte ich.

Dabei hatten wir weder Geld noch Fahrkarte.

Wir trafen uns am Kursker Bahnhof. Er war in Begleitung von Viva Sofronizkaja, der Tochter des berühmten Pianisten. Bei ihrer Geburt war er schon an die sechzig gewesen. Langbeinig und braun gebrannt, in zerrissenen Shorts und T-Shirt stand sie am Bahnsteig und winkte, als sie mich in der Menge entdeckte.

Wir liefen den Zug entlang und belagerten die Wagenschaffner, aber die schienen uns nicht zu trauen. Schließlich ließ sich doch einer bewegen, uns in seinem Abteil unterzubringen, und die Fahrt ging los. Bis er irgendwann mitbekam, dass wir überhaupt kein Geld zum Bezahlen hatten, da wurde er fuchsig und wollte uns aus dem Wagen schmeißen, am liebsten bei voller Fahrt. Viva mit ihren nackten Beinen gelang es, ihn zu besänftigen, wir durften noch bis zum nächsten Halt mitfahren, tranken Wodka mit ihm, und er erzählte von der Telefonistin Nadja, in die er einmal verliebt gewesen war und bei der die Ärzte Krebs festgestellt hatten, unheilbar, wie es hieß; sie beeilten sich, ein Kind zu zeugen, und siehe da, der Krebs war wie weggeblasen – ein Wunder war geschehen –, und dann starb sie trotzdem, nämlich bei einem Verkehrsunfall. So tranken wir Wodka die ganze Nacht hindurch, und am nächsten Tag waren wir schon in Simferopol.

Wir trampten uns voran bis Sudak, nachts kamen wir an und liefen sogleich dahin, wo wir das Meer rauschen hörten. Ein ausgiebiges Bad war das Erste. Der Wellengang erschien nicht der Rede wert, wir warfen die Kleider ab, stürzten uns nackt in die Fluten. Aber bald fing Viva an zu rufen und verschluckte sich prompt, am Ende waren wir froh, wieder am Ufer zu sein, und hatten alle gehörig Wasser intus.

Wir übernachteten am Strand und wurden am Morgen von den kahlen Bergrücken und der Krimsonne darüber begrüßt.

Wir stiegen in die Weinberge, enterten sie auf allen vieren. Ich zog meine Hosen aus und verknotete die Beine, so hatten wir einen Beutel für die Trauben.

Hungrig und frohgemut verbrachten wir die Tage. Ein alter Mann ließ uns bei sich übernachten, seine mit Betten vollgestellten Gästezimmer waren alle unbelegt.

Wir unternahmen Wanderungen nach Nowy Swet und nach Koktebel.

Eines Abends saßen wir am Strand, da kamen sie – zu fünft. Ein

Wort gab das andere. Wir wurden verprügelt dafür, dass wir aus Moskau waren. Wären wir anderswoher gewesen, hätten sie auch einen Grund gefunden.

Am nächsten Morgen schauten wir einander ins geschwollene, blutunterlaufene Gesicht, und Mitja lachte: »Sieht so aus, als sollten wir besser abreisen.«

Bald darauf heirateten die beiden und bekamen ein Kind.

Als dann das Reisen möglich wurde, bekam Mitja eine Einladung nach Deutschland; die Mauer stand damals noch. Er gab ein paar Konzerte und kehrte über Ostberlin mit dem Zug zurück. In Brest nahmen die Zöllner ihn sich vor; wohl weil er im Westen gewesen war. Was genau geschah, weiß niemand; man kann es sich denken. Offenbar benahm er sich daneben. Das heißt, er benahm sich nicht so, wie man es von ihm erwartete.

Deine Freundin Oksana hat es Dir damals so erklärt: »Diese Typen da an der Grenze sehen es als ihre Aufgabe an, denen, die drüben waren, zu zeigen, was sie sind, nämlich ein Stück Scheiße.«

Das war es, was die Zöllner Mitja offenbar zu beweisen versuchten. Er aber, statt einzuknicken, wie es jeder normale Mensch an seiner Stelle getan hätte, wollte ihnen oder vielmehr sich selbst beweisen, dass das nicht stimmt.

Er wurde aus dem Zug geholt und abgeführt. In der Kommandantur musste er sich splitternackt ausziehen. Vielleicht ist er dort ausgerastet, hat versucht, sich zu wehren, kann sein. Aktenkundig ist nur, was seine Mutter dann mitgeteilt bekam: dass er in die Brester Psychiatrie eingeliefert wurde. Dort spritzten sie ihm etwas, wovon er in der Nacht einen Gehirnschlag bekam, der ihn vollständig lähmte.

Die Klinik rief bei den Eltern in Moskau an: So und so, sie könnten ihn abholen. Der Vater fuhr – genau genommen sein Stiefvater, der zweite Mann seiner Mutter; und weil er dem Ausweis nach nicht mit Mitja verwandt war, bekam er ihn auch nicht. Die Mutter musste hinfahren.

Mitja wurde nach Moskau überführt, vier Tage später war er tot. In der Allerheiligenkathedrale von Krasnoje Selo wurde ihm die Messe gesungen; dort war sein Bruder Priester. Ich kannte ihn noch von der Universität, wo er Romanistik studiert hatte; inzwischen hieß Tjoma Pater Artjomi.

Von denen, die damals öfter bei mir am Puschkinplatz zu Besuch waren, ist einer Politiker geworden, man sieht ihn gelegentlich im Fernsehen. Er hat eine kleine Tochter, die einmal, als gerade irgendwelche Wahlen anstanden, entführt wurde und später wieder ausgesetzt, lebend, aber zwei Finger waren abgeschnitten. Er brachte sie außer Landes in ein geschlossenes Schulinternat, wo sie streng bewacht wird. Er ist ins Fernsehen zurückgekehrt. Ich habe lange kein Wort mit ihm gewechselt.

Einen anderen Freund von damals habe ich auch tausend Jahre nicht gesehen, nehme aber an, dass er es gut getroffen hat. Einst, als ich beim *Rowesnik* in Lohn und Brot war, hockten seine Eltern in der Ausreisefalle, während er am Geodätischen Institut zu studieren anfing – das Einzige damals, das seinesgleichen überhaupt noch immatrikulierte. Er machte gute Photos, sodass ich ihn manchmal auf Reportagereise mitnahm, als freien Korrespondenten. Wir waren in Tschernobyl, ich weiß noch, wie einer – weißer Kittel, Geheimratsecken – an die Wand des Reaktors klopfte und uns versicherte, dem friedlichen Atom gehöre die Zukunft.

Als ich von der Zeitschrift wegging, um Lehrer zu werden, gehörte er zu denen, die das als Dummheit ansahen. Ein paar Jahre verloren wir uns aus den Augen, dann traf ich ihn, schon zu Zeiten der Perestroika, zufällig auf der Straße wieder. Er schleppte mich gleich zu sich nach Hause. Damals hatte er schon mehrere Firmen eröffnet, die mit Autoalarmanlagen handelten, und mehrere Einzimmerwohnungen am Stadtrand gekauft, die er gegen eine große Wohnung im Zentrum einzutauschen gedachte. Zuletzt fuhr er mich in einem Tschaika nach Hause, so einer blitzenden Generalskarosse.

»Musste es ausgerechnet ein Tschaika sein?«, fragte ich ihn.

Darauf lachte er und sagte achselzuckend: »Nimm es als Valse-Caprice.«

Na schön, Ljonja, nehmen wir es so.

Außerdem hatte ich am Puschkinplatz manchmal ein Mädchen zu Gast, das hatte einen Zopf, der in der Sonne kupfern leuchtete. Einmal rief sie an und sagte, sie käme eine halbe Stunde später, ich solle warten. Und sie verschwand für viele Jahre, und ich wartete lange, bis ich eines Tages damit aufhörte, und auf einmal war sie wieder da, rief an, da wohnte ich schon am Gospitalny Wal, war verheiratet, Oleschka schon unterwegs.

Sweta nahm ab und sagte: »Für dich.«

»Wer ist es?«

»Weiß nicht, eine alte Frau.«

Doch es war sie. Ich erkannte sie sofort, obwohl die Stimme sich tatsächlich verändert hatte. Sie warte auf mich an der Metro Semjonowskaja, im Park gegenüber, es sei sehr wichtig.

»Wo willst du hin?«, fragte Sweta.

»Erklär ich dir nachher.«

Ich wartete nicht erst auf die Straßenbahn, lief zu Fuß über die Eisenbahnbrücke und durch den Park, der einmal der Friedhof Semjonowo gewesen war. Den Weg ging ich später oft mit meinem Sohn, um auf die Züge hinabzuschauen und im Park die Reste der Grabgitter zu finden, die in die Rinde der Bäume eingewachsen waren.

Ich lief dahin, und mir fiel ein, wie ihr, die jetzt an der Metro auf mich wartete, damals in Opalicha das Fahrrad kaputtgegangen war und ich es abschleppte, während sie auf meinem vorausfuhr und auf dem Hügel stehen blieb und mit ihrem Rock das Gewitter verdeckte.

Ich erkannte sie nicht gleich; die ich vor Jahren gekannt hatte, war eine andere gewesen. Jetzt saß da auf der Bank eine greisenhafte, heruntergekommene Person in einem mit Farbe beklecksten alten

Blaumann, zerfetzten Turnschuhen und speckiger Fellmütze, zahnlos, mit zitternden Händen. Das Haar nicht mehr kupferrot, sondern im Neonlicht der Straßenlampe violett. Sie melde sich bei mir nur, weil sie sonst keinen habe, den sie um Hilfe bitten könne, sie sei in einer Notlage und brauche Geld, um ihr Leben zu retten und das ihrer Tochter – sie streckte mir ein zerknittertes, eingerissenes, mit Klebeband ausgebessertes Photo hin, darauf ein pausbäckiges Kind in Umarmung mit einem Plüschhasen –, Geld, viel Geld, sie brauche es jetzt und sofort und bitte mich, flehe mich an, ihr welches zu geben, und wenn ich keins habe, mir welches zu borgen …

Mehr möchte ich darüber nicht erzählen, Francesca.

Lieber erzähle ich Dir etwas über Oleschka.

Am liebsten etwas Lustiges, lass mich nachdenken. Ach, pass auf, das hab ich Dir bestimmt noch nicht erzählt. Es war in jenem Oktober dreiundneunzig. Der dritte Oktober, glaube ich. Wir waren spazieren gewesen zur Jausa hinunter, am Stadion, es war ein prächtiger Sommertag. Wieder zu Hause, setzte er sich vor den Fernseher und wollte seine Ninja Turtles gucken, wir waren derweil in der Küche. Plötzlich kam er heulend angerannt. Die Sendung war abgebrochen worden, es kam eine Sondernachricht: Die Kommunisten hatten das Fernsehzentrum gestürmt.

Irgendwie brachte ich es fertig, Oleschka zu beruhigen, gab ihm Buntstifte und setzte ihn zum Malen an den Tisch. Eine ganze Zeit später ging ich hin und schaute, was er macht: Er war ganz vertieft, die Zungenspitze zwischen den Lippen, brummte etwas vor sich hin und zog den Stift so entschlossen übers Papier, dass die Mine knackte.

»Was malst du?«, fragte ich.

Er hielt mir das Blatt hin, ich wurde nicht schlau. Etwas wie eine Spinnenhochzeit.

»Was ist das, Oleschka?«

»Das sind die Ninja Turtles, die hauen die Kommunisten.«

Mit Buntstiften verteidigte er seine Welt.

Wie alle seine Freunde war er verrückt nach jeglichem Comic-Trash, aber zuletzt ging etwas mit ihm vor. Ich hatte ihm ein schönes Kinderbuch über die Pyramiden geschenkt – und der Junge biss an. Wollte alles über die alten Ägypter wissen, las, was er kriegen konnte, schmökerte sogar in der *Großen Weltgeschichte* für Erwachsene herum.

Einmal, als ich ihn zu Bett brachte, was natürlich nie ohne Gezeter abging, und ihm schließlich den Gutenachtkuss auf die Stirn drückte, murmelte er: »Heute schlafe ich hier bei euch ein, und morgen, wenn ich aufwache, bin ich in Ägypten.«

Das Unglück geschah an einem Montag. Den Abend zuvor, einem Sonntag, hatte es geschneit; der Schnee war weich und pappte, so gingen Oleschka und ich auf den Hof einen Schneemann bauen. Vorsorglich hatte ich eine Mohrrübe dabei – wenigstens einmal im Leben wollte ich einen Schneemann bauen, wie er sich gehörte, mit Möhrennase. Während wir die Kugeln wälzten, kam Oleschka eine Idee.

»Wir bauen eine Sphinx!«

Wenns weiter nichts war …

Rumpf und Tatzen bekamen wir noch irgendwie hin, aber mit dem Kopf hatten wir unsere liebe Mühe. Oleschka war kein besonders guter Bildhauer, von mir ganz zu schweigen. Als ich einsah, dass uns kein weibliches Antlitz gelingen wollte, zog ich die Mohrrübe aus der Tasche und pflanzte sie unserer Sphinx ins Gesicht.

»Wenigstens eine Möhre soll sie haben! Sieht gleich viel lustiger aus, findest du nicht?«

Beleidigt riss er sie heraus und warf sie in den Schnee.

Am Ende ergab sich doch etwas, das entfernt an eine Sphinx erinnerte. Es war längst Zeit, nach oben zu gehen, doch Oleschka weigerte sich standhaft – besorgt, dass die großen Jungen seiner Sphinx etwas antun könnten. Mit Mühe bekam ich ihn ins Haus.

Am nächsten Morgen gingen wir wie üblich gemeinsam zur Schule; als wir den Hof in Richtung Trolleyhaltestelle querten, schaute er gleich nach, wie es unserer Sphinx ging. Und natürlich war da nur mehr ein zertrampelter Schneehaufen übrig. Ich sah seine Augen feucht werden, er schniefte, nahe daran, loszuheulen. Im Weitergehen redete ich auf ihn ein: Das ist ja doch nur Schnee, was glaubst denn du. Wütend und gekränkt blickte er mich an.

Am selben Tag wurde Oleschka von einem Auto überfahren.

Montags holte Sweta ihn immer ab und fuhr mit ihm ins Schwimmbad. Es geschah an der Ecke Perwomaiskaja, direkt vor der Metrostation. Bis heute weiß ich nicht genau, wie es dazu kam. Die Ärzte sagen, den härtesten Schlag habe sein Kopf beim Aufprall auf dem Asphalt erlitten. Der Jeep hielt nicht an, der Fahrer wurde nicht gefasst. Vielleicht wurde auch nicht richtig nach ihm gesucht – man war anderweitig beschäftigt. Oder sie fanden ihn und zogen es vor, die Sache auf sich beruhen zu lassen.

Ich habe Sweta nicht mit Fragen bedrängt, weder damals noch später. Ihr etwas vorzuwerfen, hatte ich kein Recht, so sagte ich mir. Ich verzieh ihr. Sie aber konnte sich selbst nicht verzeihen.

Sweta hockte die ganze Zeit zu Hause, wollte keinen sehen, mit niemandem reden. Zweimal versuchte sie sich das Leben zu nehmen. Beim ersten Mal schnitt sie sich die Pulsadern auf. Ich kam an dem Tag vorzeitig von der Arbeit nach Hause, ein Privatschüler hatte abgesagt. Sah das geronnene Blut auf dem Teppich und Sweta, leichenblass, mit einem Handtuch um das Gelenk, schuldbewusst lächelnd. »Eigentlich hatte ich den Teppich vorher einrollen wollen ...«

Das zweite Mal bemerkten die Nachbarn den Gasgeruch und kamen nachsehen – wir hatten einen Schlüssel bei ihnen hinterlegt.

Hin und wieder zitierte Sweta einen Satz, den sie irgendwo gelesen hatte: »Wenn man nicht leben kann, muss man es lassen.«

Die Nachbarn schrieben Eingaben, um sie loszuwerden: Sie hatten Angst, von ihr in die Luft gesprengt zu werden.

Ich brachte Sweta in der Klinik an der Warschawka unter, wo ich einen Arzt kannte.

Die Päckchen, die ich für sie abgab, wurden meistens geplündert.

Seltsamerweise schien Sweta in der Klinik aufzuleben – die Atmosphäre dort bekam ihr offenbar.

Wir saßen auf der kippelnden Bank unter der vertrockneten Palme, und Sweta erzählte von ihren Mitpatientinnen – sie machte einen Rundgang für mich, wie sie sich ausdrückte. Eine hatte einen Kopf wie ein Waschtrog so groß, und eine Kuhzunge hing ihr bis zum Kinn – krasser Fall von Akromegalie. Eine andere tappte auf und ab wie ein Bär im Käfig, bei jeder Kehrtwendung vollzog der Kopf eine schleudernde Bewegung. Mit einer Dame, die öfter im blauen Klinikkittel herunterkam, sich unter die Palme setzte und durch ihre dicken Brillengläser ein Buch las, hatte Sweta sich angefreundet. Sie litt an progressiver Paralyse.

»Die hat es gut, ihr bleiben nur noch zwei, drei Jahre. Die Bärin wird noch Jahrzehnte so umgehen und den Kopf werfen.«

In den Betten war orangefarbenes Wachstuch unter den Laken. Kissen und Bezüge waren buntfleckig, braun, grün und gelb. Über allem der Geruch von ranzigem Schweiß und Urin.

Als es Sweta wieder besser ging, ließen wir uns scheiden.

Vor der Ausreise fuhr ich zum Nikolo-Archangelsker Friedhof, um mich von meinem Sohn zu verabschieden. Man konnte ja nicht wissen.

An diesen Tag erinnere ich mich gut: Das war im September, und es fiel schon Schnee – so wie jetzt hier in Grimentz, nur dass es kälter war.

Ich lief durch die Grabreihen mit den einförmigen Steinen. Wie Kindergräber, von der Größe her, ein Erwachsener hätte nicht hineingepasst. Es waren aber alles Urnengräber.

Nie werde ich vergessen, wie ich die Urne nach der Einäscherung abholen fuhr. Eine Plastikbox, die ich in eine Plastiktüte schob, sie lag neben mir auf dem Beifahrersitz, während ich fuhr. Eine »Intourist«-Tüte mit lustigen Matrjoschkas drauf – darin war mein Sohn.

Nun also dieser Septembertag im Schnee. Trockener Pulver-schnee. Ich lief den ganzen Sektor ab und konnte das Grab nicht finden. Etliche Steine lagen flach. Erst dachte ich, es wären neue, die erst noch aufgestellt werden mussten. Dann kam ich auf den Gedanken, auch Oleschkas Stein könnte umgekippt sein – und so war es dann auch. Er lag unter der dünnen Schneedecke wie unter einem Leichentuch.

Beim Versuch, den Stein eigenhändig aufzurichten, quetschte ich mir den Finger, der schwarze Nagel sollte mich noch länger daran erinnern. Also ging ich in die Verwaltung oder wie man das nennt. Stieß dort auf ein Grüppchen Männer, sagte ihnen, was los war. Sie taten erstaunt, schüttelten den Kopf.

»Wer tut denn so was? Schweinerei!«

Heute zweifle ich nicht daran, dass sie die Steine selbst umge-kippt hatten, um sich einen Zuverdienst zu organisieren. Ich schob ihnen Geld hin. Unwillig rekelten und kratzten sie sich eine Zeit lang, ehe sie mit mir hinaus ins Schneegestöber traten.

Wir gingen zu dem Grab. Ich stand da und sah zu, wie sie einen Eimer Mörtel hinklatschten, den Stein in den grauen Brei stießen. Wie sich zeigte, war Oleschkas Bild zerbrochen. Sie fingerten die Reste der Keramik vom Stein.

»Was machen wir mit dem Bild, Chef?«

»Nichts«, sagte ich. »Das lassen wir so.«

Das leere Oval musste genügen. Oleschkas Gesicht stand mir auch so vor Augen, Sweta würde es genauso gehen. Und wer sollte sonst noch Interesse an seinem Bild haben?

Erinnerst Du Dich, Francesca, wie es sonntagmorgens war?

Aufzustehen gab es keinen Grund, wir mussten nirgends hin. Aber ausschlafen ging auch nicht, das verhinderten die Kirchen-glocken. Um sechs Uhr in der Früh begann das Geläut. Mal war es die kleine Glöcknerin, mal ein alter Mann, vielleicht ihr Großvater, mit Rauschebart, der reinste Tolstoi, jedoch in einer wattierten Skijacke, die sich leuchtend rot aus dem Morgengrauen abhob – öfter auch beide zusammen, in einträchtigem Eifer zerrten sie an den Leinen. Hier, im Lande von Zwingli und Calvin, wird anders geläutet, in vornehmer Zurückhaltung. Unser Tolstoi hingegen konnte sich stundenlang produzieren, auf seinem Dutzend Glocken ganze Symphonien abfeiern, mit feuriger Hingabe, glühend und zerzaust. An Schlafen war unter diesen Umständen nicht zu denken, da half es nicht, sich das Kissen aufs Ohr zu pressen; wenn die Glocken läuteten, klirrte und dröhnte alles mit, die Fensterscheiben, gar auch die Wände – als säße man selbst im Inneren jener großen Glocke, die der Flüchtling von Astapowo mit dem Fuß, an den das Seil geknüpft war, in Schwingung hielt.

Ich brachte Dir den Kaffee ans Bett. Aber was heißt Bett: Erinnerst Du Dich an diese Jugendzimmerkoje? Zu zweit fanden wir nur darin Platz, wenn wir uns eng aneinanderschmiegten, und wollte sich einer auf die andere Seite drehen, dann nicht ohne den anderen.

Matwej Andrejewitsch, unser Mitmieter, war sonntags nie da, sodass wir die Wohnung ganz für uns hatten. Man hätte nackt herumlaufen können, wozu aber keiner von uns den Mut aufbrachte, denn gegen Morgen waren die Zimmer so ausgekühlt, dass wir, um es auszuhalten, Pullover und Wollsocken überzogen und sämtliche Flammen am Gasherd in Betrieb nahmen.

Einmal ging ich daran, den Schrank aufzuräumen. Das war so ein gewaltiges liebes-gutes-hochverehrtes Monstrum, das den Flur auf Höhe der Küchentür verstellte – ich wollte nachsehen, was darinnen war, womöglich irgendwelchen alten Plunder entfernen, um ein paar freie Fächer zu gewinnen, wir hatten nichts, um unsere Sachen unterzubringen. Eine der Schubladen war voller Papier: stapelweise alte Quittungen, zusammengeheftet mit rostigen Büroklammern, Gratulationskarten zu längst abgeschafften Feiertagen, alte Familienphotos, meine Schulzeugnisse und dergleichen mehr. Das Fach klemmte, ich riss etwas zu heftig daran, es gab ruckartig nach, aller Inhalt kippte heraus und fiel zu Boden. Das Gepolter lockte Dich auf den Flur, Du kauertest nieder und halfst mir, das Papier zu Haufen zusammenzuschieben.

»Wer ist das?«, fragtest Du und reichtest mir ein Photo, von der Zeit gedunkelt und mit seltsamen Sprenkeln, durch die ein Mädchen in ukrainischer Tracht zu sehen war, die Arme wie noch vom Tanz erhoben.

»Mama.«

In einer plötzlichen Anwandlung habe ich all diese alten Photos und Papiere damals weggeworfen. Ob das richtig war, bin ich mir nicht sicher.

Ich weiß gar nicht mehr, Francesca, was ich Dir über Mama erzählt habe.

Sie unterrichtete in der 59. Schule am Starokonjuschenny und sorgte dafür, dass auch ich dort eingeschult wurde, womit sie sich das Leben ein bisschen erleichterte – und meines erschwerte.

Stell Dir eine Schulaula vor mit den Bildnissen der Zarenfamilie an den Wänden. In dieser Schule, die vor Zeiten einmal das Medwednikow-Gymnasium gewesen, wurde nämlich des Öfteren gefilmt, und so blieben die Bilder einfach hängen, als Deko für den nächsten Dreh.

Große Pause. Die Unterstufe wuselt zu den Füßen der höheren Jahrgänge herum, die wiederum sich einen Spaß daraus machen, einen Luftballon steigen zu lassen, unten angeknotet ein Papiermännlein im Rock.

Ich gehe in die fünfte Klasse und bin auf dem Weg zum Klo. Bleibe stehen, um zu glotzen. Vorläufig ohne zu begreifen, was geschieht.

Den Strick hat das Figürchen um den Hals. Außerdem hat noch wer ein Präservativ dazugehängt. Unter Pfeifen und Johlen steigt der Ballon langsam – auch ein Präservativ hat sein Gewicht – zur Decke empor. Das Figürchen baumelt hin und her. Aufgemalt zwei Großbuchstaben in Rot: I. G.

Rufe des Entzückens: »Ein Präser, ich fass es nicht! Ein Gummifuffziger, juhu!«

Und mir geht langsam ein Licht auf: Sie haben meine Mutter aufgehängt.

Es gibt einen Auflauf, die ganze Schule kommt in die Aula geströmt. Der Sportlehrer versucht den Ballon mit dem Schrubber zu angeln, doch der klebt außer Reichweite an der Decke. Der Lehrer geht in die Sporthalle und holt einen Speer. Baut aus Tischen und Stühlen eine Pyramide, klettert hinauf. Sucht den Ballon abzustechen wie mit einer Lanze. Das dauert seine Zeit. Großes Hallo.

Abends im Bett heule ich vor Schmach: Warum hat Mama keinen der Übeltäter bestraft? Sie sitzt am Bett, streicht mir über den Kopf, sagt: »Wer es getan und wer sich darüber amüsiert hat, wird eines Tages verstehen, wie dumm und hässlich das von ihm war. Und er wird sich schämen.«

Ich glaube ihr nicht, und darum heule ich.

Damals habe ich mir geschworen, nie im Leben Lehrer zu werden. Aber dann bin ich es doch geworden. Und mein Sohn ging in dieselbe Schule, an der ich Lehrer war.

Die Wohnung am Puschkinplatz bekamen wir im Tausch; der Vormieter war Alkoholiker gewesen. Und es gab eben noch den anderen Teilmieter, diesen pensionierten Lehrer. Anfangs schien er mir ein witziger, schratiger Typ zu sein. Er bewohnte zwei Zimmer mit seiner Mutter, die dann irgendwann starb; später standen in beiden Räumen Tische dicht an dicht, an denen die Nachhilfeschüler saßen. Matwej Andrejewitsch war Junggeselle und kinderlos. Er war sich für keinen Job zu schade: trichterte das Pensum für Aufnahmeprüfungen ein, begleitete Schulaufsätze, pimpte Sitzenbleiber und übte mit Erstklässlern das freie Sprechen. Eine Zeit lang kam zu ihm so ein minderbemittelter erwachsener Kindskopf, der auffällig schwitzte. Matwej Andrejewitsch zeigte ihm Bildchen. Ich erinnere mich gut an ihn, weil ich damals noch, wenn ich nach Hause kam, Mantel und Mütze im Flur ablegte und an den allgemeinen Kleiderständer hängte und eines Morgens im Gehen feststellen musste, dass meine nagelneue Pelzmütze mit Ohrenklappen fehlte und stattdessen die von dem Behinderten da hing – schwarzes Kaninchen, genau wie meine, aber das Innenfutter klamm und säuerlich stinkend. Draußen herrschte grimmiger Frost, es ging auf die Rekordkälte von Neujahr 1979 zu, und ich hatte es eilig, mir blieb nichts weiter übrig, als dieses Ding aufzusetzen … Aber wieso fällt mir jetzt ausgerechnet die Mütze ein mit dem schwitzenden Schädel darin? Geträumt habe ich noch mehrmals von ihr: dass ich sie abnehmen möchte und nicht kann.

An welchen Krankheiten Matwej Andrejewitsch litt, weiß ich nicht, jedenfalls waren alle seine Schränke gefüllt mit Medikamenten in Plastiktüten, das Haltbarkeitsdatum hoffnungslos überschritten. Stets ging von ihm ein schwacher Apothekengeruch aus. Er kochte nie, lebte ausschließlich von Konserven, dafür deckte er sich den Tisch akkurat mit Messer, Gabel und Serviette. Schwang täglich den Besen, kehrte den Dreck unter das Bett. Nahm jeden Morgen ein Bad, wechselte das Handtuch aber schätzungsweise nur einmal im Jahr, das ganze Bad stank danach.

Und dann die Socken. Alle hatten Löcher, die einen aus den Schlappen angähnten, an der Ferse wie an den Zehen.

Er war irgendwie eine erbarmungswürdige Existenz.

Doch Schüler kamen zuhauf, weil er für die Stunde weniger nahm als jeder andere Nachhilfelehrer.

Mit der Zeit nahm meine Abneigung gegen Matwej Andrejewitsch immer mehr zu, und das beruhte wohl auf Gegenseitigkeit. Einmal war ich beim Zähneputzen, als er zur Tür hereinschaute und empört darauf hinwies, dass ich seine Zahnbürste benutzte. Unklar, wie es dazu gekommen war, anscheinend teilten wir diese Bürste schon geraume Zeit. In diesem Moment würgte es mich.

Gelegentlich gab ich meine – womöglich etwas sehr spitz formulierten – Betrachtungen über den Nachbarn an Mama weiter, die nie etwas dazu sagte.

Bis sie eines Tages vor mir stand – ich war gerade von den Studentenbrigaden nach Hause gekommen – und sagte: »Ich muss mit dir reden.«

Sie war in einem Zustand, den ich nicht von ihr kannte, konfus und verlegen.

»Ist was passiert?«

»Weißt du, es ist … kurzum, Matwej Andrejewitsch und ich … Wir wollen heiraten.«

Ich war fassungslos. Wohl zum ersten Mal im Leben dachte ich darüber nach, welch einsame Frau meine Mutter sein musste – bei allem Trubel in der Schule und den Hunderten von Leuten, mit denen sie sich täglich abgab.

Ich kämpfte meine Verlegenheit nieder und setzte ein Grinsen auf. »Aha. Und was soll ich dazu sagen?«

»Ich möchte deine Meinung darüber wissen.«

Das war der Moment, in dem ich unbändige Lust bekam, ihr etwas Gehässiges, Gemeines an den Kopf zu werfen, ihr wehzutun, so sehr wie möglich. Was herauskam, klang eher pubertär.

»Macht doch, was ihr wollt, und lasst mich in Frieden damit. Ich muss aufs Klo. Ich möchte endlich in Ruhe scheißen. Wie ein normaler Mensch. Acht Wochen durfte ich nicht ordentlich scheißen!«

Ich stürzte aufs Klo und drehte den Schlüssel herum.

Während der Brigaden hatten wir in einer Baracke gehaust, Abtritt auf dem Hof: ein Plankenboden mit drei verschissenen Löchern darin.

So wurde die Nachbarschaft zur Familienbande, und dieser Übergang bekam unserer Beziehung nicht gut. Als Nachbarn miteinander zu leben war leidlich gegangen, als Familie gelang uns das nicht. Schon bald zog ich aus, nahm in Ismajlowo ein Zimmer zu fünfzig Rubeln bei einer tauben Alten mit Katzen, die vor meinen Augen für ihre Fortpflanzung sorgten.

Mit Katzen zu leben, so zeigte sich, war das geringere Problem.

In dem frei gewordenen Zimmer stellte Matwej Andrejewitsch weitere Tische für seine Schüler auf.

Und Mama stopfte ihm jetzt die Socken.

Damals hatte ich sie kränken wollen und tat es. Später hatte ich mich bei ihr entschuldigen wollen und ließ es sein.

Dabei war dieser Mensch, der mir damals nichts als lächerlich vorkam, erbärmlich und ihrer nicht würdig, vielleicht der Einzige in ihrem ganzen Leben, welcher erkannte, dass sie, die eiserne Schuldirektorin, die jede über die Stränge schlagende Schulkasse mit einem einzigen finsteren Blick zum Kuschen brachte – dass auch sie des Mitgefühls bedurfte. Er – und nicht mein Vater, nicht mein Bruder, nicht ich – fühlte mit ihr.

Die Schule war ihr Leben, und als man sie dort zuletzt vor die Tür setzte, wurde sie krank. Das war zu Andropows Zeiten. Damals schien es eine Zeit lang so, als würden die Schrauben wieder angezogen, prompt hängte man in den örtlichen Parteigremien die Fahne in den Wind, und es ergingen Vorladungen, Abrechnungen mit Leuten, die man schon lange auf dem Kieker hatte, oder solchen, die zufällig in die Fänge gerieten und keinen fanden, der sie in Schutz nahm.

Und alles wegen eines Wyssozki-Abends. Irgendeine Klasse hatte eine Gedenkstunde mit seinen Liedern veranstaltet, jemand hatte es angezeigt. Mama wurde aus der Partei geworfen und genötigt, ihre Arbeit aufzugeben. Vierzig Jahre war sie an dieser Schule gewesen, erst als Lehrerin, dann als Direktorin.

Dazu noch die Sache mit Sascha, meinem älteren Bruder, das gab ihr damals den Rest. Mama bekam Krebs. Lag in diversen Kliniken. Operiert wurde sie in Sokolniki.

Jeden Tag nach der Arbeit – damals unterrichtete ich an der 444. Schule auf der Perwomajskaja – ging ich zu ihr. Wir wechselten uns ab: Matwej Andrejewitsch kam tagsüber, wenn er gerade keine Schüler hatte, ich abends. In dem Zimmer standen sechs Betten dicht an dicht. Mamas Bettnachbarin trug eine Baskenmütze –

von der Chemotherapie und der Bestrahlung waren ihr die Haare ausgefallen. In der Mütze sah sie wie ein Kunstmaler aus dem vorigen Jahrhundert aus.

Nach der Operation dauerte es seine Zeit, bis Mama wieder bei vollem Bewusstsein war. Ich gab ihr zu trinken, schob die Ente unter, wischte ihr Stirn, Hals und die geäderten Wangen mit einem feuchten Lappen. Ich sehe noch ihre Beine vor mir, die knotigen blauen Schnüre unter der Haut. Irgendwann fielen mir die langen Zehennägel auf, ich brachte von zu Hause die kleine Schere mit und schnippelte an den verkrüppelten, ins Fleisch eingewachsenen Nägeln herum, die abgeknipsten Splitter flogen durch das Zimmer.

Mama bekam Spritzen, nach denen sie wegdämmerte. Nie trafen sie die Venen auf Anhieb, der Arm war schon ganz zerstochen.

Derweil lag die Nachbarin mit Baskenmütze im Bett und hielt ein Kofferradio in den Händen, das die ganze Zeit etwas plärrte.

Einmal saß ich da, Mama lag mit geschlossenen Augen neben mir. Plötzlich schlug sie die Augen auf und sagte: »Man glaubt es nicht.«

»Was?«, fragte ich.

»Wie sich alles wiederholt. Meine Mutter haben wir auch in diese Klinik gebracht damals, nur eine andere Station. Da ist sie gestorben. Dreiundfünfzig war das. Ich kam jeden Tag her, hab neben ihr gesessen und Hefte korrigiert, und die ganze Zeit lief das Radio, die hatten so einen Teller in der Ecke hängen. Damals ging es um die Mörderärzte.«

Nun also saß ich hier, korrigierte Hefte und hörte das Radio über Tiflis reden, die nächtliche Auflösung der großen Demonstration, die Panzerwagen, die Feldspaten …

Mama klagte die ganze Zeit, sie könne nicht mehr liegen – das Netzgitter des stählernen Krankenbetts war so durchgelegen, dass es beinahe auf dem Boden aufsaß, sie lag wie in einer Hängematte. Ich brachte eine Sperrholzplatte mit, die seit Ewigkeiten bei uns zu Hause hinter der Tür stand und nun zupasskam. Die legte ich zwischen Gitter und Matratze, und eine Weile war es gut, bis sie unter Mamas Last mittendurch brach. Also ging ich auf die Suche nach dickeren Brettern und fand zwei auf einem Bauplatz nahe der Metrostation. Erst wollte mich die Alte an der Garderobe damit nicht ins Haus lassen, doch als ich ihr beim nächsten Mal irgendeine Konserve mitbrachte, winkte sie mich durch: »Aber schack-schack!«, zischelte ihr zahnloser Mund.

Mama wurde die linke Brust abgenommen. Oder nein, warte – war es die rechte? Stell Dir vor, Francesca, ich weiß es nicht mehr. In meiner Gegenwart probierte sie zum ersten Mal die Prothese an. Das war ein gewöhnlicher Büstenhalter, eine Schale ausgestopft, Schaumgummi vielleicht. Wenn sie später damit herumlief, war nicht zu übersehen, dass eine Brust höher war.

Erst schien es, als wäre der Kelch vorübergegangen, aber dann wurde sehr schnell klar, dass die Metastasen durch den ganzen Körper wanderten. Einige Chemotherapien wurden noch verabreicht, nichts half mehr.

Ein paar Monate vor dem Ende kam ihr die Stimme abhanden. Sie litt unsäglich und sprach, besser: flüsterte die ganze Zeit von nichts anderem: Sie habe keine Kraft mehr, wolle aber unbedingt noch auf Sascha warten. Zwei Wochen nach seiner Rückkehr starb sie. Ihre Augen wurden gelb, und ich ahnte, dass es so weit war. Ihr Atem ging schwer, mit einem Röcheln in der Brust, zwischendurch dämmerte sie weg, schrak auf, wollte wissen, wie spät es war.

Auf dem Schemel neben ihrer Liege stand eine Untertasse mit Wasser, da tunkte sie die Finger hinein, benetzte ihre Lippen.

Sie lag in dem Zimmer, das später unseres wurde.

Jetzt, wo ich diese Zeilen schreibe, wird mir bewusst, wie wenig ich über Mama wusste und weiß – im Grunde gar nichts. Nichts über ihre Jugend, nichts über ihre erste Liebe, weder, wie sie mit meinem Vater zusammenkam, noch, wie es mit ihm auseinanderging.

Als das Leichenhaus sie holen kam, suchte ich ein paar Kleidungsstücke zusammen, die sie im Sarg tragen sollte – und ich sehe mich noch mit dem Prothesenhalter dastehen, unschlüssig, ob er gebraucht würde. Sicherheitshalber legte ich ihn dazu. Keine Ahnung, ob sie ihn ihr angelegt haben, ich habe nicht darauf geachtet.

Beim Kramen in ihren Sachen stieß ich auf eine alte Vaselinedose, in der es klapperte. Ich öffnete sie – darin waren Milchzähne, Saschas oder meine. Auch sie habe ich weggeworfen wie das meiste andere.

Als Du bei mir einzogst, lief Matwej Andrejewitsch schon lange wieder in löchrigen Socken herum.

Wäre mein Bruder nicht im August entlassen worden, sondern erst, sagen wir: im Dezember – ich bin mir sicher, sie hätte bis dahin durchgehalten.

Die ersten zwei Jahre hat mein Bruder in Lgow abgesessen. Mama hatte es für viel Geld und mithilfe irgendwelcher Bekannten einfädeln können, dass er statt nach Sibirien in ein näher gelegenes Lager kam, welches mit einer Zugfahrt über Nacht zu erreichen war, sodass sie ihn besuchen konnte. Dazu kam es aber nicht mehr, die Krankheit verhinderte es. An ihrer Stelle fuhr ich.

Lebensmittel über die Schulküche zu beschaffen war für Mama nicht mehr möglich, ihre Freundin Sofja Solomonowna sprang in die Bresche. So ließ sich eine Tasche mit Delikatessen füllen, die sonst nur an Feiertagen auf den Tisch kamen, damit brach ich auf zum Kursker Bahnhof. Die Tasche war in Wirklichkeit ein Rollwägelchen. Das war leichter zu bewegen, hatte aber noch eine andere Bewandtnis.

Die Besuchserlaubnis gab es zweimal jährlich.

An das erste Mal kann ich mich noch gut erinnern. Jeder Reisende in dem Zug hatte irgendwelche verderblichen Lebensmittel dabei, die es nur in Moskau zu kaufen gab, der Wagenschaffner selbst am allermeisten, und es herrschte stillschweigendes Einvernehmen, dass die Heizung ausgeschaltet blieb. Lieber froren wir die ganze Nacht. An den Stationen, wenn das Scheinwerferlicht ins Abteil hereinschlug, konnte man die Dampfwolken vor den Mündern sehen.

Frühmorgens langten wir in Lgow an. Aussteigen musste ich eine Station vorher, am Haltepunkt Scherekino, von wo eine Straße zum Lager führte, drei Kilometer zu Fuß. Man hätte einen Bus nehmen können, mit dem ich aber nicht rechtzeitig angekommen wäre, um noch den Besuchsantrag für denselben Tag zu stellen, so hätte ich sinnlos einen Tag und eine Nacht länger warten müssen. Mit meinem Wägelchen war ich auf dem Asphalt der Straße gut unterwegs.

In dem Dorf, erinnere ich mich, näherte sich aus einem Seitenweg ein Mann mit einem Pferd, an das ein riesiges totes Schwein angebunden war. Das Pferd schleifte den Körper am Strick hinter sich her durch den Dreck. Drei Schweinshaxen standen schräg ab in alle Richtungen, die vierte, vom Strick in die Länge gezogen, so anmutig gestreckt wie ein Ballerinenfuß. Unmittelbar vor mir bog der Reiter auf die Straße ein. Aus dem dumpfen Schmatzen der Hufe im Schlamm wurde ein hallendes Klappern, während der Kadaver nun mit der borstigen Schwarte über den Asphalt schurrte wie über Sandpapier. Ich blieb stehen, um den Reiter vorbeizulassen. Just als der Koloss auf meiner Höhe war, ging darin plötzlich ein rotes Auge auf, und ein Grunzen kam aus dem Schweinsrüssel, das besagen mochte: Keine Angst, so schnell kriegen sie uns hier nicht klein.

Bald tauchte der Lagerzaun auf mit den Wachtürmen. Da wartete Sascha auf mich, da wollte ich hin.

Im Torhaus saßen schon Leute auf den Bänken, in der Mehrzahl alte Frauen, in dicke graue Tücher gehüllt, etliche Kinder auch. Ich setzte mich dazu und ging gleich daran, mein Antragsformular auszufüllen; ein Muster hing an der Wand: Hiermit beantrage ich, Name, Vorname, Vatersname, Verwandtschaftsverhältnis, die Besuchserlaubnis für … Im Raum stand ein Kanonenofen, es war gut geheizt. Ein alter Mann, den alle Kolja nannten, Freigänger mit Nummer auf der Jacke, legte Holz nach und bekam dafür von den Wartenden einen Keks oder ein Ei spendiert. Nach mir trafen noch zwei Georgierinnen ein, eine Alte und eine Junge mit Kind, die wohl mit demselben Zug gekommen waren.

Dann erschien ein grauhaariger Leutnant, sammelte die Anträge sowie die Ausweise ein. Nun hieß es warten.

Die Kinder, die sich erst scheu an die Mutter geschmiegt hatten, tauten auf und spielten miteinander Fangen.

»*Modi, modi, Gija!**«, riefen die Georgierinnen das ihre.

Die Alten in ihren Tüchern kauerten wortlos und seufzten nur.

Ich saß am schmutzigen Fenster und sah hinaus auf die Straße. Gelegentlich kam ein Militärauto durch mit geschlossenem Verdeck und einer Schneehaube darauf. Einmal kam eine Frau mit Rucksack, sichtlich schnaufend, Dampf ausstoßend. Sie kommt zu spät, dachte ich. Aber sie lief weiter, gehörte wohl doch nicht dazu.

Gegenüber, hinter dem Zaun mit der Krone aus Stacheldraht, stand ein zweigeschossiges Ziegelhaus mit verkappten Fenstern. Das war das Ziel.

Nach einer Stunde kam Kolja gerannt und winkte: »Schnell, schnell!«

Säcke, Taschen und Kinder wurden eilends ergriffen und zum Einlass getragen. Dort hieß es wieder eine halbe Stunde warten, diesmal draußen in der Kälte.

Schließlich wurden die Besucher einzeln vorgelassen. Zuerst passierte man ein paar Stahltüren, dann wurde gefilzt. Die Frauen von einer blonden Hauptmännin. Ich geriet an den grauhaarigen Leutnant.

»Ausziehen!«

Ich zog mich aus. Stand da in Strümpfen und Unterhose. Frierend.

---

*   Gija, komm her! (georg.)

»Strümpfe auch!«

Ich zog sie aus.

Die Unterhose durfte ich anbehalten, doch er lupfte das Gummi und sah hinein.

Dann auch noch in den Mund.

Hemd und Hose wurden geknetet, die Nähte befühlt.

»Anziehen.«

Ich tat es.

Während ich dies schreibe, muss ich an Mitja denken. Einmal ausziehen und wieder anziehen, was ist schon dabei. Sie fressen einen ja nicht auf.

Irgendetwas stimmte nicht mit Mitja, etwas war anders an ihm.

Er gehörte nicht dazu.

Als Nächstes kontrollierte die Hauptmännin das Rollwägelchen, in dem ich die Lebensmittel mitführte. Öffnete die Pralinenschachtel, zerbrach ein paar Pralinen, klappte die Tortenschachtel auf, stocherte mit einer Ahle in der Torte herum.

»Sie können. Erster Stock, Zimmer sieben.«

Sie waren nicht dahintergekommen, hurra! Mein Zauberwägelchen!

Ich stieg hinauf in den ersten Stock. Der Besuchstrakt: ein Flur mit neun Türen, Klo am einen Ende, Küche am anderen.

Zimmer sieben enthielt zwei Betten, Tisch, Stuhl und Nachttisch. Auf Letzterem ein Topf, ein Tiegel, ein Teekessel. Im Tischkasten verbogene Gabeln, Löffel aus schwarz gewordenem Aluminium, wie ich sie aus der Schulkantine kannte. Auch die Kakerlaken kannte ich von dort. Nur der Gefängnisgeruch ist sehr speziell, so wusste ich aus Büchern. Dies also war er.

Ich lief den Korridor auf und ab, spähte in offen stehende Türen. Überall war man beschäftigt, Taschen zu leeren, Speisen auszupacken, Dosen zu öffnen, Töpfe schnurstracks in die Küche zu tragen, um am Herd der Erste zu sein.

Irgendwann kam mir Sascha entgegen.

In seinen Briefen hatte er Mama versichert, es gehe ihm leidlich gut, er halte mit einigen Moskauern zusammen, das Essen sei erträglich, die Arbeit an der Stanze ermüdend, aber nicht schwer, er lese viel, treibe Sport und schreibe, es sei also alles in Ordnung. Unter anderem bat er immer darum, möglichst viele Kunstpostkarten geschickt zu bekommen. »Die Farben, die hier im Strafvollzug vorherrschen, machen das Auge mürbe«, schrieb er. »Beim Betrachten der Karten lebt es auf, die Farbe kehrt zurück.« Seine Briefe aus dem Gefängnis waren prall gefüllt mit Seiten aus Schulheften, darauf seine Gedichte, Fragmente zu einem Poem: Odysseus und Nausikaa. »Ich spüre selbst, dass meine Texte sich verändert haben. Es geht um anderes. Darüber bin ich froh«, so schrieb er. Und in einem anderen Brief: »Sie fürchten es, weil sie es nicht verstehen. Hier drinnen läuft alles über Initiation, Empfang der heiligen Sakramente. Draußen haben sie ihre Freimaurerlogen, aber hier sind wir es, das Volk der Mützenträger.«

Meine Vermutung war gewesen, dass er dies alles nur schrieb, um es Mama leichter zu machen, doch nun fand ich ihn tatsächlich bei guter Gesundheit und mit ordentlichen Muskelpaketen vor. Nur die Haut war auffällig dunkel geworden, er hatte mehr Falten im Gesicht, und an der linken Hand fehlte der Zeigefinger.

»Nachtschicht gehabt, an der Stanze eingepennt. Vergiss es!«, sagte er grinsend.

Und natürlich war es sonderbar, ihn in Lagerkluft zu sehen: schwarze Jacke mit Nummer, Lederschlappen.

Die Häftlinge durften nur aufs Klo, nicht in die Küche; ich musste mich allein mit den vielen Frauen um die Herdplatten balgen, während Sascha auf der Pritsche lag und in Erwartung des Brathähnchens Torte aß.

So ein Besuch dauerte zwei Tage; in der Zeit wurde in der Küche pausenlos gekocht und gebrutzelt, in den Zimmern unentwegt gefuttert.

Zwischendurch musste ich noch einmal an die denken, die hier angestellt waren und unsere Taschen kontrollierten, man stelle sich das vor: Alle Besucher bringen Sachen geschleppt, die bei ihnen zu Haus einmal jährlich auf den Tisch kommen – ganz zu schweigen von einem Kaff wie diesem Lgow, da kannst du solche Sachen lange suchen. Lustig, so ein Besucherhaus, wo rund ums Jahr, Tag für Tag von früh bis spät getafelt wird – auf dem Grenzstreifen zwischen einem Gefangenenlager und einer hungrigen, verfrorenen Stadt.

Der auf Lagerschmalkost und das bisschen Zubrot aus dem Kiosk geeichte Magen streikte natürlich alsbald, und Sascha musste öfter ans Ende des Flurs aufs Klo.

Mitunter hörte man die Georgierinnen ihr Kind in fremden Zimmern suchen: »*Gija! Modi, modi!*«

Das Knäblein hatte auch bei uns schon hereingeschaut, um seinen Tribut an Süßigkeiten zu kassieren. Sascha gab ihm ein Täfelchen Schokolade und hätte es sich gern auf den Schoß gesetzt, ein bisschen geschmust mit ihm, doch das Kind entwand sich und lief davon.

Ich hatte Geld dabei: ein paar Hundertrubelscheine, zum Röllchen gedreht und in den hohlen Griff des Wägelchens geschoben. Der ließ sich lockern und in der Höhe verstellen, auch ganz herausziehen, wenn man wollte.

In der Nacht konnten wir beide nicht schlafen. Sascha wälzte sich, stand mehrmals auf, ging zum Tisch und schrieb.

Er ist sechs Jahre älter als ich. Als ich Kind war, scheint er für mich wichtiger gewesen zu sein als Mutter und Vater, ohne dass mir das damals bewusst war; er selbst hat sich mit mir wohl eher gelangweilt.

Den anderen Morgen, als er vom Klo kam und sich mit dem Handtuch das Gesicht wischte, sagte er lachend: »Mir geht ein Gedicht von Sabolozki nicht aus dem Kopf: Bei Sturm den Bau verlassen, dem Raum die Ehre geben. Sich für den Tod zu fassen genauso wie fürs Leben. Ich hab es gleich mal überm Loch deklamiert.«

Vom vielen Essen war uns schon schlecht, aber das ließ sich nicht ändern; das gute Zeug, mit so viel Mühe beschafft, konnten wir unmöglich verkommen lassen. Also schlugen wir uns ein neues Mal den Bauch voll. Anschließend berauschten wir uns mit dem Sud vom schwarzen Tee.

Vor dem Fenster war eine Sichtblende; nichts zu sehen als ein in graue Streifen geschnittenes Stück Himmel. Mein Bruder wollte genau von mir wissen, wie es vor dem Lager aussah.

Dann kam einer und sagte, die Besuchszeit sei in einer halben Stunde vorbei.

Da war das Geld längst präpariert: die Scheine seidenweich geknetet, zum Stopfen gerollt und in ein Stück Plastikfolie von der Pralinenschachtel eingeschlagen, die Sascha mit der Flamme eines Streichholzes vorsichtig verschweißt hatte.

Nun, da es Abschied zu nehmen galt, schob er sich das erquickende Zäpfchen in den After.

»Schischkin!«, brüllte es von draußen, und er wurde abgeführt.

Als der Ruf ertönte, schien sich mein Bruder instinktiv zu ducken, den Kopf zwischen die Schultern zu ziehen, sein Gesicht versteinerte. Er legte die Hände auf den Rücken und ging zügig mit schlappenden Latschen hinaus.

Bei jedem meiner Besuche schmuggelte ich im Gestänge meines Wägelchens Geld hinein. Vielleicht ist jetzt alles anders, und sie schrauben auch die Trollys auseinander, wer weiß.

Es kam auch vor, dass man umsonst hinfuhr. Einmal hatte ich den Antrag schon ausgefüllt und wartete, dass sie mich einließen, doch der Besuch wurde abgelehnt. Irgendein Neuer kam heraus, den ich zuvor nie gesehen hatte.

»Was soll das denn?«, empörte mich. »Aus welchem Grund? Es steht mir doch zu!«

Die Antwort wehte mir mitsamt einer Schnapsfahne ins Gesicht.

»Den Besuch kriegen nicht Sie, sondern er. Er hat gegen die Disziplin verstoßen und bekommt den Besuch nicht bewilligt.«

Und damit hatte es sich. Vielleicht hätte ich den Typen schmieren müssen, aber so viel Geld, dass zuzugreifen sich gelohnt hätte, war nicht in meiner Tasche, und das Wägelchen konnte ich vor seinen Augen schlecht aufschrauben. Außerdem hatte es keinen Zweck, ihm etwas zu geben und seine Vorgesetzten leer ausgehen zu lassen, und für alle reichte mein Geld schon gar nicht. Wo hernehmen? Als Lehrer verdiente man nicht viel.

So zog ich unverrichteter Dinge wieder ab.

Mama hatte immer gehofft, es würde ihr bald wieder besser gehen, sodass sie die Reise hätte auf sich nehmen können, doch nach der Operation war daran nicht mehr zu denken.

Dann muss in dem Lager irgendetwas vorgefallen sein, worauf Sascha von Lgow nach Iwdel in den nördlichen Ural verlegt wurde. Auch dort, am neuen Ort, sei so weit alles in Ordnung, schrieb er, es sei nur ziemlich kalt. In jedem Brief bat er um warme Sachen. Und Mama schrieb er, sie solle nur ja auf ihn warten, dann würde alles gut.

Auch in Iwdel habe ich Sascha besucht.

Er hatte noch einen Moskauer in seiner Kolonne, mit dessen Mutter ich mich am Ausgang der Metrostation Semjonowskaja traf. Sie gab mir für ihren Sohn etwas mit.

»Dort gibt es gar nichts«, sagte sie. »Kein Obst und kein Gemüse. Sie müssen alles mitnehmen.«

Und sie erklärte mir genauestens, wie ich fahren sollte, wo umsteigen, dabei nannte sie mich Söhnchen.

Ich fuhr auf den Wochenmarkt am Preobraschenski Wal. Es war Anfang Juli, Erdbeerzeit. Ich kaufte alles Mögliche. Vielleicht kriege ich es heil bis zu ihm hin, sagte ich mir.

Erst ging es mit dem Flugzeug nach Swerdlowsk, von da mit dem Nachtzug bis Serow, wo ich umsteigen musste, und dann brauchte es noch einen ganzen Tag bis Iwdel. Der Besuch wurde erst für den nächsten Tag genehmigt, in einem Bauernhaus nahe des Lagers verbrachte ich die Nacht. In dem Zimmer standen mehrere Betten, außer mir schliefen dort ein alter Mann mit seinem Enkelchen und eine Tatarin, die im Schlaf schrie.

»Kriege ich von Papa auch keine Haue?«, fragte das Mädchen immer wieder, als der Alte es in den Schlaf zu wiegen suchte.

Um die Zeit totzuschlagen, ging ich im Dorf spazieren. Alles war aus Holz und mit Holz bepflastert: Häuser, Straßen, Gehwege und Höfe. Faulte irgendwo ein Brett, wurde ein neues darübergenagelt. Vor dem Lager befand sich ein Sägewerk mit gigantischen Haufen faulender Späne, davon trug der Wind einen würzigen bis stechenden Geruch durch das Dorf. Die Halden waren so hoch, dass sie Häuser und Bäume überragten. Entfernte man sich, schienen sie zu wachsen, reckten sich über die Dachfirste und behielten einen im Blick.

Als ich endlich drinnen war und die Tasche auspackte, waren die Beeren in den Gläsern natürlich verdorben. Den schimmelbewachsenen Inhalt ins Klo zu schütteln war bitter.

Diesmal ging alles weniger harmonisch zu als sonst. Mein Bruder und ich gerieten in Streit. Außerdem hatte sich das Geldröllchen im Gestänge verklemmt. Sascha drehte das Wägelchen um, stieß es ein paarmal hart gegen die stählerne Bettkante, stocherte lange mit einer Gabel und bekam es am Ende heraus.

Auf der Rückfahrt nach Serow kam eine Wachpatrouille mit Hunden durch den Zug und kontrollierte die Ausweise. Aus einem der Lager war jemand ausgebrochen.

Vor dem Fenster zogen gerodete Wälder vorbei über Dutzende, wenn nicht Hunderte Kilometer.

Wir fuhren dahin, ich sah die endlosen Holztransporte an jeder Bahnstation und hatte das Gefühl, dass meine Sammlung sich stetig vergrößerte: Mamas Büstenhalter mit der Schaumgummiattrappe. Das pfeifende Geräusch der Schweineborsten auf dem Asphalt. Das rektal verschluckte seidenweiche Geld. Jetzt der zartblaue Schimmelhauch über den Erdbeeren. Ein scharfer, nach faulen Spänen stinkender Wind. Und dieser niedrige Nordhimmel da, grau wie die Planken, mit denen Iwdel gepflastert ist.

Und weißt Du noch, Francesca – jene Osternacht?

Es fing damit an, dass die törichte, bucklichte Alte an der Haltestelle vor dem Haus stand und die Passanten mit ihrer Weidenrute piesackte. »Weidenkätzchen, peitsch mein Schätzchen, peitsch mein Liebel, das muss zwiebeln!«, so der Spruch, den sie vor sich hin murmelte.

Dich und mich hat der Zweig auch gestreift, dabei schlug sie das Kreuz über uns.

Den ganzen Samstag haben wir unser Zimmer tapeziert. Das war anstrengend, so legten wir uns gegen Abend ein Stündchen zur Ruhe. Als wir erwachten, war es elf – um ein Haar hätten wir die Ostermesse verschlafen! Wir schauten aus dem Fenster. Die Nacht war mild und sternenklar, jedoch windig. Vom Puschkinplatz dröhnte der Verkehr wie gewöhnlich. Eben traten ein paar Leute aus dem Spielkasino gegenüber, überquerten die Straße und schienen auf die Kirche zuzusteuern.

Du bandest Dir ein zartes Kopftuch um, und wir gingen los.

Es war nicht allzu voll. Als Erstes fiel uns die bucklichte Alte auf, deren dünnes, zittriges Organ beim Singen alle übertönte. Ein paar Obdachlose waren da, einer mit Armstumpf, sein Nachbar bekreuzigte sich mit schmutziger Hand. Direkt vor uns stand die Bibliothekarin, die bei uns im Haus wohnte. In einer Nische Matwej Andrejewitsch, auch er wie ein Penner aussehend, mit struppigem Haar und zerschlissenen Schuhen. Neben ihm das fettsüchtige Mädchen mit seiner Mama. Dass Matwej Andrejewitsch und diese Frau wenig später die Ehe eingehen würden, konnten wir damals nicht ahnen. Vorne beim Altar ein Häuflein hutzeliger Weiber, die sich drängten, als gäbe es dort etwas zu kaufen, dabei war in der Kirche genügend Platz. Die übrigen Besucher kamen augenscheinlich aus dem Kasino: kräftige Männer in guten Anzügen, die wie ihre eigenen Bodyguards ausschauten, mit Frauen vom Typ Bankiersgattinnen, in Pelz und Parfümwolke.

Vielleicht auch Killer und Prostituierte, wer mochte das wissen.

So standen wir alle beisammen, eine Kerze in Papiermanschette vor uns haltend, und beteten – jeder das Seine.

In Abständen schrillten Mobiltelefone.

Dann war Christus auferstanden, und alle sangen wir: »Christ ist erstanden von den Toten, im Tode bezwang er den Tod und hat allen in den Gräbern das Leben gebracht.«

Die Kerzen wurden entzündet, eine an der anderen; ich bekam mein Licht von der Bibliothekarin – die Flamme spiegelte sich in ihren Brillengläsern –, Du Deines von mir.

Und immer wieder Handygebimmel.

Sodann zogen wir alle miteinander – Mörder und Huren, Bucklige und Hutzlige, die Obdachlosen und Matwej Andrejewitsch mit seiner Braut, deren Tochter und die Bibliothekarin, Du und ich – einmal um die Kirche herum.

Ab und an blies der Aprilwind jemandem das Osterlicht aus, und jemand gab es ihm zurück, die Hutzligen den Mördern, die Huren den Pennern. Einmal entzündete ich meine Kerze an der von Matwej Andrejewitsch. Irgendwer verteilte Papptrinkbecher, damit ging es besser.

Also zogen wir mit leuchtenden Pappbechern um das Gotteshaus. Und für einen Moment befiel mich ein sonderbares Déjà-vu. Als wäre das alles schon mal da gewesen, oder nein, anders – als täten wir das schon immer so: mit flackernden Kerzen durch die Straße ziehen, am Rollladen der vormaligen Bäckerei vorbei, keine Ahnung, was jetzt darin war, irgendein Kontor, dann am Zaun der Druckerei entlang, über die durch den Schlamm gelegten Bretter, am Müllplatz vorbei und zurück auf die Straße, zur Haltestelle, wo gerade der leere Trolley einfuhr, die Türen klappten auf und wieder zu, ohne dass jemand aus- oder einstieg. So waren wir schon gestern herumgezogen und vorgestern, hatten das Troparion gesungen im Handygezirp, von Parfümschwaden umhüllt, kein Wind wäre imstande, unsere Prozession von diesem Geruch zu befreien, so wenig wie er die Kerzen in den Bechern zum Erlöschen bringt, genauso ziehen wir noch heute, und so wird es morgen und übermorgen sein und immer und allezeit.

Die Prozession kehrte zurück in die Kirche, und der vornehm gekleidete Teil des Publikums verlief sich. Manche kehrten geradewegs ins Kasino gegenüber zurück, andere in den Nachtklub vom Lenkom-Theater oder in die Diskothek vom Kino Rossija.

Wir blieben noch ein bisschen und gingen dann auch. Eigentlich hatten wir noch einen Spaziergang vor, doch der Wind trieb eine Wolkenwand heran, die ersten Tropfen fielen schon.

Also beeilten wir uns, nach Hause zu kommen. Im Treppenhaus war es finster wie gewöhnlich. Meist hatte ich eine Taschenlampe dabei oder riss ein Streichholz an. Heute leuchteten uns die Osterkerzen den Weg die Stufen hinauf.

Im Winkel hinter dem Fahrstuhl wechselnde Geräusche: Schnaufen, Stöhnen, Schaben.

Beim Eintreten in die Wohnung maltest Du mit dem Ruß der Kerze schwarze Kreuze an den Türbalken.

»Was soll das denn?«, wunderte ich mich.

So könne man sein Haus vor Unheil bewahren und die, die man liebt, hattest Du irgendwo gelesen.

Wir spazierten zur Nachtzeit durch die verwaiste Wohnung – bestimmt war Matwej Andrejewitsch zu seiner Braut fastenbrechen gefahren – und malten an alle Türen und Fenster Kreuze aus Osterkerzenruß.

Da wir weder Eier noch Osterbrot oder -kuchen hatten, gab es Pelmeni aus der Tüte, das war unser Festschmaus.

Dann lagen wir eng aneinandergekuschelt auf dem schmalen Sofa. Rings um uns lösten sich knisternd die Ränder der schlecht geklebten Tapeten von der Wand.

In dieser Nacht, unter dem Schutz der Rußkreuze, haben wir unser Kind gezeugt.

Und am nächsten Morgen rief Sinaida Wassiljewna an, die Frau meines Vaters.

»Mischa«, sagte sie. »Christus ist auferstanden, und unser Matrose ist gestorben, stell dir vor.«

Das Begräbnis, Francesca, weißt Du noch? Man wusste nicht, ob lachen oder weinen. Erst konnten wir die Leichenhalle ewig nicht finden, irrten eine halbe Stunde zwischen Garagen und Mülltonnen umher, beinahe wären wir zu spät gekommen. Sina war schon da, auch Sascha mit Frau und Kindern, noch ein paar Frauen, die ich nicht kannte, und ein alter, schon zu dieser frühen Stunde betrunkener Mann, der sich als Freund meines Vaters vorstellte, ich kannte ihn nicht. Er hatte ein Holzbein, über dessen Fuß eine Gummigalosche gezogen war, am anderen, lebendigen Fuß trug er, ganz unpassend zur Jahreszeit, eine Sandale.

Vor dem Eingang zur Halle stauten sich mehrere Grüppchen, es ging nur langsam voran, obwohl drinnen die Toten wie am Fließband herangekarrt und die Abschiednehmenden beständig zur Eile gedrängt wurden.

Sina berichtete uns, wie es mit dem Vater zu Ende gegangen war.

»Er ist aus dem Bett gefallen und hat gebrüllt: Sina! Sina! Ich sehe nichts! Mach Licht an! Licht! Mehr Licht!«

Es war seltsam, dass dieser versoffene U-Boot-Veteran vor dem Tod die gleichen Worte gerufen haben sollte wie Goethe.

Solange ich denken kann, hat mein Vater davon gesprochen, er wolle nach seinem Tod in der Uniform aufgebahrt werden. Er besaß noch die alte Marineuniform, die er von Zeit zu Zeit seiner zunehmenden Leibesfülle hatte anpassen lassen. Und so wurde uns in der Leichenhalle tatsächlich ein weißhaariger Matrose präsentiert. Zuletzt hatte ihn ständig der Tremor geschüttelt; nun, die Hände auf der Brust gefaltet, bot er einen besänftigten Anblick – so als könnte er endlich sicher sein, dass es im gestreiften Matrosenleibchen ins Feuer geht.

Er hatte, besonders zuletzt, so maßlos getrunken, dass man sich wundern musste, wie der Organismus es aushielt. Alle seine U-Boot-Kameraden hatten sich längst unter die Erde gesoffen.

Der Sarg erwies sich als zu kurz, der Kopf lag an der Rückwand auf, und das Kinn klemmte an der Brust, wodurch Vaters Gesicht einen seltsam lebendigen Ausdruck annahm, mit der Miene des Gekränkten, die besagte: Nicht mal ordentlich in den Sarg legen können sie mich.

Sina ging sich bei der Verwaltung beschweren, aber die tippten bloß auf den Auftragsschein: Eins achtzig war bestellt, da haben wir ihn reingelegt. Eine Frau im schmutzig weißen Kittel kam heraus und fing uns zu belehren an, man müsse die Länge immer reichlich bemessen, Tote strecken sich noch mal, »wussten Sie das nicht?«.

An dieser Stelle wurde es Sina zu viel. »Macht, was ihr wollt!«, winkte sie ab. Anschließend mussten wir ihn ins Krematorium nach Mitino überführen. Der Bus, den sie uns gaben, war bis über die Fenster mit Schlamm bespritzt. Ich nahm den Deckel, um den Sarg zu schließen. Im Deckelrand steckten schon die Nägel, was ich erst bemerkte, als er sich nicht aufsetzen ließ. Ich schaute genauer hin: Ein Nagel war über Vaters Schädel geschrammt. Aus der geritzten Haut sickerte etwas Violettes ins weiße Haar. Wir ließen den Sarg offen.

All das verfolgtest Du stumm, mit wachsender Verwunderung, die ich Dir aus den Augen las. Vaters Freund mit dem Holzbein wich nicht von Deiner Seite, faselte auf Dich ein – über die Scheiß-Demokratie, die Jidden und dass man Moskau schleunigst von allen Schwarzärschen säubern sollte.

Während der Fahrt im knirschenden, scheppernden Bus – eine Hand in den Sitz gekrallt, um nicht beim nächsten Schlagloch zur Seite geschleudert zu werden, einen Fuß gegen den rutschenden Sarg gestemmt – fiel mir ein, wie ich als Kind alljährlich im August, gegen Ende der Ferien, mit dem Vater eine Radtour in den benachbarten Iljinsker Wald unternommen hatte. Er auf seinem schweren deutschen Beutefahrrad fuhr manchmal ein Stück voraus, ich rief: »Papa, warte!«, und versuchte auf meinem Kinderrad, Marke Orljonok – Kleiner Adler –, hinterherzukommen. Es gab viele Wurzeln, die man besser umkurvte, und dann wieder Sand, in dem die Räder stecken blieben.

An Vaters Seite fühlte ich mich im Wald sicher wie in einem sonnendurchfluteten Park. Nur alleine war mir unbehaglich, nachdem ich mich dort einmal eines betrunkenen Soldaten zu erwehren hatte, der plötzlich mit blutiger Visage aus dem Busch gesprungen kam, gerade auf mich zu. »Halt, du Hüpfer! Stehen bleiben!«

Ich erschrak so heftig, dass ich beinahe vom Rad fiel. Strampelte mit aller Kraft.

Der Soldat kam mit polternden Stiefeln hinterhergerannt. »Bleibst du wohl stehn, Hurenbalg!«

Ich trat verzweifelt in die Pedalen, holperte über Wurzeln, wusste: gleich stürze ich. Aber vorher stolperte und stürzte der Soldat, und mein kleiner Adler trug mich davon.

Auch vor dem Krematorium gab es eine Warteschlange; noch eine geschlagene Stunde verbrachten wir beim Sarg im Bus.

Endlich wurden wir eingelassen. Ein üppiges Frauenzimmer in Wattejacke und Mohairmütze hatte das Sagen. Ihre Stimme erinnerte mich frappant an die meiner Mitschülerin Natascha Jerofejewa. Sie war unschlagbar gewesen im Aufsagen von Gedichten, Verse wie die »Vom Sowjetpass« oder: »Ovale warn mir schon als Kind zuwider, ich malte Ecken, immer wieder«, so etwas. Damit trat sie zu allen Pionier- und später Komsomolversammlungen auf, wurde sogar ins Zentrale Pionierlager Artek auf der Krim delegiert, alle waren neidisch, aber keiner konnte Gedichte vortragen wie sie. Nun also gab eine Dame mit Nataschas Stimme Anweisungen, wer sich wohin zu stellen und was zu tun hatte. Fragte, ob jemand etwas sagen wolle, und redete, da sich keiner fand, selbst ein paar Sätze über Jesus Christus, Unsterblichkeit und Wiederauferstehung daher, und das mit jener Stimme und Betonung, die mich annehmen ließ, es ginge wie einst um den Sowjetpass. Ich starrte ihr ins Gesicht und zweifelte: War sie es, war sie es nicht? Seither waren immerhin zwanzig Jahre vergangen, und Menschen ändern sich.

Die Frau bekreuzigte sich und sagte, man solle dem teuren Toten beim Abschiednehmen ans Bein fassen, damit er einen nachts nicht heimsuche. Irritiert schauten wir uns an – doch bei dieser Stimme konnte man sich nicht verhört haben. Da ich dem Ende des Sarges am nächsten stand, wollte ich den Vater beim Fuß fassen, da, wo ich den Schuh vermutete, und musste feststellen, dass er keine Schuhe trug. Ich ertastete durch den Stoff seine verkrümmten Zehen.

Schließlich musste der Deckel auf den Sarg, ich gab mir Mühe, den betreffenden Nagel zur Seite zu biegen, um Vater nicht noch einmal wehzutun.

Worauf die leitende Angestellte – die mich ebenso anstarrte wie ich sie, es war wohl doch Natascha – neuerlich ein Kreuz schlug und irgendeinen Hebel betätigte. Dieser schien zu klemmen, sie musste noch mehrmals und jedes Mal kräftiger drücken, ehe der Sarg mit meinem Vater langsam unter heiser krächzenden Tschaikowski-Klängen zu sinken begann – in die Unsterblichkeit, falls Natascha nicht gelogen hatte.

Von dort fuhren wir mit demselben Bus wie zuvor ins Neubauviertel nach Strogino zum Leichenschmaus. Das elende Gefährt rüttelte uns eine Ewigkeit über die Ringstraße. Da die direkte Zufahrt aufgerissen war, gab es eine Umleitung, die eine weitere halbe Stunde in Anspruch nahm.

Durchfroren, müde und hungrig langten wir an. Es ging schon auf den Abend zu, seit dem Kaffee am frühen Morgen hatten wir nichts zu uns genommen. Nun standen wir vor einem riesigen Neubau, endlos lang, dessen eine Hälfte im Schatten einer Wolke, die andere in der grellen Sonne lag.

Es gab zwei Aufzüge, einen kleinen für Personen und einen größeren für Lasten. Alles drängte in den großen, und natürlich blieben wir damit stecken – an die zehn Personen, die ganze Begräbnisgesellschaft. Der Aufzug ächzte kurz und ruckte, dann ging das Licht aus, und nichts bewegte sich mehr.

Knöpfe zu drücken half nicht, der Notruf bewirkte ebenso wenig.

Wir riefen, doch im Treppenhaus war keiner. Traten gegen die Tür. Ich weiß nicht mehr, wie lange wir in der Kabine zubrachten, so dicht gedrängt, dass kein Apfel zu Boden ging. Wir hatten Kinder dabei, die zu plärren anfingen. Heiterkeit machte sich breit, erst lachte einer, dann lachten alle – vor Müdigkeit und Hysterie. Da standen wir, in finsterer Kabine zwischen den Etagen hängend, und lachten uns tot.

»Das wird Pawel sein, der sich aus dem Sarg an uns rächt«, fiel Sina ein. Wieder ein Grund zum Lachen.

Schließlich wurden wir erhört.

»Was soll ich denn machen?«, fragte eine Jungenstimme von draußen.

»Ruf den Dispatcher!«

»Quatsch! Bring eine Axt, aber schnell!«

Tatsächlich gelang es mithilfe der Axt, die Tür aufzuhebeln.

Wir gingen hinauf in die väterliche Wohnung, nahmen an der Tafel Platz. Die Nachbarn hatten sie gedeckt und warteten seit Langem.

Und selbst Du, Francesca, die Du sonst nie Wodka anrührtest, ließest Dir einschenken.

Spätabends mit der beinahe letzten Metro kehrten wir heim.

Den ganzen Weg über schwiegst Du, den Kopf an meine Schulter gelegt, schlummertest irgendwann ein – restlos erledigt.

Während ich, alleine mit mir im ohrenbetäubend ratternden Metrozug, eine Erkenntnis hatte. Ich begriff, wofür es gut war, dies alles aufzuheben und zu sammeln: den Sarg mit dem über Nacht gewachsenen Vater und die Krematoriumsangestellte, dieser Charon mit Natascha Jerofejewas Stimme, und den Aufzug, der uns »zur Axt gerufen«, all dies war großartig, es ließ sich nicht anders sagen.

Großartig, Francesca, verstehst Du?

Wir fuhren dahin, und eine leere Heineken-Bierdose rollte auf dem Fußboden hin und her. Ich sehe sie vor mir, scheppernd, in die Tiefe des Waggons kollernd, wo eine Frau in Filzstiefeln mit

Galoschen quer auf der Bank lag, den Kopf auf einer Adidas-Tasche, und schlief. Auch diese Frau war großartig.

Kurz vor seinem Tod wollte Vater sich noch einmal mit mir photographieren lassen.

»Wozu das denn?«, entfuhr es mir.

»Damit du was hast, wenn ich in der Grube bin, womit du dich an den alten Seebär erinnern kannst!«

»Na dann komm, alter Seebär«, sagte ich, weil er doch keine Ruhe gab.

Wir gingen in ein Photoatelier, gleich dort in Strogino, unweit der Wohnung. Die Kamera schien noch aus den Zeiten der Lumières zu stammen. Ein Mädchen mit Kurzhaarschnitt bediente uns. »Na, nun lächeln Sie doch mal!«, sagte sie, während sie sich den Kaugummi von den Zähnen zog.

Unser Bemühen schien nicht überzeugend auszufallen, das Mädchen musste seinerseits lachen.

»Cheese!«, kam der Befehl.

Neulich wühlte ich, auf der Suche nach irgendetwas, in alten Papieren und hielt auf einmal dieses Photo in der Hand. Da sitzen wir, Ohrläppchen an Ohrläppchen, mit dem Cheese zwischen den Zähnen. Jeder sein Bröckchen Käse ...

Wenn Vater betrunken war, pflegte er die immer gleichen Lieder zu grölen: »Ein Knallfrosch fiel qualmend vom Himmel« und »Mischka, Mischka, wo ist dein Lächeln hin?«, was ein alter Schlager aus der Nachkriegszeit war. Dabei grapschte er nach mir, dem Vorschulkind, wollte mich nötigen, mitzusingen. Und während ich davonzukommen suchte, meine Schultern zwischen seinen Riesenpranken klemmten, fiel der Satz, ich weiß nicht, woher er ihn hatte: »Das Leben, Mischka, muss man erstürmen wie eine Festung!«

Und dann, Francesca, waren wir noch zusammen in der Bibliothek, die keinen Namen mehr hatte.

Ende April war noch einmal Schnee gefallen, die ganze Stadt

zugeschneit. Glatteis. Du machtest Trippelschritte und hieltest Dich an mir fest, um nicht zu fallen. Von den Dächern tropfte es. Sowieso musste man sich von den Häusern fernhalten, am besten auf der Fahrbahn laufen, denn an den Traufen hingen wahre Gletscher ... Schließlich saßen wir im Lesesaal No.3, der ausgekühlt war und schummrig, man fühlte sich wie in Kriegszeiten. Es gab Benutzer, die die Glühbirnen aus den Leselampen schraubten und mit nach Hause nahmen. Jemand las mit der Taschenlampe. Du hattest vorsorglich eine Birne dabei.

Das war der Fehler.

Vorher aber waren wir noch hinunter in die Kantine gegangen, weißt Du noch? Überall in den Sälen und Korridoren lungerten Invaliden, Hungerleider, ausgeflippte Typen; einer von ihnen stellte uns in der Kantine. Damals gab es dort als Einziges Suppe, von der man auch nicht wusste, woraus sie bestand. Hauptsache, Essen. Also nahmen wir Suppe und Brot, fingerten aus dem Trog jeder einen Löffel, der aussah, als stammte er aus dem Besucherhaus des Iwdeler Strafvollzugs, und hielten Ausschau nach einem Tisch, fanden irgendwo ein unbesudeltes Eckchen, schoben ein paar Teller mit verschmähter Plörre beiseite und fingen in traulicher Enge zu löffeln an. Und da kam dieser Verrückte auf uns zu: hohe Stirn wie ein Professor, der Anzug verdreckt und in Fetzen, dafür mit Krawatte. Mit eben so einem Löffel aus geschwärztem Aluminium in der Faust stand er vor uns, schaute abwechselnd auf die Suppe und auf Dich, der Blick war seltsam. Plötzlich stieß er seinen Löffel in Deinen Teller und von da schnell in seinen Mund. Dann starrte er Dich herausfordernd an und wartete ab.

Im ersten Moment schautest Du verdutzt, dann schobst Du ihm den Teller hin. »Essen Sie mal. Bitte!«

Ich wollte Dir eine neue Suppe holen, aber Du mochtest nicht mehr. Rauntest mir zu, Du müsstest austreten.

Ich saß schon wieder ein paar Minuten im Lesesaal, als Du hereinkamst und Dich wortlos neben mich setztest, noch von einer

Wolke Toilettengeruch umhüllt, Zigarettenrauch und saurer Urin, das Odeur vom Klo der Leninbibliothek war unvergleichlich. Du saßest eine Weile, dann schütteltest Du den Kopf: »Ich glaube, ich kann heute nicht mehr. Lass uns nach Hause gehen.« Nahmst das Taschentuch und schraubtest Deine Birne aus der Tischlampe.

Am Ausgang stand eine Milizionärin mit einem Bleistift in der Hand. »Öffnen Sie die Tasche!«

Du kamst der Aufforderung nach. Ihr Bleistift stieß hinein.

»Was haben wir denn hier?«

Sie hatte die Glühbirne entdeckt.

Nun begann es.

Du erklärtest ihr, das sei Deine Birne, Du habest sie mitgebracht, könnest sie aber gerne der Bibliothek schenken … Im Nu hatte die Milizionärin Dir die Benutzerkarte entrissen.

»Sie warten, bis die Bibliothek schließt, dann nehmen wir ein Protokoll auf.«

»Glauben Sie im Ernst, ich hätte Ihnen diese Glühbirne gestohlen?«, fragtest Du verwundert.

Die Milizionärin schob Dich zur Seite. »Sehen Sie nicht, dass Sie im Weg sind? Ihretwegen stehen die Benutzer Schlange!«

Ich versuchte etwas zu erklären, es war zwecklos. Deine Karte war in einer Schachtel auf der Garderobentheke gelandet, Du versuchtest sie an Dich zu nehmen. Sie packte Dich so hart am Arm, dass Du aufschriest. Das war zu viel. Ich entrang Dich ihrem Griff. »Was fällt Ihnen ein, Sie tun ihr weh!«

Die Milizionärin riss ihre Alarmpfeife aus der Tasche und pfiff ein gellendes Signal. Wie aus dem Boden geschossen, sprangen Männer in Tarnanzügen auf mich zu. Drehten mir die Arme auf den Rücken, führten mich ab. Ich wollte mich losreißen, wurde bei den Haaren gepackt, schlug mit den Füßen aus, bekam einen Schlagstock in die Nieren. Du liefst uns nach, begriffst nicht, was geschah. »Warum tun Sie das?! Lassen Sie ihn los! Nicht schlagen!«

Ich versetzte dem einen noch einen wuchtigen Tritt, woraufhin er mir den Arm so weit nach oben drehte, dass es in der Schulter knackte. So schleppten sie mich aus der Bibliothek und durch den Schnee zur Metrostation, wo ihr Revier war. Du hattest Mühe, hinterherzukommen.

»Francesca«, rief ich, »alles okay, geh lieber nach Hause!«

Ich bekam einen neuen Schlag mit dem Stock in die Nieren, damit ich den Mund hielt.

Alles, was recht war: Die Sache wurde langsam heiter.

Auf dem Revier wurde umständlich ein Protokoll verfertigt.

»Schreib, Scharow: Metallring, Farbe gelb!«

»Warum das alles?«, fragtest Du immer wieder. »Ich verstehe nicht, was das soll!«

»Warum?« Einer der Männer im Tarnanzug krempelte das Hosenbein auf und zeigte Dir einen roten, stellenweise blau unterlaufenen Fleck: »Darum!«

Sie setzten Dich vor die Tür, und mich behielten sie da. Ich hatte keine Ahnung, was mir blühte, es war mir gleich. Apathie hatte mich ergriffen, außerdem tat die Schulter weh.

Die Nacht verbrachte ich auf einer Pritsche in Gesellschaft eines Obdachlosen und eines einäugigen Tschetschenen. Die leere Augenhöhle war in Falten gelegt, die ich im Halbdunkel der Zelle irgendwie flattern sah, so als säße ihm ein dicker, zottiger Nachtfalter im Auge.

»Was ist mit deinem Arm? Zeig her«, sagte der Tschetschene.

Die Schulter war geschwollen. Der Tschetschene knetete sie mit den Fingern und riss dann, ohne Vorwarnung, heftig an dem Arm. Etwas schnappte.

»Das wars«, sagte er. »Jetzt kannst du ruhig schlafen.«

Wahrscheinlich hatte ich aufgeschrien, denn jemand in Uniform betrat den Raum: »Was geht hier vor, verdammt noch mal?«

»Alles gut«, suchte ich den Mann zu beschwichtigen.

»Was brüllst du Arschloch dann hier rum?«

Ich streckte mich wortlos aus und schloss die Augen.

»Nicht mal schlafen lasst ihr einen. Arschficker, verdammte!«

Die Tür fiel ins Schloss.

Einzuschlafen war mir nicht möglich, benommen lag ich da. Die Schulter schmerzte. Es stank.

Lustig, das Ganze, dachte ich, gegen die Decke starrend, die langsam hellgrau wurde.

Und natürlich dachte ich an Dich.

Die Sache endete, wie sie angefangen hatte: in russischer Folklore.

Du riefst Bekannte an, fragtest um Rat, was zu tun war. Sie erklärten Dir, dass man den Bullen Geld geben musste. Der Gedanke, Vertreter rechtspflegender Organe bestechen zu sollen, machte Dich konfus, also kam Deine Freundin Oksana am nächsten Morgen mit aufs Revier. In ein paar Minuten war die Sache erledigt.

Und wenn Du wüsstest, Francesca, was für ein tolles Gefühl es ist, die Freiheit zu erlangen, selbst wenn man nur eine Nacht eingesperrt war. Die Moskauer Frühlingsluft zu atmen, Arm in Arm mit Dir durch den Schneematsch zur Metro zu patschen. Ich rief in der Schule an, dass die erste Stunde ausfallen müsse, aber zur zweiten würde ich pünktlich sein. »Michail Pawlowitsch, ist etwas passiert?«, fragte meine Chefin, die stellvertretende Schuldirektorin, besorgt.

»Nein, nein, alles in Ordnung«, beruhigte ich sie. Sollte sie denken, dass ich verschlafen hatte, es war besser so, ersparte viele Erklärungen.

Zu Dir sagte ich in der Metro, dass wir doch froh sein konnten über die Neuerwerbungen in unserer Sammlung: Wir hatten jetzt diesen erstaunlichen Wind, in dem die Gerüche von Benzin und tauendem Schnee sich vermischen, nach der Nacht auf dem Revier eine Wohltat, trotz aller Auspuffgase. Wir hatten die Glühbirne in der Tasche, die bei der Rangelei in Scherben gegangen war. Einen Tschetschenen hatten wir, mit einer Motte als Auge. Und wie unter Umständen eine Schulter knacken kann, das wussten wir nun auch.

Du aber hattest keinen Sinn mehr für die Sammlung, weil Du es nun wusstest, der in der Apotheke gekaufte Test hatte Gewissheit gebracht: dass unser Kind in Dir war.

Mir blieben von dem Bibliotheksabenteuer erst einmal die Läuse als Souvenir, die ich mir bei dem Obdachlosen aufgeladen hatte, und ein dumpfer Schmerz in der Schulter, der sich noch eine Zeit lang hielt. Ich saß da, den Kopf über eine aufgeschlagene Zeitung gebeugt, Du kämmtest mir mit einem feinen Kamm das Haar. Gottes Geschöpfe fielen mit leisem Geprassel auf das Papier.

Und dann kam jener sonnige, von Buchenlaub gerötete Novembertag.

Ich erwachte frühmorgens, sah Dich aufrecht im Bett sitzen und wusste: Es geht los.

Du riefst in der Klinik in Winterthur an. Sie sagten, wir sollten uns auf den Weg machen, wenn die Wehen im Fünfminutenabstand kämen. Du mochtest nicht zu Hause hocken und schlugst einen Spaziergang vor. Wir verließen das Dorf in Richtung Teich. Die Novembersonne schien und machte uns blinzeln.

Weinberge zur Linken, die der Landschaft einen zusätzlichen Rotstich verpassten. Auf der darüberliegenden Anhöhe lugte der Dachreiter vom Gut Heimenstein als grüner Farbtupfer hinter den Wipfeln hervor. Am Vorabend erst waren wir dort oben gewesen und hatten zugesehen, wie die Dorfjungen sich mühten, ihren Drachen steigen zu lassen. Er hatte die Form eines Sturmvogels und erinnerte zugleich an die Papierschwalben, die wir früher in der Schulpause aus dem Fenster in den Hof hinabfliegen ließen – vorzugsweise mit brennendem Schwanz.

Wir sahen zu, wie die Jungen die Schnur von der Rolle ließen und, den Drachen über den Kopf haltend, losrannten. Plötzlich fiel mir ein, darin ein Omen zu sehen: Wenn sie es jetzt schaffen, den Drachen in die Luft zu kriegen, wird alles gut. Gilt nicht!, rief ich mich im nächsten Moment zur Ordnung: Das eine hat mit dem anderen nichts zu tun.

Der Drachen schwang sich steil empor, schien nach einer Wolke picken zu wollen – und fuhr im nächsten Moment genauso steil wieder abwärts, knallte mit der Nase in den Acker.

Es brauchte noch mehrere Versuche, bis der Drachen endlich, vom Wind erfasst, hoch am Himmel stand. Die bunten Schwanzbänder flatterten, es sah aus wie züngelnde Flammen.

Während ich dem Drachenflug zusah, führte ich im Stillen einen Disput – keine Ahnung, mit wem: Nein, beschwor ich ihn, das Omen war widerrufen, es hat keine Geltung!

Das war am Vortag gewesen; jetzt liefen wir in Richtung Teich, und Du bliebst zwischendurch stehen, wenn eine neue Wehe kam. Ich nahm Dich in den Arm. Legte die Hände an Deinen Bauch, doch durch den Mantelstoff war nichts als eine pralle Kugel zu spüren.

Bei den Voruntersuchungen hatte es mehrere Röntgenaufnahmen gegeben, um zu sehen, wie gut der Beckenbruch verheilt war.

Der Unfall lag elf Jahre zurück. Sechzehn Brüche. Der geliebte Mann an Deiner Seite war noch im Auto gestorben. Dass es ebendiese Klinik war, in der Du ein volles Jahr zugebracht hattest, wurde mir erst später klar.

Der noch sehr jugendliche Arzt besah sich die Bilder und sagte: »Wenn Sie möchten, können wir gleich einen Kaiserschnitt machen, aber ich sehe keine Hindernisse für eine normale Geburt. Entscheiden Sie das!«

Dass der Arzt so jung war, behagte mir nicht, und erst recht nicht, dass er die Entscheidung Dir überließ.

»Ich versuche es«, sagtest Du.

Bis zum Teich schafften wir es an dem Morgen nicht mehr. Kehrten um, holten die fertig gepackte Tasche und fuhren in die Klinik. Von Seuzach nach Winterthur sind es drei Stationen mit der S12.

»Ich bin Ihre Geburtshelferin«, stelle eine gepflegte kleine Frau sich uns vor.

»Es ist noch nicht so weit«, sagte sie, nachdem sie Dich untersucht hatte. »Sie können natürlich auch hier warten, aber besser wärs, Sie gingen noch ein Stündchen spazieren. Bei dem herrlichen Wetter!«

Bevor wir erst einmal wieder gingen, führte sie uns noch im Gebäude herum, zeigte den Kreißsaal, alle möglichen Apparaturen und eine riesige Wanne: »Hier können Sie während der Wehen entspannen!«

Wir liefen durch die Räume, wo nirgends etwas los war, wir waren anscheinend die Einzigen.

Dann spazierten wir also noch ein Stündchen durch den Park, den die Buchensonne im Griff hatte. Schauten in eine große, unbelebt anmutende Villa, in der sich das städtische Münzkabinett befand. Sahen uns ein paar Münzen an, manche sonderbar groß und schwarz wie verkokelte Hostien.

All dies ähnelte so gar nicht den Umständen, unter denen Sweta damals unser Kind zur Welt gebracht hatte. Sie weckte mich mitten in der Nacht, ich zog mich rasch an und eilte hinunter auf den Gospitalny Wal, um ein Auto anzuhalten. Wir mussten zur Klinik an der Schabolowka, wo eine Bekannte von Bekannten arbeitete. Bereitwillig hielten ein paar an, die aber, als sie hörten, dass es um eine Geburt ging, wortlos wieder anfuhren. Überhaupt war wenig Verkehr, und ich war schon fast bis zur Kirpitschnaja gelaufen, ehe sich einer herabließ: »Steig ein!«, presste er durch die zusammengebissenen Zähne.

Er hielt vor unserem Haus, ich rannte hinauf. Aber Sweta hatte noch nicht fertig gepackt. Ich weiß nicht, wie viel Zeit verging, bis wir alles beieinanderhatten. Als wir schließlich nach unten kamen, war das Auto verschwunden. Wir mussten wieder bis zur Kirpitschnaja laufen.

Mit Ach und Krach gelangten wir zur Schabolowka. Dort mussten wir eine ganze Weile klopfen, bis jemand aufmachte. Die Klingel funktionierte nicht. Schließlich öffnete uns eine mürrische Alte, die unentwegt etwas in ihren Bart brummelte. Sweta bekam einen Umhang und Lederlatschen verpasst – exakt die gleichen wie mein

Bruder damals im Besucherhaus getragen hatte. Eigene Sachen durfte Sweta nicht mit hineinnehmen.

»Sonst schleppen Sie noch Keime ein.«

»Verstehe«, kommentierte Sweta, »die haben hier von allem so viel, dass sie unseres nicht brauchen.«

Während mir die Alte eine Tüte mit den Sachen herausbrachte, konnte ich Sweta durch den Türspalt sehen, wie sie diese Knastlatschen anzog.

»Mach hin!« Die Alte drängte mich zur Tür. »Mir stehts auch ohne dich bis hier!«

Nun ging ich mit Dir durch den Park, redete irgendetwas daher und war mit den Gedanken in jener Nacht auf der Schabolowka. Ich hatte damals unten vor der Klinik gestanden, oben die in merkwürdig giftigem Violett erhellten Fenster, durch deren Lüftungsklappe ich Sweta schreien hörte.

Nach Betrachtung der Münzen kehrten wir in die Klinik zurück.

Vor uns lagen Stunden und Tage, die sich anfühlen würden wie Jahre.

Natürlich wäre ein Kaiserschnitt besser gewesen.

Während der ersten Stunden nahmen die Wehen immer mehr zu. Du begannst zu schwitzen, doch Deine Haut fühlte sich kalt an, die Beine zitterten, das Gesicht war puterrot. Ich massierte Dir Rücken, Lenden und Beine.

Schreien mochtest Du nicht. Bissest die Zähne zusammen, warfst den Kopf, krümmtest Dich – aber kein Ton.

»Schrei doch!«, bettelte ich. »Du musst schreien, dann wird es leichter!« Doch Du schriest nicht, stöhntest nur, als es schon nicht mehr zu ertragen war.

An das Übrige erinnere ich mich nur mehr bruchstückhaft.

Du auf den Knien neben dem Gebärtisch, gekrümmt – es schien Dir so leichter.

Du stiegst in die Wanne, konntest Dich aber nicht entspannen, wolltest schnell wieder raus.

Die Uhr an der Wand, seltsamerweise mit Papageien auf dem Zifferblatt, zu denen die Hebamme jedes Mal hinsah, wenn die Wehen wieder einsetzten.

Immer einmal kam jemand hinzu. So auch der junge Arzt, der mir die Hand gab und fragte, wie es mir gehe, so als wäre ich der Gebärende.

Du blutetest die ganze Zeit, in Abständen wurden die Unterlagen gewechselt.

Die Hebamme, wie sie mit der Hand nachfühlte: »Der Muttermund ist schon offen, fünf Zentimeter mindestens, das ist gut!«

Stunden, in denen es nicht voranging.

Du hattest Schüttelfrost.

Ein Kommen und Gehen. Die Hebamme vom Anfang verschwand, es erschien eine andere. Schichtwechsel.

Du bekamst ein Schmerzmittel in die Wirbelsäule gespritzt.

Vom Druck Deiner Hand hatte ich blaue Flecke am Arm.

»Alles wird gut, Francesca!«, suchte ich Dich zu beruhigen. »Es hat bald ein Ende! Halt noch ein bisschen durch! Du machst das großartig! Ich liebe dich!«

Du hörtest mich gar nicht.

Die neue Hebamme griff zu einer Ahle und stach die Fruchtblase an. Etwas ergoss sich aus Dir, hell und trübe, mit fremdem Geruch: die Welt, in der unser Kind all die Monate geschwommen war.

Dir ging es immer schlechter.

»Wollen Sie etwas essen?«, wurde ich gefragt. Im Nebenraum war der Tisch gedeckt.

»Nein, danke.«

»Kommen Sie nur, das Ganze kann noch dauern, Sie müssen sich stärken!«

Ich ging hinüber und aß etwas. Kaute und schluckte und wusste nicht, wie viel Zeit vergangen war. War es Tag oder Nacht? Alles um mich her erschien seltsam. Der Salat Olivier auf dem Tisch, der hier Russischer Salat heißt, und nebenan wollte mein Sohn nicht auf die

Welt kommen, und am Morgen hatten wir beide noch alte Münzen betrachtet – oder war es gestern gewesen? Vorgestern?

Wieder vergingen Stunden. Du bekamst verschiedene unterstützende Mittel verabreicht, von denen keines anschlug.

Der junge Arzt tauchte wieder auf wie aus dem Nichts: »Es hat keinen Sinn, noch länger zu warten.«

Und an die Umstehenden: »Bereiten Sie sie zur OP vor.«

Du wurdest auf ein Bett gelegt und über lange Korridore geschoben, dann ging es mit dem Fahrstuhl nach oben und wieder Korridore entlang.

»Wollen Sie bei der OP dabei sein?«

»Ja.«

Wir bekamen grüne Kutten und Pumphosen verpasst, eine Plastiktüte um den Kopf.

So betraten wir den Operationssaal.

Vor Dein Gesicht kam ein Vorhang, der Dir die Sicht nahm. Ich wurde auf einem Schemel neben Dir platziert und ergriff Deine Hand.

Man tippte Dir mit etwas Stählernem an Brust und Schlüsselbein: »Spüren Sie das?«

Du nicktest.

Nach einiger Zeit noch einmal: »Spüren Sie das?«

»Nein.«

Während ich Deine Hand hielt, spähte ich über das Tuch hinweg. Seltsam mit anzusehen, wie die Haut, die man geküsst hat, aufgeschnitten wird, zur Seite geklappt, festgeklemmt.

Ich legte den Kopf neben Deinen. Gewiss ein komischer Anblick, die zwei grün bemützten Köpfe nebeneinander.

»Was gibts da zu sehen?«, fragtest Du mich, als ginge es um eine Fernsehsendung.

Minutensache, beteuerte ich, dann ist es so weit. Dabei wieder das Gefühl, dass eine zähe Stunde nach der anderen verging.

Und plötzlich quäkt etwas.

Unser Kind – in Schleim und Blut. Wie eingefettet. Graublau! Händchen und Füßchen zappeln, dass es spritzt. Nase und Ohren platt. Am Schädel klebt spärliches nasses Haar.

Die Schwester, die das Kind aufgenommen hat, hält mir eine Schere hin. »Mögen Sie die Nabelschnur durchschneiden?«

Die Schnur ist dick und verzwirbelt. In ihr pulsiert es. Zwei Stränge zeichnen sich ab wie Adern in einem Kabel: eine rot und eine blau.

Ich nehme die Schere und kappe die Schnur. Sie schneidet sich weich, doch mit Widerstand – wie halb gare Makkaroni.

Die Schwester saugt mit einem Röhrchen den Schleim aus Mund und Nase ab, dann versorgt sie den Nabel. Ihre Handgriffe sind schnell und geübt.

Wie groß das Verlangen, unser Kind zu berühren, an mich zu drücken.

Gerade beuge ich mich über den Nabel, um ihn näher zu betrachten, da pinkelt es. Sein erster Strahl! Lächelnd reicht die Schwester mir eine Serviette.

Ich nehme meinen Sohn auf und bade ihn in einer kleinen Wanne. Er passt in meine beiden Hände. Jetzt schlägt er die Augen auf und blickt mich an.

In diesem Moment blitzt es. Jemand hat ein Polaroidphoto geschossen.

Unser Kind wird gewindelt und neben Dich gelegt. Wange an Wange.

Und ich sehe, dass Du weinst.

»Nicht doch, Francesca! Jetzt ist alles gut!«

Das Kind wurde hinausgetragen. Ich blieb an Deiner Seite und hielt Deine Hand, während sie Dich zunähten. Sah, wie der transparente Faden das Gewebe zusammenzog, hörte das Gurgeln in dem Schlauch, durch den das Blut aus der Wunde gesaugt wurde. Du schliefst schon fast.

Irgendwann wurde auch mir der Kopf vor Müdigkeit schwer, in

den Schläfen klopfte es. Jemand zupfte mich am Ärmel. »Ist Ihnen schlecht?«

Ich schüttelte den Kopf. »Großartig!«

Während ich mich wieder umzog, wurdest Du in die Entbindungsstation gefahren. Ich ging Dich suchen und verlief mich prompt, stolperte durch immer neue Türen. Schließlich geleitete mich jemand ans Ende eines ganz anderen Korridors. Auf der Station herrschte Stille. Es war dunkel im Zimmer, neben Deinem Bett stand ein Tropf. Du schliefst. Ich streichelte Deine Hand, gab Dir einen Kuss ins Haar.

Die Uhr auf dem Korridor zeigte fünf vor sieben.

Morgens? Abends? Welcher Tag?

Ich trat ins Freie. Dämmerlicht und Nebel. An dem eiligen Gang der Leute und ihrem Gähnen ließ sich erkennen, dass es Morgen war. Die Nacht musste es geregnet haben, jetzt nieselte es nur noch. Gehwegplatten, Bänke, Zebrastreifen – alles nass. Ich ging zum Bahnhof. Am Bahnübergang sah ich durch den Nebelschleier, wie die Reflexe der Ampellichter matt schimmernd über die Gleise wanderten: das eine schien rot, das andere blau.

Nebel und Nabel waren anscheinend aus dem gleichen Stoff.

Auf der Straße merkte ich erst richtig, wie müde ich war. Hätte mich am liebsten in einen Laubhaufen an der Trolleyhaltestelle gelegt, hineingewühlt, dem Schlaf hingegeben.

Mein Rückfahrschein, der vierundzwanzig Stunden galt, war abgelaufen. Ich kaufte einen neuen am Automaten. Der Zug nach Stein am Rhein fuhr gerade ab, ich schaffte es in den letzten Wagen.

Unausgeschlafene Menschen auf dem Weg zur Arbeit – gähnend, fröstelnd, nasse Regenschirme zusammenklappend.

Ich setzte mich an ein Fenster. Legte den Kopf in den Nacken und schloss die Augen in der Absicht, ein paar Minuten zu dösen. Das ging aber nicht – ich war viel zu aufgeregt.

Draußen vor dem Fenster war nichts zu sehen. Eine einzige dicke Suppe. Allenfalls die huschenden Schwellenenden ließen sich erahnen, und manchmal kurz und wie aus dem Nichts ein Leitungsmast, der sogleich wieder geschluckt wurde.

Und auf einmal war mir, als säße ich nicht im Zug, sondern auf dem Fahrrad, und meine Beine träten in die Pedalen. Mein gutes altes Adlerchen! Vater und ich im Iljinsker Wald, durch den der Nebel wallt. Er voraus auf seinem Beuterad.

»Aufholen!«, schallt es aus dem grauen Gewölk.

Der Nebel fühlt sich schweißig an, rau und schwül. Das Fahrrad holpert über die Wurzeln. Bestimmt stürze ich gleich.

»Papa!«, rufe ich. »Wart auf mich!«

Die Antwort kommt wie von weit her: »Wo bleibst du denn! Lässt dich von einem alten Seebären abhängen!«

Ich merke: Die Mütze stört. Auf meinem Kopf sitzt diese alte, vergammelte, säuerlich riechende Fellmütze mit Ohrenklappen, die mir gar nicht gehört. Absetzen kann ich sie nicht, ich muss ja den Lenker festhalten.

Und plötzlich höre ich die polternden Stiefel hinter mir.

Mir ist klar, wer das ist.

Ich wage mich nicht umzudrehen. Mit aller Kraft trete ich in die Pedale. Doch meine Beine gehorchen mir nicht, die Räder meines Adlers bleiben im Nebel stecken, drehen durch im Sand.

Die Stiefel sind schon ganz nahe. Ich kann den Betrunkenen keuchen hören.

»Bleibst du wohl stehn, Hurenbalg!«

Schluss und aus. Ich kann nicht mehr. Die Räder stecken fest.

Seine Hand packt mich.

Ich wache auf.

Der Schaffner rüttelt mich an der Schulter.

»Ihr Billett bitte! Kann es sein, dass Sie zu weit gefahren sind?«

Ohne noch ganz wach zu sein, reiche ich ihm die Fahrkarte und starre aus dem Fenster. Der Zug scheint zu stehen. Ein Stationsschild ist nicht zu erkennen. Alles vom Nebel ausgestrichen, wie mit der Malerbürste zugetüncht.

»Sie haben Ihre Haltestelle verschlafen! Sie wollen doch nach Seuzach?«

Ich springe auf wie vor den Kopf geschlagen, verlasse schleunigst den Zug. Im nächsten Moment schwimmt er an mir vorüber, ein gellender Pfiff reißt mich vollends aus dem Dämmer. Kurz darauf hat der Zug sich im Nebel aufgelöst.

Ich blicke in die Runde und sehe nichts. Wo bin ich, was ist das für eine Station? Das Rattern der Räder versackt im Nebelbrei, das Dröhnen verebbt zwischen den Gleisen.

Immer noch habe ich das Gefühl, die stinkende Pelzmütze auf dem Kopf zu haben.

Ich fahre mir mit der Hand durch das Haar.

Die Mütze ist unsichtbar. Aber sie sitzt fest.

Ich starre in den Nebel. Ein paar Meter asphaltierter Bahnsteig, sonst nichts. Die Schwellen dampfen.

Und immer noch weiß ich nicht, wo ich bin.

Zürich, 1996–1998

Anmerkungen des Übersetzers

7   **Urussow:** Alexander Urussow (1843–1900), Jurist, Advokat, Literaturkritiker. Seine Gerichtsreden erregten Aufsehen.

9   **Perun:** Donnergott, Oberhaupt im Pantheon der altslawischen Mythologie.

       Weles: Slawische Gottheit, Peruns Antagonist. Über seine konkrete Zuständigkeit im Schöpfungsprozess ist wenig bekannt.

10   **Parascha:** Koseform von Praskowja, einem verbreiteten weiblichen Vornamen in der klassischen russischen Literatur – aber auch der Abtritt in einer Gefängniszelle, neben dem die Parias in der dortigen Hierarchie ihren Schlafplatz haben.

11   **Swarog:** Feuergott in der slawischen Mythologie.

       »das Bildnis des großen Justizreformers«: Zar Alexander II. (1818–1881) erließ 1864 eine bürgerliche Gerichtsreform, führte Schwurgerichte und mit ihnen den Advokatenstand ein. Sein Gerichtssystem hat ihn nur bis 1917 überlebt.

12   **Epitrachelion:** Stola in der orthodoxen Liturgie.

       Mokosch: Einzige weibliche Gottheit der alten Slawen, womöglich Peruns Gemahlin. Galt als Patronin der Jungfrauen.

       »mit den roten Kragenspiegeln der Inneren Abwehr«: Das verweist – durchaus unpassend zur bis hierhin angesprochenen historischen Zeit – auf ein Wachregiment der Staatssicherheit (NKWD) zu Zeiten des Stalin'schen Terrors.

       Munichion: Ein Monat aus dem alten athenischen Kalender.

13   **»lebten wie das viehe …«:** Aus der Nestorchronik (12. Jh.). Das erste einer Vielzahl von mehr oder weniger verdeckten literarischen Zitaten im Roman, auf die in den Anmerkungen nur dort hingewiesen wird, wo es für das Verständnis geboten erscheint. Ein umfänglicher Zitatnachweis findet sich unter www.dva.de/ismail.

14   **Balalaikin:** Typ des Schwätzers und Lügners, wiederkehrende Figur in den Essays von Michail Saltykow-Schtschedrin (s. Anm. auf S. 502).

16 **Hutchinson-Zähne:** Zahndeformation infolge angeborener Syphilis.
Signore Lombroso: Cesare Lombroso (1836–1909), italienischer Psychiater und Gerichtsmediziner; stellte die Theorie des »geborenen Verbrechers« auf.
Kolyma: Straflager im Fernen Osten.

20 **»Freut euch, Athener!«:** Nach Plutarch letzte Worte des Boten, die vom Sieg über die Perser in der Schlacht von Marathon kündeten (490 v. Chr.).
Hypereides: Politiker und Rhetoriker im alten Griechenland (389–322 v. Chr.).

21 **»mit angewachsenen Ohrläppchen«:** Ein Stigma der »Entartung« in der damals populären Degenerationstheorie des französischen Psychiaters Bénédict Augustin Morel (1809–1873).

22 **»ins Hyrkanische Meer«:** Historische Bezeichnung für das Kaspische Meer.

23 **»asphodelisches Schwemmgebiet«:** Bezieht sich auf Homers *Odyssee* (24,12): »… die graue Asphodeloswiese, wo die Seelen wohnen, die Luftgebilde der Toten« (Übers.: Joh. H. Voß).

27 **Kaschtanka:** Hund aus der gleichnamigen Tschechow-Erzählung für Kinder (1887).

28 **Karl Iwanitsch:** Skurriler Hauslehrer aus Lew Tolstois Erzählung *Kindheit* (1852).

32 **»zum vierzigsten Tag«:** Traditionell findet die Trauergemeinde am vierzigsten Tag nach dem Tod noch einmal zusammen; einer alten slawischen Vorstellung zufolge verlässt die Seele eines Verstorbenen an diesem Tag den Erdkreis.

37 **Mademoiselle Lenormand:** Marie-Anne Lenormand (1772–1843), berühmte Pariser Wahrsagerin.

40 **Straftrunk:** Russische Tischsitte: Wer zu spät kommt, dem wird ein solcher eingeschenkt – zur Strafe muss er ihn allein und ohne Trinkspruch leeren, was sonst nicht üblich ist.

50 **Akaki Akakijewitsch:** Armer Beamter in Gogols Novelle *Der Mantel* (1842).

52 **»eines Utkin oder eines Bartolozzi«:** Nikolai Utkin (1780–1863), russischer Kupferstecher; Francesco Bartolozzi (1727–1815), italienischer Kupferstecher.

54 **»Vater Pokrow im Himmel«:** Pokrow ist eine mythische Personifikation, die zu Mariä Schutz und Fürbitte *(Pokrow den')* von jungen heiratswilligen Mädchen angerufen wird.

55 **Kumys:** Vergorene Stutenmilch, gilt als heilkräftig.

56 **Tuman! Tuman!:** (Russ.) Nebel; zugl. iranische Währungseinheit.

59 **Tscheremissen:** (Auch: Mari, Wolga-Finnen) Finnisch-ugrisches Volk auf russischem Territorium, widersetzte sich bis ins 19. Jh. der Christianisierung.

»**Leben ist überall**«: Berühmtes Gemälde aus der Peredwischniki-Bewegung von Nikolai Jaroschenko (1888).

»**Bequem im Reiseschlitten liegend, waren meine Gedanken ...**«: Häufig zitierter grammatikalischer Lapsus in Alexander Radischtschews *Reise von St. Petersburg nach Moskau* (1790).

»**Gruschnizki war ein Junker**«: Klassischer Schulbuchsatz zur Übung von Prädikat-Ellipsen, entnommen Michail Lermontows *Ein Held unserer Zeit* (1840).

61 **Heliaia:** Oberstes Gericht im alten Athen.

raptus melancholicus: Psychopathologische Störung; Erregungszustand infolge Depression.

64 **Reinier de Graaf:** Niederländischer Arzt und Forscher (1641–1673).

67 »**Vnd der herbst trat heran ...**«: Die nachfolgende Geschichte einer Verführung erhält ihren Kontrapunkt durch Fragmente aus verschiedenen erbaulichen Erzählungen und Legenden des 17. Jh. mit mehr oder weniger heiligem Personal: Pjotr und Fewronija, Karp Sutulow, Sawwa Grudzyn u. a.

72 »**dem falschen Demetrius**«: Person umstrittener Identität, die sich als Sohn Iwans des Schrecklichen ausgab, 1605 den russischen Thron usurpierte und kurze Zeit später ermordet wurde.

73 **Kantemir:** Antioch Kantemir (1708–1744), stilbildender satirischer Dichter und Diplomat.

74 »**Tag der vierzig Märtyrer**«: Der 9. März.

81 **Calpurnius Bestia:** Römischer Konsul und Feldherr (2. Jh. v. Chr.).

Adolph Henke: Rechtsmediziner in Erlangen (1775–1843).

83 **Enchiridion für Laurentius:** Glaubensbrevier des Hl. Augustinus (um 422).

85 »**durch die roten Lappen zu gehen**«: Anspielung auf Wladimir Wyssozkis berühmtes Lied »Wolfsjagd« (1968): »Die Jäger spielen ein ungleiches Spiel, / das Spiel mit den roten Attrappen. / Sie treffen mit ruhiger Hand ihr Ziel, / denn ein Wolf geht nie durch die Lappen« (Übers.: Harry Oberländer).

86 »**Habt ihr Hunger, saagt?**«: Mittagsritual im sowjetischen Kindergarten, ein Dialog zwischen Gänsemutter und Küken. Erzieherin: »Habt ihr Hunger, sagt?« – Kinder: »Ja-ja-ja! Wir sehn den Wolf am Waldrand stehn, er lässt uns nicht nach Hause gehn!« – Erzieherin: »Flieget über Hag und Hügel, gebet acht auf eure Flügel!«

87 **Straußenfederaigretten:** Federbusch an Helmen.

Chambriere: Dressurpeitsche.

Gaius Mucius Scaevola: Held aus der frühen römischen Geschichte (6. Jh.); soll zum Beweis seiner Standhaftigkeit vor den Etruskern seine Hand ins Feuer gehalten haben, bis sie verbrannte.

Truzzi: Berühmte europäische Zirkusdynastie. Williams Truzzi z. B. war in den 1920er-Jahren erster Direktor des Leningrader Staatszirkus.

90 **»ruhmlose Irrreise«:** Infolge von Gerüchten, er sei vom Teufel besessen, wurde dem berühmten Geiger Niccolò Paganini das christliche Begräbnis in Nizza verwehrt; der Leichnam wurde konserviert, verschiedenenorts gelagert und erst über dreißig Jahre später in Genua begraben, wofür der Vatikan Unsummen Geld von den Erben erpresste.

91 **Basarow:** Romanheld aus Iwan Turgenjews *Väter und Söhne* (1861).

Pypins Reiseführer: Alexander Pypin (1833–1904), russischer Ethnograf und Literaturhistoriker.

94 **»den toten Zarewitsch«:** Nikolai Alexandrowitsch, der Sohn Alexander II., starb in einer Villa im Parc Belmond 1865 an Meningitis.

102 **»actio hypothecaria und actio pigneratitia«:** Sachverhalte im römischen Pfandrecht.

»Platz mit den drei Bahnhöfen«: Komsomolskaja (früher: Kalantschowskaja) Ploschtschad in Moskau, wo sich der Leningrader (früher: Nikolai-), der Jaroslawler und der Kasaner Bahnhof befinden.

103 **»Dominium und Possessio«:** Abgrenzung zwischen Eigentum und Besitz im römischen Recht.

»Derschawins des Russischen Rechts«: Gawrila Derschawin (1743–1816), russischer Dichter und Staatsmann, zeitweise Justizminister.

»vierzig Jahrhunderte blicken von diesen Pyramiden auf euch herab«: Der Ausspruch wird Napoleon im Ägyptenfeldzug 1798 zugeschrieben.

104 **General Suworow:** Alexander Suworow (1730–1800), legendärer russischer Feldherr.

105 **Pastila:** Süßspeise aus eingedicktem Fruchtmus, ähnlich Quittenbrot.

111 **»Zenons Pfeile ... warum Achilles die Schildkröte nicht einholen kann«:** Zwei berühmte philosophische Paradoxien des Zenon von Elea (5. Jh. v. Chr.).

124 **»Asklepios den Hahn wiederzugeben ... Meletos und Lykon einen schönen Gruß ...«:** »Wir sind dem Asklepios einen Hahn schuldig«, lässt Platon Sokrates auf dem Totenbett sagen. Meletos und Lykon waren die Ankläger im Prozess gegen Sokrates.

131 **»ein Monster vom Schlage jenes Schullehrers«:** Gemeint ist der Rostower Serienmörder Tschikitilo, dem zwischen 1978 und 1990 dreiundfünfzig Morde nachgewiesen wurden.

Dolichozephale: Langschädel; hier assoziiert mit dem Bild des nordischen Ariers in der Rassentheorie.

133 **Busenbaum:** Hermann Busenbaum (1600–1668), jesuitischer Moraltheologe.

Pietro Alagona: Katholischer Theologe (1549–1624).

134 **»Das Gesetzbuch unseres Zaren Alexei Michailowitsch«:** Alexej I. (1629–1676), »der Sanftmütige«. Gesetzbuch von 1649.

»Hippier, besinnt euch!«: Hippo: antike Küstenstadt in Nordafrika, Wirkungsstätte des Augustinus v. H.

Maria von Ägypten: Christliche Heilige (344–um 421), Patronin der Büßenden.

135 **Durak:** Traditionelles russisches Kartenspiel.

136 **»Kreuz in silberner Raute mit Adlerkrone«:** Absolventenabzeichen an russischen Universitäten vor der Revolution.

137 **»Bei uns wird die Beichte ja am liebsten verweigert«:** Anspielung auf Ilja Repins Gemälde *Die Verweigerung der Beichte vor der Hinrichtung* (1879).

Isokrates: Griechischer Rhetoriker (436–338 v. Chr.).

142 **Phidias:** Griechischer Bildhauer (um 500–um 430 v. Chr.).

Fürst Poscharski: Dmitri P. (1578–1642), Anführer des Volksaufstands der Russen gegen die polnisch-litauische Intervention.

144 **Semstwo-Befürworter:** Mit den Reformen durch Alexander II. entstanden Strukturen regionaler Selbstverwaltung der Städte und Provinzen. Adlige ebenso wie Bürger und Bauern wurden in den sogenannten Semstwo gewählt. Die Bolschewiki schafften ihn nach der Machtübernahme 1917 wieder ab. In Kreisen der späteren Intelligenzija knüpfte man daran an.

Jurjew: Gemeint ist Jurjew-Polski an der Kolokscha, eine Kleinstadt am Goldenen Ring.

147 **Juri Dolgorukij:** Großfürst der Kiewer Rus (1090–1157).

Batu Khan: Mongolischer Herrscher, Gründer der Goldenen Horde (1205–1255).

148 **Toktamisch:** Khan der Goldenen Horde (gest. 1407).

Swidrygiello: Litauischer Großfürst (1370–1452).

Ğabdellatif: Khan von Kasan (1475–1517).

Ğabdulla: Thronfolger des Khans von Astrachan (1533–1570).

Pseudodemetrius II., Schelm von Tuschino: Gab sich kurz nach dem ersten falschen Zaren (s. Anm. auf S. 493) gleichfalls als russischer Thronfolger aus (gest. 1610).

Qasıym: Gründer eines tatarischen Khanats (gest. 1469).

Raskolniki: Reformbewegung d. russisch-orthodoxen Kirche im 17. Jh.

»die schwedischen Gefangenen«: Nimmt Bezug auf den Großen Nordischen Krieg 1700–1721.

Pugatschow: Jemeljan Pugatschow (1742–1775), Donkosake, Führer eines Bauernaufstands.

Katorga: Zwangsarbeit in der Verbannung.

155 **»Vater Men«:** Alexander Men (1935–1990), Priester und Philosoph, fiel einem Attentat zum Opfer.

156 **»Transport nach Wladimir«:** In Wladimir befindet sich ein berüchtigtes, schon zu Katharinas Zeiten erbautes Durchgangsgefängnis insbesondere für politische Häftlinge und Schwerverbrecher.

160 **»Kapos, Hurensöhne oder Parias«:** Kategorien von Häftlingen im Lagersystem: Kapos *(wochrowtzy* – die Übersetzung bemüht eine Analogie zum NS-System) meint privilegierte Funktionsträger, Hurensöhne *(suki)* solche, die mit dem System informell kooperieren, Parias *(opuschtschennye)* die vielfältig herabgesetzten »Unberührbaren«.

Kalmücken: Mongolenvolk, in der Steppe nordwestlich des Kaspischen Meeres siedelnd.

»irgendein Hundename«: Anspielung auf Tschechows Kurzerzählung *Ein Pferdename.*

162 **Palmyra des Nordens:** Sankt Petersburg.

163 **Jermak:** Jermak Timofejewitsch (1525–1585), legendärer Kosaken-Ataman, führend bei der Eroberung Sibiriens.

164 **Urman:** Sumpfiger Nadelwald.
Strug: Altrussisches Ruderboot.

166 **Sultan Kutschum:** Kütschüm (vor 1550–um 1605), letzter sibirischer Khan; Jermaks Mörder.

168 **»Wappnen wir uns …«:** An dieser Stelle geht Jurjews Monolog, der sich bis hierhin aus einem patriotischen Jugendbuch von 1909 speist, in einen Flickentext aus Chroniken, Epen und Gesängen der altrussischen Literatur des 12. bis 17. Jh. über. Daher rührt auch die wechselnde orthografische Gestalt der Übersetzung, die zumeist einen etwas jüngeren Sprachstand reflektiert.

173 **Ogonjok:** Sowjetische Wochenzeitschrift.

174 **Lermontow:** Michail Lermontow (1814–1841), Dichter der russischen Romantik, starb im Duell.

»unsere Schule«: Gemeint ist die Nikolaus-Kavallerieschule in Sankt Petersburg, die auch der Dichter Lermontow einst besuchte und wo sich später das erste Lermontow-Museum befand.

185 **»die alte Isergil«:** Titel einer Erzählung von Maxim Gorki (1894).
Chatschapuri: Georgisches Hefegebäck.

187 **Remingtonistin:** Schreibmaschinen der amerikanischen Marke Remington waren in Russland vor der Revolution viel in Gebrauch.

192 **»Teer an der Tür«:** Bezieht sich auf die althergebrachte dörfliche Sitte, die Tür einer »ehrlosen« Frau mit Teer zu besudeln.

193 **Nirnsee-Hochhaus:** Frühester Moskauer »Wolkenkratzer« (zehnge-schossig, 1913). Der Architekt Ernst-Richard Nirnsee soll 1918 im Treppenhaus Selbstmord begangen haben.

Soja Kosmodemjanskaja: Sowjetische Partisanin im Zweiten Weltkrieg (1923–1941).

194 **Valentina Tereschkowa:** Sowjetische Kosmonautin (geb. 1937).

199 **Wyschinski:** Andrej Wyschinski (1883–1954), als Generalstaatsanwalt der UdSSR Mitinitiator der berüchtigten Schauprozesse 1935–1939.

205 **»eine ganze Französische Akademie«:** Der 1768 gefallene Meteorit von Lucé wurde durch eine Kommission der Académie française fälschlich als Bodenmineral klassifiziert.

206 **»er gehöre nicht in die Schlucht«:** Nimmt Bezug auf die Ereignisse im September 1941 in Kiew, als Tausende Juden von der deutschen SS »evakuiert« und zur Hinrichtung in die Schlucht von Babi Jar getrieben wurden.

»im Großen Haus am Litejny«: KGB-Zentrale in Leningrad.

207 **Sykophant:** Gewerbsmäßiger Verleumder im antiken Athen.

212 **»Dichter Poleschajew«:** Alexander Poleschajew (1804–1838).

215 **Klepsydra:** Wasseruhr im alten Griechenland.

217 **Exordium:** Einleitender Teil einer Rede nach den Regeln der klassischen Rhetorik; es folgen Narratio (Erzählung), Argumentatio (Beweisführung) und Peroratio (Schlussfolgerung).

Hortensius: Römischer Redner (114–50 v. Chr.).

218 **Epyllion:** »Kleinepos«, parodiert die große Form.

219 **»tu … audes … quid … non«:** Bezieht sich auf eine beispielgebende Passage der *Rhetorica ad Herennium* (ca. 80 v. Ch.), ältestes Rhetorik-Lehrbuch in lateinischer Sprache.

Mörderärzte: Von Stalin initiierte Kampagne im Jahr 1952 gegen vorwiegend jüdische Ärzte, denen ein Komplott gegen die Regierung unterstellt wurde; zog zahlreiche Verhaftungen und Hinrichtungen nach sich.

»Marius' Soldaten bei Aquae Sextiae«: Schlacht der Römer gegen die Teutonen 102 v. Chr. nahe der ersten römischen Stadt auf gallischem Boden (heute Aix-en-Provence).

220 **»Serjoschka aus der Malaja Bronnaja und Witka aus der Mochowaja«:** Stellvertretend für die Kriegsopfer der jüngsten Generation; einem populären Nachkriegslied von Mark Bernes (1911–1969) entnommen.

Jagannatha: Hinduistischer Kult.

»Parmenides' Mitstreiter«: Gemeint ist Zenon von Elea.

221 »**Traktat vom Nutzen des Glases**«: Philosophische Abhandlung (1752) des Universalgelehrten Michail Lomonossow (1711–1765), der viel gegen die Deutschen an der Akademie polemisierte.

223 »**Lieber Mann**«: So wird der Prophet Daniel vom Engel angesprochen (Daniel 10 bei Luther).

»**was Demokrit hinausschob**«: Nämlich den Tod – indem er sich jeden Tag frisches Brot bringen ließ. Gerührt von dieser Geste, gewährte Demeter – Göttin der Unterwelt, aber auch der Fruchtbarkeit – ihm einen Aufschub.

»**Robin-a-bobbin**«: Nach dem englischen Kinderlied: »Robin, a bobbin, the big-bellied Ben ate more meat than fourscore men …«.

225 »**mit Schürze, grün im Gesicht**«: Attribute des Osiris.

227 **Henoch:** Apokryphe Gestalt der biblischen Überlieferung; von Gott entrückt, um über menschliche Schicksale Buch zu führen.

228 »**In der Isaakskathedrale vor dem Foucault'schen Pendel**«: Seit den 1930er-Jahren und bis 1990 war die Isaakskathedrale in Sankt Petersburg säkularisiert. Im Kuppelraum hing ein Foucault'sches Pendel, das die Erdrotation demonstrierte.

231 **Kosicha:** Moskauer Stadtbezirk, Wohnort vieler armer Studenten.

234 **Middendorff:** Alexander Theodor von Middendorff (1815–1894), baltisch-russischer Zoologe, Geograf und Naturforscher.

Pallas: Peter Simon Pallas (1741–1811), deutsch-russischer Universalgelehrter, Forschungsreisender in russischen Diensten.

Baudelocque'scher Beckenzirkel: Jean-Louis Baudelocque (1745–1810), französischer Arzt und Geburtshelfer.

241 »**an Schleyer … und an Zamenhof**«: Johann Martin Schleyer (1831–1912), deutscher kathol. Priester, Erfinder der Kunstsprache Volapük; Ludwik Lejzer Zamenhof (1859–1917), polnischer Arzt und Linguist, Begründer des Esperanto.

243 »**Haarfarbentafel nach Fischer**«: Eugen Fischer (1874–1967), deutscher Anthropologe, aktiver »Rassenhygieniker« im Dienst der Nationalsozialisten.

244 »**nach Gall**«: Franz Joseph Gall (1758–1828), deutscher Arzt und Anatom, Begründer der Phrenologie.

257 »**Wer mag mich im Mondlicht haschen …**«: Kinderabzählreim.

259 **Iaru:** Paradiesvorstellung in der ägyptischen Mythologie.

262 **Flötenbläser:** Anspielung auf die Schlusspointe im letzten der »Zwanzig Sonette für Maria Stuart« von Joseph Brodsky, darin das zur Flöte gerollte Gedichtblatt.

263 **Tschemulpo:** Koreanische Hafenstadt (heute Incheon). In der Nähe ereignete sich im Russisch-Japanischen Krieg 1904 eine für Russland verlustreiche Seeschlacht.

»**Blut zum Waschen**«: Anspielung auf den Roman *Russland, in Blut gewaschen* (1924/32) von Artjom Wesjoly (1899–1938).

264   **Entkulakisierung:** Systematische Repressionen gegen die Bauernschaft in der Sowjetunion um 1930 – Enteignungen, Verhaftungen, Deportationen, nachfolgende Hungersnöte – führten zu Millionen von Toten.

»**in der Kitteltasche eines Arztes ward die Cholera gefunden**«: Während der Cholera-Epidemie 1830 in Russland wurden die entsandten Ärzte – zumeist Deutsche – vom Landvolk für die Verbreiter der Seuche gehalten und gelyncht.

»**ein Schild an das Tor von Konstantinopel genagelt**«: Russischen Quellen zufolge soll Fürst Oleg seinen Schild während des Kreuzzuges im Jahr 907 dort angenagelt haben.

265   »**einer ward verbannt nach Woronesch**«: Nämlich der Dichter Ossip Mandelstam.

»**die Zunge aus dem Mund gerissen**«: Bis ins 18. Jh. in Russland geübte Form gerichtlicher Bestrafung.

»**Kanäle wurden errichtet**«: Gigantische Kanalbauprojekte, z. B. der Weißmeerkanal, wurden in den 1930er-Jahren durch Gulag-Häftlinge realisiert.

»**Fenster aufgestoßen**«: Bezieht sich auf den geflügelten Satz, den Puschkin im *Ehernen Reiter* Peter dem Großen als dem Stadtgründer von Sankt Petersburg in den Mund legt. Die Stadt wurde unter großen Opfern errichtet, sie sei auf Knochen gebaut, gaben westliche Reisende jener Zeit an.

266   »**lastkahnweise ins Meer geworfen**«: Die Versenkung von Flüchtlingen oder Gefangenen im Meer war gängige Praxis während des Bürgerkriegs ebenso wie im Zweiten Weltkrieg.

»**Eltern wurden verleugnet**«: Während der Repressionen unter Stalin mussten sich Kinder von ihren verhafteten Eltern lossagen.

»**Land der Birkenmatten**«: Bezieht sich auf ein populäres Gedicht von Sergej Jessenin: »… nimmer locken deine Birkenmatten / mich zum Barfußlaufen, derbes Land« (Übers.: Karl Dedecius).

Putiwl: Stadt im alten Sewerien (heute Ukraine); in der Klage der Fürstin Jaroslawna um Fürst Oleg auf den Mauern von Putiwl kulminiert das berühmte Igor-Lied aus dem 12. Jh.

274   **Okroschka:** Kalte Suppe aus Sauerrahm mit Ei, Kartoffeln, Lauch, Dill und Gurke etc., mitunter mit Kwass versetzt.

276   »**Im Mütterhaus ließ es sich aushalten …**« Nachfolgende Passage entstammt dem Erinnerungsbericht von Natalja Kostenko, die 1946 wegen Unterstützung der Ukrainischen Partisanenarmee (UPA) in ihrem westukrainischen Dorf verhaftet wurde. Veröffentl. 1981, Paris.

282 **»Welch leidenschaftliches, sündiges, rebellisches Herz ...«:** Hier
folgt – als gebührendes Letztes Wort des Angeklagten in der großen
Gerichtsverhandlung, die der Roman seiner Struktur nach entwirft –
eine Aufzählung von Schlusssätzen aus Romanen und Erzählungen
der russischen Literatur des 19. und 20. Jh., nämlich aus Iwan Turgenjew, *Väter und Söhne* (Annelore Nitschke); Wassili Rosanow, *Abgefal-
lene Blätter;* Fjodor Sologub, *Legende im Werden* (Fega Frisch); Fjodor Dostojewski, *Der Idiot* (Hartmut Herboth); Michail Zagoskin,
Komödie gegen Komödie; Andrej Platonow, *Das Mädchen Rosa;* Iwan
Bunin, *Musik;* Nikolai Garin-Michailowski, *Tjomas Kindheit;* Boris
Sawinkow, *Das fahle Pferd* (Alexander Nitzberg); Pjotr Tschaadajew,
Philosophische Briefe (Heinrich Falk); Andrej Platonow, *Die Epipha-
ner Schleusen* (Lola Debüser); Nikolai Gogol, *Der verzauberte Ort*
(Alexander Eliasberg); Anton Tschechow, *Das Duell* (Peter Urban);
Nikolai Tschernyschewski, *Was tun?* (Hellmann/Gleistein); Vladi-
mir Nabokov, *Der Schuft* (Dieter E. Zimmer); Nikolai Leskow, *Der
Linkshänder* (Hertha v. Schulz); Ossip Mandelstam, *Rauschen der Zeit;*
Vassili Schulgin, *Drei Hauptstädte;* Wissarion Belinski, *Die Idee der
Kunst* (Alfred Kurella); Alexander Kuprin, *Masern;* Marina Zwetajewa,
Mein Puschkin; Michail Murawjow, *Notiztäfelchen;* Iwan Schmeljow,
Der Zarenrubel; Nikolai Karamsin, *Briefe eines russischen Reisenden*
(Johann Richter); Alexander Bestushew-Marlinskij, *Fregatte Hoffnung;*
Iwan Schmeljow, *Himmelswege* (Rudolf Karmann); Andrej Bely, *Ein
Moskauer Original;* Jewgeni Samjatin, *Mamai* (Marga Erb); Michail
Kusmin, *Die Schwärmer* (Johannes von Guenther); Welimir Chlebni-
kow, *Ka* (Rosemarie Ziegler); Anon., *Lebensbeschreibung des Protopo-
pen Awwakum;* Michail Bulgakow, *Das Hundeherz* (Thomas Reschke);
Vladimir Korolenko, *Makars Traum* (Traute u. Günther Stein); Niko-
lai Slatowratski, *Goldene Herzen;* Anton Tschechow, *Der Kirschgar-
ten;* Lew Tolstoi, *Anna Karenina:* Letzte Worte der A.K. (Rosemarie
Tietze).

284 **»Ich bin sehr müde ...«:** Eine Aufzählung überlieferter letzter Worte
von realen Personen der Zeitgeschichte vor ihrem Tod schließt sich an:
Lew Schestow, Alexej Remisow, Zar Peter I., Stalin, Alexander Puschkin, Fjodor Sologub, Zar Peter II., Nikolai Leskow, Zarin Alexandra
und Zar Nikolai II., Anna Achmatowa, Zar Alexander II., Lew Tolstoi, Wassili Schukowski, Dmitri Sipjagin, Konstantin Fofanow, Zar
Nikolai I., Boris Pasternak, Michail Bulgakow, Sofja Bardina, Maxim
Gorki, Iwan Turgenjew, Anton Tschechow, Iwan Gontscharow, Wissarion Belinski, Nikolai Gogol, Alexander Blok, Marina Zwetajewa,
Michail Prischwin, Iwan Schmeljow, »ein Bekannter von mir« (M.S.),
Velimir Chlebnikow.

287 **»einen Stern zu torpedieren«:** Die Geschichte erzählt man sich vom Kommandanten des U-Boots S13 Marinesco, der die Versenkung der »Gustloff« im Januar 1945 mit neuntausend vorwiegend zivilen Toten zu verantworten hatte (vgl. Günter Grass' Novelle *Im Krebsgang*).

Admiral Nachimow: Sowjetischer Schwarzmeerdampfer, 1986 nach einem Zusammenstoß gesunken, vierhundertdreiundzwanzig Passagiere starben.

288 **»Mischka, Mischka …«:** Populärer Nachkriegsschlager in der Sowjetunion.

290 **Phryne:** Einflussreiche Hetäre in Thespeia (4. Jh. v. Chr.). Von Hespereides vor Gericht verteidigt.

»Pjotr und Fewronija«: Siehe Anm. auf S. 493

»Callimaco und Nausikaa«: Callimaco ist der jugendliche Liebende in Machiavellis Komödie *Mandragola* (1518), sein Schwarm heißt allerdings Lucrezia und nicht Nausikaa, welche Odysseus' Geliebte bei Homer ist.

»Chor und Kalinytsch«: Zwei Bauern aus der gleichnamigen Erzählung von Iwan Turgenjew in den *Aufzeichnungen eines Jägers* (1852).

296 **Napoleonbienen:** Die Biene war ein von Napoleon favorisiertes Wappentier, als Ornament ein modisches Dekor der Zeit.

309 **»zu Natascha Rostowas Zeiten«:** Die Rostowa ist eine Gestalt aus Lew Tolstois Roman *Krieg und Frieden*, der zu Beginn des 19. Jh. spielt.

313 **Libanius:** Bedeutender Redner in Athen (314–393), hier mit seinem latein. Namen.

318 **Kutja:** Traditionelle Weihnachtsspeise aus gekochtem Weizen, Honig, Nüssen und Rosinen.

322 **Spasowiczs Gerichtsreden:** Włodzimierz Spasowicz (1829–1906), polnischer Jurist und Strafverteidiger, tätig in Sankt Petersburg.

338 **Mikula Seljaninowitsch:** Russischer Sagenheld.

348 **»Hochzeit halten ohne Kirche …«:** Populäre Romanze der 1830er-Jahre, auf das Leben politisch Verfolgter im Untergrund gemünzt.

350 **»Krankenzimmer Nr. 6«:** Spielt auf die gleichnamige Erzählung (1892) von Anton Tschechow an, die die desolaten Zustände in einem Provinzkrankenhaus beschreibt.

358 **»Gelage in Zeiten der weißen Pest«:** *Ein Gelage in Zeiten der Pest* ist ein Einakter (1830) von Alexander Puschkin nach John Wilson.

364 **»Roulettenburger Leidenschaften«:** Bezieht sich auf Dostojewskis Roman *Der Spieler* (1867), der in einer Baden-Baden nachempfundenen Stadt Roulettenburg spielt.

Anna Snitkina: Anna Grigorjewna Snitkina (1846–1918) war Dostojewskis Stenografin und spätere Frau, er diktierte ihr seinen Roman.

Fürst Alexander Besborodko und Kosakenführer Jemeljan Pugatschow, General Nikolai Sablukow, Puschkins Geliebte Anna Kern, der Dekabrist Pawel Pestel und der Hauslehrer des letzten Zaren Pierre Gillard, viele Historiker (Wassili Tatischtschew, Michail Schtscherbatow, Nikolai Karamsin …), noch mehr Philosophen (Pjotr Tschaadajew, Alexej Chomjakow, Wladimir Solowjow, Nikolai Berdjajew, Lew Schestow, Nikolai Fjodorow, Wassili Rosanow …), Publizisten (Alexander Herzen, Nikolai Ogarjow, Wissarion Belinski …), Schriftsteller (Fjodor Tjutschew, Gawrila Derschawin, Nikolai Gogol, Michail Saltykow-Schtschedrin, Alexander Radischtschew, Fjodor Dostojewski, Lew Tolstoi, Nikolai Tschernyschewski, Sinaida Gippius …), Revolutionäre (Vera Figner, Michail Bakunin, Iwan Kaljajew …) und Utopisten (Wladimir Odojewski, Alexander Ulybyschew, Alexander Weltman …). Eingestreut ferner eine anonyme Gerichtssatire, eine Folteranweisung aus der Geheimen Kanzlei, die Gerichtsakte zu Michail Lermontows Tod im Duell, die obskuren Protokolle der Weisen von Zion sowie ein üppiger Cento aus russischen Versen der Wende vom 18. zum 19. Jh. nebst einer Handvoll historischer Anekdoten, unfeiner Märchen, Spottverse und Volksweisheiten, sämtlich der Wahrheitsfindung dienend; den Abschluss bilden Horatio und Marc Aurel, bevor der Autor sich das allerletzte Wort vorbehält. Quellen im Einzelnen siehe: www.dva.de/ismail.

403 **Dobtschinski:** Figur aus Gogols Komödie *Die Toten Seelen* (1842).

417 **Otuz:** (russ. Otusy, seit 1945: Schtschebetowka) Dorf auf der Krim.

419 **»von Sudak nach Feodossija«:** (tatar. Sudaq) Kurorte im Südosten der Krim.

420 **Kyrill und Method:** byzantinische Priester und Gelehrte im 9. Jh., die im slawischen Raum missionierten und dabei auch eine Schrift für das Altslawische erfanden.

Chasarisches Reich: Die Chasaren, ein bis dahin nomadisches Turkvolk, gründeten im 7. Jh. ein mächtiges Khanat an der unteren Wolga und im nördlichen Kaukasus und nahmen die jüdische Religion an.

421 **Balıqlava:** (russ. Balaklawa) Alte Siedlung unweit von Sewastopol im Südwesten der Krim.

Karäer: Turkvolk jüdischen Glaubens.

427 **Serge Lifar:** Ukrainischer Tänzer (1904–1986), ging 1923 zu Djagilew nach Paris. Zitiert wird im Folgenden aus den nachgelassenen *Memoiren des Ikarus* (1989).

Polupanow: Andrej Polupanow (1888–1956), Kommandeur der Roten Armee im Bürgerkrieg.

428 **Schulgin:** Wassili Schulgin (1878–1976), konservativer Politiker und Publizist.

429 **General von Stackelberg:** Baron Nikolai von Stackelberg (1870–1956), russischer General im Ersten Weltkrieg, Regimentskommandeur der Weißen Armee im Bürgerkrieg.

430 **»Den großen Namen haben sie ... der Straße weggenommen«:** Die Tschechowstraße hieß bis 1944 und heißt seit 1993 wieder Malaja Dimitrowka.

433 **Samotjoka:** (Samotjochnaja ploschtschad) Platz am nördlichen Gartenring in Moskau.

436 **Mat:** Vulgärsprachsystem im Russischen, das aus vier Tabuwörtern komplexen Sinn generiert; weit verbreitet und zugleich geächtet.

437 **Tschazki:** Gestalt aus der Komödie *Verstand schafft Leiden* (1825) von Alexander Gribojedow, klassischer Schullesestoff.

444 **Rowesnik:** (dt. Altersgefährte) Populäre Jugendzeitschrift in der UdSSR (1962–2014), behandelte Jugendkultur im Ausland, z. B. auch westliche Popmusik.
Ausreisefalle: Das Phänomen der sog. *Otkasniki*: Wer in den 1970/80ern die legale Ausreise z. B. nach Israel beantragte, verlor zumeist seinen Arbeits- oder Ausbildungsplatz, was bei Ablehnung oder Aussetzung des Antrags nicht revidiert wurde.

446 **»in jenem Oktober dreiundneunzig«:** Versuchter Staatsstreich des russischen Parlaments infolge seiner durch Präsident Jelzin dekretierten Auflösung.

451 **»Flüchtling von Astapowo«:** Gemeint ist Lew Tolstoi, der am Ende seines Lebens Alterssitz und Familie im Stich ließ und geschwächt auf Reisen ging, auf der Bahnstation Astapowo Zuflucht fand und starb.
»liebes-gutes-hochverehrtes Monstrum«: Anspielung auf Tschechows Drama *Der Kirschgarten* (1904), worin der Müßiggänger Gajew eine pathetische Rede an einen alten Kleiderschrank richtet.

455 **Studentenbrigaden:** Obligatorische Arbeitseinsätze der Studentenschaft in Industrie und Landwirtschaft während der Sommerferien.

456 **»zu Andropows Zeiten«:** Juri Andropow (1914–1984), KGB-Chef und KPdSU-Generalsekretär 1982–1984.
»Wyssozki-Abend«: Wladimir Wyssozki (1938–1980), kultisch verehrter Schauspieler und Sänger.

457 **»Teller in der Ecke«:** Lautsprecher der Marke Rekord aus den 1930ern, der in allen Haushalten und öffentlichen Einrichtungen fest montiert war und sowjetischen Rundfunk ausstrahlte.

464 **Sabolozki:** Nikolai Sabolozki (1903–1958), Dichter und Übersetzer, war 1938–1946 im sibirischen Gulag inhaftiert. Das hier dem »Schicksalsbruder« Sabolozki zugeschriebene Freiheitsgedicht stammt eigentlich von David Samojlow (1920–1990).

468 **»Weidenkätzchen, peitsch mein Schätzchen …«:** Einer der Sprüche, mit denen der orthodoxe Brauch des Rutenschlagens am Palmsonntag zelebriert wird.

469 **Troparion:** Gesungenes Gebet in der orthodoxen Liturgie.

473 **»Vom Sowjetpass«:** Gedicht (1929) von Wladimir Majakowski.
»Ovale warn mir schon als Kind zuwider …«: Viel zitierte Verse des jungen Dichters Pawel Kogan (1918–1942) aus dem Jahr 1936.

475 **»zur Axt gerufen«:** »Russland zur Axt rufen« war ein umstrittener Topos der revolutionär-demokratischen Bewegung im 19. Jh.

Der Übersetzer dankt der Altphilologin Britt-Marie Schuster (Universität Paderborn) für wertvolle Hinweise zur Anwendung des Frühneuhochdeutschen.